재밌어서 끝까지 읽는

박종수

삼국지 2

三國志

재밌어서 끝까지 읽는

박종수

삼국지 2

三國志

초판 1쇄 인쇄 | 2020년 4월 27일
초판 1쇄 발행 | 2020년 5월 8일

원저 | 나관중
평역 | 박종수
대   표 | 김남석
펴낸이 | 김정옥

발행처 | 우리책
주   소 | 06342 서울시 강남구 양재대로 55길 37, 302
전   화 | (02)2236-5982
팩시밀리 | (02)2232-5982
등록번호 | 제2-36119호

ISBN | 979-11-90175-05-0

이 책의 국립중앙도서관 출판시 도서목록(CIP)은 e-CIP홈페이지(http://www.nl.go.kr/ecip)에서
이용하실 수 있습니다. (CIP제어번호 : CIP2020016283)

재있어서 끝까지 읽는

박종수

삼국지2

三國志

나관중 원저 | 박종수 평역

우리책

진격, 돌격!
때로는 후퇴하는 인생의 지혜를 '삼국지'에서

가천대학교 재직 중일 때, 한 공공기관의 특강 요청을 받았습니다.

무슨 내용으로 강의할까 망설이다가 『삼국지』를 택했지요.

『삼국지』에는 우리 인생의 모든 것이 들어 있으니, 그 내용 중 '관우 5관 돌파'만 발췌해 보자, 이렇게 마음먹고 현대적 의미와 교훈을 담아 무려 두 시간 동안 열강했습니다. 그랬더니 의외로 반응이 무척 좋았습니다. '글로 써볼까?' 하는 마음이 들더군요.

그래서 강의 내용을 다시 20편으로 요약하여 친구들 단체 카톡방에 올려 보았습니다. 그런데 글을 올리자마자 예상 외로 반응이 뜨거웠습니다. '이 글 정말 네가 썼냐?, 정말 재미있다, 제발 중간에 끝내지 말고 끝까지 연재해라' 등등 많은 분들의 호응은 물론 격려 전화까지 받았습니다. 저도 그 정도일 줄은 몰랐지요.

'강의하기도 바쁜데 이런 글을 꼭 써야 하나?'

며칠을 망설이다가 결심했고, 마음먹고 글을 쓰기 시작했습니다.

매일 새벽 5시, 골방에서 엄지손가락으로 한 자 한 자 또각또각 눌러 쓴 글이 바로 『재밌어서 끝까지 읽는 박종수 삼국지』입니다.

무려 1년간 하루도 거르지 않고 스마트폰으로 글을 써 올렸는데, 완성하고 보니 A4 용지로 1,500페이지가 넘는 방대한 양의 글이 됐습니다. 이제 이 글을 모아 두 권의 책으로 출판합니다.

소설의 내용은 원작을 왜곡하지 않았고, 다만 그 표현 방식을 과감하게 현대의 코믹한 용어로 바꾸어 더 쉽고 재미있게 접근했습니다. 어떤 사람은 『재밌어서 끝까지 읽는 박종수 삼국지』는 중독성이 있어서 한번 읽기 시작하면 눈을 떼지 못한다고도 합니다. 너무 재미있는 나머지 미국, 중국, 일본, 베트남 등 외국에 나가 있는 친지들에게까지 퍼 나른 사람들도 많습니다.

모쪼록 바쁜 현대인들에게 『재밌어서 끝까지 읽는 박종수 삼국지』가 재미와 삶의 지혜를 드릴 수 있다면 저 또한 한없이 기쁠 뿐입니다.

이 소설을 통해 때로는 지혜가, 때로는 책략이 필요한 우리의 인생을 보다 멋지게, 그리고 풍요롭게 누리시길 바랍니다.

2020년 4월 봉화산 기슭에서

박종수

차 례

형주를 뺏기 위한 손권의 계략

유비가 서촉을 정복했다는 소식을 들은 오나라 제후 손권은 우울한 표정으로 노숙과 마주 앉았습니다.

"대도독(노숙), 유비가 드디어 서촉을 얻었습니다. 이제 천하는 조조와 나 그리고 유비, 이렇게 세 사람이 나누어 갖게 되었군요."

"그렇습니다. 이젠 조조, 손권, 유비의 세력 균형이 이루어졌습니다."

"대도독, 유비가 서촉으로 떠나고 내 동생 손상향이 돌아왔을 때 형주는 비어 있었지요? 관우 혼자 지키고 있는 형주를 칠 좋은 기회였는데……. 그 기회를 놓치고 말았구려."

"주공, 그렇습니다. 절호의 기회를 놓친 거죠. 우리가 형주를 공격하기 직전에 하필 조조가 적벽대전 복수를 하겠다며 50만 대군을 일으킨다는 소문이 돌았죠. 형주를 치기는커녕 조조와 전쟁할 일촉즉발이었는데, 다행히 조조가 침공하지 않아 전쟁은 피했었죠."

"대도독, 그러니 이번엔 반드시 유비에게서 형주를 되찾아옵시다. 유비와 공명이 서촉을 정복하면 그땐 형주를 돌려준다고 분명히 약속하지 않았습니까? 그때 노숙이 받아온 문서도 있습니다."

"주공, 유비와 공명은 말로 해서는 형주를 돌려주지 않을 겁니다. 그러나 제게 좋은 방법이 있습니다. 제갈공명의 친형 제갈근(諸葛瑾)이 주공의 신하 아닙니까? 그 제갈근을 이용합시다."

"공명의 형 제갈근? 그거 좋은 생각이요. 제갈공명은 형제들과 우애가 깊다 들었소. 형이 어려움에 처했다면 친동생 공명이 외면하지는 않을 거요. 잠깐! 대도독, 내게 좋은 생각이 있소. 그냥 제갈근을 보낸다면 머리 좋은 공명이 또 무슨 수를 쓸지 모르지. 그러니 이번엔 공명도 어쩔 수 없는 방법을 생각했소."

손권은 즉시 호위무사들을 부릅니다.

"여봐라, 지금 즉시 제갈근의 모든 가족들을 잡아다 하옥시켜라! 그리고 제갈근을 불러라."

제갈근이 울며 손권 앞에 불려 옵니다.

"주공, 제 가족들이 무슨 죄를 지었기에 잡아 가두셨는지요?"

"제갈근, 지금부터 내가 하는 얘기를 잘 들으시오. 이제 자칫하면 그대의 가족들은 죽게 될 거요. 그러나 내가 지시하는 임무만 잘 수행한다면 그대는 일등 공신이 되는 거요. 그대 동생 공명이 우리와 약속한 내용을 기억하시오?"

"무슨 내용인지요?"

"서촉을 정복하면 형주를 우리에게 돌려준다고 약속했소. 여기 인감도장까지 꾹 늘러 써준 MOU(양해 각서)를 보시오."

"정말 공명이 약속했군요."

"그렇소. 그래서 제갈근 당신이 공명에게 가서 담판을 짓고 형주를 찾아오시오. 만약 실패하면 그땐 공명과 내통했다는 죄목으로 그대 가족들을 모두 죽이겠소."

"주공, 알겠습니다. 최선을 다해 일을 성사시키겠습니다. 제발 저의 가족들은 해치지 마십시오."

이렇게 되어 제갈근은 동생 공명을 찾아가 울고불고 하소연하기 시작합니다.

"아이고, 아이고! 아우야, 나 좀 살려다오. 엉엉엉엉!"

"형님, 왜 이러십니까?"

"량아, 내 가족 모두가 몰살당할 처지에 몰렸다. 손권이 내 가족들을 영장도 없이 잡아 가두었다. 너와 내가 내통했단 혐의로 가족 모두를 죽인다는구나. 이제 나는 어쩌면 좋으냐? 량아, 제발 살려다오. 엉엉엉엉!"

형이 슬피 우니 동생 공명도 따라 웁니다.

"흑흑, 형님! 너무 슬퍼 마십시오. 세상에 해결 안 될 일이 뭐가 있겠습니까? 우선 진정하십시오. 그런데 손권이 왜 형님 가족들을 해치려 합니까?"

"유 황숙께서 서촉을 정복했으니 약속대로 형주를 반환하라는 거야. 형주를 반환 받지 못하면 내 식솔들 38명이 모두 죽게 된다. 가족 없이 나 홀로 어찌 살겠느냐? 나도 어서 죽어야지."

"형님, 고정하십시오. 형님과 저는 피를 나눈 형제인데 어찌 제가 모른 체할 수 있겠습니까? 너무 걱정하지 마십시오."

"어떤 사람은 피보다 더 진한 물도 있다고 하던데……."

"형님, 그렇지 않습니다. 항상 피는 물보다 진합니다. 걱정 마시고 함께 유 황숙을 찾아갑시다."

제갈공명과 그의 형은 함께 유비를 찾아갑니다.

"주공, 참으로 곤란한 일이 생겼습니다. 손권이 제 형의 식솔들을 모두 가두었습니다. 형주를 돌려주지 않는다면 이들을 죽이겠다고 하는데, 참으로 난감합니다."

"유 황숙, 제갈근 인사 올립니다. 제가 지금 무척 어려운 처지에 놓여 있습니다. 살려 주십시오."

이때 장비가 고리눈을 부릅뜨고 고래고래 소리를 지릅니다.

"뭐라고? 형주를 돌려달라고? 손권 이놈이 입이 비뚤어졌나, 말이 되는 소리를 해야지. 형주가 왜 저희 땅이야? 절대 못 줍니다. 제갈근 선생, 꿈 깨고 당장 돌아가슈. 만약 손권이 선생 가족을 해치면 내가 군사들을 몰고 쳐들어가 요절내 버리겠소!"

"어허, 장비야! 공명 선생의 형님께 그 무슨 결례냐, 썩 물러가라!"

"장 장군님, 형님이 돌아가시면 저 혼자 살겠습니까? 그땐 저도 죽어야지요."

"공명 선생, 사정은 딱하지만 여하튼 형주는 못 돌려줍니다."

장비가 씩씩거리며 나가자 유비가 조용히 타이릅니다.

"제갈근 선생, 내가 지금 서촉을 정벌하긴 했지만 아직은 체계를 잡지 못했습니다. 그래서 군량과 인마를 아직 형주에서 조달하고 있지요. 그러나 공명 선생 친형의 어려움을 외면할 수 없으니 우선 장사, 영릉, 계양 3개 군을 먼저 돌려드리겠습니다. 그 후 서촉이 안정되면 나머지 6개 군도 모두 돌려드리죠. 내가 문서를 작성해 드릴 테니 안심하고 어서 돌아가십시오."

"유 황숙, 감사합니다. 감사합니다, 감사합니다! 역시 황숙은 인의가 넘치는 대인이시군요. 저는 이제 살았습니다. 감사합니다!"

천하의 공명도 가족을 지키기 위해선 어쩔 수 없군요. 진심으로 유비에게 감사를 표한 후 제갈근을 배웅합니다.

"형님, 마음고생 많으셨습니다."

"아우야, 고맙다. 역시 피는 물보다도 진하구나! 고맙다."

오나라 손권은 제갈근의 보고를 받자 크게 기뻐합니다.

"자유(子瑜, 제갈근의 자), 수고 많았소. 내 그대 가족들은 당장 풀어 주겠소. 가족들을 가둔 것은 내 진심이 아니었으니 이해하시구려. 그런데 자유, 공명은 그대의 동생 아니오? 친형제가 서로 다른 군주를 섬기는 게 불편하지 않소? 그대가 공명을 설득하여 나에게 귀순시키면 어떻겠소? 공명만 귀순시킨다면 그대에게 천금의 상을 내리겠소."

"주공, 제가 주공을 배신하지 못하는 것처럼 제 아우 공명 역시 유비를 배신하지 못합니다. 그 점 헤아려 주시기 바랍니다."

"잘 알겠소. 공명은 얻지 못하지만 제갈근 그대의 충심만은 굳게 믿겠소".

손권은 제갈근을 치하하고 부도독 여몽(呂蒙)을 부릅니다.

"부도독이 관우에게 다녀오시오."

"예, 주공! 제가 관우에게서 장사, 영릉, 계양 3개 군을 돌려받아 오겠습니다."

며칠 후, 여몽은 유비가 작성해 준 문서를 들고 관우를 찾아갑니다.

여몽, 자는 자명(子明)입니다. 안후이성 여남 출신으로, 집안이 가난하여 제대로 된 교육을 받지 못했죠. 어린 나이 18세 때 손책의 휘하에 들어가 주변을 정복하며 혁혁한 공을 세웁니다.

"무서운 10대의 원조가 바로 나다. 내가 만약 학교를 다녔다면 대표적인 일진이 되었을 텐데 불행히 학교의 문턱도 못 밟아 보았으니 일진과도 거리가 멀다. 내가 가장 증오하는 사람들이 '야타족'이다. 돈 많은 부모로부터 금수저를 물고 태어난 야타족들……. 언젠간 모두 내 앞에서 무릎을 꿇을 것이다."

여몽은 아껴 주던 손책이 자객들에게 암살당하자 다시 손권을 보좌합니다. 적벽대전에서는 주유, 정보 등과 함께 조조의 군대를 물리치는 큰 공을 세우죠. 그는 전장에 나가기만 하면 혁혁한 전공을 올려 장군

반열에 올랐지만, 출신이 미천한 까닭에 무식한 것이 큰 흠이었죠. 이것을 딱하게 여긴 손권은 여몽에게 농담 반 진담 반으로 다음과 같은 말을 던집니다.

"여몽, 무인에게 가장 중요한 게 뭐요?"

"주공, 그야 두말할 것 없이 용력(勇力)이지요."

"그 말은 맞소. 그러나 장수가 기운만 세고 불학무식하면 한낱 힘센 필부에 지나지 않는 것이오. 장군의 그 무용에 학식까지 더하면 금상첨화가 아니겠소?"

이 말을 들은 여몽은 몹시 부끄러워했습니다.

"주공, 알겠습니다. 제가 비록 정규교육은 받지 못했지만 독학으로 학문을 깨우치겠습니다."

여몽은 굳은 결심 아래 그날부터 책을 들고 열심히 공부합니다. 심지어는 이런 일도 있었죠.

"오늘은 기분도 꿀꿀하니 우리 대장님 여몽 장군을 모시고 단란주점이나 가자."

"좋소, 좋소!"

여몽의 부장은 부하 장수들을 데리고 1차 회식을 마치고 2차 단란주점에 갔습니다.

"자아, 여기 도우미를 부르고 술을 가져와라!"

부하들이 기분이 좋아 술을 따라 마시며 흥을 돋우는데, 여몽은 혼자 술잔을 들었다 놨다 하면서 뭔가를 열심히 읽습니다.

"장군님, 뭘 그렇게 열심히 보고 계십니까? 오 마이 갓! 장군님께서 공부를 하고 계신다."

여몽은 이렇게 시와 때와 장소를 가리지 않고 책 읽고 공부했지요.

야유회에 가서도 책을 읽고, 사냥할 때도 공부하였음은 물론, 심지어 전장에 나가서도 틈만 나면 책을 펼치곤 했죠. 그러니 학문의 진도가 놀랍도록 빠를 수밖에 없었습니다.

어느 날, 대도독 노숙이 멀리 전장에 나가 있는 여몽을 찾아왔습니다.

"여어, 자명! 오랜만이오. 반갑구만 반가워!"

두 사람은 오랜만에 반갑게 만나 이런저런 세상 돌아가는 이야기를 나누었는데, 노숙은 여몽이 전에 없이 박식한 논리를 펼치는 것을 보고 눈이 휘둥그레지고 맙니다. 노숙은 눈을 비벼 대며 여몽을 다시 쳐다보죠.

"아니 여 장군, 그대가 과거의 여몽이 맞소? 언제 그렇게 많은 공부를 했소? 정치, 경제, 사회, 문화, 심지어는 종교와 철학에 관해서도 막히는 데가 없구려. 장군은 왕년의 여몽이 아니오!"

그러자 여몽이 빙그레 웃으며 대답합니다.

"모름지기 선비는 헤어진 지 사흘이 지나 다시 만났을 땐 '상대방이 눈을 비빌(괄목(括目))' 정도로 달라져야 하는 법 아니겠소?"

이 말을 들은 노숙이 감탄과 찬사를 아끼지 않습니다.

"학교라고는 문턱도 밟아 보지 못한 여 장군이 박사학위를 받은 나보다 훨씬 유식하고 아는 게 많구려. 진정 놀랐습니다. 존경하오, 여 장군!"

이때부터 눈을 비비고 상대를 바라본다는 뜻의 '괄목(括目)'이란 단어가 탄생한 것입니다.

이런 여몽이 손권의 명을 받들어 관우를 찾아갑니다.

"누가 찾아왔다고? 여몽? 들라 해라."

관우는 대뜸 과거의 무식한 여몽을 떠올리죠.

"여몽, 그대가 무식하다고 소문난 여몽이구만. 낫 놓고 기역 자는 읽을 줄 아나?"

"예, 말이 심하시군요. 제가 무식하지만 그 정도는 읽을 줄 압니다."

"글도 모르는 자가 병법인들 알겠나?"

"난 병법을 배우진 않았지만 전쟁 경험은 누구보다 풍부하오. 사람을 너무 무시하지 마시오."

"내가 널 무시한다? 네가 무술로 나를 당하겠느냐?"

"난 지금 싸우려고 온 게 아니오. 형주 3개 군을 돌려받기 위해 온 거요."

"3개 군을 돌려달라고? 형주가 어째서 오나라 땅인가? 형주는 우리가 조조에게서 뺏은 땅이다. 우리가 땀과 피로 정복한 땅을 손권이 자꾸 자기네 땅이라고 우기니, 이건 개가 웃을 일이 아닌가?"

관우와 여몽의 이 대화를 잘 기억하시기 바랍니다. 여몽은 이 순간부터 관우를 오만이 극치에 달한 자로 규정하고 증오심을 갖게 됩니다.

'관우, 두고 보자! 오만한 자, 반드시 너는 내가 죽일 것이다.'

"관 공, 저는 오나라의 부도독입니다. 장군과는 협상하러 왔으니 부드럽게 대해 주시죠."

"내가 부드럽지 않다고? 손권이 자꾸 이런 억지를 쓰니 저 쪽바리들도 보고 배우는 게 아니겠나? 걸핏하면 독도가 자기네 땅이라 우기는 저 못된 쪽바리들을 언제 한번 손봐 줄 생각이다."

"예, 관 공께서 쪽바리들을 손봐 주는 건 저도 동의합니다. 허지만 형주 문제는 독도와는 다릅니다. 여기 유 황숙께서 작성해 준 문서가 있습니다. 이래도 안 돌려주시겠습니까?"

"나는 유비 형님께 직접 지시받은 바 없다. 그리고 경우에 따라서는 현장의 장수는 주군의 명령에 따르지 않을 수도 있다. 양국 화친을 생각해서 해치지는 않을 테니 곱게 돌아가라."

"장군, 너무하십니다!"

여몽은 돌아서며 어금니를 악물며 다시 맹세합니다.

'오만이 극치에 달했구나. 누가 이기는지 끝까지 두고 보자!'

여몽이 돌아가자 관우는 부하들에게 지시를 내립니다.

"잘 들어라! 오나라에서 장사성·영릉성·계양성을 접수하겠다고 관리들이 오면 안 죽을 만큼 두들겨 패서 내쫓아라."

"알겠습니다, 장군!"

유비가 돌려주기로 약속한 형주의 3개 성을 접수하러 오나라 관리들이 찾아갑니다. 그러나 돌려받기는커녕 사신들이 매만 실컷 맞고 돌아오자 오나라는 벌집을 건드린 듯 발칵 뒤집히죠.

"뭐라고? 형주를 접수하러 간 우리 관리들이 매만 맞고 쫓겨 왔다고?"

"예, 그렇습니다. 장사성을 접수하러 간 관리는 코뼈가 부러지고, 영릉성을 접수하러 간 관리는 앞니 두 대가 부러졌으며, 계양성으로 간 관리는 눈탱이가 밤탱이가 되어 돌아왔습니다."

"관우, 이 무례하고 오만한 자! 감히 내 부하들을 때리다니……. 저희 주군과 한 약속도 거절하다니……."

이때 부도독 여몽이 손권에게 의견을 제시합니다.

"주공, 관우는 오만이 극치에 달했습니다. 부도독인 저에게 예의를 지키지 않고 무식한 놈이라 모욕했습니다. 제가 기필코 관우를 죽이겠습니다. 제게 좋은 생각이 있습니다. 육구에 경치 좋은 정자가 있는데, 이곳에서 연회를 베풀고 초청한 후 도부수 1천 명을 매복시켰다가 관우가 취했을 때 급습하여 죽이겠습니다. 관우는 오만할 뿐 아니라 자존심도 대단히 강한 자라서 거절하지 않을 겁니다."

"좋다! 여몽, 그대의 뜻대로 관우를 유인하여 처치하라!"

오나라에서 이렇게 무시무시한 음모가 진행되는 줄도 모르고 관우는 새벽부터 무술을 연마합니다.

"야합!"

휙휙!

50킬로그램에 가까운 청룡언월도를 가벼운 막대기처럼 빙글빙글 돌리며 허공을 가르더니 이번엔 180킬로그램이 넘는 거구가 하늘로 10미터 이상을 뛰어오릅니다.

"야합!"

휙휙!

윗옷을 벗어던진 관우의 체격은 미국의 근육질 배우 아놀드 슈왈제네거의 젊은 시절을 연상케 하죠. 무술을 연마하는 관우를 지켜보던 아들 관평(關平)이 감탄을 금치 못합니다.

"아버님, 정말 대단한 실력입니다. 그런데 무기 없이 맨손으로도 싸워 보신 적이 있는지요?"

"관평아, 너도 일찍 일어났구나. 내가 소싯적에 UFC(종합격투기 시합)에서 표도르를 1분 15초 만에 KO시킨 적이 있다."

"아, 표도르! 유인원 중에서는 싸움을 제일 잘한다는 러시아 격투기 선수 말씀이군요. 대단하세요!"

새벽부터 관우에게 문안 인사를 하는 관평, 관우의 아들입니다.

그럼 여기에서 관평에 대해 잠깐 살펴볼까요? 관우가 조조 곁을 떠나 5관문을 돌파한 후 다시 유비, 장비와 만나게 되죠? 유·관·장 3형제가 재회하여 회포를 풀기 위해 찾아간 곳이 '관정(關定)'이라는 유지의 집입니다. 관정은 관우를 보자 대뜸 반색합니다.

"관 장군, 이름은 익히 들어 알고 있소. 난 관 장군을 사모하오."

"관정 어르신, 별말씀이십니다. 전 보잘것없는 필부에 지나지 않습니다."

"아니오, 관 장군. 그대는 진정한 이 시대의 호걸이며 영웅이오."

그러고는 아들 관평을 부릅니다.

"관평아, 관 장군님께 인사드려라."

그리고 관우와 계속 말을 나눕니다.

"관 장군님, 그대와 나는 종씨가 아니오? 내 아들 관평을 휘하에 거두어 주시오. 이 아이를 넓은 세상으로 내보내고 싶소."

이때 곁에서 이들의 대화를 듣고 있던 유비가 끼어듭니다.

"관우야, 이미 어르신의 두터운 은혜를 입었을 뿐만 아니라 아우에게는 아직 아들이 없는 터이니 차라리 이 자리에서 아들로 삼는 것이 어떠냐?"

이 말을 들은 관정은 크게 기뻐합니다.

"관평아, 관 장군님을 아버지로 모시고, 유 황숙님을 큰아버지로 모셔라. 무엇하느냐? 어서 예를 갖추지 않고?"

관평이 즉시 관우에게 절을 올리죠.

"아버님, 소자 관평이 인사 올립니다. 그리고 큰아버님, 저 역시 큰아버님께 충성을 다하겠습니다."

관평은 유비를 백부(伯父)로 모시는 예를 올립니다.

이렇게 관우와 부자의 연을 맺은 관평은 아버지 관우를 그림자처럼 따르며 여러 차례의 정벌전쟁에서 전공을 세우죠. 오늘도 아침 일찍 일어나 무술을 연마하는 관우에게 아침인사를 드리는 것입니다. (그런데 혹자는 관평이 관우의 양자가 아니고 친아들이라고 주장하는 분도 있습니다.)

"아버님, 오나라에서 초청장이 왔습니다."

"무슨 초청장이냐? 오나라 대도독 노숙의 초청장인데, 육구에 있는 정자에서 연회를 베풀 테니 참석해 달라는 내용입니다."

"노숙이 갑자기 나를 초대한다?"

"아버님, 가지 마십시오. 이 초청엔 필히 음모가 있을 겁니다. 제가 들은 바로는 노숙은 지금 병이 들어 거동하기 힘듭니다. 그런 노숙이 연회를 베푸는 게 이상합니다. 필히 부도독 여몽의 계략일 것입니다."

"나는 평생을 전쟁터에서 살아왔다. 수천수만의 창칼이 난무하고, 화살과 돌이 비 오듯 쏟아지는 전쟁터를 누빈 내가 노숙의 초청에 겁을 먹는다면 천하가 비웃을 것이다."

"아버님, 그럼 2천의 군사를 이끌고 가십시오. 군사들과 함께라면 노숙이나 여몽도 어쩌지 못할 것입니다."

"그럴 거 없다. 내 부장인 주창 한 사람이면 족하다. 너도 따라오지 말라."

여몽은 육구의 정자 주변에 무려 1천 명의 도부수를 숨겨 두고 관우를 암살하려 하는데, 운장은 심복인 주창 한 사람만 데리고 적진 한복판으로 갑니다.

"대도독, 저기 배가 들어오고 있습니다!"

"부도독, 관우의 호위군사는 몇 명이나 되지요?"

"작은 배 한 척에 운장과 시종, 단 두 사람입니다."

"호위군사 없이 시종만 데리고 온다고? 운장, 그는 과연 영웅이구나. 저런 배짱이 어디에서 나올꼬?"

이윽고 운장이 탄 배가 육구에 도착합니다.

"관 공, 오랜만에 뵙습니다."

"대도독, 실로 오랜만이요. 아프단 말을 들었는데 몸은 어떠신지요?"

"좀 불편하긴 하지만 그런대로 견딜 만합니다. 안으로 들어가시지요. 술자리를 마련해 두었습니다."

선착장까지 미리 나와 관우를 영접하는 대도독 노숙, 그 노숙에 대해 잠깐 살펴보고 갈까요?

노숙, 자는 자경(子敬)입니다. 서기 172년 임회군 동성현에서 태어났으며, 주유나 여몽·육손 등과 함께 오나라를 대표하는 도독 중 한 사람입니다. 노숙이 손권을 만나기 전, 주유가 군사를 모으기 위해 군량미 지원을 요청하자 노숙은 자신이 갖고 있던 쌀의 절반을 줘버립니다. 아무 조건 없이 군량미를 퍼주는 노숙의 인품에 감동한 주유가 오나라 제후 손권에게 그를 추천하죠. 주유가 노숙에게 손권을 섬길 것을 권유했을 때, 노숙은 거절합니다. 그러나 주유는 이에 굴하지 않고 '지금은 신하가 주인을 선택할 때'라며 끈질기게 설득하죠. 마지못해 노숙이 출사를 승낙하고 손권을 대면합니다. 손권은 노숙을 보자마자 "그대는 나를 어떻게 보좌하겠소?" 하고 묻죠. 노숙이 대답합니다. "주공께서는 강동을 차지하고 형주를 병합한 후 황제에 오르십시오." 대뜸 황제에 오르라는 노숙의 말에 손권이 손사래를 칩니다. "아니오, 아니오. 난 현재의 한나라 황제를 섬기는 걸로 만족하오. 난 황제의 그릇이 못 되오." 그러나 노숙은 뜻을 굽히지 않습니다. "주공께서는 반드시 황제가 될 것입니다. 황제에 올라 한고조의 사업을 펼치는 게 주공께서 할 일입니다." 그러자 손권도 내심으로는 기뻐하죠. "뭐…뭐…뭐 내가 황제의 그릇이 되긴 하지요. 그러나 노숙, 그런 말씀은 관두지 마시지요(?)……." 노숙은 손권 진영의 대표적인 친유비파입니다. 조조가 100만 대군으로 남하하여 적벽대전을 일으키자 당시의 장소를 비롯한 여러 신하들은 조조에게 항복하자고 주장했죠. 그러나 노숙은 파양에 나가 있는 주유를 불러 전쟁에 불을 댕깁니다. 그러고는 전쟁을 대승으로 이끌죠. 사실 적벽대전이 시작되자 손권과 주유까지도 싸우기를 주저하며 미적거리고 있었습니다. 노숙은 과감히 유비와 손권을 손잡게 만들고, 제갈공명을 불러들여 적벽대전을 승리로 이끌었던 것입니다. 적벽대전의 자세한 내용은 전권에서 판소리까지 인용하여 상세히 묘사하였으니 기억할 겁니다. 그런 노숙이 이젠 여몽의 꼬드김에 넘어가 관우를 암살하기 위해 그를 불러들이고 있는 것이죠. 노숙의 최대 업적이 대유비와의 친화 외교인데, 그가 벌써 손유동맹을 잊은 걸까요?

관우가 정자에 자리 잡자 주창이 청룡언월도를 들고 눈을 부릅뜬 채 관우 뒤에 시립합니다. 주창은 원래 산채의 두령이었으나 관우에게 투항하여 평생을 따라다니는 심복이죠. 생김새는 우락부락한 장비와 비슷하며, 전장에서도 늘 관우 곁을 떠나지 않는 장수입니다.

"자, 관 장군! 한잔 드시지요. 저는 몸이 불편하여 맹물로 대신하겠습니다."

"그렇게 하시지요. 그런데 술잔이 너무 작군요. 여봐라, 냉면 그릇을 가져와라!"

술이 몇 잔 돌자 노숙이 먼저 말을 꺼냅니다.

"관 장군, 유현덕께서 장사성·영릉성·계양성 등 3개 성을 내준다고 했는데 왜 장군께선 거절하는지요?"

"노숙, 형주는 우리 형제들이 피땀 흘려 정복한 땅입니다. 그런데 오나라는 왜 자꾸 억지를 부리는지요?"

"관 공, 그대들이 조조에게 쫓겨 위기에 처했을 때 적벽에서 큰 전쟁까지 치러가면서 조조를 물리쳐 구해 준 게 누굽니까? 그런데 그 어지러운 틈을 타 유비와 공명이 사기로 형주를 삼키고 말았습니다. 그 후 나와 주유가 강력 항의하자, 그대들은 분명 서촉 정벌 후 형주를 내준다고 약속했잖습니까? 그런데 형주 전체는커녕 변두리 3개 성도 못 내준다니 이건 날강도 심보 아닙니까?

"어? 날강도라니요? 말이 좀 심하지 않소?"

노숙과 관우의 언쟁이 심해지자 기회를 엿보던 여몽이 신호를 합니다. 그러자 장막 뒤에 숨어 있던 도부수들이 쏟아져 나옵니다.

"관우를 죽여라! 인정사정 보지 말고 베어라!"

일촉즉발 위기의 순간, 관우의 몸이 위로 껑충 솟구치더니 눈 깜짝할 사이에 노숙의 탁자 곁에 내려섭니다.

"대도독, 춤이라도 함께 춰 볼까요? 제가 한번 보듬어 드리죠."

관우는 노숙을 잡아 왼손으로 번쩍 들어 올립니다. 그러고는 오른손에 칼을 들고 소리칩니다.

"누구든지 가까이 오면 대도독은 죽는다. 모두 뒤로 물러서라!"

덩치가 산만한 관우가 비쩍 마른 노숙을 마치 갓난아이 들어 올리듯 들고서는 성큼성큼 밖으로 나가자, 여몽이 다급하게 소리칩니다.

"대도독을 다치게 해서는 안 된다. 경솔하게 덤비지 마라!"

관우가 저벅저벅 걷는데, 군사들은 주변을 에워싸고 따라올 뿐 감히 나서지 못하죠. 선착장까지 걸어 나온 관우가 노숙을 놓아 줍니다.

"노숙, 빨리 병을 치료하시오. 그리고 살도 좀 찌도록 하시오. 대도독이 마치 공깃돌처럼 가볍군요. 그리고 여몽, 이따위 얕은 수로는 나를 잡지 못한다. 대도독 잘 모셔라. 내가 형주에 가거든 누렁이 똥개 한 마리를 선물로 보내겠다. 잘 끓여서 몸보신 시켜드려라. 그리고 오늘 마신 폭탄주는 별로였다."

배에 오른 관우와 주창은 장강의 푸른 물결을 헤치고 유유히 사라집니다. 닭 쫓던 개 지붕 쳐다보는 심정으로 사라져 가는 배를 물끄러미 바라보던 노숙이 땅에 널브러져 혼절합니다.

"대도독! 대도독이 쓰러졌다. 내실로 모셔라!"

한참 손발을 주무르자 노숙은 겨우 눈을 뜹니다.

"내가 긴장이 풀려 잠시 기절했구려."

"대도독, 작전 실패입니다. 오늘 송구하게 됐습니다."

"여몽, 이번 관우의 암살작전은 극히 위험한 발상이었소. 만약 우리가 관우를 해쳤다면 형주 8만의 수군이 이곳을 덮쳤을 거요. 그럼 큰 전쟁을 피할 수 없게 되고…, 결과적으로 조조에게 어부지리를 안겨 줄 뿐이요. 여몽, 난 병이 깊어 오래 살지 못할 거요. 이젠 그대가 나라를 지켜야 하는데, 조조와 유비의 틈바구니에서 우린 어찌해야 하오?"

"유비와 동맹을 더욱 강화하여 조조를 막겠습니다."

"여몽, 그래선 안 되오. 내 말을 명심하시오. 조조가 강할 때는 유비가 친구요, 유비가 강할 때는 조조가 친구입니다. 다시 말하면 지금은 조조가 강하니 손유동맹으로 조조를 막지만 미래엔 유비가 강해질 때가 올 것이요. 그땐 조조와 손을 잡고 유비를 견제해야 하오. 그래야 우리 오나라가 살아남을 수 있소."

"대도독, 명심하겠습니다. 조조가 강할 땐 유비와 손을 잡고, 유비가 강할 땐 조조와 손을 잡는다."

이렇게 유비, 공명, 관우, 장비, 자룡, 손권, 노숙, 여몽 등이 바쁘게 움직일 때 조조는 지금 무얼 하고 있을까요?

조조의 한중 침공

조조는 적벽대전의 복수를 위해 오나라를 치려 했지만 손권이 그리 만만한 상대가 아닙니다. 그러자 방향을 바꾸어 장로가 다스리는 한중 땅을 침공하죠. 장로는 서촉의 유장이 8개 주를 떼어 준다는 꼬드김에 넘어가 유비와 싸우도록 마초를 내보냈고, 마초는 장비와 2박 3일을 싸우다 유비에게 투항하고 맙니다. 마초를 얻은 유비가 결국 서촉을 정복했음은 앞 편 글에서 설명한 바와 같습니다. 장로는 서촉 8개 주를 얻지도 못하고, 이젠 조조에게 공격을 받고 있으니 난감한 상황입니다.

한중 땅, 한중을 설명하고 넘어가야죠?

장로가 다스리는 한중, 한중은 황하강과 양자강을 연결하는 교통의 요충지입니다. 동쪽은 호북성(湖北城, 후베이성), 서쪽은 사천성(泗川城, 쓰촨성), 남동쪽은 양자강(揚子江, 양쯔강), 북쪽은 산시성(山西省)으로 연결됩니다. 항우와 유방이 천하를 놓고 격돌할 때 유방은 한중에서 한왕에 올랐으며, 한중과 서촉을 근거지로 초패왕 항우를 격파하고 천하통일을 달성하죠? 그처럼 전략적으로도 매우 중요하여 장차 조조와 유비가 심하게 싸우는 격전지가 됩니다.

그 한중을 치기 위해 조조가 침략한 겁니다. 조조는 한중의 제1차 관문인 양평관(陽平關)을 가볍게 점령하고, 한중 수도 남정까지 밀고 들어가죠.

"조조가 코앞까지 침략해 들어왔다. 누가 나가서 싸울 것인가?"

문무백관 여러 사람들이 방덕(龐德)을 추천합니다.

"방덕을 내보내시죠."

"방덕? 그는 원래 마초의 부하였지?"

"그렇습니다. 서량 제일의 무사를 흔히 마초라고 하지만 방덕도 그에 못지않게 용감한 장수입니다. 마초가 유비와 싸우러 갈 때 몸이 아파 따라가지 못했는데, 마초는 투항했고 방덕만 남은 거죠."

"그래, 어서 방덕을 불러라."

방덕이 불려 옵니다.

"방덕, 조조에겐 맹장들이 많다. 네가 나가 싸워 물리쳐라."

"알겠습니다! 제가 2만 군사를 몰고 나가 조조를 막겠습니다."

방덕이 성문을 열고 나오자 허저가 맞이합니다. 허저는 힘이 무시무시한 괴력의 사나이입니다.

"허저, 네 별명이 호치(虎痴, 바보 호랑이)라고 들었다. 그런데 내 눈에는 고양이로 보이는구나."

"방덕, 내가 고양이라면 너는 생쥐다. 이 어르신이 무섭지 않느냐?"

"나는 서량의 제일 무사 방덕이다. 내 칼을 받아라!"

"방덕, 뻥치지 마라. 서량 제일 무사는 마초다. 넌 마초의 부하이면서…, 어쩌다 칠칠맞게 주인을 잃어버렸냐?"

"헛소리 마라! 지금 내 주인은 장로님이시다."

"장로라면 죽어서 천당은 가겠구나. 네가 먼저 가서 자리 잡고 모셔가라. 야합, 받아라!"

두 장수가 어울려 수백 합을 싸우지만 승부가 나지 않습니다.

조조가 이 모습을 보며 감탄합니다.

"저 방덕도 대단한 솜씨다. 하후연, 어떠냐? 한번 싸워 볼 마음 있느냐?"

"좋습니다. 저 방덕도 무술 실력이 대단하군요. 제가 한번 겨뤄 보겠습니다."

하후연은 애꾸눈 잭 하후돈의 동생입니다.

"허저, 나와 교대하자. 방덕, 나와 싸우자!"

"교대고 뭐고 둘 다 함께 덤벼라! 넌 네 형 하후돈과 달리 눈까리가 두 개구나. 야합, 받아라!"

하후연과 방덕의 싸움을 지켜보던 조조가 감탄하며 명합니다.

"징을 쳐서 하후연을 불러들여라. 저렇게 싸우다 둘 중 하나라도 다치면 안 된다. 그리고 가후(賈詡), 저 방덕을 투항시키고 한중을 공략할 방법이 없겠느냐?"

당대의 뛰어난 지략가 가후가 계책을 내놓죠.

"승상, 제게 좋은 생각이 있습니다. 내일 허저로 하여금 방덕과 싸우게 한 후 숲으로 유인하도록 하십시오. 그리고 그 숲에 함정을 파놓는 겁니다. 허저가 쫓기며 숲으로 유인하면 방덕은 정신없이 추격하다 함정에 빠질 것이고, 그 방덕을 설득하면 쉽게 투항할 것입니다. 왜냐면 주인 마초를 잃은 방덕은 장로에 대한 충성심이 별로 없습니다. 그저 마지못해 장로 수하에 있는 것입니다. 투항한 방덕을 선봉에 세워 성을 공격하면 제가 그 성문이 열리도록 술수를 부리겠습니다."

가후, 서기 147년 고장(姑藏)에서 태어났으며, 자는 문화(文和)입니다. 처음엔 동탁의 부하였으나 동탁이 여포에게 살해되자 장수에게 몸을 의탁하여 그의 모사가 되었지요. 조조는 장수의 숙모 추씨 부인과 불륜을 맺다가 가후의 계략에 빠져 그의 인생에서 가장 부끄러운 패배를 당했지만, 인재를 아끼는 조조는 오히려 가후에게 공을 들여 그를 투항시킵니다. 그러고는 그를 중용하여 많은 공을 세우게 만들죠. 조조는 그런 점에서 과연 영웅다운 면모가 있습니다. 그런 가후가 지금 맹장인 방덕을 얻기 위해 또다시 술수를 부리는 것입니다.

"가후, 좋은 생각이다. 방덕을 사로잡으면 내가 그를 설득하여 선봉에 세우겠다. 가후, 그리고 한중의 성문을 열 수 있는 계책을 말해 보라."

"승상, 장로의 모사 중에 '양송'이라는 자가 있습니다. 그는 탐욕스러운 자입니다. 특히 재물 욕심이 많은 자죠. 그자를 한중왕으로 임명해 주겠다고 약속한다면 그는 틀림없이 성문을 열어 줄 것입니다."

양송, 유비가 상자에 금덩어리를 넣어 보내자 그걸 받고 마초를 모략한 자가 바로 양송임을 기억할 겁니다.

"좋다. 내가 이럴 때를 대비하여 금으로 갑옷을 만들어 두었다. 이 갑옷을 네가 껴입고 양송을 찾아가라. 갑옷을 양송에게 벗어 주며 내 편지를 전해라. 그에게 한중을 맡기겠다고 써주겠다. 그를 잘 설득시켜라."

"알겠습니다. 그 욕심 많은 양송을 매수하여 반드시 성문을 열겠습니다."

며칠 후, 가후가 양송을 찾아갑니다.

"양송 대인, 조조가 보낸 사신이 찾아왔습니다."

"조조의 사신? 왜 주공에게 직접 가지 않고 나를 찾아왔을까? 일단 들여보내라."

"대인, 조조의 사신 가후 인사 올립니다."

"전쟁 중에 사신으로 오셨다면 직접 군주인 장로님께 가야지 왜 나를 찾아왔소?"

"예, 절차를 밟은 후 대인의 허락을 받아 장로님을 뵙기 위해서입니다.”

“우선 조 승상께서 대인께 갑옷을 한 벌 선물하였습니다. 받아 주시지요.”

“갑옷? 난 문관이라서 갑옷 입을 일이 별로 없소마는…….”

“대인, 보시지요. 이 갑옷은 임금이 입는 황금갑옷입니다.”

“임금이 입는 황금갑옷? 난 장로의 신하인데 어찌 황금갑옷을 입는단 말이오? 누가 보기 전에 빨리 가져가시오.”

“대인, 조 승상께서는 양송 대인에게 한중을 맡기시려 합니다. 대인만큼 한중 사정에 밝은 사람이 어디에 있겠습니까? 대인께서 성문만 열어 주시면 한중은 손쉽게 조 승상에게 떨어집니다. 그땐 나라를 양송 대인에게 송두리째 맡기겠다고 말씀하셨습니다.”

“나…나에게 한중을 맡긴다고요?”

“그렇습니다. 인품으로 보나 역량으로 보나…, 대인만큼 적당한 사람이 없다고 말씀하셨습니다.”

“내게 한중을 맡기겠다? 조 승상이 분명히 약속하였소?”

“틀림없습니다. 이 황금갑옷이 그 징표이며, 여기 승상이 약속한 편지를 가져왔습니다.”

양송 대인!

나 조조입니다.

장로는 한중을 다스릴 인물이 못 됩니다.

양송 대인이 한중을 맡아 주십시오.

제가 진격하는 날 성문을 열어 주시면…….

장로는 다른 곳에 모시고, 대인께 나라를 맡기겠습니다.

부디 한중 땅을 살기 좋은 나라로 만들어 주세요.

　- 양송 대인을 존경하는 조조 올림.

"우리 조 승상께서는 양송 대인처럼 뛰어난 인재를 아끼십니다."

"저…정말이군요. 그럼 내가 무얼 어떻게 도와주면 됩니까?"

"지금 방덕이 최선봉에서 싸우는 체하지만 그는 조만간 우리에게 투항할 것입니다. 방덕이 앞장서서 한중으로 치고 들어가면 양송 대인께서 성문을 활짝 열어 주십시오. 그러면 한중을 대인께 맡기겠습니다."

"알겠소. 내 천천히 생각해보리다."

이튿날, 이런 음모가 진행되는 줄 모르는 방덕은 군사를 이끌고 다시 출전합니다.

"허저, 오늘 다시 한 번 겨뤄 보자."

"방덕, 기다렸다. 오늘은 꼭 승부를 가리자."

방덕과 몇 차례 싸우던 허저가 갑자기 말을 돌려 도주하기 시작합니다.

"바보 호랑이야, 거기 서라! 왜 비겁하게 달아나느냐!"

"방덕, 내가 오늘 지쳤다. 내일 다시 싸우자."

"바보 호랑이야, 이제야 내 실력을 알아주는구나. 거기 서라!"

허저를 정신없이 쫓던 방덕이 숲속으로 들어섰는데, 갑자기 땅이 꺼지고 맙니다.

"아앗! 이게 웬일이냐? 비겁하게 함정을 파놨구나."

방덕이 함정에 빠지자 매복하고 있던 군사들이 달려들어 방덕을 꽁꽁 묶은 채 조조에게 끌고 갑니다.

"승상, 적장 방덕을 생포해 왔습니다."

"방덕, 자네 같은 훌륭한 인재가 왜 어리바리한 장로 밑에 있는가? 나에게 투항하게. 나와 함께 천하통일을 해 보세."

"승상, 정말 제 투항을 받아 주시겠습니까?"

"당연한 일이지. 장로 밑에 있어 봐야 비전이 없네. 자네 같은 장수는 큰물에서 놀아야지. 나에게 오게!"

"알겠습니다, 승상! 오늘부터 승상에게 충성을 다하겠습니다."

"고맙네. 그럼 지금 자네가 선봉에 서서 장로를 치러 가세."

장로의 선봉장 방덕이 하루아침에 변심하여 창을 거꾸로 잡고 옛 주인 장로를 치러 갑니다.

"주공, 주공! 큰일 났습니다. 조조의 군사가 밀려오고 있습니다. 뿌옇게 흙먼지 말아 일으키며 엄청난 군마가 공격해 들어오고 있습니다!"

숨넘어갈 듯한 척후병의 보고에 장로가 기겁을 합니다.

"뭐라고? 조조가 정말 여기까지 쳐들어왔단 말이냐? 조조와 싸우러 나간 방덕은 어찌 됐느냐?"

"주공, 방덕이 오히려 조조군의 선봉대장이 되어 앞장서 쳐들어오고 있습니다."

"방덕이 적군의 선봉에 섰다고? 청천벽력 같은 소리구나. 방덕, 그… 근본 없는 놈! 오갈 데 없는 놈을 받아 줬더니 은혜를 원수로 갚는구나. 이제 이 일을 어쩌면 좋겠소? 대신들은 의견을 말해 보시오."

"……"

장로가 발을 구르며 개탄하지만 누구 하나 나서는 사람이 없습니다. 이때 모사 양송이 비굴한 웃음을 띠며 계책을 내놓습니다.

"주공, 우리의 군사력으로 조조와 맞서 싸운다면 이길 승산이 없습니다. 만약 우리가 끝까지 저항하다 패배한다면 조조는 끔찍한 살육을 자행할 것입니다. 성문을 열어 주고 조조에게 항복합시다. 우리가 순순히 항복한다면 무고한 백성들은 살릴 수 있습니다."

"뭐라고? 싸워 보지도 않고 항복하자고? 양송, 너무 비겁하지 않느냐?"

"장로님, 아니 장로 씨! 사람이 말귀를 못 알아듣는구만. 조조에게 대들어서 이길 자신 있소? 조조는 당대의 영웅이오. 장로, 당신 같은 쥐 배짱하고는 다르지. 장로답게 골방에 들어가 통성기도나 하시오, 살려 달라고! 당신이 성문을 열지 않으면 내가 직접 열어 주겠소."

"양송, 이제 막나가는구나. 막판에 몰렸다고 네가 나를 배신하는데, 어디 너도 얼마나 잘 풀리는지 두고 보자!"

양송의 말을 듣고 장로가 통곡합니다.

"장릉 할아버지가 오두미교를 창설하고 한중을 개척한 이래 3대째 가업을 이어 받았는데, 이 못난 장로의 대에서 망한단 말이냐? 분하고 원통하구나! 공연히 손권과 유비의 싸움에 끼어든 게 큰 실수였어. 그때 마초만 잃지 않았어도 이렇게 쉽게 패배하진 않았을 텐데……. 그러고 보면 양송, 내가 그대 말을 믿고 마초를 의심한 게 실수야. 양송, 그렇지 않은가?"

"주공, 저는 지금 주공과 신하들, 그리고 가련한 백성들을 살리기 위해 충심으로 드리는 진언입니다. 그런데 저를 오히려 질책하신다면 섭섭합니다. 이 양송을 잘못 보셨습니다."

"양송, 당신 같은 간신 때문에 나라가 망했소! 아직도 모르겠소?"

"주공, 망해가는 판국에 누굴 탓하시오? '다 내 탓이오' 하며 책임 전가를 하지 마시오. 죽고 싶지 않다면 어서 성문을 여시오!"

"모든 게 하늘의 뜻이다. 성문을 열어 주어라. 그리고 인장을 가지고 와라. 내가 성 밖으로 나가 조조에게 항복하겠다."

장로는 관인을 들고 나가 조조에게 무릎을 꿇습니다.

"승상, 한중을 승상에게 바칩니다. 부디 백성들을 너그럽게 살펴주시기 바랍니다."

"장로, 현명한 판단이오. 이제 이곳 통치는 나에게 맡기고 그대는 조용히 지내시오. 조만간 지옥으로 갈 사람이 있을 테니 그를 위해 기도나 열심히 해 주시오. 안 그런가, 방덕? 하하하하!"

조조가 성 안으로 들어서자 양송이 반색을 하며 마중 나옵니다.

"승상, 환영합니다. 제가 승상의 뜻대로 성문을 활짝 열었습니다."

"양송, 그대는 한중의 군사(작전 참모)가 아닌가? 이곳 한중엔 식량도 넉넉하고 수비군도 있는데 모두 힘을 합쳐 싸운다면 1년도 버틸 수 있을 것이다. 유비는 겨우 2만의 군사로 30만 대군에게 저항하였고, 손권은 5만의 군사로 100만 대군과 맞서 싸웠다. 그런데 너흰 10만이 넘는 군사와 넉넉한 식량을 가지고도 싸워 보지 않고 투항하다니 참 한심하구나. 양송, 넌 생김새가 쥐 수염에 돼지 볼테기, 게슴츠레한 눈을 가졌구나. 상을 보니 아주 높은 자리에 올라갈 얼굴이다. 아주 좋은 관상이야."

"승상, 그러면 약속대로 저에게 한중을 맡기시겠습니까? 한중을 저에게 맡겨 주시면 해마다 조공을 바치고 승상께 충성을 다하겠습니다."

"당연히 한중을 맡아야지. 한중을 맡아 높은 곳으로 올라가게. 그런데 높은 곳엔 자네의 그 쥐 수염 달린 얼굴만 올라가게 될 거야. 여봐라, 양송을 끌고 나가 저잣거리에서 참수하라. 주인을 배신하고 재물을 탐하는 놈은 처벌해야 한다. 참수 후 목을 성 안에서 가장 높은 장대에 매달아 두어라. 변절자의 말로를 모두 지켜보아야 한다. 그리고 양송의 집을 샅샅이 뒤져 모든 재물을 압수하라!"

"승상! 승상, 살려 주십시오. 이건 약속과 다르지 않습니까? 거기 서 있는 가후! 가후, 나를 살려 주시오. 황금갑옷은 돌려드리겠소. 방덕, 방덕! 나를 살려 주게. 자네와 마초가 어려울 때 내가 받아 주지 않았나? 우리 집에 금덩어리가 들어 있는 상자가 있네. 모두 자네에게 줄 테니 나를 살려 주게!"

울부짖는 양송은 끌려 나가고, 잠시 후 그는 한중에서 제일 높은 곳에서 성 안 모든 사람들을 내려다보게 됩니다.

조조는 한중을 점령한 후 하후연에게 성의 수비를 맡기고 허도(허창)로 돌아갑니다.

조조, 위왕에 오르다

한중을 점령하고 허도로 돌아오자 여러 대신들이 조조에게 구석(九錫)의 지위에 오르기를 권장합니다.

"조 승상, 구석의 지위에 오르십시오."

한나라 문무백관들은 천자보다는 조조에게 충성하는 사람들이 더 많습니다. 조조는 자기를 반대하는 신하는 가차 없이 죽여 없앴던 겁니다.

"구석? 난 센터(가운데)가 더 좋은데, 구석으로 가라니? 그래도 문무백관들의 뜻이라면 따라야지."

구석이란, 천자가 특별한 공로가 있는 신하에게 내리는 아홉 가지 특별 대우를 말합니다.

1. 거마(車馬) : 황금 수레를 탈 수 있다.

2. 의복(衣服) : 곤룡포를 입을 수 있다.

3. 악기(樂器) : 전속 취타대를 이끌고 다닐 수 있다.

4. 주호(朱戶) : 집 기둥이 붉은 호화 주택을 지을 수 있다.

5. 납폐(納陛) : 칼을 차고 황제를 째려볼 수 있다.

6. 호분(虎賁) : 개인 경호원을 둘 수 있다.

7. 궁시(弓矢) : 붉은 활로 신하를 마음대로 죽일 수 있다.

8. 부월(斧鉞) : 금도끼로 아무 백성이나 죽일 수 있다.

9. 거창(秬鬯) : 부모 제사를 신처럼 모실 수 있다.

이처럼 특권을 가져 천자와 그 지위가 맞먹는다고 보아야 합니다.

신하들의 권고를 듣고 조조의 입이 귀에 걸리는데, 그때 분위기를 깨며 상서령 순욱이 벌떡 일어나 반대하죠.

"승상, 구석에 오르시면 안 됩니다. 승상은 한실의 부흥을 위해서만 힘써야지 구석의 영광은 안 됩니다. 저 모리배들의 말에 귀 기울이지 마십시오. 절대 불가합니다."

순욱은 사실 30년간 조조와 동고동락하며 조조를 도운 측근 중 최측근이며, 모사 중 일등 모사입니다. 그런 순욱을 조조는 무척 아꼈으며, 또 입만 벌리면 "순욱은 나의 장자방이다. 유비에게 공명이 있다면 나에게는 순욱이 있다." 이렇게 말했죠. 그런 순욱이 조조의 구석 지위를 반대하고 나선 겁니다. 순욱이 반대하자 조조는 얼굴이 벌게지더니 "순욱, 건방지고 나쁜 놈! 두고 보자. 다들 꼴도 보기 싫다. 모두 나가라!" 이렇게 화를 벌컥 내며 앉아 있던 탁자를 걷어차고 나가버립니다.

순욱, 30년간 조 승상을 따르며 돕던 그가 오늘은 왜 갑자기 반대를 하고 나선 걸까요? 여기에서 잠깐 순욱에 대해 살펴보고 넘어가죠.

순욱은 서기 163년 영천군 영음현에서 태어났으며, 자는 문약(文若)입니다. "저 아이는 황제를 보좌할 큰 재목이 될 것이다." 주변 사람들이 순욱을 평가한 말입니다. 원소가 순욱을 알아보고 중용하려 했으나 순욱은 응하지 않았죠. "원소는 우유부단하고 쩨쩨하여 큰 인물이 못 된다." 이렇게 판단하고 조조를 찾아가 그의 책사가 되죠. 순욱이 조조에게 처음 제시한 책략은 바로 천자를 구하는 일입니다. "주공, 지금 황제는 이각과 곽사에게 쫓기고 있습니다. 주공께서 빨리 황제를 구하여 그를 모십시오." 순욱의 말을 조조는 받아들입니다. "순욱, 옳은 판단이다. 우리가 황제를 구하여 모시자." 그리하여 조조는 이각과 곽사를 무찌르고 황제를 구합니다. 그러고는 순욱에게 이런 칭찬을 하죠. "순욱, 그대는 나의 장자방이다."

황제를 구한 조조는 한나라의 대장군으로 승진하고, 순욱은 상서령으로 승진됩니다. 이 일로 조조는 천하 쟁취의 기반을 쌓게 되죠. '황제는 꼭두각시다. 천하는 이제 내 손안에 있다. 이 모든 전략이 순욱의 머리에서 나온 것이다. 기특한 놈!' 순욱은 재능 있는 사람을 알아보는 인재의 선발에도 탁월하여 조조의 신임을 받습니다. 원소와 대치하던 관도대전 때도 조조는 원소의 70만 대군에 겁을 먹고 승산이 없다고 생각했지만 순욱의 지략과 책략으로 원소를 물리치고 대승을 거두게 되죠. 그런데 조조와 순욱이 지향하는 방향 중 근본적인 차이점이 하나 있습니다. 조조는 언제든 기회를 보아 한나라를 뒤엎고 천하를 손에 쥐려 하지만, 순욱은 오직 한 왕조를 지속시켜 황제를 보호하려는 마음뿐입니다. 뿌리 깊은 유교의 충성심이죠. 그래서 조조가 구석의 지위에 오르자 순욱은 이를 몹시 못마땅하게 생각합니다. 조조와 순욱의 틈이 점점 벌어지는 거죠. 그길로 순욱은 자택에 칩거하며 자리에 누워 일어나지 않습니다.

조조는 며칠 후 정욱(程昱)을 불러 묻습니다.

"순욱이 요즘은 어떻게 지내나?"

"예, 승상. 지난번 승상의 구석을 반대한 이후 병석에 누워 일어나지 않습니다."

"그래? 그렇다면 제대로 먹지도 못하겠군. 저기 내가 준비한 과일이 있으니 갖다 주게."

"예, 승상. 제가 순욱의 병문안을 다녀오겠습니다."

정욱이 문병차 순욱을 방문합니다.

"상서령, 조 승상께서 위문차 과일을 보냈습니다. 드시고 기운을 차리십시오. 그런데 순욱 대인은 30년 동안 조 승상을 보필했는데, 왜 갑자기 구석을 반대하시는지요?"

"정욱, 난 조 승상을 보필하지만 그래도 나는 한실의 신하입니다. 승상이 천자를 거스르는 일만큼은 용납할 수 없습니다."

"상서령, 잘 알겠습니다. 과일을 드시고 빨리 쾌차하시기 바랍니다. 전 이만 가보겠습니다."

"예, 수고하셨습니다. 살펴 가십시오."

정욱이 간 후 조조가 보낸 과일 상자를 열어 봅니다. 그런데 과일 상자에는 아무것도 들어 있지 않습니다.

'승상께서 빈 상자를 보냈구나. 이건 무슨 뜻인가? 나에게 자결을 하라는 암시구나. 나도 이제 살 만큼 살았으니 미련 없이 떠나야겠다.'

순욱은 가족들에게 유서를 남기고, 대들보에 목을 매 자결하고 맙니다.

그럼 왜 순욱은 자결이라는 극단적인 행동을 택한 걸까요?

조조의 뜻에 반대의사를 분명히 했으니, 자칫하면 순욱의 3족 또는 9족이 멸족당하게 될 것은 뻔한 일입니다. 그래서 깨끗하게 자기 한 목숨 버려 멸문지화를 막은 거죠.

"순욱이 자결했다고? 안타까운 일이구나. 후하게 장례를 치러 주어라."

순욱이 자결하자 조조는 눈물을 뚝뚝 흘리며 진심으로 슬퍼합니다.

"순욱, 그대는 어찌 그리 고집이 세오? 그대가 아니었으면 내가 어찌 오늘날 이 자리에 있을 수 있을까? 안타깝구나, 순욱!"

순욱이 죽자 조조가 구석을 받는 일에 반대할 사람은 아무도 없습니다.

"천자의 뜻에 따라 구석에 오른다."

무능한 천자는 반대도 못 하고 조조에게 구석의 지위를 허락합니다. 그러자 조조의 측근들은 다시 조조를 왕위에 오르도록 부추기죠.

"승상께서는 한나라에 가장 큰 공을 세우신 분입니다. 이젠 승상께서 왕위에 올라야 합니다. 승상, 이젠 위왕(魏王)에 오르소서!"

한실의 신하들이 모두 조조에게 왕위에 오를 것을 권합니다.

"허어, 내가 한 일이 뭐가 있다고 왕이 되겠소? 가당치 않은 말이요."

"승상께서는 장로를 제압하고 한중 땅을 점령하였으니 그 공로가 지대합니다. 더구나 승상은 현재 구석의 지위를 누리고 있으니, 이젠 그만 왕의 자리에 오르셔야 합니다."

"허어, 그만들 하시라니까……."

조조는 벙긋벙긋 벌어지는 입을 겨우 다물며 너스레를 떱니다.

"어…어흠, 여러 대신들께서 나에게 왕위에 오르라고 하는 것은 고마운 말씀이나 내가 큰 공도 없이 어찌 왕이 되겠소?"

이때 신하 중에 최염(崔琰)이라는 사람이 일어나 큰 소리로 외칩니다.

"조조, 당신은 왕이 될 수 없소. 그대들은 '백마의 맹약'을 모르시오?"

"백마의 맹약? 아, '백마지맹(白馬之盟)'을 말씀하시는군요."

"그렇소. 한고조 유방이 한나라를 세우신 후 여러 제후들과 백마의 맹약을 하지 않았소? 즉, 한나라를 세운 고조 유방께서는 어느 날 대신들을 불러놓고 백마 한 마리를 잡았지요. 한고조 유방께서는 대신들과 함께 그 피를 마시면서 이렇게 맹세하게 했었죠. '유씨 성이 아닌 사람은 결코 왕이 되어서는 안 된다. 이 맹약을 위반하는 자는 모두들 힘을 합쳐 그를 죽여라!' 그러니 조 승상은 왕이 되어서는 안 되오. 조씨가 어찌 왕이 된단 말이요?"

이 말을 들은 조조가 낯을 붉히며 자리를 박차고 일어섭니다.

"최염! 그대는 굶어 죽지는 않을 사람이군."

"승상, 그건 무슨 뜻입니까? 내가 굶어 죽지는 않다니요?"

"맞아 죽겠어. 그댄 맞아 죽을 거야. 두고 보자, 최염!"

조조가 자리를 박차고 나가버리자 대신들도 뿔뿔이 흩어집니다.

최염이 궁을 나서는데 뒤에서 누가 부르는 소리가 납니다.

"최염, 잠깐 나 좀 보자."

그는 다름 아닌 조조의 호위대장 허저입니다. 허저는 조조의 명령이라면 불길 속으로도 뛰어드는 사람이죠.

"승상의 호위대장이 왜 나를 부르시오?"

"그대가 역모를 꾀하고 있다는 고변이 들어왔소. 잠깐 조사할 일이 있으니 따라오시오."

"내가 무슨 역모를 꾀했단 말이요? 나를 연행하려거든 영장을 제시하시오."

"영장? 지금은 영장이 필요 없는 고대사회다. 그런 건 1800년 후에 대한민국 검찰이나 경찰에서 찾아보아라. 여봐라, 저 입만 살아 있는 놈을 끌고 가자!"

"놔라! 네놈들이 조조의 명을 받고 이런 줄 알고 있다."

"좋은 말로 할 때 따라와라!"

허저는 다짜고짜 최염을 끌고 감옥으로 가더니 옥에 잡아넣습니다. 그러고는 최염을 그 자리에서 마구 때리기 시작합니다.

퍽! 퍽!

"넌 맞아 죽을 팔자라고 승상께서 말씀하셨다."

"아이쿠! 그만 때려라. 조조, 이 천벌 받을 놈! 귀신이 되어서도 복수하겠다!"

매를 견디지 못한 최염은 그 자리에서 맞아 죽고 말았습니다. 조조의 왕위 등극에 반대하던 최염이 맞아 죽었다는 소문이 퍼지자 문무백관 모두가 숨을 죽이고 조조의 눈치를 살핍니다.

"최염이 어제 저녁에 맞아 죽었다네. 호위대장 허저에게 죽었다는 군……."

"쉿! 조용히들 하게."

최염이 죽고 나자 문무백관 대신들은 더욱 열을 올려 조조에게 등극하기를 권장합니다.

"승상, 위왕에 오르십시오. 저희가 천자께 아뢰어 성지를 받아 오겠습니다."

"알겠소. 여러 대신들께 감사할 따름이오."

이튿날, 조조의 심복들은 천자를 알현합니다. 당시의 천자는 유협으로, 한나라 마지막 황제가 될 헌제입니다. 겁이 많아 한마디로 말해 신하인 조조에게 눌리어 찍소리도 못하는 무능한 천자입니다.

"폐하, 조 승상을 위왕에 봉하는 조서를 내려 주십시오."

'건방진 놈들, 신하의 주제를 모르는구나. 난 허수아비 황제가 아니다! 다만, …꼭두각시일 뿐이다.'

"알겠소. 그러나 짐에게도 생각할 여유를 주시오."

우유부단한 황제 유협은 그날부터 깊은 시름에 빠지게 됩니다.

조조, 복 황후 시해

곁에서 지켜보던 황후가 조심스럽게 말문을 엽니다.

"폐하, 그까짓 왕위를 허락하시지 왜 그렇게 고민하십니까?"

"황후, 그게 그렇게 간단한 이야기가 아니오. 왕 다음 가는 자리는 황제의 지위요. 그가 왕이 되면 곧바로 짐을 밀어내고 황제에 오르려고 할 것이오. 400년 이어 온 이 나라를 내 대에서 빼앗길 순 없소. 그러나 조조의 위세는 날로 커지고…, 짐의 존재 가치는 날로 작아지니 무슨 수로 조조의 횡포를 막는단 말이오? 이젠 신하들 중 믿을 수 있는 사람은 하나도 없소. 짐에게 진심으로 충성하던 순욱도 죽고, 최염도 죽었소."

"폐하, 그래도 아직 믿을 수 있는 사람이 딱 한 사람 있습니다. 바로 제 아비 복완(伏完)입니다."

"내 장인이며 황후의 아버지 복완 말씀이오?"

"그렇습니다. 비밀리에 밀서를 써서 제 아비에게 보내십시오."

"좋습니다. 장인이라면 조조를 제거할 수 있을지 모르오."

황제는 밀서를 작성하여 목순(穆順)이라는 환관에게 건네줍니다.

"이 밀서를 감추어 내 장인인 국구 복완에게 전달하시오."

"예, 폐하!"

목순은 황제의 밀서를 상투 속에 감추고 궁을 나섭니다. 그러나 조조는 이런 사태에 대비해 이중 삼중의 감시망을 쳐 두었죠.

"승상, 목순이 황제 폐하와 독대한 후 궁을 빠져나갔습니다."

"어디로 갔느냐?"

"국구 복완의 집으로 들어갔습니다."

"놓치면 안 된다. 목순을 잡아 와라."

목순이 복완을 만나 황제의 밀서를 꺼내 보여 주자 복완이 통곡합니다.

"폐하, 신이 기어코 역적 조조를 제거하고 한실을 부흥시키겠나이다. 흑, 폐하! 폐하……."

복완은 급히 답장을 써서 건넵니다.

"목순, 여기 내가 답장을 썼으니 극비리에 폐하께 전달해 주시오. 내 기어코 저 역적 조조를 제거할 것이오."

"예, 국구. 제가 폐하께 이 편지를 꼭 전하겠습니다."

목순이 복완의 집을 빠져나와 궁으로 향하는데, 10여 명의 무사들이 길을 가로막습니다.

"목순, 거기 서라! 어딜 다녀오나?"

"다…당신들은 누구요? 노상강도라면 사람을 잘못 골랐소. 나는 지금 현금이라고는 가진 게 없소."

"목순, 난 상서령 화흠이다. 복완의 집에서 무얼 가지고 나온 거냐? 솔직히 말하라."

"사…상서령, 국구께서 몸이 편찮으시다고 해서 병문안을 다녀오는 길입니다. 급히 의원을 불러 드려야 합니다."

"거짓말하지 마라. 여봐라, 저놈의 신체를 샅샅이 수색하라!"

"놔라! 이놈들, 영장도 없이 누구 몸에 함부로 손을 대는 거냐?"

퍽!

"말이 많구나. 고분고분하지 않으면 목숨도 보장하지 못한다."

"오냐, 정 그렇다면 얼마든지 뒤져 보아라. 난 아무것도 가진 게 없다!"

무사들이 목순의 신체를 샅샅이 수색하였으나 정말 아무것도 발견하지 못합니다.

"상서령, 가진 거라고는 교통카드 한 장과 직불카드, 그리고 만 원짜리 지폐 한 장뿐입니다. 우리가 헛다리를 짚은 듯합니다."

"알겠다. 아무것도 없다면 놓아주어라."

"목순, 돌아가도 좋다."

"알겠소. 영장 없이 몸을 뒤져 기분은 나쁘오만, 오늘 일은 내가 이해하고 아무런 문제도 삼지 않겠소."

목순이 막 돌아서서 가려는데, 갑자기 바람이 세게 불어 목순이 쓰고 있던 두건이 날아가고 맙니다.

"잠깐! 이리 와라. 머릿속을 한번 만져 보자."

"이놈들! 머리는 또 왜 건드리느냐?"

퍽!

"이놈이 끝내 말이 많구나. 그런데 상투 밑에 감춘 이것은 뭐냐? 상서령! 목순의 상투 속에서 이런 편지가 나왔습니다."

"편지라고? 어디 읽어보자."

"이놈들, 이리 내놔라. 천벌이 두렵지 않느냐?"

퍽!

"조금도 두렵지 않다."

목순의 상투에 감추었던 종이를 펴봅니다.

황제 폐하!

폐하가 내려주신 밀서는 눈물로 봉독하였나이다.

제가 형주에 있는 유비에게 호소하여 허도를 치도록 하겠나이다.

그렇게 되면 역적 조조는 유비를 막기 위해 군사들을 동원하여 출정할 것이니 그 틈을 타 동지들을 규합하여 허도에 남아 있는 조조의 잔존 세력을 소탕한 후 앞뒤로 협공하여 조조를 죽이겠나이다.

폐하, 대의명분이 뚜렷하니 이번 거사는 반드시 성공할 것입니다.

이 편지를 다 읽은 화흠은 목순을 포박하여 승상부로 데려가죠.

조조는 목순을 내려다보며 치를 떱니다.

"네 이놈들! 너희가 감히 유비와 내통하여 나를 죽이겠다고? 어림도 없는 소리! 너희 모두의 9족을 멸할 것이다. 두고 봐라!"

이튿날 조조는 황제를 포함하여 만조백관을 불러 모았습니다.

"황제 폐하, 나 조조는 성심을 다하여 폐하를 모셨건만 폐하께선 왜 나를 죽이려 하시오? 자, 황제께 검을 드릴 테니 이 자리에서 나를 찔러 죽이시오."

조조가 황제 앞에 검을 던지니 황제는 검을 보고 부들부들 떱니다.

"승상, 이건 모두 오해요. 내가 왜 승상을 죽이려 하겠소? 제발 진정하시오."

"칼을 줘도 나를 죽일 용기가 없으시오? 여봐라, 상서령 화흠은 지금 당장 군사들을 이끌고 가서 복 황후(伏皇后)를 끌고 와라. 오해인지 아닌지 직접 들어보자."

"예, 승상!"

화흠이 황후궁에 난입하자 복 황후는 문을 닫고 벽 사이에 숨어 떱니다.

"벽을 부수고 황후를 끌어내라!"

"네 이놈들, 어디에 감히 손을 대느냐? 난 이 나라의 국모 황후다!"

"황후 아줌마, 반항하지 말고 곱게 따라오슈. 우리가 뭔 힘이 있습니까?"

황후는 머리를 풀어헤친 채 산발을 하고 군사들에 이끌려 나오다 황제를 보고는 울부짖죠.

"폐하, 이럴 수가 있습니까? 만승천자의 몸으로 제 아내 하나 구하지 못하십니까?"

헌제는 바짓가랑이로 오줌을 줄줄 싸며 어쩔 줄을 모릅니다.

"황후, 황후! 나 또한 언제까지 살지 모르오."

그리고 황제는 무릎걸음으로 기어 가 조조의 옷을 붙잡으며 사정합니다.

"승상, 승상! 용서하시오. 황후는 지금 홀몸이 아닙니다. 아이를 잉태하였으니 제발 목숨만 살려 주시오."

"흥! 살려 달라구요? 충신인 나를 죽이려 할 때는 언제고 이제 와서 살려 달라는 거요?"

"승상, 모든 게 내 잘못이오. 용서하시오. 황후는 지금 임신 중이니 뱃속의 아이를 봐서라도 한 번만 용서하시오!"

"용서? 흥! 여봐라, 시작해라."

조조가 명령하자 시립해 있던 무사들이 하얀 천을 복 황후의 목에 감아 양쪽에서 당기기 시작합니다.

"으…윽, 살려 주시오. 으…윽!"

만조백관 앞에서 신하라는 자가 황후를 처참하게 시해하건만 누구 하나 나서서 말리는 사람이 없습니다.

황후가 눈을 뜬 채 목이 졸려 죽자, 조조는 복 황후의 아버지 복완과 환관 목순 및 양쪽 일가 등 남녀노소 가릴 것 없어 모두 잡아다 처형합니다. 한 마디로 멸문지화를 시키는 거죠. 이 사건으로 처형당한 사람이 200명이 넘었다고 합니다.

눈앞에서 아내가 살해당하자 황제는 기둥에 머리를 찧으며 울부짖죠.

"황후, 황후! 못난 황제를 원망하시오. 아아, 천하에 이런 일이 있어도 된단 말인가! 이것이 인간 세상이냐, 짐승의 세상이냐! 하늘이여, 나를 데려가소서!"

그때가 건안 19년, 서기로는 213년의 일입니다.

황제가 식음을 전폐하고 드러눕자 조조가 찾아가 얼굴에 음흉한 미소를 지으며 황제를 달랩니다.

"폐하, 너무 서글퍼 마소서. 제 딸 조절(曹節)이 자태가 곱고 예쁩니다. 그 애를 폐하께 바치겠나이다."

조조는 자신의 딸을 강제로 황후에 천거했건만 황제는 거절할 힘도, 반항할 힘도 없이 눈물만 흘릴 뿐입니다. 이렇게 황후에 오른 조조의 딸이 바로 '헌목 황후(獻穆皇后)'입니다.

그리고 3년 후 서기 216년, 조조는 위왕의 자리에 오르죠.

"이 모든 사달이 조조에게 왕위를 주지 않으려다 발생한 일이다. 조조를 위왕에 봉하겠다."

황제는 조조에게 칙서를 내립니다.

　　　　칙　서
　하늘의 뜻을 받아 천자가 명하노라.
　조조를 위왕에 봉한다.

위왕은 선정을 베풀어 백성들을 편안케 하라.

— 건안 22년(서기 216년) 한나라 황제 유협

승상 조조가 드디어 왕위에 오릅니다. 유협은 어렸을 때 매우 총명했다고 합니다. 그래서 동탁에 의해 황제로 옹립된 사람이죠. 그러나 그후 동탁의 횡포에 시달리다 다시 이각과 곽사에게 납치되어 곤혹을 치르고, 겨우 조조에게 구조되었으나 다시 마각을 드러낸 조조……. 그 조조의 횡포 등을 견디며 구차한 목숨을 연명하다 보니 유협은 우유부단하고 바보 같은 황제가 되고 말았죠.

위왕에 오른 조조, 자는 맹덕(孟德)이며, 서기 155년에 조숭의 아들로 낙양에서 태어났습니다. 조숭은 환관 조등의 아들이죠. 환관은 중요한 그것(?)이 없는데, 어떻게 애를 낳았냐구요? 조등의 해명을 들어볼까요?

"난 마누라와 손만 잡고 잤는데 황새가 창문으로 날아 들어와 애를 물어다 놓고 날아갔습니다. 그 애가 내 아들이며, 조조의 애비인 조숭입니다. 왜?…더 이상 의문이 있나요?"

그리고 보면 조숭은 환관 조등의 양자로 들어갔고, 그리고 조조를 낳은 거죠.

조숭의 조상은 원래 '하후(夏侯)'씨였습니다. 조숭은 가난하여 먹고살기 힘들어 환관 집에 양자로 들어간 겁니다. 조조가 나중에 안 사실이지만 사실은 하후돈과 종형제 관계입니다. 어쩐지…, 하후돈·하후연 형제를 끔찍이 아낀다 생각했죠? 조조는 어려서부터 많은 책을 읽었으며, 손자병법을 연구하여 '신조조병법'이라 불리는 『위무주손자(魏武註孫子)』라는 저술을 남깁니다. 그리고 당대에 뛰어난 시인이기도 하죠. 그 피를 이어 받은 두 아들인 조비(曹丕), 조식(曹植)도 뛰어난 문장가입니다.

조조의 청년시절에 '허소'라는 관상을 잘 보고 인물평을 잘하는 사람이 있었습니다. 그가 조조를 보고 이렇게 평하죠. "치세의 능신이요, 난세의 간웅이다(治世之能臣 亂世之姦雄)." 이 말을 들은 조조는 싫지 않다는 듯 껄껄 웃었다고 합니다. 그 당시 동탁이 승상의 지위에 앉아 나이어린 황제를 깔고 앉아 온갖 횡포를 부립니다. 젊은 조조는 동탁을 암살하려다 실패하고 진궁과 함께 쫓기게 되죠. 그러다가 은인 여백사를 죽이는 실수를 범합니다. 이때 조조는 이런 말을 합니다. "내가 천하를 버릴지언정 천하가 나를 버리지 못하게 할 것이다." 이 말을 들은 진궁은 조조를 떠나죠. "인간인 줄 알았더니 야수구나." 하면서요.

동탁이 자기의 양자 여포에게 죽고 황제(헌제 유협)는 또다시 이각과 곽사에게 시달리다가 그들에게 탈출하여 개 쫓기듯 이리저리 쫓겨 다니는데, 조조가 잽싸게 황제를 찾아내 보호하기 시작합니다. 나이 어린 황제는 조조 때문에 살았다고 기뻐하죠. 마치 아비 모시듯 조조를 대했는데, 조조는 차츰 마각을 드러내며 황제를 가지고 놀기 시작합니다. 그때가 서기 195년 무렵입니다. 다시 설명하자면 조조는 헌제를 자신의 보호 아래 둠으로써 황실의 권위를 배경으로 세력을 크게 확대할 수 있었죠. 이런 꾀가 거의 모두 지략가 순욱의 머리에서 나온 겁니다.

조조는 202년 하북의 맹주 원소를 토벌하였고, 208년 승상의 지위에오른 뒤 100만 대군을 동원해 오나라 손권을 치려 했으나 적벽에서 손권과 유비의 연합군에 대패합니다. 그러나 한중을 공략하여 장로를 제거한 후 구석의 지위에 오르려 했으나 순욱이 반대하죠. 조조는 빈 과일상자를 보내 순욱을 자결하게 만듭니다. 그 후 서기 216년에는 스스로위왕에 올라 황제와 마찬가지의 권력과 위세를 행사하죠. 황금마차를타고, 칼을 차고, 신발을 신고, 황제와 나란히 앉아 한나라 국정을 마음껏 주무릅니다.

며칠 후, 황금마차를 타고 등청한 조조가 천자 곁에 칼을 차고 거만하
게 앉습니다.

"거 천자께서는 눈을 내리까시오."

"아 위왕, 아…알겠소."

"자아, 모두 자리에 앉으시오. 오늘은 중대 발표를 하겠소. 이곳 허도
(허창)에서 황제와 함께 생활하니 여러 가지로 불편한 점이 많소이다.
그래서 승상부를 업군(鄴郡)으로 옮기겠소."

"위왕 전하, 그러면 허도 방위사령관엔 누구를 임명하시겠습니까?"

"그건 내가 업군으로 옮겨 간 후 발표하겠소."

엉뚱한 발표를 한 후 조조는 측근 몇 사람만 이끌고 업군으로 떠나 버
립니다.

"위왕께서 업군으로 옮기셨다."

"그럼…, 허도 방위사령관엔 누가 임명될까? 아마 대장군이나 상장군
가운데 가장 뛰어나고 유능한 장수를 임명하시겠지?"

"하후돈 장군이 위왕에게 신임을 얻고 있으니 그가 가장 유력한 사람
이야."

사람들은 허도 방위사령관 자리를 놓고 이러쿵저러쿵 말들을 합니다.

"하후돈 장군, 허도 방위사령관에 임명될 거란 소문이 파다하던데,
축하합니다."

"축하라니요? 아직 임명장도 내려오지 않았는데…, 그러나 제가 임
명된다면 최선을 다해 허도를 지키겠습니다. 여러분, 관심 가져 주시어
감사합니다."

이렇게 하마평이 무성한 가운데, 며칠 후 위왕 조조는 '왕필(王必)'이

라는 사람을 허도 방위사령관으로 지명합니다.

"왕필? 그가 허도 방위사령관이 되었다고? 이건 파격도 너무 심한 파격 인사야!"

"그래, 왕필은 이제 겨우 장군의 반열에 들어선 준장급 장수인데 그를 허도 방비사령관에 임명하다니? 더구나 그는 술을 지나치게 좋아하고 판단력도 둔해 이런 중차대한 업무를 맡기기엔 부적절한 사람인데……."

인사가 발표되자 가장 낙담한 사람은 하우돈입니다.

'무슨 이런 인사가 있어? 차라리 파출소장을 데려다 경찰청장으로 임명하는 게 낫지. 왕필에게 그 막중한 허도 방위를 맡기다니……. 주변 사람들은 내가 임명될 거라 기대했는데, 참 쪽팔리는구만……. 이거 혹시 비선실세 장난 아냐?'

업군으로 옮겨 간 조조는 은밀히 하후돈을 부릅니다.

조조의 반대세력 제거 계획

"위왕 전하, 하후돈이 전하께 불려 왔습니다."

"하후돈, 허도 방위사령관에 임명되지 못해 섭섭했지?"

"뭐, 섭섭할 게 뭐…있습니까? 전혀 섭섭지 않은 건 아니지만…, 뭐…뭐 괜찮습니다. 어허…험!"

"이사람 섭섭했구만 그래. 하후돈, 지금부터 내 지시를 잘 듣게. 내가 변방에 있는 군사 5만 명을 비밀리에 불러올렸네. 자네가 이 5만의 군사를 지휘하여 허도 인근에 진을 치고 기다리게. 그러면 며칠 후 허도에서 큰 불과 폭동이 일어날 거야. 그때 신속히 허도로 진입하여 불을 끄고 폭동을 진압하게. 그리고 폭동을 일으킨 주모자는 꼭 생포해야 하네."

"전하, 알겠습니다! 왕필을 허도 방위사령관에 임명하시더니, 다 숨은 뜻이 있었군요."

"그렇다네. 내가 왕으로 등극했지만 여기에 불만을 품은 신하들이 많이 있네. 그들을 가려내어 방화와 폭동을 핑계로 모조리 제거할 계획이야. 자네도 낚시를 해 봤지? 낚시는 물고기가 좋아하는 미끼를 써야 덥석 물지. 왕필은 게으르고 우둔한 사람이야. 내 왕위 등극을 반대하는 사람들은 왕필을 얕보고 틀림없이 반란을 일으킬 거야. 그때를 놓치지 말고 모두 잡아들여 소탕해야 하네."

"전하, 영명하십니다. 잘 알겠습니다!"

"그리고 여기 명단을 받게."

"이게 무슨 명단입니까?"

"내 왕위 등극에 불만을 품은 자들 명단이야. 허도에 불이 나고 소동이 일어나거든 이 명단에 들어 있는 자들을 무조건 잡아들이게."

"폭동과 관계없어도 잡아들입니까?"

"물론이지. 폭동과 아무 관계없지만 폭동을 주동했다는 누명을 씌워 모조리 처단해야 하네."

"위왕 전하, 잘 알겠습니다. 이 명단은 일종의 블랙리스트군요. 허도에 화재가 발생하면 이 명단에 들어 있는 자들을 모조리 체포하겠습니다."

이렇게 조조가 하후돈에게 비밀 지령을 내릴 무렵, 허도에 사는 '경기'라는 사람이 친구 위황과 마주 앉아 비밀스러운 얘기를 나누고 있죠.

"역적 조조의 횡포가 날로 심해지고 있네. 머지않아 황제 폐하를 밀어내고 천자의 자리를 빼앗고 말 거야."

"경기, 나도 그 점을 염려하고 있네. 우린 여러 대에 걸쳐 한나라의 녹을 먹고 산 충신의 자손들인데 어찌 역적을 따르겠는가? 우리가 조조를 쳐 없애세."

"좋네! 그럼 우리가 뜻을 같이할 동지들을 규합하여 계책을 세워 보세."

"내 친구 중에 '김위'라는 사람이 있네. 이 사람은 일찍부터 조조를 없앨 마음을 가지고 있다네. 더구나 김위는 허도 방위사령관 왕필과는 동문수학한 사이라네."

"그래? 그러나 김위가 왕필과 친구라면 어찌 우리 일에 끼어들겠는가?"

"그렇군. 우리가 김위의 집에 찾아가 그의 속마음을 한번 떠보세."

그길로 두 사람은 김위의 집에 찾아갑니다.

"김위, 오랜만일세. 자네 집에 좋은 술이 있다고 해서 한잔하러 왔네."

"반갑네. 당연히 한잔해야지. 여기 3년 묵은 인삼주가 있네. 이걸 한잔씩 하세!"

술이 몇 잔 돌아가자 경기가 슬그머니 말을 꺼냅니다.

"김위, 사실은 내가 한 가지 청탁을 하러 왔네. 머지않아 조조 위왕 전하께서는 천자에 오르실 게 아닌가? 그때가 되면 허도 방위사령관 왕필이 크게 출세할 텐데, 그때 우리도 한자리 천거해 주시게. 우리가 그 은혜는 톡톡히 갚겠네."

그러자 김위가 벌떡 일어서더니 화를 냅니다.

"뭐? 조조가 황제에 오른다고? 그래서 왕필에게 인사 청탁을 해 달라고? 에라…이, 개만도 못한 자식들!"

술병을 들어 바닥에 내팽개치더니 이내 술상을 발로 걷어차 버립니다.

"당장 내 집에서 나가라! 조조 집에 가서 집 지키는 개 노릇이나 해라! 여봐라, 이놈들을 쫓아내고 소금 뿌려라. 소금도 아주 왕소금으로 뿌려라! 나쁜 놈들……."

그제야 경기와 위황은 김위의 진심을 알고 거사 계획을 털어놓습니다.

"참게 참아! 우린 사실 역적을 쳐 없애려고 자넬 찾아온 것이네. 방금 한 말은 자넬 떠보려고 한 소리였네."

그러자 김위가 반가워하며 경기와 위황의 손을 덥석 잡습니다.

"그랬었군! 그럼 좋은 계책이라도 있나?"

"며칠 후 우리 집에서 의논하세."

닷새 후, 경기의 집에 김위, 위황, 길막, 길목 등 다섯 사람이 모였죠. 길막과 길목은 조조 암살 계획을 세웠다 실패한 의사 길평의 아들입니다.

"자, 우리 오랜만에 고스톱이나 한판 두드리세!"

"좋지. 점 1,000원씩이고 피박, 광박 다 있네."

"시작하세. 기계를 돌리게. 난 광 팔고 들어가네."

탁탁탁!

"어…어? 설사야! 쌌네, 쌌어!"

"자, 내가 났네! 흔들고, 쓰리고!"

네 사람이 한창 고스톱을 하는 중에 경기가 슬그머니 말을 꺼냅니다.

"여러 동지들, 우린 모두 한나라 충신의 자손들인데 조조를 두고만 볼 셈입니까?"

"두고만 보아서는 안 되죠. 조조가 왕위에 올랐으니 다음 차례는 황제가 되려는 속셈입니다."

"조조를 지금 제거하지 않으면 한나라는 자칫 망하고 말 것입니다."

"그렇습니다. 지금 조조가 허도를 떠나 업군에 가 있으니 좋은 기회입니다. 또 허도 방위를 맡은 왕필은 여기 계시는 김위와 동문수학한 사이입니다. 따라서 제가 조조를 제거할 구체적 계획을 말하겠습니다. 며칠 후면 정월 대보름 아닙니까? 대보름날 사람들은 집마다 큰 등을 내걸고 경축할 것입니다. 이때 김위가 왕필을 불러내 술을 먹이다가 왕필이 술에 취하면 그를 죽여 버린 후 병권을 마비시켜야 합니다. …그럼 치안은 공백 상태가 되는 거죠. 그때 나머지 동지들은 이곳저곳에 불을 지르십시오. 여러 군데에 불을 지르며 조조를 타도하자고 선동을 해야 합니다. 사람들이 호응하면 점차 폭동으로 발전시켜야죠. 폭동에 호응하는 자들이 많아지면 그들을 몰고 대궐로 들어가 천자부터 장악해야 합니다. …천자를 모신 다음, 만조백관을 불러 모아 조조를 치라는 분부를 내리는 거죠. 그런 다음 제가 군사를 몰아 업군으로 가서 조조를 사로잡겠습니다. 위황, 자네는 곧 사신을 보내 유비를 모셔 오게. 유비가 군사를 몰고 와 준다면 거사는 끝나는 거야."

"좋은 계획이요. 그렇게 거사를 합시다."

며칠 후 정월 대보름이 되자 많은 사람들이 거리로 몰려나와 축제를 즐깁니다. 집집마다 등을 내걸고 쥐불놀이를 하며 한창 축제 분위기인데……. 허도 방위사령부에 손님이 찾아듭니다.

"사령관님, 김위라는 친구분이 찾아오셨는데요."

"김위? 아 나와 동문수학한 그 친구로군. 모셔 들이게!"

"왕필 사령관, 이거 얼마 만인가? 반갑네, 반가워!"

"오, 김위! 오랜만이네. 자네가 갑자기 여긴 웬일인가?"

"지위 높은 사람은 어떻게 사는지 보러 왔네, 허허! 오늘 정월 대보름인데 나가서 귀밝이술이나 한잔하세."

"김위, 난 요즘 선술집엔 안 다닌다네."

"당연하지. 지체 높으신 사령관님이 싸구려 술집에 다녀서는 안 되지! 내가 허도 최고급 요정으로 모시겠네. 그곳엔 접대하는 아가씨들만 100명이 넘는 곳이지."

이렇게 왕필과 김위는 허도 최고급 요정에 마주 앉았습니다.

"자, 이 집에서 제일 예쁜 아가씨들 들라 해라! 술은 발렌타인 30년산으로 가져와라. 우리 오늘 코가 삐뚤어지도록 마셔 보세."

"야~, 김위! 자네가 한턱 쏘는구만. 이런 불경기에도 자넨 남다르군."

발렌타인 30년산 술이 다섯 병째 들어오자 분위기는 더욱 고조됩니다.

"여기 밴드를 불러라!"

전자 오르간과 기타를 맨 2인조 밴드가 들어오고, 왕필이 먼저 조용필의 〈허공〉으로 한 곡조 뽑습니다. 이렇게 분위기가 무르익어 가는데, 갑작스레 일이 터집니다.

"불이야, 불이야!"

갑자기 요정 뒤채에서 불길이 치솟기 시작합니다.

"어 뜨거워! 갑자기 웬 불이냐? 빨리 불을 꺼라!"

이때 왕필의 부관이 황급히 뛰어와 보고합니다.

"사령관님, 크…큰일 났습니다! 허도 방위사령부 인근에서도 큰 불이 일어났습니다."

"뭐…뭐라고? 사령부 인근에서 불이 났다고? 큰일이구나! 빨리 가 보자. 1호 차를 대기시켜라! 아…아니 1호 말을 대기시켜라! 그런데 왜 이렇게 술이 취하냐? 몸을 가누기 힘들구나."

왕필이 비틀거리며 말에 오르려는 순간, 어디에선가 화살이 날아와 왕필의 목을 꿰뚫고 맙니다.

"으…윽!"

"왕필, 친구끼리 미안하네. 잘 가게!"

왕필이 죽고, 시내 곳곳에서는 불길이 치솟으며 소요 사태가 일어납니다.

"왕필은 죽고, 치안 상태는 공백이 되었다. 이 기회에 역적 조조를 타도하자! 궁궐로 몰려가자!"

"와아!"

"천자를 배알하고 조조를 찾아 죽이자! 조조를 타도하자!"

처음 10여 명의 군중들이 조조 타도를 외치자, 그 수는 순식간에 수백 명의 군중들로 불어납니다. 이는 경기, 김이, 위황, 길막, 길목 등 다섯 사람이 사전에 규합한 사람들과 함께 여기저기 불을 지르며 선동하기 때문이죠.

"궁궐로 진입하라!"

수백 명의 사람들은 순식간에 수천 명으로 불어나더니 성문 경계병을 밀쳐 내고 천자가 계시는 궁궐로 난입하기 시작합니다.

이때, 황제 유협은 갑자기 성난 민중들이 난입해 들어오자 당황하죠.

"이건 무슨 폭동이냐? 이젠 나를 죽이기 위해 폭도들이 궁궐까지 난입했단 말이냐?"

"황제 폐하, 빨리 피하십시오!"

황제는 주민들이 자신을 해치려는 폭도라고 착각하고 다른 장소로 피난합니다.

"천자 폐하를 뵙게 해 달라. 천자 폐하, 천자 폐하! 조조를 내치소서. 조조를 몰아냅시다!"

수천의 성난 민중들이 우왕좌왕하는 사이, 갑자기 어디에서 나타났는지 수만 명의 군사가 군중들을 에워쌉니다.

"폭도들은 들어라! 너흰 포위됐다. 반항하면 죽는다. 그러나 순순히 투항하면 살려 주겠다. 모두 제자리에서 머리에 손을 얹고 꿇어앉아라!"

이는 조조의 밀명을 받고 허도 외곽에 주둔하던 하후돈의 5만 군사가 진입해 들어온 것이죠.

"주모자는 생포하라! 그리고 부관은 잘 들어라. 여기 명단을 줄 테니 군사 1천 명을 인솔하여 이들을 잡아 와라. 위왕 전하의 명령이니 이유는 묻지 말고 집 안팎을 샅샅이 뒤져 모두 잡아 와야 한다!"

날이 밝자 경기, 김이, 위황, 길막, 길목은 물론 폭동에 가담했던 사람들과 집에 앉아 있다가 영문도 모르고 잡혀 온 관리들까지 영덕전 넓은 뜰에 모두 무릎을 꿇고 앉아 있습니다.

하후돈이 폭동을 진압하고 잠잠해지자 위왕 조조가 모습을 드러냅니다.

"어리석은 놈들, 너희가 감히 나를 해치기 위해 폭동을 일으켜? 난 이런 사태를 미리 짐작하고 있었다."

업군에 가 있는 줄 알았던 조조가 나오더니 하후돈에게 지시합니다.

"이들을 모두 하옥하라! 폭동을 일으킨 주모자는 색출하여 참수한다. 단, 단순 가담자는 조사 후 일단 석방한다. 그리고…, 리스트에 작성되어 연행된 벼슬아치들은 모두 참수하라!"

"위왕 전하, 저희들은 아무 잘못이 없습니다. 이곳에 잡혀 온 이유도 모릅니다. 살려 주십시오."

"살려 주십시오, 전하!"

"닥쳐라! 너흰 위왕에 등극한 나를 못마땅하게 여기는 고약한 놈들이다. 억울하게 생각 말고 모두 황천길로 가거라. 여봐라, 이놈들을 모두 장하로 끌고 가 베어 버려라!"

하후돈의 군사들은 울부짖으며 매달리는 애꿎은 관리들을 무려 300명이나 끌고 가 모두 참수형에 처합니다.

이렇게 조조는 위왕에 등극한 일에 반대하거나 불만을 품은 신하를 가려내어 모두 제거하죠. 이것이 서기 216년에 발생한 조조의 '블랙리스트 사건'입니다. 그 후 궁궐에는 천자에게 충성하는 신하는 모두 제거되고, 그 자리엔 조조에게 충성하는 자들로 채워지죠. 이른바 한나라의 시대는 저물고, 위나라의 시대가 도래한 것입니다.

유비와 조조의 한중 격돌

"유 황숙, 황숙께서 서촉을 얻은 후 이곳 익주는 눈부신 발전을 거듭하고 있습니다."

"공명, 이게 모두 군사의 덕택입니다."

"황숙, 과찬의 말씀입니다. 이제 황숙께서는 여기에 만족하지 마시고 중원(中原)으로 진출하셔야 합니다. 중원으로 나가 조조를 치고 한실을 안정시켜 천하통일을 도모하셔야죠. 참고로 '중원'은 중국 허난성(河南省)을 중심으로 산둥성(山東省) 서부, 산시성(陝西省) 동부에 걸친 황허(黃河) 강 중하류 유역입니다. 즉, 중원은 허난성을 중심으로 하는 화북평원(華北平原)을 지칭합니다. '중원을 얻는 자가 천하를 통일한다.' 그러기 위해서는 먼저 한중을 쳐야 합니다. 한중은 우리 서촉과 중원을 잇는 교량 역할을 하는 곳입니다."

"공명 선생, 맞는 말씀입니다. 하루속히 한중을 공격하여 그곳을 점령합시다. 그러나 한중을 치기 위해서는 먼저 낭중성을 지나야 하는데, 그곳엔 장합이 지키고 있소. 낭중을 치고 나면 한중엔 조조의 맹장인 하후연이 지키고 있는데, 누구를 보내는 게 좋겠소?"

"먼저 낭중엔 장비를 보내십시오. 장비라면 장합을 제압하기에 충분할 것입니다. 낭중을 점령하면 한중에 보낼 장수는 그때 말씀드리지요."

"공명 군사, 잘 알겠습니다. 여봐라, 장비를 불러와라."

곧 장비가 대령합니다.

"장비야, 네게 군사 3만을 내줄 테니 낭중을 쳐라. 그곳엔 조조의 상장군 장합이 지키고 있다. 만만치 않은 놈이지만 10일 안으로 우려 빼라. 낭중을 점령해야 한중을 칠 수 있고, 한중을 뺏어야 중원의 조조를 넘볼 수 있다."

"예썰! 형님, 걱정 마십시오. 그렇지 않아도 싸운 지 오래돼 온몸이 근질근질하던 차에 아주 잘됐습니다. 10일은 너무 길고 제가 닷새 안에 승전보를 올리겠습니다."

한편, 낭중을 수비하던 장합은 장비가 쳐들어온다는 말에 크게 긴장하죠.

"장비는 무서운 맹장이다. 그러나 길고 짧은 건 대봐야 아는 법, 내가 3만의 병사로 맞아 싸워 보겠다."

장합이 군사를 이끌고 나와 장비의 3만 군사와 대치합니다.

"어이, 장합! 반갑다. 넌 우리 장(張)가 종씨인데 살살 봐 줄게. 겁먹지 말고 이리 와."

"장비, 큰소리치지 말고 내 칼을 받아라. 야합!"

"장합, 제법 칼을 쓸 줄 아는구나. 여헙!"

장비와 장합이 몇 합을 주고받다 장합이 말 머리를 돌려 달아납니다.

'난 역시 장비의 적수가 못 되는구나. 36계 줄행랑이 상책이다. 빨리 성 안으로 도망치자.'

"장합, 거기 서라! 이번엔 진짜 봐 줄게. 거기 서! 에구…, 쯧쯧!"

장비에게 쫓겨 성 안으로 달아난 장합은 문을 굳게 닫고 싸우려 하지 않습니다.

"장합아, 잠깐만 내려와 봐. 내가 종씨인데 널 죽이겠냐? 남자가 그렇게 겁이 많아 어디에 쓰겠냐? 내려와!"

장비가 아무리 구슬리고 욕을 해도 장합은 문을 굳게 잠그고 수비만 할 뿐 싸움에 응하지 않죠.

"우리 장씨 중엔 저렇게 겁 많은 놈은 없는데……. 난 어째서 싸움만 하면 상대편 장수들이 모두 겁을 먹고 내려오지 않지? 이것도 팔자인가 봐."

며칠 간 욕을 퍼부어도 장합이 싸움에 응하지 않자 장비는 성 앞에 퍼질러 앉아 술을 마시기 시작합니다.

"여기 참이슬 한 병 더 가져와라!"

"장군, 전쟁 중에 술을 마시다니요? 그러다 적의 기습이라도 받으면 어쩌시려고요?"

"시끄럽다! 술이나 가져와라. 장합 저놈이 싸울 의사가 없으니 술이나 마셔야지."

장비가 낭중성을 점령하지 못하고 매일 술만 마신다는 보고가 유비에게 전달됩니다.

"아니 이놈이 전쟁 중에 술을 마시다니? 또 술버릇이 도졌구나!"

유비가 걱정스러워 공명에게 의논하죠.

"공명 선생, 장비가 전쟁 중에 싸움은 하지 않고 매일 술만 마신다니 어쩌면 좋겠습니까?"

"하하, 주공 너무 걱정 마십시오. 장 장군이 성질은 급하고 사납지만 사실 지략도 뛰어난 장수입니다. 아무 걱정 마시고 오히려 술을 더 보내 주십시오. 아예 소백산맥으로 보내 주시죠."

"소백산맥이 뭡니까?"

"소주+백세주+산사춘+맥주를 잘 섞은 술이죠. 폭탄주보다 한수 위입니다."

"알겠소. 공명 선생만 믿고 소백산맥을 보내겠소."

며칠 후, 성도에서 낭중으로 술이 배달됩니다.

"장군님, 유 황숙께서 소주+백세주+산사춘+맥주를 각 50병씩 보냈습니다."

"오~ 예스! 유비 형님께서 위문품을 보내셨구나. 부장들도 모두 모여 한잔씩 돌리자. 그리고 음악도 크게 틀고 한바탕 놀아보자! 내 애창곡 〈상하이 트위스트〉를 부를 테니 너희는 한바탕 흔들어 보아라!"

장비가 음악에 맞춰 노래하니, 다른 장수들은 노래에 맞추어 트위스트를 비벼 대고 한바탕 야단이 났습니다.

한편, 장합은 이 사실을 보고받죠.

"장군님, 장비 진영에서 술판이 벌어졌습니다. 소주+백세주+산사춘+맥주를 섞어 돌려 마시면서 춤까지 추며 난리굿을 합니다."

"저놈들이 우리를 무시하더니 이젠 생쇼를 하는구나. 잘됐다. 적들이 만취했을 때 어둠을 틈타 기습한다!"

밤이 되자 술에 취한 장비 일행이 비틀거리며 영채로 돌아갑니다.

"장비 일행은 어찌됐느냐?

"노상방뇨에, 고성방가에…, 별별 추태를 다 부리더니 지금은 모두 영채로 돌아갔습니다. 지금은 조용한 걸로 보아 모두 술에 취해 잠든 듯합니다."

"좋다! 새벽 네 시를 기해 일제히 야습을 감행한다. 모두 무장을 갖춰라!"

칠흑같이 어두운 밤, 장합의 군사들은 말에 재갈을 물리고 소리 없이 장비 진영으로 스며듭니다. 장수들이 모두 술에 취하고 보니 경계마저 허술합니다.

"저기 등불이 켜져 있고, 장비는 침상에 엎드려 자고 있습니다."

"좋다. 하나, 둘, 셋에 일제히 뛰어들어 목을 벤다. 하나, 둘, 셋!"

"와아!"

"이 주정뱅이, 이제 그만 황천길로 가라. 야합!"

군사들이 내달아 장비를 찌른 다음 일제히 함성을 지르며 기습합니다.

"장비가 죽었다!"

"와아!"

"불을 질러라! 한 놈도 놓치지 말고 모두 죽여라!"

"와아!"

그런데 장합의 군사들이 군막에 불을 질러도 아무런 반응이 없습니다.

"장군, 뭔가 이상합니다. 막사 안이 조용합니다."

"뭐라고? 그럴 리가 있나? 장병들은 너무 깊숙이 들어가지 말라. 일단 영채 밖으로 나가자. 전원 후퇴!"

이때, 앞뒤좌우 사방에서 함성이 들리며, 매복하고 있던 장비의 군사들이 일어납니다.

"장합, 웰컴 웰컴! 진즉 싸우러 나오지…, 내가 얼마나 기다렸다고! 어제까지만 해도 좋게 봐주려고 했는데, 오늘은 이미 늦었다!"

"장비, 술에 취한 줄 알았는데 어찌된 일이냐?"

"유비 형님께서 맹물만 보내셨더라고! 요즘 물가가 너무 올라 술 대신 맹물로 취해야 한다나? 아까 네가 찌른 건 허수아비였지. 장합, 사람과 허수아비도 구별 못 하나? 넌 오늘 죽었어. 활을 쏘아라! 놈들을 한 놈도 놓치지 마라!"

장비의 신호에 따라 사방에서 활을 쏩니다.

"화살이 소나기처럼 쏟아진다! 빨리 이곳을 빠져나가야 한다. 후퇴, 후퇴!"

"장합, 빠져나가긴 이미 늦었다. 넌 장씨 종친회에서 제명이야."

영채로 진입한 3만 군사들 3분의 2는 활과 창, 칼에 맞아 죽고, 장합을 비롯한 1만 명 정도만 겨우겨우 빠져나와 도망합니다.

'망했다! 군사를 너무 많이 잃었구나. 겨우 1만 명만 살았으니 조조 전하를 어떻게 뵌단 말이냐?'

장합은 대패하여 한중으로 도주하고, 크게 이긴 장비는 유비에게 낭보를 전합니다.

"공명 선생 말씀대로 장비가 제법 병법을 쓸 줄도 아는군요. 어떻게 술 취한 척하며 적을 유인해 낼 생각을 했을까요?"

"장 장군이 요즘은 취권까지 익혔나 봅니다."

이렇게 성도에서 유비와 공명이 장비의 승전보를 듣고 기뻐할 때, 장합의 패전 소식을 들은 조조는 대로합니다.

"장비의 취권에 패했다고? 무능하고 못난 놈 같으니……. 당장 저놈을 끌어내 목을 베라!"

"전하, 한 번 실수는 병가지상사(兵家之常事)라고 했습니다. 전쟁 중에 우리 장수의 목을 베는 건 상서롭지 못합니다. 한 번 용서하시지요."

"좋다. 생각 같아선 당장 목을 베고 싶지만 한 번 더 기회를 주마. 다시 군사 3만을 줄 테니 한중의 관문인 가맹관을 공격하라. 가맹관을 취하지 못하면 패배의 책임을 묻겠다."

이렇게 되어 장합은 다시 군사를 이끌고 맹달(孟達)이 지키고 있는 가맹관을 공격합니다. 공을 세워 낭중을 잃은 실수를 만회하기 위해 장합의 맹렬한 공격이 시작되었죠.

"전군, 죽기를 각오하고 진격하라. 가맹관을 점령하자!"

"와아!"

갑자기 장합의 군사가 밀려들어 성을 공격하자 가맹관 태수 맹달은 죽을힘을 다해 방어에 나섭니다.

"성문을 굳게 닫고 장합의 졸개들을 막아라! 활을 쏘아라. 성벽을 기어오르는 놈들은 바윗돌로 내려치고, 뜨거운 기름을 부어라. 절대 뚫려서는 안 된다. 그리고 빨리 성도로 사람을 보내 지원군을 요청해라!"

가맹관이 공격당한다는 급보를 받은 유비는 공명을 불러 대책을 논의합니다.

"장합이 갑자기 가맹관을 공격 중입니다. 빨리 원군을 보내야 하는데 누구를 보내는 게 좋을지요?"

"글쎄요⋯⋯. 장합을 막아 낼 장수는 장비뿐인데⋯, 지금 낭중을 지키고 있으니 그를 불러 오기도 힘들군요."

그때 노장 황충이 나섭니다.

"주공, 저를 보내 주십시오. 제가 단걸음에 달려가 장합을 무찌르고 맹달을 구하겠습니다."

"장군의 용기는 갸륵하지만 너무 연로하시지 않습니까?"

"공명 군사, 무슨 그런 섭섭한 말씀을 하십니까? 제 힘을 한번 보여 드릴까요?"

휘익!

황충은 몸을 날려 뜰에 내려서더니 칼춤을 추기 시작합니다.

"야합!"

찌르고 베고 껑충 뛰며, 또 베고 하더니 뜰에 서 있는 300근짜리 거대한 가마솥을 불끈 들어 던져 버립니다.

우당탕!

이번엔 부관의 활을 빼앗아 두 손으로 우지끈 꺾어 버립니다.

"자, 이래도 소장더러 늙었다고 걱정하실 겁니까?"

"아…아니오. 황 장군, 참으로 대단하오! 황 장군은 즉시 군마를 이끌고 가맹관으로 가서 맹달을 지원하시오. 그런데 부장으로는 누구를 데려가시겠소?"

"예, 군사. 엄안을 데려가겠소이다. 엄안 장군 역시 소장처럼 나이는 들었지만 젊은 장수 100사람 몫을 하는 사람이오."

"알겠소. 두 분 노장께서 빨리 대군을 이끌고 가맹관으로 출발하시오."

유비는 공명의 건의를 받아들여 황충과 엄안에게 가맹관을 지원토록 합니다.

곧 황충 일행은 가맹관에 도착하죠.

"맹달 장군, 성도에서 지원군이 도착했습니다."

"군사를 이끌고 오신 장군이 누구더냐? 장비더냐, 자룡이더냐?"

"황충과 엄안이라는 두 노인이던데요?"

"황충, 엄안? 두 분 나이를 합하면 140살에 가까운데…, 싸움을 할 수 있을까?"

"맹달, 걱정 말게. 우리가 왔으니 이젠 아무 걱정 말게."

"아니 두 분 장군님은 너무 연로하신데…, 전쟁이 되겠습니까?"

"아무 걱정 말게 전쟁도 젊은 사람과 나이 든 사람이 조화를 이루어야 해. 젊은 사람의 창의력과 나이 든 사람의 지혜가 합해져야 싸움에서도 이길 수 있지."

"잘 알겠습니다. 부디 장합의 공격을 막아 주십시오."

이튿날 날이 밝자 황충과 엄안 두 장수는 성문을 열고 나가 장합을 선제공격합니다. 장합은 유비가 맹달을 돕기 위해 지원군을 보냈단 말에 긴장했지만 지원 나온 장수들이 수염이 허연 노장들이라서 비웃기 시작하죠.

"어이, 황충 늙은이! 틀니는 끼고 오셨나? 틀니는 자주 닦아야 돼."

"이놈아, 나는 임플란트다. 요즘 틀니 낀 사람 보았냐?"

"엄안 늙은이, 보청기는 끼고 오셨나? 싸울 때 돋보기는 안 되겠지?"

"이놈아, 난 지금 이어폰으로 멜론 음악 듣는 중이고, 이건 선글라스야!"

장합의 부하 중 '한호'라는 장수가 있습니다. 한호는 과거 유비가 형주를 공격할 때 황충 때문에 죽은 장사태수(長沙太守) 한현(韓玄)의 동생입니다. 한호는 자기 형의 죽음이 노장 황충 때문이라고 생각하고 그에게 원수를 갚겠다는 일념으로 꾸준히 검술을 연마해 온 사람이죠. 비가 오나 눈이 오나 오직 복수를 위해서 매일 새벽 4시에 기상하여 오후 해가 질 때까지 검술을 연마한 집념의 사나이입니다.

'이 정도의 검술 실력이면 이젠 황충을 이길 수 있다.'

그 집념의 사나이가 오늘 드디어 황충과 만나게 된 겁니다.

"황충, 내 형님의 원수! 오늘을 기다렸다. 내가 갈고 닦은 칼솜씨를 보여 주마. 이 늙은이, 어서 덤벼라!"

마상에서 멀뚱하게 한호를 쳐다보던 황충이 말합니다.

"저놈이 누구냐? 저놈이 뭐라고 떠드는지 잘 안 들린다. 누군지 모르지만 내 활솜씨를 보아라!"

황충이 활을 뽑아 날리자 화살이 한호의 목을 꿰뚫고 말았습니다.

'윽! 활에 맞다니……. 난 몇 년 동안 검술공부만 했는데 싸워 보지도 못하고 활에 맞아 죽다니……. 이럴 줄 알았으면 활쏘기 공부도 해 둘걸…, 억울하다!'

선봉장 한호가 칼 한 번 써보지 못하고 죽자 장합의 군사는 기가 꺾이고 맙니다.

"저 조조의 침략군을 모조리 죽여라, 전군 돌격!"

"와아!"

함성을 지르며 공격하자 장합의 군사들은 선두가 무너지며 대혼란에 빠집니다.

"물러서지 마라! 상대는 힘없고 이빨 빠진 노장의 부대다. 도망하지 말고 맞서 싸워라!"

"장합, 이놈아! 내가 이빨이 빠지다니? 난 임플란트를 했다고 몇 번 말해야 알아듣겠느냐? 난 지금도 180킬로그램 역기를 번쩍번쩍 드는 사람이다. 내 칼을 받아봐라, 야합! 받아라, 내 황룡언월도!"

"장합, 여기 노장 엄안도 있다! 난 지금도 혼자서 불고기 10인분을 먹고, 80킬로그램 쌀가마 두 개를 어깨에 메고 뛰어다니는 사람이다. 야합, 받아라!"

장합의 여러 장수들이 황충과 엄안을 늙은이라 얕보고 덤볐으나 모두 염라학교에 직행하고 맙니다. 장합은 대패하죠.

"후퇴, 후퇴! 모두 퇴각하라! 살아남은 병사들은 한중으로 퇴각하라!"

'아! 또 패배했으니 조조 위왕 전하를 무슨 낯으로 뵌단 말이냐? 늙은이라고 깔본 것이 패배의 원인이다.'

패배해 도망치는 장합을 바라보며 황충이 혼잣말을 합니다.

"보았느냐? 노장은 죽지 않는다. 다만 마누라 잔소리가 쬐끔 지겨울

뿐이다."

가맹관에서 승전보가 올라오자 유비가 크게 기뻐합니다.

"공명 군사, 황충과 엄안이 가맹관에서 조조의 대군을 물리쳤습니다."

"주공, 잘된 일입니다. 조조의 사기가 많이 꺾였습니다. 이 여세를 몰아 한중을 공격합시다. 먼저 황충에게 한중의 관문인 정군산을 들이치라 명하십시오. 정군산은 조조의 맹장 하후연 장군이 지키고 있습니다. 황충과는 좋은 적수가 될 것입니다. 황충이 정군산을 정복하면 그 여세를 몰아 주공께서 직접 30만 대군으로 한중을 공략하십시오."

"좋습니다. 황충 장군의 기세가 올랐으니 정군산을 치도록 명하겠습니다. 그리고 내가 그 뒤를 이어 30만 대군으로 한중을 치지요."

유비의 명을 받은 황충은 2만 군사로 정군산을 공격합니다.

"하후연, 어떠냐? 이 노장 황충과 맞짱을 떠보겠느냐?"

유비에게 관우와 장비가 있다면 조조에겐 하후돈과 하후연이 있다고 할 정도로 하후연은 맹장 중 맹장입니다.

황충이 성문 앞에 다다르자 성문을 굳게 닫은 하후연이 황충을 내려다보며 비아냥거리기 시작하죠.

"노인장, 싸우기 싫소이다. 가서 장비나 자룡을 불러오시오. 내가 어찌 치매 걸린 황 장군을 죽인단 말이요?"

"그래? 자네가 겁먹었다는데 난들 어쩌겠나? 난 이곳에서 약초나 캐겠네."

그날부터 황충은 군사들을 풀어 정군산을 포위합니다.

"적병이 한 사람도 빠져나가지 못하게 중요 고지를 선점해라!"

군사 배치가 끝나자 황충의 공격이 시작됩니다.

"전군은 들어라. 이곳 정군산은 한중으로 통하는 관문이다. 이곳을 뺏어야 유 황숙께서 대군을 이끌고 한중으로 들어갈 수 있다. 전군 돌격!"

"와아!"

함성과 함께 일제히 하후연이 주둔하고 있는 영채를 공격하기 시작합니다.

"적들을 막아라. 물러서지 마라!"

하후연이 필사의 힘으로 방어하지만 기세 오른 황충의 공격을 막아내지 못합니다.

"상장군, 중과부적입니다."

"겁먹지 말고 목숨을 걸고 막아라!"

"상장군, 도저히 황충의 군을 당해 낼 수 없습니다. 조조 전하에게 지원병을 요청해야 합니다."

"알겠다. 필사적으로 방어하고 위왕께 전령을 보내라."

하후연의 다급한 보고를 받은 조조는 대로합니다.

"유비 이놈이 기어이 한중을 침공하는구나. 좋다. 내가 직접 상대해 주마. 전령은 들어라. 내가 직접 대군을 몰아 유비군을 격퇴시킬 테니 그때까지만 버텨라!"

"전하, 정군산엔 식량도 모두 떨어지고…, 군사들도 거의 죽어 겨우 2,3천 명이 농성전을 벌이고 있습니다. 빨리 도착하지 않으면 모두 전멸합니다."

전령을 돌려보낸 후 조조는 작전회의를 개최합니다.

"유비가 한중을 치려 하오. 그 선발대인 황충이 정군산을 공격 중인데, 하후연이 위태롭소. 어쩌면 좋겠소?"

이때 젊은 신하 한 사람이 나서서 의견을 말합니다.

"전하, 지금 출정해도 늦습니다. 전하께서 당도하셔도 하후연은 이미 정군산을 빼앗긴 다음일 겁니다. 차라리 전하께서 직접 서촉을 치십시오. 서촉은 유비가 30만 대군을 빼내 출정했다 하니 비어 있습니다. 그리고 동시에 손권에게 사신을 보내 형주를 치라고 하십시오. 그러면 서촉을 지키기 위해 유비는 반드시 회군할 것입니다."

"자넨 이름이 무엇인가?"

"예, 전하! 이름은 사마의(司馬懿), 자는 중달(仲達)입니다."

"사마중달, 손권과 유비는 동맹관계인데 내 말을 듣겠나? 그리고 하후연을 내팽개치는 것도 도리에 어긋나나 내 뜻대로 직접 한중으로 가서 유비를 치겠네."

"예? 아, 예! 전하, 알겠습니다."

조조는 사마중달의 의견을 묵살하고 직접 40만 대군을 이끌고 한중으로 출병합니다.

'아, 위왕께서 내 의견을 듣지 않는구나!'

한편 정군산에서 필사적으로 저항하던 하후연은 마지막 결사대를 조직하여 황충에게 돌진합니다.

"황충, 이 늙은이! 나 조조 전하의 상장군 하후연과 일전을 겨뤄 보자."

"컴온 베이비! 진즉 그렇게 나왔어야지. 한판 놀아보자. 받아라, 하후연!"

"노인에 대한 예우는 여기까지다. 받아라, 황충!"

황충과 하후연의 한판 승부! 아아, 하후연! …하후연이 오랜 전쟁 끝에 너무 지친 탓일까요?

"야합, 내 필살기를 받아라!"

5~6합을 주고받던 하후연의 몸은 황충이 휘두르는 칼에 두 동강이 나고 맙니다.

하후연이 죽었다는 보고를 받자 조조는 땅바닥에 나뒹굴며 울부짖죠.

"아아악! 정말 하후연이 죽었단 말이냐? 으흐흐흑! 황충, 용서치 않겠다. 유비, 복수하겠다!"

황충이 하후연을 베고 정군산을 정복하자 유비는 크게 기뻐합니다.

"황충 장군, 대단한 실력이요! 황 장군을 정서대장군에 임명하겠소."

"유 황숙, 감사합니다. 또 다른 사명을 주시면 제가 뭐든 해결하겠습니다."

"알겠습니다. 황 장군, 정말 대단한 노익장입니다. 이젠 며칠 편히 쉬십시오."

유비 진영에서 군사를 정비하고 있는데, 또다시 조조가 40만 군사를 일으켜 남하하고 있다는 급보가 전해집니다.

"뽀…보고합니다. 조조의 40만 대군이 남하하고 있습니다. 군사는 모두 세 길로 나누어 내려오고 있는데, 선봉은 하후돈입니다. 황충에게 전사한 동생 하후연의 원수를 갚겠다며 이를 바드득바드득 갈고 있다 합니다. 중군은 위왕 조조가 거느리고, 후미엔 조조의 조카인 조휴(曹休)가 뒤를 받치고 있습니다. 위왕 조조는 흰 말에 황금갑옷과 황금투구를 썼는데, 2만 5천 명의 기마대가 앞뒤에서 호위하며, 그 위세는 천지를 압도한다 합니다."

"공명 군사, 조조가 하후연을 잃고 분노가 극에 달하였다 합니다. 무려 40만 대군이 남하하고 있으니 어찌하면 좋겠습니까?"

"주공, 어려운 싸움이 되겠군요. 그러나 너무 걱정 마십시오. 제가 적의 동태를 살펴가며 묘수를 궁리해 보겠습니다."

한편 조조의 대군이 한수에 이르자 황충에게 패해 달아났던 장합이 대성통곡하며 조조 앞에 부복하였습니다.

"전하, 패장을 벌하여 주십시오. 소장, 황충을 늙은이라 깔보다가 패하고 말았습니다."

"한심한 놈! 믿었던 네가 패전에 패전을 거듭하니 실망이 크구나. 또 군사를 잃은 책임을 물어 참수해야 마땅하지만 너에게 한 번 더 기회를 주겠다. 군량미가 있는 북산(北山)으로 가거라. 그곳에서 넌 양곡을 지켜야 한다."

"예, 전하! 분부대로 북산의 군량을 지키겠나이다."

장합이 1만 명의 군사를 이끌고 북산으로 출발하자 그 움직임이 세작에게 포착되어 즉시 공명에게 보고됩니다.

"장합이 북산으로 이동한다고? 그곳은 전선이 아닌데, 이유가 뭘까? 그렇다, 바로 군량이야! 군량을 지키러 가는 게 틀림없어."

공명은 유비에게 대책을 보고합니다.

"주공, 이제 조조를 무찌를 묘수를 찾아냈습니다. 조조의 40만 대군은 우리 군사의 수를 압도하지만 그들에게 한 가지 큰 약점이 있습니다."

"공명 군사, 그들은 철기병과 기갑병으로 구성된 정예병들인데 약점이 있겠습니까?"

"많은 군사를 움직이는 것은 양날의 칼과 같습니다. 쪽수가 많으면 상대를 압도할 수는 있지만, …그 반면 어마어마한 양의 군량미가 필요합니다. 조조가 관도대전 때 70만의 원소를 물리친 결정적 작전을 기억하십니까?"

"기억합니다. 오소에 있는 식량 창고를 급습하여 불태웠기 때문이죠."

"그렇습니다. 조조가 원소에게 썼던 수법을 우리가 되갚아 주는 것입니다."

"그럼 조조의 군량미가 어디에 있는지 알고 계십니까?"

"이미 파악해 두었습니다. 조조는 군량미를 북산에 보관하고 있습니다. 이곳에 황 장군을 보내십시오. 기세가 오른 황충이 조조의 군량미를 처리할 것입니다."

"공명 군사, 잘 알겠습니다. 당장 황 장군을 부르겠습니다."

노장 황충은 유비와 공명에게 불려 왔습니다.

"주공, 부르셨습니까? 180킬로그램 역기를 몇 번 들어 올렸더니 이제야 몸이 좀 풀리는군요."

"황 장군, 대단하십니다. 장군께서 또 한 번 노익장을 발휘할 때가 왔습니다. 공명 군사의 작전 지시를 받도록 하세요."

"황 장군, 조조는 북산에 군량을 보관하고 있습니다. 장군께서 그 북산을 기습하여 적의 군량을 모조리 태우십시오. 크게 타격을 받은 조조는 땅을 치며 물러갈 것입니다."

"알겠습니다. 공명 선생은 역시 천재군요. 제가 북산 지리를 잘 압니다. 그곳을 기습하여 군량을 모조리 태우겠습니다. 그런데 북산은 누가 지키고 있습니까?"

"바로 장합입니다. 가맹관을 기습하다 황 장군께 패한 장합이 지키고 있지요. 그래서 일부러 황 장군을 보내는 것입니다."

"장합과 저는 질긴 악연이군요. 좋습니다. 이번엔 제가 500명의 특공대를 끌고 가서 확실하게 장합을 정리하겠습니다."

"장군, 장군의 기습이 성공하려면 소수의 특공대가 소리 없이 움직여야 합니다. 그래야만 성공할 수 있지요. 그러나 식량 창고에 불이 붙는다면 그곳을 수비하는 1만 명의 경비병들이 일제히 장군을 공격할 것입니다. 그땐 어떻게 하시겠습니까?"

"하하하! 공명 군사, 조조의 40만 대군을 먹일 군량을 불태워 없앤다면 그것으로 저희의 사명은 완수한 셈입니다. 사명을 완수했다면 그곳에서 깨끗하게 옥쇄해야죠. 장수가 전장에서 죽는 것은 더할 나위 없는 영광입니다. 우린 끝까지 싸우다 장렬하게 생을 마감할 테니 아무 걱정 마십시오."

"장군! 참으로 장군의 충성심에 감복할 따름입니다. 부디 성공을 부탁드립니다. 이번 조조의 대군에게 이기느냐 패하느냐는 오늘 밤 장군의 작전 여하에 달려 있습니다."

황충은 정예병 500명을 뽑아 특공대를 조직합니다.

"너희들은 지금부터 검은 옷으로 갈아입고, 무기는 칼 한 자루만 소지한다. 마른 풀과 유황, 양초, 그리고 생선기름을 나누어 갖고 심야에 북산을 기습한다. 번개처럼 움직여 식량에 불을 붙인 후 신속히 빠져나와야 한다, 알겠나?"

"예썰!"

"그러나 만에 하나 우리가 경비병력 1만 명을 뚫지 못한다면 깨끗하게 목숨을 던질 각오가 돼 있어야 한다."

"황 장군님, 아무 걱정 마십시오. 저희 특공대는 모두 목숨을 내던질 각오가 되어 있습니다."

황충이 500명의 특공대를 인솔하고 북산으로 떠나자 공명은 조자룡을 부릅니다.

"조 장군, 장군에게 1만 명의 정예부대를 줄 터이니 그들을 인솔하여 북산으로 떠나십시오. 그 정예부대 역시 모든 갑옷을 벗어버리고 가파른 산을 쉽게 오르도록 가벼운 차림으로 떠나야 합니다. 북산을 동쪽에서 접근하면 숲이 우거진 계곡이 있는데, 그곳에 군사들과 함께 매복하십시오. 그 계곡은 가파르긴 하지만 식량 창고로 올라갈 수 있는 가장 단거리입니다. 자정 무렵에 북산에서 불꽃이 일어나며 연기가 피어오르면 황 장군의 기습이 성공했다는 뜻입니다. 그러나 황 장군이 인솔한 특공대는 500명에 불과하니 그들이 아무리 용감하다 해도 장합의 경비병 1만 군사를 당해 내지는 못합니다. 조 장군께서 번개처럼 치고 올라가 위기에 처한 황 장군을 구해 내야 합니다."

"예, 공명 군사! 잘 알겠습니다. 지금 즉시 북산을 우회하여 동쪽 계곡에 매복하도록 하겠습니다."

한편, 북산의 장합은 오늘도 시름에 빠져 있습니다,

'낭중에선 장비의 취권에 속아 패하고, 가맹관을 기습했으나 황충에게 패해 조조 전하에게 심한 질책을 당하고, 이젠 식량이나 지키는 경비병으로 전락했으니…, 참 살맛 안 나네……. 일찍 불 끄고 잠이나 자자.'

장합이 잠이 들자 식량을 지키는 경계병들 뒤로 검은 그림자가 소리 없이 다가옵니다.

픽!

"윽!"

"쉿! 식량 창고에 마른 풀을 쌓고 유황, 양초, 생선기름을 부어 불을 붙여라."

맥 빠진 장합은 영문도 모르고 한창 잠에 빠져 있습니다.

"불이야! 불이야!"

"장군, 장군! 크…큰일 났습니다. 식량 창고에 불이 났습니다!"

"뭐라고? 불이 나다니? 군량미가 타면 우린 사형감이다. 빨리 불을 끄고 전 경비병들에게 비상을 걸어라. 그리고 화재 원인을 빨리 밝혀라!"

"장군! 적의 기습입니다. 검정 옷을 입은 한 무리의 괴한들이 창고에 불을 지르고 있습니다."

"빨리 불을 끄고, 나머지는 적을 잡아라. 한 놈도 놓치면 안 된다!"

한밤중에 불이 나자 자고 있던 병사들은 큰 혼란에 빠졌습니다.

"빨리 119에 전화해서 소방차를 불러라!"

"장군, 지금은 고대사회입니다. 개천에서 물을 길어 꺼야 합니다."

"그럼 빨리 물을 길어 와라! 그리고 나머지는 나를 따르라!"

장합이 군사들과 함께 달려 나가려는데 갑자기 한 무리가 막아섭니다.

"웬 놈들이냐? 모두 죽여라!"

"하하, 장합! 잠이나 푹 주무시지 뭐 하러 한밤중에 일어났나? 나 황충이다!"

"황충, 여기에서 또 만났구나. 비겁하게 야습을 하다니! 나랑 무슨 원수진 일이 있냐?"

"장합, 식량이 타고 있으니 빨리 불이나 꺼라. 식량을 모두 태우면 넌 조조에게 죽은 목숨이야. 불을 끄고 우리 유 황숙께 투항하면 목숨은 건질 수 있다. 나랑 함께 가자!"

"닥쳐라! 저 늙은이를 죽여라!"

"장합, 하후연도 단 5합 만에 내 손에 죽었다. 너도 오늘 죽었어!"

그러나 잠에서 깨어난 1만 명의 군사가 황충의 특공대를 에워쌉니다.

"적은 불과 몇 백 명에 지나지 않는다. 하나도 놓치지 마라!"

약이 오를 대로 오른 장합의 1만 군사가 황충의 500군사를 에워싸고 필사적으로 달려듭니다.

"장합의 부하들은 모두 약졸들이다. 겁먹지 말고 포위망을 뚫어라!"

장합의 경비병들과 황충의 특공대 사이에 치열한 싸움이 시작되죠.

"이놈들! 나 황충은 전장에서 한 번도 패한 적이 없다. 모두 덤벼라!"

황충과 특공대는 맹렬히 저항하지만 겹겹이 포위하고 있는 1만의 군사들을 뚫는 건 불가능합니다.

"황충 장군, 적의 포위망 뚫기가 어렵습니다. 적들이 우리를 겹겹이 에워쌌습니다!"

"모두 옥쇄를 각오하자. 특공대답게 떳떳하게 싸우다 죽자! 덤벼라 장합! 내 칼을 받아라!"

"황충, 그러기에 노인 대우해 줄 때 편히 쉴 것이지 뭐 하러 전쟁터에 나와서 비참한 꼴을 보는지…, 오늘이 당신 제삿날이구려. 저 성질 고약한 할배를 편히 쉬게 만들어 드리자. 우리 식량을 불태운 자다. 황 장군, 산에 누워 편히 쉬도록 하시오. 할배 나이면 산에 누워 있으나 집에 누워 있으나 마찬가지 아니요? 내 양지바른 곳에 쉴 곳은 마련해 드리리다."

'나 황충 일생일대의 위기다……'

바로 그때, 군량미를 잃은 병졸들이 사생결단을 하고 덤벼드는 위기의 그 순간, 장합의 등 뒤에서 함성이 울리며 포위하고 있던 군사들의 대열이 무너집니다.

"장합! 어르신을 공경할 줄 모르는구나. 여기 상산 조자룡이 왔다. 내 앞을 가로막는 자에겐 죽음뿐이다."

"자…자룡의 기습이다! 저놈들은 도대체 어디에서 나타난 거냐? 흩어지지 마라. 적을 막아라!"

"내 앞을 가로막는 자에겐 죽음뿐이라고 분명히 경고했거늘…, 야합! 내 필살기 자룡검법을 보여 주마. 난 아두를 품에 안고 100만 대군을 헤치고 나온 사람이다. 야합, 받아라!"

조자룡이 지나가니 홍해의 바닷물 갈라지듯 장합의 군사들이 갈라지며 길이 열립니다.

"자룡, 꼭 필요한 순간 와주었군. 고맙네."

"황 장군님, 제가 퇴로를 열었으니 빨리 빠져나가십시오. 뒤는 제가 막겠습니다."

"자룡, 이 신세는 꼭 갚겠네. 그럼 먼저 가네."

"장합, 이놈아! 노장은 결코 죽지 않는다. 다만 (병참기지 밖으로) 사라질 뿐이다."

황충의 별동대가 무사히 빠져나가자 자룡도 군마를 돌려 철수합니다.

"우리 목적은 달성했다. 모두 가맹관으로 철수한다. 전원 철수!"

북산의 군량미가 모두 불에 탔다는 보고를 받은 조조는 선불 맞은 멧돼지 날뛰듯 펄펄 뜁니다.

"으아악! 내 쌀, 내 식량! 그 많은 식량이 전부 탔단 말이냐? 우리 40만 군사가 먹을 군량인데! 유비, 이 천하에 죽일 놈! 내 이 귀 큰 도적놈을 결코 용서치 않겠다!"

"위왕 전하, 유비가 선전 포고문을 보내왔습니다."

"선전 포고문? 이리 가져와라. 읽어보자."

놀부보다 욕심이 더 많은 조조야!

나? 내가 누구냐고?

난 도덕적으로 완벽한 유비 현덕이다.

넌 감옥 '구석'에 쭈그리고 있어야 할 사람이 어찌 감히 '구석'의 지위에 올랐느냐?

 그것도 모자라 뭐? 위왕?

 넌 하는 걸로 봐서 거지왕감이다.

 내가 너를 손봐 주러 왔으니 자신 있으면 오계산 벌판으로 나와라.

 깨끗하게 맞짱 한번 떠보자.

 — 황실의 숙부 유비가 보냄.

 죽간에 쓰인 선전 포고문을 읽어 내려가던 조조가 죽간을 바닥에 내동댕이칩니다.

 "유비, 천지분간을 못하는 나쁜 놈! 어려울 때 내가 도와주었건만 은혜를 원수로 갚다니…… 내 이번엔 반드시 끝장을 내주마. 전군은 모두 오계산으로 이동한다. 모두 힘을 합쳐 저 건방진 유비를 응징하자! 우린 식량이 부족하니 속전속결로 싸워야 한다."

 며칠 후, 오계산 넓은 벌판을 사이에 두고 조조, 유비 양측이 마주 섰습니다. 유비와 조조의 군사들은 오계산 아래에서 마주쳤습니다. 기치 정렬하게 진을 친 조조가 먼저 말을 몰아 뛰어나옵니다. 조조 좌우에는 서황과 장요가 호위하는데, 요란한 북소리가 울리기 시작합니다.

 "유비, 이 귀 큰 도적놈아! 자신 있으면 앞으로 나오라."

 북소리가 크게 세 번 울리자 유비는 좌우에 유봉과 맹달의 호위를 받으며 말을 달려 나옵니다.

 "조조, 그동안 살이 많이 쪘구나. 백성의 고혈을 얼마나 쥐어짰느냐?"

 "넌 누구냐? 기억나지 않는구나."

 "조조, 이젠 치매까지 왔구나. 나 황실의 종친 유비 현덕이다. 천자를 겁박하고 무고한 신하들을 죽인 너를 심판하러 왔다."

"난 내 밑에서 목숨을 구걸하던 유비만 기억나지 너처럼 건방진 놈은 기억에 없다. 빨리 말에서 내려 항복해라. 목숨은 살려 주겠다."

"조조, 내년 이맘때 제사는 꼭 지내 주마. 온갖 욕심 다 버리고 황천길로 가거라."

유비가 조금도 위축되지 않고 조조를 꾸짖자 화가 머리끝까지 오른 조조가 서황을 보고 소리칩니다.

"서황! 어서 저 귀 큰 도적놈의 목을 가져와라!"

"예, 전하! 제가 이 쌍도끼로 유비의 목을 따오겠습니다."

그러자 유비 곁에 있던 유봉이 칼을 빼어 들고 서황에게 달려듭니다.

"내 아버님 존함을 함부로 부르지 마라. 넌 내가 상대해 주마."

유비의 양아들 유봉이 서황과 10여 합을 주고받다가 갑자기 말 머리를 돌려 달아나기 시작합니다.

"유봉! 이 젖비린내 나는 놈, 거기 서라! 내 이 도끼로 이마를 까주마. 으라차차, 도끼로 이마 까라!"

사기가 오른 조조의 군사들이 함성을 지르며 돌격해 들어갑니다.

"와아! 저 건방진 유비의 약졸들을 모조리 죽여라!"

촉병들은 그런 조조군의 기세에 놀랐던지 병장기를 내던지고 한수 쪽으로 달아나기 시작하죠.

"후퇴, 후퇴!"

기세 오른 조조의 군사들이 더욱 크게 함성을 지르며 추격합니다.

"죽여라!"

"와아!"

"적들이 겁먹었다. 모조리 죽여라!"

그런데 이때 좌측에서 황충이, 우측에서 조자룡이 한 떼의 군마를 몰아 조조의 군사들을 덮칩니다.

"걸려들었다. 조조 군사들을 황천으로 보내라!"

"와아!"

갑작스런 기습으로 조조 군사들의 오와 열이 흩어지며 어지럽게 나뒹굴기 시작합니다.

"공명에게 속았다! 우리가 매복에 걸려들었어. 활로를 뚫어라. 당황하지 말고 전열을 가다듬어라!"

그날 전투에서 조조군은 대패하고 황충과 자룡이 이끄는 유비군이 대승을 거둡니다.

"유 황숙, 오늘의 전투는 우리의 승리입니다."

"공명 군사, 오늘 작전은 참으로 절묘했소. 그리고 여러 제장들, 수고 많았소. 오늘 대승을 거두었으니 일단 영채로 돌아가 군을 정비합시다."

한편, 오계산 전투에서 크게 패한 조조는 군사를 거두어 양평관으로 들어갑니다.

"양평관에서 군비를 재정렬한다. 우린 식량이 부족하다. 오늘부터 식량을 최대한 아껴 먹어야 한다. 그리고 전투를 속전속결로 끝내야 승산이 있다."

조조가 군사를 정비하고 있는데, 며칠 후 다급한 상황이 벌어집니다.

"위왕 전하, 장비가 군사들을 이끌고 성을 포위했습니다!"

"뭐라고? 그 눈 큰 고리눈이 성을 둘러쌌다고? 누가 나가서 장비를 상대하겠느냐?"

"제가 나가겠습니다!"

모두 둘러보니 괴력의 사나이 허저입니다.

"좋다. 허저, 네가 나가서 저 수염 거칠고 눈 큰 도적놈의 목을 베어 와라."

"예, 전하! 아무 걱정 마십시오."

허저가 말을 달려 뛰어나오자 장비가 반색을 합니다.

"웰컴 웰컴! 너희 조조 군사들은 나만 보면 달아나기 바쁘던데, 오늘은 허저 네가 용기 있게 맞짱을 뜨려고 나오니 반갑고, 고맙다. 허저, 내 장팔사모를 받아라. 야합!"

"고리눈, 그만 눈 깔아라. 오늘 그 고리눈 감으면 다신 세상을 볼 수 없을 거다. 받아라, 야합!"

허저, 자는 중강(仲康)입니다. 키는 8척이고, 허리가 몹시 굵어 45인치에 달하며, 용모에 위엄이 있습니다. 서기 197년 조조가 허난성을 점거할 때 투항했는데, 이때 조조는 몹시 기뻐하며 "허저는 나에게 번쾌와 같은 인물이다."라고 칭찬했죠. 그러고는 전위의 뒤를 이어 경호실장으로 임명합니다. 경호책임자 허저는 조조의 명이면 불길 속으로도 뛰어드는데, 조조가 지명하는 사람은 가차 없이 죽이는 악역을 도맡죠. 허저는 괴력의 사나이로, 나무를 안고 힘을 쓰면 그 나무가 뿌리째 뽑혔다 합니다. 체격이 크고 힘도 세지만 몸도 날렵하여 다른 장수들이 그를 호랑이라고 불렀는데, 머리 회전이 느리고 우직하여 호랑이라는 별칭 앞에 '바보' 자를 붙여 '바보 호랑이', 즉 '호치(虎痴)'라고 불렀죠. 그 호치 허저와 고리눈 장비가 일대일로 맞짱을 뜨게 된 것입니다.

"호치, 내 장팔사모를 받아라, 야합!"

"고리눈, 제법이구나. 야합, 내 필살기를 받아봐라!"

덩치가 산만한 두 장수가 어울려 100여 합을 싸웁니다.

"야합! 장팔사모 내려찍기."

"여헙! 머리 위로 방어하기."

쨍그랑!

위~잉, 원을 그리며 미친 듯이 창 휘두르기!

따각따각 말 달리며 지랄발광으로 창 주고받기!

한참을 싸우던 허저가 장비의 장팔사모에 맞아 말에서 굴러떨어집니다.

쿵!

"호치, 대단한 힘과 무술 실력이구나. 빗맞긴 했지만 장팔사모에 맞고도 죽지 않다니…, 그것만도 대단하다. 그러나 살려 줄 순 없지. 황천길로 잘 가거라!"

장비가 막 허저의 목을 베려 하는데 수십 명의 장수들이 한꺼번에 달려듭니다.

"허 장군, 장비는 저희가 맡겠습니다. 어서 말을 타고 피하세요!"

"고맙다. 뒤를 부탁한다."

땅에 떨어진 허저가 절룩거리며 겨우 일어나 다시 말을 타고 본진으로 도주합니다.

"호치, 비겁하다! 장수라는 자가 등을 보이고 도주하다니, 빨리 말을 돌려 이리 오지 못하겠느냐?"

"고리눈, 내가 졌다. 내 일생일대 최초의 패배다. 내 패배를 인정할 테니 다음에 다시 한 번 꼭 싸워 보자."

허저는 달아나고 부장들이 장비 앞을 가로막습니다.

"너흰 또 웬 놈들이냐? 모조리 쓸어 주마!"

장비가 휘두르는 장팔사모에 10여 명의 장수들 목이 모두 달아나고 맙니다.

이 광경을 지켜보던 조조가 한마디 하죠.

"저 고리눈 장비는 장수들 목 베기를 마치 복숭아나무에서 열매 따듯 하는구나. 대단하다, 대단해!"

사기 오른 촉군에게 위나라 조조의 군사들은 처참하게 무너졌죠. "죽는 것이 조조 군사다." 하는 말도 이때 생겼다 합니다.

"후퇴하라, 전원 후퇴하라! 허저, 다행이 목숨은 건졌구나. 어서 양평 관으로 도주하자."

조조는 천신만고 끝에 양평관으로 들어가 전열을 재정비합니다.

"내가 유비 저 촌놈에게 이대로 무너질 순 없다. 양평관을 거점으로 꼭 유비에게 복수하자. 하후돈, 내일은 네가 선봉에 서서 유비군을 꺾고, 그 도적놈의 목을 가져와라."

"예, 전하! 제가 기어코 유비의 목을 베어 오겠습니다."

이튿날, 하후돈이 선봉에 서서 유비 군사를 향해 시비를 걸기 시작합니다.

"유비, 어젠 우리가 약간 밀렸다만 오늘은 모두 되갚아 주마. 빨리 나와라!"

"하후돈, 오늘은 죽은 네 동생 하후연을 만나게 해 주마. 황천에 가서 네 동생과 회포라도 풀어봐라. 오늘은 이 시대의 미남 검객 조자룡이 상대해 주마."

하후돈이 이끄는 조조의 군마와 조자룡이 지휘하는 유비의 군마가 치열한 전투를 벌였으나 조조군이 또 패배하고 양평관으로 밀려들어갑니다.

"분하다! 오늘도 졌다. 일단 모두 퇴각한다, 전군 철수!"

"배가 고파 싸우기는커녕 도망칠 힘도 없구나. 이 괴로운 전쟁이 언제 끝날지……."

"전하, 면목 없습니다. 또 패하고 말았습니다. 우리 군은 양곡이 불탄후로 제대로 먹지 못하고 사기까지 저하된 게 패배의 원인입니다. 그러나 내일은 저희 장수들이 모두 한꺼번에 출전하여 유비의 군졸들을 쓸어버리겠습니다."

다음 날은 허저, 장합, 장료, 서황, 조창 등 명장들이 한꺼번에 떼로 몰려나와 치열하게 싸웠지만 장비, 자룡, 마초, 황충, 위연, 엄안, 유봉, 맹달, 왕평 등을 당하지 못하고 숱한 사상자만 남기고 또 퇴각합니다.

"전군 후퇴, 퇴각하라!"

며칠 동안 치열한 전투를 했지만 조조군은 한 번도 이기지 못하고 거듭 패배하죠.

"오늘로 몇 번째 패배냐?"

"오늘까지 네 번째 패배입니다. 우리 군사 절반가량을 잃었습니다."

"나 조조가 군사를 일으킨 이래 연속 네 번을 패해 보긴 처음이다. 며칠 동안 부상자를 치료하고, 군을 정비한 다음에 또 싸우자."

조조는 심신이 피곤하여 깊은 사색에 잠깁니다.

'유비, 유비! 그는 나와 천적이다. 유비가 있는 한 천하통일은 어렵다.'

이렇게 조조가 골똘한 생각에 잠겨 있는데, 저녁 밥상이 들어옵니다.

"전하, 저녁 식사 차려왔습니다. 수라를 드시지요."

"치워라. 먹지 않겠다. 식량도 부족하지만 밥맛까지 없다."

조조는 연속된 패배에 밥맛을 잃고 연 이틀 동안 아무것도 먹지 않습니다.

"전하, 벌써 이틀째 수라를 거르셨습니다. 전쟁 중에 식사를 걸러 탈이라도 나면 큰일입니다. 전하의 안위가 곧 위나라의 안위입니다. 수라를 드시지요."

"알겠다. 식사를 가져와라. 오늘 메뉴는 무엇이냐?"

"예, 전하께서 가장 즐기시는 닭백숙을 끓여 왔습니다."

"요즘 AI 때문에 닭과 오리는 안 먹는다는데 괜찮겠느냐?"

"청정지역 강원도에서 가져온 씨암탉입니다. 안심하고 드십시오."

"알겠다. 가져오너라."

조조는 평소 닭백숙을 매우 즐겼습니다.

계륵

조조가 이틀을 굶은지라 허겁지겁 닭백숙을 먹기 시작합니다. 통통한 닭다리 두 개와 야들야들한 가슴살, 양 날개까지 먹어치우고 보니 닭갈비만 남게 되었죠.

'닭갈비로구나. 이건 버리자니 아깝고, 먹자니 먹을 게 별로 없고……. 닭갈비가 꼭 이곳 한중 땅 같은 곳이야. 한중 땅을 버리자니 아깝고, 지키자니 유비를 못 당하겠고……. 참으로 진퇴양난이구나.'

이렇게 마음속으로 고민하고 있을 때 하후돈이 들어옵니다.

"전하, 식사 중이었군요. 닭백숙 냄새가 아주 구수합니다. 그런데 오늘 밤 암구호는 뭐로 정할까요?"

"음…, 암구호를 하달해야지……. '계륵(鷄肋)'으로 해라."

"계륵? 그게 무슨 뜻입니까?"

"음…, 닭갈비를 한자로 계륵이라 한다. 닭[鷄]…갈빗대[肋], 계륵!"

"알겠습니다. 오늘 밤 암구호는 '계륵'으로 하달하겠습니다."

하후돈이 암구호를 하달 받아 나오다 양수(楊修)와 마주쳤습니다. 양수는 조조의 비서실장(행군사마)입니다.

"어이구, 양 실장! 오랜만이네."

"예, 장군님! 오랜만에 뵙습니다. 어딜 다녀오시는지요?"

"위왕 전하께 암구호를 전달 받아 나오는 길이네."

"암구호요? 전하께서 뭐라고 하시던가요?"

"계륵…, 계륵이라 하던데, 닭갈비라는 뜻이야."

"전하께서 정말 계륵이라 하시던가요?"

"그렇다네. 난 바빠서 이만."

"잠깐만, 장군님! 잠깐만 기다려 보세요. 아무래도 오늘 밤 철수 준비를 해야 될 거 같습니다."

"전하의 철수 지시는 없네."

"아닙니다. 준비하십시오. 생각해보십시오. 닭갈비란 별로 먹을 게 없습니다. 그렇다고 버리기도 아깝지요. 이곳 한중이 그렇습니다. 땅은 비록 작지만 교통의 요지라서 버리기는 아깝죠. 그러나 지키기엔 힘이 듭니다. 지금 우린 유비에게 네 번 싸워서 네 번 연속 패했습니다. 위왕 전하께서 계륵이라고 했다면…, 한중을 아깝지만 포기한다는 뜻일 겁니다. 철수 준비를 하세요."

"듣고 보니 그렇군. 당장 부장들에게 철수 준비를 시키겠네."

이튿날 새벽부터 병사들이 짐을 꾸리며 분주히 움직입니다. 그런데 조조가 이 모습을 보더니 의아해하며 하후돈을 부릅니다.

"하후돈, 무엇들 하는 거냐? 병사들이 왜 짐을 꾸려?"

"예, 전하! 지금 철수 준비를 하고 있습니다."

"철수라니? 어젯밤에 '안철수'가 다녀갔단 말이냐? 내가 허락하지 않았는데 철수라니?"

"아닙니다. 어제 전하께서 계륵이라는 암구호를 내려주셨는데…, 양수가 그 말을 듣더니 '계륵', 즉 닭갈비란 버리기엔 아깝고 먹자니 먹을 게 없고 해서…, 이 한중 땅과 같은 곳이라며…, 전하께서 이곳을 철수할 테니 미리 짐을 꾸려 두라고 했습니다."

"음…, 양수가 그런 말을 했다고? 지금 당장 양수를 끌고 와서 목을 베어라."

"예? 정말 양수를 처벌하시겠습니까?"

"그렇다. 군심을 어지럽힌 죄다. 처형해라!"

양수, 섬서 사람으로 자는 덕조(德祖)입니다. 어려서부터 천재로 소문이 나 있고, 학문을 좋아하여 조조도 그를 총애했습니다. 한번은 조조가 승상으로 있을 때 정원을 건설할 계획을 세웠습니다.

"요즘 건설사들이 부실한 곳이 많으니 재무구조가 튼튼하고 건설 경험이 많은 회사 회장을 불러와라."

"승상, 저희 회사는 중동 두바이까지 진출하여 초고층 건물을 지은 경험 많은 건설회사입니다. 무슨 일이든지 맡겨만 주십시오."

"그래? 내가 정원을 지을 생각인데 설계도를 가져와 보아라."

"예, 승상! 분부대로 하겠사옵니다."

건설회사 회장은 승상 조조에게 점수를 딸 절호의 기회로 생각하고 온갖 정성을 들여 정원을 설계하여 가져갔습니다.

"전하, 우리나라 최고의 설계사가 도안한 설계도입니다. 검토해 주시지요."

조조가 말없이 설계도를 들여다보더니 정원의 문 앞에 '활(活)' 자 하나만을 적고는 설계도를 돌려주었습니다,

"이게…, 무슨 뜻일까?"

회장과 설계사는 도저히 그 뜻을 헤아릴 수 없어서 양수를 찾아갔지요.

"양 주부, 승상께서 정원의 설계도 문에 '활(活)' 자를 써주셨는데, 도대체 그 의미가 무엇입니까?"

양수가 설계도를 한참 들여다보더니 빙그레 웃습니다.

"승상이 문 앞에 '활(活)' 자를 썼으니, 이는 '넓을 활(闊)' 자를 의미합니다. 정원의 크기를 줄이시오."

그 후 조조는 설계사가 고친 정원을 보고 마음에 들어서 물었습니다.

"어떻게 내 마음을 알아맞혔는가?"

"예, 승상. 양수가 알려 주었습니다."

"그놈 참 머리 좋구나!"

조조는 양수의 총명함을 칭찬해 주었죠.

또, 한번은 서량태수 마등이 과자 한 상자를 선물로 보내왔습니다. 마초의 아버지 마등은 당시 조조와는 상당히 껄끄러운 사이였지요.

'마초가 나에게 과자를 보내다니……'

조조는 한참을 생각하더니 과자 상자에 '일합(一合)'이라는 글자를 써 놓고 외출합니다. 모두 그 뜻이 무엇인지 의아해하는데, 양수가 과자를 나누어 주죠.

"자, 모두 한 개씩 먹으시오."

"아니 승상께 온 선물을 함부로 먹어도 됩니까?"

신하들이 모두 먹기를 주저하자 양수가 설명합니다.

"'일합(一合)' 자를 나눠 풀이해 보면, 일인일구(一人一口), 즉 한 사람당 한 개씩 먹으라는 뜻이오."

나중에 외출에서 돌아온 조조가 상자에 남아 있는 과자 한 개를 정욱에게 줍니다.

"과자가 참 맛있군요. 누가 보낸 과자입니까?"

"그건 서량태수 마등이 보낸 과자일세."

"우…우웩! 만약 독이 들어 있으면 어쩌시려구요?"

"하하, 걱정 말게. 이미 양수가 내 뜻을 알고 여러 사람에게 한 개씩 나누어 먹여 시식은 끝났네. 안심하고 먹게."

이렇게 머리 좋은 양수를 조조는 계륵 사건으로 처형합니다. 이때 양수의 나이 38세, 서기 219년의 일입니다. 그럼 조조는 왜 이런 머리 좋은 양수를 처형했을까요?

'양수는 머리는 좋지만 너무 촐싹거리는 성격이야. 큰 인물은 못 돼. 내가 유비를 당하지 못하고 한중 땅에서 쩔쩔매고 있는데 양수가 지레짐작하고 철수 명령을 내렸으니…, 이건 많은 사람들 앞에서 호랑이가 뺨을 맞은 격이야. 게다가 나는 내 후계자로 조비(曹丕)를 생각하고 있는데, 양수는 셋째 아들 조식(曹植)을 지지하는 놈이야. 후일 화가 될지 몰라. 미리 싹을 잘라야지…….'

이런 복합적인 이유로 양수는 처형당하죠.

이튿날, 조조는 군마를 재정비하여 다시 유비 진영을 공격합니다.

"자, 우리에겐 군량도 얼마 남지 않았다. 오늘 총력을 다해 유비를 격파해야 한다. 오늘 모든 장수들과 군사들은 총출동하여 용감하게 싸워라. 전군, 사랑과 정의의 이름으로 돌격!"

"와아!"

유비 진영에서도 모든 장수들과 병사를 총동원하여 이에 맞섭니다.

"자, 저 북방의 약졸들에게 오늘도 뜨거운 맛을 보여 주자. 전군 돌격!"

"와아!"

다섯 번째로 조조의 군사와 유비의 군사가 대규모 전투를 시작합니다. 오계산 넓은 벌판에서 조조는 초조한 심정으로 전투를 관망합니다.

"역시 허저답구나. 거칠 것 없이 적진을 종횡무진 달리고 있어. 서황(徐晃)의 쌍도끼는 역시 일품이야. 도끼로 이마 까고, 깐 이마 또 까는구

나. 그런데 저…저 장비 녀석 보게! 정말 아까운 내 장수들 머리를 풀 베듯 하는군."

조조가 한창 관전평을 하고 있는데 사마중달이 조조를 부릅니다.

"위왕 전하!"

"중달, 무슨 일인가?"

"좀 이상한 점이 있습니다. 유비 진영의 전 장수들이 모두 나와 치열하게 싸우고 있는데, 오직 조자룡의 모습이 보이지 않습니다."

"조자룡이 안 보이다니? 그가 큰 전투에 빠질 사람이 아닌데……?"

"전하, 뭔가 위험합니다. 지금 전하께서는 모든 장수들을 전쟁터로 내보내고 전하 곁에는 호위할 장수가 아무도 없습니다."

"모두 전진 배치되어 열심히들 싸우고 있는데…, 설마 적군이 여기까지 들어올 수 있겠나?"

조조의 말이 끝나기 무섭게 긴급한 보고가 들어옵니다.

"전하, 크…큰일 났습니다! 조자룡이 3천 군마를 이끌고 갑자기 기습 공격해 오고 있습니다. 이곳을 지키는 병사들이 자룡에게 거의 몰살당하고 있습니다. 빨리 피하십시오."

"뭐라? 자룡이 어떻게 이곳에 나타났단 말이냐?"

"아마 지난 밤 병사들이 철수하기 위해 짐을 꾸리며 경계를 소홀히한 틈을 타 미리 매복한 듯합니다."

"귀신이 탄복할 노릇이구나. 빨리 말을 대령해라. 우선 피하고 보자."

"조조, 도망치지 마라! 산상 조자룡이 여기 왔다. 오늘 끝장을 내주마. 거기 서라!"

"아버님, 이곳은 제가 막겠습니다. 빨리 피하십시오."

"오냐. 내 아들 조창아, 자룡을 네가 막아라. 그리고 몸조심하거라."

조창은 조조의 둘째 아들로, 무술이 뛰어납니다. 다만 머리는 그리 좋은 편이 못 되죠.

"이랴! 빨리 이곳을 벗어나자. 날 살려라, 날 살려라!"

"조조, 비겁하게 어딜 도망하느냐? 일격 필살, 내 활을 받아라!"

자룡이 활시위를 당겨 힘껏 쏘자, 활이 조조의 말 등에 꽂힙니다.

"말이 활에 맞다니…, 이건 말도 아니다."

말이 나뒹굴며 쓰러지자 조조 역시 낙마하고 맙니다. 말에서 떨어진 조조, 바윗돌에 얼굴을 세게 부딪칩니다.

딱!

"아이코, 내 이가 부러졌다! 코피까지 나는구나!"

"승상, 어서 이 말로 바꿔 타십시오."

"중달, 고맙다. 아이고, 나 죽겠다. 날 살려라! 이게 무슨 꼴이냐? 내 생애 최고의 수치로다!"

조조는 한중을 지키기 위해 끌고 온 40만 대군을 거의 잃었고, 수백 명의 장수들이 전사했으며, 자신은 앞니 두 개가 부러지는 수치를 당했죠, 그리고 한중 땅을 유비에게 빼앗기고 말았습니다.

"전하, 정신 차리십시오. 이제 추격병이 더 이상 따라오지 않습니다. 이곳에서 잠시 쉬어 가시지요."

"중달, 내가 자네 말을 듣지 않은 게 큰 실수야. 자네 판단이 옳았어. 내가 한중을 칠 게 아니라 유비가 비워 놓은 서촉을 쳐야 했어. 그리고 손권에게 형주를 치라고 했다면 이런 참패는 없었을 텐데……."

조조는 대패한 후 허도로 돌아가고, 유비 진영에서는 전승을 거둬 축제 분위기입니다.

유비, 한중왕에 오르다

유비 진영에서는 한중을 빼앗은 기쁨에 큰 축제가 열리고 있습니다.

"주공, 대승입니다. 다섯 번 싸워서 다섯 번 모두 이겼습니다. 조조는 군사를 거의 잃고 도주하다 낙마하여 이가 두 대나 부러졌다 합니다."

"여러 장수들, 정말 수고가 많으셨소. 내가 모든 장수에게 후한 상을 내리겠소. 그런데 자룡아, 어떻게 조조의 군막까지 접근할 수 있었느냐? 정말 장하다!"

"예, 어젯밤 갑자기 조조 진영이 철수한다며 짐을 꾸린다는 보고를 받았습니다. 그래서 짐을 꾸리는 혼란한 틈을 타 조조 진영 가까이 접근하여 매복한 것입니다. 조조를 거의 잡고도 놓친 게 분합니다! 그런데 주공, 저도 한 가지 드릴 말씀이 있습니다."

"드릴 말? 그래, 뭐든 말해 보아라."

"주공, 주공께선 벌써 이 강산의 3분의 1을 차지하셨습니다. 서촉, 형주, 한중! 이젠 한중왕(漢中王)에 오르십시오."

"자룡아, 날더러 왕이 되라고? 아직은 그럴 수 없다. 또, 왕이 되기 위해서는 천자의 조서가 필요한데 난 아직 조서도 받지 못했다. 어찌 왕이 된단 말이냐?"

"아닙니다. 주공께서는 꼭 왕이 되셔야 합니다. 공명 선생, 가만히 계시지 말고 한 말씀 하시죠."

"주공, 조자룡 장군의 말이 맞습니다. 이젠 주공께서 왕이 될 모든 조건을 갖추셨습니다. 첫째, 형주·서촉·한중을 차지하여 강산의 가장 넓은 영토를 가졌고, 둘째, 주공은 한실의 종친인 유씨입니다. 일찍이 한나라를 세운 고조 유방께서는 '백마의 맹약'을 지키라고 하였습니다. 모든 제후들을 모아 놓고 백마를 잡아 그 피로 입술을 적시며 유씨가 아닌 사람이 왕이 되면 모두 힘을 합쳐 그를 죽이라고 하였고, 모든 제후들이 맹세했지요. 헌데, 조조는 유씨가 아님에도 불구하고 스스로 왕이 되었습니다. 그러나 주공은 한실의 적통 유씨니 조건에 합당합니다. 셋째, 주공을 따르는 문관과 무관들의 인물이 넘쳐나니 이들로 만조백관을 구성하면 훌륭한 신하들이 될 것입니다. 천자의 조서가 없다고 하나, 먼저 왕에 오른 후 천자의 사후 승낙을 받아내면 됩니다. 천자에겐 제가 상소문을 써 올리겠습니다."

"왕위에 오르십시오!"

"왕위에 오르십시오!"

"유비! 유비!"

"와~!"

"왕이 되세요!"

모든 사람들이 함성과 환호로 왕위에 오를 것을 권합니다.

"한중왕 유비!"

장비가 탁상을 탕탕 두드리며 더욱 부추깁니다.

"형님, 조조처럼 덕이 없고 백성들의 지지를 받지 못하는 자도 왕이 됐는데, 어째서 형님이 왕이 못 됩니까? 내일 당장 즉위식을 합시다. 내 단숨에 천자께 뛰어가서 조서를 받아 오겠소."

"어허, 장비야! 천자의 조서는 우리 마음대로 받을 수 있는 게 아니다.

우선 천자에게 올라가는 모든 상소문은 낱낱이 조조의 손을 거쳐야 한다. 조조가 미리 읽어보고 자기에게 불리한 상소문은 천자에게 올리지 않는다. 아무튼 모든 사람들이 나에게 한중왕에 오르라고 하니…, 조금 생각해보고 결정하겠다."

모든 신하들이 진심을 모아 옹립하자 유비는 서기 219년(건안 24년) 한중왕으로 등극합니다. 만조백관이 도열한 가운데 유비는 왕관을 쓰고 단 위에 올라 대관식을 거행하죠. 먼저 국민의례가 있은 후 유비의 취임선서가 이어집니다.

"나 유비는 헌법을 준수하고 국가를 보위하며, 나라의 평화적 통일과 국민의 자유와 복리의 증진 및 민족문화의 창달에 노력하여 한중왕으로서의 직책을 성실히 수행할 것을 국민들 앞에 엄숙히 선서합니다!"

"다음은 유비 왕께서 국민께 드리는 말씀 순서입니다."

"나 유비 왕부터 새로워지겠습니다. 궁궐에만 있지 않고 민초와 민중들과 함께하는 왕이 되겠습니다. 권위적 왕의 문화를 청산하고 민초들과 수시로 소통하는 왕, 깨끗한 왕, 비선실세들에게 농락당하지 않는 왕, 약속을 지키는 솔직한 왕, 따뜻하고 친구 같은 왕이 되겠음을 약속합니다. 분열과 갈등의 정치를 바꾸겠습니다. 사회 곳곳에 드리워진 적폐는 과감히 청산하고, '반유비파'라도 국정의 동반자로 인식하며 대화를 정례화하고 수시로 만나겠습니다."

왕의 선포가 끝나자 군악대의 음악에 맞춰 의장대가 행진하며 21발의 예포 발사, 그리고 인기 연예인들의 축하 공연이 이어집니다.

유비는 이어서 신하들의 공로에 따라 벼슬을 내리죠.

"먼저 가장 뛰어난 장수 다섯 명을 가려 뽑아 5호 대장군으로 임명하겠소. 현재 형주성을 지키고 있는 관우, 호랑이 수염 장비, 상산의 미남 검객 조자룡, 노장의 종결자 황충, 서량의 제일 무사 마초 등 이렇게 다섯 분이 5호 대장입니다. 다음은 내 아들 유선을 세자로 세우고, 제갈공명은 국무총리의 권한을 능가하는 군사의 벼슬을 내립니다. 나라의 모든 군무를 도맡아 처리해 주실 것을 부탁합니다. 개각 명단은 오후에 발표할 예정이며, 그 밖의 벼슬은 관보에 게재하겠습니다."

지금까지는 일개의 군사 집단에 지나지 않던 유비의 세력이 드디어 한 왕조의 체계를 갖추게 된 것입니다. 그리고 천자에게 왕의 조서를 내려달라는 상소문을 올리게 되죠.

존경하고 사랑하는 천자 폐하!

폐하께서 신 유비를 상장군으로 임명한 이래 막중한 사명감을 가지고 밖으로 나왔으나 아직 역적을 없애지 못하고 나라의 어지러움도 바로잡지 못했습니다.

지난날 동탁이 들어와 폐하를 괴롭혔으나 천벌을 받아 죽었고, 이각과 곽사의 무리가 또 천자 폐하를 어지럽혔으나 이들 역시 도태되어 죽었습니다.

이젠 폐하 곁에 오로지 조조만이 남아 권세를 힘으로 차지하고 세상을 어지럽히며, 갖은 못된 짓을 도맡아하고 있습니다.

조조가 황후를 시해하고 폐하의 심기를 어지럽히니 뜻있는 여러 사람이 역적 조조를 없애려 하였으나 많은 세월이 흐르도록 아직도 그를 제거하지 못하고 있습니다. 이 얼마나 통탄할 노릇입니까?

이에 소신이 황제 폐하께 한 가지 외람된 청을 드리고자 합니다.

황제는 가까운 일가친척 중에서 능력 있고 출중한 인물을 변두리 땅의 왕으로 임명하여 황실의 울타리로 삼은 일은 옛날부터 있어 온 일입니다. 지금 폐하 곁에는 조조와 그를 따르는 흉측한 무리들로만 채워져 있어 그들이 언제 어느 때 반란을 일으켜 폐하를 밀어내고 이 강산을 차지할지 아무도 모릅니다.

폐하를 보호해야 할 종친들은 아무 힘도 없고, 변변한 벼슬조차 못 하고 있어 황실을 도울 길이 없습니다. 그래서 폐하께 외람되이 청컨 대, 신을 한중왕으로 임명해 주십시오. 제가 한중왕이 된다면 폐하를 위해 펄펄 끓는 지옥불인들 못 뛰어들겠습니까? 아니면 천지를 삼킬 듯 파도치는 바다 속인들 못 뛰어들겠습니까? 제가 왕이 되면 이 한 몸 던져 역적 조조를 쳐 없애고, 황실을 튼튼하게 재건하겠습니다.

신 유비 맹세 드리며, 엎드려 표문을 올리니 부디 윤해 주시기를 기 원합니다.

— 서기 219년(건안 24년) 한중 땅에서 유비 올림.

유비는 이 표문이 조조의 손에 가로막혀 천자의 손에 들어가지 못할 줄 뻔히 알지만 왕위에 오르기 위한 절차를 지키고 최소한의 합법성을 지키기 위해 표문을 올립니다. 그러고는 한중왕에 오르죠.

누상촌 돗자리 장사의 가난한 무명 소년 유비! 관우, 장비와 함께 도 원결의로 의형제를 맺은 지 약 30년 만에 중국 영토 거의 3분의 1을 지 배하는 왕의 지위에 오른 것입니다. 여기에서 유비 현덕의 일생을 잠깐 다시 살펴볼까요?

유비는 한나라 말기인 서기 161년 유주 탁군에서 태어났습니다. 자 는 현덕이고, 어려선 생활이 어려워 돗자리를 짜서 생계를 유지했죠. 그 러나 그 어머니는 항상 유비에게 "비야, 너는 황실의 종친이다. 넌 중산 정왕(中山靖王) 유승(劉勝)의 후예로, 현 황제는 네 조카뻘이 된다." 이렇게 타일렀습니다. "네가 비록 시골에서 돗자리를 짜고 있지만 언젠간 너에게도 때가 올 것이다. 그래서 항상 큰 꿈을 가져야 한다. 평소엔 의협심이 강한 사람과 우호관계를 맺고 의리를 변치 말아야 한다." 이런 어머니의 말을 귀담아 들은 유비는 노식의 제자가 되어 공손찬과 함께 학문을 익힙니다.

그러다가 우연히 관우와 장비라는 두 호걸을 만나게 되고, 유비 나이 22세 때 도원에서 이들 세 사람이 의형제를 맺죠. 장비가 말하기를 "저의 집 뜰에 복숭아꽃이 만발했으니 이 동산에서 천지에 제사를 지내고 셋이 의형제를 맺어 한마음으로 협력하면 어떻겠습니까?" 유비와 관우가 반색하며 "좋은 의견이다. 우리 검은 소와 흰 말을 잡고 음식을 준비한 후 도원에서 결의하자." 이렇게 찬성하죠. 다음 날 세 사람은 도원에서 결의형제를 맺습니다. "유비, 관우, 장비가 비록 성은 다르오나 이미의를 맺어 형제가 되었으니, 마음과 힘을 합해 곤란한 사람들을 도와 위로는 나라에 보답하고, 아래로는 백성을 편안케 하려 합니다. 한날한시에 태어나지는 않았으나 한날한시에 죽기를 원하니, 하늘과 땅의 신령께서는 굽어 살펴 주옵소서. 만약 우리 세 사람 중 누구 한 사람이 의리를 저버리고 은혜를 잊는 자가 있다면 하늘과 사람이 함께 죽이소서. 아멘, 타불……." 맹세를 마치고 유비가 형이 되고, 관우가 둘째, 장비가 셋째가 됩니다. 제를 마치고, 소를 잡고 술을 내어 고을 안의 용사들을 불러 모으니 500명이 넘었다 합니다.

서기 184년, 장각이라는 자가 황건적을 모아 봉기를 일으키자 유비도 관우, 장비와 함께 장졸들을 모아 황건적을 진압하는 큰 공을 세우게 되죠. 그래서 최초 얻은 벼슬이 안희현의 현령입니다. 그러나 곧 현령 자리를 사임하고 잠시 공손찬에게 의지하게 되죠. 그때 조조가 아비의 원수를 갚는다는 구실로 서주를 침공하여 대학살을 감행합니다. 이에 유비는 관우, 장비와 더불어 도겸을 도와 조조를 물리치고 서주성을 구해줍니다. 도겸은 유비에게 서주성을 맡기고 죽습니다.

유비는 또 다른 군벌 여포를 도와 소패성을 내주었는데, 여포의 배신으로 서주성을 빼앗기고 말죠. 그러고는 여포와 싸워 패한 뒤 조조에게 몸을 맡기게 됩니다. 조조는 유비를 황제에게 추천했고, 황제는 유비가 숙부뻘 되는 종친임을 알고 좌장군 벼슬을 내립니다. 유비는 조조에게 군사를 빌려 그의 손에서 벗어나고, 조조는 크게 노하여 유비를 공격하죠.

서기 200년, 조조에게 패한 유비는 관우, 장비 그리고 두 부인과 생사도 모른 채 헤어져 원소에게 몸을 의탁하게 됩니다. 관우는 하비성을 빼앗기고 일시적으로 조조에게 투항하나 곧 유비의 소식을 듣고는 5곳의 관문을 뚫고 유비를 찾아가죠. 이것이 『삼국지』의 유명한 '관우 5관 돌파'입니다. 천신만고 끝에 관우, 장비 그리고 미 부인, 감 부인과 재회합니다. 그러나 원소는 조조와 관도대전에서 크게 패하여 죽고 말죠.

유비는 관우, 장비와 함께 다시 남쪽 형주의 유표에게 몸을 의탁합니다. 유표는 처음에는 그를 상빈의 예로 대하여 신야성을 내주며 머물게 합니다. 그러나 유비의 명성이 날로 높아지고 형주의 호걸들이 그에게 귀의하자 그를 경계하기 시작하죠. 특히 유표의 젊은 부인 채 씨는 지속적으로 유비를 헐뜯습니다.

유비는 힘센 장수들만으로는 세상을 도모할 수 없음을 깨닫고 지략가를 구하게 됩니다. 그러고는 불세출의 지략가 제갈량을 얻게 되죠. 그후 유비는 전쟁 때마다 제갈량의 말을 들으면 승리하고, 제갈량의 말을 듣지 않으면 패배합니다. 한번은 유비가 유표를 급습하여 형주를 뺏으라는 제갈량의 말을 묵살하죠. 그 결과 형주를 조조에게 빼앗기고 맙니다. 서기 208년 조조가 남방 정벌에 나서 형주를 공격하자 유표는 병들어 죽고, 그의 아들 유종은 별다른 저항 없이 조조에게 항복합니다. 항복한 유종을 조조는 가차 없이 죽여 후환을 미리 제거하죠. 그러고는 대대적으로 군사를 몰아 유비를 공격합니다.

형주를 조조에게 빼앗긴 유비는 조조에게 쫓기며 신야를 버리고 강하로 도주합니다. 도주 중 장판파의 싸움에서 미 부인이 크게 부상을 입어 조자룡에게 아들을 부탁하고는 우물에 빠져 자결하죠. 자룡은 아두를 품에 안고 적군을 헤치며 간신히 빠져나옵니다.

욱일승천의 기세를 몰아 조조는 100만 대군을 집결하여 오나라 손권을 공격하게 됩니다. 바람 앞의 등불 같은 동오의 손권, 유비는 제갈량의 건의를 받아들여 손권과 연합하여 조조를 크게 물리치고 오나라를 구해 줍니다. 그것이 바로 『삼국지』 최고의 하이라이트 '적벽대전'이죠. 유비는 이어서 남으로 무릉, 장사, 계양, 영릉 등 4개 군을 정복하여 형주에 근거지를 마련합니다.

서기 211년, 유비는 군사 수만 명을 이끌고 익주목 유장의 요청에 부응하여 서쪽 촉으로 원정을 나갑니다. 장로의 침략이 두려운 유장이 유비를 불러들인 거죠. 유비가 장로를 물리치자 유장은 마음이 변하여 유비에게 약속한 군량을 주지 않고 푸대접하기 시작합니다. 이에 분노한 유비는 성도를 공격하여 유장 정권을 뒤엎고 서촉, 즉 익주를 빼앗죠.

서기 219년(건안 24년), 유비가 한중을 침략하여 조조의 대장군 하후연의 목을 베자 분노한 조조가 40만 군사를 이끌고 몸소 정벌에 나섭니다. 그러나 유비에게 연전연패하고 자신은 앞니가 두 대나 부러지는 부상을 입고 돌아가죠. 그렇게 승리를 거둔 유비가 마침내 한중왕에 오른 것입니다.

손권의 정략결혼 제의

유비의 등극 소식을 듣고 가장 기뻐한 사람은 형주를 지키고 있는 관우입니다.

"관평아, 내가 30년간 따르고 모시던 형님이 왕위에 오르셨다니…, 잘된 일이야! 정말 오랜 세월 기다린 보람이 있구나!"

"아버님, 한중왕께서 아버님을 포함하여 장비, 자룡, 황충, 마초 이렇게 다섯 분을 5호 대장군에 임명하셨습니다. 그리고 비단과 금은보석뿐 아니라 좋은 술과 음식 등 많은 선물을 보내셨습니다."

"그래, 살다 보니 오늘처럼 기쁜 날도 생기는구나. 헌데 5호 대장군 모두가 이번 전투에서 큰 공을 세웠지만 나만 이곳 형주를 지키느라 아무 공을 세우지 못했구나. 우리도 이곳에서 큰 공을 세워 보자."

이렇게 관우가 기뻐하고 있을 때, 한편 위왕 조조는 유비가 한중왕에 등극했다는 보고를 받고 또다시 선불 맞은 멧돼지처럼 펄펄 뜁니다.

"유비, 그 촌놈이 왕이 되다니! 이젠 나와 맞먹겠다는 거냐? 가소로운 놈! 날더러 거지 왕이라고 악담을 퍼붓더니…, 뭐? 저는 국민과 소통하는 친구 같은 왕이 된다고? 가증스러운 놈! 내 다시 군사를 일으켜 그 촌놈을 응징하겠다. 그런데 앞니 두 대가 부러져 말이 자꾸 새는구나. 아이고, 이야! 아이고, 배야!"

그러자 여러 신하들이 조조를 만류하죠.

"위왕 전하, 참으십시오. 한중에서 패한 지 몇 개월 되지도 않았는데 또 군사를 일으키는 것은 무리입니다. 조금 기다리고 있으면 한중에서의 패배를 설욕할 기회가 찾아올 것입니다."

"기회가 오다니? 그럼 가만히 앉아서 참고 기다리란 말이냐?"

"그렇습니다. 지금 형주를 관우가 지키고 있으나 그는 한중 땅을 빼앗는 데 아무런 공도 세우지 못했습니다. 따라서 그는 조만간 공을 세우기 위해 형주를 비우고 출전할 것입니다. 그때 손권에게 외교 사절을 보내 형주를 치도록 부추겨야 합니다. 유비가 손권에게 형주 땅을 빌렸다는 핑계로 깔고 앉아 있으나 손권은 자나 깨나 형주를 찾을 생각만 하고 있기 때문에 달변가를 뽑아 손권에게 보내어 그를 설득시키면 군사를 움직여 형주를 공격할 것입니다. 그때 우리도 군사를 일으켜 다시 한중과 서촉을 공격하면 양쪽에서 적을 맞는 유비는 견디지 못하고 무너질 것입니다."

"중달, 좋은 생각이다. 그 능구렁이 유비의 머리와 꼬리를 동시에 공격하는 모양새가 되겠구나. 아주 멋진 계책이야. 그럼 유비가 왕이 되었다는 소식에 배는 아프지만 조금만 더 참고 기다려야겠구나."

"예, 전하! 영명하십니다."

"그래 조금만 참자. 아이고 배야, 아이고 이야!"

한편, 유비의 왕위 등극 소식을 전해 들은 손권도 여러 신하들을 불러 의견을 묻습니다.

"유비가 조조에게서 한중 땅을 빼앗고 왕으로 등극하였다 하오. 어찌하면 좋겠소?"

이때 대표적인 친유비파 제갈근이 나서서 의견을 제시합니다.

"유비에게 우선 축하 사절단을 보내십시오. 그리고 형주를 지키고 있는 관우와는 사돈을 맺으시지요.”

“관우와 사돈을 맺으라고요?”

“그렇습니다. 주공께는 장성한 아드님이 계시지 않습니까? 관우에게도 딸이 있습니다. 그 딸은 인물이 매우 뛰어난 절세가인이라 합니다. 주공의 아드님과 관 장군의 딸이 서로 혼사를 맺는 겁니다. 그렇게 되면 두 분이 서로 사돈이 되어 전쟁을 피하게 될 뿐 아니라 손유동맹도 더 굳건해지는 거죠.”

“좋은 생각이오. 그럼 자유(제갈근의 자)께서 관우에게 가서 청혼을 넣어보시오.”

“잘 알겠습니다. 제가 형주에 다녀오겠습니다.”

며칠 후 제갈근이 형주에 건너가 관우와 대면합니다.

“관 장군, 오랜만에 뵙습니다. 장군께서는 여전히 건강해 보이는군요.”

“제갈근 선생, 정말 오랜만이오. 그런데 형주는 무슨 일로 오시었소?”

“관 장군님께 예쁘고 고운 따님이 있다는 소문을 듣고 청혼하러 왔습니다. 저희 주군인 손권에게는 아드님이 있습니다. 장남인지라 장차 오나라의 대권을 이어 받을 귀한 아들입니다. 그 아드님과 관 장군님의 따님께서 혼사를 맺으면 어떨지요?”

“손권의 아들과 내 딸이 혼인을 한다고? 음, 음…, 안 되겠소.”

“예? 안 되다니요? 무슨 특별한 이유라도 있습니까?”

“있지요, 있다마다요. 범의 자식을 개의 자식에게 줄 수 없지요. 그게 이유요.”

“버…범의 자식……? 그리고 개…개의 자식? 그게 무슨 말씀인지요?”

“꼭 설명을 해야 알아듣겠소? 손권에게 가서 그대로 전하시오.”

"범의 자식을 개의 자식에게 줄 수 없다." 누가 들어도 불쾌한 소리입니다. 관우의 오만하고 무례한 이 한마디가 장차 관우와 유비에게 큰 비극을 불러옵니다. 일찍이 공명은 관우에게 당부하기를 북거조조(北拒曹操) 동화손권(東和孫權), 즉 북쪽의 조조에게는 항거하고, 동쪽의 손권과는 화합하라고 신신당부했는데……. 관우는 공명의 당부와는 정반대의 길을 가죠.

제갈근의 보고를 받은 손권은 대로하여 펄펄 뜁니다.

"뭐라고? 범의 자식을 개의 자식에게 줄 수 없다고? 그럼 저는 범이고, 나는 개란 말이냐? 건방지고 오만한 놈! 감히 일국의 군주를 개에 비유하다니! 내 관우 이놈을 용서치 않겠다."

지금까지 손권은 유비와 관우에 대해 항상 우호적인 생각을 가지고 있었으나 관우의 이 불손한 말 한마디로 그들에게 등을 돌리기 시작합니다.

"건방진 놈들, 두고 보자!"

관우, 양양성·번성 공격

한편, 외교사절단 제갈근을 쫓아버린 관우는 휘하 장수들을 모아 의논합니다.

"형님께서 조조를 물리치고 한중 땅을 점령하셨소. 모든 장수들이 형님을 도와 큰 공을 세웠지만 나는 이곳을 지키느라 아무 공도 없소. 무슨 좋은 방법이 없겠소?"

관우가 이렇게 참모들과 의논을 하고 있는데, 한중왕 유비가 보낸 사신이 도착합니다.

"관 장군, 한중왕 전하께서 왕명을 내리셨습니다. 읽어보시죠."

수석 5호 대장군 관우야!

무척 보고 싶구나.

우리가 도원에서 결의형제를 맺고 군사를 일으킨 지 벌써 30년의 세월이 흘렀구나. 우린 언제나 도원결의의 맹세를 잊어서는 안 된다.

내가 한중왕위에 올랐으나 이건 모두 너희들의 도움 덕택이다.

그러나 우리가 여기에 만족하지 말고 중원으로 진출하자.

중원에 진출하기 위해서는 그 관문인 양양과 번성을 지나야 하니, 네가 군사를 이끌고 가서 양양성(襄阳城)과 번성(樊城)을 쳐라.

허나 군사작전을 감행하더라도 형주 방어에 소홀해서는 안 된다.

아직은 추운 날씨이니 감기 들지 않도록 건강에도 유의해라.

그럼 승전보를 기다리겠다.

― 한중왕 유비

"형님께서, 아니 전하께서 내게 출전 명령을 내리셨소. 내가 기다리던 명이오. 이제 군사를 정비하여 양양성과 번성을 치러 갑시다. 양양성과 번성을 뺏는다면 나도 누구한테 뒤지지 않는 큰 공을 세우게 되는 것이오."

"아버님, 출전 명령을 축하드립니다. 유비 한중왕의 명대로 출전해야겠지만 이곳을 비워 두는 것은 위험합니다. 이곳 수비를 든든히 해 둔 후 출전해야 될 것입니다. 우리가 형주를 비워 둔 사이 만약 동오에서 침공하면 어떻게 하시겠습니까?"

"동오는 우리와 동맹국이야. 동맹국이 우리를 침범할 리 없지. 그리고 동오엔 모두 쥐새끼들뿐이다. 그런 쥐새끼들이 뭐가 겁난단 말이냐?"

"그러나 아버님, 만사 불여튼튼입니다. 먼저 후방인 이곳 형주의 경비를 튼튼히 해야 합니다. 오나라 동맹국을 너무 믿어서는 안 됩니다."

"좋다. 그렇게 걱정된다면 나에게 좋은 생각이 있다."

"무슨 방법입니까?"

"형주와 양양을 잇는 산봉우리마다 봉화대(烽火臺)를 설치하는 것이다. 그래서 만약 동오가 형주를 침공하면 즉시 봉홧불을 피워 우리에게 알리는 거지. 그럼 우린 재빨리 군대를 돌려 형주로 되돌아가 적을 막는 것이다."

"좋은 생각입니다. 그럼 각 산봉우리에 봉화대 설치 작업을 서두르겠습니다."

관우는 형주와 양양을 잇는 27개의 산봉우리에 봉화대를 설치합니다.

"자, 그럼 봉화대 설치가 끝났으니 양양으로 출병한다!"

"장군, 봉화대의 수비는 누구에게 맡기시겠습니까?"

"반준(潘濬)을 보내게."

"장군, 반준은 약합니다. 조루를 보내시죠?"

"조루? 그자가 더 약해 보이는데, 조루는 장가는 갔나?"

"조루는 사람이 충성되고 청렴합니다."

"한번 결정한 사항이니 번복하지 말게."

관우는 조루에게 봉화대 수비를 맡기자는 의견을 묵살하고 반준을 내보냅니다. 그러나 반준은 책임감이 없고 부하들에게 신망을 얻지 못하는 사람이죠.

"형주엔 1만 5천의 정예병을 남겨 둘 테니 잘 지키도록 하라!"

관우는 드디어 형주의 정예병을 이끌고 양양성 공격을 준비합니다. 먼저 관우는 양양성을 함락하기 위한 작전 지시를 내리죠.

"부사인(傅士仁)과 미방(糜芳), 두 장수께서 선봉을 맡아 주시오. 그러면 내가 중군을 이끌고 뒤를 받쳐 양양성을 치겠소."

"관 장군, 잘 알겠습니다. 저희 두 사람이 선봉에 서서 닷새 안에 성을 빼앗겠습니다."

여기에서 선봉장으로 지명된 미방을 살펴볼까요?

미방과 미축은 형제입니다. 미축이 형이고, 미방이 동생이죠. 유비가 서주 성주 당시 결혼한 미 부인이 바로 미방, 미축의 여동생입니다. 미 부인은 아들 유선(아두)을 낳았으나 장판판 싸움에서 부상을 입고 우물에 투신하죠. 그러고는 아들을 조자룡에게 맡깁니다. 자룡이 아두를 품에 안고 100만 대군을 헤치고 나온 일을 기억하실 겁니다. 그 미 부인의 오빠인 미방이 부사인과 함께 양양성 공격 선봉에 서게 된 것입니다.

"부사인, 우리 출전 전에 술이나 한잔하세."

"미방, 좋은 생각이네. 전쟁터에 나가면 술 마시기 힘들 테니 오늘 간단히 한잔하세."

두 사람은 불을 피우고 비둘기 고기를 구워 주거니 받거니 술잔이 오갑니다.

"사인, 난 가끔 죽은 내 여동생이 생각나네. 유비에게 시집보낸 것은 탁월한 선택이었지만 그 애는 명이 너무 짧았어. 유선도 많이 크긴 했지만 어미 없이 자라다 보니 외로움을 많이 타지."

"자자, 우울한 얘기는 그만두고 한잔씩 더 하세."

두 사람은 옛날이야기를 하며 분위기에 젖어 술잔을 주고받죠.

"자, 많이 취했네. 이젠 그만 들어가 자도록 하세."

미방과 부사인이 비틀거리며 내실로 들어간 후, 고기를 굽던 불이 제대로 꺼지지 않아 불길이 옆 식탁으로 옮겨 붙어 그만 큰 화재로 번지고 맙니다.

"불이야, 불이야!"

술에 취해 자고 있던 미방과 부사인이 놀라 잠에서 깹니다.

"불이라니? 어디에서 불이 났단 말이냐? 혹시 적의 야습은 아니냐? 빨리 불을 꺼라!"

"장군, 불길이 걷잡을 수 없게 번지고 있습니다. 지금 전쟁에 쓸 염초와 유황을 보관한 창고로 옮겨 붙고 있습니다."

"큰일이다! 유황과 염초에 불이 붙는다면 진화하기 어렵다. 빨리 불을 꺼라. 불이야, 불이야!"

불길은 바람을 타고 불똥을 날리더니 급기야는 염초와 유황을 보관하는 창고에까지 붙습니다.

펑! 펑!

요란한 소리와 함께 전쟁에 쓸 군수물자가 타고, 병졸들은 불을 끄려고 우왕좌왕하지만 이미 불길 잡기엔 늦고 말죠.

관우가 한밤중에 불이 치솟는 것을 보고는 급히 달려왔습니다.

"미방과 부사인은 어디 있느냐? 왜 갑자기 불이 난 것이냐?"

"장군, 죽을죄를 졌습니다! 저희 두 사람이 정담을 나누며 술을 마시다 그만 이렇게 불이 나고 말았습니다……."

"뭐라고? 전쟁을 앞둔 장수가 술을 먹고 불을 내다니! 여봐라, 당장 저 두 놈의 목을 베라!"

"장군, 고정하십시오. 고의로 불을 낸 것도 아닌데 전쟁을 앞두고 선봉장의 목을 베는 것은 상서롭지 못합니다."

"괘씸한 놈들! 우선 두 놈을 끌어내 곤장 50대씩을 쳐라. 그리고 선봉장의 인을 회수하라. 내 전쟁이 끝나고 돌아와서 반드시 책임을 물을 것이다."

미방과 부사인은 졸지에 초죽음이 되도록 매를 맞고, 장수 인장을 압수당해 후방에 남겨지게 되죠.

미방이 부사인을 바라보며 슬피 웁니다.

"아프구나! 몸도 아프고, 마음도 아프다. 난 서주성 제일의 부호였다. 내가 유비에게 반해 내 여동생을 시집보냈고, 유비가 어려울 때마다 내 재산을 털어 도와주었건만, 이젠 내 여동생도 없고 재물도 남지 않았구나. 그리고 이렇게 매까지 맞고 후방에 남겨졌으니…, 그저 눈물만 나오는구나. 이럴 때 내 형님 미축이라도 곁에 계셨으면 큰 위로가 되었을 텐데……."

전쟁에 쓸 군수물자가 타버리자 홧김에 미방과 부사인에게 벌을 내리고 숙소로 돌아온 관우도 기분이 울적합니다.

'미 부인 형수님께서 살아 계셨다면 내가 미방에게 저렇게 모질게 대할 수 있었을까? 심하게 매질까지 한 건 좀 미안하구나……'

이렇게 생각하며 얼핏 잠이 들었는데, 갑자기 어마어마한 멧돼지 한 마리가 숙소로 뛰어들더니 다짜고짜 관우의 오른쪽 팔을 물어뜯습니다.

"아아아악! 이게 어디에서 나타난 멧돼지냐? 짐승이지만 용서치 않겠다!"

관우가 칼을 들어 멧돼지에게 내리치자 멧돼지는 붉은 피를 쏟으며 발광하기 시작합니다.

퍽! 퍽!

그러더니 다시 관우에게 돌진하여 또 오른쪽 팔목을 물어뜯습니다.

"아악!"

관우가 비명을 지르자 부관이 뛰어들어 관우를 깨웁니다.

"장군님, 장군님! 악몽을 꾸셨습니까?"

"어엉? 꾸…꿈이었구나! 휴우, 그런데 꼭 생시에 물린 것처럼 팔이 시큰거리는구나……"

"장군님, 돼지꿈은 길몽입니다. 내일 당장 로또복권이라도 사시지요."

"아서라, 복권은 무슨 복권. 내일의 출전을 위해 다시 자자."

관우가 전쟁을 시작하기도 전에 불길한 징조가 두 번이나 나타났지만 "예부터 불난 집이 흥하는 법이다." 그리고 "돼지꿈은 복꿈이다." 이렇게 스스로 위안하고 양양성으로 진격합니다.

"이번 전투엔 요화가 선봉에 선다. 전군 돌격! 기갑부대는 성문을 부수고 보졸들은 성벽을 타고 넘어라. 돌격!"

"와아, 돌격!"

양양성은 조조의 사촌동생 조인(曹仁)이 지킵니다.

"큰일이다! 관우가 공격해 들어온다고? 이곳은 위나라로 통하는 관문이다. 이곳이 뚫리면 위나라 전체가 위험하다. 모두 죽기를 각오하고 성을 지켜야 한다. 그리고 급히 파발마를 띄워 위왕 전하께 구원병을 요청하라."

양양성이 관우의 공격을 받는다는 보고를 받자 조조는 급히 대책을 논의합니다.

"유비, 그자는 누상촌에서 돗자리나 팔던 촌놈이요. 그 미천하고 귀 큰 도적놈이 건방지게 왕위에 오르더니 이젠 관우를 시켜 양양을 공격 중이요. 어쩌면 좋겠소?"

"전하, 신 중달의 의견을 말씀드립니다. 먼저 동오에 사신을 보내 손권과 동맹을 맺으십시오."

"동오의 손권과 동맹을? 우리 위나라는 동오와는 한 하늘 아래에서 공존할 수 없소. 그런데 손권이 우리와 동맹을 맺으려 하겠나?"

"전하, 지금 관우의 가장 큰 약점은 후방입니다. 그는 형주를 비워 두고 군사를 일으켰으니 늘 후방이 불안할 것입니다. 이 틈을 노려 동오의 손권에게 형주를 치게 하시면 관우는 형주를 뺏기지 않기 위해서 회군할 것입니다."

"사마중달, 좋은 의견이다. 자네를 보면 꼭 내 젊은 시절을 보는 것 같아! 빨리 손권에게 사신을 보내라!"

동오에 동맹을 제의하는 조조

조조의 사신을 맞이한 손권은 떨떠름한 표정으로 말을 꺼냅니다.

"언제는 우리 동오를 집어삼킬 듯이 덤벼들더니 이젠 동맹을 맺자구요?"

"그렇습니다. 저희 위왕 전하께서는 한중 싸움에서 앞니가 두 대나 부러지는 수치를 당하였습니다. 생각해보면 우리 위나라와 동오는 아무 원한관계가 없습니다. 모두 저 공명과 유비의 농간에 넘어가 서로 반목하게 된 거지요. 지금 관우는 형주를 비워 두고 우리 양양성을 공격 중입니다. 동오는 이 기회를 놓치지 마시고 형주를 공격하여 뺏으십시오. 저희도 힘을 합하여 형주 공격을 도와 드리겠습니다."

"그렇다면 공격을 도울 필요는 없고, 우린 지금 식량이 부족하여 어려움을 겪고 있으니 위나라에서 군량미 10만 석만 제공해 주시오. 그럼 우리가 형주를 공격하겠소."

"알겠습니다. 위왕께 보고 드려 식량을 보내 드리겠습니다."

식량 10만 석을 무상으로 달라는 보고를 받은 조조는 한참 입맛을 다시다 결정을 내립니다.

"쩝, 보내 주어라. 식량을 보내 주어 관우의 힘을 분산시킬 수만 있다면 손해 보는 장사는 아니다."

이렇게 동오에 사신을 보내고 식량을 보내는 사이 관우는 군마를 몰아 물밀듯이 양양성을 공격해 들어갑니다. 이에 맞서 조인은 죽을힘을 다해 방어에 힘쓰고 있죠.

"관우 저 수염 긴 도적에게 성을 빼앗겨서는 안 된다. 혼신의 힘을 다해 방어하라!"

지치지도 않은 듯 관우의 장졸들이 연일 성벽을 타고 오르며 공격해 오자 작전을 바꾸자고 제안합니다.

"상대가 아무리 관우라지만 더 이상 방어에 치중해선 안 되겠다. 내일은 성문을 열고 나가 우리가 먼저 선제공격을 가하자. 저 수염 긴 도적의 머리를 기어이 베고 말겠다!"

그러자 옆에 있던 만총(滿寵)이 극구 만류합니다.

"장군, 관우는 천하무적이며 명장 중 명장입니다. 함부로 나가서 싸워서는 안 됩니다. 우린 수비에만 치중하고 나가서 싸우지 맙시다."

"만총, 그대는 아무리 문관이지만 어찌 그리 겁이 많은가? 저 관우도 연일 공격을 퍼붓느라 이젠 지쳤을 것이네. 내가 뛰어나가 한 칼에 요절을 내겠네."

만총의 만류에도 불구하고 조인은 더 이상 참지 못하고 기세 좋게 성문을 열고 출전합니다.

"관우, 여기가 어디라고 함부로 쳐들어오느냐? 나 조인이 오늘 그대를 맞아 한판 승부를 가려보겠다!"

그때 조인의 부장 하후존(夏侯存)이 먼저 나섭니다.

"장군, 기다리십시오. 제가 먼저 상대해 보겠습니다. 관우, 나 위나라 선봉장 하후존이다. 내 칼을 받아라!"

"하후존? 관우가 왔는데 어찌 삼류급 장수들만 나온단 말이냐?"

관우는 적토마 위에서 미동도 않고 서 있는데, 하후존이 흙먼지 일으키며 기세 좋게 말을 몰아 공격해 들어옵니다. 그러나 "야합!" 관우의 한 마디 기합 소리에 하후존의 머리는 동쪽 존으로, 몸뚱이는 서쪽 존으로 갈리고 말죠. 이를 목격한 조인이 덜컥 겁을 먹습니다.

'허…허걱! 듣던 대로 무서운 장수다. 난 내 형님 조조 전하를 위해 할 일이 많은 사람이다. 이럴 땐 36…36계 뺑소니가 최고다……'

조인이 도주하기 시작하자 군사들의 대오가 흩어지며 뿔뿔이 도망치기 시작합니다.

"위왕 전하, 양양이 함락되었습니다. 관우가 계속 번성으로 진격 중입니다. 더 늦으면 번성마저 빼앗기고 말 것입니다."

"동오와의 협상에 시간을 너무 허비했구나. 양양을 구할 시기를 놓쳤어! 그런데 사마의, 손권이 형주를 침공했느냐?"

"아직 아무런 움직임도 없습니다."

"오나라는 우리에게 군량미 10만 석을 공짜로 받아먹고 형주를 치지 않는단 말이냐?"

"오나라는 지금 양다리 외교를 하고 있습니다. 관우가 만약 번성까지 함락시키면 손권은 형주를 치지 않을 것입니다. 그러나 번성이 함락당하지 않는다면 손권은 관우의 어려움을 틈타 형주를 공격할 것입니다."

"치사하고 야비한 놈들, 양다리를 걸치다니! 손권의 생각이 그렇다면 지금으로는 번성을 지키는 게 급선무다. 번성엔 누구를 보내 돕는 게 좋겠느냐?"

"우금(于禁)을 보내시지요."

"우금? 좋은 생각이다. 우금이라면 관우와 맞설 수 있을 것이다. 그럼 부장은 누가 좋겠느냐?"

"방덕(龐德)을 추천합니다."

"좋다. 우금을 상장군으로, 방덕을 부장군으로 임명하여 번성으로 보내도록 하라."

방덕은 북방 서량 출신으로, 마초의 심복이었으나 마초는 유비에게 투항하였고, 방덕은 조조에게 투항하여 이제는 서로 적이 된 셈입니다.

방덕을 부장으로 삼아 선봉에 세우기로 결정한 이때, 한밤중에 동형(童衡)이라는 사람이 조조를 찾아갑니다.

"전하, 방덕은 원래 마초의 부하였습니다. 그런데 지금 마초는 유비에게 투항하여 한중왕의 5호 대장군이 되어 있습니다. 또 그의 형 방유도 촉에서 높은 벼슬을 한다고 들었습니다. 그런 방덕을 선봉으로 삼는 것은 좀 위험하지 않을까요?"

그러자 의심 많은 조조가 대뜸 고개를 끄덕입니다.

"동형, 네 말에도 일리가 있다. 내일 아침 당장 방덕을 불러 선봉의 인수를 거두어들이겠다."

다음 날, 조조가 방덕을 불러 선봉장 인수를 거두어들이자 방덕이 한참을 생각하더니 투구를 벗고 무릎 꿇더니 바닥에 머리를 찧습니다.

쿵! 쿵!

"전하, 저는 무사로서 전하에게 충성을 다하기로 맹세한 사람입니다. 그런데 전하께서는 저를 못 믿으시니 전 차라리 여기에서 죽겠습니다."

쿵! 쿵!

바닥을 울리며 머리를 찧어 대자 금방 선혈이 낭자해집니다. 조조가 급히 방덕을 끌어안으며 일으키죠.

"방덕, 방덕! 바…바닥 깨진다. 그 바닥 대리석은 이태리산인데…, 깨…깨진 거야 뭐 아깝진 않고…, 쩝! 그러나 너를 의심한 내 잘못이 크다. 너의 충심을 믿겠다. 다시 선봉장 인수를 돌려줄 테니 번성으로 가서 꼭 관우를 물리치도록 하여라."

"예, 전하! 소장을 믿어 주시니 감사합니다. 소장, 기어이 관우의 목을 베겠습니다. 그 의지의 표현으로 저는 관을 메고 출전하겠습니다."

"관을 메고 출전하다니 그건 무슨 뜻인가?"

"예, 전하! 그 관 속에 관우의 시신을 담아 오겠습니다. 만약 관우를 이기지 못하면 제가 그 관 속에 들어가야죠."

"호오, 방덕! 결심이 대단하구나. 관우를 꼭 물리쳐 관 속에 담아 오너라."

조조에게 신임을 받은 방덕은 오동나무를 깎아 손수 관을 짜고는 수하의 부하들에게 선포합니다.

"나는 이번 싸움에서 관우와 죽을 때까지 싸우겠다. 만약 관우를 목베지 못하면 내가 죽을 것이니 그땐 너희가 내 시체를 이 관에 넣어 장사 지내 주길 바란다."

"장군, 참으로 장군의 충심은 하늘을 뒤덮습니다. 저희도 목숨을 걸고 싸워 기어코 관우를 물리치도록 하겠습니다."

우금은 부장 방덕과 함께 수십만 장수들 중 가리고 가려 뽑은 맹장 7명을 거느리고 번성을 방위하기 위해 출전합니다. 전쟁터에 다다르자 선봉장 방덕이 나섭니다.

"우 장군님, 제가 뛰어나가 관우의 목을 베어 오겠습니다."

"알겠다, 방덕. 나가 싸워라!"

방덕은 부하들에게 관을 짊어지게 하고 호기 있게 출전합니다.

"관우, 관우는 나와라! 나 방덕이 너를 이 관에 담아 가겠다."

관우가 멀리서 도발하는 방덕을 보더니 비웃습니다.

"저 관은 뭐고, 또 저놈은 누구냐? 듣지도 보지도 못한 애송이가 나왔구나. 이젠 조조도 한물갔나 보구나. 저런 꼴사나운 놈을 내보내다니!"

"아버님, 전쟁터에서 관을 메고 다니는 저런 정신 나간 놈은 제가 상대해 주겠습니다."

"관평아, 좋다! 네 무술 솜씨를 한번 보자. 나가서 저 정신 빠진 장의사를 상대해 주어라."

"옙, 아버님!"

관우의 양아들 관평과 방덕이 마주칩니다.

"애송이, 넌 누구냐? 난 관우를 상대하러 왔다. 입에서 젖비린내 나는 애송이는 들어가라."

"장의사, 넌 누구냐? 처음 보는 녀석인데…, 위나라에 인재가 없다더니 이젠 너 같은 장의사까지 전쟁터에 나서는구나. 잘 듣고 잘 보아라. 난 한중왕 유비의 5호 대장군 중 수석 대장군이며 한성대제이신 운장 관우의 아들 관평이다!"

"직함이 너무 길구나. 직함을 다 말하다간 숨넘어가겠다. 난 서량 제일 무사 방덕이다."

"뻥치지 마라. 서량 제일 무사는 마초다. 마초는 우리 한왕 유현덕을 모시는 5호 대장군이다. 너 같은 졸개가 감히 서량의 제일 무사라고 사기를 치다니…, 차라리 서량 제일의 장의사라고 솔직하게 얘기해라."

"말이 많구나. 검으로 겨뤄 보자. 야~합!"

"빠~샤! 덤벼라! 받아라, 칼!"

"받았다. 너도 덤벼 봐라!"

두 장수가 어울려 100여 합을 겨뤘으나 승부가 나지 않습니다.

"헉헉, 관평! 생각보다 칼을 잘 쓰는구나."

"헉헉, 방덕! 오늘은 이만하고 내일 다시 겨루자."

두 사람은 다음을 기약하고 승부를 잠시 미루죠.

"헉헉! 아버님, 오늘은 승부를 가리지 못했습니다."

"관평아, 수고 많았다. 땀을 닦고 좀 쉬어라. 내일은 내가 싸우는 걸 잘 봐 둬라."

"예, 아버님. 잘 알겠습니다."

이튿날은 번성 너른 벌판에서 관우와 방덕이 마주칩니다.

"방덕이라 했느냐? 나와 싸우는 게 소원이라면 한수 가르쳐 주마. 가문의 영광으로 알아라."

"관 장군, 난 저 관에 장군을 꼭 담아 주겠소. 자, 갑니다. 야합!"

방덕과 관우가 30여 합을 싸우다 방덕이 말 머리를 돌려 달아납니다.

"헉헉! 관 장군, 오늘은 여기까지입니다. 내일 다시 봅시다!"

"네 실력이 아직은 2프로 부족하구나. 그러나 내 공격을 30여 합 견디어 낸 것만도 대단한 일이다. 내일 다시 나와라."

방덕이 영채로 돌아와 여러 장수들에게 감탄사를 늘어놓습니다.

"사람들이 관우를 천하 명장이라 하더니 그 이유를 이제야 알 것 같소. 관우의 무술은 신의 경지에 든 사람이요. 정말 대단하고 대단한 무술이요!"

한편 방덕과 싸우고 돌아온 관우는 관평을 부릅니다.

"방덕의 칼 쓰는 법이 매우 날카롭다. 예사 인물은 아닌 듯하구나. 너와는 좋은 맞수가 될 듯하다."

"아버님, 잘 알겠습니다. 다음엔 제가 꼭 방덕을 베어 그 관 속에 넣어 주겠습니다."

방덕이 관우와 일전을 치르고 돌아오자 우금의 부하들은 막연한 불안감이 생기기 시작합니다.

'저 북방의 오랑캐가 대단한 무술 실력을 갖고 있구나. 저자를 더 키우는 건 우리 중원의 장수들에겐 달갑지 않은 일이다. 저런 오랑캐는 일찍 제거해야 해.'

방덕의 무술 솜씨에 불안을 느낀 속 좁은 장수들이 우금에게 희한한 모략을 제안하죠.

"우 장군, 방덕이 생각보다 무술이 뛰어납니다. 그러나 방덕은 북방 서량의 오랑캐 출신입니다. 만약 방덕이 관우를 이긴다면 모든 공로는 방덕에게 돌아갑니다. 그렇게 되면 우 장군의 존재감이 없어지는 거죠."

"말을 듣고 보니 그렇군. 오랑캐 출신에게 공을 뺏길 순 없지. 어떻게 하면 좋겠나?"

"방덕을 후방으로 보내십시오. 그리고 장군께서 직접 관우를 상대하시되 관우와 맞싸우지 말고 장기전으로 나가십시오."

"장기전? 그건 무슨 뜻인가?"

"지금 관우 측 군사의 기세는 파죽지세의 형국입니다. 지금 맞부딪치면 우리가 연전연패합니다. 시간을 끌면 관우는 군량을 걱정해야 하고, 또 후방인 형주도 걱정될 것입니다."

"좋다. 자네들 의견대로 하자. 방덕을 불러라."

방덕이 대령합니다.

"방덕, 오늘부터 후방으로 가서 군량미 경비를 맡아라."

"장군, 한창 싸우는 선봉장에게 군량미 경비라니요? 지금 제정신입니까? 저는 관우와 싸우러 왔지 취사병 역할을 위해 온 게 아닙니다."

"방덕, 닥쳐라! 내 군령에 불복하겠느냐? 군법으로 다스리겠다."

"장군, 기가 막힙니다만 명령이라면 일단 후방으로 가겠소."

방덕을 후방으로 쫓아버린 우금은 영채를 계곡 하류 중구천으로 이동합니다.

이튿날, 방덕이 싸움터에 나오지 않자 관우가 묻죠.

"여봐라, 위나라 조조의 졸개들아! 오늘은 왜 관을 메고 다니는 애송이가 보이지 않느냐? 너희 군사들 중 쓸 만한 놈은 그 장의사뿐이다. 빨리 데려와라!"

관우가 도발을 해도 우금은 영채에 틀어박혀 꼼짝도 하지 않습니다.

"애들이 벌써 기가 죽었구나. 싸울 의욕을 잃은 듯하다. 오늘은 싸움이 없으니 주변을 둘러보자."

관우가 양강 상류로 올라가 우금의 영채를 내려다보더니 아들 관평을 부릅니다.

"좋은 생각이 있다. 관평아, 오늘부터 병사들을 동원하여 이 강둑을 막아라. 며칠 후면 장마가 시작될 것이다."

"예, 아버님. 잘 알겠습니다."

관우의 예상대로 며칠 후부터 장맛비가 내리기 시작합니다.

"너희들은 오늘부터 주변 나무를 베어다 뗏목을 만들어라."

"뗏목은 어디에 쓰시게요?"

"곧 알게 된다. 뗏목으로 뱃놀이나 해 보자."

비가 억수로 쏟아지자 방덕이 우금을 찾아옵니다.

"우 장군님, 좀 이상합니다. 지금 장맛비가 내리는데 양강 물이 불어나지 않습니다. 이건 누군가 강 상류를 막고 있다는 증거입니다. 조치를 취해야 합니다."

"방덕, 치중대 수비나 잘 할 일이지 이곳엔 뭐 하러 왔느냐? 비가 오면 강물은 대하로 흘러가는 법이다. 강물이 불지 않는 게 뭐가 이상하단 말이냐?"

"우 장군, 지금 우리 영채는 너무 낮은 지대에 자리 잡고 있습니다. 빨리 높은 지대로 옮겨야 합니다."

"방덕, 닥쳐라! 이 전쟁의 총사령관은 나다. 넌 네 임무나 충실히 하도록 해라. 주제넘게 건방 떨지 말고 네 근무지로 돌아가라!"

"장군, 후회하지 마십시오. 내 부대만이라도 높은 지대로 이동하겠소. 장군도 내 말을 명심하시오."

방덕과 우금이 반목한 가운데 장맛비는 절정에 이르죠.

"관 장군님, 열흘째 비가 양동이로 퍼붓듯 쏟아집니다."

"알겠다. 관평아, 너는 양강 상류로 올라가 막아 둔 둑을 터트려라. 그리고 나머지 병사들은 잠시 후 뗏목을 타고 전투에 임한다. 우린 양강의 상하류를 뗏목을 타고 오르내리며 물에 빠진 적군을 사로잡으면 된다."

한편 그 시간, 우금의 진영에서는 병사들이 모두 느긋하게 휴식을 취하고 있습니다.

"비 오는 날은 프로 야구도 쉬니 우리도 쉬는 수밖에……."

병사들이 고향 하늘을 바라보며 향수에 젖어 있는데, 한 병사가 소리를 지릅니다.

"저게 뭐냐? 물이다, 아니 쓰나미다!"

"무슨 소리냐? 쓰나미는 바다에서나 생기지 강에서 무슨?"

"저기 보십시오. 어마어마한 물이 밀려오고 있습니다!"

"물이다! 물이다! 엄청난 물이 밀려온다!"

"홍수다! 모두 피해라. 홍수가 났다!"

"우 장군님, 큰일 났습니다. 상류에서 둑이 터진 듯합니다."

"물이다, 대홍수다! 빨리 높은 곳으로 피해라!"

"사람 살려, 나 살려라!"

"어푸어푸, 난 수영을 못해! 살려 줘…꼬르륵꼬르륵……."

대다수의 북방 기마민족들은 수영을 못 합니다. 거대한 양강의 물이 넘쳐 홍수를 이루자 가엾게도 수많은 병사들이 물속으로 자취를 감추고 사라지죠.

"우 장군님, 살려 주십시오. 꼬르륵……."

"나도 수영을 못 해! 나부터 살려라, 우금 살려……!"

이때 뗏목 한 척이 우금을 향해 다가오더니 긴 수염을 날리며 관우가 나타납니다.

"우금, 물놀이 철이라고 전쟁도 잊고 물속에서 놀고 있느냐? 오늘부터 용궁이라도 다스리겠느냐?"

"자…장군, 우선 좀 건져 주시오, 어…어푸……!"

"저놈들을 건져 올려 단단히 묶어라!"

"관 장군, 살려 주시어 감사합니다. 장군 체면에 익사할 수는 없죠."

정사(正史)에 의하면, 이날 관우에게 사로잡힌 우금의 부하들은 약 3만 명에 달했다고 합니다. 그리고 나머지 약 7만여 명은 모두 익사하거나 전사하였으니, 관우의 수공은 대성공이죠.

"장군, 아직도 고지대에서 저항하는 잔당들이 있습니다. 지난번 관을 메고 다니던 그 방덕이라는 자입니다."

"뭐라고? 아직도 저항하는 자들이 있다고? 모조리 투항시켜라!"

"방덕, 투항해라! 미리 만들어 둔 그 관을 타고 나오면 익사는 면하겠구나. 생김새는 멍청하게 보이는데 선경지명은 있었구나."

"닥쳐라! 이것은 관우를 담아 갈 관이다. 관우는 어디 있느냐?"

"방덕, 관우 여기 있다. 우금이 너 정도의 지혜만 있었어도 대패하진 않았을 텐데. 네 소원대로 한수 가르쳐 줄 테니 이리 나와라."

"관 장군, 좋습니다. 야합! 내 칼을 받으시오."

"이렇게 쏟아지는 빗속에서 싸우는 것도 운치가 있구나. 방덕, 미끄러지지 않게 조심해라."

방덕은 기세 좋게 관우에게 덤벼들었으나 단 3합도 싸우지 못하고 낙마하여 사로잡히고, 끝까지 저항하던 병졸들도 모두 나와 투항합니다.

"저 방덕을 끌고 가자. 투항한 병졸들에게 저 관을 메도록 하여라."

포승줄에 묶인 우금과 방덕이 관우 앞에 무릎 꿇려 앉았습니다.

우금이 얼굴에 비굴한 웃음을 띠더니 사정을 합니다.

"관 장군, 목숨만 살려 주시오. 장군이 한때 조조에게 투항했을 때 제가 사드린 막걸리 맛을 잊지 않았겠지요."

이 말을 듣던 방덕이 우금을 향해 대듭니다.

"우금, 너도 장수냐? 비겁한 놈! 오늘 전쟁에서 패한 건 모두 너 때문이다. 선봉장인 나를 취사병으로 발령 내고, 비가 와서 양강이 불어 위험하다고 경고했거늘! 넌 그것도 묵살했다. 전 군졸들이 몰사했거늘…, 너만 살겠다고? 에라이! 더럽고 추잡한 놈, 퉤!"

"방덕, 아무리 포로라지만 상장군인 나에게 욕설을 퍼붓다니 괘씸하다!"

조조에게 사로잡힌 우금, 자는 문칙(文則)입니다. 태산 거평 출신으로, 조조에게 발탁되어 많은 전투에서 전과를 올렸죠. 그러나 서기 219년, 관우가 번성을 공격하자 조조는 번성을 구하기 위해 우금을 총대장에, 방덕을 선봉장에 임명하죠. 그러나 그 우금은 선봉장 방덕을 아무이유 없이 치중대로 내쫓고, 자신은 소극적으로 전투에 임하다 관우에게 사로잡힌 것입니다. 그리고는 장수의 체면을 잊고 살려 달라고 비굴하게 애원하고 있죠. 이를 옆에서 지켜보던 방덕이 분통을 터트립니다.

"우금, 그 더러운 입 함부로 놀리지 마라. 관 장군, 저런 비겁한 자를 살려 둬서는 안 됩니다. 그리고 이 방덕이 한 가지 소원이 있습니다. 마지막 가는 제 소원을 들어 주십시오."

"방덕, 말해 보아라. 네 무술 솜씨는 쓸 만했다. 투항하여 나를 따르라."

"장군, 패장의 소원입니다. 꼭 장군의 청룡언월도로 제 목을 쳐 주십시오. 장군 손에 못 죽지만 장군 칼에 죽고 싶습니다."

"알겠다. 네 소원대로 해 주마. 여봐라, 저 방덕을 끌어내어 내 청룡언월도로 목을 베어라. 그리고 그 관에 넣어 조조에게 시체를 돌려주어라!"

이렇게 되어 방덕은 처형당하고, 우금은 살아남습니다. 이렇게 비굴하게 살아난 우금은 형주로 압송되었다가 다시 손권에게 넘겨지죠. 그후, 손권은 외교적 이유 때문에 우금을 조조에게 돌려보냅니다. 이후 조조가 죽고 그 아들 조비가 즉위하면서 우금은 이등병으로 강등되어 조조의 무덤지기로 배치되죠. 우금은 두덜거리며 무덤을 둘러보다 거기에 그려진 벽화를 보고 그만 까무러치고 맙니다. "아아아악!" 거기엔 관우에게 패한 자신이 관우 앞에 무릎을 꿇고 살려 달라며 목숨을 구걸하는 그림이 그려져 있었던 것이죠. "아아악! 저게 내 모습이란 말이냐? 그때 방덕처럼 떳떳하게 죽지 못한 내가 부끄럽구나. 내가 무사로서 어찌 그리 비굴한 삶을 살았던고?" 우금은 수치심과 분노로 그만 병이 들어 죽고 맙니다.

우금의 지원병을 몰살시킨 천하무적 관우는 다시 번성 공격을 시작합니다.

그러자 조조는 긴급 국무회의를 개최합니다.

"관우의 번성 침략을 막기 위해 보낸 우금과 방덕의 10만 대군이 궤멸되었소. 특히 관우에게 사로잡힌 우금은 구차하게 살려 달라고 구걸까지 하였다고 하오. 우금의 그 비겁한 행태를 벽화에 새겨 후세 장수들에게 경각심을 주시오."

"위왕 전하, 분부대로 하겠습니다."

"장수와 군졸들을 모두 잃었으니 이제 어찌하면 좋겠소?"

조조는 침통한 표정으로 신하들의 의견을 묻습니다.

"위왕 전하, 관우에게 번성을 빼앗기면 그들은 파죽지세로 이곳까지 치고 올라올 것입니다. 차라리 위나라의 수도를 천도하시지요."

"관우가 무서워서 수도를 옮기자고? 그것도 일리는 있는 말이다만……."

종요가 천도를 주장하자 사마의가 일어서서 반대 의견을 내놓습니다.

"전하, 천도를 해서는 안 됩니다. 무슨 수를 써서라도 번성을 지켜야 합니다. 번성을 사수하면 지금 양다리 외교를 펼치며 눈치만 보고 있는 동오의 손권이 움직일 것입니다."

"손권이 움직인다고? 중달, 좀 더 구체적으로 얘기해 보아라."

"지금 손권은 양다리 외교를 하고 있습니다. 즉, 우리와 관우의 싸움을 지켜보다가 관우가 번성을 함락시키면 관우 편에 설 것입니다. 그러나 관우가 번성을 함락시키지 못하면 그 틈을 타 오나라는 형주를 칠 것입니다. 비워 둔 형주를 오나라 손권이 급습한다면 관우는 번성 공략을 중지하고 반드시 형주로 회군할 것입니다."

"그렇다. 중달의 의견이 맞는 말이다. 수도를 옮기는 것은 좋은 계책이 못 된다. 무슨 수를 써서라도 번성 함락을 막아라. 그럼 손권이 움직일 것이고, 관우는 물러날 것이다. 서황, 그대가 가서 조인을 도와 번성을 방어하라."

"예, 전하. 잘 알겠습니다. 번성을 꼭 지켜내겠습니다."

한편, 우금과 방덕의 10만 대군과 싸워 대승을 거둔 관우는 다시 번성을 맹렬히 공격하기 시작합니다.

"자아, 번성 함락이 바로 눈앞으로 다가왔다. 빨리 끝내고 번성으로 들어가서 휴식을 취하자. 전군 돌격!"

"와아! 번성을 함락시키자!"

"성벽을 타고 들어가 성문을 열어라."

"특공대부터 성벽을 기어오르자. 와아!"

위왕 조조의 엄명을 받은 번성에서는 필사의 힘으로 방어합니다.

"이 성을 빼앗기면 우린 다 죽는다. 죽음을 각오하고 막아라. 활을 쏘아라. 성벽으로 기어오르는 놈들은 돌로 내리쳐라. 사다리를 밀어내라!"

번성에서 기를 쓰고 방어해 보지만 중과부적으로 수비의 한계점에 이르고 맙니다.

"자, 충차*를 더 세게 밀어붙여라! 한 번만 더 밀면 성문이 부서진다. 그리고 특공대는 조금만 더 힘을 내 담벽을 넘어라. 번성 공략이 목전에 다다랐다. 모두 젖 먹던 기운까지 내어 밀어붙여라!"

그런데 바로 이때, '피~잉~' 어디선가 날아온 화살 한 대가 관우의 오른쪽 팔을 관통합니다.

"억!"

---

* 충차(衝車) : 성을 공격할 때에 성벽을 들이받거나 허물어뜨리기 위해 사용하던 수레의 한 가지

"장군님이 활에 맞았다. 장군님을 보호해라!"

"장군님, 괜찮으십니까?"

"괜찮다. 아무 걱정 마라."

"장군님, 일단 오늘은 군사를 물리겠습니다. 전군 공격 중지! 후퇴, 오늘은 일단 퇴각한다. 퇴각하라!"

관우의 부상으로 한창 상승세를 타던 전투는 갑자기 중단되고, 군사들은 모두 영채로 돌아갑니다.

"장군, 부상이 심한 것 같습니다. 일단 형주로 돌아가서 치료를 하시지요."

"안 된다. 번성 함락이 바로 눈앞에 있는데 형주로 회군하다니, 절대 안 된다. 이까짓 상처 하룻밤 자고 나면 나을 것이다. 공연한 걱정 마라."

하루가 지나지만 관우의 상처는 점점 심해지죠.

"아버님, 상처 부위가 새까맣게 변했습니다. 그리고 진물이 흐르고 피부가 부풀어 오르고 있습니다."

'음…, 출전을 앞두고 꿈속에서 멧돼지가 나타나 팔을 물어뜯더니…, 그게 흉몽이었구나.'

명의 화타

"관평아, 너무 호들갑 떨지 마라. 별일 없을 거다."

"제가 수소문해 보니 '화타(華佗)'라는 명의가 있답니다. 그분은 신의(神醫)로 소문나 있어 못 고치는 병이 없답니다."

"화타? 나도 소문은 들었다. 빨리 그분을 모셔 오너라. 화타 선생이면 내 상처를 치료하실 것이다."

관평이 수소문 끝에 화타를 모셔 왔습니다.

"관 장군, 제가 화타입니다. 장군의 상처가 심하군요."

"화타 선생, 치료를 부탁합니다."

"예, 상처를 봅시다. 활에 '오구'라는 독이 묻어 있었군요. 이 독을 빨리 제거하지 않으면 팔을 잃게 될 것입니다."

"어떻게 치료하실 건지요? 그리고 저 포승줄과 쇠사슬은 어디에 쓰이는 건지요?"

"예, 독을 제거하기 위해서는 먼저 단검을 불에 달구어 상처 부위를 째고 뼈를 들어내야 합니다. 그런 다음 이 끌로 뼈를 긁어 묻어 있는 독을 제거해야 하죠. 상처를 치료하는 과정이 무척 힘들어 그 고통을 참지 못할 것입니다. 그래서 관 장군을 포승줄로 기둥에 묶은 다음 쇠사슬로 동여매야 합니다. 치료 중 고통 때문에 환자들은 발광하게 되는데…, 아마 눈동자가 허옇게 돌아갈 겁니다."

"난 또 뭐라고. 화타 선생, 난 평생을 창칼이 난무하는 전쟁터에서 살았습니다. 그까짓 아픔 때문에 고통스러워할 내가 아닙니다. 전 이세돌과 바둑이나 한판 둘 터이니 걱정 말고 치료나 하십시오."

"장군, 이세돌은 1800년 후에 태어난답니다. 바둑은 마량(馬良)과 두시지요."

"그래 마량, 바둑이나 한판 두자."

'백미(白眉)', 어느 분야에 뛰어난 인재를 우리는 백미라고 하는데, 백미는 마량을 두고 일컫는 말입니다. 뛰어난 천재 마량의 눈썹이 백설처럼 희기 때문이죠.

"자, 나는 마량과 바둑이나 한판 둘 테니 화타 선생은 치료를 하시오."

"장군, 알겠습니다. 그럼 지금부터 시작할 테니 아파도 참으시기 바랍니다. 우선 단도를 불에 달궈서 상처 부위를 쨀 테니 두 분께서 잡아주시죠."

관평과 요화(廖化)가 관우의 팔을 붙잡고, 화타가 불에 달군 칼로 상처를 쨀니 검붉은 고름과 피가 쏟아집니다.

"엄청난 피가 흐르는군요. 자, 이제 뼈가 드러났군요. 이젠 끌로 뼈에 스며든 독을 긁어내겠습니다. 아마…, 고통을 참기 어려울 것입니다."

"화타 선생, 낱낱이 설명할 필요 없습니다. 걱정 말고 치료나 계속하십시오. 전 마량과 바둑이나 계속 두겠습니다. 마량, 아다리 받게. 아차, 이거 오른쪽 대마가 죽게 생겼구나. 마량, 한 수만 무르세."

"장군, 일수불퇴 모르십니까? 물러줄 수 없습니다."

"마량, 쩨쩨하게 왜 그러나? 한 수만 무르세."

"글쎄 안 된다니까요. 오른쪽 대마뿐 아니라 가운데 집도 다 죽었는데요?"

"씨, 좋아! 이번 판엔 내가 졌네. 다시 한 번 두세."

"좋습니다. 다시 두시죠. 그런데 이번 판엔 장군께서 두 점을 깔고 두시죠."

그렇게 어려운 수술 중에도 또 한 판의 바둑이 시작됩니다.

"어…어? 이번엔 제가 잘못 두었네요. 한 수 무르겠습니다."

"안 되네. 나도 물러줄 수 없네."

"장군님이야말로 쩨쩨하게 왜 이러십니까? 안 물러주시려면 지난번 저에게 빌려간 돈 당장 갚으십시오."

"어? 지금 돈이 한 푼도 없는데? 알겠네. 딱 한 수만 물러주겠네."

두 사람이 티격태격 바둑을 두는 사이 화타는 칼로 살을 쪼개 뼈가 드러나게 했습니다. 뼈는 독이 퍼져 있어 이미 새까맣게 변해 있습니다. 화타는 칼로 뼈를 긁어내기 시작하죠. 팔을 붙들고 있는 관평과 요화도 차마 눈을 뜨고는 볼 수 없어 질끈 감고 고개를 돌려 외면하고 있습니다. 또 문 밖에 있는 사람들도 뼈 긁는 소리를 듣지 않으려고 귀를 틀어막고 초조하게 기다리고 있습니다. 관평이 받쳐 든 그릇에 검붉은 피가 가득 고이고, 화타는 뼈에 스며들었던 독을 깨끗하게 긁어냈습니다.

"자아, 이제 약을 바르고 실로 꿰매었으니 치료는 끝이 났습니다. 붕대로 팔을 감겠습니다. 팔을 한번 움직여 보시지요."

"알겠습니다. 정권 지르기를 한번 해 보겠습니다. 야합!"

휘익!

팔을 허공에 몇 번 내질러보던 관우가 만족한 듯 말합니다.

"정말 감쪽같이 치료를 하셨군요. 마치 잃었던 팔을 다시 찾은 듯한 기분입니다."

관우가 팔을 자유자재로 움직이자 화타도 기뻐합니다.

"제가 수많은 사람을 치료해 보았지만 장군처럼 인내심 강한 '명환자'는 처음 봅니다. 정말 장군은 하늘이 내려주신 천신입니다."

그럼 여기서 잠깐 명의 화타에 대해 살펴보고 갈까요?

화타는 패국 초현에서 서기 141년 태어났습니다. 자는 원화(元化)입니다. 한나라 말기의 의학자로, 의술이 신의 경지에 올라 '신의(神醫)'로 불리던 사람입니다. 화타는 일생을 의술활동에 바쳤는데 외과에 능하고, 수술에 조예가 깊었으며, 내과·산부인과·소아과·침구 등에도 정통했다고 합니다. 그는 약과 침구를 사용해 병을 고쳤는데, 그가 못 고치는 병이 거의 없었다고 전해집니다. 그러나 침과 약으로 치료가 되지 않을 때에는 그가 발명한 '마비산(痲痺散)'을 술에 타서 마시게 하여 마취한 뒤 외과 수술을 하였답니다. 마비산이란, 대마로 만든 일종의 마취제입니다. 상처 부위는 봉합 후에 고약을 발랐다고 하죠. 관우가 대표적인 치료 사례입니다. 하지만 안타깝게도 화타의 마비산과 외과 수술법은 전해지지 않습니다. 화타의 이야기는 나중에 또 하겠습니다.

"여헙!" 기합 소리와 함께 팔을 몇 번 내질러보던 관우가 화타에게 깊숙이 허리를 숙이며 감사를 표합니다.

"화타 선생은 이 시대 최고의 명의이며 저는 이 시대 최고의 명환자이니, 이까짓 상처도 금방 낫게 되겠지요."

"장군님, 그러나 아직 기뻐하시기엔 이릅니다. 이 상처는 100일 동안 관리를 잘 해야 완치될 수 있습니다. 만약 도중에 크게 화를 내거나 함부로 쓰신다면 상처가 재발할 수도 있습니다. 절대 안정을 취하시기 바랍니다. 제 생각 같아선 전쟁을 중단하고 일단 형주로 돌아가 휴식을 취하는 게 좋을 듯합니다."

"화타 선생, 말씀은 감사하지만 번성 공략이 눈앞에 있습니다. 이까짓 상처 때문에 전쟁을 중단할 수 없지요. 내일부터 다시 군사를 정비해 전쟁 준비를 하겠습니다."

관우는 화타에게 고마운 마음에서 황금 100냥을 내놓았지만 화타는 한사코 사양하며 길을 떠났고, 관평과 요화가 10여 리 길을 따라가 배웅합니다.

"화타 선생님, 아버님의 상처를 치료해 주시어 감사합니다."

"환자의 병을 치료하는 건 제 임무입니다. 관 장군 팔의 상처는 치료했지만 제 의술로도 무장 특유의 고집과 자부심은 고칠 수 없군요. 100일 동안 안정을 취해야 하는데, 다시 전쟁터에 나가서 재발될까 걱정됩니다. 관평과 요화 장군께서 부디 관 장군의 마음을 돌려 일단 형주로 회군하시기를 부탁드립니다."

"알겠습니다. 노력해 보겠습니다."

깨지는 손유동맹

이렇게 화타 선생이 활에 맞은 관우의 팔을 치료해 주고 있을 무렵, 오나라에서는 손권의 주재하에 국무회의가 열리고 있습니다.

"지금 관우는 형주에 수비병 1만 5천 명만 남겨 두고 모든 군사를 동원해 번성을 공격 중이오. 지금 우린 유비와 손을 잡고는 있지만 조조가 밀사를 보내왔소. 위나라와 우리 동오가 함께 손을 잡고 관우를 치자고 하는구려. 지금 우리가 형주를 공격하면 돕겠다고 하오. 그는 실제로 우리에게 군량 10만 석을 보낸 바도 있소. 그러니 우리는 어쩌면 좋겠소?"

친유비파의 대표적 인물인 제갈근이 나섭니다.

"주공, 유비와의 동맹을 깨서는 안 됩니다. 우리의 적은 어디까지나 조조입니다. 우리가 만약 형주 탈환을 시도했다가 실패라도 한다면 큰 화를 불러올 것입니다. 관우가 군사를 우리 동오로 돌리면 그땐 어떻게 하시겠습니까?"

이때 반유비파의 대표적 인물인 여몽이 나섭니다.

"주공, 이번 기회에 형주를 탈환해야 합니다. 돌아가신 노숙 대도독께서 이르시기를 조조가 강하면 유비가 친구, 유비가 강하면 조조가 친구라고 했습니다. 지금은 유비가 강합니다. 유비는 형주, 서촉, 한중을 모두 차지하여 가장 세력이 커졌습니다. 따라서 지금부터는 유비를 견제해야 합니다. 조조와 손잡고 형주를 칩시다."

여몽의 의견에 손권이 동의합니다.

"좋소. 여몽의 말이 맞소. 유비가 만약 조조를 물리친다면 다음 공격 차례는 우리 오나라임이 뻔한 사실이오. 여몽 그대를 수군 대도독으로 임명할 테니 조속히 형주를 탈환하시오."

"예, 주군! 명 받들겠습니다. 제가 형주를 꼭 빼앗아오겠습니다."

제갈근을 비롯한 친유비파들은 난색을 표하지만, 동오의 군주인 손권은 손유동맹을 깨고 관우를 공격할 계획을 세우죠.

대도독에 임명된 여몽은 형주를 치기 위해 지형 정찰 및 사전 답사를 합니다.

"아니 저게 뭐냐? 봉화대가 아니냐?"

"그렇습니다. 관우는 후방인 형주의 안전을 위해 각 산봉우리에 27개의 이어받기(릴레이식) 봉화대를 설치하였습니다. 그러고는 경비 병력을 배치하여 삼엄하게 지키고 있습니다."

"이어받기 봉화대? 그게 무엇이냐?"

"예, 우리가 만약 형주를 침범하면 성에서는 즉각 봉홧불을 피워 올리는 것입니다. 그럼 그 불을 보고 제1봉화대에서 불을 올리고, 그러면 다음 산봉우리에서 또 불을 피워 올리고, 연달아 불을 피워 올리면 번성을 공격 중인 관우에게 빛의 속도로 전달되는 거죠. 그럼 관우는 즉시 군을 돌려 형주로 달려옵니다."

"역시 관우는 명장이야! 절대 깔볼 상대가 아니다. 우리가 아무리 빨리 움직여도 봉홧불보다 빠르겠느냐?"

뱃전에서 한참 봉화대를 바라보던 여몽이 갑자기 가슴을 움켜쥐고 쓰러집니다.

"대도독, 왜 그러십니까?"

"가슴에 통증이……. 숨을 쉴 수 없구나."

"장군! 정신 차리십시오. 심근경색이 발병한 겁니까?"

"여봐라, 빨리 대도독을 모셔라! 부대로 돌아가자."

대도독에 임명된 지 며칠도 안 돼 여몽이 쓰러져 병석에 눕고 만 것입니다.

대도독 여몽이 갑자기 쓰러졌다는 보고가 손권에게 올라가고, 동오의 대신들은 수군거리며 걱정을 나타냅니다.

"전쟁을 목전에 두고 대도독이 쓰러지다니…, 불길한 징조야."

군주 손권도 망연자실 걱정을 하고 있는데, 육손(陸遜)이 찾아옵니다. 육손은 당시 36세의 젊은 나이로, 손책의 사위입니다. 손책, 바로 동오의 군주 손권의 친형이죠. 손책은 죽으면서 동오의 군주 자리를 아들에게 넘기지 않고 동생인 손권에게 넘겨줍니다. 이유는 당시 동오는 바람 앞의 등불처럼 위태로웠고, 아들은 너무 어렸기 때문이었죠. 그리하여 머리 좋고 총명한 동생에게 군주의 자리를 넘겨줬고, 손책의 그런 용단 때문에 현명한 손권이 나라를 잘 지키고 있는 겁니다. 그 손책의 사위인 육손은 무술 솜씨도 변변찮은 곱상하게 생긴 문관입니다.

"주공, 제가 여몽의 병문안을 다녀오겠습니다."

"대도독이 갑자기 쓰러졌다는데 이를 수습할 좋은 계책이라도 있는 것이냐?"

"위기는 기회입니다. 좋은 계책을 마련해 보아야지요."

군주 손권과 육손은 밤이 깊도록 뭔가를 상의합니다.

그리고 며칠 후, 병문안차 육손이 대도독 여몽을 찾아갑니다.

"대도독, 병세가 좀 어떠신지요? 안색이 무척 안 좋아 보입니다."

"육손, 그대가 여긴 웬일이요?"

"대도독, 내가 대도독의 병을 치료해 주려고 왔소."

"그대가 내 병을 치료해요? 무면허 의료행위는 처벌 대상임을 모르시오?"

"대도독, 왜 이러십니까? 지금 도독은 형주를 치려고 하지만 저 이어받기 봉화대와 형주 수비대 때문에 벽에 부딪친 거 아닙니까? 그게 병의 원인이지요?"

"그럼 그걸 해결할 묘책이라도 있다는 거요?"

"당연히 있지요. 그래서 제가 대도독을 찾아왔습니다."

"방법을 말해 보시오."

"대도독께서는 그 자리를 저에게 넘겨주십시오. 그리고 병을 핑계로 은퇴 선언을 하십시오."

"대도독 자리를 당신에게 넘겨 달라? 그건 또 무슨 강아지 풀 뜯어 먹는 소리요? 친인척 명분으로 인사에 개입하겠다는 거요?"

"아닙니다. 제 설명을 들어보세요. 관우는 세상 사람들이 다 인정하는 명장 중 명장입니다. 그러나…, 저는 어떻습니까?"

"대놓고 표현하기는 미안하지만 아무도 알아주는 사람이 없는 풋내기지. '기생오라비'란 당신 같은 사람을 표현한 말이야."

"바로 그겁니다. 관우의 단점이 뭔지 아십니까? 그건 바로 오만입니다. 자기가 천하무적이라 믿고 있으며, 누구든 깔보죠."

"그건 맞는 말일세. 관우는 오만이 넘쳐. 심지어는 나에게도 '낫 놓고 기역 자도 모르는 무식쟁이'라고 모욕을 주더군."

"대도독, 바로 그겁니다."

"만약 무명인사인 제가 대도독이 된다면 관우는 필시 오나라를 비웃으며 형주의 경비 병력을 빼내어 번성 공격에 투입할 것입니다."

"관우가 비웃으며 형주의 병력을 빼간다? 육손, 그대 말이 맞다. 좋은 계책이야."

며칠 후, 한창 번성을 공격 중인 관우에게 오나라에서 손님이 찾아옵니다.

"오나라 손님이 전쟁 중인 나를 찾아왔다고? 데려와라."

"관 장군, 안녕하십니까? 저는 신임 대도독의 심부름으로 장군님을 뵈러 왔습니다."

"신임 대도독? 여몽이 대도독에 임명됐다는 소리를 들었는데 또 바뀌었단 말이요?"

"그렇습니다. 여몽은 갑자기 병이 나서 은퇴하고, 육손께서 대도독에 오르셨습니다."

"육손? 처음 듣는 이름인데, 무엇하던 사람이지요?"

"예, 육손은 우리 주군 손권의 형님 손책의 사위입니다. 즉 조카사위지요. 매우 잘생기고 용모가 훤한 인물입니다."

"장군이 용모가 훤하다? 그의 무술 솜씨는 어느 정도요?"

"검도는 빵단(0단)이지만 에어로빅엔 탁월한 소질이 있습니다. 저희 주군 손권께서는 이 험한 세상에 친인척 말고 누구를 믿겠냐는 생각이십니다. 그런 점에서 우리 오나라 군사들은 지휘관 복이 있는 사람들입니다."

"지휘관 복? 복이 퍽도 많은 군사들이구려. 근데 그 육손이 왜 나에게 그대를 보낸 거요?"

"우리 오나라와 촉은 동맹관계니 명장 중 명장이신 관 장군께서 경험 일천한 대도독을 지도 편달해 주시라는 부탁입니다."

"지도 편달이라…, 잘 알겠소. 나도 아는 것은 별로 없지만 도움을 요청하면 도와주겠소. 오시느라 수고 많았으니 하루 푹 쉬었다 돌아가시오."

이튿날, 관우는 관평과 요화를 부릅니다.

"지금 오나라 대도독엔 손권의 조카사위 육손이 임명되었다고 한다. 손권이 코드인사를 단행한 듯하다. 육손은 군 경험이 전무한 백면서생이니 아주 잘된 일이다. 관평, 너는 형주를 지키고 있는 경비 병력을 모두 빼와라. 이곳 번성 공격에 투입한다."

"아버님, 그건 너무 위험한 발상입니다. 형주를 비웠다가 오나라가 갑자기 기습이라도 하면 어떻게 하시려고요?"

"주유와 노숙이 죽은 후 동오에는 모두 쥐새끼들뿐이다. 여몽이 조금 마음에 걸렸으나 그도 병이 들어 은퇴했다 하니, 이젠 더 이상 동오의 눈치를 볼 필요 없다. 더구나 우린 27개소의 산봉우리에 봉화대를 설치하지 않았느냐? 조금이라도 이상한 낌새가 보이면 즉각 봉홧불이 오를 것이다. 그때 형주를 지키러 가도 늦지 않다."

"예, 아버님. 잘 알겠습니다. 즉시 형주의 경비 병력을 빼서 이곳에 투입시키겠습니다."

"빨리 서둘러라. 오늘도 나는 전장에 나가봐야겠다."

관우는 적토마에 올라타 청룡언월도를 비켜들고 연전연승의 전장으로 나아갑니다.

관우의 패전

"오늘의 선봉장은 누구냐? 여기 관우가 왔다."

"관 장군, 오랜만이요. 나 '도끼로 이마까라상' 서황입니다."

서황은 쌍도끼의 달인입니다.

"관 장군, 오랜만에 뵙습니다. 다친 팔은 다 낳으셨소?"

"서황, 오랜만이요. 내 팔은 거뜬하오. 과거 서 장군이 문추와 싸우다 위기에 처했을 때 내가 도와준 사실을 기억하시겠지요?"

"관 장군, 물론 기억하고 있소이다. 그때 장군께선 문추와 싸우다 도 끼마저 잃지 않았소? 그때 잃어버린 도끼는 찾으셨소?"

"잃어버린 도끼는 못 찾았소이다. 지금 도끼는 훨씬 성능 좋은 맞춤형 도끼요. 관 장군이 우리 조조 전하에게 투항했던 그 시절이 좋았지요. 당시에 관 장군이 우리 곁을 떠나지만 않았어도…, 지금쯤 장군은 부귀영화를 누리고 계실 텐데……."

"서황, 난 부귀영화는 별로 탐하지 않소. 또 지금 나는 충분히 누릴 건 누리고 있소이다."

"자, 관 장군! 과거의 추억담은 여기까지입니다. 관우, 오늘 한판 놀아 보자. 내 쌍도끼를 받아라!"

"서황, 내 청룡언월도를 받아라. 야합!"

"관우, 내 도끼 맛을 보여 주마. 여헙!"

"도끼가 많이 녹슬었구나, 서황! 그걸로 장작이나 팰 일이지 전쟁터엔 왜 나왔느냐?"

두 장수가 어울려 싸우기 시작하자 병사들도 일제히 전투를 시작합니다.

"침략자 관우의 졸개들을 모두 쳐부숴라. 돌격!"

"와아!"

"서황이 이끄는 약졸들이다. 모두 죽여라!"

"와아!"

두 편의 군졸들이 치열하게 싸우고 있는데 관평이 급하게 뛰어옵니다.

"아버님, 크…큰일 났습니다! 번성 안에서 농성 중이던 조인이 군사들을 몰고 나와 우리 후미를 공격 중입니다. 우린 앞뒤로 포위됐습니다."

"조인이 성문을 열고 나와 우리 후미를 공격한다고? 당황하지 마라. 오늘은 이만 후퇴한다. 모두 퇴각하라!"

관우가 양양과 번성을 공격한 이래 처음 겪는 패배입니다.

"후퇴, 후퇴! 당황하지 마라. 전원 퇴각한다!"

관우의 대군이 서황이 이끄는 지원병과 번성의 수비병들에게 패하여 퇴각하던 그 시각, 한편 오나라에서는 대도독 여몽이 오나라 특공대장을 불러 은밀한 작전 지시를 하고 있습니다.

"특공대장은 잘 들어라. 지금부터 정예특공요원 50명을 선발해라. 선발된 특공요원은 일반 장사치로 변장하여 형주에 비밀리에 숨어들어야 한다. 형주에 도착하면 관우가 설치해 둔 봉화대에 접근하라. 봉화대는 형주에서 가장 가까운 곳 한 군데다. 절대 의심받지 않게 상륙하여 경비병들에게 패물을 잔뜩 주어라. 그럼 그들이 우리 배를 정박하도록 허락할 것이다. 배를 정박시킨 후 봉화대를 번개처럼 기습한다."

"대도독, 관우는 무려 27개소에 봉화대를 설치했는데 한 군데만 점령해도 됩니까? 27개소 전체를 기습해야 되지 않을까요?"

"그럴 필요 없다. 이어받기 봉화대의 단점은 한 군데에서만 봉횃불이 피어오르지 않아도 나머지 26개소의 봉화대에서는 봉횃불을 피우지 못한다. 마치 릴레이 육상경기에서 경기 중 한 선수가 넘어지면 다음 선수가 바통을 이어 받지 못하는 이치와 같다. 최고 정예요원들을 가려 뽑아 봉화대를 기습해라."

"봉화대 수비 상황은 어떻습니까?"

"봉화대 수비 책임은 반준이 담당하고 있다. 그는 그리 유능한 자가 아니다. 경비 책임자가 나태하니 그 경비병들 역시 나태하다. 너희가 봉화대를 기습하는 시간에 맞추어 우리 주력부대는 동시에 형주를 칠 것이다. 너희 특공대가 기습에 실패하면 봉횃불이 타오를 것이고, 봉횃불이 오르면 관우가 즉시 군사를 돌려 형주로 회군할 것이다. 그렇게 되면 형주 탈환은 실패로 돌아간다. 그러니 이번 형주 탈환작전의 성패는 너희 특공대 50명의 어깨에 달려 있다. 알겠느냐?"

"예, 여몽 대도독! 명심하겠습니다."

그런데 여몽 대도독? 여몽은 병이 들어 은퇴했다고 했는데 아프기는 커녕 건강이 철철 넘쳐흐르네요. 모두 관우를 속이기 위한 계책이었던 것이죠.

며칠 후, 배 한 척이 강변에 닿더니 흰옷 입은 장사치들이 내리기 시작합니다. 그러자 봉화대를 지키던 수비대들이 검문을 시작하죠.

"누구냐? 거기 서라. 너흰 어디에서 온 무엇 하는 사람들이냐?"

"예, 나으리. 저희는 떠돌이 장사치들인데 갑자기 험한 바람을 만나 잠시 파도를 피하려고 상륙했습니다."

"소지품을 모두 풀어보아라."

"예, 나으리! 여기 짐을 모두 풀었으니 살펴보시지요. 그리고…, 고생들 하시는데 여기 패물이 조금 있습니다. 이걸 드릴 테니 술값이나 하시지요."

"수…술값은 무슨 술값……. 그런데 무슨 패물을 이렇게 많이 주는거냐?"

"저희가 요즘 장사가 아주 잘돼 이익을 많이 남겼습니다. 걱정 말고 받아 두시지요."

"그…글쎄, 관두지 마시지 뭘…이런 걸……. 아무튼 감사히 받겠소. 그리고 의심할 만한 물건은 없으니 배를 정박시켜도 좋소."

"예, 나으리. 감사합니다."

배를 대고 한식경 정도 지났는데, 배에서 갑자기 군사들이 튀어나옵니다.

"와아~!"

"저 경비병들을 모두 죽여라."

눈 깜짝할 사이에 경비병들을 해치운 사람들은 여몽이 보낸 50명의 특공대원들입니다.

"짜식들, 패물에 눈이 멀었군. 패물을 받으면 처벌된다는 김영란법도 모르는 무식한 놈들!"

첫 번째 봉수대를 점령하자 나머지 26개의 봉수대는 있으나마나한 무용지물이 되고 말죠. 봉수대를 점령했다는 보고를 받은 여몽은 즉시 군사를 몰아 형주성을 들이칩니다.

"봉수대를 점령했으니 이젠 공격을 해도 관우에게 알릴 방법이 없을 것이다. 마음 놓고 공격하라!"

봉화대와 성을 지키는 경비 책임자 반준은 사명감이 없고 게으른 사람입니다. 그래서 애당초 조루를 보내자고 건의했지만 관우는 그 건의를 묵살하고 반준을 보내죠. 그날도 반준은 술을 마시고는 일찍 잠자리에 들었죠. 그런데 갑자기 함성이 울리며 사방에서 불길이 치솟습니다.

"장군, 장군! 큰일 났습니다. 여몽이 군사를 몰고 기습해 왔습니다."

"뭐라고? 여몽은 동맹국 장수인데 우릴 기습하다니? 경비병들은 무얼 하느냐? 어서 성문을 사수하라. 그리고 빨리 옥상에 쌓아둔 장작에 불을 붙여라. 그러면 첫 번째 봉수대에서 봉홧불이 오를 것이다."

"장군, 장작더미에 불을 붙였습니다. 그러나 이곳엔 경비병들이 없습니다. 경비병 1만 5천 명은 번성을 치기 위해 관 장군께서 데려갔고, 이곳엔 취사병과 환자들뿐입니다."

"장군, 첫 번째 봉화대에서 봉홧불이 오르지 않습니다. 봉화대까지 여몽에게 빼앗긴 듯합니다. 이젠 관 장군께 연락할 방법도 없습니다."

"큰일 났구나! 경비할 군졸들도 없고, 더구나 봉홧불까지 오르지 않다니…, 이젠 어떻게 해야 하나?"

"장군, 차라리 성문을 열고 항복합시다."

"알겠다. 나도 머리 회전은 빠른 사람이다. 작전에 실패한 병사는 용서받을 수 있어도 경계에 실패한 병사는 용서받지 못한다. 빨리 성문을 활짝 열어라!"

그러고는 반준이 여몽에게 소리칩니다.

"대도독, 머리 회전 빠른 반준이 투항하겠습니다! 성문을 활짝 열었으니 들어오시기 바랍니다."

형주를 지키던 반준이 저항 한 번 못 해 보고 투항하자, 이 소식을 듣고 공안을 지키던 부사인도 함께 투항합니다.

'그래, 차라리 동오의 손권에게 투항하자. 지난번 관우에게 맞은 상처가 지금도 욱신거린다.'

반준과 부사인의 투항을 받아들인 여몽은 전 병졸들에게 약탈을 금하도록 단단히 단속합니다.

"전 병졸들은 들어라. 이 형주는 원래 우리 동오의 땅이며, 이곳 백성들도 모두 우리의 백성들이다. 따라서 이곳에선 누구든지 사람을 함부로 죽이거나 약탈해서는 안 된다. 점령군 행세를 하며 이곳 주민을 괴롭히는 사람은 가차 없이 참수하겠다. 알겠나?"

"옙, 장군님! 잘 알겠습니다."

여몽은 엄하게 병졸들의 군기를 잡고, 한편으로는 주민들을 위로하죠.

승전보를 들은 군주 손권이 즉시 형주로 달려와 여몽을 치하합니다.

"대도독, 수고 많았소. 군졸들에게 크게 상을 내리겠소."

"주공, 아직 상을 받기엔 이릅니다. 남군을 지키는 미방이 남아 있습니다. 그를 제거하지 못하면 이곳 형주가 또 위태롭게 됩니다."

"듣고 보니 그렇군요. 그럼 당장 남군부터 공격합시다."

"주공, 공안을 지키던 부사인이 현재 이곳에 있습니다. 그를 이용하여 미방을 투항시킴이 어떨까요?"

"좋은 생각이오. 부사인에게는 계속 공안을 맡도록 해 주겠으니 미방을 설득시키라고 하시오."

며칠 후 남군성을 지키는 미방에게 부사인이 찾아옵니다.

"부장군이 여기까지 웬일이시오?

"장군, 형세가 몹시 위태롭습니다. 저는 동오의 손권에게 항복했습니다. 장군께서도 함께 투항하여 손권을 섬깁시다."

관우에게 매질을 당한 부사인이 그 감정을 잊지 않고 미방에게 투항을 권유하죠. 미방은 유비의 첫사랑 미 부인의 오빠이며, 유비를 30년 가까이 섬겨 오던 사람입니다. 부사인이 손권에게 항복하자고 권하자 미방이 단호히 거절합니다.

"싫소! 한중왕 유비는 내 매제입니다. 유비를 섬긴 지 벌써 30년 가까운 세월인데, 내가 어찌 그를 배신한단 말이오? 내가 유비를 배신한다면 구천에 있는 내 여동생 미 부인이 슬퍼할 것이오."

그런데 이때 관우가 보낸 사자가 도착합니다.

"관 공께서 사자를 보냈습니다."

"사자는 무슨 일로 여기까지 왔는가?"

"장군, 관 장군이 번성을 공략 중이지만 서성과 조인의 방어망을 뚫지 못하고 고전하고 있습니다. 지금 식량이 부족하니 빨리 10만 석의 군량미를 보내 달라는 엄명이십니다."

관우의 사자가 이마에 땀을 뻘뻘 흘리며 말하고 있는데, 곁에 있던 부사인이 칼을 빼어 사자를 베어 버립니다.

"부장군, 이게 무슨 짓이오! 관 장군이 보낸 사자를 베어 버리다니?"

미방이 펄쩍 뛰며 항의합니다.

"미방, 이젠 늦었소. 우리가 관 공의 사자를 죽였으니 우린 돌아올 수 없는 다리를 건너고 말았소. 우린 관우에게 용서받지 못할 것이오. 그리고 장군과 우리 두 사람이 술 마시다 불냈다고 관우에게 매 맞았던 일을 벌써 잊으셨소? 관 장군은 출병 후 돌아와서 반드시 우리의 책임을 묻겠다 했소. 그런데 이젠 그 사자까지 죽였으니 우린 다른 선택의 길이 없소!"

"알겠소. 한중왕 유비를 생각하면 가슴 아픈 일이오만…, 손권에게 투항합시다."

이렇게 되어 형주를 지키던 반준, 부사인, 미방이 모두 동오의 손권에게 투항하고 맙니다.

그런 후방의 사정을 모르는 관우는 번성 앞 넓은 벌판에서 오늘도 서황이 이끄는 군사들과 격전을 벌입니다.

"자, 번성 함락에 너무 많은 시간이 지체되었다. 오늘은 기필코 성을 함락시키자. 전군 돌격!"

"와아!"

이에 맞서 서황과 서성 등이 병사들을 이끌고 성 밖으로 나와 치열한 전투가 전개됩니다.

"관우의 군졸들은 장기간 원정으로 많이 지쳐 있다. 오늘은 한 놈도 살려 보내지 마라. 전군 돌격!"

"와아!"

"오늘은 저 조조의 졸개들을 모두 물리치고 번성으로 입성하자. 조금만 더 기운을 내라.

전군 돌격!"

"와아!"

전투가 한창 치열하게 전개될 때 요화가 곧 숨이 끊어질듯 급하게 뛰어와 장군을 부릅니다.

"자…장군, 크… 큰일 났습니다!"

"무슨 일이냐, 요화?"

"혀…형주성을 점령당했다고 합니다."

"뭐라고? 형주를 점령당해? 누가 그따위 유언비어를 흘리느냐?"

"유언비어가 아닙니다. 형주성을 지키던 수비병들이 이곳까지 도망쳐 왔습니다. 오나라 여몽이 5만 대군으로 갑자기 기습했다 합니다."

"여몽이? 그 쥐새끼가 형주를 기습했단 말이냐? 그렇다면 반준은 왜 봉홧불을 올리지 않은 것이냐?"

"반준이 봉수대를 뺏기고 투항했습니다. 뿐만 아니라 공안을 지키던 부사인과 남군의 미방마저 투항했다 합니다."

"으아악! 여몽, 그 쥐새끼! 내 결코 용서치 않겠다. 아아아, 내 팔……!"

"장군, 왜 그러십니까?"

"상처가 다시 터졌다. 화타 선생이 화를 내면 상처가 도진다 했는데…, 지나치게 화를 낸 거 같구나. 일단 오늘은 전 병력 후퇴한다. 전원 퇴각하라! 모두 영채로 돌아간다."

병사들이 퇴각하기 위해 뒤로 물러서는데, 등 뒤에서 위나라 병사들의 합창이 들려옵니다.

"관우의 졸개들아, 너희 형주는 여몽에게 빼앗겼다. 이제 너흰 어디로 갈래?"

"야, 이 집 없는 거지들아! 너희 집 형주나 잘 지키지…, 이젠 어디로 갈래? 불쌍한 집 없는 거지들아!"

관우의 병사들이 순식간에 동요하기 시작합니다.

"형주를 뺏겼단다. 큰일이다. 어쩌면 좋아?"

"우린 가족들이 모두 형주에 있는데, 큰일이다. 이젠 어떻게 해야 하나?"

"내 마누라는? 우리 아부지, 어무이는? 내 퇴끼 같은 새끼들은?"

"아이고, 큰일 났다. 이제 어떻게 한단 말이냐?"

병졸들이 순식간에 가족 걱정에 싸울 의욕을 잃고 맙니다.

"모두들 동요하지 마라! 우릴 속이기 위한 적의 유언비어다. 속지 말고, 동요하지 마라!"

"유언비어? 그게 아닌 거 같은데…, 정말 형주를 잃은 거 같은데?"

천하무적 관우, 승승장구하던 관우, 그 관우의 인생 방향을 완전히 바꾸어 버릴 대사건 오나라의 형주 정복! 관우는 애써 표정을 감추려 해보지만 사건이 너무 엄청났죠.

"군사를 돌린다. 형주로 돌아가자. 형주를 다시 탈환해야 한다."

관우가 형주로 군사를 돌렸는데, 설상가상으로 조조가 직접 대군을 이끌고 관우를 추적합니다.

"위왕 조조가 수십만 대군으로 직접 우리를 쫓고 있다고? 그렇다면 우린 빨리 형주를 되찾는 수밖에 없다."

관우가 병사들을 독려하여 쉬지 않고 행군합니다.

"자, 조금만 더 기운을 내라! 곧 형주 땅이다. 우린 형주부터 다시 되찾는다!"

관우의 군사들이 형주에 다다르자 여몽의 군사들은 보이지 않고 길목마다 하얀 옷을 입은 백성들이 몰려나와 소리 지릅니다. 준표야, 철수야, 승민아, 아무개야, 미애 아부지, 여보, 서방님…….

"아이고, 배숙이 아재! 이쪽이요, 이쪽!"

"정미 오빠, 여기여 여기!"

"오빠, 형님, 삼촌, 그만 싸우고 이리 와요."

"아부지, 싸우지 말고 이리 와요!"

관우를 따라 나섰던 군졸들의 온 가족들이 몰려나와 군졸들을 애타게 부릅니다. 가족의 부르짖음을 본 군졸들은 그만 눈이 돌기 시작하죠.

"마누라, 여보, 애기엄마! 괜찮은 거?"

"여몽이 해치지는 않았나요?"

"여몽은 좋은 사람이에요. 관우를 버리고 빨리 이리 와요."

이 모두가 가족들의 정을 이용해 군사들을 귀순시키려는 여몽의 계책입니다. 군사들이 창칼을 버리고 갑옷을 벗어버리더니 가족들이 부르는 곳으로 정신없이 뛰어갑니다.

"오매, 서방님! 나 여기 있소. 빨리 이리 오시오."

"엉! 마누라, 알았네. 지금 가네."

"순실이 아부지, 순실이 아부지 못 봤능교?"

"순실이 아부지는 서황 만나 도끼 맞아 죽었소."

"하이고, 이제 우짜면 좋노!"

"배식아 이놈아, 애비 여기 있다. 빨리 이리 와!"

"아이고, 아부지! 알겠습니다. 어무이도 함께 계시네. 이까짓 창칼이 다 뭐여? 버리자, 버려!"

"가자, 여몽이 우리 가족들을 해치지 않았다. 가자!"

"와아! 여몽에게 귀순하자!"

관우가 이끈 군졸들은 대부분 형주 사람들이어서 가족들이 부르자 눈이 뒤집힌 듯 너도 나도 앞다투어 귀순하고 말았습니다.

"장군, 군졸들이 모두 이탈합니다. 어찌할까요? 모두 베어 버릴까요?"

"놔두어라. 가족을 찾아가는데 무슨 수로 말리겠느냐? 참으로 일이 어렵게 되었구나."

천하무적을 자랑하며 두려움을 모르던 관우도 일이 이 지경이 되자 망연자실합니다.

"내가 너무 방심했다. 그리고 여몽을 너무 얕봤어. 군졸들이 이제 몇 명이나 남았느냐?"

"형주 토박이 군졸들은 모조리 이탈하였고, 서촉에서부터 따라온 군사 약 500명 정도 남았습니다."

"뒤에서는 조조가 추적해 오고, 앞은 여몽이 가로막고 있으니 이제 어찌하면 좋겠느냐?"

"소문을 들으니 여몽이 장군님께 모욕당한 후 세상 끝까지 쫓아가 죽이겠다고 결심했답니다."

"딱한 일이구나. 남은 군사 500과 함께 오늘은 야영을 하자. 여몽의 기습에 대비해 너무 깊은 잠을 자지는 말라."

"장군님, 가을비가 내리고 있습니다. 날씨가 무척 추운데 비 피할 곳조차 없군요. 별수 없이 추운 벌판에서 잠을 자야 할 처지입니다."

"그런데 아버님, 상처는 어떠신지요?"

"상처? 으…음, 다시 진물이 흐르고 부어오른다만 이까짓 상처 아무렇지도 않다. 걱정 마라. 적이 나타나면 이 팔로 청룡언월도를 들고 싸우겠다."

관우는 아들 앞에서 허세를 부리지만 아무도 웃지 않고 숙연해집니다. 관우 혼자 머리를 들어 비가 쏟아지는 하늘을 올려다봅니다.

"가을비라…, 패장에겐 딱 어울리는 날씨구나."

먼지가 더덕더덕 엉긴 긴 수염을 쓰다듬으며 내뱉은 관우의 독백입니다.

비 오는 들판에서 야영을 한 후 병사들을 헤아려 보니 그새 200여 명이 도주하고, 이제 남은 건 300명뿐입니다.

"아버님, 이 근방에 맥성(麦城)이라는 오래된 성이 있습니다. 지금은 비록 사람은 살지 않고 폐허된 성이지만 비바람은 피할 수 있습니다. 그리로 가시지요. 에취! 밤사이 비를 맞았더니 감기에 걸린 듯합니다."

"그래, 그리로 가자."

관우 일행이 맥성 쪽으로 길을 가는데 여몽이 보낸 병사들이 추적하기 시작합니다.

"관 장군, 천하의 관 장군께서 등을 보이고 도망치다니…, 이리 오시오. 딱 한 판 뜹시다."

"아버님, 못 들은 체하십시오. 아버님을 유인하려는 얕은꾀입니다."

"알겠다. 내가 저런 쥐새끼들을 일일이 상대할 순 없지."

관우 일행이 맥성으로 들어가 성문을 걸어 닫고 지친 몸을 쉽니다.

"식량은 얼마나 있느냐?"

"얼마 남지 않았습니다."

"이제 어쩌면 좋겠느냐? 내 실수로 너희까지 사지로 몰아넣었으니 미안하구나!"

"장군님, 이제 한 가지 방법밖에 없습니다. 이곳과 가장 가까운 상용성에 유봉과 맹달이 있고, 그곳엔 3만의 군사가 있습니다. 제가 포위망을 뚫고 나가 유봉과 맹달에게 구원병을 요청하겠습니다."

"요화, 좋은 생각이다. 유봉은 유비 형님의 양아들이지. 내가 위험에 처했단 말을 들으면 즉시 달려올 것이다. 그런데 여몽이 이곳을 겹겹이 포위하고 있는데 어떻게 포위망을 뚫는단 말이냐?"

"아버님, 제가 나가서 한바탕 싸우겠습니다. 적들이 저에게 시선을 돌리는 사이 필사적으로 요화가 탈출하면 됩니다."

"알겠다. 빨리 유봉과 맹달에게 가서 도움을 요청해라."

해가 지자 그날 밤, 관평이 한 떼의 군마를 몰고 갑자기 성문을 열고 뛰어나갑니다.

"동오의 졸개들아, 여기 관평이 있다. 모두 덤벼라!"

"관평이 성문을 열고 나왔다. 놓치지 마라!"

"와아!"

관평과 한 떼의 군사들이 엉켜서 싸움을 하는 사이 요화가 말을 몰고 필사적으로 탈출합니다.

"이랴 이랴! 어서 상용으로 가자, 말아. 관운장의 운명이 너에게 달려 있다. 이랴, 어서 가자. 이랴!"

요화는 죽을힘을 다해 말을 몰아 유봉에게 달려갑니다. 유봉은 유비의 양자죠. 유비에게는 유선이라는 친아들이 있긴 하지만 유선은 좀 2프로가 부족한 사람입니다. 그래서 유비는 자신의 후계 자리를 양자인 유봉에게 물려줄까 하는 생각을 갖고 있죠. 그 유봉에게 숨이 끊어질 듯 급히 말을 몰아 요화가 도착한 것입니다.

"아니 요화 장군께서 이곳에 웬일이십니까?"

"유봉, 큰일 났소. 관 장군께서 여몽의 계략에 빠져 형주를 잃고 지금 맥성에 갇혀 있소. 군사는 겨우 300여 명 남아 있고, 식량도 바닥이 났소. 빨리 구원해 주시오. 조금만 늦으면 관 장군은 죽습니다!"

"요화, 알겠소. 내 즉시 가서 숙부님을 구하겠소."

유봉이 군사를 몰아 맥성으로 가려 하자 부장인 맹달이 저지하고 나섭니다.

"장군, 정신 차리시오. 우리는 지금 위나라와 국경을 맞대고 있습니다. 장군께서 군사를 빼어 맥성으로 간 사이 위나라가 국경을 넘어오면 어떻게 하시려고 그럽니까?"

"맹달, 숙부님의 운명이 풍전등화입니다. 내 어찌 모른 체할 수 있겠소?"

"관 장군이 숙부라니요? 유봉, 정신 차리시오. 관 장군과 유 장군은 피 한 방울 섞이지 않은 남인 줄 모르시오? 관 장군이 그대를 과연 조카로나 생각하는 줄 아시오? 원군을 보내지 맙시다. 우리부터 살고 봐야죠."

"맹달, 아…알겠소."

유봉, 그는 관우가 아버지 유비와 결의형제를 맺고 생사고락을 함께 하는 사이라는 걸 가장 잘 알고 있는 사람입니다. 그런 그가, 관우가 위기에 처했다는 급보를 받고도 구원하러 가지 않고 외면하죠.

"요화, 생각해보니 안 되겠소. 우리도 이곳을 지켜야 하오. 지금 남은 여력이 없으니 성도로 가서 유비 전하에게 구원병을 보내 달라 요청하시오."

"유봉, 지금 제정신이오? 관 장군은 지금 풍전등화의 위기에 몰려 있소. 한 시각이 급한데 날더러 성도로 가라구요?"

"듣기 싫소! 우리 코가 석 자요. 여봐라, 저 요사스러운 요화를 내쫓아라!"

유비의 양아들 유봉이 바람 앞의 등불 같은 관우의 어려움을 외면합니다.

'유봉, 맹달! 두고 보자. 두고 보자, 이 천하의 나쁜 놈들!'

요화는 유봉에게 쫓겨나 성도에 있는 유비에게 달려갑니다. 그러나 상용에서 성도까지는 수천리 길, 한편 맥성에서는 지원군의 소식을 애타게 기다립니다.

"아버님, 요화가 아직 소식이 없는 걸로 보아 지원군 요청은 실패한 듯합니다. 이젠 식량도 완전 바닥이 났습니다."

"할 수 없다. 이젠 죽기를 각오하고 싸워 이곳을 뚫고 나가자. 내 잘 못된 판단으로 너희들을 사지로 몰아넣었으니 미안하구나. 관평아, 미안하다. 주창, 왕보, 조루, 자네들에게 미안하네."

"관 장군, 괜찮습니다. 저희는 장군님을 따라 전장을 누빈 것만도 영광입니다. 남자가 죽음 따위를 두려워하겠습니까?"

이렇게 신세한탄을 하고 있을 때 뜻밖에 제갈량의 형 제갈근이 찾아옵니다.

"장군님, 동오의 제갈근이 장군님 뵙기를 청합니다."

"제갈근이? 이리 모셔 오너라."

"장군, 제갈근이 장군을 뵙습니다. 추운 날씨에 얼마나 고생이 많으십니까?"

"제갈근 선생께서 이곳까지 웬일이시오?"

"장군, 일단 동오에 투항하십시오. 저희 주군께서는 장군님을 아끼고 존경하십니다. 또 장군께서 허락만 하신다면 지난 번 말이 나왔던 혼사도 다시 진행하시자고 합니다."

"내 딸과 손권의 아들 혼사 말씀이오? 내가 당시 범의 자식을 개의 자식에게 줄 수 없다고 말한 것은 실언이었소. 뒤늦게나마 사과하겠소. 그러나 내가 이런 궁한 처지에 몰렸다 해서 그 혼사를 다시 추진할 마음은 없소. 나는 30여 년 전 유비 형님과 도원결의를 맺은 후 꿈에서라도 두 마음을 가져 본 적이 없소. 난 쉽게 죽지 않소. 무슨 수를 써서라도 이곳을 빠져나갈 거요. 선생은 우리 공명 군사의 낯을 보아 해치지는 않을 터이니 빨리 돌아가시오."

"장군, 장군께서 동오에 투항하시고, 우리 동오가 다시 한중왕 유비와 동맹을 맺는다면, 장군께선 다시 유비를 모실 기회가 올 수도 있지 않겠소? 제발 고집 부리지 말고 투항하십시오."

"싫소! 난 이곳에서 헛되이 죽지 않을 테니 내 걱정 마시고 돌아가시오."

관우의 고집을 꺾지 못한 제갈근이 절레절레 머리를 흔들며 물러나고 맙니다.

"요화가 요청한 지원군은 오지 않는다. 이제 우리는 죽기를 각오하고 싸워 이곳을 빠져나가자."

"북문 쪽 오나라 포위망이 비교적 허술합니다. 북문을 일제히 치고 나가 적들을 베어 버리고 성도로 가시지요."

"좋다. 모두 각오를 단단히 하고 북문 쪽으로 빠져나간다. 오늘은 달도 뜨지 않아 컴컴하니 탈출하기에 좋은 기회다. 나가자! 일제히 말을 몰아라. 우리 모두 기필코 살아서 서촉까지 가자. 난 반드시 다시 돌아온다. 그리고 다시 형주를 되찾겠다. 이럇! 가자 적토마야!"

조루가 앞장서서 관우를 호위하고 약 200여 명 남은 군사들이 맥성을 탈출합니다. 그러나 북문의 경비가 허술하게 보인 것은 여몽의 계략이었죠.

"관우다! 관우가 빠져나왔다. 놓쳐서는 안 된다. 관우를 잡아라!"

"와아!"

관우가 북문을 치고 나가 20여 리쯤 달려 나가자 갑자기 한 떼의 군마가 앞을 가로막습니다.

"관 장군, 어딜 그리 바쁘게 가시오? 나 주연(朱然)입니다. 보아하니 밥은커녕 죽도 못 드셨을 것 같은데 그만 항복하시지요."

"주연은 일류급 장수가 맡아야지 왜 너 같은 삼류급 장수가 주연을 맡았느냐? 내 청룡언월도 맛이나 보아라!"

관우가 청룡언월도를 휘두르자 주연은 뒤도 돌아보지 않고 도주하기 시작합니다.

"주연, 서라 이놈! 장수라는 놈이 왜 등을 보이고 달아나느냐?"

관우가 10여 리 정도 주연을 쫓는데, 갑자기 '꽝' 하는 방포 소리와 함께 사방에서 군사들이 새까맣게 뛰어나옵니다.

"관우가 걸려들었다. 관우를 죽여라!"

"비겁한 놈들! 이곳에 복병을 숨겨 두다니!"

천하의 관우도 사방에서 달려드는 수많은 군졸들을 보더니 다시 오던 길로 달아나기 시작합니다.

"관 장군, 입은 비뚤어졌어도 말은 바로 하라고 했지요? 장군은 왜 등을 보이고 도망하시오? 이 주연이 그렇게 무섭소? 딱 맞짱 한 수만 떠봅시다."

관우가 들은 체도 하지 않고 말을 달리는데, 반장(潘璋)이 다시 길을 막습니다.

"운장, 그만 투항하라!"

이때 조루가 나섭니다.

"관 장군님, 반장은 제가 맡겠습니다. 어서 이곳을 빠져나가십시오."

"조루, 고맙다. 살아서 꼭 다시 만나자!"

"오나라 졸개들아, 여기 조루가 있다. 모두 덤벼라!"

"조루, 이제 그만 포기하고 어서 항복해라."

"닥쳐라! 반장, 내 칼을 받아라!"

조루가 반장과 일합을 겨루며 필사적으로 추격병을 막았으나 여러 날 지친 탓에 반장의 칼을 피하지 못하고 죽고 맙니다.

관우의 죽음

관우가 계속 도주하자 마충(馬忠)이 추적합니다.

"관 장군, 천하제일 관 장군께서 어찌 도망을 가시오? 나랑 한판 겨뤄 봅시다."

"아버님, 못들은 체하십시오. 아버님을 유인하려는 수작입니다."

"관평아, 알겠다. 내 속지 않겠다."

"관 장군, 이젠 귀까지 먹었소? 천하무적 관우란 말이 헛소문이었구 만. 비겁하게 도망하지 말고 한판 뜹시다. 죽는 것이 그렇게도 두렵소? 관우, 비겁한 관우! 호랑이가 쥐새끼로 변했소?"

"뭐라고? 쥐새끼? 에잇, 더는 못 참겠다! 내 저놈의 목을 기어이 베고 말겠다. 적토마야, 방향을 돌려라! 워워……."

"아버님, 가시면 안 됩니다. 놈의 계략에 빠지지 마세요."

"기다려라, 마충! 이 말에 붙어사는 기생충 같은 놈!"

"아이고, 관 장군! 가문의 영광입니다. 저와 한번 겨뤄 보시지요."

관우는 상처가 덧난 왼팔을 쓰지 못하고 한 팔로만 청룡도를 휘두릅 니다. 마충이 약 올리듯 요리저리 피하더니 도망칩니다.

"말 등에 사는 벌레, 거기 서라! 도망치지 마라!"

화가 머리끝까지 오른 관우가 필사적으로 마충을 추적하는데, 갑자 기 사방에 매복해 있던 병사들이 튀어나오며 갈고리를 던집니다.

"관우를 사로잡아라! 갈고리를 던져라!"

사방에서 날아오는 갈고리에 몸이 걸린 관우가 드디어 적토마에서 낙마하고 맙니다.

"관우가 걸렸다! 잡아라, 생포하라!"

'이런 쥐새끼 같은 놈들! 내가 분을 참지 못하고 또 계략에 빠졌구나. 아! 하늘이 나를 버리는구나. 부하들을 모두 잃고 나 혼자 구차하게 포로가 되어 살면 뭘 하겠느냐? 차라리 자결하자.'

관우는 청룡언월도를 땅바닥에 꽂아두고 오른편에 차고 있던 칼을 뽑아 듭니다.

"관평아, 미안하구나. 이 아비가 너를 끝내 지켜 주지 못했어. 그러나 너는 헛되이 죽지 말고 투항하라."

"아버님, 아버님을 모셨던 게 제 생애 최고의 영광이었습니다. 이제 아버님의 아들답게 저도 아버지의 뒤를 따르겠습니다."

관우는 칼을 뽑아 스스로 자기 목을 그어 버립니다. 이때 관우의 나이 58세, 후한 말 한 세기를 주름잡았던 천하무적 관우는 그렇게 생을 마감합니다.

천하무적 관우, 승승장구하던 관우가 왜 갑자기 패장이 되었을까요? 그리고 일이 이 지경이 되도록 유비와 공명은 왜 아무런 조치도 취하지 않았을까요? 첫째는 관우의 지나친 오만함이 문제입니다. 팔을 다쳤을 때 화타는 분명히 형주로 돌아가 휴식을 취하며 팔을 완치하라 했지만 묵살하죠. 두 번째는 공명의 말을 듣지 않았다는 겁니다. 공명이 관우에게 이르기를 '동화손권(東和孫權) 북거조조(北拒曹操)', 즉 동쪽의 손권에겐 유화책을 쓰고, 북쪽의 조조에겐 항거하라 했는데 그 말을 듣지 않았죠. "범의 자식을 개의 자식에게 줄 수 없다." 이 얼마나 오만한 말입니까? 오나라 군주 손권이 아들과 관우의 딸과의 혼사를 제안했을 때 관우가 했던 말이죠. 이 말을 듣고 손권은 격분했고, 유비와의 친화 정책을 바꾸어 조조와 손을 잡게 됩니다. 세 번째는 상대편 장수 여몽에 대한 모독입니다. "자네가 무식쟁이 여몽이구만. 낫 놓고 기역 자는 아는가? 자네가 무술로 나를 이길 수 있나?" 이 말에 분노와 수치심을 느낀 여몽은 관우를 세상 끝까지라도 쫓아가 죽이겠다는 결심을 합니다. 네 번째는 잘못된 정보, 판단입니다. 대도독 여몽이 물러나고 햇병아리 육손으로 교체되었다는 말 한마디에 형주의 경비병을 모조리 빼오는 실수를 저지른 거죠. 다섯 번째는 잘못된 인사정책입니다. 27개소에 봉화대를 설치해 두고 그 경비 책임자로 책임감 강한 조루를 보내자고 했을 때 이를 무시하고 함량 미달의 반준을 보내죠.

　　그럼 유비는 관우가 이 지경에 이르기까지 왜 손을 쓰지 않았을까요? 첫째, 관우를 너무 과신하였습니다. "우리 관우는 천하무적이야." 두 번째는 계속해서 들려오는 관우의 승전보에 마냥 기쁨에 들떠 있었죠. 그러다가 갑자기 상황이 반전되자 미처 손을 쓰지 못합니다. 그러나 이 글을 쓰고 있는 저도 공명의 처사에 대해선 별로 이해가 되지 않습니다. 거의 전지전능에 가깝던 공명이 왜 관우가 코너에 몰리기 시작한 5개월 동안 아무런 조치를 하지 않았는지 궁금합니다. 일부는 공명이 관우를 정적으로 여겨 제거했다는 '정적 제거설'도 있습니다. 즉, 2인자 자리를 두고 공명과 관우가 다투었다는 것인데, 이는 이치에 맞지 않다고 생각합니다. 후일 공명은 북벌을 위해(즉, 조비를 치기 위해) 출사표를 던지고 여섯 번을 출병하는데, 그때마다 군량미 운반이 가장 큰 문제였죠. 그럴 때마다 공명은 "아아! 이때 형주만 우리 땅이라면 이곳에 식량을 쌓아두고 쉽게 위나라를 칠 텐데……." 늘 이렇게 개탄하죠. 이렇게 형주의 중요성을 아는 공명이 권력욕 때문에 형주를 포기했다는 것은 이치에 맞지 않습니다.

각설하고, 관우의 지원 요청을 거절한 유봉과 맹달은 그 후 어떻게 되었을까요? 맹달은 위나라로 투항하여 그 질긴 목숨을 연명합니다. 하지만 유봉은 자결하죠. 관우를 돕지 않았다는 사실을 안 유비가 대로하여 유봉에게 자살을 명합니다.

관우가 죽자 오나라는 다시 고민에 빠집니다.

"주공, 관우가 죽었다고 기뻐할 일이 아닙니다. 관우는 유비와 의형제 사이입니다. 유비가 무서운 복수전을 감행할 것입니다."

"듣고 보니 그렇군요. 그럼 어떻게 해야 되겠소?"

"신 장소가 의견을 말씀 드리겠습니다. 관우의 목을 조조에게 보내십시오. 그리고 편지를 써서 위왕 조조의 명을 받들어 관우를 죽였다고 우기십시오."

"좋은 생각이오. 관우가 죽은 책임을 조조에게 돌립시다."

며칠 후, 손권의 사신이 나무상자 하나를 들고 조조를 방문합니다.

"위왕 전하! 손권의 사신, 전하께 인사 올립니다."

"손권의 사신이 무슨 일이요?"

"저희 주공께서 전하에게 선물과 편지를 전달하라 하셨습니다."

"선물? 무슨 선물이요? 김영란법 시행 이후 나는 49,999원짜리 이상의 선물은 받지 않소."

"예, 바로 관우의 머리입니다."

"과…관우가 죽었단 말이요?"

"그렇습니다. 전하의 명을 받은 우리 주공께서 관우를 죽였습니다. 여기 편지도 함께 가져왔습니다."

"어디 정말 관우의 목인지 한번 보자. 상자를 열어 봐라. 그리고 손권의 편지를 이리 가져와라."

존경하고 사랑하는 위왕 전하!

위나라 만백성을 다스리기에 얼마나 노고가 많으십니까?

전하의 수고로움을 생각하면 저 손권은 한시도 마음 편할 날이 없습니다.

지난번엔 군량미 10만 석을 주시면서 형주를 치라는 명을 받고 저와 저희 신하들은 그 막중한 책임감에 잠을 이루지 못했습니다.

그러나 그게 어느 분의 명령이라고 저희가 소홀히 하겠습니까? 저희 미약한 군졸을 총동원하여 전하의 명을 받들어 관우를 죽이고 형주성을 빼앗았습니다.

여기 전하께서 평소 그렇게 미워하던 관우의 목을 보냅니다.

현명하신 전하께서 알아서 처리해 주시고, 또 골치 아픈 일이 있으면 언제든지 저에게 말씀하십시오.

그럼 위왕 전하의 건강을 바라며 관우의 죽음과는 전혀 무관한 손권 올림.

"이…이놈! 손권이 관우를 죽이고서 그 책임을 나에게 돌리려고 하는구나. 자칫 잘못하면 유비로부터 무서운 보복을 당하게 된다. 그런데 저 목이 정말 관우인지 한번 보자."

조조가 상자를 열고 관우의 목을 들여다봅니다.

"관 공…, 우리가 다시 만났구려. 나에게 투항한 후 나를 떠나지만 않았어도 이렇게 되진 않았을 텐데……. 내가 적벽에서 패하고 도주할 때

화룡도에서 나를 살려 준 은혜는 지금도 잊지 않고 있소. 그러나 이젠 그대는 죽고, 난 이렇게 살아 있소."

이렇게 관우에게 혼잣말을 허던 조조가 갑자기 비명을 지릅니다.

"으아아악!"

"전하, 왜 그러십니까? 무얼 보고 그리 놀라시는지요? 관우는 이미 죽었습니다."

"저 관우가… 관우가 눈을 부릅뜨고 나를 쳐다본다!"

"닥쳐라 조조! 나 관우, 유 황숙을 모시고 천하통일을 위해 몸을 아끼지 않고 뛰었건만, 여몽의 간계에 넘어가 그 뜻을 이루지 못했다. 실로 분하고 원통하다!" 이렇게 외치는 듯합니다.

"과…관 장군, 인간의 생사는 하늘이 정한 이치요. 그대가 죽어서 억울하다지만 그대에게 목이 잘린 안량, 문추를 생각해보시오. 또 5관을 돌파하며 베어 버린 여섯 장수는 어찌할 거요? 뿐만 아니라 장군께서 수많은 전쟁터를 누빌 때 장군한테 목이 달아난 수많은 영혼을 생각해보시오. 장군, 만남이 있으면 헤어짐도 있는 법. 이젠 이승의 일은 모두 잊고 저승에서 편히 쉬시오. 내 그대를 후하게 장사 지내주겠소. 여봐라, 지금 당장 향나무를 깎아 관우의 몸뚱어리를 만들어라. 그리고 관우를 형주 왕에 봉하고, 왕후의 예에 따라 엄숙히 장례를 치르라. 전국에 금주령을 내리고, 열흘 간 국상을 선포한다!"

이렇게 되어 천하무적 관우, 위대한 무신 관우는 낙양성 남문 밖에 장사 지내졌습니다.

관우의 목을 조조에게 보낸 후 비로소 손권은 크게 승전 축하연을 베풉니다.

"자, 여러분! 우리가 드디어 관우를 물리치고 저 형주를 되찾았습니다. 이번 전쟁에서 가장 큰 공을 세운 여몽을 모셔보겠습니다. 여몽 대도독은 앞으로 나오시오."

"여~몽! 여~몽!"

문무 대신들이 여몽의 이름을 연호하며 환영합니다.

"여러분 감사합니다. 오늘의 승전은 저 혼자의 힘이 아닙니다. 여기 계시는 여러분 모두가 힘을 모아 준 덕택입니다. 더구나 우리 주군 손권께서……."

여기까지 말을 하다 여몽이 갑자기 말을 끊습니다.

"…? ……?"

"여몽, 왜 말을 하다 중간에 그치나?"

그때 여몽이 들었던 술잔을 내팽개치더니 갑자기 몸을 부들부들 떨기 시작합니다.

"으으으…아악!"

"여몽, 갑자기 왜 그러나? 어디 아픈가?"

"손권, 이 쥐새끼 같은 놈! 이 푸른 눈에 쥐 수염 달린 네가 나를 죽여? 이놈!"

여몽은 갑자기 손권을 들어 바닥에 패대기를 쳐버립니다.

"아악! 여…여몽이 미쳤다!"

여몽이 터덕터덕 걸어 손권의 자리에 앉더니 소리칩니다.

"이놈들아, 나는 운장 관우다! 네놈들이 감히 나를 속여 형주를 뺏고, 내 아들과 내 부하들, 그리고 나까지 죽이다니……. 용서치 않겠다. 머지않아 내 형님 유비께서 이 오나라를 초토화시킬 것이다!"

말을 마친 여몽은 입과 코, 귀와 눈에서 붉은 피를 토하더니 몸을 부들부들 떨며 죽고 맙니다.

"관우다…, 관우의 귀신이 여몽을 데려갔다!"

손권이 황급히 무릎을 꿇으며 관우의 넋을 달랩니다.

"관 공, 용서하시오. 내 후하게 장사 지내 드리겠소. 부디 이승의 일을 잊고 저승에서 편히 쉬십시오. 여봐라, 빨리 목 없는 관우의 시신을 수습하여 후하게 장사 지내 드려라!"

이런 사유로 관우의 무덤은 지금까지도 두 개가 존재합니다. 하남성(河南城) 낙양에는 관우의 목 무덤, 호북성(湖北城) 당양(當陽)에는 관우의 몸 무덤. 대한민국 서울 동대문구 소재 '동묘'는 관우를 모신 사당입니다.

관우를 죽이는 데 가장 결정적인 공을 세운 마충에게 관우의 적토마가 상으로 주어졌습니다. 그러나 적토마는 그날부터 아무것도 먹지 않았죠. 그러고는 관우가 죽었던 방향을 보고 구슬피 웁니다.

"적토야, 적토야! 제발 풀 좀 먹어라, 응? 여기 당근, 사과 등 네가 좋아하는 채소와 과일도 있다. 같은 마(馬)씨끼리 이러지 말고 친하게 지내자, 응?"

그러나 적토마는 끝내 풀 한 포기, 물 한 모금 먹지 않고 굶어 죽고 맙니다.

조조에게 찾아온 병마

관우의 죽음은 수천 리 떨어진 서촉의 수도 성도에도 전해졌습니다.

"내 아우 관우가 죽었다고? 그럴 리가 없다. 내 아우는 천하무적이야."

"전하! 애석하지만 관 공의 죽음은 사실인 듯합니다."

"아악! 그럴 리가 없다!"

유비는 그 자리에서 혼절하고 말죠.

"한중왕께서 혼절하셨다! 빨리 손발을 주무르고 어의를 불러라."

한참 후 정신을 차린 유비가 한마디 합니다.

"정말 내 아우가 죽었단 말이냐?"

구슬피 울더니 또 혼절합니다. 울다 혼절하다, 또 깨어나서 울다가 잠이 듭니다. 하루에도 몇 번씩 혼절하기를 반복하는 유비를 공명이 달랩니다.

"전하! 모든 게 신의 불찰입니다. 관 공께서 연전연승한다는 승전보만 믿고 마음 놓고 있었던 게 큰 실수였습니다. 부디 정신 차리십시오. 전하께서 건강을 회복하셔야 복수도 할 수 있습니다."

"그렇지! 복수를 해야 해. 여봐라, 낭중에 있는 장비를 불러 당장 오나라를 치라고 해라!"

"아직은 때가 아닙니다. 우선 전하께서 건강을 되찾는 게 급선무입니다."

"내 아우가 죽었는데 참고 있으란 말인가?"

"전하, 군자의 복수는 10년이 걸려도 늦지 않다고 했습니다. 우리가 지금 동오를 치면 조조는 그 틈을 노려 반드시 한중을 칠 것입니다. 조금만 더 참으시고 기회를 보아야 합니다."

"알겠소만, 그러나 유봉과 맹달은 용서치 못하겠소. 관우와 지척에 있던 그놈들이 제 숙부의 위급함을 알고도 외면하다니, 당장 사람을 보내 잡아 오시오. 아니, 잡아 올 것도 없소. 두 놈 모두 자결을 명하오! 만약 듣지 않으면 그 자리에서 베어 버리시오!"

분노한 유비의 명을 받은 사신이 상용으로 달려가자, 미리 눈치챈 맹달은 국경을 넘어 도망쳐서 조조에게 투항합니다. 그러나 유봉은 결국 양아버지 유비의 왕명대로 자결하죠.

이렇게 유비가 의형제 관우의 죽음을 슬퍼하며 복수를 다짐하고 있을 때, 위왕 조조에게도 병이 찾아옵니다. 천자를 깔고 앉아 천하를 호령하던 조조도 세월 앞에서는 어쩌지 못합니다.

"아! 몸이 예전 같지 않아. 밤새 악몽을 꾸다가 겨우 잠이 들면 눈을 부릅뜬 관우의 모습이 자꾸 나타나고, 머리는 또 왜 이리 아픈지. 지끈지끈 아픈 이 편두통! 참 지긋지긋하구나. 인생은 과연 고단함의 연속인가!"

이렇게 건강이 부쩍 나빠진 조조를 보고 한 신하가 의견을 냅니다.

"전하! 꿈자리가 사나우시면 사당을 한번 지어 보시지요. 사당을 짓고 그곳에서 정성스럽게 제사를 지내면 병마가 물러갈 것입니다."

이렇게 되어 조조는 큰 사당을 짓기 위한 공사를 명합니다.

"사당을 지으려면 거대한 기둥이 필요한데, 30리 밖에 그 기둥으로 쓸 만한 배나무가 있습니다. 그런데 일하는 인부들이 그 배나무를 감히 베지 못하여 공사가 진행되지 않습니다."

"왜 나무를 못 벤단 말인가?"

"그 나무엔 영험한 귀신이 붙어 있어서 나무를 베면 해코지를 당한다합니다."

"이런 못난 사람들, 한낱 귀신이 무서워 나무를 베지 못한다고? 내가 직접 가보겠다."

조조가 호위병들과 함께 배나무가 있는 공사 현장에 가 칼을 뽑아 배나무 한 모퉁이를 내리칩니다.

"야합!"

퍽!

순간 그 배나무에서 붉은 피 같은 것이 뿜어져 나옵니다.

푸욱!

"이게 도대체 뭐냐?"

배나무에서 피가 뿜어져 나오자 조조가 기겁을 하죠. 겁에 질린 조조가 혼비백산하여 궁으로 도망칩니다.

"나무에서 피가 뿜어져 나오다니……. 저런 이상한 일은 처음이다. 빨리 궁으로 튀자!"

겁에 질린 조조가 궁으로 돌아와 한숨 돌립니다.

조조가 피곤한 몸을 쉬려 침실에 듭니다. 그런데 머리맡에서 누군가 거꾸로 매달려 조조를 내려다보죠.

"허걱! 넌 누구냐? 그런데 왜 그렇게 머리를 풀고 있느냐?"

"이놈아, 나는 낮에 네가 베어 버린 배나무귀신이다. 복수하겠다!"

"귀신? 썩 물러가라! 가까이 오지 마라!"

"네가 내 집을 베어 버려 난 갈 곳도 없고, 물러날 곳도 없다. 넌 평소 사람 목숨을 파리 목숨처럼 가볍게 여기고 살생을 많이 하였으니 오늘은 내게 죽어 봐라!"

"으…아악! 천지신명의 이름으로 명하노니 잡귀는 썩 물러가라!"

"못 물러난다!"

이윽고 불길하게도 귀신 꿈을 꾼 조조가 정신 나간 상태로 잠에서 깨어납니다. 낮잠을 설쳐서인지 조조의 편두통은 점점 심해져 모사 가후(賈詡)가 의사 한 사람을 추천하죠.

"전하의 두통을 치료해 줄 만한 의사가 한 사람 있습니다."

"그게 누구냐?"

"편작과 비교할 수 있는 신의 화타입니다."

"화타? 그 사람이 그렇게 용하단 말이냐?"

"그렇습니다. 화타의 손은 미다스(Midas)의 손과 비교할 수 있습니다. 미다스의 손은 만지는 물건마다 황금으로 변하게 하는 신비한 능력을 가진 손이지만, 화타의 손은 만지는 환자마다 낫게 하는 신비한 능력을 가진 손입니다."

"그렇다면 빨리 화타 선생을 모셔 와라."

가후는 조조의 편두통을 치료하기 위해 화타 선생을 모셔 오죠.

"그대가 신의라 불리는 환타 선생인가?"

"환타가 아니라 화타입니다."

"그래! 화타 선생. 내 병을 치료해 주게. 머리가 쪼개질듯 아파. 도대체 어떻게 해야 나을 수 있는가?"

"전하의 머릿속엔 '풍'이라는 일종의 바람이 들어 있습니다. 그래서 머리가 주기적으로 아파 오는 겁니다. 사람의 머릿속엔 뇌막이 있고, 그 뇌막과 뇌 사이엔 두개골이 있습니다. 전하의 풍은 두개골 안에 있어 쉽게 걷어 내지 못합니다. 따라서 치료 방법은 마패탕을 드시고 잠이 드시면 제가 날카로운 도끼로 두개골을 쪼개어 그 안에 있는 바람기를 걷어내는 수밖에 없습니다."

"도끼로 이마를 깐다고? 거 어디서 들어본 소리인데……. 그렇지, 쌍도끼의 달인 서황이 적들과 싸울 때 도끼로 이마 까고 깐 이마 또 까고 하던데, 내 이마도 그렇게 깐단 말이냐?"

"그런 뜻이 아닙니다. 제 방법은 외과 의술의 치료 방법을 뜻합니다. 저는 몇 달 전에 관우를 치료해 준 적이 있습니다. 그때도 저는 관 장군의 뼈를 들어내 독을 제거하여 완치시켜 줬습니다."

'관우는 팔이라지만 난 머리뼈를 들어낸다고? 아무래도 의심스럽구나. 그렇지, 네가 관우와 친분이 깊었구나. 그 관우가 죽자 나에게 복수하려는 얕은 수작이로구나.'

"여봐라, 이놈을 당장 끌어내 하옥시켜라! 그리고 모질게 고문해서 나를 죽이라고 사주한 배후를 밝혀내라!"

그 말을 듣고 가후가 깜짝 놀라 조조를 만류합니다.

"전하! 화타는 이 세상에서 그 짝을 찾지 못할 정도의 명의입니다. 그를 함부로 고문해선 안 됩니다."

"가후, 저놈은 나를 독살하려 했던 의사 길평과 똑같은 놈이다. 저놈은 결코 용서할 수 없다!"

이렇게 되어 조조를 치료하기 위해 간 화타는 치료는커녕 모진 고문과 매에 시달리죠.

"그놈이 아직도 배후 세력을 실토하지 않았느냐? 더 모질게 고문해라!"

그런데 그 감옥을 지키는 오압옥(吳押獄)이라는 옥졸이 있었습니다. 오압옥은 죄 없이 갇혀 모진 고문을 당하는 화타가 가여워서 매일 밤 물과 음식을 넣어 주며 위로하죠.

"옥졸, 고맙네. 지금 내 꼴이 어떤 모양인가?"

"쑥대머리 귀신형용입니다. 조금 더 견디시면 무죄 방면되실 겁니다."

"내 몰골이 귀신형용이라……. 이 적막옥방 찬 자리에서 생각나는 것은 마누라뿐인데, 다시 보게 될지……. 옥졸, 자네 이름이 오압옥이라 했지? 늘 나에게 은혜를 베풀어 주어 고맙네."

"은혜라니요. 천만의 말씀입니다. 사실 저도 어렸을 적 꿈은 의사가되는 것이었습니다. 그러나 마땅한 선생님을 만나지 못해서 이렇게 옥졸 신세를 면하지 못하고 있죠."

"의원이 되는 게 꿈이었다고? 그렇다면 좋은 생각이 있네. 자네가 베풀어 준 은혜에 보답하기 위해 자네에게 선물을 주겠네. 내 집에 가면『청낭서』라는 의학 서적이 있지. 내가 평생 연구한 의술을 모두 거기에 기록해 두었으니, 자네가 그 책으로 열심히 공부하여 훌륭한 의사가 되게."

"그 귀한 책을 정말 저에게 주시겠습니까?"

"내가 편지를 써 줄 테니 빨리 가서 찾아가게. 그 책은 1400년 후에 조선에서 '허준'이라는 사람이 쓸『동의보감』과 함께 귀중한 의학 서적이될 것이네."

"정말 감사합니다. 저도 열심히 의술을 공부하여 많은 사람을 살리는의원이 되겠습니다."

오압옥은 한걸음에 화타의 집으로 달려가『청낭서』를 얻습니다.

'꿈만 같구나. 내가 화타의 의술을 공부하게 되다니!'

"여보! 회소식이오. 내가 화타의 의술이 적힌 책을 얻었소. 내가 야간근무를 마치고 올 때까지 잘 보관하시오."

오압옥이 다시 옥으로 가보니, 심한 매질과 고문을 견디지 못한 화타는 결국 숨을 거두었습니다.

"화타 선생님! 결국 보름 만에 돌아가셨군요. 제가 꼭 선생님의 뒤를 이어 신의가 되겠습니다."

오압옥은 슬픔을 뒤로하고, 한편으로는 기대에 부풀어 집에 돌아왔죠. 그런데 아내가 부엌에 쭈그리고 앉아 『청낭서』를 태우고 있습니다.

"여…여보! 이게 뭐하는 짓이오? 그 귀한 의학 서적을 태우다니, 당신 미쳤소?"

"당신은 의술을 배우지 마세요. 의사가 돼서 당신도 화타처럼 옥에서 죽는 꼴 보고 싶지 않아요. 옥졸 근무나 열심히 해요. 분수에 맞게 삽시다!"

오압옥은 땅을 치고 발을 동동 굴렀지만 이미 책은 재가 되고 말았죠. 이런 사유로 화타의 의술은 후대에 전해지지 못하게 됩니다. 세기의 명의 화타는 그렇게 허무하게 세상을 뜨고 말죠.

그 후 1800년이 지난 지금, 조조와 화타의 고향인 중국에 가면 조조 기념품은 거의 없고 대부분 화타 기념품들이 관광객을 맞는답니다. 권력은 무상하고, 의술은 영원한 거죠.

화타는 죽고, 조조의 편두통은 점점 더 심해집니다. 어느 날 두통에 시달리던 조조가 겨우 잠이 들었는데, 누군가 조조를 발로 툭툭 건드리며 깨웁니다.

"조조야, 이눔의 샤끼! 그만 자고 일어나라."

"어느 놈이 감히 나를 깨우느냐?"

"나? 배나무귀신이다. 조조, 이 거짓말쟁이야. 처녀귀신 소개해 준다고 뻥을 치더니 이젠 잠만 자? 조조야, 우리 재미있게 한판 놀아보자. 얘들아, 다 이리 와서 조조와 신명나게 놀아보자."

"조조! 오랜만이다. 나 여백사다."

"난 길평이다."

"난 동귀인이다."

"난 아무개다. 친구가 강남 간다길래 나도 모르게 따라왔다!"

조조가 그동안 죽였던 많은 사람들이 귀신이 되어 나타난 것입니다.

"으으아악! 모두 물러가라! 피…피는 왜 흘리느냐? 제발 피 좀 닦고 나타나라."

"조조야! 네놈이 죽인 원혼들이 얼마인 줄이나 기억하느뇨?"

"아이 씨, 시끄럽다! 다 물러가라. 이 귀신 잡귀들아, 모두 물러가라! 정신 사나워서 굿이라도 해야겠다."

그날부터 조조는 매일 악몽과 환상에 시달리죠.

"아이고, 두통이야! 아이고, 머리야! 여봐라, 순욱을 불러와라. 이렇게 머리 아플 때는 순욱한테 지혜를 구해야 돼."

"전하, 순욱은 죽었습니다!"

"순욱이 죽다니, 언제 죽었단 말이냐?"

"순욱은 전하께서 빈 과일 상자를 보내자 자결하라는 뜻으로 알고 죽었습니다."

"음! 그런 일이 있었느냐? 그렇다면 조홍(曹洪), 가후, 하후돈, 사마의 등 대신들을 불러와라."

조조의 부름에 그에게 충성하는 신하들이 모여들었습니다.

"내가 건강이 좋지 않소. 그래서 그대들에게 간곡히 부탁하오. 내겐 스물아홉 명의 아들이 있으나 정실부인 변(卞) 씨에게서 태어난 네 아들 만이 나의 적자요. 그런데 둘째 아들 조창은 무술이 뛰어나고 용감하지만 지혜가 부족하오. 셋째 아들 조식은 시를 잘 짓고 머리는 좋지만 술이 너무 과하고 성실하지 못하오. 넷째 아들 조웅(曹熊)은 몸이 약하고 병치레가 많소. 그러나 큰아들 조비는 판단력도 뛰어나고 덕이 있으며, 리더십도 갖추고 있소. 그래서 큰아들 조비가 내 뒤를 잇도록 할 테니 그대들은 내 사후에도 조비를 잘 섬기도록 하시오."

이어서 조조는 네 아들을 불러 당부합니다.

"너희들은 내 말을 명심하라. 첫째, 형제들끼리 반목하여 공항까지 쫓아다니며 독극물로 테러하는 일이 없도록 하라! 둘째, 또 형제들끼리 재산 다툼 소송 따위도 하지 말라! 셋째, 놀부처럼 약한 동생을 한겨울에 발가벗겨 내쫓는 일도 없게 하라. 알겠느냐?"

"부왕 전하! 명심, 또 명심하겠습니다."

이렇게 아들들에게 당부를 마친 후, 다음은 후궁들을 부릅니다.

"내 첩들을 모두 들어오게 하라."

"예, 전하. 워낙 후궁이 많은지라 선별해서 들어오라고 할까요?"

"그래, 후궁이 좀 많다 싶다. 그러면 단순히 잠자리만 했던 여인들은 불러올 필요 없다. 내 아들이나 딸을 낳은 첩들만 들여보내라."

잠시 후 조조의 아들이나 딸을 낳은 첩들 28명이 들어와 구슬피 울기 시작합니다.

"전하가 돌아가시면 소첩들은 어찌 살아야 합니까? 건강 회복하소서!"

"울지들 말아라. 여자들이 한꺼번에 울어 대니 시끄럽구나. 너희에겐 주머니에 들어 있는 향료를 하나씩 나누어 줄 테니 생활비에 보태도록 하고, 내가 죽은 후엔 바느질과 길쌈으로 스스로 생계를 해결하도록 하라!"

"뭐시라고요?"

"내가 없다고 다른 남자와 눈이 맞아서는 안 되니, 모두 동작대에 모여 함께 살도록 하라!"

"흑흑흑! 전하, 잘 알겠사옵니다."

"치사한 자식!"

소첩들 중 물러가면서 누군가 살짝 소리를 내서 입방정을 떱니다.

"누가 나에게 치사하다고 하였느냐?"

"아…아니옵니다. 치사한 게 아니라 지당하다고 하였습니다."

"진짜냐? 아무래도 죽을 날 받아 놔서 귀까지 이상하게 들리는 것 같다. 다음은 상서령 화음을 불러라."

상서령이 부리나케 달려왔습니다.

"내가 죽으면 똑같은 무덤 72개를 만들어 내 무덤이 도굴되지 않도록 하라!"

"그렇게나 많이 무덤을요?"

"말이 많다. 죽어서도 부관참시 당할까 봐 그려!"

"충성! 알았습니다."

모든 당부를 마치고 며칠 후 조조가 세상을 떠나니 향년 66세입니다. 건안 25년, 서기로는 220년 정월이었죠.

조조가 죽자 큰아들 조비가 왕위에 등극합니다. 그런데 조조가 죽기 전에 염려했던 것처럼 '언릉'을 지키던 둘째 아들 조창이 10만 대군을 끌고 와 장안을 포위하죠.

"누가 너희들 마음대로 왕을 정했느냐? 이건 원천 무효다. 조비 형, 이리 나와서 맞짱으로 결정하자고."

소식을 들은 조비가 불안해합니다.

"창이가 10만 대군을 끌고 와 성을 포위했다고? 큰일 났구나 어쩌면 좋겠느냐?"

조비가 안절부절못하자 사마중달이 조비를 위로하죠.

"전하! 침착하십시오. 선왕께서는 아무리 어려운 일에 부딪쳐도 당황하지 않으셨습니다. 신이 가규와 함께 나가서 조창을 달래보겠습니다."

"창이는 워낙 무술이 뛰어난 자니 조심하시오."

"염려 마십시오, 전하!"

조창이 사마중달을 보더니 대뜸 눈을 부라리며 달려옵니다.

"옥새는 가져왔소? 아니면 누가 보관하고 있소?"

중달은 조금도 겁먹지 않은 채 침착하게 말합니다.

"군후(君侯)께선 아버님 상을 치르러 오신 거요, 아니면 쿠데타로 조정을 뒤집어엎으러 오신 거요? 선왕께선 장남인 조비에게 대를 잇게 하라고 분명히 말씀하시었소. 선왕의 유언을 무시하고 반역할 셈이오? 권력 앞에서는 아비도, 형제도 없다는 거요? 궁궐 안에는 막강한 수비 병력이 있소. 그리고 일당백의 무예가 뛰어난 장수들이 우글거리오. 한판 붙어 볼까요?"

뛰어난 사마중달의 언변에 조창은 점차 겁을 먹기 시작하죠.

"내가 반역이라니요? 쓸데없는 말 함부로 하지 마시오. 내가 군대를 끌고 온 건 형님을 보호하고 조문하기 위해서요."

"그렇다면 군대를 30리 밖으로 물리치고 비무장으로 선친께 조문하시오."

"아…알겠소. 벌거벗고라도 들어가겠소."

조창이 무장을 해제하고 조조 사당에 조문한 후 조비에게 무릎을 꿇습니다.

"조비 행님, 사랑합니데이!"

"어서 오너라. 우리가 남이가? 그리고 내가 어릴 적에 얼마나 너를 예뻐했냐? 과자를 먹다가도 네가 먹고 싶어 하면 입에서 빼어 너에게

먹인 이 형이다. 딴맘 먹지 말고 언릉 언릉 임지인 언릉(鄢陵)으로 돌아
가라."

"예, 행님!"

조창은 사마중달의 세 치 혀에 굴복하고 임지인 언릉으로 돌아가죠.

"전하, 둘째 조창은 돌아갔지만 더 위험한 인물이 셋째 조식입니다.
조식은 머리 회전이 빠를 뿐 아니라 시를 짓는 데도 탁월한 능력이 있어
서 많은 지식인들이 그를 추종합니다. 더구나 요즘 조식은 조정에 불만
을 나타내고 전하께 욕까지 해 대고 있습니다. 원래 선왕께서는 셋째인
자기를 가장 아꼈는데, 전하께서 그 왕위를 가로챘다고 떠든답니다."

"괘씸한 놈이로군! 형을 우습게 보다니 장자 적통도 모르는 무식한
놈, 시인이 맞느냐?"

"똑똑한 놈은 후환이 없도록 싹을 미리 잘라야 합니다."

"알겠소. 일단 조식을 잡아 오시오."

위왕 조비의 왕명을 받은 허저가 조식을 잡으러 출동합니다. 허저가
3천 군마를 이끌고 도착해 보니 조식은 친구인 정의·정이 형제들과 술
을 마시고 곯아 떨어져 자고 있죠.

"임치후(조식)는 일어나시오!"

"어엉? 누가 날 깨우는 거야? 허저 아저씨가 여긴 웬일이요? 이리 와
서 나하고 술이나 한잔합시다."

"임치후, 그대를 잡아 오라는 왕명이요. 포박을 받으시오!"

"표주박을 말하는 거요? 술 마실 때 필요하지요. 거 고맙소, 하하!"

허저는 술 취한 조식을 체포해 포박합니다.

"체포라니요? 무⋯무슨 죄요? 난 술 마신 죄밖에 없소."

"무슨 죄인지는 나도 모르오. 위왕께 가보시면 알 것이오."

일곱 걸음의 시(칠보(七步)의 시)

조식과 그 친구들이 잡혀 오자 조비가 용상에서 꾸짖습니다.

"네 이놈! 너는 선왕께서 돌아가셨는데도 문상도 하지 않고 술만 마시다니 천하의 불효자식이다. 여봐라, 조식과 함께 술을 마신 저 친구 두 놈을 끌고 나가 참수하라!"

조식이 술에서 화들짝 깨어 바라보니 함께 끌려온 정의·정이 두 형제가 끌려 나가 목이 달아납니다.

"혀…형님! 아니 전하, 살려 주십시오."

"듣기 싫다! 아버님 문상도 하지 않고, 조정에 불만을 나타내며 왕인 나에게 욕을 해 대는 너는 죽어 마땅하다. 여봐라, 저놈도 끌어내어 참수하라!"

시종들이 조식을 막 끌어내려는데, 어머니 변 씨가 헐레벌떡 뛰어나옵니다.

"안 된다! 못 죽인다. 얘를 죽이려면 나부터 죽이시게! 식이가 술은 좋아하지만 역심을 품을 아이는 아니오. 아버지의 유언을 기억하지 못하느냐? 형제간에 서로 우애 있게 지내라고 아버지가 이르지 않았느냐고요!"

"어머니, 왕에게 반말했다 존칭 썼다가 아이구, 내참! 알았으니 그만 고정하시고 들어가 계세요. 제가 저놈 버릇만 고쳐 놓겠습니다."

"그렇지, 그래. 비야, 너만 믿는다. 절대 아우를 죽여서는 안 된다."

"식이는 들어라! 네가 시를 짓는 재주가 탁월하다고 늘 뽐내니 어디 그 실력을 한번 보자. 지금부터 일곱 걸음 안에 '형제'라는 시를 지어야 한다. 단 시구에 '형제'라는 단어를 써서는 안 된다. 일곱 걸음에 시를 짓지 못하면 너를 참수할 것이야!"

"알겠습니다. 일곱 걸음 안에 시를 지어보겠습니다."

한 걸음, 두 걸음, 세 걸음, 네 걸음……. 조식이 발을 뗄 때마다 신하들은 마른침을 삼키며 이를 지켜보고 있습니다. 다섯 걸음, 여섯 걸음, 드디어 일곱 걸음.

자두연두기(煮豆燃豆萁)

두재부중읍(豆在釜中泣)

본시동근생(本是同根生)

상전하태급(相煎何太急)

콩깍지를 태워 콩을 볶는구나.

솥 속의 콩은 울고 있다.

본시 한 뿌리에서 태어났는데

어찌 이리 급하게 볶아 대는고?

이 시가 그 유명한 〈일곱 걸음의 시〉, 즉 〈칠보의 시(七步詩)〉입니다.

"본시 한 뿌리에서 태어났는데 어찌 이리 급하게 볶아 대는고?" 이 시구를 들으며 조식도 울고, 조비도 울고, 장막 뒤에서 숨죽이며 지켜보던 어머니도 울고, 듣고 있던 신하들도 웁니다.

"식아!"

"형님!"

"내가 너를 어찌 죽이겠느냐? 단, 오늘부터 너는 언행과 행동을 조심해라. 조금이라도 오해 살 만한 말과 행동을 해서는 안 된다. 그리고 술은 매일 실컷 마셔도 좋다. 권력을 넘보지 말고 마음 비우고 살아라!"

"형님! 감사합니다. 항상 조신하게 행동하며 살겠습니다."

조비의 용서를 받은 조식은 황급히 임지로 떠납니다.

조비는 형제들이 어느 때고 자신의 자리를 탐할까 봐 목숨은 살려 주었지만 조식을 혹독하게 대합니다.

"조식의 신분을 안양군(安鄕君)으로 강등시켜라. 그리고 식읍을 모두 회수하고, 굶어 죽지 않을 만큼만 식량을 배급해 주어라. 그놈은 제 형수인 내 아내까지도 힐끔거리며 침을 흘리던 파렴치한 놈이다."

여기에서 말하는 조비의 아내란 원소(袁紹)의 며느리이며, 원희(袁熙)의 처였던 진 씨를 말합니다. 조조에게 쫓기던 원소는 병들어 죽었고, 그 아들들은 서로 후계 다툼을 하다 조조에게 몰살당했습니다. 이때 원희의 궁을 점령한 조비가 원희의 처 진 씨 여인을 보고 한눈에 반하고 말죠. 적장의 처를 탐하는 건 제 아비인 조조를 닮았던지, 바로 엎어치기 기술 들어가고 우여곡절 끝에 진 씨 여인을 아내로 맞아들이죠. 그 형수인 진 씨 여인을 동생 조식도 은근히 짝사랑했던 겁니다. 이를 눈치챈 조비가 동생 조식을 예뻐할 리 없죠. 조식을 변방으로 쫓아낸 후 한 번도 궁으로 부른 일도 없고, 그가 올리는 글이나 상소문은 거들떠보지도 않고 즉시 폐기처분합니다. 그러자 조식은 가슴에 남아 있는 응어리를 풀지 못해 밤낮으로 술만 마시죠.

"술, 술만이 나를 위로하는 벗이다. 술을 가져와라. 술, 술!"

"오늘도 너무 과음하십니다. 이젠 식량까지도 바닥이 났습니다."

"뭐라고? 선왕이 돌아가셨다고 나를 이렇게 홀대하는 거냐? 선왕은 왕위를 분명 나에게 넘기려 하셨다. 그런데 조비 형이 가로챈 거야. 술 더 가져와라!"

"그러니깐 조비 형인지 왕인지가 싫어하는 거예요. 제발 흑심 품지 말라고 단단히 일렀건만…, 또 시작이네."

조식은 자신을 돌보는 하인으로부터 핀잔을 듣고는 아침부터 술을 마시다가 피를 토하고 죽습니다. 이른바 주선(酒仙)의 반열에 오른 거죠. 즉, 술의 최고의 경지에 올라 신선이 된 것입니다. 더욱 안타까운 사실은 조조의 넷째 아들 조웅(曹熊)이 자결하죠. 몸이 약하고 병치레가 잦은 조웅은 형인 조비에게 혼날 것이 두려워 미리 서둘러 자결합니다.

이렇게 위나라에서는 조조의 아들들이 왕위 다툼이 한창일 무렵, 관우를 잃은 유비는 오늘도 슬픔에 잠겨 있습니다.

"관우를 돕지 않던 유봉과 맹달은 어떻게 되었느냐? 잡아 왔느냐?"

"전하의 명을 받은 유봉은 즉시 자결하였고, 맹달은 도망쳐서 위나라에 투항하였습니다."

"괘씸하고 파렴치한 놈들! 맹달은 지구 끝까지라도 추격하여 목을 베어 오너라. 아우 관우의 복수를 위해서는 군사를 일으켜 동오를 초토화시켜야 하는데, 몸이 말을 듣지 않는구나."

"전하! 건강을 챙기시는 게 우선입니다. 전하의 건강이 회복되면 바로 손권을 치도록 군사들을 조련시키겠습니다."

"알겠다. 내 빨리 회복하리다."

유비가 몸이 아프니 잠시나마 전쟁은 소강상태에 빠지고, 일시적인 평화가 찾아옵니다.

조비에게 선양하는 황제 유협

전쟁 위협이 사라지고 형제들과의 권력 다툼이 마무리되자, 조비는 슬금슬금 황제의 자리를 넘보기 시작합니다.

"요즘, 황제 그 아저씨 잘 지내고 있소? 만나본 지 오래되어 궁금하구려."

"예, 전하! 요즘도 황제는 굶어 죽지 않고 잘 먹고 잘 살고 있습니다."

"요즘 대세가 무노동 무임금 아니요? 그런데 그 황제 아저씨, 아무것도 하는 일 없이 밤낮으로 놀기만 하고 세 끼 밥은 꼬박꼬박 챙겨 먹으니, 자라나는 아이들이 본받을까 염려되오."

위왕 조비는 점차 황제의 지위를 넘봅니다.

"전하! 황제가 밤낮으로 놀기만 하는 건 아닙니다. 가끔 골프도 치고 컴퓨터 게임도 하며 나름대로 바쁘게 살고 있다 합니다."

"하하하하!"

온 신하들이 웃고 떠듭니다.

"내 누이동생 조절이가 그 황제인가 뭔가 하는 아저씨한테 시집갔는데, 부부 싸움은 안 하던가요?"

"황후께서 워낙 황제의 컨디션 조절을 잘 하신지라 부부 싸움은 없다 합니다."

"음…, 내 누이가 착하긴 하지. 선왕을 닮아 성질도 곧고. 그런데 참

귀찮은 일이 있더이다."

"전하, 무슨 말씀인지 하명해 주십시오."

"내가 하는 일마다 낱낱이 그 황제 아저씨의 결재를 받아야 하니, 이거 참 귀찮더구만!"

잠시 신하들이 머리를 굴립니다.

"예, 전하! 그러실 겁니다. 나라 법도가 그렇게 되어 있으니까요. 그러나 조금만 참고 계십시오. 저희 충성스러운 부하들이 모두 알아서 하겠습니다."

"아니 뭐 그렇다고 내가 황제가 되겠다는 뜻은 아니라고 전혀 말하는 건 아니면서도…, 어험!"

위나라 제일의 모사 가후가 조비의 심복 화흠, 조홍, 왕랑(王郞) 등 여러 신하들을 불러 모읍니다.

"오늘 낮에 위왕 전하의 말을 들으셨지요? 이젠 허수아비 같은 한나라 황제를 그만 퇴위시키고, 위왕 조비를 황제로 옹립합시다."

"좋소! 찬성이오."

"이번 일은 이 화흠이 앞장서겠소. 모두 나를 따라오시오."

그 시간, 황제 유협은 점심을 먹고 있습니다.

"여봐라! 요즘 반찬이 왜 돼지껍데기만 나오는 거냐? 벌써 열흘째 돼지껍데기만 먹었더니 속이 울렁거린다."

이때 화흠 등의 일행이 들어섭니다.

"황제 폐하! 제가 그 이유를 알려 드릴까요?"

"오! 화흠, 가후, 조홍, 왕랑, 그대들이 웬일이요?"

"껍데기뿐인 천자가 반찬으로 껍데기를 먹는 건 당연한 일 아니요? 거 천자께선 운동을 통 안하고 밥만 먹으니 배가 몹시도 튀어나왔군요."

"이놈! 무엄하다. 감히 천자에게 그 무슨 말버릇이냐?"

"아니, 내 말투가 어때서?"

화흠이 건들거리며 다리를 떱니다.

"거 천자 형씨, 이제 고만 내려오슈!"

"내려오라니? 어딜 내려오란 말이냐?"

"거참! 말귀 어둡구만. 껍데기뿐인 천자 자리 그만 지키고 내려오라니까!"

"네 이놈, 무엄하다! 신하된 주제에 감히 천자에게 망발을 하다니……."

"망발 좋아하네. 천자 형씨, 그만 방 빼슈! 꼭 단전 단수해야 방 빼겠수? 오늘부터 화장실 화장지도 모두 치울 테니 응가 싸고 뒤처리도 알아서 하슈. 오늘은 이만 갔다가 내일 다시 올 테니 그때까지 결정을 내리슈!"

아무리 못난 황제라도 신하들로부터 이런 모욕을 받고 참을 수 있겠는가! 황제가 꺼이꺼이 울어 대자 보다 못해 황후가 팔을 걷어붙이고 조비에게 쫓아갑니다. 황후는 조조의 딸이며, 조비의 누이동생 조절입니다. 조조가 원래 황후였던 복 황후를 잔인하게 시해하고 자기 딸을 황후 자리에 앉힌 거죠.

"좀비 오빠, 나 좀 보자!"

"어허, 황후가 웬일이냐? 오빠를 다 찾아오고. 그리고 좀비가 다 뭐냐. '위왕 전하'라고 불러야지."

"오빠 너 까불지 마라. 왜 내 신랑을 핍박하는 거냐?"

"너 오빠한테 존댓말 안 쓸래? 어려서부터 선왕께서 조금 예뻐해 주니까 버르장머리가 없어가지구는……."

"오빠 너 까불지 마라! 네가 어려서 내 치마 들쳐보고 아이스케키했을 때 아버지한테 일렀으면 넌 그때 돼졌어!"

"증거 있냐?"

"그리고 아버지 몰래 담배 피운 거, 아버지 술 훔쳐 마신 거, 그런 거모두 아버지한테 일렀으면 넌 강냉이 하나 뽑혔어!"

"저것이 아직도 오빠 무서운 줄 모르는구나. 여봐라! 저 막무가내 조황후를 빨리 끌어내 내 쫓아라."

"황후인 날 이런 푸대접하다니, 두고 보지 않겠어!"

"그래 황후, 넌 조씨 집안 딸임을 잊어서는 안 된다."

"여자는 출가외인이다. 난 유씨 집안사람이야. 우리 착한 신랑 그만괴롭혀라. 말 안 들으면 오빠, 너 가는 수가 있다!"

황후가 오빠 조비에게 항의했지만 별반 소용없이 그 다음날, 화흠·조홍 등이 다시 황제를 찾아옵니다.

"결심은 뒤에 가서 하고 우선 옥새부터 내놓으슈!"

"신하가 황제에게 옥쇄를 내놓으라니, 어디서 온 잡것들이냐?"

"무혈혁명, 뭐 이런 거로 나가자는데 참 말이 많네!"

"내 사전에 혁명 뭐 이런 건 없으니 싹 물러가라!"

이때 잠자코 있던 조홍이 나섭니다.

"에잇 말로 해서 되나? 요즘은 젊은 사람들도 말귀를 못 알아들어요.옥새 관리하는 부보랑(符寶郎)을 끌고 와라."

"옙!"

부보랑 조필(祖弼)이 화난 얼굴로 대령합니다.

"옥새 이리 가져와!"

"네 이놈들, 신하들이 감히 옥새를 탐하다니 이거 완전 양아치구만!"

"사태 파악을 전혀 못하는 너에겐 죽음이 답이다."

조홍은 단칼에 조필을 베어 버립니다. 이 광경을 보고 황제가 기겁하여 사시나무 떨듯 하죠.

"사람을 단칼에 베고 왜 그러시오? 깡패요, 양아치요? 아니면 일진이오?"

"난 저승사자요. 그러니까 좋은 말로 할 때 허울 좋은 그 껍데기 벗으라니깐요, 엉?"

긴 칼을 하늘 높이 들고는 내리칠 듯 노려봅니다.

"새…생각해보겠소."

원래 조직적인 불량배들이 선량한 사람을 겁줄 때는 역할 분담이라는 게 있지요. 껌을 딱딱 씹으며 겁을 주는 악역이 있고, 슬슬 달래며 안심시키는 인자한 할아버지 역할이 있죠. 모사 가후가 인자한 듯 걱정스런 얼굴로 황제를 달랩니다.

"폐하! 몰상식한 신하들 때문에 얼마나 속이 상하십니까?"

"가후, 난 화흠과 조홍의 얼굴만 봐도 가슴이 두근거리고 등줄기에서 식은땀이 흐르오."

"폐하! 그런 양아치들하고는 일면식도 하지 마십시오. 그러나 위왕 조비는 자비로운 사람입니다. 폐하께서는 황제의 관을 벗어던지고 편하게 여생을 보내실 생각은 없으신지요?"

"나도 이 지긋지긋한 황제의 자리를 벗어나고 싶소. 다만 조상들 뵐 면목이 없어서 그러오!"

"죽어 없어진 조상들이 무얼 알겠습니까? 살아 있는 황제 폐하께서 마음 편하게 사는 게 중요하지요."

"맞는 말이요. 난 세상에 태어나서 남을 위해 좋은 일 해 본 적이 없소. 그래서 짐은 지금부터라도 의술을 배워 아프고 소외된 사람들을 치료나 하면서 조용히 살아가는 게 내 작은 소망이요. 그러면 얼마나 마음 편하겠소?"

"폐하, 현명하신 판단입니다. 폐하께서 의술을 배우시면 아마 죽은 사람도 살려 내는 신의가 되실 겁니다."

"가후, 그러나 한 가지 걱정이 있소. 짐이 황제에서 물러나면 위왕이 나를 죽이지는 않을까요?"

"폐하, 위왕은 어질고 착하기가 마치 부처님 가운데 토막 같은 사람입니다. 아무 걱정 마시고 빨리 선양의 조서를 내리시지요."

"알겠소. 나를 해치지만 않는다면 이 황제의 자리를 미련 없이 버리겠소."

이튿날 황제는 조비에게 칙서를 내립니다.

하늘의 명을 받아 황제가 위왕 조비에게 명하노라.

짐이 황제에 오른 지 어언 30년의 세월이 흘렀다.

그동안 나라에 어려운 일이 무척 많았으나 그때마다 그대의 아비인 조조의 활약으로 많은 어려움을 넘길 수 있었다. 이 얼마나 다행한 일인가? 그러다 보니 짐은 나이가 들어 병들고 지쳤다.

내 비록 나이는 서른아홉에 불과하지만, 이젠 이 나라를 젊고 유능한 신하에게 선양(禪讓)할 때가 온 듯하다. 그런 연유로 황제의 자리를 그대에게 넘기려 하니, 조비는 사양치 말고 황제의 자리에 오르라.

칙서를 받아 본 조비의 입이 귀에 걸리며 뛸 듯이 기뻐합니다.

"드디어 황제가 선양 칙서를 내리셨소. 역시 황제는 사리 판단을 잘

하는 현명한 군주라니까! 진작 그러지 못하고서리!"

"전하, 표정 관리하셔야죠. 세 번 사양해야 합니다. 덥석 받으시면 안됩니다. 백성들 눈도 있고 하니, 안 그렇습니까?"

"아, 그런가? 내가 워낙 성질이 급해놔서."

조비는 마음이 바쁘니 답변서를 한꺼번에 세 번 작성합니다.

존경하는 황제 폐하, 저 조비 욕심 없습니다.

조비는 황제의 자리를 사양합니다.

사양합니다.

사양합니다.

"자, 세 번이나 사양하였소. 이젠 명분도 갖추었죠?"

"전하, 연속 3회는 1회로 간주됩니다. 일정 기간을 두고 차근차근 사양해야죠."

"맛있다고 덥석 물면 보기가 좀 그렇지? 하하!"

한고조 유방이 항우를 제압하고 한나라를 세운 지 어언 400년. 아홉살 때 동탁에 의해 황제로 세워진 헌제(유협)는 30년 동안 황제의 지위에 있으면서 숨 한 번 크게 못 쉬고, 어깨 한 번 펼쳐 보지 못하고 비굴하게 살다가 황제의 자리를 빼앗기고 맙니다. 물론 겉으로는 양위인 체하였죠. 이렇게 한나라는 허망하게 역사 속으로 사라집니다.

"지금부터 천자 유협께서 위왕 조비에게 황제의 지위를 넘겨주는 선양식을 거행하겠습니다. 먼저, 현 황제이신 유협께서는 용상에 앉아 주시고, 위왕 조비께선 황제에게 절을 올리시기 바랍니다."

"황제 폐하! 위왕 조비의 절을 받으십시오."

위왕은 떨떠름한 표정으로 용상에서 조비를 내려다봅니다. 조비가 째려보자 눈길을 피하죠.

"다음은 현 황제의 이임사가 있겠습니다."

하지만 마지막 황제는 두 눈을 감고는 잠시 생각에 잠깁니다. 그리고 생각만으로 조비에게 하고 싶은 말을 하면서 분통을 터트리죠.

'한나라 백성 여러분! 나는 오늘 덕망은 없지만, 깡 좋고 욕심 많은 조비에게 황제 자리를 넘겨주려 합니다. 과거에도 요임금이 순임금에게 자리를 넘겨준 도무지 이해하지 못할 선례가 있다 합니다. 조비에게 황제의 자리를 넘겨주는 건, 오로지 제가 목숨이 아깝기 때문입니다. 저도 사람인지라 목숨은 아깝거든요. 이제 우리 유방 할아버지께서 피와 땀으로 건국한 한나라를 저 날강도 조비에게 강탈당합니다. 저놈 애비 조조는 양심상 제 황제의 자리까지는 찬탈하지 않았지만, 조조의 아들 조비는 인정사정없이 제 황제 자리를 빼앗아가는군요. 실로 피눈물 납니다. 이제 제가 죽어서 어떻게 조상들을 뵈올지 천추의 한을 남기고 저는 떠납니다. 여기 모이신 30만 명의 한나라 백성 여러분께서는 제 억울한 사연을 꼭 기억해 주시기 바랍니다. 아무튼 위왕 조비는 황제의 자리에 올라 천수를 다 누리지 말고, 잘 먹고 잘 살지도 말고, 그냥 피를 토하고 칵 뒈지시기를 바랍니다. -마지막 황제 배상'

"자! 그러면 다음은 위왕 조비께서 황제의 용상에 착석하시고, 왕으로 강등된 유협께서 천자인 조비에게 절을 올리겠습니다."

"신 유협, 새 천자께 인사 올립니다."

"유협! 그동안 고생 많았소. 외지고 한적한 곳에 너희 부부가 살 곳을 마련해 두었으니 가서 마음 편하게 잘 사시오. 그리고 내 여동생과는 부부 싸움하지 말고 조용히 살기 바라오. 시끄러우면 내가 신경 쓰이니깐!"

"분부대로 잘 살겠습니다. 감사합니다. 그럼 저는 이만 물러가겠습니다."

이때가 서기 220년, 헌제의 나이 39세. 유방이 한나라를 세운 지 400년, 헌제가 조비에게 황제의 자리를 찬탈당하면서 한나라는 완전히 역사 속으로 사라지고 말죠.

폐위된 헌제 유협은 9세 때 동탁에 의해 황제에 옹립되었습니다. 어려서는 굉장히 총명한 아이였답니다. 그러나 동탁이 여포에게 죽고, 다시 이각과 곽사에게 납치당하여 떠돌다 간신히 조조에게 구조되어 살았다는 안도감을 가진 것도 잠깐, 야욕을 드러낸 조조에게 다시 눌려 살며 오늘에 이른 것입니다. 헌제가 조조를 없앨 절호의 찬스는 바로 적벽대전 패배 직후입니다. 조조가 100만 대군을 잃고 쫓겨 왔을 때, 황제가 친위 쿠데타로 조조를 제거해야 했죠. 그러나 우유부단한 헌제는 그 기회를 놓칩니다. 그 이유는 만약 실패할 경우, 조조에게 죽을까 봐 두려웠기 때문이죠. 한 마디로 목숨이 아까웠던 겁니다. 그렇게 비겁한 자세로 가늘고 길게 살려다 오늘과 같은 꼴을 당한 것입니다.

헌제는 산양공(山陽公)으로 강등되어 임지로 배를 타고 떠나게 됩니다. 아직도 뭔가에 미련이 남아 머뭇거리는 산양공 유협을 화흠이 꾸짖죠.

"하늘에 어찌 두 개의 태양이 있을 수 있겠는가! 그대는 빨리 봉지로 떠나라. 그리고 그곳에서 숨도 크게 쉬지 말고 조용히 묻혀 살아라!"

유협은 비 오듯 흐르는 눈물을 닦으며 배를 타고 떠납니다. 배가 강 한가운데 이르자 갑자기 뱃바닥에서 물이 차오르기 시작합니다.

"황후, 배에 물이 차오르기 시작하오. 그대의 오빠가 우릴 수장시키려 하오!"

"그러고도 남을 인간이지요. 권력이 떨어진 말로가 다 그런 거 아니겠습니까요. 그렇게 진작부터 남자답게 나라를 통치하지 그랬어요. 으이구, 못난이! 머저리 같으니라고, 죽어도 싸다 싸!"

배가 기울어 강물에 빠지는 순간에도 잔소리가 심합니다. 이때 황후가 하늘을 보고 아버지 조조를 찾습니다.

"아버지 왜 소녀를 낳으셨나요?"

아버지 조조가 대답합니다.

"딸아! 하늘 쳐다보지 말아라. 나 땅속 지옥에 있다. 지금 뜨거워 죽을 지경이다. 난 지옥 찜질방 매표소에 근무 중이다. 넌 죽거든 이곳으로 오지 말고 하늘나라 천국으로 올라가거라."

이렇게 한나라 마지막 황제 유협은 배와 함께 침몰하여 익사합니다. 그토록 아끼던 모진 목숨이 한순간에 끝나죠. 유협을 마지막까지 모시던 황후 조절도 함께 익사했는데, 조비는 후환을 없애기 위해 헌제를 죽이면서 자기의 친여동생까지 함께 수장시킵니다. 권력은 인정사정 볼 것도 없는 비정한 것이죠.

조비가 헌제를 죽이고 황위를 찬탈했다는 소식이 유비에게 전해집니다.

"황제 폐하, 이렇게 돌아가시다니요! 억장이 무너집니다, 폐하!"

유비는 통곡한 후, 한나라 마지막 황제 '헌제의 장례식'을 성대하게 치릅니다.

"신이 폐하를 구해드리고 한나라 부흥을 약속했으나 지키지 못했습니다. 그러나 제가 반드시 조비를 응징하고 폐하의 복수를 해 드리겠습니다. 이제 세상사를 모두 잊고 편히 쉬십시오."

장례식을 마치자 강철 같은 의지의 사나이 유비도 시름시름 앓기 시작합니다.

이렇게 유비가 상념에 잠겨 있을 때, 공명은 주변 공신들을 불러 조용히 의논을 합니다.

"헌제 폐하께서 돌아가셨으니 이제 천하에 주인이 없는 셈이오. 조비가 황제에 올랐다고 하나 그것은 역적의 황위 찬탈일 뿐이오. 세상엔 하루도 주인이 없어서는 안 되는 법, 이제 우린 한중왕을 받들어 황제로 옹립합시다."

"찬성입니다. 그렇지 않아도 요즘 여러 가지 상서로운 일들이 많이 발생합니다. 빨리 한중왕께 표문을 올립시다."

촉국의 황제로 등극하는 유비

며칠 후, 공명이 신하들을 대표하여 유비에게 간청합니다.

"전하! 이제 한나라는 없어지고 조비가 황제가 되었으니 직제상 주공께서는 조비의 신하가 되었습니다. 그러나 이건 잠자던 개도 웃을 일입니다. 따라서 조비가 황제의 자리를 굳히기 전에 전하께서도 황제의 자리에 올라야 합니다. 그래야 민심을 끌어 모을 수 있고, 조비도 응징할 수 있습니다. 기회입니다."

그러자 여러 신하들이 모두 한목소리로 말합니다.

"한왕 전하! 황제에 오르십시오. 주공, 황제에 오르십시오!"

또 다시 붕어 입으로 합창합니다.

유비는 벙긋 벌어지는 입을 애써 다물며 표정 관리에 들어갑니다.

"어~허! 그만들 하시오. 내가 황제가 된다면 저 극악무도한 조비와 다를 게 무엇이오? 난 황제가 되지 않겠소."

"황제의 자리에 오르소서. 천자가 되소서!"

신하들은 계속해서 유비에게 간청합니다.

"거참! 좋소. 그러나 내가 황제가 되고자 하는 것은 몹쓸 인간 조비 신하로 있기가 자존심이 구겨지기 때문이오."

이처럼 유비도 대신들의 황제 옹립 요구를 몇 번 사양하는 척하다가 서기 221년, 그의 나이 61세에 황제의 자리에 오릅니다. 한나라의 정통을 계승한다는 뜻에서 나라 이름을 '촉한(蜀漢)'이라 하였습니다.

"만세! 만세! 만만세! 황제 폐하 만만세!"

누상촌 시골에서 돗자리를 팔아 생계를 유지하던 가난한 시골 소년 유비. 그는 관우와 장비라는 두 호걸을 만나 복사꽃 흐드러진 도원에서 결의형제를 맺습니다. "우린 한날한시에 태어나진 않았으나 한날한시에 죽기를 원합니다." 이렇게 맹세 후, 칼 한 자루씩 벗 삼아 강산을 떠돈 지 어언 30년. 그 거지 수준의 유비가 드디어 황제의 자리에 오른 것입니다. 세상이 아무리 무섭고 험해도 마음에 맞는 사람 딱 셋만 있으면 세상도 얻을 수 있는 거죠.

그런데 불행히도 관우는 자기 형 유비가 황제의 자리에 오르는 모습을 보기도 전에 오나라 손권과 여몽의 계략에 빠져 죽습니다. 의리의 사나이 유비 황제가 가만히 참고만 있을 리 없죠. 황제 유비는 제1호 조서를 발표합니다.

"나 황제 유비가 첫 명령을 하달한다. 모두 잘 듣고 실천하라. 오나라 손권에게 선전 포고한다. 내 아우 관우를 죽인 오나라를 초토화시키고 반드시 손권의 목을 베겠다."

황제의 서슬 퍼런 첫 일성에 장내는 숙연해집니다.

"조~용!"

이때 조자룡이 나섭니다.

"폐하! 우리의 적은 위나라입니다. 우린 조비를 먼저 쳐야 합니다. 오나라와 전쟁을 해서는 안 됩니다. 조비는 황위를 찬탈하고 황제를 시해한 극악무도한 역적입니다. 그런데 그 역적은 놔두고 우리와 동맹국인 오나라를 치다니요?"

"자룡, 듣기 싫다! 넌 도원결의한 우리 형제의 의리를 모르느냐? 내 아우가 죽었는데 복수하지 말란 말이냐?"

"폐하! 복수는 사사로운 감정이고 위나라를 치는 것은 대의명분입니다. 어찌 황제께서 공과 사를 구별 못 하십니까?"

"자룡, 말이 지나치다. 난 도원결의의 약속대로 관우의 복수를 먼저 하겠다."

이때 제갈공명이 나섭니다.

"황제 폐하! 고정하십시오. 지금은 자룡의 말이 맞습니다. 우린 조비를 먼저 응징해야 합니다. 위나라를 쳐서 없앤 후 손권에게 복수해도 늦지 않습니다."

"황제가 내뱉은 말을 취소하란 말이요?"

"취소가 아니고 보류입니다."

"문관의 수장인 제갈공명과 무관의 수장인 조자룡이 동시에 건의하니 손권과의 전쟁은 잠시 보류해 두겠소."

이때 낭중을 지키고 있던 장비는 오나라 손권과 전쟁을 보류한다는 소식을 듣자 펄펄 뜁니다.

"뭐라고? 관우 형님의 복수를 늦추겠다니, 누가 그따위 결정을 한 거냐? 도저히 참을 수 없다. 난 관우 형님의 복수를 위해 목과 눈이 빠지게 출전 명령을 기다렸는데 전쟁을 미루다니, 화가 나서 도저히 참을 수가 없구나. 여봐라, 술을 가져와라!"

"대장군, 벌써 술이 과하셨습니다. 오늘은 그만 마시지요?"

"이놈이 내 명을 거역하는 거냐? 당장 술을 가져와라!"

"낮술은 지 애비도 못 알아본다."는 속담이 있습니다. 장비의 닦달에 못 이겨 부하 장수들이 술을 가져오자 장비는 오늘도 계속 마셔 댑니다.

"카~아~, 술맛 쓰다. 한 잔 더 따라라. 그리고 너희들 며칠 전에 내가 지시한 사항 모두 이행했느냐?"

"바빠서 아직 못 했습니다."

"뭐라고? 관우 형님을 애도하기 위해 모든 갑옷에 흰 천을 두르고, 모든 방패에도 흰 천을 두르도록 명령한 지 벌써 며칠인데 아직도 못 했단 말이냐? 너희가 좀 맞아야 정신 차리겠구나."

"장군! 그 많은 하얀 천을 시장에서 도저히 구할 수 없습니다."

"이놈들아! 이불 호청이라도 뜯어다 해야 될 게 아니냐. 이 게으른 범강(范彊)과 장달(張達)을 끌어내어 곤장 100대씩을 쳐라!"

범강과 장달은 끌려 나와 엉덩이가 발가벗겨진 채 매를 맞죠.

따악! 철퍽철퍽!

곤장 100대씩을 맞고 축 늘어진 범강과 장달에게 장비가 호통칩니다.

"사내대장부가 그 정도 매에 기절하다니, 그러고도 너희가 장군이냐? 앞으로 사흘간의 여유를 주겠다. 사흘 안에 모든 갑옷과 방패에 흰 천을 씌우지 못하면 둘 다 참수하겠다!"

부하들에게 매질을 마친 장비가 또 계속해서 술을 마셔 댑니다.

"카아! 형님, 관우 형님! 너무 보고 싶습니당. 형님을 생각하면 이 슬픈 감정을 누를 길은 술밖에 없습니다. 저는 이쁜 각시도 싫습니다. 이별을 잊기엔 술이 최고입니다. 카아!"

장비가 술에 취해 주정할 즈음, 100대씩 곤장을 맞은 범강과 장달은 어기적거리며 숙소로 돌아와 엉덩이에 물찜질을 하면서 엎드려 의논합니다.

"장달아, 넌 흰 천을 어디에서 구해 올래?"

"여염집 처자 속옷이라도 벗겨야 하나? 큰일이다! 범강, 넌 어떻게 할래?"

"하룻밤 사이에 난들 뾰족한 수가 있남? 이제 우리는 죽은 목숨이다."

"우리 이렇게 죽기에는 너무 억울하지 않냐? 죽기 전에 해결 방법을 찾아보자."

"장달아, 우리가 차라리 장비를 먼저 죽이자."

"너, 제정신이냐? 우리가 무슨 재주로 장비의 장팔사모를 이긴단 말이냐?"

"자고로 머리를 써야지. 장비가 잠잘 때 몰래 들어가서 죽이자고. 장비는 요즘 매일 술만 마시고 있으니 오늘도 술에 취해 자고 있을 거야."

"이판사판이다, 맞아 죽나 죽이다 죽나! 일이 잘 돼서 장비를 죽이면 우리가 살 수 있어."

그날 밤도 장비는 술에 만취하여 코를 골고 자고 있는데, 새벽 무렵 숙소 문이 열리고 두 사람의 그림자가 소리 없이 스며들어 옵니다. 낮에 매질을 당했던 범강과 장달이죠.

"단칼에 해치워야 한다. 실패하면 우린 장비의 손에 죽는다."

"코고는 소리가 요란한 걸로 보아 깊이 잠들었구나."

범강이 살살 기어 장비 곁에 다가가서 막 칼로 찌르려는 순간…….

"으으흐, 흐악!"

범강이 부들부들 떨며 그 자리에 얼어붙었습니다.

코를 고는 장비가 고리눈을 부릅뜨고 범강을 노려보고 있었기 때문이죠.

"범강, 왜 그러느냐?"

"자…장군이 깨어 있다. 눈을 부릅뜨고 있어!"

"큰일 났다. 우린 죽었구나!"

"그런데 이상하다? 눈을 뜬 채로 계속 코를 골고 있어. 눈도 초점이 없어!"

"겁먹지 마라. 대장군이 지금 눈을 뜨고 자고 있는 거야. 빨리 찔러!"

"에잇 모르겠다. 죽어라, 죽어!"

퍽! 퍽!

"으윽! 그놈의 술 땜에 이렇게 허무하게 죽는구나!"

장비도 유비 곁을 떠나다

며칠 후, 오나라 손권에게 범강과 장달이 투항합니다.

"주공, 장비의 부하 두 사람이 투항해 왔습니다. 그런데 그들이 장비의 목을 선물로 가져왔습니다."

"뭐시라? 장비의 목을 가져왔다고? 이거 큰일이다. 그놈들이 우리에게 핵폭탄을 안기는구나."

"박수 쳐야 할 일을 왜 겁을 잔뜩 먹고 그러시나요?"

"관우를 우리 손으로 죽여 유비가 진노했는데, 또 장비의 수급마저 우리에게 가져왔으니 불난 집에 부채질하는 격이지 뭐냐! 우린 이제 유비에게 처절한 보복을 당할 것이다. 범강과 장달 두 놈을 당장 옥에 가두어라. 그리고 철저히 감시해야 한다."

범강과 장달은 장비를 죽여 손권에게 바치면 크게 기뻐하며 상을 내릴 줄 알았는데, 큰 상은커녕 졸지에 옥에 갇히는 신세가 되고 말죠.

애석하게도 우리의 두 번째 주인공 장비도 세상을 떴습니다. 장비에 대해 잠깐 살펴볼까요?

장비의 자는 '익덕'입니다. 고리눈에 타박수염의 배짱 두둑한 호걸이지요. 성격이 호쾌하여 생각한 바를 곧바로 행동으로 옮기는 기질의 인물이며, 술을 좋아했습니다. 유비와 관우를 만나 도원에서 의형제를 맺었지요. 조조가 형주를 공격해 오자 당양 장판교 위에서 기병 20기를 데리고 맞섰습니다. "내가 연인 장비다. 죽고 싶으면 누구든 덤벼라." 하고 호통을 치자 추격해 오던 조조군 장수 하후걸이 우렁찬 목소리에 질려 말에서 떨어져 즉사하고, 조조는 군사를 물려 도망친 일화가 유명합니다. 이후 적벽대전에서 조조의 대군을 물리치는 승리를 거두었죠. 유비가 한왕에 오르자 5호 대장군이 되었고, 다시 황제가 되자 거기장군(車騎將軍)에 임명됩니다. 장비는 술을 지나치게 좋아하고 주정을 부려 부하들에게 매질을 자주 하여 원성을 사는 경우가 많았습니다. 그 때문에 유비에게 자주 질책을 듣기도 했죠. 유비가 형주에서 죽음을 당한 관우의 복수를 위하여 오나라를 치도록 준비하고 있을 때, 사소한 일로 장달과 범강을 매질하고 술에 취해 잠들었는데, 그 일로 자신의 부하였던 장달과 범강에게 암살됩니다. 그러니 함부로 부하를 무시하면 끝이 이리 되는 겁니다. 이때가 서기 221년, 장비의 나이 55세 때입니다.

며칠 후 유비가 막 잠자리에 들려고 하는데, 밖에서 누군가 쿵쿵거리며 들어오는 소리가 납니다. 어디서 많이 들어본 발자국 소리입니다.

"누구냐? 장비 맞지?"

"예, 형님. 아우 익덕이 형님을 찾아왔습니다."

"아우야, 온다는 소식도 없이 갑자기 웬일이냐? 그런데 어울리지 않게 패션이 와 그래? 흰옷을 입고 수염과 머리도 온통 흰색이구나. 무슨 일이 있었느냐?"

"형님께 하직 인사하러 왔습니다. 전 이제 먼 곳으로 떠납니다. 부디 천하통일을 이루십시오. 아우는 물러갑니다."

"장비, 장비야! 형을 보자마자 돌아가다니 무슨 일인지 말해 보아라. 장비야, 애인이 생겼느냐? 그건 한때 좋을 뿐이다. 어서 이리 오너라."

유비가 악몽을 꾸자 시종이 흔들어 깨웁니다.

"폐하, 폐하! 정신 차리십시오. 악몽을 꾸셨습니까?"

"내 아우, 내 아우 장비는 어디 있느냐?"

"폐하, 진정하십시오. 아우라니요? 이곳엔 아무도 들어오지 않았습니다."

"그럼 내가 꿈을 꾸었단 말이냐? 분명 장비가 흰옷을 입고 나를 불렀다. 공명을 불러라."

그 시각 공명은 하늘을 보고 천문을 살피고 있습니다.

"서북쪽에 큰 별 하나가 몹시 흔들리고 있구나. 저, 저런! 저 별이 빛을 잃고 땅으로 떨어졌다. 큰일이다. 상장군 한 사람이 죽었구나. 서북쪽의 상장군이라면…, 장비…장 장군이다. 이를 어찌할꼬?"

이때, 궁궐로 속히 입궐하라는 메시지가 전달됩니다.

"폐하, 부르셨습니까?"

"내가 악몽을 꾸었소. 꿈속에서 내 아우 장비가 이상한 몰골로 찾아왔소. 그러고는 하직 인사만 하고 가버렸소."

"폐하! 제가 천문을 살펴보니 장 장군께 어떤 변고가 있는 듯합니다."

"그럼 내 아우 익덕이 죽었단 말이오?"

"아직 속단할 순 없으나 곧 나쁜 소식이 올 듯합니다."

공명의 말이 끝나자마자 전령이 들어와 황급히 아룁니다.

"뽀…보고요! 낭중에서 장비의 아들 장포(張苞)가 왔습니다."

"장포가? 빨리 들라 해라."

"폐하! 아니 큰아버님, 제 아비가 죽었습니다. 범강과 장달이 아버님 목을 베어 손권에게 갖다 바쳤습니다."

장포가 울부짖으며 말하자 유비는 기둥에 머리를 들이박습니다.

"하늘도 무심하시지, 이럴 수가 있느냐! 관우를 잃은 지 몇 달도 지나지 않았는데 장비마저 죽었단 말이냐? 아니야, 내 아우가 죽었을 리 없어!"

이마가 깨져 선혈이 낭자한 유비를 신하들이 위로하지만 정신 나간 사람처럼 울부짖습니다.

"관우와 장비 그리고 나는 한날한시에 죽기로 했다. 그들이 먼저 죽었으니 이젠 나도 죽어야지."

유비는 머리를 기둥에 몇 번 더 들이박더니 그대로 혼절하고 맙니다. 나중에 정신을 차리고도 음식은 물론 물 한 모금도 먹지 않죠.

"폐하! 건강을 되찾아야 복수도 할 수 있습니다."

"그렇지. 내 아우들의 복수를 해야 해. 범강과 장달이 내 아우를 죽이고 손권에게 도망친 건 다 손권이 뒤에서 사주했기 때문이야. 술수나 쓰는 손권을 절대 용서치 않겠다. 당장 오나라를 짓밟아 버리겠다!"

장비의 장례식을 치른 촉의 황제 유비는 전군에 총동원령을 내립니다.

"오나라를 친다. 난 반드시 손권에게 복수할 것이다!"

이때 조자룡이 다시 나서서 간청합니다.

"폐하, 진정하십시오! 우리의 적은 위나라 조비입니다. 조비가 황위를 찬탈하고 천자를 시해했는데, 그런 역적을 놔두고 오를 치는 건 옳지 않습니다. 먼저 조비를 쳐서 멸망시키고, 그 다음 손권을 치는 게 순서입니다."

"자룡, 듣기 싫다! 또 조비 타령이냐? 그럼 내 아우들의 복수를 하지 말라는 소리냐?"

"사사로운 감정을 버리고 대의를 따르십시오."

이때 다시 승상 공명이 나서서 진언합니다.

"자룡의 말이 맞습니다. 우린 손권과 손을 잡고 조비를 먼저 쳐야 합니다."

제갈공명까지 나서서 간곡히 만류해 보지만 한번 결심한 유비의 고집을 꺾지 못하죠.

"모든 문무백관들은 들으시오. 누구든지 동오를 치는 데 반대하는 사람은 목을 베겠소. 지금 조비는 강하고 손권은 약하오. 손권을 먼저 멸하고 조비를 쳐서 천하통일을 완수토록 하겠소. 아무도 반대하지 마시오."

유비는 드디어 70만 대군을 정비하여 오나라 손권을 칠 준비를 합니다. 또 주변 남방 족속의 왕들에게도 격문을 띄워 오나라 정벌에 합류케 합니다.

이릉대전의 시작

"폐하! 전쟁에서 흥분은 금물입니다."

흥분해 날뛰는 유비를 공명이 나서서 반대합니다.

"공명! 그대 없이 내가 전쟁을 못 할 줄 아는가? 난 평생 전장을 누비고 다닌 사람이다. 이번 전투엔 반대하는 공명과 자룡을 데리고 가지 않겠다."

전투에 자신이 넘치는 황제 유비는 귀에 거슬리는 소리를 하는 공명과 자룡을 출정에서 제외시키고 오반을 선봉장에 세웁니다. 그리고 관우의 아들 관흥을 좌장군에, 장비의 아들 장포를 우장군에 임명하여 70만 대군을 이끌고 동오로 출전합니다.

"가자. 오나라 산천을 모조리 짓밟아 버려라!"

『삼국지』에는 크고 작은 전쟁이 많이 나오지만 대규모의 전쟁이 세 번 있습니다. 관도대전, 적벽대전, 이릉대전(夷陵大戰)이죠.

관도대전은 조조와 원소의 대군이 맞붙은 전쟁인데 조조의 압승으로 끝났으며, 적벽대전은 조조가 100만 대군으로 오나라를 침공해 오나라 손권과 유비가 연합하여 조조의 대패로 끝났습니다. 이릉대전은 유비가 70만 대군으로 오나라를 침공하는 이번 전쟁입니다.

유비가 출병하기 직전에 마속이 공명을 찾아옵니다.

"승상! 보고 드릴 것이 있습니다."

"마속이 웬일이냐? 말해 보거라."

"폐하께서 이번 출정에서 승상과 조자룡을 제외시켰습니다. 그리고 관우의 아들 관흥과 장비의 아들 장포를 좌우에 거느리고 출전한다 합니다."

"나와 자룡을 제외시켰다고? 이번 출정을 반대했더니 단단히 화가 나셨구나. 그렇다면 네가 황제 폐하를 모시고 다니면서 전황이 전개되는 대로 속속 나에게 보고하도록 하여라. 모든 전황을 자세히 보고해야 한다."

"분부대로 하겠습니다. 그러나 승상 없이 이번 전쟁을 이길 수 있을까요?"

"황제께서는 누구보다 전쟁 경험이 많으신 분이다. 걱정은 되지만 잘 싸우시겠지."

공명과 자룡에게 노여움을 품은 유비는 두 사람을 출전에서 제외시키고 드디어 출병하죠. 유비가 대군을 일으키고 격문을 보내자 주변의 남방 족속들도 군사들을 이끌고 와서 속속 합류합니다.

"지금부터 오나라와 전쟁을 시작한다. 오나라로 들어가기 위해서는 첫 관문인 자귀성(秭歸城)을 함락시켜야 한다. 누가 나서겠는가?"

"예, 폐하. 관흥과 장포, 저희 두 사람이 나서겠습니다."

"좋다. 사흘 말미를 줄 테니 자귀성을 함락시켜라."

이때 오나라에서는 긴급 국무회의가 열리고 있습니다.

"큰일 났소. 유비가 드디어 70만의 대군으로 출병하였소. 이제 우리는 바람 앞의 등불이요. 어찌하면 좋겠소?"

처참히 무너질 것 같은 오나라는 걱정이 태산입니다.

"주공! 지금 유비는 자귀성을 점령하기 위해 의도(宜都)에 진채를 내렸습니다. 먼저 오나라 관문인 자귀성을 방어해야 합니다. 자귀가 무너지면 촉군이 물밀듯이 밀고 들어올 것입니다."

"그렇소. 자귀성이 함락되어선 안 되오. 누가 가겠소?"

그러나 겁에 질린 오나라 장수들이 그 누구도 선뜻 나서지 못하는데, '손환(孫桓)'이라는 젊은 장수가 나섭니다.

"주공! 제가 가서 막아보겠습니다."

"오! 손환. 고맙다. 젊은 장수가 나가야지. 네가 자귀를 방어하되 한 달만 버텨라. 그럼 촉군도 사기가 많이 꺾일 것이다."

"제가 기필코 한 달 동안 막아 내겠습니다. 염려 마십시오."

손환이 자귀에 도착하여 군사를 정비한 후 2만 5천 명의 군사를 이끌고 의도에 진을 치고 있는 유비의 진영 앞에 이르러 싸움을 겁니다.

"유비는 귀를 후비고 잘 들어라. 동오의 맹장 손환이 여기 있다. 어서 덤벼라!"

"저 어린놈이 말이 짧구나. 짐의 이름을 감히 부르다니. 저 코찔찔이를 누가 상대하겠느냐?"

"폐하! 저런 애송이 정도는 제가 나가 목을 따오겠습니다."

"오! 관흥아, 네가 나가 솜씨를 한번 보여 봐라."

유비가 허락하자 곁에 있던 장포가 뛰어나옵니다.

"폐하! 저도 관흥과 함께 나가 싸워 보겠습니다."

"그래, 그래. 너희 둘을 보면 관우와 장비를 다시 보는 것 같다. 나가서 저 코찔찔이를 사로잡아 오거라."

동오의 군사와 서촉의 군사가 마주 서서 대치한 가운데 손환과 관흥이 뛰어나와 싸움이 시작 되었습니다.

"와아! 백군 이겨라."

"와아! 청군 이겨라."

몇 합을 주고받다 관홍의 솜씨를 당하지 못한 손환이 말을 돌려 도망치기 시작합니다.

"어매, 관홍! 나 도망치는거 아니여. 똥 좀 누고 다시 와서 싸우자!"

"손환, 비겁하다. 거기 서라!"

이때 손환의 부하 장수 이이(李異)가 뛰어나와 관홍을 가로막습니다.

"넌 또 누구냐? 장수들 싸우는데 왜 졸개들이 나서는 거냐?"

관홍의 칼이 번쩍 지나가니, 이이의 머리가 땅에 떨어져 굴러다닙니다.

"손환! 졸개에게 맡기지 말고 당당하게 싸우자. 변비약 여기 있다. '둘코락스' 들어는 봤나?"

선봉장이 도망치고 부장 이이의 목이 달아나자 동오의 군사들은 기겁을 하고, 사기가 크게 오른 촉의 군사들은 함성을 지르며 휘몰아 덮치니, 손환의 군사들은 대패하고 맙니다.

다음 날, 손환은 군사들을 재정비하여 다시 싸움을 걸어옵니다.

"관홍은 나오라! 내 부장 이이의 원수를 갚겠다."

"어린 것이 아직도 정신을 못 차렸구나. 폐하, 오늘은 이 장포가 상대해 보겠습니다."

장포가 똑바로 말을 달려 손환을 덮쳐 서로 20여 합을 주고받습니다.

"손환, 나는 촉의 5호 대장군 익덕의 아들이다. 아버님께 배운 장팔사모 맛을 보여 주겠다. 야합!"

"여헙! 받았다, 장포! 윽! 괴…괴력이다. 어마어마한 힘이구나!"

손환이 오늘도 장포를 이기지 못하고 도주합니다. 선봉장이 쫓기자 군졸들은 혼비백산하여 퇴각하기 시작하죠.

"도망쳐라!"

"오매오매 장군님, 너무 급히 뛰다 제 붕알 떨어졌습니다."

"이놈아, 그건 내일 다시 와서 주워라. 지금은 사는 게 급선무다. 더 빨리 뛰어라!"

"겁쟁이 동오의 약졸들을 모조리 짓밟아라. 돌격, 돌격! 앞으로 갓!"

성 안으로 몰려 들어간 손환은 땅바닥에 주저앉아 가쁜 숨을 내쉽니다.

"큰일 났구나. 이렇게 싸우다간 한 달은커녕 하루도 버티기 힘들 것 같다. 어찌하면 좋겠느냐?"

"성문을 닫아걸고 수비만 합시다."

"다른 방법이 없다. 수비라도 철저히 하자. 싸워 보니 관흥과 장포는 제 아비인 관우, 장비보다 더 무섭구나."

손환과 부하 장수들이 간담이 서늘하여 넋을 잃고 앉아 있는데, 전령이 뛰어옵니다.

"지금 촉군이 공격해 들어오고 있습니다."

"뭐…뭐라고? 숨 돌릴 틈도 없이 공격을 시작했다고? 빨리 방어하라!"

"전원 비상! 모두 죽기를 각오하고 싸우자. 성문을 걸어 잠그고 화살을 퍼부어라!"

전쟁에 자신을 얻은 관흥과 장포가 필사적으로 공격을 개시합니다.

"저 자귀성을 함락시켜야 오나라로 들어갈 수 있다. 전군 공격하라!"

"와아!"

"자귀성을 지켜야 한다. 이곳이 뚫리면 우리 동오는 대문이 열리는 것이다. 필사의 힘으로 방어하라. 활을 쏘아라!"

"사다리를 밀어내라! 돌로 내리쳐라!"

손환이 죽을힘을 다해 방어했지만 한 달은커녕 단 사흘 만에 성이 함락되고 말죠.

"장군, 정신 차리시오! 목숨이라도 건져야 합니다."

"그런데 군사들은 모두 어디 갔느냐? 떨어진 붕알 찾으러 갔느냐?"

"아닙니다. 모두 전사했습니다. 이제 남은 군사는 500명도 안 됩니다."

"그렇다면 나라도 살아서 훗날을 도모해야지. 어서 이릉까지 도망치자."

한편, 유비 진영에서는 승전 소식이 전해집니다.

"폐하, 자귀성을 함락시켰습니다."

"관흥아, 장포야, 장하다! 내 조카들, 이뻐 죽겠어. 너희를 보니 꼭 관우, 장비가 살아 있는 것 같구나. 계속 전진이다. 오나라를 초토화시켜라. 내 아우들의 복수를 해야 한다."

자귀성이 무너지고 촉군이 이릉까지 물밀듯이 밀고 들어오자 오나라엔 초비상이 걸립니다.

"주공! 자귀성이 함락되었습니다. 촉군이 파죽지세로 몰려오고 있습니다. 곳곳의 방어막이 처참하게 무너지고 있습니다."

"어찌하면 좋겠소?"

"유비가 저렇게 화가 난 것은 장비를 죽인 범강과 장달이 우리에게 투항했기 때문입니다. 그들을 끌고 가서 제가 화해를 청해보겠습니다."

"제갈근, 좋은 생각이오. 빨리 그대가 가서 화친을 청하시오. 그리고 유비에게 내 누이동생 손상향도 돌려보내겠다고 하시오."

"알겠습니다, 주공! 제가 유비의 화를 잠재우고 화친을 맺고 오겠습니다."

제갈근이 범강, 장달을 포박하여 유비를 찾아갑니다.

"폐하! 여기 상장군 장비를 죽인 두 놈을 끌고 왔습니다. 그리고 손상향 부인도 돌려보내주시겠다 합니다."

"여봐라! 범강과 장달의 목을 베어 장비의 혼을 위로하라. 그리고 제갈근 선생, 내 아내인 상향은 돌려보낼 필요 없소. 오의 궁에 진입하여 직접 내 아내를 되찾겠소. 선생은 우리 승상 공명의 형인 점을 감안하여 해치지 않을 테니 그만 돌아가시오."

손권이 시도하는 화친은 깨지고 동오의 운명은 바람 앞의 등불이 되죠.

"주공! 유비가 화친을 받아들이지 않습니다. 아내인 상향 부인도 안 받겠다며 직접 와서 빼앗아가겠답니다. 그러나 그보다 더 걱정되는 일이 있습니다."

"이보다 더 큰 일이 있단 말이요?"

"그렇습니다. 만약 이때 조비가 군사를 내어 우리 오나라를 치면 어찌하시겠습니까? 유비가 서쪽에서 공격 중인데, 때를 맞추어 조비가 북쪽에서 공격해 들어오면 우린 보름을 넘기지 못하고 망하고 맙니다."

"그렇군. 조비가 이런 기회를 놓칠 리 없소. 그가 수만의 병력을 동원해 강을 건너오면 우린 끝장이요. 어찌하면 좋겠소? 자유(제갈근의 자)께서 방법을 말해 보시오."

"주공, 화내지 말고 들으십시오. 좀 파격적인 제안이지만…, 조비에게 투항하십시오."

"뭐라고? 날더러 조비에게 투항하라고?"

"그렇습니다. 나라를 구하기 위해서는 그보다 더한 굴욕도 참아야 합니다. 조비에게 신하를 자청하며 도움을 요청하십시오. 조비가 만약 그 요구를 받아들인다면 최소한 우리 오나라를 침공하지는 않을 것입니다. 한 걸음 더 나아가 조비가 군사를 일으켜 촉의 국경에 주둔만 하여

도 유비는 군사를 거두고 돌아갈 것입니다."

"좋은 생각이오. 그렇게 합시다. 나라가 망할 판국인데 조비를 황제로 인정해 주는 게 무어 그리 어렵겠소? 사신은 누구를 보내는 게 좋겠소?"

"조자(趙咨)를 보내십시오. 조자는 학식이 깊고 달변가인지라 틀림없이 조비를 설득하여 군사지원을 받아낼 것입니다."

상황이 어렵게 되자 손권은 자존심을 버리고 어제의 적인 조비에게 굴욕적인 외교사절을 보냅니다.

"손권이 내 신하가 되기를 자청한다고? 손권이 이제야 철이 드는가 보구나! 진즉 그렇게 처신했어야지. 그래 손권은 도대체 어떤 사람이냐? 사신으로 온 조자, 자네가 대답해 보게."

"예, 저희 주공 손권께서는 지혜가 밝고 성품이 어질며, 처신이 슬기롭고 계략을 아는 분입니다."

"좋은 단어는 다 갖다 붙이는구나. 그렇게 영리한 사람이 어찌 유비를 당해 내지 못하고 쩔쩔매는가?"

"저희가 유비의 의형제 관우를 죽이고 장비를 죽인 자들까지 우리에게 투항한지라 유비의 노여움이 큽니다. 지금 황제 폐하께서 도와주시지 않는다면 저희 오나라는 멸망할지도 모릅니다. 부디 군사를 내어 도와주십시오."

"듣고 보니 너희 주공 손권이 어려운 처지에 놓여 있구나. 그러나 만약 내가 도와주지 않는다면?"

"폐하! 오나라가 망하고 나면 유비의 다음 목표는 위나라가 될 것입니다. 그땐 폐하께서도 유비를 막기 어려울 것입니다. 부디 도와주시기를 간청 드립니다."

"잘 알겠다. 군사를 동원하는 것은 중신들과 상의하여 결정하겠다. 우선 내가 황명으로 조서를 내릴 테니 손권에게 전달하여라."

"폐하! 진심으로 감사드리며 꼭 군사 지원을 부탁드립니다."

나의 충성스러운 신하 손권은 보아라.

네가 이제라도 정신을 차려 나에게 투항하니 반가운 일이다.

진즉 그렇게 현명하게 처신했어야지, 그랬으면 내가 너를 얼마나 예뻐했겠느냐?

과거에 괘씸하게 굴었던 일은 모두 잊고, 너를 정식으로 오왕에 임명한다. 그리고 너에겐 특별히 '구석'의 지위를 내리니, 감동하기 바란다.

네가 유비를 당하지 못하고 쩔쩔매는 꼴이 매우 불쌍하구나. 기회를 보아 내가 군사를 지원해 줄 테니 기죽지 말고 용감히 싸워라.

이상!

- 위나라 황제 조비가 충성스러운 나의 부하 손권에게!

손권의 사신이 하도 기가 막혀 벌어진 입을 다물지 못하고 돌아가자, 조비의 신하들이 몰려와서 조비를 충동질합니다.

"폐하, 잘못 결정하였습니다. 손권이 지금 트릭을 쓰고 있습니다."

"맞습니다. 유비가 서쪽에서 손권을 치고 있는 지금 우리도 군사를 내어 북쪽에서 함께 치면 오나라는 보름 안에 망할 것입니다. 그렇게 되면 촉의 유비도 외롭게 되어 낙동강 오리알 신세가 될 것입니다. 이리 되면 쉽게 천하를 통일할 수 있는데, 왜 손권을 왕으로 높여 주는지요? 왕은 황제 다음으로 높은 자리입니다. 그가 이번 어려움만 무사히 벗어나면 그 역시 황제를 칭할 것입니다. 빨리 오나라를 치십시오."

신하들이 정확하게 판세를 분석해 주는데도 황제 조비는 고집을 피웁니다.

"그렇지 않소. 나는 두 호랑이가 싸우는 것을 관망만 할 것이요. 그러다가 하나가 쓰러지면 남은 호랑이를 내가 사냥할 것이오."

황제인 조비가 너무 확신에 찬 어조로 말하자 신하들은 모두 입을 다물어 버립니다. 그러고는 마음속으로만 개탄합니다.

'아깝다. 하늘이 주시는 기회를 놓치는구나.'

한편, 오나라 손권은 조비의 조서를 받아들고 가슴을 쓸어내립니다.

"다행이다. 한고비는 넘겼다. 당분간 위나라는 침공하지 않을 것이다."

그러나 손권이 안도의 한숨을 쉬는 것도 잠깐, 유비의 군사는 자귀에서부터 이릉에 이르는 성을 파죽지세로 점령하며 진격해 들어오고 있습니다.

이에 다급해진 손권이 장수들을 불러 모아 작전회의를 개최합니다.

"조비가 나에게 왕호는 내렸으나 정작 필요한 군사는 움직여 주지 않는구려. 자귀성을 지키던 손환이 대패하여 이릉까지 후퇴하였소. 유비는 파죽지세로 대군을 몰아 이릉에 다다랐소. 이제 이릉이 무너지면 수도가 코앞이오. 어떻게 하면 유비의 파죽지세를 막을 수 있겠소?"

"여기 남아 있는 맹장들을 모두 내보내십시오. 한당(韓當)을 총사령관으로 임명하고 주태(周泰)를 부장으로, 반장을 선봉으로 삼고 능통(凌統)과 감녕(甘寧)에게 그 뒤를 받치도록 하십시오."

"좋소. 오나라의 장수들은 모두 나가 유비와 맞서시오. 그대들이 패배하면 우린 끝장이오."

손권은 비장한 각오로 전 장수를 동원하여 전쟁터로 내보냈습니다. 그러나 이릉까지 몰려나온 동오의 장수들은 수비에 치중할 뿐 성문을 열고 나와 싸울 생각을 하지 않죠. 이런 상황을 파악한 유비는 장수들을 불러 모아 작전을 논의합니다.

"오나라 장수들이 10만 대군을 이끌고 모두 몰려나왔소. 그러나 저들은 수비만 할 뿐 나와서 싸우려 하지 않소. 누가 나가서 저들을 끌어내어 싸워 보겠소?"

"폐하, 황충이 나가겠습니다. 저들을 싸움터로 불러내기 위해서는 훌륭한 미끼가 필요합니다. 저는 촉의 5호 대장군이니, 저를 보면 저들이 달려 나올 것입니다."

"안 되오. 그대는 벌써 일흔이 넘은 고령이오. 젊은 장수들을 내보내겠소."

"폐하! 장수는 전쟁터에서 죽는 게 소원입니다. 장수된 자가 구차하게 병석에 누워 죽을 수는 없습니다. 또한 저는 아직 팔팔합니다. 저 오나라 약졸들에게 노장의 종결자 황충의 실력을 보여 주겠습니다."

말을 마치고 황충이 군사들을 몰고 나갑니다. 황충이 오나라 영채 앞에 이르자 군사들은 뒤에 두고 혼자서 말을 타고 나가 싸움을 겁니다.

"나는 황충이다. 숨어만 있지 말고 당당하게 나와서 맞서라!"

"노장 황충이다. 촉의 5호 대장군 중 한 사람이니 황충을 사로잡자!"

예상대로 오나라 군졸들이 영채 문을 열고 일제히 몰려나옵니다.

"저 겁 없는 늙은이를 사로잡아라!"

"와아!"

그러나 황충은 노인이라 얕보고 뛰어나온 군졸들 사이를 종횡무진 누비며 장수들을 베어 넘깁니다.

"내가 황충이다! 너희가 노인이라고 나를 얕잡아보는구나."

황충이 풀밭을 누비듯 적진 속을 누비자 뒤에서 관망하던 군사들이 일제히 공격을 개시합니다.

"오나라 약졸들이 우리에게 걸려들었다. 한 놈도 살려 보내지 마라!"

"와아!"

오나라 군졸들은 대오가 무너지며 어지럽게 도주하기 시작합니다.

"후퇴, 후퇴한다! 모두 영채로 후퇴하라!"

이때 맞은편 언덕 위에 마충(馬忠)이 나타나더니 황충을 향해 화살을 날리죠.

마충 기억하죠? 관우를 죽게 만든 그 '말 등에 사는 벌레 같은 놈'입니다. 황충이 활에 맞아 낙마하자 관흥과 장포가 뛰어들어 구해 줍니다.

"황 장군이 활에 맞았다. 빨리 본진으로 모셔라!"

"폐하! 황충 장군이 화살에 맞았습니다. 저희가 황 장군을 간신히 구하여 모셔 왔습니다."

활에 맞은 황충을 내려다보며 유비가 등을 어루만집니다.

"황 장군, 짐의 실수요. 늙은 황 장군을 전쟁터로 내보낸 나를 용서하시오."

"폐하! 용서라니요? 천부당만부당하신 말씀입니다. 폐하! 저는 전쟁터에서 죽게 되어 영광입니다. 전 평생 전장을 누비며 셀 수도 없이 싸워 보았으나 딱 한 번 패하였습니다. 관우와 싸워 꼭 한 번 졌지요. 제가 저승에서 관우를 만나면 다시 한 번 겨뤄 보겠습니다."

"황 장군, 장군께서 운장과 나이가 같았다면 황 장군이 이겼을 것이오. 당시 관우는 젊었고, 황장군은 육순이 넘었기 때문이오."

"폐하, 정말 운장과 나이가 같았다면 제가 이겼을까요?"

"틀림없이 이겼을 것이요."

"폐하, 말씀을 들으니 이제 안심이 됩니다. 저승에서 관우와 만나면 더 이상 싸우지 않고 폭탄주나 함께 마시겠습니다. 폐하, 부디 대업을 달성하소서……."

"화…황 장군! 와 그리 황급히 가시오! 으흐흑, 5호 대장군 중 벌써 세 사람이 내 곁을 떠났구나! 하지만 장군, 인연은 여기까지인가 보오. 전쟁 없는 곳에서 편히 쉬시오."

황충이 죽자 유비는 다시 깊은 슬픔에 빠집니다.

"성대하게 장례를 마련하라! 그리고 장례를 마치고 총공격한다. 한 놈도 살려 두지 않겠다."

황충의 장례를 마친 유비는 드디어 총공격을 개시합니다.

"관우, 장비, 황충의 원수를 갚자. 총공격!"

분노에 찬 유비군의 총공세에 오나라군은 처절하게 무너집니다.

"마충을 죽여라, 공격!"

"반장과 감녕을 죽였다. 인정사정 보지 말라. 공격!"

"주태와 능통도 죽었습니다."

"그렇다면 적의 총사령관 한당을 잡아라!"

"와~아!"

"돌격, 앞으로 갓!"

"폐하! 관운장을 배신하고 오나라에 투항했던 부사인과 미방이 다시 투항해 왔습니다."

"뭐라고? 나와 운장을 배신하고 도주한 자들이 다시 돌아왔다고?"

"예, 그들이 관우 장군을 유인하여 죽게 만든 마충의 머리를 베어 왔습니다."

미방은 미 부인의 친오빠입니다. 유비에겐 손위 처남인 셈이죠. 그는 전세가 불리하자 오나라에 투항했다가 다시 오나라를 버리고 촉으로 돌아온 것입니다.

"매제, 아니 황제 폐하! 제 누이동생 미 부인을 생각해서라도 딱 한 번만 선처해 주시오."

유비를 배신하고 동오에 투항하여 관우를 죽게 만든 부사인과 미방. 미방은 유비의 손위 처남인데, 관우를 죽게 만든 마충의 머리를 가져왔습니다. 그러나 분노에 찬 유비가 친인척이라고 봐줄 리 없죠.

"미방과 부사인의 목을 베어 관우의 넋을 위로하라."

유비는 두 사람을 가차 없이 참수합니다.

이때 승전의 기쁜 소식이 전해옵니다.

"폐하! 대승입니다. 한당이 이끄는 주력부대를 거의 전멸시켰습니다."

한편, 손권에게 급한 파발마가 전하는 소식은 모두 패전을 알리는 소식뿐입니다.

"전하! 반장과 감녕이 전사했습니다. 오나라 전선이 완전히 무너졌습니다."

"전하! 주태와 능통이 전사했습니다."

"전하! 마충도 목이 잘렸습니다. 병졸들은 모두 전멸했습니다."

"전하! 빨리 몸이라도 피하십시오. 유비의 대군이 파죽지세로 몰려오고 있습니다."

"전하! 성도에 이르는 거의 모든 성이 초토화되었습니다."

"전하! 성난 유비의 무서운 보복입니다. 곳곳이 모두 불바다입니다. 조만간 이곳 수도 건업에 이를 것입니다."

"유비가 민간인도 학살하더냐?"

"아닙니다. 민간인은 죽이지 않고 오래된 유적지는 파손하지 않습니다."

"그가 민간인을 죽이지 않고 오래된 유적지를 파괴하지 않는 이유는 관우의 죽음을 빌미로 동오를 멸망시켜 천하를 통일하려는 야심을 드러내는 것이야. 그러나 모든 전선이 다 무너졌으니 이젠 어쩌면 좋단 말이요!"

손권은 거의 기진맥진한 상태에서 신하들과 대책을 논의합니다.

"우리 군이 모두 궤멸되었소. 나라가 이렇게 속절없이 망한단 말이요? 절망이오, 절망! 아, 공연히 관우를 죽여 무서운 보복을 당하는구려. 이제 유비 앞에 무릎을 꿇는 수밖에 없소. 장소는 항복문서를 작성하시오. 과거에 나라가 위태로울 땐 주유, 노숙, 여몽 등 쟁쟁한 명장들이 있어 나라를 구했건만, 이젠 주유도 없고, 노숙도 없고, 여몽도 없으니 누가 나라를 구한단 말이요?"

이때 오나라 최고의 지식인 장소가 나섭니다.

"전하! 아직은 항복할 때가 아닙니다. 조금만 더 버티어 보시지요. 이 위급한 나라를 구할 사람이 딱 한 사람 있습니다."

"그 사람이 누군가?"

"육손입니다. 육손을 대도독에 임명하십시오."

"육손? 내 조카사위 육손 말인가?"

"그렇습니다. 우리가 형주를 탈환한 것도 육손의 지혜 때문입니다. 당시 육손이 여몽에게 이르기를 관운장을 우리 손으로 죽이지 말고 조조 쪽으로 쫓으라 했답니다. 우리가 운장을 죽이면 유비에게 무서운 보복을 당할 것이라고 말했답니다. 하나 여몽이 관우와의 사사로운 감정 때문에 육손의 말을 듣지 않았다 합니다. 그는 지략이 뛰어난 자이니 그를 대도독에 임명하여 유비를 막아 내야 합니다.”

이렇게 장소가 육손을 추천하자 곁에 있던 무신들이 일제히 반대합니다.

“전하! 육손이라니요? 그는 대도독감이 안 됩니다. 전쟁 경험이 없는 백면서생에게 군 통솔권을 줘서는 안 됩니다. 육손은 전쟁 경험이 전혀 없는 자입니다. 책상머리에 앉아 졸던 사람이 어떻게 전쟁을 지휘한단 말입니까?”

그러자 장소가 화를 냅니다.

“말들을 삼가시오. 과거 한고조 유방이 나라를 세울 때, 전략과 전술은 모두 장자방의 머리에서 나왔소. 장자방이 없었다면 한고조도, 한나라도 없었을 것이요. 그 장자방은 닭 한 마리 비틀어 죽여 본 적 없는 순수한 백면서생이었소. 당시 한고조 유방이 뭐라 말씀한지 아시오? ‘천리 밖의 일을 예측하여 작전을 세우는 일엔 내가 장자방의 발끝에도 못 미친다.’ 이렇게 말씀하셨소. 그대들이 머리로 전투를 하오? 그대들은 창과 검으로 싸울 뿐이요. 그럼 누가 머리를 써서 전쟁을 지휘한단 말이요?”

모두가 조용합니다. 그러자 손권이 선포하죠.

“좋소! 결심했소. 육손을 대도독에 임명하고 군사 지휘권을 모두 그에게 맡기겠소.”

손권의 말이 떨어지자 여러 제장들이 다시 반대합니다.

“전하! 안 됩니다. 그는 이제 겨우 20대의 애송이에 불과합니다. 이건 나라를 송두리째 유비에게 바치는 자살행위입니다. 재고해 주십시오.”

“맞습니다. 육손은 안 됩니다.”

오나라 모든 무장들이 극력 반대하지만 손권의 결심은 변하지 않죠.

“한 번 결정한 사항이요. 더 이상 이의를 제기하지 마시오.”

모두 투덜거리며 여기저기서 말들이 많습니다. 얼굴이 하얗고 허리가 날씬한 기생오라비 같은 육손이 수군대도독에 임명되자 최전방 장수들은 노골적으로 불만을 나타내죠.

"이거 전쟁을 지휘할 장수를 뽑은 거야, 아니면 탤런트를 뽑은 거야?"

그런데 육손이 대도독에 취임하자마자 작전 지시 제1호를 하달합니다.

"오나라 전 장병들은 들어라! 앞으로는 절대 촉군과 싸우지 말라. 내 명령이 있을 때까지 수비에만 치중하라. 수비하다 안 되면 영채를 포기하고 후퇴한다."

"이게 뭔 소리여?"

"듣거라! 공병부대는 후방 30리 간격으로 영채를 엮어라. 적어도 10개 이상의 영채를 미리 엮어야 한다."

영채(營寨)는 나무로 엮어 만든 군사들의 기지를 말합니다. 육손의 지시가 하달되자 장수들이 다시 들끓기 시작합니다.

"대도독! 전쟁 중인데 싸우지 않겠다니요? 차라리 휴가를 내고 여행이나 다녀오시지요? 싸움은 저희들이 하겠습니다. 최선의 공격이 최선의 수비라는 말 못 들으셨나요?"

"장군들, 내 지시대로 하십시오. 때론 최선의 수비가 최선의 공격이 될 수도 있습니다."

그러자 장수들이 일제히 비웃으며 말합니다.

"참, 오래 살다 보니 별별 궤변을 다 들어보겠구만. 그래요, 대도독! 이참에 우리도 푹 쉬겠습니다."

오나라 군사들이 영채에서 수비에 들어가자 유비군이 다시 총공격을 퍼붓습니다.

"공격, 공격하라!"

"장군! 그런데, 저놈들이 방어만 하고 싸울 생각을 안 합니다."

"그렇다면 우리도 홍보작전으로 대처하자. 야, 이 오나라 겁쟁이들아! 숨어만 있지 말고 나와라!"

"이 등신들아, 싸우는 게 그렇게 겁나냐?"

유비의 군졸들이 연일 욕을 퍼붓고 도발해도 가까이 접근하지 못하도록 활만 쏘아 댈 뿐 좀처럼 밖으로 나와 응전하지 않습니다. 그러자 파죽지세로 이릉까지 진격해 온 유비군이 갑자기 길이 막혀 더 이상 나갈 수 없게 되죠.

"폐하! 이곳 이릉만 넘어서면 수도 건업성이 바로 코앞인데, 더 이상 전진할 수 없습니다."

"잘 나가다가 왜 갑자기 길이 막힌 거냐?"

"오나라 군사들이 이릉을 사이에 두고 영채를 튼 채 수비만 하고 있습니다. 우리가 아무리 들이쳐도 적들이 상대를 안 해 주니 더 이상 전진을 못 하고 있습니다."

"무슨 소리냐? 영채보다 더 험한 성벽도 반나절 만에 점령했는데, 저까짓 영채 하나를 점령하지 못한단 말이냐? 더 세게 공격해라!"

"예, 폐하! 분부대로 온 힘을 다해 공격하겠습니다."

이튿날 장포와 관흥이 선봉에 서서 맹렬히 공격을 퍼붓습니다.

"저 영채를 점령하라! 전군, 공격!"

"와아아!"

"폐하! 드디어 영채를 빼앗았습니다. 그런데 적들은 30리를 후퇴하여 미리 엮어 둔 영채로 모두 들어갔습니다. 그곳에서 또 수비만 하고 아무리 도발해도 응전하지 않습니다."

"이놈들이 싸우기 싫은 모양이다. 그렇다면 또 빼앗아라. 계속 밀어

붙여야 한다.”

“예, 폐하!”

다시 촉군이 맹렬히 공격하자 오나라 군사들은 또 영채를 버리고 30리 밖으로 후퇴합니다.

“폐하! 또 적들이 30리 밖으로 도주하였습니다. 저희가 맹렬히 공격을 퍼부으면 오나라는 소극적으로 수비만 하다가 일제히 30리를 후퇴하여 미리 엮어 둔 영채로 들어가 버립니다. 환장하겠습니다.”

“오나라 군사를 지휘하는 총사령관이 누구냐?”

“육손이라고 하는 사람입니다. 나이가 불과 28세인데 손권이 대도독으로 임명했습니다.”

“육손? 처음 듣는 이름인데?”

“전쟁 경험이 전혀 없는 백면서생이라서 오나라 장수들도 잘 따르지 않는다 합니다.”

“음…, 오나라에 인물이 없긴 없구나. 그런 자를 대도독에 임명하다니. 그자가 전쟁 경험이 없다 보니 싸움에 자신이 없는 거다. 그래서 자꾸 후퇴하는 거야. 그러니 신경 끄고 내일도 강하게 밀어붙여 영채를 빼앗아라.”

“예, 폐하! 분부대로 하겠습니다.”

촉군은 사력을 다해 연일 공격을 퍼붓는데도 역시 육손은 별다른 대항도 안 하며 계속 뒤로만 후퇴하자, 드디어 오나라 맹장들이 머리끝까지 화가 났습니다.

“대도독, 이게 뭐하는 짓입니까? 전쟁을 하기 싫으면 대도독 자리에서 물러나세요. 벌써 영채 일곱 개를 빼앗겼습니다.”

“그렇습니다. 이제 더 이상 물러날 곳도 없어요. 조금만 더 물러나면 수도 건업입니다. 정말 이런 식으로 전쟁을 하실 건가요?"

"장군들, 왜들 이러시오? 날 믿고 조금만 더 참으세요. 이제 곧 무더운 여름이 다가오는데, 여름이 오면 좋은 소식도 함께 올 것입니다."

"무슨 좋은 소식이 있단 말입니까?"

"적들도 연일 공격에 많이 지쳐 있을 겁니다. 그때까지 기다렸다가 우리도 공격해야죠. 저는 반드시 역전승을 거두겠습니다."

"여름이 오면 무슨 소식이 온다는 겁니까?"

"글쎄, 두고 보면 알게 됩니다. 벌써 더워지기 시작하는군요."

숲속에 진지를 구축하는 유비. 드디어 본격적인 더위가 시작되었습니다. 남방에 가까운 오나라에 찌는 듯한 무더위가 찾아온 거죠.

"폐하! 날씨가 너무 무더워 들판에서 야영하는 군졸들이 모두 지쳐 있습니다."

"정말 덥군. 이렇게 더운 날씨에 소나기 한 줄기도 내리지 않으니…….
어차피 전쟁은 장기전으로 들어갔다. 오늘부터 군사 기지를 숲속으로 이동시켜라. 시원한 나무 그늘로 이동한다."

"허참, 답답하다. 내 평생 전장을 누볐지만 이렇게 맥 빠지는 싸움은 처음이다."

촉나라 장수들도 답답하기는 마찬가지입니다.

"폐하! 이곳 지형을 상세히 그림으로 그려서 성도에 있는 제갈공명에게 보여 준 다음 공명의 의견을 듣고 진지를 이동하는 게 어떻습니까?"

"닥쳐라! 내가 병법을 모른다고 씨부렁거리는 게냐? 난 평생을 전장을 누빈 사람이다. 이런 거까지 공명에게 물어볼 필요 없다. 어서 옮겨라."

"예, 폐하! 전 병력과 장비를 숲속으로 옮기겠습니다."

유비가 동원한 70만의 대군은 모두 숲속으로 이동하여 장장 700리에 달하는 진지를 구축합니다.

한편, 유비 출정 후 촉나라를 지키고 있는 제갈공명은 마속을 통하여 계속 전황을 보고 받죠.

"승상, 마속의 명으로 승상께 전황을 보고 드리러 왔습니다."

"먼 길에 수고 많았다. 폐하께서는 건강하신지?"

"예, 승상! 폐하께서는 건강이 넘치십니다. 우리 군이 승전을 거듭하여 거의 오나라 수도 가까이 접근하였습니다."

"수고들이 많구나. 오나라 총사령관은 누구라더냐?"

"육손이라는 28세의 젊은 장수인데, 전쟁 경험이 전혀 없는 백면서생이라 합니다."

"육손? 처음 듣는 이름이구나. 그러나 한 가지, 손권은 용인술에 특이한 장점을 가지고 있다. 손권이 무명의 육손을 발탁하였다면 그는 특이한 재주를 갖고 있는 게 틀림없다. 전쟁 경험이 없다고 그를 무시하면 안 된다."

"잘 알겠습니다. 육손을 무시 말라고 폐하께 보고 드리겠습니다."

"또 다른 특이 사항은 없더냐? 무더운 여름철엔 병사들 건강관리도 잘 해야 할 텐데⋯⋯."

"그래서 폐하께서는 병사들이 더위 먹지 않게 진지를 모두 시원한 숲 속으로 옮기셨습니다."

"뭐라고? 진지를 숲속으로 옮기다니?"

"예, 들판엔 햇살이 너무 뜨거워 나무그늘 아래에 진지를 구축한 것입니다. 그 진지가 무려 700리에 이릅니다."

"진지를 숲속으로 옮겼다고? 크⋯큰일 났다! 큰일이구나. 폐하가 위험하다. 그보다도 자칫하면 우리 군이 전멸한다."

"예? 승상, 그건 무슨 말씀인지요? 폐하와 우리 군이 위험하다니요?"

"적이 화공을 쓰면 우린 끝장이다. 그런 간단한 이치를 모른단 말이냐? 우리 70만 대군은 지금 거대한 장작더미 위에 앉아 있는 꼴이다. 적군이 조그마한 불씨 하나만 던져도 모두 전멸하게 된다. 폐하께서 숲속 진지를 700리에 걸쳐 펴놓았으니 위급할 땐 어떻게 서로 도울 수 있단 말이냐? 넌 밤낮을 가리지 말고 폐하께 달려가라. 빨리 진지를 들판으로 옮겨야 한다. 큰일 났구나!"

"예, 분부대로 폐하께 가서 보고 드리겠습니다."

"어서 가라, 어서 가야 한다. 밤낮을 가리지 말고 가라. 이곳에서 이릉까지 닷새는 족히 걸릴 텐데, 그때까지 무사할지! 폐하, 어찌하여 이번 전쟁에서 신을 제외시켰는지요! 제발 무사하소서. 여봐라, 당장 조자룡을 불러와라!"

공명과 함께 출정에서 제외된 자룡이 급히 불려 옵니다.

"승상! 부르셨습니까?"

"폐하가 위험하오. 자칫하면 우리 군이 전멸합니다. 조 장군은 군사를 이끌고 빨리 이릉으로 가세요. 만약 육손이 화공을 쓴다면 폐하는 절체절명의 위기에 빠집니다. 조 장군이 빨리 가서 폐하를 구하세요."

"그 넓은 이릉에서 어디로 가야 합니까?"

"폐하는 틀림없이 백제성(白帝城) 쪽으로 도주하실 겁니다. 백제성으로 통하는 오솔길로 가세요. 급히 가야 합니다. 늦으면 큰일 납니다."

"알겠습니다. 듣고 보니 큰일이군요. 제가 백제성에서 이릉 쪽으로 거슬러 올라가겠습니다."

"이릉과 백제성 사이에 어복포(魚服浦)라는 곳이 있소. 폐하를 만나게 되거든 다른 길로 가지 말고 반드시 어복포를 통과하시오. 그곳엔 내가 군사 10만에 버금가는 기묘한 장치를 해 두었소. 장군께서는 어복포에 들어가거든 내가 주는 이 지도에 난 길을 따라서 백제성으로 가시오. 그러면 동오의 군사들이 더 이상 추격하지 못할 것이오."

"승상, 지시대로 하겠습니다."

"폐하께서 무사하셔야 할 텐데!"

한편, 오나라 진영에선 육손이 작전회의를 하고 있습니다.

"자, 지휘관들은 모두 모이셨지요? 이제부터 공격을 시작합니다. 촉군은 내 예상대로 모두 장작더미 위에 올라앉아 있습니다. 전 장병들은 염초, 유황, 생선기름 등 인화물질을 잔뜩 소지하고 적이 포진한 숲을 둘러싸세요. 그리고 일제히 숲에 불을 지르세요. 숲에 큰불이 일어나면 촉군들은 모두 불에 타 죽을 것입니다. 불길을 피해 숲 밖으로 나오는 군사는 잡아 죽이십시오. 특히 중요한 건, 유비를 절대 놓쳐서는 안 됩니다. 특공대를 조직하세요. 특공대는 불길 속을 헤치고 들어가 유비를 반드시 죽여야 합니다."

"예! 대도독, 잘 알겠습니다. 이제야 본격적인 전쟁이 시작되는군요. 그동안 몰라봐서 죄송합니다. 온몸이 근질거리는데, 이번 기회에 저 침략군들을 모조리 쓸어버리겠습니다."

"서둘러야 합니다. 이번 기회를 놓쳐 장마가 시작되면 전쟁은 돌이킬 수 없는 국면으로 접어듭니다. 열흘 안에 작전을 마치도록 하세요."

"예썰! 알겠습니다, 대도독. 대도독님, 히히!"

"자, 오랫동안 기다렸다. 전군, 출동이다, 출동! 성냥과 라이터, 화염방사기를 꼭 챙겨라."

한편, 촉나라 숲속 진영에서는 오랜만에 평화로움이 흐릅니다.

맴~맴~맴~맴~!

"아, 매미소리 시끄러워!"

"야, 매미소리가 뭐가 시끄럽냐? 운치 있고 좋구만!"

"글쎄, 숲에서 야영하니 시원해서 좋긴 좋다. 전쟁을 하는 건지 캠핑을 온 건지 잘 모르겠네. 근데 왠지 불안해."

"헛소리 그만하고 잠이나 자자. 이제 오나라 군사들은 겁먹고 전쟁을 포기한 거 같아."

"우리가 연전연승 한 번도 패한 적 없이 여기까지 밀고 들어왔으니, 갸들 겁먹을 만하지."

장장 700리에 이르는 유비군의 진영에 밤은 깊어갑니다.

앵~앵!

"비상 사이렌이냐?"

"아녀, 모기들이여!"

세계 최강 촉나라 군사들이 모기 하나 못 잡고는 잠을 설쳐 댑니다.

"모기가 연기를 싫어하니 모닥불을 피울까요?"

"안 된다. 전쟁터에서 불을 피우면 우리 위치가 노출된다. 불을 피우지 말고 빨리들 자거라. 불침번은 절대 졸면 안 된다!"

"옙! 불침번 걱정은 말고 편히 주무십시오."

"야, 모닥불 피우지 말라고 분명히 일렀는데, 저긴 누가 불을 피운 거냐? 빨리 꺼라!"

"장…장군, 저건 모닥불이 아닌 듯…, 화재가 발생한 거 같습니다!"

"뭐라고? 화재가 발생했다고? 빨리 119에 신고하고 불을 꺼라!"

"와~아! 불을 질러라!"

"이건 무슨 소리냐? 불을 지르라니?"

"장군, 크…큰일 났습니다. 적이 화공을 가해 오고 있습니다."

"뭐, 뭐라고? 화공이라고? 전원 무장을 갖추어라. 불길을 빠져나가야 한다."

"장군, 사방에서 불길이 치솟습니다. 동서남북 모두 불길에 휩싸여 나갈 곳이 없습니다."

"당황하지 마라. 불을 끄고 이곳을 빠져나가자!"

"앗 뜨거워! 불이야…불!"

"나 살려라! 뜨거워서 못 살겠다!"

유비의 진영을 빙 둘러싸고 오나라 군사들이 사방에서 불을 질러 대니 촉군은 어찌할 바를 모르고 불길에 휩싸입니다.

"길이 없다. 사방이 불이다. 젖 먹던 힘까지 내서 불을 꺼라!"

"물이 있어야 불을 끄지요."

"오줌이라도 쏴라! 침이라도 뱉어서 불을 꺼야 산다."

이때 잠자던 유비도 깨어납니다.

"이게 웬 소란이냐?"

"폐하! 크…큰일 났습니다. 적이 사방에서 화공을 펼치고 있습니다."

"적의 기습이라고? 빨리 불을 끄고 적을 막아라!"

"폐하, 이미 본진이 무너졌습니다. 폐하께서도 빨리 몸을 피하셔야 합니다."

"관흥아, 장포야! 어디 있느냐?"

"폐하! 저희가 폐하를 모시겠습니다. 빨리 높은 곳으로 올라가셔야 합니다."

"난 도주하지 않겠다. 모두 나를 따라 적진에 뛰어들자. 내 기어이 육손 이놈을 죽이겠다."

"폐하! 안 됩니다. 적군이 겹겹이 포위했습니다. 빨리 도주해야 합니다."

"사방이 적군인데 어디로 간단 말이냐?"

"가까운 백제성으로 가야 합니다. 저희가 활로를 뚫겠습니다."

한편, 적군의 함성이 들립니다.

"유비를 잡아라. 유비를 놓치지 마라!"

"와~아!"

"폐하, 적들이 바로 등 뒤까지 몰려왔습니다. 존심은 버리고 어서 피하시죠."

"이…이럴 수가! 새파란 어린놈에게 당하다니……. 분하다!"

"유비를 생포하라, 유비를 죽여라!"

"와~아~!"

"관흥아, 장포야! 젖 먹던 힘을 다해 산꼭대기로 올라가자."

"예, 폐하! 이럴 땐 36계 줄행랑입니다."

유비는 관흥, 장포와 함께 부랴부랴 산꼭대기로 피하죠.

"헉, 헉! 벌써 숨이 차는구나. 좀 천천히 뛰자."

"폐하, 그러게 평소에 달리기 좀 하시지 그랬사옵니까? 그리 힘이 들면 제가 업어 모시겠습니다."

"아니다, 장포야. 업을 것까진 없다. 그런데 저놈들이 끈질기게 쫓아오는구나. 저 아래를 내려다보니 우리 군사들이 모두 불속에서 빠져나오지 못하는구나…, 저를 어찌할꼬?"

승승장구, 파죽지세로 오나라를 휩쓸던 유비의 70만 대군은 오나라의 화공 한 번에 숲을 빠져나오지 못하고 모두 타 죽고 있습니다.

"저를 어찌할꼬? 내 아까운 군졸들이 모두 타 죽는구나!"

"으아아! 뜨겁당께."

"불속을 뛰쳐나가면 적이 쏜 화살에 맞아 죽고, 여기 있자니 불에 타서 죽고. 하늘이시어, 어찌하란 말입니까!"

"오, 주여! 전생에 내가 무슨 죄를 지었다고 멸망에 이르게 하시나이까?"

유비는 불에 타 죽는 병사들의 비명 소리를 들으며 힘없이 도주하기 시작합니다.

"폐하, 저기 백제성으로 통하는 오솔길이 있습니다. 저 길로 가시죠."

유비 일행이 오솔길로 막 접어들자 바로 등 뒤까지 오나라 주태(周泰)가 쫓아옵니다.

"유비는 도망 말고 거기 서라! 나 오나라 상장군 주태다. 내 칼을 받아라!"

"폐하, 주태는 제가 막을 테니 어서 피하십시오."

"장포야, 뒤를 부탁한다."

유비를 호위하는 군사는 수십 기에 불과한데, 다시 한당(韓當)이 유비의 앞을 가로막습니다.

"이놈, 침략자 유비야! 어딜 도망가느냐? 이젠 더 이상 도망가지 못한다."

"절망이구나! 우리 모두 여기에서 죽기를 각오하고 싸워 보자."

"침략자 유비, 순순히 무릎을 꿇어라. 너희 70만 대군은 궤멸되었다. 나는 오나라 대장군 한당이다."

"한당? 황제에게 무엄하구나. 너는 예의도 모르느냐?"

"예의? 난 그런 건 모른다. 여봐라! 유비가 투항하지 않는다. 모조리 베어 버려라! 촉군은 수십 기에 불과하다. 모두 죽여라!"

대패로 끝난 이릉대전

한당에게 포위된 유비 황제의 목숨은 경각에 달려 있습니다.

"자, 유비는 내 칼을 받아라! 이제 너희 의형제 관우와 장비 곁으로 보내 주마."

한당이 유비를 막 베려 하는데, 이때 한 대의 화살이 날아와 한당의 왼편 팔에 적중합니다.

"아악! 이건 어디서 날아온 화살이냐?"

"어느 놈이 감히 황제 폐하를 위협하느냐? 저 한당의 무리들을 쓸어버리고 폐하를 구하라!"

"와~아! 한당의 무리를 쓸어버리자!"

"저…저건 또 어디에서 나타난 병사들이냐?"

"한당, 감히 황제를 위협하다니! 용서하지 않겠다. 자룡의 필살검을 받아라, 야합!"

적기에 나타난 자룡은 이렇게 경각에 달린 유비의 목숨을 구하게 됩니다.

"한당의 졸개들아, 모두 각오하라. 오나라 약졸들을 모조리 쓸어버려라!"

"와~아!"

"자룡, 넌 도대체 어디에서 나타난 것이냐? 실로 귀신이 곡할 노릇이구나.”

“한당, 말이 많구나. 내 활솜씨나 더 봐라.”

두 번째 화살이 한당의 팔을 꿰뚫자 낙마하고 말죠.

“장군이 활에 맞았다! 빨리 모시고 도주하자. 전원 후퇴하라!”

“후퇴, 후퇴!”

“오! 자룡아, 너를 이곳에서 만나다니 이건 기적이다!”

“폐하, 어디 다친 곳은 없습니까?”

“난 괜찮다. 내가 위기에 빠져 이곳으로 올 줄 어떻게 알았느냐?”

“폐하! 공명 승상께서 보냈습니다. 폐하의 진지 구축도를 보고 크게
놀라며 화공을 걱정했습니다. 그리고 폐하가 위기에 빠질 수 있다며 저
를 백제성으로 통하는 이곳으로 보냈습니다.”

“공명 승상은 신인(神人)이야! 자룡아, 내가 너와 승상의 말을 듣지 않
고 이런 꼴을 당했구나. 부끄럽다. 참으로 부끄럽구나. 이번 전쟁에 승
상만 함께 왔어도 대승을 거뒀을 텐데, 이젠 어찌하면 좋으냐? 70만 대
군을 한순간에 다 잃었어. 내가 무슨 낯으로 백성들을 보고, 무슨 낯으
로 승상을 본단 말이냐! 부끄럽다. 어디 쥐구멍 좀 찾아봐라.”

“폐하, 다 지나간 일입니다. 빨리 백제성으로 가시죠. 이 산모퉁이를
넘으면 두 갈래 길이 나옵니다. 모두 백제성으로 통하는 길인데, 공명
승상께선 어복포를 통과하라고 일러 주셨습니다.”

“그래, 가자. 어서 가자!”

한편, 유비를 추격하던 육손은 도망쳐 오는 한당과 마주칩니다.

“한 장군, 유비는 생포하였소?”

“아닙니다. 놓쳤습니다. 유비를 거의 잡을 뻔했는데 갑자기 조자룡이
나타나 저는 팔에 활을 맞았고, 유비는 놓쳤습니다.”

"알겠소. 한 장군은 본진으로 돌아가시오. 내가 유비를 추격하여 기필코 사로잡아 오겠소."

유비를 잡기 위한 육손의 추격이 시작됩니다.

"저기, 저기 유비 일행이 보입니다. 군사들의 수가 많지 않아 쉽게 생포할 수 있겠습니다."

"저기 유비가 도망친다. 놓쳐서는 안 된다. 더 빨리 뛰어라. 유비를 생포하라. 생포가 어려우면 베어도 좋다. 빨리 추적하라!"

"와~아!"

"대도독! 잠깐 멈추시죠. 이곳 지형 이름이 어복포인데, 저 어복포 모퉁이에서 살기가 돕니다. 무작정 추격하지 마시고 정찰병을 보내시죠."

"좋다. 주력부대는 여기에서 추격을 멈추고 정찰부대가 앞을 살피고 와라."

"옙! 저희가 산모퉁이를 수색하고 오겠습니다."

잠시 후 정찰 보고를 합니다.

"대도독, 수색 결과 사람은 없고 돌무더기만 어지럽게 흩어져 있습니다."

"사람이 보이지 않는다고? 이상하구나. 내가 직접 가서 눈으로 확인해 보겠다."

호기심이 인 육손이 돌무더기를 보러 갔는데, 갑자기 돌개바람이 불면서 사방이 캄캄해집니다.

"이…이게 웬일이냐? 갑자기 미친 광풍이 불어오는구나."

"대도독, 갑자기 모래가 날리고 돌이 구릅니다."

"옴마야! 저거 보십시오. 괴상하게 생긴 돌이 우뚝 솟아 달려듭니다."

"저…저 돌은 마치 강시처럼 껑충껑충 뛰어 이리로 옵니다."

"이…이게 도대체 무슨 조화냐? 돌무더기 쌓인 곳마다 사면팔방에 모두 문이 있고, 창이 있구나. 그런데 이 돌개바람은 어디에서 불어오는 것이냐?"

"아악! 모래가 날리고 돌이 구른다! 사방이 갑자기 컴컴해졌습니다."

이상하게 생긴 돌이 우뚝 솟아오르고, 모래바람이 날리더니 강에서는 성난 파도가 출렁이기 시작합니다.

"장군! 마치 돌무더기가 살기를 품고 달려드는 병사 같습니다."

"그뿐 아니구나. 강가의 모래톱은 절벽처럼 느껴지고, 흐르는 강물 소리는 천군만마가 달려드는 소리로 들리는구나. 빨리 이곳을 빠져나가자."

"대도독! 달아나려고 해도 돌무더기 밖으로 나가는 길을 도무지 알 수가 없습니다."

"이…이런 공포는 나도 처음 느껴본다! 돌무더기가 살아 있는 병사처럼 사람에게 달려들다니……."

"밖으로 나가는 길을 찾을 수 없습니다. 대도독께선 지략에 밝은 분이시니 어떤 묘책이라도 한번 내보시죠?"

"그…글쎄, 이런 기이한 일은 나도 처음이라……."

육손이 혼비백산하여 넋이 나가 있는데, 그때 한 노인이 나타나 따라오라는 손짓을 합니다.

"저…저 노인은 또 누구인가? 산신령인가?"

"젊은이, 그대가 육손인가?"

"예, 어르신. 제 이름을 어떻게 알고 계십니까?"

"내가 길을 알려 줄 테니 나를 따라오시게."

"감사합니다, 어르신!"

육손 일행이 노인이 이끄는 대로 따라 나가자 금세 돌무더기 밖으로 무사히 빠져나왔습니다.

"후유, 이젠 살았다! 무서운 공포에서 벗어났구나. 감사합니다. 어르신은 누구신지요?"

"육손, 자넨 아직 내 사위의 적수가 되지 못하네."

"사위라니요? 누굴 말씀하십니까?"

"난 제갈공명의 장인 황승언(黃承彦)이라는 사람일세. 이건 내 사위 공명이 설치한 팔진도(八陣圖)지."

"어르신이 제갈공명의 장인이셨군요. 그런데 적국의 장수인 저를 왜 도와주시는지요? 혹시 공명 승상께서 미투(Me too)에 걸렸나요?"

"아닐세, 내 사위는 평생 내 딸 월영 외의 어떤 여자에게도 눈길 한번 주지 않는 착한 사람이야. 내가 자네를 돕는 이유는 촉의 황제 유비를 그만 추적하라는 뜻이야. 이번 이릉대전에 내 사위가 함께 출전했더라면 동오는 무너졌을지도 모르네. 그러나 지금 촉의 황제는 패했고, 딱하게도 도주 중이지. 그러나 자네가 그분을 끝까지 추적하여 해친다면 북쪽의 조비가 그 기회를 놓치지 않고 오나라 국경을 침범할 것이네. 그땐 자네의 힘으로도 조비의 군사들을 막아 내지 못해. 그러니 이쯤에서 군사를 돌려 국경 경비에 힘을 쏟게."

"어르신 말씀이 맞습니다. 제가 가장 염려하는 것도 조비가 이 틈을 타 쳐들어올 경우입니다. 그런데 어르신, 아까 그 돌무더기가 춤을 추며 사람에게 달려드는 건 무슨 조화입니까?"

"그건 나도 잘 모르네! 아마 사람의 착시 현상일 거야. 내 사위가 돌무더기를 쌓아 두었으나 날이 쾌청하고 훤한 대낮에는 그런 현상이 나타나지 않는다네. 그러나 오늘처럼 바람이 부는 황혼 무렵엔 기이한 현상이 나타나지. 그걸 '팔진도'라고 하는데, 난 그저 그 미로에서 빠져나오는 길만 알고 있을 뿐이야."

결국 육손은 황승언에게 감사한 마음을 표한 후 군사를 돌려 동오로 돌아갔습니다.

그럼 여기에서 육손을 꼼짝 못하게 했다는 '팔진도'란 대체 무엇이었을까요? 패전의 아픔으로 몸과 마음에 병이 찾아온 유비가 자룡을 보내 공명을 불러오게 합니다. 성도로 승상을 모시러 온 조자룡이 팔진도에 대해 물었습니다.

"승상, 전 폐하를 모시고 승상의 분부대로 어복포를 통과하였습니다. 어복포에 들어서자 많은 돌무더기가 쌓여 있고, 길이 미로처럼 복잡하더군요. 그러나 저는 승상께서 주신 지도를 보면서 그곳에 표시된 길을 따라 쉽게 빠져나왔습니다. 그러나 육손은 그 팔진도에 갇혀 꼼짝을 못했다고 하더군요."

"그렇소. 언젠가는 위기가 닥칠 때를 대비해 내가 어복포에 팔진도를 배치해 두었지요. 팔진도는 『손자병법』에 등장하는 팔진법과 같은 원리입니다. 다만 군사 대신 돌무더기를 쌓아두고, 휴(休)·생(生)·상(傷)·두(杜)·경(景)·사(死)·경(驚)·개(開)라는 8개의 문을 만들어 두었습니다. 팔진도는 여덟 무더기의 돌탑이 하나의 '진'을 이루며, 다시 여덟 개의 진이 모여 거대한 부대와 맞먹는 하나의 '큰 진'이 완성됩니다. 큰 진은 440개의 돌덩어리이며, 팔진을 모두 합치면 3천520개의 돌이 됩니다. 육손이 길을 잃은 이유는 바로 착시현상 때문이지요. 오르막인 줄 알고 따라가면 오히려 낮은 곳으로 가게 되어 있고, 길이 넓어진다고 생각하고 따라가면 오히려 점점 좁아져 막다른 골목에 다다르게 됩니다. 한번 길을 잃으면 좀처럼 제자리를 찾을 수 없게 만들어져 있지요. 멋모르고 들어선 병사들은 크게 당황하며 겁에 질리게 됩니다. 여기에 팔진도 안의 길을 미로처럼 꾸며 놓아 효과는 더욱 컸지요. 돌무더기를 눈높이 정도로만 쌓아도 그 안을 지나는 사람은 자신이 가는 곳을 정확히 알 수 없기 때문에 불안한 마음이 커집니다. 평상시라면 착시현상에 몇 번이고 속지는 않을 테지만, 불안감이 커지면 속임수에 더 쉽게 빠질 뿐더러 점점 당황하게 되지요. 거기에 바람이 부는 황혼녘에는 마치 돌들이 살아서 움직이는 것처럼 착각을 하게 됩니다. 그러나 사람의 눈을 속이는 것은 잠깐이지요. 육손 정도의 능력 있는 장수라면 하룻밤을 지내고 날이 밝으면 착시현상에서 벗어나 다시 폐하를 추적했을 겁니다. 그래서 저는 제 장인을 그곳에 보냈지요. 장인은 팔진도의 미로를 벗어나는 법을 알고 계시며, 또 노인이라 육손이 해칠 염려도 없기 때문이죠. 장인께서는 '만약 자네가 폐하를 끝까지 추적하여 해치게 되면 위나라 조비는 그 기회를 놓치지 않고 동오의 국경을 침범해 나라가 위태롭게 된다.'고 설파했지요. 제 예상대로 육손은 그 설득에 넘어가 군대를 철수하였고, 폐하께서는 안전하게 백제성으로 돌아올 수 있었던 겁니다."

"승상, 승상의 책략은 진정 신을 능가하고 남습니다. 어떻게 그런 놀라운 방법을 생각하셨는지요?"

"과찬의 말씀입니다. 이제 폐하께서 부르신다니 빨리 백제성으로 갑시다. 몸도, 마음도 쇠약해지신 폐하를 알현해야죠."

유비, 백제성에서 붕어하다

"내가 공명 없이는 전쟁을 못 할 줄 아느냐? 난 평생을 전쟁터에서 보낸 사람이다." 이렇게 큰소리치며 70만 대군을 일으킨 유비. 그는 공명과 자룡을 출정에서 제외시키고 호기 있게 동오를 침공하였으나 결과는 대참패. 10년 동안 공들여 길러 놓은 군마를 한순간에 모두 잃고 패장이 되어 백제성으로 피신한 유비, 그는 패배의 충격으로 깊은 병이 듭니다.

"여봐라! 공명 승상과 내 아들 유선을 불러와라."

유비는 병석에 누워 성도에 있는 공명을 부릅니다.

한편 그 시각, 오나라에서는 승전 자축이 한창입니다.

"만세! 만만세! 우리가 이겼다. 우리가 유비의 70만 대군을 물리쳤다!"

"자! 오늘의 히어로, 이 시대의 영웅 육손을 모십니다. 대도독 육손은 앞으로 나와 주십시오."

오나라 군주 손권이 함박웃음을 지으며 육손을 소개합니다.

"육손, 육~손!"

여러 문무백관들의 연호 속에 육손이 모습을 나타냅니다.

"내가 저 잘생긴 얼굴을 볼 때부터 전쟁에서 이길 거라 말했지?"

"아니 자넨 그때 기생오라비가 무슨 전쟁을 하냐고 비난하지 않았나?"

"아닐세, 이 사람아. 내가 언제 그런 소릴 했어? 난 첨부터 육손을 알아봤어!"

"육~손! 육~손!"

"와아, 박수!"

짝짝짝!

"자! 여러분, 주유와 노숙 그리고 여몽의 장점만을 한데 모은 대도독 육손에게 다시 한 번 큰 박수 부탁합니다."

짝짝짝짝!

"여러분, 감사합니다. 이번 전쟁에서 이긴 것은 모두 여기 계신 오왕 전하와 문무백관 여러분의 공입니다. 전 후퇴, 후퇴만 거듭하다가 불장난한 거밖에 없습니다. 하마터면 자다가 쉬할 뻔했습니다."

"와하하하! 대도독이 유머 감각도 있구만."

"자, 여러분! 그리고 오왕 전하, 가장 기쁠 때에 기쁨에 안주하지 말고 앞으로 닥쳐올 위험을 생각해야 합니다."

"대도독, 쉽게 설명하시오. 무슨 말인지?"

"지금 촉과 오는 서로 싸워 많은 국력을 상실했습니다. 이번 전쟁에서 가장 큰 이득을 본 것은 위나라 조비입니다. 조비는 두 호랑이의 싸움을 지켜만 보았습니다. 두 호랑이는 지금 둘 다 깊은 상처를 입었지요. 이때 조비가 호랑이 사냥에 나선다면 어떻게 되겠습니까? 두 마리 다 조비의 손에 죽게 될 건 뻔합니다."

"맞다! 우리가 승전에 들떠 있을 때가 아니지. 우린 서로 군사를 잃었고, 조비는 오히려 군사를 길렀으니 조비가 침공하면 큰일 난다."

"대도독, 그럼 어떻게 해야 하는가?"

"자, 어부지리를 얻은 조비의 침공에 대비하려면 어떻게 해야 할까요? 우린 다시 유비와 손을 잡고 조비에 맞서야 합니다. 즉, 손유동맹을 다시 맺어야 합니다."

"유비와 다시 손을 잡는다고? 유비는 우리와 싸운 상처가 아직 아물지도 않았고, 그의 분노가 극에 달해 있을 텐데, 유비의 복수심이 오히려 더 커진 이 마당에 그가 허락하겠나?"

"정치의 기본 원칙을 기억하시죠? '정치에는 영원한 친구도, 영원한 적도 없다.' 이해관계에 따라서 어제의 적이 오늘의 친구가 됩니다. 정치를 아는 유비는 틀림없이 허락할 것입니다. 더구나 천재 지략가 공명이 있지 않습니까?"

"그렇지, 육손은 입만 벙긋하면 죄다 옳은 소리만 하는구나. 다시 유비와 손잡고 조비를 막아야 해. 그럼, 누구를 사신으로 보내야 할까?"

"전하, 제갈량의 형 제갈근을 보내십시오. 보낼 때 이번 전쟁에서 잡은 2만 명의 포로와 노획한 물품을 모두 돌려주십시오."

"육손, 참으로 현명한 생각이다!"

손권이 육손의 건의를 받아들여 2만 명의 포로와 제갈근을 사신으로 보낼 무렵, 유비는 깊은 잠에 빠져 있습니다.

"형님! 형님, 그만 주무시고 잠깐 일어나 보시죠."

"누…누구냐? 아니 너흰 관우와 장비가 아니냐? 너희가 여긴 웬일이냐?"

"형님! 저희들은 형님이 보고 싶어 이렇게 왔습니다. 하늘에 계신 옥황상제께서도 저희 두 사람이 신의를 저버리지 않고 형님을 모신 걸 귀하게 여기고 계십니다. 옥황상제께서는 특히 관우 형님을 칭찬해 주시면서 신의 반열에 들도록 허락하셨습니다."

"신? 관우가 신이 되었단 말이냐? 축하한다, 관우야!"

"형님, 축하라니요? 별 말씀을 다 하십니다. 그래도 이승이 더 좋습니다요, 하하!"

"안 가봐서 모르겠다만, 그럼 장비 너는?"

"저도 물론 신의 반열에 들었죠. 저는 주신(酒神)입니다."

"주신이라니? 과연 주사불사 장비답구나! 아무 거라도 짱이 되면 좋다!"

"예, 헤헤! 술을 관리하는 신이죠. 조조의 셋째 아들 조식이 아침부터 술을 마시다 피를 토하고 죽은 일 기억하시죠? 그 조식을 제가 비서실장으로 채용했습니다. 이제 머지않아 옥황상제께서 형님도 부르실 겁니다. 이승의 일을 모두 마무리하시고 속히 올라오십시오. 형님께서 오시면 환영주는 제가 준비해 두겠습니다."

"오냐, 나도 체력이 예전 같질 않구나. 빨리 너희를 따라가고 싶다."

유비가 잠에서 깨어 보니 꿈이었습니다.

'나도 이 세상을 떠날 날이 가까워졌구나. 내가 만약 죽으면 2프로 부족한 내 아들 유선이 나라를 잘 지킬 수 있을까? 만약 머리 좋은 공명이 내 아들을 밀어낸다면? 내 아들은 무슨 수로도 공명을 당해 내지 못한다. 그렇다면 내가 살아 있을 때 공명의 마음을 시험해 보는 수밖에 없다. 공명이 조금치라도 역심을 품는다면 내가 죽기 전에 그를 제거해야겠지.'

며칠 후, 백제성에 도착한 공명이 황제 유비를 알현합니다.

"폐하! 신 공명, 폐하의 부름을 받고 왔습니다."

"승상! 어서 오시오. 내 승상 볼 면목이 없소."

"폐하! 천부당만부당한 말씀입니다. 이번 패전은 모두 신의 불찰입니다. 신이 폐하를 모시고 전장에 나갔다면 이런 패배는 없었을 겁니다."

"승상, 20년 전 융중에서 삼고초려로 승상을 만난 후, 승상의 말을 들으면 전쟁에서 이겼고, 승상의 말을 듣지 않으면 모두 패하였소. 이번 오나라와의 전투에선 내가 내 자신을 너무 과신했소. 그리고 솔직히 관우의 복수를 막는 승상과 자룡이 미웠소. 그래서 승상을 출병에서 제외시킨 거요. 그러나 결과는 너무 참담하구려. 내가 승상을 볼 면목이 없소. 용서하시오."

"폐하, 무슨 말씀입니까? 모두가 저의 불찰입니다. 빨리 건강을 회복하소서."

"승상, 난 틀린 거 같소. 패전에서 받은 마음의 상처가 너무 크오."

이때 오나라 사신이 찾아옵니다.

"폐하, 지금 오나라 사신 제갈근이 폐하 뵙기를 청합니다."

"뭐라고? 오나라에서 사신이 왔다고? 제갈근 혼자 왔더냐?"

"아닙니다. 지난번 전투 때 사로잡힌 포로 2만 명과 함께 왔습니다. 그때 우리가 빼앗겼던 물품들도 모두 가져왔습니다."

"가만, 제갈근이라면 승상의 형이 아니요? 승상이 만나보시오."

"폐하, 이처럼 민감할 때 제가 오나라 사신으로 온 형님을 만나는 건 큰 부담이 됩니다. 폐하께서 직접 만나보시죠."

"알겠소. 내 아픈 모습을 보여 주긴 싫지만 승상의 형이니 내 직접 만나보겠소. 여봐라, 사신을 들라 하라."

"폐하, 제갈근 인사 올립니다."

"오! 제갈근 선생, 오랜만이요. 그래 무슨 일로 오시었소?"

"예, 저희 오왕께서는 이번 전쟁에 심심한 사과의 말씀을 전하십니다. 이릉전투에서 화공으로 목숨을 잃은 촉국 병사들에게도 유감을 표하셨습니다."

"그래서요, 어쩌자고?"

"그래서 우리 오왕 손권께서는 폐하와 다시 군사동맹 맺기를 원하십니다."

"뭐라고? 군사동맹! 네놈들이 나를 희롱하는 거냐? 나를 이 지경으로 만들어 놓고 화해하자고 손을 내밀어? 지금 약 주고 병 주냐? 내 당장 네놈의 목을 베고 싶다만 그대의 아우 공명을 봐서 참는다. 내 눈앞에서 어서 사라져라!"

곁에서 지켜보던 공명이 난감한 표정을 짓습니다.

"형님, 일단 나가시지요."

"아우, 알겠네. 폐하께서 화가 단단히 나신 거 같네. 밖으로 나가세."

"폐하가 보기보단 빈대속이네요!"

"아닐세! 지금 처지가 그러하네. 이럴 땐 눈앞에서 사라지는 게 최고네. 빨리 나가세!"

공명이 제갈근과 함께 밖으로 나가자 유비는 아들 유선을 부릅니다.

"아두(阿頭=유선)야, 이 아비가 오래 살지 못할 거 같구나. 이젠 네가 이 나라를 물려받아 다스려야 한다."

"아버지, 무슨 말씀이에요? 전 이대로가 좋아요. 전 항상 아버지 곁에서 살래요. 저에게 그런 큰일 시키지 마세요. 머리가 아파요."

"아두인지 아둔인지…, 아무튼 내 아들아, 나도 그러고 싶지만 세월이 기다려 주지 않는구나. 이젠 네가 이 모든 짐을 맡아야 한다. 정치는 신하들과 함께하는 거니 걱정 말거라. 공명이 너를 돌봐 줄 거다. 당장 가서 공명에게 전해라. 오나라와 다시 동맹을 맺는다고……."

유비는 이릉대전에서 패배한 마음의 상처를 감추고 다시 오나라 손권과 동맹을 맺죠. 역시 유비는 뛰어난 정치가입니다.

"손권과 연합해야만 위나라 조비를 막을 수 있다. 오촉동맹을 다시 맺는다. 그리고 여봐라, 공명과 문무백관들을 모두 들라 하라!"

유비의 명령이 하달되자 문무백관들이 모두 들어왔습니다.

"공명, 이리 가까이 오시오. 아두야, 넌 승상께 큰 절을 올려라. 그리고 오늘부터 공명을 아버지로 모시도록 해라."

"폐하! 갑자기 왜 이러십니까?"

"공명, 내 말을 잘 들으시오. 아두에게 황제의 자리를 물려주니 승상께서 아들로 생각하고 잘 돌봐 주시오. 그러나 다 알다시피 아두는 똑똑하지 못하오. 아두가 황제의 자리에 올라 나라를 잘 다스리면 나를 대하듯 잘 보필해 주시오. 그러나 아두가 황제의 자질이 없다고 판단되면 승상께서 직접 황제의 자리에 올라 나라를 다스려 주시오. 이것만이 나라를 살리는 길이오."

공명은 그 말을 듣자 온몸에 진땀이 흐르고 손발이 벌벌 떨립니다.

"폐하! 소신에게 황제가 되라니요? 그 말 당장 거두어 주십시오. 소신은 그런 역심을 품지 않습니다."

그러고는 벌떡 일어나 침대 모서리에 머리를 찧습니다.

쾅! 쾅!

"전하, 저를 어찌 보고 그런 말씀을 하시는지요. 흑! 흑! 소신은 추호도 역심을 품지 않습니다. 전 끝까지 유선 공자에게 충성을 다하겠습니다."

공명의 이마에서 피가 흘러내립니다.

쾅! 쾅! 빠지직!

"아니, 왜 이러시오? 알겠소, 승상! 그만 하시오. 그러다가 그 좋은 머리 돌면 어찌하란 말이오. 내 승상의 마음을 충분히 알겠소."

진심으로 흐느끼는 공명, 자기를 시험하는 유비의 마음을 제갈공명이 모를 리 없죠. 너무 좋아서 조금이라도 미소를 내비쳤다가는 자신의 목이 달아난다는 걸 누구보다도 잘 압니다. 유비의 입장에서는 오히려 먼저 공명에게 나라를 내놓음으로써 죽은 뒤까지 공명과 유선을 의리로 묶어 두고자 한 것이죠.

"만조백관들은 들어라! 난 하늘이 주신 나의 수명을 다하고 이젠 황천길을 건너간다. 내가 죽더라도 너희는 내 아들 유선을 잘 보필하여 이 나라를 다스려 주기 바란다……."

유언을 마치고 유비가 백제성에서 붕어하니 이때 유비의 나이 63세, 서기 223년의 일입니다.

『삼국지』의 주인공 유비, 다시 요약해 살펴볼까요? 자는 현덕입니다. 한나라 중산정왕의 후손이죠. 일찍 아버지를 여의고 누상촌에서 돗자리를 팔아 생계를 잇는 어려운 환경에서 자랐습니다. 젊은 시절, 관우·장비와 만나 도원의 결의를 맺죠. 맘에 맞는 사람 셋만 있으면 세상도 얻을 수 있다고 합니다. 허나 유비의 가장 큰 애로사항은 머리 쓰는 지략가가 없었던 것, 그의 나이 48세 때 삼고초려로 제갈량을 얻지요. 유비는 제갈량을 얻은 후, 전투에서 그의 말을 들으면 이겼고, 말을 듣지 않으면 패했습니다. 유비는 오나라 손권과 동맹하여 적벽대전에서 조조를 대파합니다. 이른바 제갈공명이 동남풍을 불러왔기 때문에 화공을 가해 100만 대군을 격파한 거죠. 그리고 유비는 그 여세를 몰아 형주를 확보합니다. 형주 때문에 손권과는 계속 트러블을 일으키지요. 조조가 한중 침입을 기도하자, 두려움을 느낀 서촉(익주)의 군주 유장의 원조 요청에 따라 서촉으로 갑니다. 이때 아우인 명장 관우를 형주에 잔류시키죠. 유비는 열심히 싸웠지만 유장이 군수물자를 내어 주지 않고 배신하자 그를 항복시키고 서촉을 수중에 넣습니다. 이때 유비의 백마 적로를 바꿔 탄 방통이 낙봉파에서 적의 화살을 맞고 유비 대신 사망한 것, 기억하시죠? 서기 219년, 유비는 한중을 공격하여 조조의 부하들을 몰아내고 한중왕이 됩니다. 그런데 이때 형주를 지키던 관우는 오나라 번성을 공격하다 손권과 여몽의 계략에 빠져 죽게 되죠. 천하무적 관우의 죽음입니다. 220년, 조비가 한나라 헌제에게 양위를 받아 위나라 황제가 되자 221년, 유비도 황제의 자리에 오릅니다. 한의 정통을 계승한다는 명분으로 국호를 '촉한'이라 하죠. 다음 해, 술 취한 장비는 그의 부하 범강과 장달에게 살해됩니다. 두 사람은 장비의 목을 가지고 오나라로 달아나죠. 유비는 형주의 탈환과 관우, 장비의 복수를 명분으로 오나라 손권을 공격합니다.

이제 유비의 죽음은 위나라 황제 조비에게도 전해집니다.

"폐하, 촉국 황제 유비가 세상을 떴다 합니다."

"뭐라고? 중달, 유비가 죽었단 말인가? 큰일이군!"

"폐하, 적국의 황제가 죽었는데 무슨 걱정이라도 있으신지요? 아니면 딴 속내가 있거나…….."

"거참! 나 그런 놈 아니네. 유비는 소설『삼국지』의 주인공인데, 그 주인공이 죽었으니『삼국지』 이야기도 끝이 아니겠소? 그렇게 되면 우리도 소설 속에서 모두 사라지게 될 텐데…, 이것이 큰 걱정거리 아니오?"

"폐하, 너무 심려 마십시오. 아직 공명이 살아 있고, 또 소신 사마중달이 살아 있으니 당분간 이야기는 지속될 것입니다."

"그렇다면 다행이구려. 그럼 촉의 황제가 죽었다는데 우린 어찌하면 좋겠소?"

"폐하! 유비가 죽고 그 아들 유선이 2대 황제가 되었는데, 유선은 그 아비에 비하여 카리스마가 훨씬 떨어진다 합니다. 황제라는 자가 국사는 돌보지 않고 요상한 놀이에 몰두한다고 합니다."

"촉나라에서 한창 유행인 무슨 재미있는 놀이가 있나 보구려! 근데 왜 우린 그런 재밌는 놀이가 없냐? 가서 당장 배워 와라!"

"예, 귀뚜라미들이 나와서 싸우는 게임인데 유선은 종일 그 게임에만 빠져 있다 합니다."

"오호, 그럼 촉은 주인이 없는 셈이군. 놀이를 할 것이 아니라 이번 기회에 촉을 한번 건드려 볼까? 무슨 좋은 아이디어라도 있으면 말해 보시오."

이때 모사 가후가 나섭니다.

"폐하, 쉽게 군사를 출병시켜서는 안 됩니다. 지금 촉의 실권자는 제갈공명입니다. 공명이 있는 한 촉을 우습게 보다가는 큰일 납니다. 유비는 죽기 전에 '내 아들 유선이 황제의 자질이 없다고 판단되면 공명 그대가 황제의 자리에 오르시오.' 이렇게 파격적인 유언을 했다 합니다. 그러나 공명은 침대 모서리에 이마를 찧으며 '폐하! 소신은 변함없이 충성할 것입니다.' 하며 강력 부인했다 합니다."

"그게 바로 유비의 반어법이요. 즉, '공명, 당신은 머리가 좋으나 내 아들은 머리가 부족하다. 그러나 내 아들은 건들지 마라.' 이런 뜻 아니겠소? 만약 공명이 강하게 부인하지 않고 조금이라도 긍정의 의사표시를 했다면 유비는 자기가 죽기 전에 공명을 제거했을 거요."

"폐하, 과연 영명하십니다. 신 사마, 말씀을 듣던 중 좋은 생각이 떠올랐습니다."

"중달, 말씀해 보시오."

"공명의 능력을 시험해 볼 겸 촉을 한번 치시죠? 한꺼번에 대군을 일으킬 게 아니라 군대를 다섯 방면으로 나누어 치는 겁다. 즉, 촉으로 통하는 5로를 택하여 제1로는 요동의 선비국(鮮神國)왕 가비능(軻比能)에게 명하여 10만의 군대로 서평관(西平館)을 치게 하는 것이지요. 제2로는 남만왕 맹획에게 명하여 10만의 군사로 익주를 치게 하는 것입니다. 제3로는 오나라 손권에게 명하여 10만의 군사로 양천을 치게 하고, 제4로는 촉에서 투항한 맹달에게 명하여 10만의 군사로 한중을 치게 하십시오. 제5로는 대장군 조진에게 명하여 10만의 군사로 양평관을 치게 하십시오. 이렇게 다섯 갈래로 나누어 총 50만 대군이 출병하면 제갈량이 슈퍼 컴퓨터보다 더 좋은 머리를 가졌다 한들 당해 낼 수 있겠습니까?"

"굿 아이디어요. 중달, 그대가 전략으론 공명보다 한수 위일 거 같소. 당장 시행합시다."

"폐하, 과찬이십니다!"

그런데 촉에서는 오늘도 황제가 귀뚜라미 놀이에 빠져 있습니다.

"야, 잘 한다! 내 귀뚜라미, 먼저 물어뜯어라. 야! 이겨라, 이겨라!"

황제가 한창 놀이에 몰두해 있는데, 한 신하가 숨이 끊어질 듯 헐떡이며 뛰어들어옵니다.

"폐하! 폐하, 크…큰일 났습니다."

"뭔데 이렇게 시끄럽게 구느냐? 지금 한창 내 귀뚜라미가 이기고 있는데!"

"위나라 조비가 전쟁을 일으켰습니다. 지금 여러 방면에서 군사들이 몰려오는데, 어림잡아 다섯 갈래로 쳐들어오는 것 같고, 그 숫자는 50만 명이 넘는다 하옵니다."

"뭐…뭐라고? 위나라 군대가 쳐들어왔다고? 스…승…상! 우리 아부지 승상은 어디 계시느냐? 빨리 승상을 모셔 와라."

"공명 승상은 요즘 며칠 간 승상부에 출근하지 않고 있습니다."

"뭐라고? 그렇다면 승상도 귀뚜라미 놀이에 중독된 거요? 빨리 당장 놀이를 중단하고 입궁하라 일러라!"

"폐하, 승상은 귀뚜라미와 놀고 있는 게 아니오라 아파서 자택에 누워 계신답니다."

"내 명령 없이 감히 재택근무를 한다고? 그게 말이 되느냐?"

이때 신하들이 서로 얼굴을 마주보며 수군거리기 시작합니다.

"승상이 위나라 침공을 막아 낼 뾰족한 방법이 없어서 병을 핑계 대고 나오지 않는 거 아냐?"

"그럼 이번 침략을 속절없이 당해야 한단 말이야? 큰일이구나!"

급기야 황제가 겁에 질려 울음을 터트리죠.

"폐하, 체통을 지키소서! 속히 직접 승상의 자택으로 가보시죠."

"그래, 알았다. 빨리 승상 아부지 집으로 가보자."

겁에 질린 황제 유선이 공명의 집으로 달려갑니다.

이때, 공명은 아프기는커녕 연못에서 물고기들을 구경하고 앉아 있습니다.

"승상 아부지, 이젠 물고기 놀이에 열중이군요!"

"아니, 폐하! 어인 일로 여기까지 납시었는지요?"

"승상께서는 그걸 몰라서 물어요? 지금 조비가 전쟁을 일으켜 사방에서 쳐들어오는데, 승상은 한가롭게 물고기 구경만 하고 있어요?"

"아! 폐하께서 그 일로 여기까지 오셨군요. 그런 일에 걱정하실 게 뭐 있습니까? 아무 걱정 마십시오."

"그럼 승상 아부지께서는 무슨 해결 방법이라도 있다는 거예요?"

"아무 걱정 마십시오. 조비가 각 군사 10만 명씩을 다섯 갈래로 나누어 침략한다는 보고는 이미 받았습니다. 그중 네 군데는 신이 이미 물리쳐 버렸습니다. 외곽에 있는 군사를 움직인지라 폐하께서 잘 모르셨을 뿐입니다. 그리고 군사작전은 특히 비밀 유지가 필요하기 때문에 제가 승상부에서 일을 처리한 것입니다."

"빙고! 역시 승상 아부지 최고다. 난 그런 줄도 모르고……. 당신이 나처럼 귀뚜라미하고 놀고 있는 줄 알고 원망했잖아! 승상 아부지, 어떤 방법으로 물리쳤는지 궁금하니 어서 알려주세요."

"간단합니다. 제1로는 요동의 선비국왕 가비능이 서평관을 치러 왔습니다. 그런데 대장군 마초가 본래 선비족의 핏줄입니다. 선비족들은 마초를 신처럼 존경하죠. 그래서 마초를 서평관으로 보냈더니 가비능은 싸워 보지도 않고 도주하였습니다. 제2로는 남만왕 맹획이 익주를 치러 왔는데, 맹획은 의심이 많은 야만족입니다. 익주엔 위연을 보냈죠. 위연이 적은 군사로 동에 번쩍, 서에 번쩍 교차하면서 군사를 몰고 뛰어다니자 의심 많은 맹획은 어마어마한 대군이 몰려온 걸로 겁을 먹고 도주하였습니다. 제4로는 맹달이 한중을 치러 왔지요. 맹달은 원래 우리 편 장수였는데, 위나라에 투항한 사람입니다. 맹달은 이엄과 생사를 함께하기로 맹세한 사이죠. 이엄이 맹달을 준엄하게 꾸짖자 맹달은 병을 핑계로 더 이상 나오지 않았습니다. 제5로는 조진이 양평관으로 밀고 들어왔는데, 조진은 조자룡의 적수가 못 됩니다. 자룡이 호통을 치며 쓸어버리자 적들은 꽁무니가 빠지게 도주하였습니다. 그러나 어떤 곳에서 변수가 발생할지 몰라 관흥과 장포에게 3만 군사를 주어 중간 지대에서 대기하다 다섯 갈래 중 한 곳이라도 위급한 곳이 있으면 즉시 가서 지원토록 조치했습니다. 일종의 기동타격대인 셈이죠. 그러나 딱 한 군데 문제가 있습니다."

"그곳이 어디입니까?"

"제3로인 바로 오나라 손권입니다. 손권은 유비 황제가 살아 계실 때 우리와 군사동맹을 맺었습니다. 그러나 유비 황제가 돌아가시자 손권이 조비의 눈치를 보고 있습니다. 그래서 이번 기회에 야무지고 똑똑한 사람을 보내 손권의 마음을 확실히 다잡아야 합니다."

"승상 아부지, 이제야 마음이 놓이는군요. 오나라에 사신도 승상께서 알아서 보내세요."

"예, 폐하! 아무 걱정 마십시오."

한편, 오나라에서는 조비가 보낸 위나라 사신이 손권과 독대하고 있습니다.

"오왕 전하, 저희 조비 폐하께서 군사를 일으켜 다섯 갈래 방향으로 촉을 치고 있습니다. 따라서 오나라에선 제3로를 맡아 양천을 치십시오. 조비 폐하께서는 촉을 멸망시켜 그 땅을 오나라와 위나라가 반분하자고 하십니다."

"촉을 반땅하자고요? 알겠습니다만, 먼저 저희 신하들과 상의해 보겠습니다. 영빈관에서 편히 쉬고 계십시오."

손권은 위나라 사신을 보낸 후 육손을 부릅니다.

"육손, 위나라 황제 조비가 촉을 쳐서 그 땅을 절반씩 나누어 갖자는 제안을 해 왔소. 어쩌면 좋겠소?"

"전하! 그 조건을 덥석 받아들이면 안 됩니다. 촉은 제갈공명이 실권을 쥐고 있습니다. 공명이 있는 한 촉은 쉽게 무너지지 않습니다. 지금 촉과 위가 네 군데에서 전투를 하고 있으니, 그 추이를 지켜보아야 합니다. 만약 촉이 패배하면 우리도 제3로를 따라 양천 공격에 동참하고, 위가 패한다면 손유동맹을 계속 유지해야 합니다."

"알겠소. 과연 육손 대도독의 지략이 뛰어나구려."

이때 공명이 보낸 사신이 동오에 도착합니다.

"촉나라 사신이 누구라더냐?"

"등지(鄧芝)라는 사람입니다."

"등지? 등지는 어떤 사람이오?"

"예, 남양 신야(新野) 사람으로, 자는 백묘(伯苗)라고 합니다. 강직하고 식견이 뛰어나며 담력이 있는 한편, 말솜씨가 뛰어나다고 합니다."

"음, 남양 사람이면 공명과 한 고향 사람 아니오?"

"공명과는 정치적 식견도 대부분 일치한다 들었습니다. 아마 우리 오나라와 우호관계를 회복하고자 온 것일 겁니다."

"잘 알겠소. 그가 담력이 뛰어나다고 하니 내 그를 한번 시험해 보리다."

이튿날, 손권은 궁궐 입구에 커다란 가마솥을 걸고 기름을 가득 채워 끓이기 시작합니다.

"촉국 사신 등지를 들라 해라."

등지가 궁으로 들어서자 커다란 가마솥에서 기름이 펄펄 끓고 있습니다. 뿐만 아니라 칼과 도끼를 든 병사 수천 명이 궁궐 문 앞 양옆으로 도열하여 서 있습니다. 등지와 손권의 대화는 전라도 버전으로 들어보겠습니다.

'음마! 쪼잔한 아그들이 나를 겁줘 부네잉. 그란디 저런 꼼수에 쫄아 불 내가 아니제.'

"나 촉에서 온 사신 등지여라우. 첨 뵙겠습니다."

말을 하고는 꼿꼿하게 서서 절을 올리지 않습니다. 손권이 등지를 내려다보더니 불쾌하다는 듯 꾸짖습니다.

"아가야, 니는 낯짝은 쪼깐 반들반들한디 으째서 왕을 보고 인사도 없이 뻣뻣하게 서 있냐? 거 솔찬히 싸가지가 없구마잉."

"오매, 뭔 말씀을 고로코롬 섭하게 하시오? 우덜 나라는 황제나라 아니요? 나는 황제 사신이고. 이 완장 안 보이오? 황제보다 계급이 낮은 왕한티 절할 수는 없당께요."

"아따 저런 느자구 없는 자석 봐라. 어찌서 니는 말 뽄새가 고로코롬 싸가지가 없다냐? 아그들아, 저 둥지인지 등지인지 들어다가 가마솥에 떵게부러라."

"오매, 임금이 뭔놈의 오기를 고로코롬 부린다요? 나가 명색이 사신인디 나를 죽일라고 그러요? 우리 공명 선상하고 철천지원수 될라믄 나를 가마솥에 떵게부쑈. 그란디 외교란 것이 그렇게 하면 안 되제잉."

감정에 치우치던 손권이 다시 이성을 찾습니다.

'그렇지, 촉의 사신을 죽여서는 안 되지.'

"가만, 던지지 말고 풀어 줘라. 그라고 아그야, 니가 등지라고 했냐? 이리 뽀짝 가까이 와서 앙거라."

"야, 내가 등지여라우. 여기 앙거도 쓰겄소?"

"등지야, 귀 후비고 잘 들어라잉. 내가 말이여, 조비하고 손잡고 촉을 칠라고 맘묵어부렀당께. 느그들 뒤지기 전에 일찌감치 항복하는 게 어떠냐?"

"오매, 으찌야쓰까잉. 우리 촉을 질러분다고? 흐메, 지를 수 있으면 한번 질러 부쑈. 쉽지 않을 틴디요. 그라고 만약에 말이요잉. 우리가 졌다고 가정해 봅시다? 순망치한(脣亡齒寒), 요런 말이 있드랑께. 즉, 입술이 없으면 이가 시리다 이말이여. 촉이 뿌사져 불면 다음엔 오가 뿌사질 것은 불 보듯 뻔한 이치 아니요? 그땐 오왕의 신세가 어찌될지 생각이나 해 보셨소? 조비가 허벌나게 자비를 베풀어 살려 준다 해도 오왕은 튼튼한 감옥에 갇히게 돼불제. 오왕 아들들은 내시가 될 것 같은디? 딸들은 궁녀가 될 것 같고. 또 오나라 문무백관들은 한꺼번에 싹 뒤져서 한날한시에 지사상을 받게 안 되겠소?"

"오매, 등지! 너 주댕이는 허벌나게 양근디 말은 솔찬히 싸가지 없다잉. 니 눈구멍에는 저 끓고 있는 가마솥이 안 보이냐?"

"오매, 징한 거! 내 말이 지나치면 가마솥에 넣어 나를 템뿌라 만드랑께요. 쬐끔도 겁 안 나요. 그란디 성질 죽이고 끝까지 내 말을 들어보랑께요. 조비가 네 군데로 길을 내서 우리 촉나라로 쳐들어 왔는디, 우리 공명 선상이 을메나 야문지 알지요? 승상께서 폴새 위나라 쫄따구들 무찔러부렀제잉. 그란디 오나라하고 우리 촉국은 동맹관계 아니요? 우리가 서로 딱 보듬고 결속해서 도와불면 조비 그 대그빡 미련한 놈이 겁먹고 도망가불제잉. 오왕께서 영리하게 판단해 부쑈."

"아따 저것이 주댕이는 살아갖고 징하게 씨부려쌌네. 좋다! 유비 황제가 살아 계실 때 우린 촉오동맹을 맺었응께 그 동맹이 아직 유효하다. 나는 위와는 동맹하지 않겠다."

"오매오매, 대왕님! 으짜면 그렇게 머리가 영글고 영리하시오? 참말로 천재요, 천재. 우리 그 약속 변치 맙시다잉. 그란디 밖에서 끓고 있는 저 아까운 기름을 버리실 꺼요?"

"그라지. 버릴 수밖에!"

"뭔 소리여? 내가 듣기로는 위나라 사신인지 뭔지 하는 고 보초대가리 없는 놈이 밤새 술 처먹고 시방은 숙소에서 빈둥거리며 놀고 있다 카든디. 고 상여르자석을 잡아다가 저 가마솥에 떵게 넣어부쑈. 그래갖고 우리 촉오동맹이 돌댕이같이 딴딴하다고 말해 줘여."

"아따 등지, 야가 솔찬히 야문 소리하네. 여봐라, 아그들아! 위나라 사신을 뽈깡 들어다가 저 끓는 가마솥에 집어넣어라."

밤새 접대를 받고 술을 마신 후, 숙소에서 빈둥거리던 위나라 사신은 갑자기 들이닥친 군졸들에게 영문도 모르고 끌려갑니다.

"오매오매, 이것이 느닷없이 뭔 일이다냐? 아이고 이것들이 사람 죽이네. 이놈들아, 무슨 일인지 알고나 끌려가자."

"글쎄 이유는 우리도 모른다. 빨리 걸어라!"

"이놈들아, 밀지 마라. 까딱하다간 똥 싸겄다."

"그러기에 작작 먹었어야지. 잔소리 말고 빨리 가자!"

"아니? 저건 가마솥 아녀? 나를 저기에다 떵게불라고? 어~메나, 뎀뿌라되네! 아이고, 뜨거라!"

전라도 버전은 여기까지입니다.

졸지에 위국 사신은 가마솥의 누룽지 밥, 아니 가마솥의 뎀뿌라가 되는군요.

조비의 동오 침공

한편, 위국 사신이 끓는 기름에 던져져 튀겨 죽었다는 보고를 받은 조비는 분노합니다.

"뭐라고? 이런 뎀뿌라 같은 놈이 있나? 엊그제는 나에게 투항한다고 하여 크게 인심을 써서 썩을 놈을 오왕에 봉하고 구석 지위까지 줬는데, 이제 와서 황제인 나를 경멸하고 내가 보낸 사신까지 뎀뿌라로 만들어? 용서할 수 없다. 여봐라, 당장 오나라를 치겠다. 전쟁 준비를 하라!"

"폐하! 분부대로 하겠습니다. 다만 오나라를 치기 위해서는 장강을 건너야 하는데, 그 대책으로 여러 척의 전투함을 만들어야 합니다. 먼저 황제께서 타고 지휘하실 거대한 배를 만들어야 하며, 그 배를 호위하고 전투에 임할 크고 작은 배들도 마련해야 합니다."

"사마중달의 의견이 옳소. 먼저 수군 2천 명을 한꺼번에 태울 수 있는 거대한 전투함 10척을 만드시오. 작은 배들도 여기저기에서 끌어모아 전쟁 준비를 하시오! 이 일은 조진 숙부, 그대가 맡아서 처리하시오. 어려울 땐 친인척밖에 없다는 거 잘 알죠?"

"예, 폐하! 명을 받들겠습니다."

이렇게 되어 조진의 지휘하에 한꺼번에 2천 명이 탈 수 있는 '용주(龍舟)'라는 거대한 배 10척을 건조합니다.

"폐하! 용주는 완성하였고, 작은 배 3천 척을 긁어모았습니다."

"음, 용주라……. 이순신 장군께서 만든 거북선보다는 못하지만 그런 대로 쓸 만하오. 짐이 직접 승선하여 오를 치겠소."

"폐하께서는 전쟁 경험이 없으신데 친히 나서는 건 위험하지 않을까요?"

"그렇지 않소. 내 아버지 조조 폐하께서는 크고 작은 전투에 임하여 전쟁을 직접 지휘하였소. 선황 폐하는 어떤 전쟁이든 뒷전에서 관람한 적이 없소. 나도 선황 폐하를 본받을 것이니 그리들 아시오."

"예, 폐하! 참으로 영명하십니다."

"조진을 총사령관에 임명한다. 장요, 장합, 문빙, 서황 등은 군을 인솔하여 승선하라. 그리고 허저와 여건은 보병을 이끌고 수춘 쪽으로 행군하여 광릉을 지나 강구(江口)에서 동오로 밀고 들어가라. 그리고 사마중달은 허도에 남아서 크고 작은 국사를 처리하도록 하라."

"예, 폐하! 분부 받들겠나이다."

조비는 30만의 군사를 일으켜 장강에 배를 띄우고 오나라에 선전 포고를 합니다.

하늘의 명을 받아 천자가 명하노라.

손권은 속히 짐의 발아래 엎드려 용서를 구하라.

짐이 손권 그대를 어여삐 여겨 오왕에 임명하였거늘…,

그대는 은혜를 저버리고 위국의 사신을 해쳤구나.

이에 짐이 친히 너를 응징하려 한다.

동오가 몰살당하지 않으려면 빨리 짐 앞으로 나와서 무릎을 꿇어라.

그렇지 않으면 너희 동오에 살아 있는 생명체는 모두 죽이겠다.

잘못된 판단으로 멸망을 자초하지 말라.

이상!

— 위국 황제 조비가

손권은 즉시 비상국무회의를 소집합니다.

"조비가 선전 포고를 해 왔소. 크고 작은 배 3천여 척에 군사는 약 30만 명을 동원했다 하오. 이럴 땐 육손을 불러야 하지 않겠소?"

"전하! 육손은 지금 형주를 지키고 있으니 그를 불러서는 안 됩니다. 수전은 우리 오나라가 강합니다. 또, 우린 촉과 군사동맹을 맺고 있으니 이럴 때 촉국에 도움을 요청해야 합니다. 먼저 공명에게 사신을 보내 한중으로 군사를 보내라 부탁하십시오. 촉의 군사가 한중으로 나오면 위나라 30만 군사도 둘로 나누어 대비할 것입니다. 그때 제가 나가서 나머지 배들을 모조리 수장시켜 버리겠습니다."

"오, 서성! 좋소, 그대를 총사령관으로 임명하고 병권을 맡기니 나가서 조비의 침략을 막아 내시오."

"전하! 걱정 마십시오. 제가 서성거리기만 해도 적들은 겁먹을 것입니다."

서성은 조비의 선전 포고에 대비해 작전을 지시합니다.

"자! 용감한 오나라 군사들이여, 우리가 저 북방의 침략자들을 물리치자! 적의 배를 한 척이라도 우리 땅에 상륙시켜서는 안 된다. 우리에겐 주변에 널려 있는 게 갈대다. 갈대를 묶어 허수아비를 만들어라. 허수아비에 푸른 옷을 입히고 깃발을 꽂아라. 그 허수아비를 해안선 따라 줄줄이 세워라. 멀리서 보면 엄청나게 많은 경계병으로 보여 적들이 함부로 상륙하지 못할 것이다. 다음 손소(孫韶), 그대는 전함 100척을 끌고 나가 적을 유인하라. 장강의 날씨는 변덕스러워 가끔 모진 광풍이 불 때가 있다. 그때는 수전에 약한 저 맥주병들이 배 멀미에 시달리고 혼란스러워할 것이다. 그때 공격하는 척하다 배를 돌려 갈대밭으로 유인하라."

"알겠습니다, 장군!"

한편, 용주에 승선하여 전쟁을 지휘하는 위나라 황제 조비는 강 건너 오나라를 바라보다 깜짝 놀랍니다.

"저 강변 수백 리에 창칼을 든 수비병들이 줄지어 포진해 있구나. 함부로 상륙하지 말라!"

이때 작은 배 한 척이 다가오더니 급보를 전합니다.

"폐하! 촉국의 제갈공명이 군사를 일으켰습니다. 공명의 명을 받은 조자룡이 10만 군사를 이끌고 양평관으로 나와 장안을 치려 합니다."

"뭐…뭐라고? 자룡이 장안을 치려 한다고? 크…큰일이다. 촉과 오가 군사동맹을 맺더니 이것들이 한 세트로 움직이는구나. 빨리 군사를 절반으로 나누어 장안으로 보내라. 장안이 함락되면 큰일 난다."

결국 조비는 서성의 계략대로 군사를 분산시키고 말죠.

며칠 후, 모진 광풍이 불어오자 배가 몹시 흔들립니다.

"우…우웩! 이거 황제 체면이 말이 아니구나. 배는 처음 타보는데, 왜 이렇게 흔들거리느냐?"

"폐하! 지금 오물 투척할 때가 아닙니다. 지금 적선 100여 척이 다가옵니다."

"뭐라고?"

"적의 배가 나타났습니다. 빨리 안으로 피하십시오! 화살이 날아옵니다."

"빨리 적선을 물리치시오! 짐은 안으로 들어가겠네."

"예, 폐하! 장병들은 들어라. 오나라 배의 기습이다. 몇 척 안 되니 겁먹지 말고 추격해서 침몰시켜라! 활을 쏘고, 북을 울려라!"

"와아!"

둥! 둥! 둥! 둥!

"장군, 큰북소리에 적이 겁을 잔뜩 먹고는 드디어 적선이 도주하기 시작합니다."

"그깟 북소리에도 겁을 먹는 강아지 같은 놈들이다. 빨리 추격하라!"

위나라가 그 위용을 자랑하는 '용주'를 선두로 오나라 배를 30리가량 추격합니다. 그런데 도주하던 오나라 배가 갑자기 갈대밭 속으로 모습을 감추죠.

"장군! 갈대가 우거져 앞이 잘 보이지 않습니다. 뭔가 계략에 빠진 듯합니다!"

"그렇구나. 뭔가 이상하다. 배를 돌려 이곳을 빠져나가자."

"장군, 배가 워낙 길어 돌리기 어렵습니다. 잘못 돌리다가는 우리 배끼리 충돌하고 맙니다."

"누가 이 군선을 만든 게냐? 나랏돈 빼먹은 게 분명하니 당장 잡아다 족쳐라. 잠깐! 그런데 이건 무슨 냄새냐?"

"갈대 사이에 생선 기름이 떠 있습니다. 생선 기름?"

이때 불화살이 날아옵니다.

"장군, 적의 화공입니다!"

불화살이 비 오듯 용선과 갈대숲으로 떨어지죠.

"불이야! 불이다!"

갈대밭에 온통 불이 붙었습니다.

"큰일이다. 빨리 이곳을 빠져나가자!"

"장군! 폐하가 타고 계시는 용주에도 불이 붙었습니다."

"폐하! 빨리 작은 구명선으로 옮기셔야 합니다. 지금 지휘선에 불이 붙었습니다."

"알겠다. 그런데 왜 이렇게 어지럽고 멀미 나느냐? 우웩! 우웩……."

황제는 눈물 콧물에다 오장육부를 다 뒤집어 오물을 쏟아 냅니다. 전투보다 멀미가 더 힘들어 거의 초죽음 상태죠. 설상가상으로 뒤쪽에는 오나라 전투함 1천여 척이 나타납니다.

"퇴로가 막혔습니다!"

"앞에는 불, 뒤에는 적의 전투함이구나!"

"위나라 맥주병들아, 여기 동오의 대장군 서성이 왔다. 너희들이 적벽에서 화공으로 그렇게 당하고도 아직 정신을 못 차렸구나. 더 뜨거운 맛을 봐라. 불화살을 더 쏘아라! 적벽대전의 원한을 일시에 갚아 주자. 위나라 배를 모조리 수장시켜라!"

달려드는 동오의 전투함에 맞서 장요가 선봉에서 지휘를 합니다.

"황제 폐하께서 지켜보고 계신다. 당황하지 말고 불을 꺼라! 저기 대장군 서성의 깃발을 향해 집중적으로 화살을 날려라!"

"불화살쯤은 두렵지 않다. 우리 전투함 용주는 천하무적이다. 뱃머리로 적선을 들이받아라! 이 방법만이 살 길이다. 적의 배에 승선하여 동오의 수군들을 모조리 베어 버리자. 더 힘차게 노를 저어라!"

장요가 핏발 선 눈으로 칼을 빼어 들고 지휘를 하지만, 수전에 서툰 위나라 군졸들이 조정하는 거대한 전투함 용주는 마음처럼 움직여 주지 않습니다.

피르르르!

이때 어디선가 화살 한 대가 날아오더니 선봉장 장요 옆구리에 꽂힙니다.

"아악!"

장요가 비명을 지르며 쓰러지자 사방에서 수천 대의 불화살이 날아듭니다. 뱃전 여기저기에서 불길이 일어나며 군졸들이 고슴도치가 되어 쓰러지죠.

"장군께서 활에 맞았다! 배를 돌려라. 후퇴한다!"

"배를 돌리기엔 이미 늦었습니다. 배가 침몰하기 시작합니다!"

"어푸어푸, 사람 살려!"

"물에 빠진 군졸들을 빨리 끌어올려라. 후퇴, 후퇴한다! 배를 돌려라!"

"장군, 하필 역풍이 불고 있습니다. 배가 점차 동오의 전투함 쪽으로 밀려갑니다!"

"뭐야? 이놈들아, 타 죽기 싫거든 더 힘을 내어 노를 저어라. 더 빨리 저어라!"

전투 경험이 없는 조비는 그 아비인 조조 흉내를 내어 전쟁에 직접 뛰어들었다가 절반가량의 군사를 잃고 대패하죠. 조비는 남은 군사를 수습하여 겨우겨우 허도로 돌아갔으나 장요를 위시하여 많은 장수들을 잃고 맙니다.

'손권을 잘못 건드려 크게 패했구나. 부끄러운 일이다.'

위국과의 전쟁에서 황제를 꺾은 동오의 군주 손권, 그의 위상은 점점 높아갑니다.

제갈량의 칠종칠금(七縱七擒)

"양평관에 나가 있는 조자룡 장군을 불러들여라."

조비가 손권에게 패하고 허도로 돌아가자, 공명은 조자룡을 다시 불러들입니다.

"조 장군 수고 많으셨소. 이번 전쟁은 위의 대패로 끝이 났으니 조비는 당분간 힘을 쓰지 못할 것입니다. 위나라가 식량을 비축하고 군마를 조련하려면 3년 이상이 소요될 것입니다. 그래서 우리는 이번 기회에 남만을 정벌하여 남쪽 국경을 튼튼히 해야 합니다."

"남쪽 국경에 무슨 일이라도 생겼는지요?"

"그렇습니다. 남만왕 맹획이라는 자가 오랑캐 군사 10만 명을 일으켜 국경을 침범하였습니다. 국경을 지키던 두 개의 성이 유린당했고, 영창(永昌)성이 위태롭습니다. 그들을 이번 기회에 굴복시키지 못하면 두고두고 골칫거리가 될 것입니다."

"듣고 보니 묵과좌시(黙過坐視)할 수 없는 중대한 일이군요. 소장이 10만 군사를 이끌고 남하하여 맹획의 목을 베어 오겠습니다."

"아니요, 이번 남만 정벌은 장군 혼자의 힘으로 어려우니 내가 직접 나설까 합니다."

"승상께서 성도를 비우면 나라가 위태롭지 않을까요?"

"지금은 그럴 염려가 없소. 내일 내가 폐하를 뵙고 자세한 설명을 드릴까 합니다. 폐하께서는 걱정하면서도 윤허하실 겁니다."

여기에서 잠깐! 중국인들은 자기들이 세상의 중심에 있다고 믿었습니다. 그걸 '중화사상(中華思想)'이라 하죠. 따라서 주변의 모든 족속들을 오랑캐로 취급했죠. 동이(東夷), 서융(西戎), 남만(南蠻), 북적(北狄)이 바로 그 예입니다. 중국은 무례하게도 한반도를 '동이'라 불렀습니다. '동쪽 오랑캐'라는 뜻이죠.

남만은 지금으로 따지면 미얀마, 라오스 지역입니다. 남만은 유비 황제 때 정벌하여 복속시켰으나 남만왕 맹획은 틈만 나면 반란을 일으킵니다. 이번에도 10만 군사로 촉의 국경을 침범한 거죠. 공명은 황제 유선에게 남만의 맹획을 정벌하겠다고 건의합니다.

"승상 아부지, 승상이 군대를 이끌고 멀리 가시면 조비와 손권이 성을 공격할지도 몰라요. 그러니 제발……."

"폐하! 아무 염려 마십시오. 조비는 최근 전쟁에서 크게 패한지라 당분간 전쟁을 일으키지 못합니다. 또, 손권은 우리와는 동맹국이니 침략하지 않을 것입니다. 마초에게 한중을 지키도록 했고, 관흥과 장포에게 군사를 나누어 주어 비상사태에 대비토록 했습니다. 이 기회에 남쪽 야만 민족들을 복속시켜야 합니다. 제가 빠른 시일 내에 평정하고 돌아오겠습니다."

"그곳은 뱀도 우글거리고, 악어도 많다는데 몸조심해서 다녀오세요. 오실 땐 귀뚜라미도 꼭 몇 마리 잡아 오고요."

"예, 폐하! 다녀오겠습니다."

공명은 50만 대군을 일으켜 자룡과 위연 등 명장들과 함께 남만을 향해 장도에 올랐습니다.

공명이 군사를 일으켰단 소식을 들은 맹획은 군사들을 철수하여 남만으로 돌아가 전쟁 준비를 합니다.

공명이 행군 도중 마속에게 묻습니다.

"마속, 이번 남만 정벌을 어떻게 생각하느냐?"

"남만은 기후가 덥고 정글이 우거져 있어 정벌이 쉽지 않습니다. 또 풍토병도 이겨 내기 어렵지요. 그러나 풍토병보다 더 골치 아픈 일은 힘들게 남만을 정복해도 우리가 군을 철수하고 나면 그들은 다시 반란을 일으킬 수도 있다는 것입니다. 그래서 한고조 유방께서도 남만족에게는 항상 유화정책을 써왔지요."

"옳게 보았다. 남만족들은 힘으로 정복하기도 어렵지만, 일단 정복한다 해도 그 상태를 유지하기가 더 힘들다. 따라서 그들의 마음을 얻어야해. 내가 직접 정벌에 나선 것도 그런 이유 때문이야."

이때 남만왕 맹획은 주변 부족의 족장들과 모여 술을 마시며 노래를 부릅니다. 그들은 모두 동굴 속에서 사는 족속들인데, 금환삼결(金環三結)·동도나(董荼那)·아회남(阿會楠)이 맹획의 심복들이죠.

촉나라 동남쪽 밀림 따라 200리
외로운 정글 속 뱀들의 고향
그 누가 아무리 자기네 땅이라고 우겨도
남만은 우리 땅(우리 땅)

코끼리 꼴뚜기 아나콘다 거북이
연어알 물새알 해녀대합실
십칠만 평방미터 우물하나 분화구
남만은 우리 땅(우리 땅)

맹획왕 13년 정글 속 남만국

세종실록지리지 50쪽에 셋째 줄

하와이는 미국 땅 독~도는 한국 땅

남만은 우리 땅(우리 땅)

이릉대전 직후에 임자 없는 땅이라고

억지로 우기면 정말 곤란해

오호장군 관운장 지하에서 웃는다

남만은 우리 땅(우리 땅)

촉나라 동남쪽 밀림 따라 200리

외로운 정글 속 뱀들의 고향

그 누가 아무리 자기네 땅이라고 우겨도

남만은 우리 땅(우리 땅)

"자, 노래는 그만 부르고 한잔씩 들어라. 금환삼결, 넌 요즘 어떻게 살고 있냐?"

"제가 살고 있는 동굴에 요즘 신형 에어컨을 설치했습니다. 바람이 어찌나 시원하던지 잠잘 땐 솜이불을 덮고 잡니다, 하하!"

"그래, 동굴 속으로 뱀은 안 들어오냐?"

"잠잘 때 가끔 아나콘다가 기어 들어와 몸을 칭칭 감고 옥조이는데, 달려들어 잡아서 통째로 구우면 종족이 실컷 먹고도 남습니다."

"그래, 아나콘다가 단백질은 풍부하지. 동도나 너는?"

"저는 요즘 45평 동굴에서 60평 동굴로 이사했습니다. 관리비는 좀 많이 나오지만 그래도 마누라가 어찌나 좋아하던지……. 어젯밤엔 잠을 자는데 옆에서 시커멓고 배가 불쑥 튀어나온 이상한 것이 코를 골고 자고 있지 뭡니까? 전 마누라가 술 취해 자는 줄 알고 봤더니 제집인 줄 알고 잘못 들어온 멧돼지더군요. 그래서 대왕님 드리려고 산 채로 잡아 왔습니다."

"잘했다. 남의 동굴이든 남의 나라든 허락 없이 들어오면 잡아야 돼. 아회남, 너는?"

"예, 저는 요즘 스포츠 댄스를 배우고 있습니다. 처녀 강사를 초빙해 개인 교습을 받았는데, 너무 귀여워 허리를 몇 번 만지고 종아리를 만졌더니 그 처녀 강사가 성추행 당했다고 미투 선언을 했지 뭡니까! 마누라한테 두들겨 맞고 기절했는데, 깨어 보니 다니던 직장에서 해고 통지까지 왔더군요. 그때 얻어맞은 턱이 지금도 얼얼합니다."

"으이구, 점잖게 골프 같은 걸 배웠어야지. 하여간 자네들 모두 미투 조심해. 여자는 아예 똑바로 쳐다봐서도 안 돼. 나처럼 마누라 아닌 여자하고는 밥도 같이 먹어서도 안 되지. 이런 규칙을 '맹획 룰'이라고 해."

"그거 혹시 '펜스 룰'아닙니까?"

"뭐? 펜스 룰? 너 맞고 싶냐?"

"아…아닙니다, 대왕님. 지금 생각하니 '맹획 룰'이 맞습니다."

"짜아식! 무식한 녀석들은 어디에서든 티가 나. 그러나 저러나 미투 오래 가면 나하고 금환삼결 등 몇 사람 빼고는 우리 남만족 남자들 3분의 2는 성하지 못할 텐데? 모두 조심해!"

"예, 각별히 조심하겠습니다!"

"그런데 지금 '제갈공명'이라는 자가 우리 허락도 없이 이곳 정글까지 쳐들어와서 남만을 자기네 땅이라 우기는데, 이걸 어쩌면 좋겠나?"

"모조리 잡아서 혼을 내야죠. 당장 저희가 쫓아가서 요절을 내겠습니다."

"암! 그래야지. 내일 각각 부하들을 데리고 출동하여 제갈공명을 사로잡는다."

"그런데 제갈공명은 도술을 써서 동남풍을 불러오고, 물 위로도 걸어다니고, 앉은뱅이도 낫게 하고, 심지어는 죽은 사람도 살린다는데요? 우리가 이길 수 있을까요?"

"야, 인마! 그건 성경에 나오는 예수님 얘기야. 넌 어찌 그렇게 무식하냐? 공명은 사기꾼이고 악마야. 공명이 바람을 부른다는 건 가짜 뉴스야. 넌 '페이퍼 뉴스'도 모르냐?"

"페이퍼 뉴스가 뭔데요?"

"페이퍼 뉴스란 가짜 뉴스라는 뜻이야."

"가짜 뉴스는 '페이크 뉴스(Fake News)' 아닌가요?"

"야, 한 대 맞을래? 내가 페이퍼라면 페이퍼지, 무슨 말이 그렇게 많아?"

"잘못했습니다."

"자, 잔들을 들어라. 내일의 승리를 위해 죽기 살기로 마시자. 건배한다! 제갈공명이 이 맹획의 머리를 따라가겠느냐? 너흰 내가 시키는 대로만 하면 무조건 이긴다. 알겠나?"

"예썰!"

"금환삼결, 네가 선봉에 서서 공격한다. 특히 너의 그 무서운 낭아봉 솜씨를 아낌없이 보여 줘라."

"옙! 알겠습니다."

"동도나, 넌 왼쪽에서, 아회남은 오른쪽에서 각각 5만의 병사로 공격한다. 알겠느냐?"

"옙! 걱정 놓으십시오. 저희들이 공명을 사로잡아 오겠습니다."

드디어 전쟁이 시작됩니다.

"자아, 남만이 자기네 땅이라고 우기는 저 웃기는 놈들을 모두 죽이자. 전군, 돌격! 앞으로 갓!"

"와아!"

'낭야봉'이라는 철퇴를 잘 쓰는 사나이 금환삼결이 질풍처럼 돌진하는데, 한 장수가 앞을 가로막습니다.

"내 앞을 가로막는 넌 누구냐?"

"이름은 들어봤나? 내가 바로 산상의 조자룡이다!"

"조자룡? 어디서 들어본 이름인데, '조자룡 헌 칼 쓰듯 한다.' 이런 말도 있던데? 그렇지. 너 칼갈이지?"

"하하하하! 금환삼결, 이 무식한 놈아! 네 실력을 한번 보여 봐라."

"좋다! 지금부터 내 낭야봉 솜씨를 보여 주지."

휙! 회리릭!

왼손으로 돌리고, 오른손으로 돌리고, 휙! 휙!

"어때, 무섭지?"

금환삼결이 낭야봉을 한참 돌리고 있는데, 조자룡이 화살을 뽑아 듭니다.

피융!

퍽!

"으윽! 아직 두 손으로 돌리는 게 남았는데…, 억울하다!"

"그걸 묘기라고 보여 주냐? 한심한 놈, 넌 죽어도 싸다 싸!"

"금환삼결이 죽었다! 남만의 야만족을 모조리 짓밟아 버려라. 돌격!"

"와~아!"

동도나와 아회남은 금환삼결이 죽자 도주합니다. 그러나 몇 걸음 못 가 사로잡혀 밧줄에 묶인 채 공명 앞에 끌려 나오죠.

"여봐라, 이 두 사람을 풀어 주어라!"

"승상! 풀어 놓고 죽이는 건 더 비겁합니다."

"나 공명은 그런 사람이 아니다. 이리 와서 술을 한잔씩 받아라."

"그럼, 술 먹여서 죽이시려구요?"

"잔소리 말고 고기도 많이 먹어라."

"고…고기 먹여서 죽이시려구요? 잘 먹고 죽은 송장은 때깔도 좋다던데……."

"이놈들아, 내가 언제 너희들을 죽인다고 하더냐? 술과 고기를 실컷 먹고 돌아가거라."

"예? 우리를 놓아 주신다고요? 돌아갈 때 죽이시려구요?"

"동도나, 아회남! 잘 들어라. 선제(유비)께서는 너희에게 벼슬도 내려주시고 식량까지도 보내주셨는데, 왜 자꾸 반란을 일으키느냐? 죽이지 않고 보내 줄 테니 앞으로는 반란을 일으키지 말라."

"백골난망이옵니다. 땡큐 베리 마취!"

"여기 비단도 한 필씩 줄 테니 선물로 알고 가져가라."

"이 귀한 비단을 정말 주시는 겁니까?"

두 사람은 공명이 죽이기는커녕 귀한 비단까지 주며 석방하자 희색이 만면합니다.

"아회남, 우리 대왕께서는 공명을 사기꾼, 악마라고 했는데 아닌 거 같아."

"미투! 걸핏하면 두들겨 패는 우리 대왕보다는 백번 낫다, 나아!"

동도나와 아회남이 살아서 돌아오자 맹획이 놀라죠.

"공명이 너희를 죽이지 않고 살려 보냈다 이거지? 그건 공명이 나를 두려워하기 때문이야. 이 맹획이 무서워서 너희를 함부로 죽이지 못했을 거야. 나에게 감사해라."

"뭐 생각은 자유니깐 그리 생각하신다면 그리 하십시오. 저희 목숨 살려 줘서 감사합니다."

"으흠! 좋다. 내가 직접 공격할 테니 전 병사들은 나를 따르라!"

무시무시한 괴력의 사나이 맹획! 머리엔 붉은 투구를 쓰고, 가슴엔 사자 가죽을 두르고는 질풍처럼 공격해 들어오는데, 한 장수가 앞을 가로막습니다.

"맹획, 어딜 그리 급하게 가는가?"

"넌 누구냐?"

"내가 바로 산상 조자룡이다!"

"오호 조자룡, 보고 싶었다. 이 맹획의 칼을 받아라!"

"야합!"

"야합!"

"이러다가 우리 서로 야합하는 거 아녀?"

"천하무적 맹획이 네놈하고 정들 일은 없다!"

두 사람이 어울려 10여 합을 주고받다가 조자룡이 갑자기 말을 돌려 달아납니다.

"조자룡, 거기 서라! 오늘 금환삼결 복수를 하겠다."

자룡을 쫓던 맹획이 골짜기에 들어서자 갑자기 촉나라 군사들이 나타납니다.

"독 안에 든 쥐다. 그물을 던져라!"

차르르, 싸아!

"히히히힝!"

'아뿔싸! 속았다. 성질 급한 내가 문제야.'

사로잡힌 맹획이 밧줄로 꽁꽁 묶여 공명 앞에 끌려 나옵니다.

"맹획, 어쩌다 그 꼴이냐? 힘이 엄청나다 들었다. 그 괴력으로 밧줄을 끊어 보아라."

"닥쳐라, 공명! 오늘 일진이 사나워 너에게 사로잡혔다. 어서 죽여라!"

"선제(유비)가 살아 계실 때, 남만은 우리 촉국에 복속되었다. 그런데 넌 왜 자꾸 반란을 일으키느냐?"

"개짓는 소리 작작해라. 남만은 우리 땅이다. 내 땅 내가 다스리는데 왜 너희가 자꾸 간섭이냐? 남만이 촉나라 땅이라니, 지나가는 강아지도 웃겠다. 나는 인정할 수 없다!"

"남만이 촉나라 땅이라는 게 아니다. 네가 남만을 다스리는 건 좋다. 다만 해마다 공물을 바치고, 국경을 침범하지 말라."

"싫다! 촉은 우리 남만을 더 이상 속국으로 보지 말라!"

"그래? 그런 가상한 용기를 가진 자가 어쩌다 포로가 되었느냐?"

"내가 너의 계략에 빠져 그물에 걸린 탓이다. 정말 분하다!"

"그럼, 내가 너를 놓아 주면 다시 덤벼 보겠느냐?"

"물론이다. 나는 여지껏 싸워서 패한 적이 없다. 나를 풀어다오. 그러고 나서 정정당당히 싸워 보자."

"좋다! 맹획을 풀어 줘라. 그리고 술과 고기를 가져와라. 자, 실컷 먹고 마신 후 돌아가라."

공명이 맹획을 풀어 주자 여러 장수들이 불만을 합니다.

"승상, 어렵게 잡은 괴수 맹획을 왜 풀어 줍니까?"

"장군들, 남만은 정복하기 어려운 곳이요. 저들의 마음을 정복하지 못하고 맹획을 죽인다면 우리가 철수한 후 또 다른 제2의, 제3의 맹획이 나타나 모반할 것이요."

"예! 승상의 말씀 잘 알아듣겠습니다."

한편, 노수 강가에 모여 있던 남만족들은 맹획이 살아 돌아오자 모두 기뻐합니다.

"대왕이 돌아오셨다. 만세, 만만세!"

"역시 대왕입니다. 죽었다 생각했는데 다시 부활해서 우리 앞에 나타나시니!"

"음! 내가 예수님도 아니고, 잠깐 방심한 탓에 놈들의 그물에 걸리고 말았지. 그러나 내가 누구냐? 나를 결박한 밧줄은 끄~응! 한 번 힘을 쓰니 끊어지더군. 줄을 끊은 후, 옆에 당나귀 머리뼈가 있길래 그 당나귀 머리뼈로 촉나라 군사 2천 명을 때려죽이고 탈출했다."

"그건 구약성경에 나오는 삼손 얘기인데요? 삼손은 맨손으로 사자도 잡는 사람이죠."

"이놈아, 내가 삼손만도 못하단 말이냐? 그렇지 않아도 이곳으로 오다 사자 한 마리를 만났지."

"사…사자를? 그래서 어떻게 하셨나요?"

"내가 맨손으로 때려죽였지. 아주 덩치가 큰 수사자였어."

맹획이 부하들 앞에서 뻥을 치는데, 순진한 남만족들은 모두 그 거짓말을 믿지요.

그런데 그 말에 의심을 품은 두 사람이 있습니다. 바로 동도나와 아회남입니다.

"아회남, 우리 대왕이 뻥이 좀 심한 것 같은데? 틀림없이 공명 승상이 풀어 준 거 같애."

"동도나, 나도 같은 생각이야."

"아회남, 생각해봐라. 유비 황제가 살아 계실 때 우리에게 얼마나 잘해 줬냐? 그런데 대왕은 그 은혜를 모르고 자꾸 국경을 침범하니 우리까지 이런 고생을 하는 거야."

"차라리 대왕께 투항을 권해 볼까?"

"안 돼! 지금 그런 소리하다가는 공명 승상과 내통했다는 의심을 받아 죽을지도 몰라."

"그렇구나. 좀 더 지켜보자."

"동도나, 아회남! 너희 둘은 무얼 그리 수군대느냐? 너희는 지금부터 노수강 남쪽 언덕에 뗏목과 통나무를 끌어다 토성을 높이 쌓아라. 촉의 군사들은 이런 찌는 듯한 무더위를 견뎌 내지 못하고 곧 물러날 것이다."

"옙! 대왕님, 잘 알겠습니다."

남만의 군사들이 통나무와 뗏목을 끌어다 토성을 쌓기 시작하자 그 사실이 즉시 공명에게 보고되죠. 그러자 공명은 마대를 부릅니다.

"마 장군, 이곳에서 약 150리를 내려가면 노수 하류에 사구(沙口)라는 곳이 있습니다. 거긴 물살이 느리고 깊지 않아 군사들이 쉽게 건널 수 있지요. 3천 군마를 이끌고 사구를 건너 협산곡(夾山谷)이란 좁은 길에 매복하시오. 남만족의 추장들이 맹획에게 식량을 공급하려면 반드시 협산곡을 지나야 하니, 그곳을 지키고 있다가 수레가 지나가거든 기습하여 식량을 빼앗도록 하시오."

"예, 즉시 출병하겠습니다."

마대는 공명의 계책대로 사구를 건너 협산곡에 매복합니다.

"장군! 저기 남만족들이 수레에 식량을 싣고 나타났습니다. 어림잡아 100여 대는 될 듯합니다."

"더 가까이 올 때까지 조용히 기다려라."

마대의 3천 군사들은 밀림 속에 매복하고 있다가 식량을 실은 수레가 가까이 오자 활을 쏘며 기습합니다.

"저 남만족들의 수레를 모조리 빼앗아라! 활을 쏘아라!"

"아~악! 적의 기습이다. 죽더라도 식량을 지켜라. 식량을 빼앗기면 우린 맹획왕에게 모두 죽는다. 이래도 죽고 저래도 죽으니 물러나지 말고 대항해라!"

그러나 남만족의 추장들은 마대가 이끄는 정예병을 당하지 못하고 식량을 모조리 빼앗기고 맙니다.

"대왕, 크…큰일 났습니다! 추장들이 식량을 운반하다 협산곡에서 모조리 빼앗겼습니다."

"뭐야? 식량을 빼앗겨? 이런 한심한 놈들! 식량 호송 책임자를 잡아다 쳐 죽여라. 동도나, 넌 망아장을 데리고 나가 당장 식량을 찾아와라!"

"옙, 대왕님!"

동도나가 군사 2천을 이끌고 망아장을 선봉으로 마대의 군영을 향해 돌진합니다.

"마대, 도둑질한 식량을 내놓아라. 식량을 내놓으면 순순히 물러가겠다."

"망아장? 설쳐 대는 꼴이 고삐 풀린 망아지구나. 난 촉국의 평북장군(平北將軍) 마대다. 자신 있으면 덤벼라!"

"좋다. 마대인지 마대자루인지 내 칼 솜씨를 보여 주겠다. 먼저 망아지뜀뛰기검법이다. 이럇! 마대를 향해 돌진해라, 야합!"

"그렇게 정신없이 뛰다가 말이 먼저 지치겠구나. 다른 검법은 없나?"

"이 망아장의 필살기 말뚝박기검법이다, 야합!"

망아장이 휘두르는 칼을 몇 번 막아 내던 마대가 "하압!" 기합과 함께 칼을 휘두르자 망아장의 목이 그만 날아가고 맙니다.

"그놈, 말은 많은데 칼 솜씨는 별로구나. 동도나, 선봉장이 죽었으니 네가 직접 덤벼 봐라."

마대의 한 칼에 선봉장의 목이 달아나자 화가 난 동도나가 달려들죠.

"내 부장 망아장의 원수를 갚겠다!"

"동도나, 넌 포로로 잡혔지만 공명 승상께서 죽이지 않고 비단까지 주며 풀어 줬는데 그 은혜를 모르고 다시 덤비느냐?"

마대의 호통 소리에 기가 죽은 동도나는 몇 번 싸워 보지도 않고 말을 돌려 달아납니다.

"대왕, 망아장은 죽고 저는 싸움에서 패했습니다."

"동도나, 네가 그렇게 쉽게 싸움에서 패하다니? 뭔가 이상하구나!"

"대왕, 저는 있는 힘을 다해 싸웠지만 마대를 당해 내지 못했습니다. 우린 식량도 빼앗기고, 군졸들도 부족합니다. 차라리 항복합시다. 공명에겐 조조도 당해 내지 못했고, 손권도 당해 내지 못했습니다."

"항복하자고? 네놈이 공명과 내통하고 있구나. 여봐라, 당장 동도나를 끌어내 목을 베라!"

"대왕, 고정하십시오. 지금까지 동도나가 세운 공을 생각하여 살려 주십시오."

"좋다. 죽이진 않겠지만 끌어내 곤장 100대를 쳐라!"

퍽! 퍽! 퍽!

"으으윽……!"

동도나의 비명 소리를 들으며 맹획은 또 술을 마셔 댑니다.

"아회남, 여기 술 가져와라. 그리고 너도 한잔 마셔라."

"대왕! 식량을 빼앗겨 먹을 양식도 부족한데 술은 그만 드시죠?"

"뭐라고? 술을 그만 마셔? 너도 동도나와 한통속이구나. 저놈도 끌어내어 곤장을 매우 쳐라!"

맹획은 동도나와 아회남을 실컷 두들겨 팬 다음 술에 취해 잠이 들었습니다. 전투에 패하여 정신적으로 피곤한 데다 또 술까지 마셔 대니 피로가 몰려와 깊은 잠에 든 것이죠.

"드르렁~, 드르렁!"

"아회남, 대왕이 잠들었다. 대왕은 걸핏하면 사람을 두들겨 패고 함부로 죽이니 차라리 잡아 공명께 갖다 바치자."

"좋다! 지금 술에 취해 자고 있으니 묶어서 승상께 데려가자."

두 사람은 살금살금 들어가 술에 취해 자고 있는 맹획을 묶어 공명께 데려갔습니다.

"음냐, 음냐……. 드르렁 쿨쿨! 이거 왜 이리 자꾸 흔들리느냐? 쿨쿨, 드르렁 드르렁!"

이튿날이 되었습니다.

"맹획, 여기가 네놈 안방인 줄 아느냐? 그만 일어나라!"

"아니 어디에서 재수 없게 공명 목소리가 들리냐? 공명 노이로제에 걸렸나? 오잉? 내가 왜 묶여 있지? 여긴 어디야?"

"맹획, 아직도 정신이 덜 들었냐?"

"이거 꿈이요, 생시요? 으악! 공명, 이게 어찌된 일이온지요?"

"하하하! 네놈 부하들이 널 이리 끌고 왔다. 집안 단속도 제대로 못하는 놈이 무슨 대왕이라고 잘난 척을 하느냐? 이래도 항복하지 않을 테냐?"

"승상! 한 번 더 풀어 주시오. 만약 다음에 또 잡힌다면 그땐 정말 항복하겠소."

"좋다마다. 원대로 풀어 주겠다. 여봐라! 맹획을 풀어 주어라. 그리고 먼 길 갈 터이니 술과 음식을 내와라."

"공명 어르신, 감싸!"

"맹획, 해장술 한잔해야지? 안주로 소도 한 마리 잡았으니 배부르게 먹고 가거라."

"역시 술은 해장술이 최고죠. 아직 목이 컬컬하니 지난번 마신 폭탄주로 한잔 말아 주슈."

공명은 맹획을 바로 풀어 주지 않고 하루 종일 좋은 음식과 술을 먹인 후, 붉은 말 등에 비단과 값진 보물을 가득 실어 돌려보냅니다.

한편, 맹획이 풀려나 술과 음식을 먹고 있다는 소식을 들은 아회남과 동도나는 당황스러워하죠.

"허걱! 대왕이 풀려났다. 공명이 이럴 줄은 몰랐네. 빨리 도망치자!"

겁을 먹은 두 사람은 멀리 도망쳐 종적을 감춥니다. 공명이 시간을 끌다 풀어 준 이유는 동도나와 아회남이 피신할 여유를 주기 위한 배려였지요.

맹획이 풀려나자 그의 아우 맹우가 3만의 병사를 이끌고 찾아옵니다.

"아우야, 너를 보니 천군만마를 얻은 기분이다. 저 머리 좋은 공명을 어떻게 해야 이기겠느냐?"

"형님, 꾀에는 꾀로 맞서야죠. '머리' 하면 이 맹우 아닙니까?"

"그렇지, 어려서부터 넌 머리가 좋았지. 그냥 들이받으면 단단한 바윗돌도 깨졌으니까. 그래, 무슨 좋은 생각이라도 있느냐?"

"제가 부하들 몇을 데리고 가서 공명에게 투항하는 척 할게요. 모두 잠이 들었을 때 공명을 죽이고 난을 일으킬 테니 형님이 그때 기습하세요."

"역시 어릴 때부터 트로이 목마를 알더니, 조기교육 값을 하는구나, 하하! 이제 공명은 죽은 목숨이나 다름없다."

이튿날, 맹우는 부하 100여 명과 상아, 악어가죽, 조개껍질, 물소 뿔, 뱀 쓸개 말린 것, 구슬, 각종 과일 등을 잔뜩 가지고 공명께 투항합니다.

"네가 맹우냐? 형만 한 아우 없다더니 틀린 말이구나. 넌 형보다 인물이 훨씬 좋구, 머리도 좋아 보여."

"헤헤! 승상님, 너무 과한 칭찬이십니다."

"그래 맹획은 왜 같이 오지 않았느냐?"

"형님은 승상께 바칠 보물을 구하러 갔습니다."

"오늘 크게 잔치를 열어 주마. 마음껏 취해 보자. 여봐라! 여기 술과 고기, 그리고 음식을 내와라. 지금부터 잔치를 베풀겠다. 그리고 여러 장수들도 들라 해라. 자! 맹우에게 술을 따라 줘라. 그리고 5인조 밴드를 불러와라."

"승상, 이리 크게 환대해 주시니 몸 둘 바를 모르겠습니다. 땡큐, 땡큐! 오늘 우리 남만족의 춤과 노래 솜씨를 유감없이 보여 드리겠습니다."

그러더니 맹우가 부하 두 사람을 은밀히 부릅니다.

"너희는 빨리 맹획 대왕에게 달려가라. 공명이 드디어 내 계책에 걸려들었으니 오늘 자정 무렵 이곳을 기습하라고 알려 드려라."

"옙! 작은 대왕님, 잘 알겠습니다."

부하 두 사람을 은밀히 내보낸 맹우는 그 특유의 호방한 성격을 드러내기 시작하죠.

"승상, 이 맹우가 한곡 뽑겠습니다."

짠! 짠! 짠! 짜짜라짠!
앵두나무 우물가에 동네처녀 바람났네.
물동이 호미자루 나도 몰래 내던지고
말만 들은 서울로 도망을 하여
이쁜이도 금순이도 밤봇짐을 쌌다네.
짜짜라짠! 짠!

"앵콜! 콜! 콜!"

"자! 목이 마르니 한잔하고 또 부르겠습니다. 벌컥벌컥, 카아! 술맛 좋다. 입맛 돋운다야! 야 이놈들아, 너희들도 한잔씩 마시고 춤을 춰야지. 우리 남만족의 춤 솜씨를 보여 드려야지. 우리의 구세주 승상을 기쁘게 해 드리자. 헤이, 거기 뺀드! 노래 일발 장전 큐!"

십오야 밝은 둥근달은
둥실둥실둥실 떠가고
설레는 마음 아가씨 마음
두근두근 이쁜이 마음…….

더운 열대의 나라, 정열의 사나이들은 술이 한잔 들어가고 음악이 돌자 맹우를 위시하여 투항한 100여 명의 병졸들은 난리굿으로 춤을 추며 정신없이 술을 마셔 댑니다. 그리고 모두 술에 취해 정신없이 잠이 들었죠. 이때 맹획은 3만의 군사를 동원하여 아무도 모르게 촉군의 영채를 포위합니다.

"추장들은 잘 들어라. 공명이 드디어 내 동생 맹우의 계략에 걸려들었다. 지금 정신없이 술에 취해 있으니 자정을 기하여 일제히 기습한다. 알겠느냐? 단, 공명은 사로잡아라. 공명에게 당한 수모를 내 반드시 갚아 주겠다!"

자정이 되자 맹획이 이끄는 3만의 군사가 촉나라 영채를 기습하죠.

"대왕! 이상합니다. 적들이 아무 반응 없습니다."

"모두 술에 취해서 덤비지 못하는 것이다. 함성을 지르며 영내를 기습해라!"

"와~아!"

맹획의 군사들이 영내로 뛰어들었으나 촉군은 한 사람도 보이지 않고, 맹우를 비롯한 남만족 병사 100명만이 널브러져 자고 있습니다.

"맹우야, 이 조기교육 받은 놈아! 이게 어찌된 거냐? 정신 차려라!"

"아, 행님! 반갑습니다. 한잔합시더. 술, 술, 술 더 가져와! 마시자~ 한 잔의 술, 마~시자, 마셔버리자……."

"이놈이 유학을 안 갔다 와서 그런가, 형도 몰라보다니……. 야 맹우야, 정신 차려!"

"아, 형님! 여긴 어떻게 오셨수까?"

"아이고, 네놈 말을 듣는 게 아닌데! 빨리 여기서 벗어나자."

맹획의 군사들이 영채를 막 벗어나려는데 함성이 들립니다.

"와~아!"

사방에서 불길이 치솟으며 촉군들이 들이닥쳐 맹획을 사로잡습니다.

"이젠 끝이구나!"

이튿날 포승줄에 묶인 맹획·맹우 형제가 공명 앞에 끌려 나왔습니다.

"맹획, 이러다 정들겠구나. 이젠 약속대로 항복하라!"

"승상, 오늘은 제 실수가 아니라 예로부터 믿을 놈 하나도 없다더니…, 제 아우놈에게 속아서 잡혔소. 한 번 더 기회를 주시면 아낌없이 내 실력을 발휘해 보겠사옵니다."

"참 한심한 놈이구나. 사람이 염치가 있어야지!"

비로소 술이 깬 맹우가 사태 파악을 제대로 하고는 공명에게 넙죽 엎드려 용서를 빕니다.

"제 실수로 형님까지 잡히게 되었으니 한 번만 더 풀어 주시면 안 될까요? 속고 속이는 게임이 아니라 진정 한판 승부를 원합니다."

"하하하! 이놈이 전쟁을 무슨 게임으로 생각하는 모양이다."

"게임도 삼세번이 좋습니다요."

"좋다! 이번에 풀어 주면 세 번째다. 모두 풀어 줄 테니 돌아가라. 맹획, 다음에 또 잡히면 그땐 봐주지 않겠다."

"승상, 고맙소! 그러나 네 번째 잡히는 일은 없을 거요. 다음은 승상이 내게 잡힐 차례니 두고 보슈."

세 번째 풀려난 맹획은 다시 주변 부족 추장들을 불러 모았습니다.

"우리 남만족은 역시 잔머리보다는 힘을 써야 해. 전략 전술이고 나발이고 다 필요 없다. 힘으로 총공격한다."

"돌대가리 대왕을 믿어도 되는겨?"

"같은 짱돌인데 큰 짱돌이 더 낫겠지 뭐. 그냥 따라가자고."

며칠 후, 맹획은 여기저기에서 긁어모은 20만 병력으로 촉군의 영채를 공격합니다.

"승상, 맹획이 다시 20만의 군사로 도발해 왔습니다."

"정면대결하지 말라. 정면으로 부딪치면 상호 사상자가 많이 발생한다. 일체 대응하지 말고 수비에 치중하라."

맹획이 연 이틀 동안 공격을 퍼부었으나 촉군은 수비만 할 뿐 대항하지 않습니다. 3일째 되는 날, 맹획의 군사가 다시 공격합니다. 그러나 여전히 촉군의 영채에서는 아무런 반응이 없죠.

"버티다 못해 결국 도망간 모양이군. 모두 영내로 진입한다!"

영내로 들어가 보니 식량과 보급품을 놔두고 모두 달아난 듯합니다. 심지어 솥까지도 그대로 걸려 있습니다.

"이렇게 급히 떠난 걸 보니 필시 촉나라 본국에 변고가 생긴 것이다. 아마 성도에 조비나 손권의 침략이 있다는 증거가 아니겠느냐? 그렇다면 뒤쫓아 가서 모조리 없애 버리자. 돌격!"

"와아!"

"서이하(西洱河) 강을 건너지 못하게 빨리 추격하라!"

맹획의 군사가 서이하 강가에 도착했지만 도주하는 촉군의 모습은 보이지 않습니다. 그런데 이때 급하게 보고가 들어오죠.

"대왕, 우리 꽁무니에 촉군이 나타났습니다!"

"와~아!"

"맹획을 잡아라. 남만군을 죽여라!"

"뭐라고? 또 공명의 계략에 빠졌단 말이냐? 강둑을 따라 퇴각한다. 전원 퇴각하라!"

맹획이 서이하 강변을 벗어나 막 정글 속으로 접어들자, 정글 바닥이 땅으로 꺼지면서 맹획은 말에 탄 채 함정에 빠지고 맙니다.

"히히히힝!"

"으아아악!"

"이 비겁한 놈들, 함정을 파놓다니!"

다시 포승줄에 묶여 끌려온 맹획을 내려다보며 공명이 혀를 끌끌 찹니다.

"맹획, 네가 이러고도 한 나라 백성의 목숨을 책임지는 왕이란 말이더냐? 참으로 한심스럽다. 약속대로 이번엔 용서치 않겠다. 이놈을 끌어내 목을 베라!"

"승상, 한 번 더 게임을 해 보심이 어떨지요?"

"입은 비뚤어졌어도 말은 바로 하라고 했다. 너처럼 한 입으로 두 말하는 놈은 더 이상 살려둘 수 없다. 나를 원망하지 말라. 네 시체는 돌려보내 장사는 지내도록 해 주겠다."

"승상, 세 번 봐주셨는데 네 번은 못 봐주시겠소? 한 번만 더 살려 주신다면 한번 멋지게 싸워 네 번 사로잡힌 이 수치를 씻어 내겠소."

"그놈 참 넉살도 좋구나. 요 다음에 잡히면 꼭 항복하겠느냐?"

"약속하겠소."

공명은 네 번째 맹획을 풀어 줍니다. 맹획은 공명에게서 풀려나긴 했지만 삶의 터전을 모두 뺏기고 갈 곳이 없죠.

"형님, 이곳에서 서남쪽으로 100여 리 가면 '독룡동(禿龍洞)'이라는 곳이 있수다. 그곳 타사 대왕(朶思大王)이 내 친구인데, 그곳으로 갑시다."

"타사 대왕이 우릴 반겨 줄까?"

"염려 마십시오. 타사 대왕은 의리가 강한 사람이라서 우릴 반겨 줄 것입니다."

맹획과 맹우는 남은 부하들을 이끌고 독룡동의 타사 대왕을 찾아갑니다.

"어서 오시오. 그런데 어쩌다 이렇게 되셨는지요?"

"타사 대왕, 공명의 계략에 속아 이렇게 도망자 신세가 되었습니다."

"고생 많으셨군요. 아무리 공명이 재주가 뛰어나도 이곳까진 못 쫓아올 것입니다. 이곳으로 들어오는 길은 두 군데가 있습니다. 한 길은 방금 맹획 대왕께서 오신 길인데, 그곳은 돌과 나무로 입구를 막아버리면 백만 대군도 들어올 수 없지요. 다른 한 길은 호숫가를 지나와야 하는데, 그곳 호수의 물엔 독이 있어서 마시면 몸이 마비되거나 또는 스치기만 해도 죽지요."

"대단한 천연요새군요. 나중에 이 신세는 꼭 갚겠습니다."

"신세라니요. 천만의 말씀입니다. 먼 길 오셨는데 우선 또 한잔하셔야죠. 여봐라, 술을 가져오고, 무희들은 나와서 춤을 추도록 해라!"

반라의 벌거벗은 여자들이 나와서 북소리에 맞추어 춤을 추고, 술이 한잔씩 돌자 맹획·맹우 형제들은 다시 호방한 기운을 되찾습니다.

한편, 공명은 맹획의 일행이 서남쪽으로 도주했다는 보고를 받고는 추격병을 보냅니다.

"맹획이 독룡동으로 피신했다. 왕평, 그대가 날랜 군사 500명을 이끌고 추격하라. 신속히 쫓아가서 기필코 사로잡아야 한다."

"예, 알겠습니다. 제가 선발대로 쫓아갈 테니 승상께서는 뒤에 따라오십시오. 선발대는 가벼운 옷차림으로 맹획을 추격한다. 모두 나를 따르라!"

그러나 이때는 혹서기라 그 더위가 만만치 않습니다.

"헉! 헉! 찌는 듯이 덥구나. 목이 탄다. 물, 물 좀 주쇼!"

추격하는 병사들이 땀을 뻘뻘 흘리며 밀림 속을 행진하는데, 선두에선 병사들이 외칩니다.

"물이다, 물!"

"살았다, 물을 마시자!"

호수를 발견하고 모두 물에 뛰어들어 벌컥벌컥 물을 마셔 댑니다. 그런데 물을 마신 병졸들이 갑자기 쓰러지기 시작하네요?

"으으! 몸이 말을 듣지 않는다. 말도 나오지 않는다!"

왕평과 군사들이 몸을 움직이지 못하고 쓰러지자, 미처 물을 마시지 않은 병졸이 급히 뛰어가 공명에게 보고합니다.

"승상! 왕평과 병사들이 물을 마시고 탈이 났습니다. 말도 못하고, 몸도 움직이지 못합니다."

"큰일이구나. 몸이 마비된 군사들을 시원한 곳으로 옮겨라. 내가 이 주변을 살펴보고 그 원인을 알아봐야겠다."

공명은 수하 장수 몇 사람을 데리고 높은 봉우리로 올라가 봅니다.

"저 산모퉁이에 집이 하나 보이는구나. 저 집을 들어가 보자. 혹시 원주민이 살고 있다면 병사들의 몸이 왜 마비되었는지 알 수 있을지도 모른다."

공명이 숲속 외딴집에 들어서니 어린 동자 하나가 뛰어나옵니다.

"누구신지요?"

"나는 제갈량이라는 사람이다. 주인을 뵙고 싶구나."

공명이 그렇게 말하자 눈이 푸르고 수염이 하얀 노인 한 사람이 대나무 지팡이를 짚고 나타납니다.

"저는 촉의 승상 제갈량이라는 사람입니다. 어려운 사정이 있어 도움을 청하러 왔습니다."

"제갈 승상이셨군요. 저는 산야에 버려진 쓸모없는 늙은이인데, 무슨 일로 찾아오셨는지요?"

"저는 촉국 황제의 명을 받아 남만을 평정하러 왔습니다. 이곳은 선제 유비 황제께서 살아 계실 때 촉에 복속시켰는데, 남만왕 맹획은 약속을 어기고 걸핏하면 국경을 침범하여 양민들을 괴롭히고 있습니다."

"그럼 만왕 맹획을 잡아 죽이실 작정이군요?"

"아닙니다, 어르신! 전 맹획을 네 번이나 사로잡아 네 번 모두 놔 주었습니다. 맹획을 죽인다면 제가 철수하고 난 후 뒤를 이은 왕이 또 국경을 침범할 것입니다. 그래서 저는 맹획의 마음을 얻고자 하는 것인데…, 독룡동으로 숨어 들어가 나오지 않는군요. 그런데 우리 군사들이 가다가 목이 말라 호수 물을 퍼마시고는 그만 몸이 마비되고 움직이지 못합니다. 무슨 영문인지 모르겠습니다."

"무척 어려운 일을 당하고 계시군요. 그런데 승상께선 제가 누군지 아시는지요?"

"모르겠습니다!"

"제가 바로 맹획의 친형 맹절이죠."

"아! 몰라 뵈었습니다."

"제 아우는 고집이 셉니다. 모반을 일으키지 말라고 누차 타일렀지만 듣지 않았습니다. 그러나 승상께 감사드립니다. 제 아우를 잡고도 죽이지 않고 여러 번 살려 주었다는 소식은 이미 들었습니다. 그런데도 그 못된 놈이 승상께 항복하지 않는군요."

"맹획에게 이렇게 훌륭한 형님이 계셨군요. 섭섭한 점이 있더라도 양해하시기 바랍니다."

"섭섭하다니요? 저희는 선제 유비 황제의 은덕을 많이 입은 사람들입니다. 공명 승상도 제가 존경하는 사람이니 어려움을 해결해 드리겠소.

물을 마신 사람이 마비되는 이유는 짐승들의 시체와 배설물이 부패하면 독으로 변하는데, 그 독이 호수로 흘러들어가기 때문입니다. 제 집 마당에 깨끗한 우물이 있죠. 우물 이름은 안락천(安樂泉)입니다. 마비된 환자들에게 우물물 한 그릇씩 먹이십시오. 그러면 마비 증세가 씻은 듯이 나을 겁니다. 그리고 한 가지 더 아셔야 될 일, 독룡동 가까이에 가면 안개가 피어오르는 호수가 있습니다. 그곳 안개에 사람이 스치기만 해도 즉사하고 맙니다."

"그럼 어떻게 해야 사람이 죽지 않습니까?"

"제 집 뒤뜰에 '해엽엽향(薤葉葉香)'이라는 버드나무가 한 그루가 있습니다. 그 버드나무 잎을 한 개씩 입에 물고 가면 독 안개에 스쳐도 해를 입지 않습니다."

"어르신, 가르침에 감사드립니다!"

"승상, 부디 제 어리석은 동생 맹획을 용서하시고 살려 주시기 바랍니다."

"아무 염려 마십시오. 해치지 않겠습니다."

공명은 우물물을 길어 병든 군사들에게 먹이니 마비된 몸이 풀리며 씻은 듯 나았습니다. 이제 군사들은 맹절에게 감사 인사를 올린 후, 버드나무 잎사귀를 한 개씩 입에 물고 독룡동으로 향합니다.

"맹획과 타사는 듣거라! 너희는 완전히 포위되었다. 무기를 버리고 투항하라!"

"저 군사들이 어떻게 여기까지 들어왔단 말이냐? 과연 공명의 재주는 귀신도 난측이로구나!"

이렇게 당황하고 있는데, 졸개 하나가 뛰어와 급히 보고합니다.

"대왕! 서쪽 봉우리 넘어 양봉(楊鋒) 대왕께서 10만 대군을 끌고 우리를 도우러 왔습니다."

"뭐라고? 이번 싸움은 우리가 이기겠구나. 어서 모셔 와라."

앙봉이 들어와 맹획과 타사에게 인사를 합니다.

"두 분 대왕은 아무 염려 마십시오. 제가 공명을 물리쳐 드리겠습니다."

"자, 먼 길 오셨는데 전쟁은 나중에 하시고, 우선 술이나 한잔합시다. 풍악을 울리고 무희들을 불러라!"

늘씬하고 화려한 무희들이 엉덩이를 흔들며 춤을 추기 시작하자 맹획, 타사, 맹우는 모두 넋을 잃고 마른침을 삼킵니다.

"저 무희는 정말 매력 있군요!"

한참 허리를 돌리던 무희 중 한 사람이 맹획 앞으로 다가오더니 술을 따라 올립니다.

"대왕님, 술 한잔 잡사 봐요."

"그래그래, 한잔해야지. 넌 어쩜 이렇게 손과 피부가 곱냐?"

맹획이 벌어진 입을 다물지 못하고 무희의 손을 잡자 다른 무희들도 타사와 맹우 앞에 살랑살랑 다가와 술을 따라 올립니다.

"대왕께서 술 한잔 받으시면 제가 오늘 밤 화끈하게 모시겠습니다."

"오냐오냐, 전쟁이 다 무엇이더냐! 오늘 밤 운우지락을 즐겨 보자. 이리 더 가까이 오너라."

타사와 맹우가 무희들과 수작을 주고받는데, 맹획에게 손목을 잡힌 무희가 갑자기 손을 빼더니 발로 가슴팍을 내지릅니다. 그러더니 품속에서 칼을 꺼내 맹획의 목에 겨누죠. 그러자 타사와 맹우에게 술을 따르던 다른 무희들도 일제히 칼을 뽑아듭니다. 바로 그때 양봉 대왕이 벼락치듯 소리칩니다.

"맹획과 타사를 잡아 묶어라!"

그러자 밖에 있던 군사들이 뛰어들어와 무서운 기세로 에워쌉니다.

"어? 어헉! 양봉 대왕, 갑자기 왜 이럽니까?"

"나는 제갈 승상을 존경하오. 우린 촉국과 화친을 맺고 평화롭게 지내야 하는데, 맹획 당신이 자꾸 반란을 일으키니 평화롭던 이곳이 매일 시끄럽게 되었소. 오늘 그대를 잡아 승상께 바치려 하오."

"양봉 대왕, 우리 이러지 맙시다. 우리 땅은 우리가 다스려야 하지 않겠소?"

"시끄럽다! 이놈들을 공명 승상께 끌고 가자!"

맹획과 맹우 그리고 타사 대왕까지 모두 잡혀 다시 공명 앞에 무릎 꿇렸습니다.

"맹획, 이젠 너와 더 이상 말도 하기 싫다. 짐승도 사람의 은혜를 안다는데, 넌 짐승만도 못하단 말이냐? 당장 끌어내 참수하라!"

"이것 보시오! 이번엔 승상이 잘 해서 내가 잡힌 게 아니오. 부끄럽게도 우리 종족 안에서 배신자가 생겨 이 지경이 되었으니 죽인다 해도 원망은 않겠소. 그러나 다시 한 번 군사를 모아 승상과 정정당당하게 대결해 보고 싶소. 한 번 더 풀어 주시오."

"맹획, 종족에게 붙잡힌 걸 부끄럽게 생각해라. '토사호비(兎死狐悲)'라는 말이 있다. 즉, 토끼가 죽으면 여우가 슬퍼지는 법, 그래서 같은 부류는 해치지 말라는 뜻이다. 오죽했으면 같은 종족인 양봉이 너를 잡아왔겠느냐?"

"할 말은 없소⋯⋯. 허나 한 번만 더 기회를 주시오."

"기가 막히는구나. 좋다, 맹획 일행을 다시 풀어 줘라! 어디 꼴을 보자꾸나. 다음에 사로잡혀 올 땐 용서하지 않겠다. 빨리 가거라!"

공명은 맹획을 놓아 준 후 타사의 결박도 풀어 주며 말합니다.

"술과 고기를 내려 줄 테니 많이 먹고 돌아가라. 그리고 다시는 저 고집쟁이 맹획을 돕지 말라!"

맹획은 다섯 번째 풀려나자 남은 무리 1천여 명을 이끌고 밤낮을 달려 은갱동(銀坑洞)으로 돌아가죠. 은갱동은 원래 맹획의 조상들이 살던 산인데, 주변에 세 갈래의 강이 있어 수비하기에도 유리한 지형입니다.

은갱동에서 기다리던 맹획의 처 축융 부인(祝融夫人)이 군사들을 몰고 마중 나와 있습니다.

"대왕이 밤에 힘을 못 쓰고 비아그라만 찾을 때부터 내 알아보았소. 그런 기운 가지고 어디 전쟁을 한다고……. 딱하오! 내일은 내가 나가 싸워 보리다."

"부인, 당신이 나가 싸워 준다면 고맙지요. 다만 공명과 그 휘하 장수들은 얕볼 상대가 아니오."

"염려 마시고 대왕은 구경이나 하세요."

맹획의 처 축융 부인, 그녀는 혼자서 남자 100명과 싸워도 이기는 여걸입니다.

이튿날, 촉군 장수 장의가 선봉으로 나섰는데, 남만군 3만 명이 돌격해 들어옵니다. 그런데 전투태세를 갖추던 장의가 어리둥절해합니다.

"어렵소! 저게 뭐야? 아줌마 아닌가? 전쟁터에 오래 돌아다니다 보니, 이젠 여자하고도 싸워야 한단 말이냐? 체면이 말이 아니다."

촉국의 장수 장의와 마주친 축융 부인은 붉은 두건을 쓰고, 붉은 말에 높이 앉아 장의를 가리키며 말합니다.

"촉군의 얼간이는 잘 들어라! 원래 원더우먼의 롤 모델이 바로 나다. 얼간이, 네가 보기엔 어떠냐? 나처럼 미모가 뛰어난 사람은 물 컵을 던지고 갑질해도 금방 용서가 되겠지?"

"젖소부인 아줌마야, 여자라고 봐주는 거 없다. 덤벼라!"

"얼뜩이가 말이 통하지 않는군. 내 단검 맛을 봐라!"

축융 부인이 단검을 던지자 장의의 팔뚝에 꽂히고, 장의는 땅바닥에 굴러떨어집니다.

"여자 미모를 우습게 아는 자의 말로다. 저놈을 끌고 가자!"

장의가 생포되는 걸 보던 마충이 급히 뛰어나왔으나 마충 역시 밧줄에 걸려 낙마하고 말죠.

"촉군의 장수를 사로잡았다!"

"1타 2피, 축융 부인 만만세!"

보고를 받은 공명은 자룡을 부릅니다.

"내일 조 장군이 나가서 축융 부인을 사로잡아 오시오."

"예! 전쟁을 오래 하다 보니 여자와도 싸우게 되는군요. 지난번 손상향 부인의 시녀 열두 명을 상대한 이래 여자와 싸우기는 두 번째입니다."

이튿날, 자룡이 말을 몰고 나가자 또 축융 부인이 돌격해 들어옵니다.

"거기, 아줌마! 남편이나 잘 보살피지 뭔 전장에 나오고그랴. 그러다 다치기라도 하면 어쩌시려고?"

"여자라고 우습게 봤다간 큰코다친다는 말 모르냐? 남만 땅에서 나를 이길 사람은 아무도 없다."

"그렇다면 상대해 드리지."

자룡이 축융 부인과 몇 합 겨루다가 갑자기 말을 돌려 달아납니다.

"호호호! 내 그럴 줄 알았다. 말 많은 남자치고 힘쓰는 사람 없다더니, 넌 얼굴만 반들반들하지 맹획처럼 힘은 별로구나. 거기 서라!"

축융 부인이 뒤쫓으며 자룡의 등 뒤를 내려치려는 순간, 조자룡의 말이 갑자기 방향을 바꾸더니 "야합!" 기합 소리와 함께 수도로 축융을 내리칩니다.

"어마맛!"

축융 부인은 비명 소리와 함께 말에서 굴러떨어져 생포되고 말죠.

"여자를 함부로 내리치다니! 이건 명백한 폭력이며, 성추행이다!"

"부인, 성추행이라니요? 손으로만 밀친 것뿐이오. 그런 억지소리 마시오!"

포승줄에 묶여 잡혀 온 축융 부인을 내려다보던 공명이 혀를 찹니다.

"이젠 부부가 교대로 잡혀 오는구나. 부인을 풀어 줄 테니 가서 장의와 마충을 돌려보내 주시오."

축융 부인이 무사히 풀려나자 맹획은 장의와 마충을 돌려보내고, 다시 공명에게 대항할 준비를 합니다.

"형님, 이제 그만 공명 승상께 항복합시다. 싸워 보니 우린 공명의 적수가 못 됩니다."

"맹우, 아가리 닥쳐라! 난 결코 항복하지 않는다."

두 형제가 한창 다투고 있는데, 연락병이 급히 들어와 보고합니다.

"목록 대왕이 엄청난 짐승들을 몰고 왔습니다."

"목록 대왕, 이게 얼마 만입니까?"

"내가 길들인 맹수들을 데려왔는데, 이름을 '사파리 부대'라고 하지요. 내일은 이 '사파리 부대'가 공명의 군사를 물리칠 것입니다."

이튿날, 전장에는 사람이 아닌 사자, 호랑이, 버펄로 떼, 코뿔소, 코끼리 등 여러 맹수들이 오와 열을 맞추어 도열해 섰습니다.

"자, 사랑하는 나의 맹수들아! 저 촉나라 군사들을 먹이로 생각하고 마구마구 사냥해라. 돌격, 앞으로!"

전열을 정비하던 촉나라 군사들이 예상치 않은 맹수들의 공격에 혼비백산하여 도주합니다.

"맹수들이다. 호랑이다. 사자도 있다!"

"으아! 저건 웬 소 떼냐? 수백 마리는 되는 거 같아."

"코끼리도 있다!"

"후퇴, 빨리 도망쳐라!"

"아악! 사람 살려!"

이날 전투에서는 사나운 짐승들에게 짓밟히고 물어 뜯겨 촉군이 대패하죠.

"승상! 적들이 맹수를 앞세워 공격했습니다. 오늘 전투는 크게 패했습니다."

"걱정 마시오. 내 이럴 줄 알고 다 준비를 해 두었소. 목마인데, 바퀴가 달려 있고 그 안에 사람들도 탈 수 있소. 또 입으로는 불을 뿜을 수 있는 특수 설계도 되어 있소."

"말은 사자나 호랑이 밥인데, 맹수들이 무서워할까요?"

"염려 마시오. 그래서 말 모양이 아니고 험상궂은 괴물 모양으로 만들었소. 일단 짐승들은 자기보다 덩치가 큰 상대에겐 겁을 먹게 되어 있소. 며칠 후 두고 봅시다."

며칠 후 다시 전투가 시작됩니다. 맹수 군단이 표효하며 촉군 병사들을 향해 달려 나옵니다.

"며칠째 굶기더니 먹이를 골라서 먹으라는 뜻이었구나. 먹이가 널려 있다. 나가자!"

"으르렁! 그…그런데 저게 뭐냐? 처음 보는 짐승이다?"

"저 녀석은 웬 덩치가 저렇게 커? 코끼리보다 더 크잖아. 더군다나 입에서 불을 뿜네?"

"저거 봐! 버펄로들 등에 불이 붙었어."

"으악! 우리 야수들은 불이 제일 무서워!"

"그래도 싸워서 이기자. 총공격하라!"

사자, 호랑이, 버펄로, 코끼리 떼들이 도망가지만 몸에 불이 붙어서는 나뒹굽니다.

"불고기가 되든 말든 공격하라! 물러서지 마라!"

하지만 불을 무서워하는 짐승들은 더 이상 전진하지 못하고 모두 줄행랑을 치죠. 이날 전투는 남만군의 대패입니다. 더구나 흰 코끼리를 타고 전투를 지휘하던 목록 대왕마저도 전사하고 말았습니다.

"맹획, 또 잡혀 왔구나. 이러다 정말 정들 것 같아 걱정이다."

"승상! 짐승들 수백 마리가 불에 타 죽었소이다. 동물보호단체에서 다 보고했소이다."

"하하! 아직도 정신을 못 차렸구나."

"승상! 한 번만 더 놓아 주시오. 만약 일곱 번째 잡힌다면 그땐 반드시 항복하겠소."

"좋다. 그러나 일곱 번째도 항복하지 않으면 그땐 정말 용서치 않겠다."

여섯 번째 풀려난 맹획 일행은 '은갱동'까지 공명에게 빼앗기고 어디로 가야 할지 망연자실하죠. 이때 맹획의 처남 대래동주가 나섭니다.

"매형, 오과국(烏戈國)에 있는 올돌골(兀突骨) 대왕을 찾아갑시다. 여기에서 동남쪽으로 700리 가면 오과국이 나옵니다. 임금 올돌골은 키가 거의 9척에 가까운데, 그는 밥 대신 매일 아나콘다 한 마리씩을 산 채로 잡아먹는답니다. 올돌골의 부하들을 등갑군(藤甲軍)이라 하는데, 이들의 등갑으로 만든 갑옷과 방패는 칼이나 창에 맞아도 끄떡없고, 활로도 못 뚫는답니다. 또 그 등갑 갑옷을 입으면 물속에 들어가도 둥둥 떠다닌다고 하니, 그들 모두가 천하무적입니다."

"하늘이 나를 지켜주는구나. 당장 오과국으로 가자!"

맹획은 오과국으로 가서 올돌골 대왕에게 극진히 인사합니다.

"대왕! 도와주십시오. 촉나라 제갈공명이 쳐들어왔는데, 도저히 당해내질 못하겠습니다."

"그래요? 자존심 상하는구만. 하늘 아래 최고는 나 올돌골인데, 어찌 그런 자가 있단 말이오? 내가 공명 그자를 물리쳐 주겠소. 우선 배가 고플 테니 식사부터 합시다. 여봐라! 저녁 식사를 가져와라. 오늘은 귀한 손님이 오셨으니 아주 큼직한 놈으로 대령하도록!"

이윽고 길이 1미터가 넘는 아나콘다 두 마리를 산 채로 들고 옵니다.

"맹획 대왕, 시장하실 텐데 어서 드시죠."

"이…이걸 어떻게 먹습니까?"

"사양하실 거 없습니다. 머리부터 잘 씹어서 천천히 드시면 '아나고회'보다 훨씬 구수하고 맛있을 겁니다."

"전 요즘 다이어트 중이라서 사양하겠습니다, 우웩!"

"하하! 대왕이 돼가지고서 그리 비위가 약해서야 원! 알겠소이다. 우리 토속음식이 입에 맞질 않는 모양이군요. 다른 것으로 대접해 드리리다. 하하!"

며칠 후, 맹획은 올돌골의 등갑군 3만을 동원하여 촉나라 진영을 공격합니다.

"승상! 험상궂게 생긴 적 3만 명이 공격을 개시했습니다."

"위연 장군이 나가서 적을 무찌르시오."

"예, 명 받들겠습니다."

"저 야만족들을 모두 물리쳐라. 먼저 궁수들은 활을 쏴라!"

촉군의 궁수들은 활을 퍼붓습니다. 그러나 아무리 활을 쏘아도 적병들은 쓰러지지 않죠.

"이상하다? 그렇다면 직접 돌격하여 적을 무찌르자. 전군, 돌격!"

"와아!"

"야만족은 내 칼을 받아라!"

촉군의 칼이 사정없이 야만족 병사들의 등을 베기 시작합니다.

"킥킥킥킥!"

위연이 칼로 등갑군을 내리치는데, 아무리 내리쳐도 등갑군은 멀쩡히 살아서 쓰러지지 않습니다. 오히려 간지럽다고 웃기까지 하죠.

"이상하다? 일단 후퇴하라. 전군 퇴각한다!"

촉군이 물러나자 등갑군은 더 이상 추격하지 않고 모두 강물로 뛰어들더니 마치 구명조끼를 입은 것처럼 강물에 둥둥 떠 본부로 돌아갑니다.

"승상, 오늘의 전투는 대패입니다. 칼로 베어도 꿈쩍 않는 이상한 부대는 처음 봅니다. 활이나 칼, 창에도 뚫리지 않고, 물속에서도 가라앉지 않습니다. 어찌해 볼 도리가 없습니다."

"위연 장군, 수고하셨소. 내가 이곳 원주민 한 사람을 불렀으니 그 원인을 알아봅시다."

잠시 후 원주민이 오자, 공명은 그를 극진히 대접하고 오과국에 대해 묻습니다.

"승상! 그들이 입고 있는 갑옷과 방패를 '등갑'이라 하는데, 그 재료는 이곳에서만 자라는 특수한 등나무입니다. 그 등나무를 베어 반년 동안 기름에 담가 두었다가 꺼내 말리고, 다시 기름에 담근 후 꺼내 말리고 이런 식으로 아홉 번을 말린 후 만든 갑옷이라서 활·칼·창에도 뚫리지 않습니다. 또 소재가 나무이기 때문에 물에도 가볍게 뜨는 것입니다."

"그렇군요. 알려 주셔서 감사합니다."

이튿날 공명은 장수들과 원주민을 데리고 지형 답사를 나갑니다.

"저 계곡 이름이 무엇입니까?"

"저 계곡을 '반사곡(盤蛇谷)'이라고 합니다."

"반사곡이라…, 알겠습니다."

장수들은 다시 진영으로 돌아가 공명의 작전 지시를 받죠.

"먼저, 마대 장군은 내가 검은 상자 스무 개를 줄 테니 이것을 반사곡 곳곳에 숨겨 두시오. 위연 장군은 등갑군과 나가서 싸우되 계속 싸움에 져서 도주하시오. 내가 군데군데 깃발을 꽂아 둘 테니 깃발 있는 곳까지 도주하다 다시 그곳에서 싸우고, 또 깃발 있는 곳까지 도주하면서 결국 반사곡 깊은 곳까지 적을 유인해야 하오. 자룡, 그대는 반사곡 양쪽에 매복하시오. 등갑군이 위연을 쫓아 반사곡으로 들어오면 화살에 불을 붙여 검은 상자를 향해 쏘시오."

"알겠습니다. 작전 지시대로 하겠습니다."

한편, 올돌골과 맹획은 호탕하게 승전을 자축합니다.

"올돌골 대왕, 대승입니다. 하하! 그러나 공명은 지략이 뛰어난 사람이니 늘 조심해야 합니다."

"맹획 대왕, 염려 마십시오. 우리가 이기더라도 10리 이상은 쫓지 말도록 일러두었습니다."

"자, 내일의 전투를 위해서 식사부터 합시다. 여봐라, 어제는 식사가 너무 부실했던 것 같다. 오늘은 좀 더 큰 놈으로 가져와라."

"저 올돌골 대왕마마, 이쁜 아나콘다는 살려 주시고 못생긴 멧돼지 바비큐로…, 안 될까요?"

"하하! 알겠소. 오늘 멧돼지는 살이 질겨서 별맛은 없지만, 맹획 대왕께서 원하시면 멧돼지 바비큐로 합시다."

"감사, 감싸하나이다!"

이튿날, 다시 촉군과 등갑군 사이에 전투가 전개됩니다.

"올돌골, 실속 없이 키만 크구나. 내 칼을 받아라!"

위연과 올돌골이 10여 합을 겨루다 힘이 부치는지 갑자기 위연이 도주하기 시작합니다.

"위연, 감히 내 콤플렉스를 건드렸겠다? 게 서지 못할까!"

"하하! 미안하오. 키 큰 게 콤플렉스인 줄 몰랐소. 미안하오!"

씩씩거리며 한참 위연을 뒤쫓던 올돌골이 추격을 중단합니다.

"그만 추격해라. 자칫하면 놈들의 계략에 빠질 수도 있다."

그러자 잠시 후 위연이 말머리를 돌려 돌아와 다시 약을 올립니다.

"올돌골, 아나콘다로 아침 식사는 했느냐? 후식으로 코브라도 한 마리 먹지 그랬냐?"

"저 건방진 놈이 남의 식사까지 간섭이야. 거기 서라. 도망치지 마라!"

올돌골과 위연이 다시 겨루기를 10여 합, 다시 위연이 도망치기 시작하죠. 다시 10여 리를 쫓던 올돌골이 추격을 멈추면 위연이 돌아와서 욕을 퍼부으며 약을 올리고, 이러기를 열다섯 차례. 올돌골은 자신도 모르게 반사곡 골짜기 깊은 곳까지 추격해 들어가게 됩니다.

"대왕! 그만 추적하시죠? 아무래도 무슨 계략이 있는 듯합니다."

"아뿔싸! 저놈이 약 올리는 바람에 너무 깊숙이 들어왔다. 이 계곡에서 빨리 빠져나가자. 그런데 저기 놓여 있는 검은 상자들은 뭐냐? 열어보아라.”

“적들이 다급하여 보급품을 버리고 간 듯합니다.”

“상자에서 생선 기름 냄새가 납니다!”

“이 상자에선 유황 냄새가 납니다!”

“이상하구나. 이곳을 빠져나가자. 전원 후퇴!”

이때 사방에서 함성이 울리며 불화살이 쏟아지죠.

“불화살이다!”

펑! 펑!

“화약 상자에 불이 붙었다, 도망쳐라!”

미리 숨겨 둔 검은 상자에 불이 붙으면서 삽시간에 사방으로 불길이 번집니다.

“등갑 옷에 불이 붙었다!”

등갑 옷에도 불이 붙자 갑옷을 벗고 줄행랑치느라 계곡은 아수라장입니다. 반사곡에 들어선 올돌골 대왕을 비롯한 3만의 등갑군이 일시에 화염에 휩싸이고 말았죠. 반사곡 위에서 이 처참한 광경을 내려다보던 공명이 눈물을 흘립니다.

“등갑군이 전멸하고 있습니다. 그런데 웃어도 모자랄 판국에 승상께서는 왜 우시는지요?”

“아무리 적이지만 불쌍하지 않소? 또 저들이 불에 타 죽는 모습을 보니 이릉전투에서 타 죽은 우리 촉군들이 다시 생각나는구려!”

눈물을 흘리는 공명에게 마속이 묻습니다.

“승상, 어찌 화공을 생각하셨습니까?”

“세상에는 강함이 있으면 반드시 약함도 있는 것이다. 등갑으로 만든 갑옷이 아무리 강하다 해도 그것은 기름에 절여 만든 물건이라서 불에는 약하기 마련이다. 저 반사곡으로 적을 유인하지 않았다면 화공으로 이 숲 전체가 탈 우려가 있어서 적을 저 항아리 속 같은 반사곡으로 유인한 것이다. 이젠 올돌골도 죽었으니 맹획을 생포해 오라."

천하무적이라 믿고 올돌골의 승전보를 기다리던 맹획을 촉나라 군사들이 기습하여 다시 생포해 옵니다.

"맹획, 내가 일곱 번째 잡혀 오면 너를 죽인다고 했으나 이젠 죽일 가치도 없다. 저 맹획을 다시 풀어 주어라."

"흑흑흑흑!"

"살려 준다는데 왜 우느냐?"

"승상! 이 세상에서 적장을 일곱 번 잡아 일곱 번 풀어 줬다는 말은 들어보지 못했습니다. 승상은 이 하늘 아래 가장 위대한 사람입니다. 흑흑흑! 진심으로 승상께 투항합니다. 이제 우리 남만족은 다시는 촉의 국경을 침범하지 않겠으며, 다시는 모반하지 않겠습니다. 저희는 영원히 촉국을 섬기겠습니다."

"맹획은 계속 이 남만을 다스려라. 그리고 다시는 반역하지 말라!"

"승상, 제 몸이 가루가 되더라도 약속은 꼭 지키겠습니다!"

이때 맹획의 처 축융 부인과 동생 맹우 그리고 처남인 대래동주까지 모두 공명을 찾아와 무릎을 꿇죠.

"진실로 감복했습니다. 승상은 하늘 아래 가장 위대한 사람입니다."

맹획으로부터 진심으로 항복을 받은 공명은 군사들과 함께 촉으로 돌아갑니다. 그런데 귀국하던 공명에게 예상치 않은 어려움이 기다리죠. 촉으로 가는 길엔 '노수(瀘水)'라는 강을 건너야 하는데, 노수의 풍랑과 물살이 세서 배를 띄울 수가 없게 됩니다. 노수까지 배웅하러 온 맹획이 한마디 합니다.

"이 강의 성난 물결을 잠재우는 방법은 하나밖에 없습니다."

"무슨 방법이냐?"

"이 강을 지키는 창신(猖神)에게 사람의 머리 49개를 잘라 제사를 지내야 합니다. 그래야만 파도가 잠잠해집니다."

"사람의 머리를 잘라 제사를 지낸다고? 그건 너무 야만적이구나. 앞으로 그런 방법을 써서는 안 된다. 내게 좋은 방법이 있으니 기다려 보아라."

공명이 군사들은 강가에서 쉬게 하고 자신은 천막을 치고 안으로 들어가더니 무언가 만들기 시작합니다.

"밀가루를 가져와라. 그리고 돼지고기를 잘게 썰어 볶고, 파와 각종 양념으로 버무려라."

"승상께서 무얼 만들고 계신가?"

"글쎄? 수제비를 만드는 것도 같고, 찐빵을 만드는 것도 같고……?"

이윽고 공명은 천막에서 나오더니 사람 모양으로 만든 빵을 맹획과 모든 장수들에게 주고는 하나씩 맛보라고 명합니다.

"이건 사람의 머리 모양으로 만든 빵이니 이름을 '만두(饅頭)'라 하겠소. 이 만두 100개를 사람 머리 대신 강에 뿌리고 제사를 지내시오. 그럼 노수 강물이 잠잠해질 것이오."

이윽고 군인들이 만두를 강에 던져 넣자 노수를 지키던 창신이 반갑게 달려듭니다.

"이놈들이 드디어 사람 머리를 내게 바치는구나. 이번엔 그 숫자가 훨씬 많군. 기특한 놈들! 그런데 어째 사람 머리가 좀 작구나. 그래도 맛을 한번 볼까? 쩝쩝쩝! 음, 생긴 건 뭐 같아도 맛은 기가 막히는구나. 배

불리 먹었으니 이제 파도를 잠재워야겠다."

노수를 지키던 창신은 사람 머리 대신 만두로 만족하였고, 이윽고 노수는 잠잠해졌습니다.

"맹획, 고맙소! 그리고 태평하게 나라를 잘 다스리시오."

"승상, 안녕히 가십시오. 여러 장수들과 병사들도 수고 많았습니다."

이렇게 공명의 남만 정벌은 끝이 나고, 일행은 무사히 촉국 수도 성도로 돌아왔습니다.

위나라 2대 황제 조예

공명이 남만을 정벌하고 돌아온 해는 서기 226년의 일입니다. 한편, 그해 위나라에선 황제 조비가 40세의 나이로 세상을 떠나죠. 원래 조비는 폐가 약한 폐질환 환자였습니다. 그러나 자기의 병을 그 아비인 조조에게 철저히 숨겼죠. 조비에게 병이 있다는 걸 알았다면 아버지가 다른 아들에게 왕위를 물려줄 게 뻔하기 때문입니다.

조비의 정실부인은 견(甄) 씨 부인이며, 이름은 견복입니다. '견(甄)'은 지인(之人)의 번자라고 하여 '진'으로 읽어야 한다고 주장하는 사람도 있습니다. 그래서 혹자는 '진 씨 부인'이라고도 하지요. 견 씨 부인은 조비보다 나이 많은 연상녀로, 위나라 제일의 미녀로 이름나 있습니다. 견 씨는 처음엔 원소의 차남인 원희의 아내였습니다. 조조가 기주를 공격했을 때 아들 조비가 원소의 자택을 기습하죠. 그때 거기서 견 씨를 운명적으로 만나게 됩니다.

"허걱! 하각! 사람이냐, 선녀냐? 수…숨이 막힌다야!"

조비는 견 씨에게 첫눈에 반하였고, 적장의 아내임에도 불구하고 권력을 이용해 정실부인으로 삼습니다. 견 씨는 조비의 사랑을 듬뿍 받아 아들 조예와 딸 동향 공주를 낳게 되죠.

"부인은 이 세상에서 제일 예쁜 천사 같은 여자요. 쪽쪽, 쭈욱!"

이렇게 총애하던 견 씨 부인. 그러나 여자의 미모란 세월 앞에서 어쩔 수 없죠. '화무십일홍(化無十日洪)'이라 했던가요? 열흘 붉게 피는 꽃은 없는 법, 세월이 흘러 견 씨 부인의 미모도 시들해지자 황제는 '곽 귀비'라는 젊은 여자를 총애하게 됩니다.

"곽 귀비, 그대가 이 세상에서 제일 예쁜 천사요. 쪽쪽쪽!"

황제의 총애를 받게 된 곽 귀비는 자나 깨나 황후를 모함합니다. '베개 밑 송사'라는 말이 있지요? 늘 견 부인을 헐뜯던 곽 귀비는 어느 날 오동나무를 깎아 사람 형상을 만든 후, 황제의 생년월일을 적고 대못을 박아 황제의 처소 근처에 묻어 둡니다. 그러고는 며칠 후 우연히 발견된 것처럼 호들갑을 떨죠. 한마디로 조선 숙종 때 장희빈을 연상케 하는 스토리죠.

"견 씨가 황제인 나를 죽이려고 못된 짓을 하다니, 내가 속았다!"

황제의 노여움이 극에 달합니다.

"황후가 감히 짐을 죽이려고 못된 짓을 하다니, 천하의 나쁜 마녀였구나. 당장 자결하라 명하라!"

며칠 후 황제의 사자가 독이 든 술잔을 황후에게 전달합니다.

"제명(帝命)이요, 황후는 술잔을 받고 자결하시오."

견 씨는 흐느끼며 독배를 마십니다.

"폐하! 억울합니다. 언제는 천사 같다고 칭찬하며 쪽쪽쪽 마르고 닳도록 사랑해 주더니 이제는 자결하라니요? 전 무죄이옵니다. 전 목각인형이 무언지, 주문이 무언지 알지 못합니다. 난 황제 폐하의 아들과 딸을 낳은 죄밖에 없습니다. 진상을 규명해 보지도 않고 중상모략 한마디에 자결을 명하다니요? 드디어 눈이 멀었군요. 억울합니다, 흑흑흑! 내 아들 '예'야, 반드시 황제의 자리에 올라라. 그리고 어미의 억울함을 잊지 말아다오!"

황후인 견 씨 부인은 독배를 마시고 자결합니다.

견 황후가 죽자 곽 귀비는 깔깔거리며 시신을 조롱하죠. 견 황후의 머리카락을 풀어헤쳐 산발한 모습으로 만들더니, 시신을 관에도 넣지 못하게 방해합니다.

"저년 입에는 쌀겨를 넣어라. 그리고 발가벗겨 흙에 묻어라!"

견 황후를 제거한 곽 귀비는 황후에 오르게 됩니다. 그가 바로 문덕 황후(文德皇后)입니다. 그런 사정을 아는지 모르는지, 견 황후의 아들 조예(曹叡)는 묵묵히 계모인 문덕황후에게 효성을 다합니다. 조예는 총명하고 똑똑하여 조비의 사랑을 받았고, 황태자에 오르죠.

황태자가 된 조예는 마음속으로는 늘 어머니를 그리워했습니다. 하루는 조비가 아들 조예와 신하들을 데리고 사냥을 나갔는데, 어미 사슴을 활로 쏘아 잡았습니다. 그러자 놀란 새끼 사슴이 조예가 탄 말 밑으로 뛰어들어와 숨었죠.

"태자야, 어서 그 사슴을 죽여라!"

아비인 조비가 독촉하지만 조예는 눈물을 뚝뚝 흘리며 새끼 사슴을 껴안습니다.

"이 사슴이 어미를 잃은 저와 처지가 비슷한데, 어찌 죽일 수 있겠습니까?"

이 말을 들은 조비가 먼 하늘을 바라봅니다.

"그렇구나! 어미 없이 자란 네가 가엽다. 넌 참으로 덕 있고 너그러운 황제가 되겠구나!"

조비는 이렇게 아들의 마음을 이해하며 칭찬하였다고 합니다.

서기 226년, 조비는 기침을 심하게 하더니 피를 토하고 죽고 말았습니다. 이때 조비의 나이 불과 40세, 황제의 자리에 오른 지 7년 만의 일입니다. 한나라 헌제를 시해한 후 황위를 찬탈하고, 죄 없는 황후까지 비참하게 죽인 응보가 아닐까요?

조비가 죽자, 조예가 제2대 위나라 황제에 오릅니다. 황제가 된 조예는 어머니에 대한 복수를 시작하죠.

"악녀 곽 씨를 잡아 와라! 곽 씨가 짐을 제거하고 진왕을 황제로 옹립하려는 역모가 드러났다."

곽 씨는 조예 앞에 끌려와 울며불며 발악합니다.

"내가 무슨 역모를 꾀했다는 것이오? 황제는 억지소리 하지 마시오. 난 선제의 정실부인이오. 아들인 당신이 나에게 이럴 수가 있소? 황제는 태자시절 나에게 효도를 다하지 않았소?"

"시끄럽다! 악녀 곽 씨는 잘 들어라. 난 황태자의 자리를 지키기 위해 감정을 숨기고 살아왔다. 얼마나 힘들고 외로웠던 시절인지 아는가? 넌 끊임없이 우리 어머니를 모함하지 않았더냐? 네 모함에 말려든 선황께서는 어머니에게 독배를 내리셨다. 당시 내 나이 15세, 난 하늘이 무너지는 슬픔을 견뎌야 했다. 눈을 감아도, 눈을 떠도 난 늘 어머니가 그리웠다. 이 아픈 감정을 네가 알기나 하느냐?"

황제 조예의 싸늘한 말에 곽 씨는 비로소 부들부들 떱니다.

"황제 폐하! 살려 주십시오."

황제는 싸늘하게 명합니다.

"그 독배를 마시고 자결하라. 술잔을 받지 않으면 대들보에 목을 매달겠다."

곽 씨 부인 문덕황후는 결국 독배를 마시고 피를 토해 죽습니다. 곽 황후가 죽자 그녀가 자기 어머니에게 했던 것처럼 곽 씨의 시신을 조롱하며 머리카락을 풀어헤쳐 산발한 모습으로 만들죠.

"저년 입에 쌀겨를 들이부어라. 그리고 저년을 발가벗겨 관에도 넣지 말고 흙에 묻어라!"

황제 조예는 곽 황후에게 복수한 후, 어머니 견 씨 부인을 문소황후 (文昭皇后)로 추증합니다. 그러기에 '인과응보'는 있다는 법이지요.

조예는 황제에 등극하자 인사를 단행합니다. 종요(鍾繇)는 태부(太傅) 로, 조진(曹眞)은 대장군(大將軍)으로, 조휴(曹休)는 대사마(大司馬)로, 왕 랑(王郞)은 사도로, 사마의(司馬懿)는 표기장군(驃騎將軍)으로 임명하죠.

표기장군 사마의에게는 옹주(雍州)와 양주(涼州) 두 곳의 제독으로 임 명합니다.

"사마의는 듣거라! 옹·양은 촉과 가까운 곳이니 국경을 튼튼히 하여 유사시에 대비하라."

조비가 죽고 조예가 제2대 황제가 되었다는 소식은 제갈공명에게도 전해집니다.

"조예는 그리 현명한 인물이 못 되니 잘된 일이다. 그런데 사마의가 옹·양의 제독이 되었다 하니 마음에 걸리는구나. 사마의는 지모가 많은 자인데, 앞으로 우리 촉에 큰 걱정거리가 될 것 같다. 그래서 싹이 자라 기 전에 먼저 군사를 일으켜 그를 쳐버릴까 한다."

이때 참군 마속이 공명에게 말합니다.

"승상, 사마중달을 힘들이지 않고 제거할 묘책이 있습니다. 업군으로 세작들을 보내 '카더라 방송'을 활용하는 것입니다."

"카더라 방송? 음! 옛날이나 지금이나 이보다 좋은 계책은 없지."

사마의, 그가 도대체 어떤 사람이기에 천하의 책사 공명까지도 그를 경계하는 것일까요? 그리고 '카더라 방송'은 또 뭘까요?

사마의의 자는 중달(仲達)이며, 서기 179년 당시의 하내군(河內郡), 즉 지금의 하남성(河南省)에서 태어났습니다. 사마중달은 중국 삼국시대에 위나라의 조조·조비·조예·조방 등 황제 4대를 보필한 사람입니다. 무려 65년간 권력의 핵심에 있었던 놀라운 사람이죠.

여기에서 사마중달의 독백을 들어보시겠습니다.

"저는 금수저를 물고 태어났습니다. 내 조상 사마균 할아버지는 서기 116년 정서장군에 오른 엄청나게 훌륭한 정치가였죠. 지금부터 110년 전의 일입니다. 그 영향을 받아 집안은 내리 110년 동안 고관대작을 배출한 명문가로 자리 잡았습니다. 저희 사마씨 집안은 형님 사마랑(司馬朗)을 포함해 가문의 8형제가 모두 총명해 이른바 '사마팔달(司馬八達)'이라고 불리고 있답니다. 물론 그 가운데에서도 저 사마의가 가장 뛰어나다는 평가를 받고 있지요. 조조 폐하께서는 한나라 승상으로 있을 때 저를 스카우트하려 애썼지만 전 거절했습니다. 그때 저는 거절하기 위해 제 발을 스스로 달리는 마차 바퀴 밑에 집어넣었어요. 지독하죠? 제 발등 뼈가 부서졌고, 그 상처를 핑계로 전 벼슬에 나아가지 않았습니다. 왜냐, 조조 승상 밑으로 들어갔으면 전 그분에게 일찌감치 제거됐을 겁니다. 그분은 제가 반골의 관상을 타고났다고 간파하고 있었거든요. 조조 승상이 위왕이 된 후 조조의 아들 조비와 조식, 두 사람이 후계 다툼이 치열할 때 전 조비를 적극 지원했지요. 결국 저의 지략대로 조비가 위왕에 등극했습니다. 그 위왕 조비는 한나라 헌제를 제거하고 황제가 되었는데, 남들은 헌제가 조비에게 선양했다고 하지만, 사실 황위 찬탈임을 우린 다 알고 있잖아요? 그 조비를 황제로 등극시키는 데 제가 큰 힘을 보탰음은 말할 필요도 없죠. 당연히 전 황제 조비의 신임을 듬뿍 받았습니다. 그런데 제가 그렇게 극진히 모시던 조비 황제가 7년 만에 돌아가신 거예요. 조비 황제는 돌아가시면서 저를 포함한 중신 몇 사람을 불러 신신당부했지요. '내 아들 조예를 잘 보살펴 주시오.' 이런 조비 황제의 유언 때문에 나 사마의와 조진, 진군, 조휴 네 사람은 보정대신(輔政大臣)이 되었습니다. 쉽게 표현하면 위나라가 우리 네 사람의 손바닥에 놓이게 된 거죠. 그런데 조진, 조휴 두 사람은 저를 몹시 경계하더군요. 황제와 종친이라는 인연만 빼면 지략도 없고, 머리도 나쁜 사람들인데, 그러니까 크게 걱정할 필요는 없죠. 지금이 서기 226년인데, 위나라 2대 황제 조예께서 저를 표기장군으로 임명하시는군요. 무얼 좀 아시는 분이네요. 저는 '촉의 제갈공명이 언제 국경을 침범할지 모르니 대비가 필요하다.'고 역설하였고, 제 스스로 옹주(雍州)·양주(凉州) 제독이 되겠다고 자청했지요. 왜냐 하면 천재인 공명을 이기려면 머리 좋은 제가 그곳을 지켜야 하거든요. 전 부하들을 매일 닦달했습니다. 여러 장수들은 군사들을 부지런히 훈련시키고, 젊은 사람을 뽑아 신병으로 양성하고, 군량미를 비축했지요. 나 사마중달의 독백은 여기까지입니다."

이렇게 사마중달이 바삐 움직이는 것을 간파한 제갈공명은 마속에게 명령합니다.

"마속, 업군과 옹·양으로 믿을 만한 세작들을 보내라."

며칠 후, 위나라 수도 업군에는 이상한 소문이 나돌기 시작합니다.

사마의가 옹·양에서 비밀리에 군사를 양성하고 있다 카더라!

비밀리에 군량미도 비축하고 있다 카더라!

사마의는 황제 조예를 우습게 본다 카더라!

군벌들은 사마의에게 줄을 선다 카더라!

조만간에 황실을 뒤엎는다 카더라!

사마의가 쿠데타를 일으키면 아무도 못 막는다 카더라!

이제 조씨의 세상은 가고 사마씨의 세상이 온다 카더라!

이런 흉흉한 소문이 떠도는 가운데 옹·양에 이상한 대자보가 나붙습니다.

나 사마의가 하늘을 대신하여 선포하노라.

지금의 황제는 덕이 없고 몸이 쇠약하여 황제의 자질이 없는 자다.

위나라를 뒤집어엎고 덕망 높고 능력 있는 사람을 황제로 옹립하자. 새 세상을 만들자. 뜻있는 자들은 모두 내게로 오라. 내가 너희를 중용하리니, 기회를 놓쳐 우물쭈물하는 자들은 기필코 후회할 것이다.

자칫하면 9족이 멸족당할 수도 있다. 그러니 좌고우면(左顧右眄)하지 말고 어서 내게로 와서 쿠데타에 합류하라!

이 대자보를 읽던 사람들이 웅성거립니다.

"저…저게 무슨 소리냐? 우리 사마중달 제독께서 엄청난 일을 도모하는구나!"

이렇게 놀란 사람 중 하나가 그 대자보를 떼어 업군으로 달려갑니다.

대자보는 황제에게 급히 전달되었고, 대자보를 읽어 내려가던 태위 화흠의 목소리가 떨립니다.

"폐하! 역모이옵니다. 그렇지 않아도 요즘 괴소문이 떠돌고 있습니다. '조씨 세상은 가고 사마씨 세상이 온다 카더라.' 통신입니다. 빨리 사마중달을 제거하소서."

그러나 지각 있는 신하들이 신중론을 제기하지요.

"폐하, 섣불리 판단할 일이 아닙니다. 이는 혹시 오나라 혹은 촉나라의 이간계인지도 모릅니다. 사마중달이 반역을 도모했다면 이렇게 허술하게 방을 붙일 리 없습니다."

"음! 듣고 보니 그 말도 일리는 있소. 어떻게 하면 좋겠소?"

"신이 생각하기로는 계책을 써서 사마중달을 일단 체포함이 옳을 듯합니다. 과거 한고조 유방께서는 한신을 사로잡기 위해 운몽(雲夢)으로 놀이를 나가셨지요. 한신은 아무 의심 없이 한고조를 영접하다 사로잡히고 맙니다. 폐하께서도 그 계책을 쓰십시오. 폐하께서 안읍(安邑)으로 순시를 하는 척하고 직접 10만 대군을 이끌고 가십시오. 중달이 영접을 나올 테니 그때 체포하시어 문초해 보시면 진상이 드러날 것입니다."

"알겠소. 좋은 생각이오. 미리 사마중달을 체포할 수 있는 사전영장을 발부받아 두시오."

"폐하, 영장? 그런 건 필요 없습니다. 폐하의 말씀 한 마디면 모든 게 끝장납니다."

"민주국가가 아니라는 말씀이온데…, 알겠소! 뭐 기분이 나쁘진 않소."

며칠 후 사마중달에게 급보가 올라옵니다.

"뽀…보고합니다. 황제 폐하께서 이곳으로 순시를 오고 계십니다."

"뭐라고? 폐하께서 예고도 없이 순시를 오신다고? 어서 영접 준비를 해라! 이 기회에 막강한 우리 군대의 모습을 보여 드려야 한다. 전통 복장을 갖춘 의장대가 앞장을 서고, 10만 군사는 복장을 멋지게 갖추고 정렬한 모습으로 나를 따르도록 하여라."

황제의 순시 중에 사마중달이 황제를 영접하러 온다는 소식이 급히 보고됩니다.

"폐하, 중달이 10만 대군을 이끌고 오고 있습니다!"

"뭐라고요? 중달이 군사를 10만 명이나 이끌고 오다니요? 이는 필시 짐과 맞짱을 떠보겠다는 심사 아니요? 그래서 영장이 필요 없다는 것이 군요?"

"폐하, 제가 달려가서 중달을 체포해 오겠습니다."

"오! 조휴 대장군, 그렇게 하시오. 중달을 무장 해제시켜 내게 잡아 오시오."

황제를 영접하러 나오던 중달이 조휴와 마주치죠.

"중달은 행군을 멈추시오. 그대는 왜 역모를 꾀하시오?"

"역모라니요? 제 가문은 대를 이어 온 충신 집안입니다. 왜 역모를 꾸미겠습니까?"

"역모를 꾀할 마음이 없다면 왜 10만이나 되는 군사를 이끌고 나오셨소?"

"그건 위나라 국경을 지키는 군사들의 위용을 폐하께 보여 드리기 위해섭니다."

"모반할 마음이 없다면 모든 군사를 물리고, 갑옷을 벗고 무기를 버리고 황제를 알현하시오."

"예, 장군! 잘 알겠습니다."

중달은 군사들을 돌려보내고 갑옷을 벗고 비무장으로 황제 앞에 나아가 무릎을 꿇습니다.

"폐하! 사마의가 폐하를 뵈옵니다."

"중달은 이 대자보를 읽어보라. 무슨 마음으로 이런 방을 붙였는가?"

"폐하! 도둑질하자고 방을 붙여 도적들을 모으는 자가 어디 있사옵니까? 이는 필시 오·촉에서 저를 모함하기 위해 붙인 가짜 대자보입니다. 통촉하여 주시옵소서."

"듣고 보니 그러하네. 그대를 직접 대면해 보니 반역을 꾀하는 건 아닌 듯하오. 그러나 그대는 그간 국경 수비에 노고가 많았고, 연세도 많으니 고향에 돌아가 푹 쉬도록 하시오."

"소신을 관직에서 퇴출시키는 겁니까?"

"퇴출이라기보다는 무기한 휴식을 주는 것이오. 섭섭하게 생각지 마시고 고향으로 돌아가 있는 듯 없는 듯 조용히 지내시오."

"예, 신이 늙었다고 이리 무시하는군요. 아무튼 황은이 망극하옵니다. 부디 강녕하시옵소서!"

사마중달은 공명의 계책대로 '카더라 방송'에 걸려들어 변명 한 마디 못 해 보고 고향으로 쫓겨납니다.

공명의 1차 출사표

사마의가 제거되자 비로소 마음이 놓인 공명은 북벌을 단행하여 위나라를 치기로 결심합니다.

"카더라 방송이 이리 센 줄 몰랐다. 하하! 사마중달이 제거되었고, 남쪽의 맹획도 정벌하였으니 지금이 북벌을 도모할 절호의 기회다!"

공명은 담담한 마음으로 출사표를 써내려가던 중에 눈물을 흘립니다. 그리고 글을 마칩니다.

때는 촉한 건흥 5년, 서기 227년의 일입니다. 황제 유선 앞에 나아간 공명은 출사표를 올리죠.

"폐하 신은 선제(유비)의 크나 큰 은덕을 입었습니다. 선제께서는 누추한 남양까지 세 번이나 저를 찾아오셨습니다. 세상에 나갈 뜻이 없어 밭을 갈던 소신은 선제의 큰 뜻에 감읍하여 세상에 나왔습니다. 그러나 선제께서는 북벌을 단행하여 천하를 통일하라는 유지를 남기시고 세상을 떠났습니다. 저는 그 유지를 받들어 북벌을 단행하여 위나라를 치려 합니다. 그 뜻을 담아 출사표를 올리오니 폐하께서 윤허해 주시옵소서."

"오호! 이엄은 출사표를 읽어보시오."

황제의 명을 받은 이엄이 출사표를 읽어 내려갑니다.

출사표

선제 유비 황제께서 천하통일을 이루고자 하셨으나 불행하게도 대업의 절반도 이루지 못하고 중도에 돌아가시고 말았습니다.

지금 천하는 위·촉·오 이렇게 셋으로 나뉘어져 있는데, 우리 촉국은 자원이 부족하고 국력도 약합니다. 그러나 폐하를 모시고 있는 신하들은 모두 근면성실하고, 강한 충성심을 가지고 있습니다. 그 이유는 선제 유비 폐하에게 받은 은혜를 그 아들인 폐하에게 갚으려 하기 때문입니다. 그러하니 충성스런 신하들이 폐하께 진심으로 건의하는 충언은 가볍게 흘려듣지 마시고 귀 기울여 주시기 바랍니다.

폐하께서는 부디 공이 있는 신하에게는 상을 내려주시고, 간사한 짓을 하고 법을 어기는 자는 일벌백계하셔야 합니다. 어진 신하를 가까이하고 백성들과 소통이 잘 되면 나라가 발전될 것이지만, 황제께서 고집만 피우시고 백성들과 소통하지 않는다면 나라가 크게 어지러워질 것입니다.

신 제갈량은 본래 남양이란 시골에서 낡은 옷을 입고 농사나 짓던 사람인데, 선제 유비께서 신을 비천하게 여기지 않으시고 몸소 세 번이나 찾아오셨습니다. 신 제갈량은 이에 감격하여 마침내 농사일을 접고 선제의 대업에 동참하게 되었습니다.

선제와 함께 동거동락하며 천하를 평정한 지 어언 21년이란 세월이 흘렀습니다. 선제께서는 돌아가시면서 여러 가지로 부족한 소신에게 국가의 크고 작은 일을 맡아달라고 부탁하셨으니 어찌 제가 한시라도 선제의 명을 잊겠습니까?

이제 다행히 저 남쪽 야만족들의 반란을 평정하고 국가가 안정되었습니다. 또 군량과 무기, 군마도 충분하니 군사를 일으켜 위나라의 역적 조예를 쳐서 중원을 평정할까 합니다.

신이 비록 늙고 아둔하지만 힘과 재주를 다하여 간악하고 흉악한
자들을 없애고, 한나라 왕실을 회복하여 돌아가신 선제 유비 폐하의
은혜에 보답코자 합니다.

바라옵건대, 폐하께서는 신에게 역적을 토벌하고 한 왕실을 회복
하는 일을 맡겨 주시옵소서. 만약 신이 그 일을 이루지 못하거든 엄히
벌을 내려 주시옵소서. 이제 위나라를 정벌하러 먼 길을 떠나려 하니
부디 윤허하여 주시기를 간청합니다.

신 눈물이 흘러내려 더 이상 글을 쓰지 못하며, 폐하께 이 출사표를
올립니다.

— 촉한 건흥 5년(서기 227년), 촉국 승상 제갈량 올림.

이엄이 출사표를 읽어 내려가자 듣고 울지 않는 신하가 없었다 합니다.
황제도 한참 눈물을 삼키더니 말문을 엽니다.

"상국(승상 아부지), 위나라는 우리에게 싸움을 걸어오지 않는데, 우리
가 꼭 먼저 전쟁을 일으킬 필요가 있습니까?"

"폐하! 지금은 나라가 태평합니다만, 그러나 새로 황제에 오른 조예
가 언제까지 관망만 하고 있겠습니까? 앞으로 10년 또는 20년은 평화가
유지될지 몰라도 결국 조예의 통치 기반이 공고해지면 그는 우리 촉을
침공할 것입니다. 신의 나이도 벌써 쉰 살이 되었습니다. 제가 죽고 나
면 누가 나서서 위나라의 침략을 막아 내겠습니까? 그러니 신이 살아 있
을 때 위를 쳐서 정복해야 합니다. 그것이 또한 선제 폐하의 유언이기도
합니다."

"알겠습니다. 앞을 내다보는 승상 아부지의 지혜에 감탄이 절로 나오

네요. 북벌을 윤허하니 속히 군사를 일으켜 일찌감치 싹을 싹둑싹둑 잘라 버립시다.”

“폐하, 황은이 망극합니다! 신 공명, 북벌을 단행하겠습니다.”

공명이 35만 대군을 정비하여 한중으로 나아가려 하자, 조자룡이 찾아옵니다.

“승상, 제가 선제를 모신 이래 크고 작은 전투에 한 번도 빠진 적이 없습니다. 그런데 이번 북벌엔 왜 소장을 제외시키는지요?”

“장군의 충심은 잘 압니다. 그러나 장군의 연세 벌써 일흔이니 너무 노쇠합니다. 이젠 성도를 지키며 편히 쉬시지요. 제가 남만을 정벌하는 동안 마초 장군이 병들어 죽어 이젠 5호 대장군 중 살아 계시는 분은 자룡 장군 한 분뿐입니다. 전쟁 중에 장군까지 돌아가신다면 촉군의 사기가 크게 떨어질 것입니다. 부디 성도에서 편히 쉬며 수비에 전념해 주십시오.”

“뭔 소리여? 장수는 전장에서 죽는 게 소원입니다. 만약 저를 이번 전투에서 선봉에 세워 주지 않는다면 대들보에 머리를 찧어 죽겠습니다.”

“머리를 깨트린다고요? 아니 됩니다. 알겠습니다. 장군을 선봉으로 모실 테니 노익장을 부려보시지요, 하하!”

공명은 조자룡을 선봉으로 35만 대군을 일으켜 위나라로 진격해 들어가니, 어린 황제 조예는 즉각 비상 국무회의를 개최합니다.

“공명이 전쟁을 일으켜 한중까지 진출하였소. 어찌 대비해야 좋겠소?”

이때 ‘하후무(夏候楙)’라는 장수가 일어섭니다.

“폐하! 제가 나가 공명과 싸워 보겠습니다. 공명은 제 아비를 죽게 만든 철전지 원수입니다.”

하후무는 하후연 장군의 아들인데, 하후연은 한중전쟁 때 공명의 부하 황충에게 전사한 바 있죠. 조조는 그런 하후무를 가엾게 여겨 딸 청하 공주 부마로 삼았으니, 황제 조예에게는 고모부가 되는 셈입니다. 아버지 하후연과는 달리 하후무는 어려서부터 고생을 모르고 귀공자로 성장한 황실의 친인척입니다.

"폐하, 하후무 장군은 공명의 적수가 못 됩니다. 그를 내보내서는 안 됩니다."

사도 왕랑이 나서서 하후무 출전 불가론을 주장합니다.

"왕랑, 그대는 어찌 나를 그리도 무시하오? 나도 병법 공부를 많이 하여 공명 따위는 문제없소!"

"전쟁은 이론으로 되는 게 아닙니다. 실전 경험이 중요합니다. 그대는 한 번도 전장에 나가본 적이 없지 않소?"

"왕랑, 꼭 실전 경험이 중요한 게 아니오. 젊은 패기와 참신한 머리만 있다면 공명을 이기는 건 식은 죽 먹기요. 공명의 머리는 이미 치매 수준이오. 나는 일찍이 육도삼략(六韜三略)을 터득하여 병법에 막히는 게 없는 사람이오. 왕랑이 나의 출전을 반대하는 것은 적을 이롭게 할 뿐이오. 그대는 혹시 공명과 내통하는 게 아니오?"

"말씀을 삼가시오. 내통이라니요?"

두 사람이 서로 다투자 듣고 있던 황제가 나섭니다.

"알겠소! 모두 조용히들 하시오."

"이번 전쟁은 일단 하후무 장군에게 맡기겠소. 하후무를 대장군으로 임명하니 즉시 20만 대군을 인솔하여 한중의 국경으로 진출하여 촉군의 침략을 막으시오."

하후무는 기세 좋게 20만 병마를 거느리고 한중의 국경으로 출전합니다.

국경에 도달한 하후무는 기세등등하게 촉국 진영에 공격을 퍼붓기 시작하죠.

"한덕(韓德), 그대는 도끼를 잘 쓴다고 들었다. 오늘 선봉에 서서 공명의 군사들을 물리쳐라."

"알겠습니다. 감히 위나라에 맞서려는 저 공명의 무리들에게 제 도끼 맛을 보여 주겠습니다."

선봉장 한덕은 봉명산 기슭에서 조자룡의 군사와 마주쳤습니다.

"어이, 자룡! 그대도 이젠 늙었구려. 당신 같은 할배가 선봉에 서는 걸 보니 촉엔 장수가 없소? 하하!"

"버르장머리 없는 놈 같으니라고! 싸움은 입으로 하는 게 아니다. 그리고 그 도끼는 장작이나 팰 일이지 뭐 하러 전쟁터엔 들고 나왔느냐?"

"닥쳐라! 너야말로 입만 살아서는! 이 도끼로 늙은이의 버릇을 고쳐 주겠어. 부장들은 한꺼번에 달려들라!"

"와아!"

한덕을 호위하던 네 명의 장수들이 한꺼번에 덤볐으나 조자룡이 장창을 휘두르자 순식간에 네 명의 장수 모두가 말에서 굴러떨어지고 맙니다.

"네 이놈 한덕, 저런 추풍낙엽들을 장수라고 데리고 나왔느냐? 내 나이 일흔, 상산 조자룡은 아직 팔팔하다. 받아라, 야합!"

기합과 함께 휘두르는 장창에 한덕의 머리가 순식간에 날아갑니다.

"하후무, 보았느냐? 졸개들 내보내지 말고 대장군인 네 솜씨를 한번 보자. 아합!"

조자룡의 장창을 두어 번 방어하던 하후무는 말을 돌려 꽁무니가 빠지게 달아나기 시작하죠.

"장수들아, 조자룡을 막아다오. 무조건 전군 후퇴한다. 후퇴, 후퇴만이 살 길이다!"

하후무가 이끄는 군사들은 대장군이 전의를 잃고 도주하자 전열이 무너지고 병사들은 어지럽게 퇴각하기 시작합니다.

조운, 장포, 관흥 등은 전장을 종횡무진으로 쓸고 다니며 대승을 거두죠. 겁에 질린 하후무는 처절하게 무너지는 병사들을 겨우 수습하여 남안성(南安城)까지 도주합니다.

"성문을 열어라! 나는 대장군 하후무다!"

남안성으로 들어간 하후무는 겁에 질려 성문을 굳게 닫고 꼼짝을 하지 않습니다.

"우린 수비에만 치중한다. 촉군이 도발해 오더라도 나가 싸우지 말고 수비만 하라!"

하후무가 수비에 들어가자 조자룡은 관흥과 장포 그리고 등지를 불러 모아 작전을 지시합니다.

"저 남안성을 열흘 안에 점령해야 한다. 내가 선봉에서 남문을 공격할 테니 관흥은 동문을, 장포는 서문을, 등지는 북문을 들이쳐라. 네 곳에서 동시에 공격해 들어가면 하후무도 버텨 내기 힘들 것이다."

이튿날 조자룡을 선봉으로 관흥, 장포, 등지 등 네 장수가 연일 공격을 퍼부어도 성은 함락되지 않습니다.

"장군님, 공명 승상께서 오셨습니다."

한참 성을 짓두들기던 네 장수는 반갑게 뛰어나가 공명을 맞이합니다.

"승상, 생각보다 남안성 점령이 어렵습니다. 하후무가 성문을 굳게 잠그고 수비에만 전념하고 있습니다."

"알겠소. 내가 계책을 써서 하후무를 사로잡아 보겠소. 이곳에서 북쪽으로 100여 리 떨어진 곳에 안정(安定)이란 성이 있소. 그곳 태수는 최량(崔諒)이라는 자인데, 그를 속여 내가 불러내겠소."

그리고는 위연과 관흥, 장포를 불러 뭔가 계책을 일러 줍니다. 지시를 받은 장수들이 모두 떠나자 공명은 군사들을 동원하여 남안성 밑에 마른 풀과 장작더미를 쌓기 시작하죠.

"어이! 겁쟁이 하후무는 속히 항복하라. 항복하지 않으면 성에 불을 지르겠다!"

"얼빠진 소리 하지 마라. 그깟 장작더미로 이 철옹성을 태울 수 있겠느냐? 맘대로 해 봐라."

이렇게 전투가 소강상태에 돌입하는 그 무렵 안정태수 최량은 자체 경비를 강화합니다.

"오늘부터 갑호비상에 돌입한다. 모든 군사들은 출퇴근을 금지하고, 잠을 잘 때도 갑옷을 입고 자라. 인근 남안성이 무너지면 다음은 우리 차례다. 정신 바짝 차리고 사주 경계를 게을리하지 마라."

이렇게 최량이 동분서주하고 있을 때, 홀연 한 장수가 단기필마로 성 안에 뛰어들어옵니다.

"넌, 누구냐? 이곳엔 뭐 하러 왔느냐? 얼굴은 왜 그렇게 시커멓게 그을렸느냐?"

"헉헉! 태수님, 저는 하후무 장군의 심복 배서(裴緒)입니다. 지금 하 장군이 위기에 몰려 있습니다. 장군께서 군사를 내어 도와주지 않는다면 남안성은 공명에게 함락당하고 맙니다. 저는 적의 포위망을 뚫고 겨우 이곳까지 달려왔습니다."

"내 코가 석 자인데 남안성을 도와달라고? 좀 어렵겠다. 그리고 하후

장군이 보낸 문서라도 있나?"

"당연히 문서는 가져왔지요. 땀에 젖었지만 하후무 장군이 직접 쓴 편지입니다. 읽어 보시죠."

"음, 하 장군 글을 본 적이 없어서 믿을 수는 없지만, 아무튼 믿으마. 하지만 나도 이곳을 지켜야 하니 어렵다고 일러라!"

그러자 배서가 화를 벌컥 냅니다.

"장군, 그걸 말이라고 하시오? 하후무 장군은 금지옥엽이요, 위나라를 세운 선제 조조 폐하의 사위인 줄은 알고 계시지요? 하후 장군의 부인이 누구인지는 알고 계시나요? 지금의 폐하에겐 고모인 청하 공주시오. 만약 하후 장군이 적에게 생포라도 된다면 장군은 살아남지 못할 것이오. 도와주기 싫으면 그만 두시오. 나는 다른 곳으로 구원을 청하러 가봐야겠소."

듣고 보니 참 꺼림칙합니다. 도와주자니 좀 거시기하고, 안 도와주자니 또 거시기하고…….

"잠깐! 웬 성질이 그리 급한가? 내가 언제 안 도와주겠다고 했어? 생각해보겠다고 했지. 잠시 생각해보니 도와주는 게 맞는 것 같다. 우리 군사를 모으면 약 4천 기는 되니 즉시 출동하여 공명의 군사를 쳐 내치겠네."

"장군! 진작 그렇게 나와야지요. 내 얼른 달려가 하 장군께 알리겠소. 폐하께서 장군의 공을 결코 가볍게 여기지 않을 겁니다."

"까짓것 당장 갑시다, 하 장군이 위태로운데. 전군 출동, 출동이다! 남안성이 위험하다. 침략자 공명의 군사를 쳐부수자!"

"태수님, 병사들을 모두 데리고 가면 이곳은 누가 지킵니까?"

"문관들과 병든 군사들이 있지 않소?"

"적들이 오기 전에 싸우러 가는데, 설마 그들이 이 성을 탐내겠소? 내 속히 돌아올 테니 성문을 단단히 잠그고 수비에 치중하시오."

최량은 공명심에 사로잡혀 급한 마음에 군사들을 몰고 50여 리를 왔는데, 한 떼의 군마가 앞을 가로막습니다.

"최량, 어딜 그리 급히 가느냐? 난 촉의 5호 대장군 중 수석 대장군 관성대제 관우의 적장자 관흥이다. 내 청룡언월도를 받아라!"

"우하하! 청룡언월도도 길지만 네 직함은 더 길구나. 그래 한번 겨뤄 보자!"

그러나 최량은 관흥의 언월도 공격을 10여 합도 견디지 못하고 도주하기 시작합니다. 그러자 이번엔 우측에서 장포가 나타납니다.

"최량, 여기 장포가 있다!"

"사방이 적이구나. 안 되겠다. 다시 안정성으로 돌아가자!"

최량이 군사들을 수습하여 안정성에 다다르자 성루에는 못 보던 깃발이 나부낍니다.

"저건 무슨 깃발이냐?"

"최량, 난 촉국 장수 위연이다. 집을 비우고 어딜 싸돌아다니느냐? 넌 오갈 데가 없다. 빨리 항복해라."

'속았구나, 속았어! 그 배서라는 자가 공명이 보낸 첩자였구나. 내가 성을 비운 사이에 이렇게 빼앗겼으니, 이제 어디로 가야 한단 말이냐?'

최량이 망연자실해하고 있는데, 관흥과 장포의 군사들이 가까이 추격해 왔습니다.

"최량, 날 알아보겠나? 이틀 전 시커멓게 그을린 얼굴로 도움을 청하러 갔던 배서다. 난 하후무의 심복이 아니고 촉의 장군이다. 어서 항복해라!"

맥이 빠진 최량이 몇 번 저항해 보지만 이미 대세는 기울어 모두 관흥과 장포에게 사로잡히고 맙니다.

며칠 후, 하후무는 남안성 사수를 위해 고군분투하고 있는데, 파수를 보던 병졸이 급한 목소리로 보고를 합니다.

"장군, 북쪽에서 원군이 왔습니다."

깃발을 보니 안정태수 최량의 군사들입니다. 북문을 포위하고 있던 촉군들이 최량 군사에게 밀려 도주하고 있습니다.

'살았구나! 아군의 지원이다. 안정태수 최량이 우릴 도우러 왔어!'

"북문 쪽의 포위가 풀렸다. 어서 성문을 열고 최 장군을 맞아들여라."

"북문을 열어라!"

북문이 열리자 최량의 깃발을 든 군사 4천여 명이 쏟아져 들어옵니다.

"와아!"

그런데 성 안으로 진입한 최량의 군사들이 갑자기 서문 쪽을 수비하던 군사들을 기습하죠.

"저…저게 웬일이냐? 최량의 군사가 아군들을 기습하다니? 이건 무언가 잘못되었구나!"

서쪽 문이 열리자 조자룡이 지휘하는 촉의 주력부대가 쏟아져 들어옵니다.

"와아!"

하후무를 사로잡아라.

"이게 무슨 조화냐? 장수들은 나를 호위하라!"

겁에 질린 하후무가 어쩔 줄 모르고 우왕좌왕하다가 왕평에게 사로잡히고 맙니다.

공명은 무릎 꿇은 하후무에게 묻습니다.

"위나라 부마라는 자가 행색이 초라하구나. 네가 어떻게 포로가 됐는지 알고나 있느냐?"

"모르겠습니다. 아군인 최량 태수가 도와주러 왔길래 문을 열어 주었더니 갑자기 서문을 공격하였소. 그자가 배신할 줄 몰랐소!"

"하하! 최량이 배신한 게 아니다. 최량은 성을 빼앗기고 우리에게 포로가 되었다. 왕평 장군이 최량과 그 부하들의 옷을 빌려 입고 최 태수의 깃발을 들고 이곳에 진입한 것이다. 넌 그것도 모르고 성문을 활짝 열어 줬으니 참으로 한심하구나!"

"승상의 계책은 귀신도 예측하기 어렵다더니 헛소문이 아니었군요. 허나 한 번만 살려 주시오. 승상은 적장일지라도 함부로 죽이지 않고 인재를 아낀다는 말을 들었소. 이번에도 자비를 베풀어 주시오. 제가 죽으면 청하 공주가 슬퍼합니다."

"참 한심한 자로구나. 저 하후무는 죽일 가치도 없는 인간이다. 명색이 부마니 독방에 가두어라! 다음 목표는 천수성이다. 천수성의 성주는 누구냐?"

"마준(馬遵)이라는 사람입니다. 마준에게는 강유(姜維)라는 젊은 장수가 있는데, 무술과 지략이 뛰어난 인재입니다."

곧이어 군사를 몰아 천수성에 도착한 공명은 공격을 시작합니다.

"조자룡 장군이 선봉에서 천수성을 함락시키시오!"

조자룡이 공격을 시작하자 젊은 장수 한 사람이 군사를 몰고 나와 조자룡을 가로막습니다.

"조 장군, 장군의 명성은 익히 들어 알고 있소이다. 소장은 강유라고 합니다. 오늘 장군님께 한수 배우겠으니 잘 부탁합니다."

"강유? 처음 보는 젊은 장수구나. 요즘 젊은이들은 버릇이 없던데, 그대는 예의를 아는구나. 한수 가르쳐 줄 테니 덤벼 보아라."

"그러면 선제공격하겠습니다, 야합!"

"어쭈구리, 제법이구나!"

두 장수는 수십 합을 주고받으며 싸우다 지칩니다.

"헉, 헉, 허억! 조 장군님, 물 한잔 마시고 겨뤄 보시는 건 어떤지요?"

강유와 몇 차례 싸워 본 조자룡은 젊은 장수의 무술 솜씨가 대단하다고 느끼고는 단숨에 죽이기엔 아까운 인재라는 생각을 합니다.

"좋다! 물 한잔씩 마시고 다시 싸우자. 술이면 더 좋고, 하하!"

조자룡이 본진으로 돌아오자 공명이 손수 자룡의 땀을 닦아 주며 격려합니다.

"방금 싸운 장수 이름이 무엇이오?"

"그가 바로 강유입니다. 무술 실력이 대단한 자입니다. 제가 평생 전장을 누비며 여러 장수들과 싸워 봤지만, 저렇게 무예가 뛰어난 장수는 처음 봅니다. 죽이기엔 아까운 인물입니다."

"싸우는 걸 지켜봤는데 정말 대단한 장수요. 잠깐 휴전하며 저 장수를 얻을 묘책을 생각해봅시다. 퇴각 징을 쳐서 군사들을 불러들여라!"

징! 징! 징! 징!

퇴각 징소리에 병사들이 본영으로 돌아갑니다.

"장수들과 병사들은 오늘 수고 많았소. 강유라는 장수의 무술 솜씨가 대단하오. 불패의 장수 조자룡과 맞서 수십 합을 견뎌 내는 장수는 처음 보았소."

"강유는 무술도 뛰어나지만 머리 역시 좋아 지략도 뛰어난 장수라 합니다. 그런데 강유는 홀어머니를 모시고 있는데, 효심도 지극한 효자라고 합니다."

"그럼 내가 묘책을 써서 강유를 회유하여 우리 사람으로 만들어 보겠소. 강유 어머니가 기현에 거처하고 있다 하오. 위연 장군은 지금 군마를 이끌고 가서 기현성을 공격하시오. 그러면 효심 깊은 강유는 어머니를 구하러 기현으로 달려올 것이오. 그때 장군은 싸우는 척하다가 강유가 성 안으로 들어가도록 슬쩍 길을 열어 주시오."

"예, 승상! 분부대로 하겠습니다."

"나는 이곳 천수성에서 50리 밖으로 군사를 물리고 공격을 중단하겠소. 지금부터 내가 지시한 대로 작전을 개시하시오."

공명은 위연을 보내 기현성을 공격하게 하고, 천수성 공격은 멈춥니다.

"마준 태수님, 공명 군사들이 50리 밖으로 물러났습니다."

"우리가 철통 방어를 하자 지친 공명이 군사를 재정비하려는 것이다. 그래도 긴장을 늦춰서는 안 된다."

이때 연락병의 급한 보고가 들어옵니다.

"뽀…보고요. 이웃 기현성이 공격을 받고 있답니다. 촉의 위연 장군이 선봉에서 거칠게 밀어붙이고 있다 합니다."

"무엇이라고요? 태수님, 기현엔 제 어머니가 계십니다. 저에게 군졸 3천 명만 주시면 기현으로 달려가 기현성을 돕고 어머니를 구하겠습니다."

"이곳도 위태로운데 남의 성을 돌볼 겨를이 어디 있는가?"

"기현에는 제 어머니가 계십니다. 제발 허락해 주십시오."

"알겠소. 3천 명을 내줄 테니 속히 어머니를 구해서 돌아오시오."

공명의 예상대로 강유는 어머니가 계시는 기현으로 쏜살같이 달려가 전투를 하죠.

"위연 장군은 도망가지 말고 덤비시오! 나 강유가 상대해 주겠소."

위연은 공명의 계책대로 몇 차례 싸우는 시늉만 하다 곧바로 멈춥니다.

"젊은 것이 대단하구나. 역시 소문대로다. 오늘 싸움은 여기까지다. 전군 후퇴!"

위연이 물러가자 강유는 성 안으로 급히 들어갑니다. 성 안 백성들은 강유가 성을 지켰다면서 환호하죠.

"어머니, 강유가 왔습니다!"

이렇게 모자가 상봉하고 있을 때, 공명은 하후무가 포로로 잡혀 있는 남안성으로 돌아가 그를 만납니다.

"하후무, 감옥생활은 견딜 만하더냐?"

"승상! 살려 주십시오. 태어날 때부터 금수저를 물고 나와서 도저히 못 견디겠습니다. 밥 한 끼에 겨우 1,440원짜리 콩밥인데 입에 맞지 않고, 목욕도 매일 할 수 없으며, 평생 해 보지 않던 설거지와 빨래까지 직접 해야 하고, 또 저는 제가 쓰던 비데가 없으면 밀어내기도 힘이 듭니다. 무엇보다 제 처 청하 공주가 보고 싶어 못 견디겠습니다. 풀어만 주신다면 뭐든지 하겠습니다!"

하후무는 눈물까지 보이며 사정하죠.

"귀하게 자란 부마가 감옥에서 고생이 많구나. 지금 기현성에는 강유가 있다. 그가 투항할 마음이 있는데, 아직 확신이 서지 않아 주저한다는 소문이야. 널 석방하면 강유를 설득해서 데려올 수 있겠느냐?"

"하모 하모! 저를 풀어만 주신다면 무슨 짓인들 못 하겠습니까? 기꺼이 강유를 설득하여 투항시키겠습니다. 제가 말싸움은 최고 아닙니까, 하하!"

"좋다. 능력을 믿어 보마. 말과 갑옷, 황금투구까지 모두 돌려줄 테니 기현성으로 들어가 강유를 꼭 데려오도록 하라."

"예! 저는 약속을 중히 여기는 사람입니다. 반드시 강유를 설득하여 이곳으로 데려오겠습니다."

공명이 하후무를 풀어 주자 여러 장수들이 의아해합니다.

"승상, 하후무는 어렵게 생포한 적장이며, 더구나 위나라 부마인데 어찌 풀어 주십니까?"

"하하! 나는 오리를 풀어 주고 봉황을 얻으려 하오."

"예? 그건 무슨 말씀인지요?"

"하후무는 오리에 불과하오. 어려서부터 고생을 모르고 자라서 무술이나 지략, 모두 별 볼 일 없는 사람이오. 하지만 강유는 봉황이오. 무술도 뛰어날 뿐 아니라 지략까지 겸비한 인재요. 우리에게는 오리보단 봉황이 필요하지 않겠소?"

"이제야 승상의 깊은 뜻을 알겠습니다."

한편, 공명에게 풀려난 하후무는 강유에게 가지 않고 급히 말을 달려 천수성의 마준을 찾아가죠.

'내가 패전하여 포로로 잡힌 치욕을 만회하기 위해서는 강유에게 허물을 덮어씌워야 한다.'

천수성에 도착한 하후무가 성문 앞에서 고래고래 소리를 질러 댑니다.

"나는 부마 하후무 대장군이다. 빨리 성문을 열어라!"

"하후무 장군은 공명에게 포로가 되어 개고생한다고 소문이 났는데, 어찌할까요?"

"빨리 성문을 열어 모셔 들여라. 하 장군은 제실(帝室)의 금지옥엽이다. 홀대했다가는 큰일 난다."

성문이 열리자 성 안으로 들어간 하후무는 고자질하기 시작합니다.

"강유가 공명에게 투항하기 위해 시기를 저울질하고 있습니다. 어리석게도 공명은 나에게 강유를 설득해서 데려오라 하였소. 그러나 내가 누굽니까? 난 위나라의 대장군이며, 부마입니다. 그래서 이렇게 태수님께 알려드리기 위해 급히 달려온 것입니다. 강유가 그런 역심을 품을 줄 몰랐소. 참으로 알 수 없는 게 사람 마음이구려. 하긴 내 마음을 나도 모르오, 하하!"

한편, 기현을 지키고 있던 강유에게 척후병이 급보를 전달합니다.

"강 장군, 지금 촉병들이 군량미 가득 실은 수레를 위연의 진채로 옮기고 있습니다."

"정말이냐? 어느 쪽 방향이며, 호위하는 군사들은 몇 명이나 되더냐?"

"북문 쪽 샛길이며, 어림잡아 1천여 명이 운반하고 있습니다."

"잘됐다. 그 군량미를 빼앗아오자. 3천 기갑병은 나를 따라오너라. 적의 치중대를 급습한다!"

강유가 북문을 열고 나가 군량미를 운반하는 치중대를 급습하자, 촉의 군사들은 양식을 버리고 도주합니다. 어쩐지 군량미를 손쉽게 빼앗은 것이 이상하게 여겨집니다.

"장군, 속았습니다! 이건 쌀이 아니고 모래와 풀뿐입니다."

"뭐라고? 공명의 계략에 속았다. 빨리 기현성으로 복귀하자!"

강유가 쏜살같이 달려 다시 성문에 다다르니, 성 위에는 위연의 기가 펄럭이고 있습니다.

"이럴 수가! 내가 잠깐 성을 비운 사이 공명의 부하들이 성을 빼앗았단 말이냐?"

"강유, 성을 비우고 어딜 그리 돌아다니느냐? 남의 곡식을 탐내는 저 자들에게 화살 맛을 보여 줘라!"

성 위에서 화살이 비 오듯 날아오자 강유는 어머니 걱정으로 애가 탑니다.

'공명은 늙은 어머니를 해치지는 않을 것이다. 일단 천수성으로 돌아가자.'

"후퇴하라! 천수성으로 돌아간다!"

강유가 거느린 군사들이 천수성으로 도주하는데, 갑자기 양쪽 숲속에서 함성이 들리더니 관흥과 장포가 강유를 가로막습니다.

"적의 매복에 걸려들었다. 퇴로를 뚫어라!"

"강유, 허둥대지 말고 덤벼라! 이 관흥이 상대해 주겠다."

강유는 관흥을 상대로 싸우며 필사적으로 길을 뚫지만 3천여 군졸들은 관흥의 군사들에게 거의 죽고 나머지는 포로가 되고 말죠.

'분하다! 공명에게 속아 크게 패하고 군사들을 모두 잃었구나. 빨리 천수성으로 돌아가 훗날을 기약하자.'

강유가 단기필마로 천수성에 도착해 성문을 열라며 고래고래 소리를 지르니, 성루에서 마준과 하후무가 내려다보며 큰 소리로 욕을 해 댑니다.

"이 배신자! 군사들은 모두 어디에 두고 너 혼자 왔느냐? 저놈에게 활을 쏘아라!"

갑작스레 성 위에서 화살이 쏟아지자 당황한 강유가 소리칩니다.

"마 태수, 왜 이러십니까? 음식 잘못 먹었소이까? 나 강유입니다!"

"네놈이 공명에게 항복하였다는 소식을 다 듣고 있었다. 누구를 속이려 하느냐?"

"태수님! 그건 또 무슨 소리입니까? 다 오해입니다, 오해!"

"오해라고? 무엇들 하느냐? 저 배신자 강유에게 화살을 날리지 않고!"

성 위에서 활이 비 오듯 쏟아지자 강유는 하는 수 없이 말을 돌려 도주합니다.

'이건 또 무슨 귀신의 조화냐? 이제 갈 곳은 상규성밖에 없구나.'

강유가 상규성 쪽으로 도주하는데 조자룡이 뛰어나와 길을 막습니다.

"강유, 상규성은 이미 나에게 함락되었다. 그러나 승상께서는 너를 아끼는 마음에서 수레를 타고 몸소 여기까지 오셨다."

곧이어 뒤에서 수레에 탄 공명이 나타납니다.

"강유, 직접 얼굴을 보니 잘 생겼구나. 그리고 네 어머니는 우리가 잘 모시고 있다. 나에게 투항해라. 대업에 함께 동참하거라!"

오갈 데가 없게 된 강유는 하는 수 없이 말에서 내려 공명 앞에 무릎을 꿇습니다.

"승상! 투항하겠습니다."

"나는 남양 땅을 떠나 세상에 나온 이래 내가 배운 병법과 학문을 누군가에 전하려고 사람을 찾고 있었다. 그러나 아직 마땅한 인재를 만나지 못했는데 오늘 비로소 너를 만났으니 그 원을 풀게 되었다. 내 모든 지식을 너에게 물려줄 테니 나를 따르거라."

"승상! 감사합니다. 이제 승상을 스승으로 모시고 평생을 배우도록 하겠습니다."

천수성, 상규성, 기현성을 뺏은 공명은 파죽지세의 여세를 몰아 기산까지 진출합니다.

"위수 서쪽에 영채를 지어라. 이곳에서 낙양을 공격한다!"

이 소식을 들은 황제 조예는 또 다시 비상 국무회의를 소집합니다.

"짐이 믿고 보낸 하후무가 대패하였소. 이제 어찌하면 좋겠소?"

이때 사도 왕랑(王朗)이 나섭니다.

"폐하! 애초부터 하후무는 공명의 적수가 못 된다고 제가 말씀드리지 않았습니까? 그런데도 그는 육도삼략에 정통한 병법가라며 허풍을 떨다 저 지경이 되고 말았습니다. 조진을 내보내십시오. 저도 함께 나가 공명을 막아 보겠습니다."

"조진을 대도독에 임명한다. 빨리 기산으로 나가 공명을 막아라."

"예, 폐하! 명을 받들겠습니다."

기산의 설전

대도독에 임명된 조진은 곽희(郭熙)를 부도독으로, 왕랑을 군사로 삼아 20만 대군을 이끌고 위수 서쪽에 영채를 세웁니다. 이때가 서기 228년입니다.

군사로 임명된 왕랑이 대도독 조진에게 의견을 내죠.

"제가 나가서 제갈량에게 한바탕 욕을 퍼붓겠습니다. 아직까지 제 세치 혀에 굴복하지 않은 사람이 없습니다. 제가 몇 마디만 해도 제갈량은 싸우지 않고 굴복할 것입니다."

"군사, 말씀은 좋지만 상대는 제갈량인데 그가 쉽게 굴복할까요?"

"걱정 마십시오. 저는 철학, 종교, 정치, 경제, 사회, 문화, 형이상학, 형이하학 등 어느 한 군데 막히는 게 없는 사람입니다. 제아무리 공명이라도 논리 정연하게 읊어 대는 제 말을 들으면 굴복할 것입니다."

"알겠소. 그럼 내일 우리 군사들을 동원하여 위엄 있게 대오를 갖추고 싸움을 걸어볼 테니, 왕랑 군사께서 제갈량을 설복시켜 보시오."

왕랑, 그는 무엇 하는 사람인데 천하의 공명을 세 치 혀로 굴복시키겠다고 자신 있게 말할까요? 왕랑의 자는 경흥(景興)이며, 서주 동해국 담현(淡縣) 사람입니다. 원래는 서주자사 도겸의 부하였으나 조조에게 귀순하여 높은 벼슬을 받았죠. 서기 220년, 조조가 죽자 그 아들 조비를 황제로 세우는 데 큰 역할을 합니다. 화흠과 함께 황제인 헌제 앞에 가서 껌을 딱딱 씹으며 다리를 건들거리죠. "황제는 그만 그 자리에서 내려오슈." 이렇게 왕랑이 황제에게 겁을 주던 장면, 기억하실 겁니다. 그 공으로 조비는 위나라 황제에 등극하였고, 왕랑에게 사공(司空)의 벼슬을 내리죠. 이때 조진을 따라 나선 군사 왕랑은 당시 나이가 76세입니다.

이튿날, 양쪽의 군사들이 요란하게 북소리를 울리며 도열하고 서자, 먼저 왕랑이 말을 타고 장수들의 호위를 받으며 앞으로 나섭니다. 촉군에서는 관흥과 장포의 호위를 받으며 수레를 타고 공명이 나서죠. 이른바 '기산(祁山)의 설전(舌戰)'이 시작되는 겁니다. 이 기산의 설전은 전라도 버전으로 가보겠습니다.

"아그들아, 날계란 하나 가져와라. 목 푸는 데는 날계란이 최고여!"

왕랑이 날계란을 툭툭 까서 쭈욱 빨아먹더니 말문을 엽니다.

"어이 공명 선상, 선상 이름은 진즉부터 들어봤는디 오늘 처음 보니 인상은 참 좋게 생겼구만. 그란디 선상은 으째서 명분도 없는 맞짱을 뜨라고 허는가? 인물값 못 하게."

왕랑이 시비를 걸어오자 공명이 조용한 음성으로 대꾸합니다.

"왕랑, 뭔 소리여? 명분이 없다니? 이 공명 어르신께서 황제 폐하 조서를 받들어 역적을 치러 와부렀제."

그러자 왕랑이 점차 목소리 톤을 높입니다.

"옴매옴매! 좋은 말로 할랑께 안 되겠구만. 이래서 욕이 나온당께. 어이, 공명! 이 아그야, 귓구멍 팍 쑤시고 내 말 잘 들어부러라잉. 황제라는 것이 주먹심만 딴딴하다고 된당가? 고로코롬 안 되고 황제는 덕이 있어야제 덕이. 연속극 '덕이' 말고 베푸는 덕 말이여. 알아묵겄제? 유방 꼰데 그 할배가 400년 전에 나라를 안 세웠능가? 고것이 한나라여. 근디 말이여 400년이 지나고 봉께 나라 운이 다 됐드라 그 말이여. 봉알도 없고 거시기(?)도 없는 십상시들이 지랄 염병을 하드만 원소한테 싹 뒤져 부렸제. 그라드만 뜬금없이 어떤 도동놈들이 머리에다 누런 수건을 두 르고 뛰어댕기면서 도독질을 하더구만. 그것이 황건적이여, 황건적. 알 아묵겄제? 나라가 무쟈게 어지럽게 돼부렀제. 동탁인가 통닭인가 하는 고 상어르자석도 도동놈이었제, 동탁 고 보초대가리 없는 잡것이 으찌 깨나 여자를 밝히든지, 지 아들 여포 여자까지 대꼬 살았당께. 그라드 만 여포한테 칼 맞아 디져부렸제. 호랭이 없는 동산에 당나귀가 날뛴다 고 동탁이 없어징께로 이각·곽사가 시상을 휘젓고 댕기드만. 그란디 다 행히도 우리 태조 무황제(武皇帝) 조조님께서 고 싸가지 없는 도동놈들 을 싹 쓸어부렀제. 겁나 영리하신 분이여 조조님이! 오매오매, 그랬더니 조조님 인기가 으찌깨나 높이 올라가던지 백성들이 조조님을 뽑아 묵어 불라 하더랑께. 그래서 그 양반이 왕이 돼부렀제. 위나라 왕 말이여. 조 조님 정력이 워낙 좋아서 밤낮 없이 방아를 찧더니 아, 글씨 영판 인물 좋은 아들을 떠억 낳아 부렸제. 그 아들이 조비 아닌가? 그 조비님 인품 도 허벌나게 뛰어나불제. 가랑잎으로 배를 만들어 타고 다녔당께. 그랑 께 한나라 황제 헌제가 팍 쫄아부렸제. 그래서 황제 자리를 양위해분 것 이여. 그란디 뭣이 역적질이여? 역적 소리 하지 마랑께. 냄 말 듣고봉께 우리 조비님이 영웅이고 영걸인 것은 알것제? 그란디 아~따, 그 조비님 도 솔찬히 정력이 좋드랑께. 밤낮 없이 떡방아를 찧더니 또 떡두꺼비 같 은 아들을 떠억 낳으셨제. 아따매! 그 아드님이 징하게 잘 생겼제. 그분 이 시방 황제이신 조예 천자 아니신가? 우리 천자님은 머리가 영글어서 천재여, 천재. 어이, 그란디 공명 선상, 니는 큰 재주가 있다고 들었는디 으째서 하늘의 뜻을 몰라부냐? 내가 유식한 문자 쓸텡께 잘 들어봐라잉. 자, 문자통 궁그러 간다. '역천자(逆天者)는 망(亡)하고, 순천자(順天者)는

흥(興)한다.' 요것이 뭔 말이냐고? 겁나 좋은 말이여. '하늘의 뜻을 거스르면 망해분다.' 그 소리제. 알아묵겄는가? 우리 위나라는 군사가 100만 명이여, 100만 명이랑께. 날쌘 장수들이 1천 명도 넘제. 아조 영리하고 날쌔분당께. 그란디 공명 선상, 니는 으째서 썩은 지푸라기 같은 쪼잔한 힘으로 맞짱을 뜰라고 덤비냐? 참 얼척 없다잉. 항복만 하면 니 목숨은 살려 줄텡께 빨리 수레에서 내려와 물팍 꿇어 부러라!"

왕랑의 궤변을 듣고 있던 제갈량은 수많은 군사들의 면전에서 도리어 왕랑을 통렬하게 꾸짖기 시작하죠.

"오매오매, 왕랑 저 잡것 좀 보소. 뭔 놈의 또라이가 하나 나타나부렀구만잉. 니가 한나라 신하라고 씨부리고 댕기길래 옳은 소리를 할 줄 알았는디, 참말로 더러운 소리만 골라서 해분다잉. 고것이 말이냐 막걸리냐? 지금 말이여 나라가 솔찬히 어지럽제. 그랑께 사방에서 도둑놈들이 일어나서 죄 없는 사람도 죽여불고 도독질도 해분당께. 조조 그 상여르자석 말이여 심뽀는 꼭 늑대 같고 행실은 개 같었제. 쎄파트도 아니고 순전히 똥개드만. 싸가지 없이 황제를 겁박하고, 겁도 주고 지랄 염병을 해부렀제. 그라드만 고놈 조조 아들 조비가 말이여 나라를 도독질해불드만 도둑놈도 큰 도둑놈이제. 순전히 날강도여. 그란디 어이, 왕랑 할배! 니는 조상 대대로 한나라의 녹을 받아 처묵은 신하가 아니냐? 그라문 으째야 쓰겄냐? 황제를 도와 나라를 바로 세워야제. 근디 니가 오히려 역적 조비를 도와 황제 자리를 뺏는 데 앞장 서부르야? 니가 황제 앞에 가서 다리를 건들건들 함시로 껌도 딱딱 씹고 그랬제? 에끼 호로 자식. 니 죄가 워낙 큰께 하늘에서 날벼락 떨어질 것이다. 니가 걸어 댕기면 땅도 꺼져블 것이여. 시상 사람들이 뭐라고 하는지 알기나 하냐? 모두 다 왕랑 니 고기를 잘근잘근 씹을라고 벼르고 있당께. 이 느자구 없는 역적아, 니가 뒈져서 구천으로 가면 무슨 낯짝으로 스물네 분의 천자를 볼래? 이 싹 바가지 없는 자석아, 죽여불기 전에 썩 물러가라잉.”

준엄하게 꾸짖는 공명의 질타에 크게 양심이 찔린 왕랑은 갑자기 입에서 피를 내품으며 말에서 굴러떨어집니다.

“아아악!”

땅바닥에 머리를 부딪치더니 입으로 피를 토하고는 몸을 부들부들 떨더니 그만 맥없이 죽고 말죠. 이것이 유명한 공명과 왕랑의 ‘기산의 설전’입니다.

왕랑이 말에서 떨어져 죽자 공명이 조진에게 이릅니다.

“조 도독, 세 치 혀로 밥 먹고 살던 그대의 책사가 죽었구려. 오늘은 공격하지 않을 테니 영채로 돌아가서 왕랑의 장사나 후히 지내주시오.”

공명이 싸우지 않고 군사를 돌리자 조진도 굳이 싸울 엄두를 내지 못하고 회군합니다.

“대도독! 어째서 공명이 싸우지 않고 군사를 돌렸을까요?”

“제 생각엔 공명이 오늘 밤 야습을 할 거라는 생각이 듭니다.”

“곽회(郭淮), 그럴 가능성이 있네. 공명은 우리가 장례를 치르느라 정신이 없을 줄 알고 야밤에 기습해 올 가능성이 많아. 어떻게 대비하면 좋겠나?”

“군사를 둘로 나누십시오. 한 갈래의 군사를 조준과 주찬이 지휘하여 기산을 돌아 공명의 영채 가까이 배치하십시오. 만약 공명의 군사들이 우릴 야습하기 위해 나오거든 그때 우리 군사들이 도리어 공명의 영채를 들이치는 것입니다. 주력부대가 빠져나간 촉군의 잔병들은 꼼짝 못하고 당하고 말 것입니다. 그리고 나머지 한 갈래의 군사들은 대도독께서 직접 지휘하여 영채 밖에 매복합니다. 그러다가 공명의 군사들이 야습하러 다가오면 모두 몰살시키는 것입니다. 진채에는 허수아비 몇 개만 세워 두고 횃불을 군데군데 밝혀 두세요."

"좋은 생각이다. 역시 자넨 작전에 밝은 명장이야. 공명이 어쩌다 운좋게 몇 번 이겼지만 오늘 밤엔 공명도 제삿날이 될 거야."

한편, 공명의 영채에서도 작전회의가 진행되고 있습니다.

"내가 오늘 싸움을 걸지 않고 군사를 돌렸기 때문에 조진은 오늘 밤야습을 예상할 것이오. 그가 우리의 야습을 예상했다면 군사를 둘로 나누어 한 갈래는 기산을 돌아 우리 영채 가까이 접근할 것이고, 한 갈래는 자기들의 영채 밖에 매복하여 우릴 기다릴 것입니다."

"그럼, 어떻게 대비해야 합니까?"

"그들의 작전에 속아 주는 체해야 합니다. 먼저 조자룡, 위연 두 장군은 밤이 되면 군사를 몰고 위나라 조진의 영채 쪽으로 살금살금 다가가세요. 우리 군의 움직임을 감지한 조진은 기뻐할 것입니다. 그러다 적과 우리의 영채 중간 지점에서 두 분 장군은 급히 회군하여 되돌아오세요. 그러고는 이곳으로 진출한 적병들의 후미를 공격하십시오."

"알겠습니다. 승상의 지시대로 움직이겠습니다."

그날 밤, 조준과 주찬이 이끄는 한 무리의 군사가 말 입에 재갈을 채우고 조용히 영채를 빠져나갑니다.

"기산을 돌아 공명의 군막 가까이 전진한다. 발소리를 죽이고 숨소리도 내서는 안 된다."

조준의 군사가 촉의 영채 가까운 곳에 매복하자, 곽회의 예측대로 자룡과 위연이 이끄는 촉의 주력부대가 빠져나갑니다.

"히히! 걸려들었다. 저놈들이 영채를 비우고 야습하러 떠나는구나. 역시 곽회의 예측은 귀신도 탄복할 정도구나. 조금만 더 기다리자. 잠시 후 우린 비어 있는 영채를 점령한다.”

자룡과 위연의 군대가 완전히 빠져나가자 조진이 작전을 지시하죠.

“주찬, 그대는 병사의 절반을 이끌고 서문으로 진격하시오. 나는 동문으로 들어가겠소.”

“장군, 알겠습니다. 지금 치고 들어가시죠.”

“좋소! 움직이기 시작합시다.”

잠시 후, “와~아!” 하는 함성과 함께 위의 군사들이 공명의 영채를 기습합니다.

“막사에 불을 지르고 얼씬거리는 놈들은 모두 죽여라!”

“와~아!”

그런데 이상하게 막사 안이 컴컴하고 조용합니다.

“장군, 횃불 하나 없고 칠흑같이 어두운데요? 뭔가 이상합니다. 우리가 오히려 함정에 빠진 게 아닐까요?”

“글쎄다! 아무리 주력부대가 빠져나갔어도 남아 있는 군사들이 있을 텐데 이렇게 조용하다니?”

이때 반대편에서 한 떼의 군사들이 들이닥칩니다.

“장군, 장군! 저기 병사들이 몰려옵니다. 적군 같습니다!”

“그러면 그렇지, 모조리 죽여라!”

“와아!”

한 치 앞도 보이지 않는 어두운 영채 안에서 두 편의 군사들은 싸우기 시작하죠.

“야합, 받아라!”

“촉의 약졸들을 모조리 죽여라!”

“닥쳐라! 누굴 보고 촉의 약졸이라고 하냐? 난 위국의 강병이다. 촉의 졸병, 너나 어서 죽어라, 야합!"

야밤에 양쪽 병사들이 아수라장으로 뒤엉켜 수많은 군졸들이 여기저기 널브러지기 시작합니다.

"잠깐! 어디서 본 얼굴이다? 잠깐 싸움을 멈춰라! 뭔가 이상하다. 어서 횃불을 밝혀라! 이런, 아니 자넨 주찬 아닌가?"

"조준 장군님, 이게 어찌된 일입니까? 그럼 여지껏 우리끼리 싸웠단 말입니까?"

"큰일이다. 아군끼리 싸워 군사들이 절반 이상 죽고 말았다. 나머지 군사들이라도 수습하여 빨리 이곳을 빠져나가자!"

서로 놀란 조진과 주찬이 군사들을 정비하여 막 영채를 빠져나오려는데, 사방에서 함성이 들리며 불화살이 비 오듯 날아옵니다.

"촉군이다! 공명의 함정에 빠지고 말았다!"

"활로를 뚫어라! 빨리 영채로 퇴각한다."

조진과 주찬은 병사들을 거의 잃고 살아남은 병사들을 겨우 수습하여 위군의 본채에 이릅니다. 그런데 본채 옆에 매복해 있던 조준의 주력 부대가 활을 쏘기 시작하죠. 결국 조진과 주찬의 패잔병들을 또 촉군으로 오해하고 마구 활을 날려 자기편 군사 태반을 죽이고 맙니다.

"장군! 큰일 났습니다. 촉의 기습병들이 아니고 모두 우리 위군의 패잔병들입니다!"

"뭐…뭐라고? 우리가 아군에게 활을 퍼부었단 말이냐? 눈시깔은 어디다 달고 다니느냐? 적과 아군도 구별 못 하다니! 아이고, 이제 무슨 낯짝으로 황제 폐하를 뵌단 말이냐!"

계책을 쓴답시고 껍죽거리던 곽회와 조진은 10만에 가까운 군사를 잃고 기진맥진하여 황제 앞에 부복하죠. 이때 황제 조예는 전쟁을 지휘하기 위해 업군을 떠나 장안으로 나와 있습니다.

"폐하! 면목 없습니다. 군사를 절반 이상 잃었습니다."

"공명을 무찌르겠다고 호언장담하던 숙부가 군사를 모두 잃었단 말이요? 한심하구려, 한심해!

이대로 가다가는 파죽지세로 밀고 들어오는 촉군에게 곧 장안이 점령될 듯하오. 경들의 생각엔 어찌하면 좋겠소? 누가 공명을 상대로 싸울 사람이 없단 말이요?"

"폐하! 이 위기를 벗어나게 할 사람이 딱 한 사람 있습니다."

"진작 이야기할 것이지 왜 당하고 나서 말하는 거요? 그게 누구요?"

"사마중달입니다."

"사마중달? 그에게 옹·양 두 개의 고을을 맡겨 제독으로 보냈더니 대자보를 붙여 모반을 꾀한 사람 아니요? 그래서 파직시켜 쫓아내지 않았소? 그를 다시 기용하자구요?"

"당시 사마중달이 역심을 품고 대자보를 붙였다는 것은 촉국의 이간계입니다. 사마의가 정말 역심을 품었다면 만인이 다 볼 수 있는 그런 허술한 대자보를 붙였을 리 없지요. 그는 고향에서 근신하고 있으니 그를 한번 믿어 보시지요."

"좋소. 사마중달에게 평서대장군의 벼슬을 내리니, 즉시 공명을 막으라 하시오."

한편, 사마중달은 옹·양의 제독에서 파면되어 고향으로 낙향한 후, 매일 낚시질로 소일하고 있습니다.

"아버님, 지루하지 않으십니까?"

큰아들 사마소가 아버지 곁에서 낚시 바늘을 꿰어 주며 묻습니다.

"아들아, 조만간 조정에서 사신이 올 것이다. 지금 공명의 침략으로 위나라는 연전연패하고 있다. 이대로 가면 낙양과 장안까지 위험하다. 조에 황제는 틀림없이 나를 복직시켜 공명의 대항마로 삼을 것이다."

중달의 예측대로 며칠 후 황제의 칙사가 찾아옵니다.

하늘을 대신하여 황제가 명하노라.
사마의를 평서대장군에 임명한다.
속히 군사를 정비하여 공명의 침략을 막으라.

사마의의 예측이 적중합니다. 사마중달이 대장군에 복직되었다는 소식은 곧 공명에게도 전해지죠.

"사마중달은 머리가 석두인 조진과는 전혀 다른 인물이다. 그가 장안으로 달려가 수비한다면 우리는 쉽게 장안을 점령하지 못한다."

이렇게 공명이 상황 파악을 하고 있을 때, 신성태수 맹달의 심복 한 사람이 찾아옵니다.

"신성태수 맹달이 승상께 투항하겠답니다."

맹달은 관우가 위기에 처해 있을 때 모른 체한 인물입니다. 그래서 관우가 죽게 되죠. 유비는 그 보고를 받고 분노에 차서 맹달에게 자결을 명합니다. 그러나 맹달은 죽지 않고 재빨리 위나라로 도망쳐서 투항하죠. 그 맹달이 다시 촉으로 오려고 공명에게 사람을 보낸 것이죠.

"맹달이 투항하겠다고? 이유가 무엇인가?"

"촉에서 위나라로 도망친 신성태수 맹달께서는 일시적으로 조비의 환영을 받았지만, 조비가 죽고 난 이후로는 위나라 토박이 장수들에게 심한 견제를 받고 있습니다. 이젠 선제 유비 황제께서도 안 계시고, 공명 승상께서 위수까지 진출했다는 소식을 들은 맹달이 투항하기로 마음

고쳐먹은 것입니다. 그래서 맹달 장군께서 낙양을 공격할 테니 그 틈을 타서 승상께서는 장안을 공격하시라 합니다. 두 곳에서 협공하면 조예 황제를 생포할 수 있다 하였습니다.”

“음! 내가 장안을 치는 동안 맹달이 낙양을 치겠다고?”

공명은 깊은 생각에 잠깁니다.

‘맹달. 그는 처음엔 유장의 심복이었지. 그러다가 선제(유비)에게 투항하여 선제를 섬겼고, 관우가 위기에 처했을 때 모른 체 발을 빼 관 장군이 죽고 말았다. 분노가 극에 달한 선제께서 자결을 명하자 재빨리 조조에게 투항했지. 조조를 섬기다 그 아들 조비를 섬겼고, 신성의 성주가 되어 지금까지 온갖 부귀영화를 누리고 있지. 한 마디로 박쥐 같은 자다. 그가 다시 촉으로 돌아오겠다고? 음!’

생각에 잠기던 공명은 맹달의 사신을 숙소로 보내 쉬도록 합니다.

“사신은 숙소에서 잠시 쉬도록 하여라. 내 곧 답장을 써주겠다.”

그리고 공명은 내용이 같은 편지 두 통을 써내려 갑니다.

“사신은 지체 말로 돌아가서 이 밀서를 신성태수에게 전하시오.”

그리고 또 한 사람의 심복을 불러 같은 내용의 편지를 줍니다.

“넌 이 편지를 가지고 대로를 따라 신성까지 가라. 도중에 위나라에서 쳐놓은 보병들에게 붙잡힐 것이다. 편지를 빼앗기면 기회를 보아 탈출하라.”

한편, 사마중달은 평서대장군에 임명되어 장안으로 황제를 알현하러 떠나려는데, 부하들이 첩자 한 사람을 생포해 옵니다.

“대장군! 밀서를 갖고 신성으로 가던 첩자를 하나 잡아 왔습니다.”

“밀서? 누가 누구에게 보내는 것이냐?”

“공명이 신성태수 맹달에게 보내는 밀서입니다.”

"공명의 밀서? 어서 이리 가져와라."

맹달 태수, 밀지는 잘 받아봤습니다.

태수께서 모반을 일으켜 낙양을 기습하겠다는 생각은 참으로 탁월한 발상입니다. 맹 태수가 낙양을 기습하면 나는 동시에 장안을 기습하여 조예를 사로잡겠습니다. 성공만 하면 맹 태수는 촉의 일등 공신이 될 것입니다. 이젠 맹 태수 앞에는 부귀와 영화만 남아 있습니다. 어서 실천에 옮기시기 바랍니다.

— 촉국 승상 제갈량 올림.

"이 밀서를 공명이 쓴 게 확실하냐?"

"예 확실합니다."

"알겠다. 이자를 잘 가둬라. 그리고 장수들은 들어라. 우린 지금 신성에 있는 맹달을 잡으러 간다."

"장군, 맹달은 변방을 지키는 태수인데 그를 잡기 전에 황제의 윤허를 먼저 받아야 하지 않을까요?"

"그럴 시간이 없소. 여기에서 신성까지는 1200리 길이요. 장안에 계시는 황제에게 사신을 보내 윤허를 얻은 후 신성까지 가려면 만 두 달이 소요됩니다. 그동안 공명과 맹달의 협공을 받으면 황제 폐하께서 위험해집니다. 먼저 맹달을 잡은 후 폐하에게 보고해야 합니다."

"그렇게 하지요. 쉬지 않고 행군하면 8일 안에 신성에 도착할 수 있소."

신성으로 가는 도중 사마중달은 맹달에게 편지 한 장을 써서 전령에게 보냅니다.

존경하는 신성태수, 나 평서대장군 사마의입니다.

제가 태수님과 힘을 합쳐 작전을 도모하려고 하니 신성 30리 밖에서 만납시다.

이때 맹달은 참모들과 작전회의 중입니다.

"우린 이번 일만 성공하면 위나라 최고의 일등 공신이 될 수 있소. 공명이 드디어 내 계책에 말려들고 있소."

"태수님, 무슨 계책입니까?"

"내가 공명에게 밀서를 보내 낙양을 치겠다고 했소. 동시에 공명이 장안을 치면 조예 황제를 사로잡을 수 있다고 미끼를 던졌지요. 공명은 즉각 내 제의에 호응하였고, 이렇게 답장까지 보내 왔소. 공명이 장안을 공격하기 시작하면 우린 낙양을 공격하는 체하다가 잽싸게 군사를 돌려 공명의 뒤통수를 치는 거요. 장안을 지키던 조진이 앞에서 제갈량을 공격하고, 우리가 뒤에서 공격하면 제아무리 머리 좋은 제갈량이라도 속수무책일 것이오. 그럼 우린 촉의 북벌을 막아 낸 일등 공신이 되어 자자손손 부귀영화를 누릴 수 있소."

"과연 태수님의 지혜는 하늘이 내리신 선물입니다. 유장, 유비, 조조, 조비, 조예 등 여러 영웅들을 그때그때 필요에 따라 섬기며 이 자리까지 오신 태수님의 머리를 공명인들 따라올 수 있겠습니까?"

이렇게 한참 희희낙락거리며 회의를 진행하고 있는데, 전령이 뛰어와 보고합니다.

"뽀…보고요. 평서대장군 사마의께서 30리 밖에 도착하셨답니다. 태수님과 긴급히 의논할 일이 있다고 영접하러 나오시랍니다."

"평서대장군 사마중달이? 그가 갑자기 웬일일까? 공명을 사로잡을 내 계책을 사마중달이 눈치채서는 안 된다. 자칫하면 큰 공을 그에게 빼앗길지도 몰라. 아무튼 대장군이 내 영토까지 왔으니 마중은 나가 봐야지."

맹달은 근위병 500을 데리고 30리 밖으로 마중 나갑니다.

"신성태수 맹달이 평서대장군께 인사 올립니다."

맹달이 사마중달에게 인사하자마자 병사들이 맹달을 에워싸죠.

"역적 맹달을 체포하라!"

갑자기 사마의가 소리칩니다.

신호와 함께 매복해 있던 군사들이 뛰어나와 맹달을 사로잡습니다.

"맹달! 왜 모반을 꾀하였느냐?"

"모반이라니? 나는 위국에 충성을 다하는 충신이다. 무슨 근거로 나를 모반하였다 하느냐?"

"여기 공명이 너에게 보낸 밀서가 있다. 이것을 보고도 발뺌하겠는가?"

"대장군! 그건 공명을 사로잡기 위한 내 계책이다."

"닥쳐라, 맹달! 네 말은 믿을 수 없다. 넌 처음엔 유장을 섬기다가 다음엔 유비를 섬기고, 또다시 조비를 섬기다가 다시 유씨의 품으로 돌아가려고 잔꾀를 부리는 걸 모를 줄 아느냐? 저자를 끌어내 참수하라!"

공명을 계책으로 잡으려던 맹달은 사마중달의 손에 목이 달아나죠. 박쥐 같은 인간 맹달을 공명은 손에 피 한 방울 묻히지 않고 중달의 손을 빌려 제거합니다.

'내가 그를 믿고 장안을 공격했다면 그는 낙양을 치는 척하다 갑자기 방향을 돌려 내 뒤통수를 쳤을 것이다. 그런 이중인격자는 일찍 제거해야 해.'

공명은 맹달에게 보내는 밀서 두통을 작성하여 두 갈래의 길로 보냈던 것입니다.

맹달을 참수한 후 사마의는 골똘히 생각합니다.

'내가 공명에게 속은 것은 아닐까? 맹달의 계책이 거짓이 아니었다면 쉽게 공명을 잡을 수도 있었는데, 그렇다면 나는 출전도 하기 전에 공명에게 당하였구나!'

맹달 제거 후 장안으로 간 사마중달은 황제에게 그간의 경과를 보고합니다.

"폐하, 제가 배신자 맹달의 목을 벴습니다. 그는 공명과 짜고 폐하를 양쪽에서 공격하려 한 역적입니다."

사마의가 제갈량의 계책에 넘어간 줄 모르는 황제는 중달의 보고를 받고 가슴을 쓸어내리며 기뻐합니다.

"사마 대장군이 아니면 큰일 날 뻔했소. 이제부터 장군이 저 파죽지세의 공명을 막아 주시오."

"폐하! 조금도 심려하지 마십시오."

공명, 울면서 마속을 베다
─ 읍참마속(泣斬馬謖)

황제에게 인사를 마친 사마의는 20만 군사를 정비하여 공명이 치고 들어올 예상로에 영채를 짓습니다.

"장수들은 이 지도를 눈여겨보시오. 공명이 장안을 치기 위해서는 반드시 이곳 가정(街亭)을 통과해야 하오. 따라서 이번 전쟁은 가정을 누가 먼저 선점하느냐에 따라 그 성패가 달려 있소. 우리가 빨리 가서 선점해야 합니다."

한편 그 시간, 공명도 참모들과 작전을 논의하죠.

"각 장수들은 들으시오. 사마중달은 하후무나 조진과는 격이 다른 사람이오. 그는 병법에 능할 뿐 아니라 지리와 천문에도 밝은 사람이오. 그리고 여기 지도를 보시오. 우리가 중원을 치기 위해서는 반드시 이곳 가정을 선점해야 하오. 이곳을 뺏기면 북벌은 실패할 뿐 아니라 우리 군 전체가 위험에 빠지게 되오. 누가 가서 가정을 점령하겠소?"

이때 마속이 나섭니다.

"승상! 저를 보내 주십시오. 제가 가서 가정을 점령하고 지켜 내겠습니다."

마속, 서기 190년 양양군 의성현에서 태어났고, 자는 유상(幼常)입니다. 촉한의 시중이었던 백미(白眉)로 유명한 마량의 5형제 중 막내 동생이죠. 제갈량은 마속의 재능을 인정하여 늘 가까이 두고 아들처럼 예뻐했습니다. 하지만 유비는 살아생전에 "마속은 말이 앞서는 가벼운 인물입니다. 절대 중용해서는 안 됩니다." 이렇게 공명에게 타일렀죠.

"마속, 너는 안 된다. 실전의 경험이 부족하지 않느냐? 너에게 전쟁의 승패를 가를 가정의 수비를 맡길 수 없다."

"승상, 저에게도 나라를 위해 공을 세울 기회를 주십시오. 저는 어려서부터 승상을 따라다니며 병법을 익혔습니다. 제가 꼭 가정을 점령하고 지켜 내겠습니다."

공명은 마음속으로 많은 고민을 합니다.

'가정은 중요한 군사 요충지인데, 마속이 지켜 낼 수 있을까?'

"상대는 사마중달이다. 네가 사마의를 이길 자신이 있느냐?"

"승상, 제가 만약 실패한다면 기꺼이 제 목을 바치겠습니다. 여기 군령장을 썼습니다."

공명은 친구였던 마량을 생각해서 한번 믿고 보내기로 하죠.

"정병 2만 5천 명과 함께 가정으로 출전을 허락한다. 다만 전쟁 경험이 많은 왕평(王平)을 데리고 가라. 어려운 일이 있을 때는 꼭 왕평의 의견을 듣도록 해라."

"명심하겠습니다!"

"마속, 가정에 도착하면 꼭 큰길에 영채를 세워야 한다. 그래야 적이 몰래 빠져나가는 것을 막을 수 있다. 알겠느냐?"

"명심하겠습니다!"

정병 2만 5천 명과 함께 가정에 도착한 마속은 주변을 살펴보며 어디에 군사를 배치할지 고민하죠.

"생각보다 규모가 작은 곳이군. 왕평, 저기 산이 있군요. 저 산꼭대기에 영채를 세우도록 하시오."

"산 위에 주둔하는 것은 위험합니다. 가정으로 들어오는 길목이 다섯 군데니, 이 다섯 군데 길목에 영채를 세우시지요."

"왕평, 그대는 전장에서 싸움은 잘 하지만 병법을 모르는군요. 병법에 의하면 높은 곳에서 낮은 곳을 공격하는 게 유리하다고 하였소."

"하지만 저 산을 자세히 보십시오. 저 산은 외딴섬처럼 봉우리가 하나밖에 없습니다. 만약 산 전체를 포위당하면 위험해집니다. 또 승상께서도 꼭 큰길에 영채를 세우라고 말씀하셨습니다."

"지금 그대가 나를 가르치는 것이오? 지휘관은 나요. 장수는 상황에 따라 임기응변을 발휘해야 하는 법이오. 내 명을 따르도록 하시오."

"장군! 다시 한 번 생각해보십시오. 만약 적이 산을 둘러싼 후 물길을 끊으면 어찌하려고 그러십니까?"

"우리 군으로 치고 내려가 물길을 뚫으면 그만이요. 잔소리 말고 내 지시대로 하시오."

"할 수 없군요. 장군은 산 위에 진을 치든지 말든지 알아서 하시오. 난 따로 이곳 평지에 주둔하겠소."

"알아서 하시오. 그러나 이번 전투가 끝나면 왕평 그대의 공은 아무 것도 없을 줄 아시오!"

왕평은 답답해하며 포기하고 맙니다.

"아! 실전 경험이 없는 저 고집쟁이 마속이 전쟁을 망치는구나. 빨리 이곳 지형을 그림으로 그려라. 승상께 보고해야겠다."

한편, 사마중달은 가정을 점령하기 위해 밤낮을 가리지 않고 군사를 몰고 옵니다.

"대장군! 가정을 촉군이 이미 점령하고 있습니다."

"아버님, 가정을 먼저 뺏겼다면 이번 전투는 무척 어렵게 됐습니다.

장안을 방어하기 힘들 것 같군요."

"아들아! 큰일이다. 주변을 조금만 더 살펴보도록 하자. 어허! 아들아, 저기를 보아라. 촉군이 산봉우리에 주둔하고 있구나. 이겼다, 이겼어. 이번 전투는 우리가 이겼어!"

"아버님, 우리가 이기다니요? 요충지를 선점당했는데도요?"

"공명이 이곳에 누굴 내보냈는지는 모르지만, 그가 큰 실수를 했구나. 저 산은 외딴 봉우리이다. 우리가 저 산을 포위하고 물길을 끊어버리면 적은 전멸하고 만다. 빨리 저 산을 신속하게 에워싸라!"

한편, 마속의 부장군 왕평은 군이 주둔한 주변을 그림으로 그려 공명에게 보냅니다.

"이 그림을 가지고 빨리 승상에게 가서 보고해라. 밤낮을 가리지 말고 신속히 가야 한다."

밤낮을 가리지 않고 며칠간을 강행한 전령이 지도를 공명에게 보여줍니다.

"이…이게 뭐냐? 누가 이 산꼭대기에 진을 친 거냐?"

"마속의 지시입니다. 왕평 부장군이 평지에 영채를 짓자고 하였으나 마속이 병법에 어긋난다며 기어이 산 위에 영채를 지었습니다."

"이 바보 같은 놈, 마속! 군사들을 몽땅 굶겨 죽일 생각이구나. 그곳엔 물이 없는 곳이다. 만약 위나라 군사가 산을 둘러싼 후 물길을 막아버리면 싸워 보지도 못하고 우리 군은 스스로 전멸하고 만다. 너는 빨리 돌아가 영채를 평지로 옮기라고 전해라!"

"예, 알겠습니다!"

'아! 그러나 이미 늦은 것 같다. 이를 어찌해야 좋을꼬! 내가 사사로운 정 때문에 마속에게 그 중요한 가정을 맡겼으니……. 뺏긴다면 이번 북

벌은 실패다. 어찌하면 좋을꼬?'

공명이 한탄을 하고 있는 그 시각, 가정의 산봉우리에 주둔한 마속의 군사들은 심한 기갈에 고통을 받습니다.

"물, 물이 없느냐?"

"한 방울의 물도 없습니다. 물을 긷기 위해 계속 군사들을 계곡으로 내려 보냈는데, 단 한 사람도 돌아오지 않고 있습니다."

"모두 죽었단 말이냐?"

"처음에는 위나라 군사들이 물 길러 가는 우리 군사를 죽였지만 지금은 죽이지도 않습니다."

"죽이지 않다니?"

"위나라 군사들이 시원한 물을 마시면서 우리 군사들에게 이렇게 말한답니다. '아그들아! 여기 시원한 물이 있다. 한 바가지 줄게 이리 와서 마셔라.' 그러니까 물이 무기가 된 셈이죠. 물만 보면 모두 창칼을 버리고 뛰어가 물을 마신 후 투항해 버립니다."

"여기 나무에는 물이 없느냐? 신문에 보면 봄철엔 '고로쇠 물'이 나온다고 하던데!"

"고로쇠 물은커녕 쇠오줌도 없습니다!"

"큰일이구나! 목이 탄다. 갈증이 난다. 목말라 죽었다는 소리는 못 들어봤는데 이를 어쩔꼬!"

"장군, 드디어 위나라 군사들의 공격이 시작되었습니다!"

"뭐라고? 적이 공격해 올라온다고? 빨리 막아라. 우리가 높은 곳에 있으니 유리하다."

그러나 군사들의 반응이 이상합니다.

"저 미친놈! 우리가 유리해? 탁상 앞에서 병법 서적만 읽더니 미친 소리만 하는구나. 우린 물이 없어 며칠째 밥도 못 먹었는데 무슨 힘으로 싸운단 말이냐?"

"촉군은 들어라! 너흰 완전히 포위됐다. 저항하면 모두 죽이겠다. 잠깐! 여기를 보아라. 시원한 물이 있다. 투항하면 물을 실컷 마시게 해 주겠다. 어서 이리 와서 마음껏 마셔 봐라!"

"물이다! 가서 마시자!"

"투항할 테니 물을 주시오. 무조건 내려가자!"

"우린 물 먹으려고 항복한다, 와아!"

군사들은 물을 보더니 앞다퉈 적에게 투항합니다. 이 광경을 보던 마속이 한마디 하죠.

"빨리 퇴로를 뚫어라! 이 산봉우리에서 평지로 내려가야 한다."

"적들이 겹겹이 둘러싸고 있어 불가능합니다!"

"병법의 대가인 내 실수다. 차라리 장군답게 깨끗이 자결하자."

"장군! 아직 포기하지 마십시오. 저 서쪽 샛길로 우리 촉군의 깃발이 보입니다. 한 떼의 군사들이 올라오고 있습니다. 부장군 왕평입니다! 마속 장군, 말 안 듣고 평지에 주둔하고 있던 왕평이 우릴 구하러 올라오고 있습니다!"

산봉우리를 향해 올라가는 부장군 왕평은 군사들을 재촉합니다.

"군사들은 목말라하는 마속 장군을 구하라! 남쪽으로 활로를 뚫고, 공명 승상에게 돌아가자."

한편, 위나라 선봉장군 사마소는 기분이 좋습니다.

"아버님, 대승입니다. 적군들이 목말라서 투항하고 있습니다. 이게 꿩 먹고 알 먹는 거 아니겠습니까?"

"아들아, 일거양득이라는 거다. 하지만 적장 마속을 놓쳐서는 안 된다. 빨리 추적해라!"

"이미 늦었습니다. 평지에 주둔하고 있던 왕평이 우리 등 뒤를 기습하여 마속을 구해 달아났습니다."

"뭣이? 촉군이 모두 어리석은 줄 알았더니 그래도 현명한 자가 한 놈은 있었구나. 너희는 이곳 가정을 단단히 사수해라. 나는 군사들을 몰아 공명을 사로잡겠다!"

마속은 대패하여 군사들을 모두 잃고 돌아와 공명 앞에 무릎 꿇습니다.

"승상! 면목 없습니다. 가정을 잃고, 군사들도 모두 잃었습니다."

"마속, 큰소리치고 출전하더니 이게 무슨 꼴이냐? 가정은 이번 전쟁의 가장 중요한 거점인데, 가정과 함께 정병 2만 5천 명을 잃었으니 이번 북벌은 실패다. 어떻게 패배했는지 말해 보아라."

"저는 병법대로 한 것뿐입니다. 높고 유리한 지형을 제가 먼저 점령했습니다. 다만 산에 물이 없다는 사실을 미처 몰랐을 뿐입니다."

"마속, 아직도 네 실수가 뭔지 모르는구나. 군사가 진을 칠 때는 보급로를 항상 생각해야 한다. 아무리 용맹한 군사들이라도 보급이 끊기면 무용지물이다. 왕평, 전쟁 경험이 많은 너를 믿고 부장군으로 보냈는데, 어찌하여 너는 마속을 말리지 못했느냐?"

"죽을죄를 졌습니다. 제가 마속 장군에게 간곡히 얘기했지만, 병법은 자기가 더 많이 알고 있다고 호언장담하며 제 말을 듣지 않았습니다."

"허허, 참! 장수들은 들으시오. 이번 전투에서 요충지인 가정을 잃었으니, 저 패장 마속을 어찌 처리해야겠소?"

"마속이 그동안 쌓은 공로를 생각해서 목숨은 살려 주십시오."

"그러시죠. 죽이지는 마십시오."

이때 부장군 왕평이 나섭니다.

"마속과 저의 목을 베십시오. 마속은 분명히 작전에 실패하면 군법대로 목을 바치겠다고 군령장을 썼습니다. 이제 승상께서 사사로운 정으로 군법을 시행하지 않으면 앞으로 어떻게 군의 질서를 잡아가겠습니까? 마속과 저를 처형하십시오."

"마속, 네 형 마량은 나와 가장 친한 친구였다. 네 형 마량에게 '백미'라는 별명을 붙여 준 사람도 나다. 그런데 이제 사사로운 정을 끊어야겠구나. 군법대로 마속을 데리고 나가 참수하라!"

"승상, 이 못난 마속은 먼저 갑니다. 부디 대업을 이루십시오. 저승에서 마량 형님을 만나 승상의 안부 전하겠습니다."

마속이 끌려 나가는 뒷모습을 보면서 공명이 흐느껴 웁니다.

'잘 가거라, 마속! 넌 내 아들이나 다름없었다. 내 마음이 찢어지는구나, 흑흑!'

이것이 바로 '공명이 울면서 마속의 목을 벴다'는 '읍참마속(泣斬馬謖)'의 실화입니다.

울면서 마속을 참수한 공명은 북벌 실패를 인정하고 군사를 철수합니다. 일단 퇴각 후 군사를 재정비하죠.

"관흥과 장포는 한중의 양평관으로 물러나 그곳을 사수하라. 우리 촉군이 회군할 때 지나가야 할 중요한 성이다. 마대와 강유는 우리 군의 퇴각로 양쪽 길에 매복하라. 적의 추격이 있을 때 막아야 한다. 힘들게 빼앗은 남안, 천수, 안정 세 개의 성은 아깝지만 버리고 후퇴한다. 나는 군사 5천을 이끌고 서성으로 가겠다. 서성엔 우리 군량미가 있는 곳이다."

공명은 요소요소에 군사 배치를 마친 후 서성에 도착합니다.

"자, 모두 부지런히 움직여라. 이곳에 있는 모든 군량을 안전한 곳으로 옮겨야 한다."

공명의 공성계

한편 그 시간, 사마중달은 승전의 소식을 듣고 기뻐합니다.

"대장군, 크게 이겼습니다. 가정을 빼앗고 촉군을 거의 섬멸시켰습니다. 이제 공명을 추격하시죠."

"수고들 많았소. 장합은 10만 대군을 이끌고 나를 따르시오. 공명을 추격합시다."

"제갈공명은 아무래도 한중의 양평관으로 가고 있지 않을까요?"

"아니요. 군량미가 있는 서성 쪽으로 가고 있을 것이요. 빨리 추격합시다!"

이때 공명은 군사들을 지휘하여 양곡과 건초를 실어 나르기에 한창 바쁩니다. 그런데 척후병이 숨 가쁘게 뛰어와 보고합니다.

"승상! 승상! 크…큰일 났습니다. 사마중달이 이끄는 군사들이 이곳 서성으로 추격해 오고 있습니다."

"뭐? 뭐라고? 적군은 몇 명이나 되더냐?"

"어림잡아 10만 명은 될 듯합니다."

"지금 이곳엔 우리 군사가 몇 명이나 남아 있느냐?"

"모두 양곡을 싣고 떠나고, 군사는 약 1천 명 정도 남아 있습니다. 이곳엔 쓸 만한 장수가 한 사람도 없습니다!"

"모두 당황하지 마라. 먼저 성문을 활짝 열어라. 군사들은 모두 민간인 복장으로 갈아입고 내가 지시하는 대로 하라. 그리고 내 거문고를 가져오너라."

한편, 사마중달은 10만의 군사를 몰아 제갈공명을 추격하며 서성에 거의 다다랐죠.

"대도독! 공명이 있는 서성에 당도했습니다. 이제 천하의 공명도 꼼짝 없이 우리 손에 잡히게 되었습니다."

"그렇구나! 가정에서 마속은 놓쳤지만 공명이라는 대어만 잡으면 이번 전쟁은 끝이다."

"대도독! 그런데 좀 이상합니다. 저 성루에서 누군가 거문고를 타고 있습니다."

"성문은 활짝 열려 있고, 군사들은 하나도 보이지 않습니다. 성 밖에는 민간인들이 놀고 있는데요? 심지어 졸고 있는 사람도 있습니다."

"저 거문고를 타고 있는 사람이 누구냐?"

"공명의 깃발이 걸려 있습니다. 촉국 승상 제갈공명이 분명합니다."

"대도독! 공격을 허락해 주십시오. 공명을 사로잡아 오겠습니다."

"아니다. 함부로 공격하지 마라. 저건 분명히 우리를 유인하려는 공명의 술책이다. 너희는 이 곳에서 기다려라. 내가 가까이 접근하여 살펴보겠다."

사마중달이 천천히 서성 가까이 접근하니 제갈공명이 흰옷을 입고 성루에 앉아 거문고를 타고 있습니다. 담담한 표정으로 거문고를 연주하는 제갈량. 눈앞에 10만의 군사가 포진하고 있는 것을 아는지 모르는지⋯⋯.

10만 군사 앞에 홀로 남은 공명. 거문고를 타는 공명을 바라보던 중달이 골똘히 생각합니다.

'이 성은 비어 있구나. 그런데 공명은 왜 위험을 무릅쓰고 혼자서 거문고를 타고 있을까? 내가 지금 군사를 몰아 공명을 제거한다면? 다음 순서는 황제와 조씨 종친들에게 내가 제거되겠지? 새 사냥이 끝나면 활은 창고 속에 처박히고(조진궁장(鳥盡弓藏)), 토끼 사냥이 끝나면 사냥개는 끓는 물에 삶아지는 법(토사구팽(兎死狗烹)). 옹·양에서 국경 수비를 위해 군마를 조련하던 나에게 역모 혐의를 씌워 낙향시킨 황제가 아닌가! 그러다가 공명의 북벌을 당하지 못하니 울며 겨자 먹기로 나를 복직시켜 전쟁터로 내보낸 황제다. 공명이 존재해야 나도 존재 가치가 있는 것이구나! 공명은 그런 이치를 꿰뚫고 있어. 그러니 저렇게 담담한 표정으로 홀로 거문고를 타고 있는 것이지. 참으로 무서운 적수다.'

사마중달은 군사들 앞으로 다시 돌아와 회군을 명합니다.

"성 안쪽에 군사들이 매복해 있다. 전군, 회군한다. 공격하지 말고 모두 물러나라!"

공명은 성 위에서 태연하게 거문고를 타지만 등에서는 식은땀이 흐르죠.

'천지신명이시어, 보살피소서. 내가 죽으면 중달의 존재 가치도 사라진다는 것을 깨닫게 하소서.'

이때 기적 같은 일이 일어납니다.

"승상, 적군이 돌아갑니다. 사마중달이 군사를 돌렸습니다!"

'중달이 내 뜻을 간파했구나. 역시 무서운 적수다. 사마의는 유일한 나의 맞수야.'

이것이 바로 제갈공명의 '공성계(空城計)'입니다. 즉, 텅 빈 성이지만 공명을 눈앞에 두고 사마의는 군사를 돌린 것이죠.

"군사를 일단 한중으로 퇴각시킨다! 우리 군사가 돌아가는 걸 알면 위나라 군사들의 추격이 시작될 것이다. 관흥과 장포는 나와 합류하고, 자룡은 기곡 골짜기에 매복하시오. 위연 장군이 내 깃발을 들고 선두에서 천천히 나가도록 하시오."

공명의 예측대로 곽회가 5천 군마를 이끌고 추격하기 시작합니다.

"도망치는 촉군들을 한 명도 놓치지 마라!"

곽회의 부장 만정(萬政)이 기곡으로 들어서자 하얀 바탕에 붉은 글씨로 '조운(趙雲)'이라고 쓰인 깃발을 들고 한 장수가 뛰어나옵니다.

"네 이놈! 너는 산상의 조자룡을 알아보겠느냐?"

"자룡, 도망치는 주제에 겁이 없구나. 나는 곽회의 부장 만정이다. 말에서 내려 항복하면 죽이지는 않겠다."

말이 채 끝나기도 전에 조자룡이 쏜 화살이 투구에 적중하고, 만정은 발을 헛디뎌 개울창에 굴러떨어집니다. 조자룡이 만정의 얼굴에 창끝을 겨누죠.

"어찌 위나라 장졸들은 모두 입만 살아서 나불거리느냐? 너를 죽이지는 않을 테니 빨리 가서 곽회를 불러와라. 내가 단기필마로 여기에서 기다릴 테니 곽회와 주력부대가 빨리 쫓아오라고 일러라."

"예, 장군! 살려 주시어 감사합니다."

만정이 꽁무니가 빠지게 도망하여 곽회에게 전황을 보고하죠.

이에 곽회가 명령합니다.

"전군, 추격을 중단한다! 조자룡이 단기필마로 나를 기다릴 리 없다. 기곡에 필히 매복병이 있을 터이니 추격하면 자칫 우리가 전멸한다. 모두 회군한다. 장안으로 돌아가자!"

이에 공명은 추격병을 모두 따돌리고 군사들을 무사히 한중으로 물린 후, 성도에 있는 황제 유선 앞에 나아가 부복합니다.

"폐하! 신의 잘못으로 제1차 북벌은 실패했습니다. 사람을 잘못 기용하여 요충지 가정을 빼앗기고, 군사를 한중으로 회군시켰나이다. 이 모든 게 신의 불찰이니 신의 벼슬을 3계급 깎아 벌을 내리소서."

"상국! 승패는 병가지상사(勝敗 兵家之常事), 즉 전쟁에서 이기고 지는 것은 흔히 있는 일이라 들었습니다. 한 번 졌다고 너무 자책하실 필요는 없습니다."

이때 곁에서 듣고 있던 시중 비위(費褘)가 나섭니다.

"폐하! 승상의 말을 들어 주십시오. 나라엔 법도가 있는데 법이 제대로 지켜지지 않는다면 어떻게 국가의 기강이 바로 서겠습니까? 승상이 스스로 강등을 요청하니 받아 주십시오."

"그것도 일리가 있소. 그러면 승상을 3계급 강등시켜 우장군으로 내려 앉히겠소. 그러나 승상 자리는 그냥 비워 둘 테니 나중에 공을 세워 복직하도록 하시오."

"폐하, 황은이 망극하옵니다!"

어전에서 물러난 공명은 한중으로 돌아가 다시 군사를 재정비하고 훈련에 돌입합니다.

한편, 위나라 조정은 한층 들떠 있죠.

"사마의, 정말 수고 많으셨소. 그대 때문에 간신히 나라를 위기에서 구하였소. 내 크게 상을 내리겠소."

"폐하, 아직 상을 받기엔 이릅니다. 공명은 북벌을 포기하지 않을 것입니다. 틀림없이 다시 쳐들어올 테니 대비하셔야 합니다."

"어찌 대비하는 게 좋겠소?"

"공명은 북벌의 진로를 바꾸어 진창(陳倉)으로 밀고 들어올 가능성이 많습니다. 진창에 유능한 장수를 배치하여 지키도록 하십시오."

"공명이 다시 군사를 일으켜 쳐들어온다면 어찌 하필 진창으로 길을 택한단 말이요?"

"400년 전, 유방이 항우에게 쫓겨 서촉으로 들어갈 때 장자방은 서촉과 중원으로 통하는 유일한 길, 쉽게 말해서 '잔도'를 모조리 불태워 버렸습니다."

잔도란 나무를 얼기설기 엮어 만든 구름다리 모양의 엉성한 길이죠.

"군사들은 중원으로 나갈 수 있는 길을 불태웠다고 울고불고 난리가 났지요. 그러나 그건 장자방의 속임수였습니다. 항우는 잔도가 모두 탔다는 말을 듣고 마음을 놓고 경계심을 풀었지요. 그런데 유방은 서촉에서 열심히 군마를 조련시켰습니다. 그리고 몇 년 후, 갑자기 유방의 부하 한신이 이끄는 수십만 대군이 중원에 불쑥 나타나 항우의 뒤통수를 쳤습니다. 이렇게 기습을 받은 항우는 결국 대패하여 유방에게 쫓기다가 오강에서 자결하죠. 그리고 몇 년 후, 유방이 천하를 통일합니다. 그때 유방이 서촉에서 중원으로 나온 비밀 통로가 바로 진창입니다."

"듣고 보니 그렇군요. 그런 역사가 있었지요. 진창은 중요한 군사 이동로입니다. 그럼 진창으로 누구를 보내는 게 좋겠소?"

"제가 장수 한 사람을 추천하겠습니다. 병법에 밝으며, 충성심이 강한 학소(郝昭)라는 장수입니다."

"학소? 좋습니다. 중달이 천거한 사람이면 유능한 장수겠죠. 학소를 진서장군(鎭西將軍)에 임명하겠소."

진창 방위사령관에 임명된 학소는 성벽을 높이 쌓고, 매일 군사들을 독촉하여 지옥훈련에 돌입합니다.

"머지않아 공명이 이 길로 쳐들어 올 것이다. 우린 필사적으로 이곳을 사수해야 한다. 그러기 위해선 하루 열두 시간씩 훈련에 임한다."

한편, 제갈공명도 한중에서 군사를 조련하는 중에 한 가지 뜻밖의 비보가 날아듭니다.

"승상! 아, 아니 우장군님, 조자룡 장군이 돌아가셨습니다."

"뭐라고? 조 장군이 죽었단 말이냐? 어떻게 돌아가셨느냐?"

"늙어서 병으로 돌아가셨습니다. 마지막 유언으로 북벌! 북벌! 북벌! 이렇게 세 번 외치고 돌아가셨습니다."

"참으로 애통하구나. 선제께서 임명하신 5호 대장군들이 모두 세상을 떴구나. 관우, 장비, 자룡, 황충, 마초! 모두 돌아가셨어."

이때가 서기 229년의 일입니다. 황제 유선도 조자룡이 죽었다는 보고를 받고 목을 놓아 통곡하죠.

"짐이 어렸을 때 장판파의 싸움에서 조 장군은 짐을 품에 안고 10만 대군의 적병을 헤치고 살아 나왔다. 그분이 아니었으면 어찌 오늘의 내가 존재하겠느냐. 조운에게 대장군을 추증하고, 금병산 동쪽에 장사 지내며, 매년 제사를 크게 올리도록 하여라."

조자룡의 제사를 마친 공명은 깊이 생각합니다.

'나도 언제 이 세상을 뜰지 모른다. 내가 살아 있을 때 꼭 삼국을 통일해야 한다.'

공명은 조용히 명상한 후 다시 붓을 들고 출사표를 쓰기 시작합니다.

제갈량의 후출사표

선제(유비)께서는 한나라를 멸망케 한 역적 위나라와는 함께 공존할 수 없고, 왕업은 천하의 한 모퉁이를 차지한 것에 만족해 주저앉을 수 없다 하셨습니다. 그런 사유로 신에게 역적을 칠 일을 당부하셨습니다. 신이 역적을 정벌하기 위해 있는 힘을 다해 싸웠으나 신의 재주는 약하고 적은 강했습니다. 그러나 한번 실패하였다 하여 북벌을 포기하고 다시 적을 정벌하지 않으면 왕업은 결국 망하고 맙니다.

지금 역적을 치지 않으면 도리어 우리가 그들에게 당할 것이니, 어찌 일어나 치지 않고 앉아서 망하기만을 기다릴 수 있겠습니까? 이에 그 일을 신에게 다시 맡겨 주십시오.

신은 천하를 통일하라는 선제의 명을 받은 뒤로 잠자리에 누워도 편안하지 않고, 음식을 먹어도 입에 달지 않습니다. 북쪽에 있는 위나라를 치기 위해서는 먼저 남쪽을 평정해야 되겠기에 거친 남만의 땅까지 들어가 맹획을 굴복시켰습니다. 그러나 그 당시에도 따지기 좋아하는 사람들은 그게 좋은 계책이 못 된다고 심하게 반대했습니다. 결국 결과는 후방을 걱정할 필요가 없지 않습니까? 현재 적은 많이 지쳐 있습니다. 왜냐면 저의 제1차 북벌로 국력을 많이 소모했기 때문입니다. 병법에서는 적이 지쳐 있는 틈을 놓치지 말라 했으니, 지금이야말로 다시 한 번 크게 밀고 나아갈 때입니다. 저의 지난번 북벌의 실패 요인을 분석해 보면 제 재주는 한나라 창업주이신 유방과 그 신하들인 장량과 진평에 훨씬 못 미칩니다. 그러니 어찌 한 번에 단박 역적을 멸할 수 있었겠습니까? 한 번 정도 실패한 것으로 너무 크게 실망해서는 안 됩니다.

지금 전쟁을 반대하는 신하들이 많으나 싸우기를 게을리하고 편안함만 추구한다면 나라를 위나라 또는 오나라에게 빼앗기고 말 것입니다. 그러니 싸워야 뺏기지 않습니다. 최선의 공격이 최선의 방어입니다.

조조도 몇 번의 위기와 죽을 고비를 넘긴 후에야 겨우 위나라를 세웠습니다. 그러니 신같이 재주가 부족한 사람이 한 번이라도 어려움을 겪지 않고 천하를 평정할 수 있겠습니까? 천하의 조조도 수없는 패전과 실패를 거듭했다는 사실을 늘 잊지 말아야 합니다.

지금은 일당백의 유능한 장수들이 넘쳐나지만 이들을 활용하지 않고 몇 년이 지난다면 이들의 3분의 2가 저절로 사라질 것입니다. 그럼 그때는 어떻게 적을 도모하시겠습니까? 훌륭한 장수들이 있을 때 북벌을 감행해야 합니다. 지금 백성들은 비록 궁핍하고 지쳐 있기는 하지만 그런 이유로 할 일을 그만둘 수는 없습니다. 멈추어 있으나 움직여 나아가나 수고로움과 물자가 소모됨은 똑같기 때문입니다. 차라리 전쟁을 하는 것이 이익입니다.

옛날 선황제 유비 폐하께서는 몇 번의 싸움에서 조조에게 패하였을 때 조조는, 천하는 이미 평정되었다고 기뻐했습니다. 그러나 선제께서는 실망하지 않고 오나라 손권과 손을 잡고 서촉을 얻으셨습니다. 이는 조조의 잘못 판단으로 우리 촉국이 일어설 수 있는 기회를 얻은 것입니다. 그러나 후에 오나라 손권이 맹약을 깨고 관우를 공격하였고, 관우는 싸움에 져서 전사한 것입니다. 또 설상가상으로 선제께서 몸소 오나라를 쳤으나 이릉대전에서 대패하였고, 조비는 그런 어수선한 틈을 타서 한나라 황제의 자리를 빼앗은 것입니다. 이처럼 세상 모든 일은 미리 헤아려서 짐작하기 어렵습니다. 지금 지레 짐작으로 패배를 두려워하며 군사 일으키는 것을 두려워해서는 안 됩니다.

신은 엎드려 몸을 돌보지 않고 죽을 때까지 애쓰겠습니다. 그래야 천하를 통일할 수 있습니다. 따라서 다시 군사를 일으켜 위나라 조에를 치려 하니 허락하여 주시기 바랍니다.

두 번째 출사표를 다 읽은 황제 유선은 공명의 출전을 허락합니다.

공명은 30만 대군을 다시 일으켜 위연을 선봉으로 삼아 북벌을 다시 단행하죠.

"군사들이여! 이번엔 기필코 위나라를 정복하여 천하통일의 기초를 마련해야 한다. 이번엔 방향을 바꾸어 진창을 지나 중원으로 나간다. 일찍이 한고조 유방께서도 진창을 통하여 항우를 치러 나가셨다. 전군은 행군을 시작하라!"

공명이 30만 대군을 일으켜 진창으로 출사했다는 보고를 받은 황제 조예는 문무백관들을 모아 계책을 의논합니다.

"사마중달의 예측이 들어맞았소. 공명이 진창을 향해 들어오고 있소. 이번엔 어찌하면 좋겠소?"

이때 대장군 조진이 나섭니다.

"폐하! 지난번 공명의 1차 침입 때는 제가 제대로 싸우지 못하였습니다. 그 죄를 씻고자 이번에도 제가 나가 싸우겠습니다."

"숙부는 어쩐지 믿음이 가지 않소. 이번엔 좋은 계책이라도 있소?"

"예, 좋은 계책이 있습니다. 신에게 장수 한 명이 있습니다. 왕쌍(王雙)이란 장수인데, 키는 2미터 30센티미터에 가깝고, 얼굴은 검으며, 고릴라 팔에 곰의 허리, 호랑이 등을 가졌습니다. 또 '유성추'라는 철퇴를 잘 씁니다. 유성추 무게가 약 100근(60Kg) 정도 되는데, 유성추로 한번 내리치면 바위도 갈라지고, 굵은 소나무도 두 동강이 날 정도로 위력이 대단합니다."

"알겠소. 숙부의 허풍은 내 알지만 이번엔 한번 믿어 보겠소."

조진은 다시 대도독에 임명되어 왕쌍을 선봉으로 25만 정병을 이끌고 제갈량을 막으러 출전합니다.

한편, 진창에 접근하던 제갈량은 학소가 지키는 진창성 앞에 도착하죠.

"위연 장군, 저 성을 함락시키시오! 저 성을 점령하지 못하면 장안으로 들어설 수 없소."

"잘 알겠습니다. 제가 한달음에 저 성을 공략하겠습니다. 자, 촉군들이여! 저 조그만 성은 반나절이면 우려 뺄 수 있다. 전군 돌격!"

"와아!"

그런데 조그만 성이라 별 어려움 없이 정복할 것으로 예상했지만, 열흘이 지나도 학소가 지키는 진창성은 끄덕도 하지 않습니다.

"저 작은 성 하나를 빼앗지 못한단 말이냐? 구름사다리를 총동원하여라. 궁수들은 구름사다리를 타고 올라가 불화살을 쏴라!"

위연이 지휘하는 군사들이 구름사다리와 충차(성문을 부수는 기구)를 총동원하여 공격을 퍼 부었으나 20일이 지나도록 성은 함락되지 않죠. 그런데 설상가상으로 전령이 가쁜 숨을 몰아쉬며 달려와 보고합니다.

"승상! 동쪽에서 위나라의 지원병이 몰려오고 있습니다. '왕쌍'이라 쓴 깃발을 펄럭이며 짓쳐들어오고 있습니다."

"왕쌍이라고? 처음 들어보는 장수구나. 사웅(謝雄), 그대가 3천 군사를 이끌고 나가서 막아라."

사웅이 급히 뛰어나가 왕쌍을 막아섭니다.

"촉의 졸개들아, 나 왕쌍의 앞을 가로막지 마라. 나를 막는 자는 죽음뿐이다!"

"어마하게 키가 큰 장수구나. 저 오른손에 들고 있는 건 뭐지?"

"촉의 졸개들아, 이 유성추 맛을 보여 주겠다."

왕쌍이 100근이 넘는 유성추를 빙빙 돌리더니 기합과 함께 사웅을 향해 날립니다.

픽!

호박 깨지는 소리와 함께 사웅의 몸이 날아갑니다. 사웅이 죽자 비장 공기(龔起)가 나갑니다.

"공깃돌로 100근 유성추를 당하겠느냐?"

또 다시 휘두르는 왕쌍의 유성추에 공기의 몸이 10미터를 날아가죠. 사웅과 공기가 죽자 부장 장의가 나섭니다. 그러나 그 역시 왕쌍이 휘두르는 유성추를 보고 겁에 질려 도주합니다.

이 광경을 바라보던 공명은 일단 군사들을 후퇴시킵니다. 공명이 20 리 밖으로 군사들을 물리자 전쟁은 다시 소강상태에 접어들죠.

진창성이 20일 동안 잘 버티어 냈다는 보고를 받은 조진은 마음이 조급해지기 시작합니다. 진창태수 학소는 사마의가 추천한 인물이죠.

'난 황제 폐하께 공명을 사로잡겠다고 호언장담하고 출병했는데, 한 달이 가깝도록 이렇다 할 공을 세우지 못하였구나. 무슨 좋은 수가 없을까?'

조진이 이렇게 깊은 생각에 잠겨 있는데 부하 한 사람이 촉국의 세작을 잡아 끌고 들어옵니다.

"대도독, 골짜기에서 수상한 세작 한 사람을 잡아 왔습니다."

"세작이라고? 이리 끌고 와 봐라!"

그러자 잡혀 온 사람이 펄쩍펄쩍 몸부림치며 항변합니다.

"대도독, 저는 수상한 사람이 아닙니다. 도독을 뵙고 긴밀한 비밀을 말씀 드리려고 했는데, 세작으로 몰린 것입니다. 제 몸에 묶인 밧줄을 풀어 주십시오."

그러자 조진이 부하들에게 명령합니다.

"저자의 결박을 풀어 주어라. 그리고 손례(孫禮)와 곽회만 남고 나머지는 모두 물러가 있거라!"

조진의 부하들이 물러나자 잡혀 온 세작이 옷깃에서 편지 한 장을 꺼냅니다.

"대도독, 저는 강유의 심복 부하입니다. 강유의 밀서를 가져왔으니
읽어 보시기 바랍니다."

"강유의 밀서라고? 어디 이리 가져와라."

대도독!

죄인 강유입니다.

전 공명의 계략에 빠져 일시 촉국에 투항하였습니다.

공명이 제 홀어머니를 인질로 잡고 저를 회유하였고, 전 어머니를
저버릴 수 없어 거짓 투항한 것입니다. 그러나 제가 어찌 한순간인들
위나라의 은혜를 잊을 수 있겠습니까?

이제 제가 제갈량을 생포할 수 있는 계책을 알려 드리겠습니다. 도
독께서 직접 대병을 몰고 오셔서 촉의 진채를 들이치십시오. 그러면
촉의 주력부대는 도독의 군사를 막으려 몰려나갈 것입니다.

촉군의 주력부대가 나가 도독의 군사와 싸울 때, 저는 뒤에 남아 본
채와 식량을 불태우고 공명의 후미를 협공하겠습니다. 그렇게 되면
아무리 신통한 계략을 가진 공명이라도 사로잡히고 말 것입니다.

이 편지를 읽은 조진이 몹시 기뻐합니다.

"하늘이 나를 돕는구나. 공명을 사로잡을 수 있는 기회가 왔다."

그러자 곁에 있던 손례가 우려를 나타냅니다.

"대도독! 이것은 공명의 계략일지도 모릅니다. 촉국에 투항한 강유를
너무 믿어서는 안 됩니다."

그러나 성공에 목말라하는 조진은 손례의 충고를 귀담아 듣지 않죠.

"사람이 의심이 많으면 못쓰는 법이다. 강유는 원래 위나라 장수였으나 어쩔 수 없이 공명에게 투항한 것이다. 북쪽 벌판을 뛰어다니는 야생마는 언제나 북풍을 그리워한다고 하지 않던가. 강유가 위나라를 그리워하는 것은 당연한 이치다. 의심 말고 군사를 몰고 나가 공명의 영채를 들이치자."

"대도독! 정 그러시다면 도독께서 직접 가지 말고 비요(費曜)를 보내십시오. 만약 간계가 있다 해도 대도독께서 다칠 우려는 없습니다."

"좋다. 비요에게 5만 군사를 주어 공명의 영채를 기습토록 하라."

조진의 명을 받은 비요가 군사를 몰아 야곡(野谷)에 이르렀는데, 갑자기 한 떼의 군마가 앞을 가로막습니다.

"비요는 어딜 그렇게도 급히 가느냐? 행군을 멈춰라. 그리고 조진, 조진은 어디 있느냐? 조진은 나와서 내 칼을 받아라!"

깜작 놀란 비요가 군사를 멈추고 바라보니 강유입니다.

"강유, 네가 거짓으로 우릴 속였구나. 비겁한 놈! 내 오늘 이 자리에서 너를 죽이고 말겠다."

분노에 찬 비요가 말을 달려 나가는데, 골짜기에 매복해 있던 촉군들이 활을 쏘기 시작합니다.

"적의 매복이다. 활로를 뚫어라. 후퇴, 후퇴한다! 길을 열어라!"

이때 촉진에서 날아온 화살이 비요의 목을 꿰뚫습니다.

"아악!"

비명 소리와 함께 비요는 말에서 굴러떨어져 전사하고, 장수를 잃은 군졸들은 우왕좌왕하다 퇴로를 뚫지 못하고 모두 전멸하죠.

"승상! 적은 전멸시켰지만 대도독 조진은 잡지 못했습니다."

"아깝구나. 큰 계책으로 작은 물고기(비요)밖에 잡지 못했다니…….

일단 군사를 영채로 물린다."

영채로 돌아온 공명은 장수들에게 새로운 작전을 지시합니다.

"오늘 밤 이곳 영채를 비워 두고 한중으로 퇴각하는 척한다. 5만 군사를 잃은 조진은 왕쌍을 앞세워 우릴 추격할 것이다. 추격하는 위나라 군사들을 섬멸하고, 그 기세를 몰아 진창을 다시 친다."

그리고 위연을 따로 불러 지시합니다.

"위연 장군은 들으시오. 그대는 한중으로 가는 길목에 10만 군사를 데리고 매복하시오. 주력군사는 숲속에 숨겨 두고, 그대는 소수의 군사로 왕쌍을 공격하시오. 그러다가 겁먹은 척하고 숲으로 도주하시오. 기세가 오른 왕쌍이 급히 추격해 올 것이요. 왕쌍의 유성추는 잡목 우거진 숲속에서는 힘을 못 쓸 테니 그때 그를 죽이시오."

"예, 제가 왕쌍의 목을 베어 오겠습니다."

한편, 조진은 비요가 이끄는 5만 군사가 전멸하였다는 보고를 듣고는 펄쩍 뛰기 시작합니다.

"강유! 네놈이 감히 나를 속이고 우리 군사 5만을 죽이다니, 반드시 복수하겠다!"

이때 부장 손례가 조진에게 이릅니다.

"제 말대로 비요를 내보내시길 잘했습니다. 만약 대도독께서 직접 나가셨다면 끔찍한 일을 당할 뻔했습니다."

"듣고 보니 그렇군. 손례, 고맙다. 지금 촉군이 영채를 버리고 한중으로 퇴각한다. 왕쌍은 즉시 군졸들을 이끌고 촉군들을 추격해라. 한 놈도 남기지 말고 모두 전멸시켜야 한다. 그러나 공명은 반드시 사로잡아 오너라. 내 기어이 공명에게 복수를 해야겠다."

"알겠습니다. 제 유성추를 당해 낼 사람은 아무도 없습니다. 이번 전투는 이 왕쌍만 믿고 안심하십시오.”

왕쌍이 군사 10만을 이끌고 촉군의 영채에 도달해 보니, 여기저기 깃발만 꽂혀 있고 군사들은 보이지 않습니다.

“적들은 멀리 가지 못했다. 추격하라!”

왕쌍이 군마를 몰아 숨 가쁘게 추격합니다. 왕쌍의 군사가 산모퉁이를 도는데, 양쪽에서 갑자기 화살이 비 오듯 쏟아집니다.

“왕쌍이 걸려들었다. 활을 쏘고 바위를 굴려라!”

“적의 복병이다. 후퇴, 전군 후퇴하라!”

왕쌍이 급히 말을 돌려 퇴각하는데, 한 장수가 앞을 가로막습니다.

“왕쌍! 나는 촉의 선봉장 위연이다. 나와 한번 겨뤄 보자!”

“좋다. 오늘 내 유성추 맛을 보여 주마!”

왕쌍의 유성추가 “윙! 윙!” 소리를 내며 허공에서 빙글빙글 돌더니 위연을 향해 날아갑니다.

“내 유성추를 받아라!”

위연이 말에 납작 엎드려 유성추를 피하고는 말을 돌려 달아납니다.

“위연, 비겁하다. 대장군이라는 자가 등을 보이고 도망치다니. 거기서라!”

잡힐 듯 말 듯, 유성추에 맞을 듯 말 듯 한참 쫓기던 위연이 숲으로 도주하자 기세 오른 왕쌍이 숲속 깊숙이 추격하죠.

“왕쌍, 여기가 좋겠다. 이제 한번 싸워 보자!”

“숲속이라고 다를 줄 알면 큰 오산이다. 유성추 맛을 보거라!”

윙! 윙! 빙글빙글!

유성추가 나무에 부딪치자 우지끈 소리를 내면서 쓰러집니다.

“왕쌍! 이 곰같이 미련한 놈아, 잡목이 우거진 이 숲에서 그 철퇴는 아무짝에도 쓸모없는 고철에 불과하다.”

화가 머리끝까지 오른 왕쌍은 100근이 넘는 유성추를 휘둘러보지만 나무만 부러질 뿐 효과가 없습니다.

“왕쌍, 넌 산림녹화도 모르느냐? 소중한 나무들을 함부로 꺾어 놓다니! 그 고철덩이를 내려놓고 칼로 맞서 봐라!”

“좋다! 위연, 검술로 겨뤄 보자.”

왕쌍이 칼을 들고는 달려듭니다. 몇 차례 겨뤘시만 승부가 나질 않죠.

“왕쌍, 키는 크고 힘은 세지만 아직 검술은 부족하구나.”

잡목이 우거진 숲에서 왕쌍의 유성추는 그 힘을 발휘하지 못하고, 검으로 맞붙은 왕쌍은 촉군 제일의 장수 위연을 당하지 못해 목이 달아납니다.

“왕쌍이 죽었다! 위나라 군사들을 전멸시켜라!”

왕쌍이 죽자 위나라 주력군은 촉군에게 투항하기 시작합니다.

“장군, 목숨은 살려 주십시오.”

“순순히 투항하는 자는 모두 살려 주겠다. 대신 입고 있는 갑옷과 투구를 모두 벗어라.”

“자, 전 군졸들은 옷을 갈아입어라. 우리 군사들은 위군으로 위장하여 진창으로 간다!”

촉군들이 위나라 복장을 하고 진창성으로 향합니다.

관흥과 장포가 진창성에 도착하여 소리칩니다.

“학소 태수, 우린 왕쌍의 부하들입니다. 도와주십시오. 지금 왕쌍 장군이 위기에 처해 있습니다. 한중으로 퇴각하는 촉군을 추격하다 적의 매복에 걸려 고전하고 있습니다. 학소 태수께서 도와주십시오.”

성문 위에 세운 성루에서 아래를 내려다보던 학소가 부하들에게 지시합니다.

"복장과 깃발을 보니 우리 위나라 군사들이 틀림없다. 빨리 성문을 열어 줘라!"

진창성이 열리자 위나라 군사로 변장한 촉군들이 함성을 지르며 성 안으로 쏟아져 들어갑니다.

"진격! 성문이 열렸다. 태수 학소를 잡아라!"

"와아!"

"태…태수님, 큰일 났습니다! 지금 촉군이 성문을 열고 들어왔습니다."

"우리가 또 속았다! 어서 적을 막아라!"

"이미 늦었습니다. 벌써 성 안팎의 요충지는 모조리 적에게 점령당했습니다. 장군도 피하십시오!"

"성을 잃었는데 무슨 낯으로 어디 가서 산단 말이냐? 큰일이다. 장안성이 위태롭다. 내가 무슨 낯으로 황제 폐하를 뵌단 말이냐!"

명장 학소는 진창성을 빼앗기고 죄책감에 그 자리에서 자결하고 맙니다.

진창성을 빼앗긴 소식은 조진에게 급보되죠.

"대도독! 공명에게 크게 패하였습니다. 왕쌍은 죽고 진창성은 점령당했으며, 학소마저 자결하였습니다."

"뭐라고? 대패했구나! 제갈량에게 크게 패했어! 황제에게서 엄벌이 내려올 텐데 어찌하면 좋겠느냐? 공명을 막지 못하고 대패하였으니 황제께 뭐라고 보고한단 말이냐? 조카인 조예가 황제가 되신 이후, 나는 부끄럽게도 많은 전투에서 패배했다. 그때마다 나는 황제의 숙부라는 지위 때문에 처벌을 면해 왔지. 그런데 이번 패배는 너무 크구나. 진창을 빼앗기고 많은 군사까지 잃었으니, 자칫하면 황제께서 내 목을 벨지도 모른다. 무슨 뾰족한 방법이 없겠느냐?"

이때 조진의 아들 조상(曹爽)이 나섭니다.

"아버님, 제가 황제에게 가서 보고하겠습니다. 저도 지난 전투에서 팔을 다쳤으니 이 다친 팔에 붕대를 감고 황제 앞에 가서 울고불고 사정해 보겠습니다."

"아들아! 너만 믿는다."

대도독 조진의 아들 조상은 부러진 팔에 붕대를 칭칭 감고 황제 앞에 엎드려 부복합니다.

"폐하! 부끄럽게도 제 아비가 전투에 크게 패했습니다."

"네 아비가 허풍을 떨더니 기어코 일을 그르쳤구나. 그런데 네 아비가 직접 오지 않고 왜 네가 대신 왔느냐?"

"제 아비는 지금 중병에 걸렸습니다. 아마 지금쯤 돌아가셨을지도 모릅니다."

"네 아비가 중병이라고?"

"예, 떠나올 때 아비는 혼수상태라서 제 얼굴도 알아보지 못했습니다. 그리고 저도 전투에서 이렇게 팔까지 부러지고 말았습니다."

"생각 같아서는 죄를 물어 꼭 참수하고 싶다만 네 부러진 팔을 봐서 참는다."

황제 조예는 조상의 엄살에 넘어가 숙부 조진의 패배 책임을 묻지 않습니다. 그리고 책략가 사마의를 부릅니다.

"경을 대도독에 임명하니 군사를 이끌고 나가서 공명과 대적하라. 빼앗긴 진창성을 되찾고, 공명을 잡아 오라."

"신, 황명을 받들겠습니다."

오국의 황제에 등극하는 손권

제갈공명이 조진을 대파하고 진창성을 점령했다는 소식은 오나라 손권에게도 보고됩니다.

"전하! 공명이 진창을 빼앗고 위나라 군사 20만을 격파하였습니다. 위연은 위나라 선봉장 왕쌍을 유인하여 베고 그 군사들을 궤멸시켰으며, 관흥과 장포는 위나라 군사로 위장하여 진창성을 점령하고, 학소는 자결하였다 합니다."

"공명은 역시 대단한 전략가요. 애당초 돌대가리 조진 따위에게 중책을 맡긴 게 위나라 황제의 실수요. 앞으로 위나라가 어찌 나올 것 같소?"

"사마중달을 내보낼 것입니다."

"사마중달이 공명의 적수가 되겠소?"

"사마중달은 뛰어난 전략가입니다. 아마 공명과는 호적수가 될 것입니다."

"그래? 싸움이 터지면 두고 볼 만하겠는걸!"

"전하, 그건 그렇고. 우리 오나라는 민심이 안정되고 천하가 태평합니다. 또 듣자 하니 가까운 산에는 봉황이 나타나고, 강에서는 황룡이 승천하는 모습을 보았다 합니다. 이건 매우 상서로운 기운입니다. 따라서 이번 기회에 전하께서도 황제의 자리에 오르셔야 합니다."

"시방 뭔 소리여! 위나라엔 조예 황제가 있고, 촉나라엔 유선 황제가 있는데 나까지 황제가 되란 말이오?"

"그렇습니다. 조예나 유선에 비해 전하는 월등하게 뛰어난 군주이십니다. 조속히 황제의 자리에 오르셔야 합니다."

"참으로 좋은 건의는 맞는데, 아무튼 민심이 좋아할까?"

"전하, 사양치 마시고 황제의 자리에 오르소서."

"신하들의 뜻이 정 그러하다면 오나라를 위해 황제가 되겠소."

손권은 장소의 건의를 받아들여 서기 229년 오나라 황제의 자리에 오르게 됩니다. 한 개의 나라에 세 사람의 황제가 존재하는 이른바 본격적인 3국의 시대가 열린 것이죠.

손권이 황제가 되었다는 보고를 받은 공명은 유선 폐하에게 상소를 올려 오나라에 축하 사절단을 보내도록 합니다.

폐하!

기분이 안 좋아도 일단 예물과 함께 축하 사절단을 보내십시오.

그리고 손권에게 위나라를 함께 정벌하자 하십시오.

승상의 상소를 받아 본 유선은 즉시 축하 사절단을 오나라에 보냅니다. 그리고 공명에게도 조서를 내립니다.

지난번 승상의 벼슬을 깎아 우장군에 봉했는데, 이번에 다시 승상의 지위에 복귀하도록 하시오.

"폐하, 살 깎기도 아닌데…, 아무튼 황은이 망극하옵니다!"

한편, 위나라의 대도독에 임명된 사마중달은 진창으로 나와 영채를 짓고는 군사를 주둔시킵니다.

"공명의 가장 큰 약점은 식량 부족이다. 성도에서 이곳까지 식량을 운반하는 게 쉬운 일이 아니다. 따라서 우리가 싸우지 않고 수비만 한다면 공명은 한 달 안에 군사를 물리고 말 것이다. 군령을 내리겠다. 앞으로 내 명령 없이는 한 발자국이라도 나가서 싸워서는 안 된다. 우린 수비에 치중한다."

전쟁이 시작되었지만 위나라 군사들은 수비에 치중하고 성 밖으로 나오지 않자 양의(楊義)가 공명에게 심각한 얼굴로 보고합니다.

"사마중달이 싸울 생각은 않고 영채 안에 틀어박혀 꼼짝을 하지 않습니다."

"사마중달은 신중한 사람이다. 그는 공격보다는 수비에 능한 사람이야. 아마 그는 장기전으로 시간을 끌어 우리의 군량이 바닥나기를 기다릴 것이다."

"그럼 어찌해야 합니까?"

"사마중달은 꿈에서도 나를 사로잡으려 할 것이다. 그렇다면 내 기꺼이 미끼가 되어 줘야지. 강유, 내일 군사 5천 명을 이끌고 나와 함께 무도성으로 가자."

"승상께서 본진을 떠나 무도성으로 가신다고요? 그건 너무 위험합니다. 만약 사마중달이 주력부대를 이끌고 무도성을 치면 어떻게 하시려구요?"

"잔소리가 많구나. 내일 당장 무도성으로 떠난다."

이튿날, 사륜거에 탄 공명이 강유와 군사 5천 명의 호위를 받으며 무도로 떠납니다.

"대도독! 방금 제갈공명이 본영에서 나와 무도로 떠났습니다."

"뭐라고? 그게 확실하냐?"

"예! 제 눈으로 똑똑히 보았습니다. 공명이 사륜거를 타고 5천 군사의 호위를 받으며 떠났습니다."

"아버님, 잘됐습니다. 공명이 성 안으로 들어가면 우리 주력부대로 무도성을 총공격하시지요."

"아들 사마소야, 상대는 공명이다. 그는 자신을 미끼로 던져 나를 유인하고 있는 것이다. 내가 무도를 공격하면 공명은 틀림없이 골짜기에 복병을 숨겼다가 나를 기습할 것이다. 우린 공명이 떠나고 없는 본진 농서를 기습해야 한다. 장합 장군은 군사 10만을 이끌고 촉군의 본진인 농서를 기습하시오."

"잘 알겠습니다. 공명이 없는 촉군의 본진을 쑥대밭으로 만들고 오겠습니다."

사마중달의 명령을 받은 장합이 '검각도'라는 골짜기에 들어서자 갑자기 함성과 함께 화살과 돌이 비 오듯 쏟아집니다.

"와아!"

"장합이 걸려들었다. 활을 쏴라, 바위를 굴려라!"

"장군, 촉군의 복병입니다. 빨리 이 골짜기를 빠져나가야 합니다!"

이때 위연의 호령이 골짜기에 울려 퍼집니다.

"나 위연은 공명 승상의 지시를 받고 너를 기다린 지 오래다. 어서 말에서 내려 항복하라!"

"목소리 크다고 자랑하지 말고 남자답게 이리 내려와서 일대일로 싸우자!"

"장합, 아직 정신을 못 차렸구나. 너희들은 포위되었다. 활을 쏘아라!"

매복해 있던 촉군들이 여름날 소나기 퍼붓듯 활을 쏘아 댑니다.

"아악!"

"장합 장군님이 활에 맞았다!"

"느…늦었다. 빨리 후퇴하라!"

장합은 자신에게 집중적으로 날아오는 화살을 무려 37개나 맞고 고슴도치가 되어 전사하죠. 이날 농서를 기습하러 가던 10만 군사 중 살아서 돌아간 자는 수천 명에 불과합니다.

"또 공명에게 당했구나! 세상에나 나도 낚시질을 많이 해 보았지만 미끼는 무도에 있고, 낚시 바늘은 농서에 있는 낚시질은 처음 본다. 아들 사마소야, 내 말을 잡아 가죽을 벗겨라. 그 가죽으로 장합의 시체를 덮어라. 내가 관을 매겠다. 후하게 장사 지내 주자."

사마중달이 제갈공명에게 대패했다는 소식은 꾀병을 앓고 있는 조진에게도 보고됩니다.

"아버님! 사마중달이 크게 패했습니다. 장합 장군을 잃고 10만의 군사까지 잃었습니다. 사마의가 병법에 밝다고 소문이 나있었지만 결국 헛소문이었습니다."

"잘됐다. 속이 시원하구나. 이젠 사마의도 패장에 불과하다. 내가 황제에게 탄원서를 써 줄 테니 네가 가서 직접 보고해라."

조진의 탄원서를 들고 그 아들 조상은 황제를 배알하죠.

"폐하, 사마중달이 공명에게 대패했습니다. 그자의 죄를 물어 목을 베야 합니다."

"넌, 네 아비가 패전했을 때는 죽이라는 말을 않더니 이제 사마의가 패하니 죽여야 한다고 주장하는구나. 그래 꾀병은 다 나았다더냐?"

"충기가 하늘을 찌를 정도입니다."

"아무튼 대타가 없으니 네 아비 조진을 대도독에 복귀시킨다. 전쟁에 패한 사마중달은 1계급 강등하여 부도독으로 명한다."

"폐하, 황은이 망극합니다!"

며칠 후, 황제 조예가 보낸 사신이 조서를 가지고 사마의를 찾아옵니다.

"사마중달은 전쟁에 패한 책임을 물어 1계급 강등한다. 대도독 조진을 보좌하여 제갈공명과 맞서 싸워라."

"예, 신 사마의 황명을 받들겠습니다!"

이때 사마의 아들 사마소가 등장합니다.

"아버님! 이런 부끄러운 일이 또 어디 있습니까? 대도독인 아버님이 하루아침에 조진의 부하가 되다니요? 조진은 대도독이라는 위세로 아버님을 헐뜯고 괴롭힐 것입니다."

"아들 사마소야, 황명을 거역할 수는 없다. 조진을 극진히 모셔야지. 아무 걱정 말거라."

며칠 후, 대도독이 된 조진이 거들먹거리며 부임해 오죠.

"부도독, 사마의가 대도독께 인사 올립니다."

"흠! 사마의, 오랜만이오. 아무튼 지금 축하인사 받을 상황은 아니오. 장수들은 듣거라. 난 보름 안에 진창성을 빼앗고 공명을 사로잡을 것이다. 나만 믿고 따라야 한다!"

"예, 잘 알겠습니다!"

"그리고 부도독은 오늘부터 잠을 잘 때도 갑옷을 벗지 마시오. 부도독이 모범을 보여야 하니 매일 화장실 청소도 그대가 맡아서 하시오. 우선 이곳까지 오면서 땀을 많이 흘렸는데, 내 속옷을 세탁해 오시오."

"예, 잘 알겠습니다."

"아버지, 조진이 병사들 앞에서 아버님을 망신 주고 있습니다. 부도독 자리를 내놓고 고향으로 돌아가시지요."

"아들아, 넌 참 어리석구나. 내가 부도독 자리를 내려놓고 낙향하면 다음 차례는 죽음뿐이다."

이튿날부터 조진의 진두지휘로 위군은 거세게 촉군을 공격하기 시작합니다.

"전군, 공격!"

"와아!"

며칠 후, 조진은 다시 작전회의를 개최합니다.

'공명과 맞서 싸워 보니 별거 아니군. 이대로 가면 보름 안에 진창을 되찾겠어.'

"이곳의 전쟁은 내가 맡아 지휘할 테니 사마의 장군은 은평성으로 떠나시오."

"제가 대도독을 보좌해야 할 텐데 은평으로 가라니요? 왠지 불안합니다."

"나를 물가의 어린아이 취급을 하는 게요? 그대 같은 무지렁이가 곁에 있으면 싸우는 데 거추장스럽기만 할 뿐이오. 눈앞에서 사라지시오, 당장!"

"정 그러하시다면 은평성으로 떠나겠습니다."

사마의가 은평으로 떠나려 하자 여러 장수들이 따라 나와 분통을 터트립니다.

"부도독, 이럴 수가 있습니까? 대도독의 처사가 너무 심합니다. 한참 전쟁 중에 부도독을 내쫓다니요? 저희에게 진정한 대도독은 사마의 당신뿐입니다."

"어허, 고정들 하시오. 은평도 중요한 곳이니 내가 가서 지켜야지요."

한편, 사마의가 은평으로 떠났단 보고를 받은 공명이 모든 장수들을 불러 모읍니다.

"장수들은 들으시오. 오늘부터 이곳 진창의 모든 성을 버리고 한중으로 퇴각하겠소."

공명의 말을 들은 대장군 위연이 발끈하고 나섭니다.

"승상! 진창을 버리고 후퇴라니요? 이곳을 얻기 위해 얼마나 많은 피를 흘렸는데, 이건 말도 안 됩니다. 그렇게는 못 합니다."

"위연, 무엄하다. 어찌 항명하는가?"

"이곳 진창을 얻기 위해 얼마나 힘이 들었습니까? 그런데 갑자기 포기하고 회군한다는 건 도저히 납득할 수 없습니다."

"위연 장군의 말도 일리는 있소이다. 그러나 요즘 내가 건강이 좋지 않소. 전쟁을 지휘하기가 벅찰 뿐 아니라 설상가상으로 군량까지 부족하오. 그러니 내 명령대로 군사를 모두 회군시키시오. 우리가 점령하고 있던 모든 성엔 불을 지르시오. 모두 태워 버리되 진창성만 태우지 말고 남겨 두시오. 빠를수록 좋소!"

공명은 애써 정복한 진창의 여러 성을 모두 포기하고 퇴각하기 시작하죠. 그러자 전령이 이 사실을 대도독 조진에게 보고합니다.

"대도독! 공명이 성을 모두 버리고 한중으로 회군하고 있습니다."

"하하하! 공명도 늙어서 겁이 나는 모양이다. 결국 내가 무서워 도망치는구나. 내가 뭐라더냐! 보름 안에 진창을 되찾겠다 했지? 오늘이 꼭 보름째다. 빨리 이 사실을 황제 폐하께 보고해라. 크게 기뻐하실 것이다."

진창을 접수하고 황제에게 상소를 올리자, 며칠 후 사신이 와서 황제의 명을 전합니다.

"대도독! 황제 폐하께서 크게 기뻐하셨습니다. 대도독의 녹봉을 만량으로 올리시고, 전답 10만 평을 하사하셨으며, 노비 100명도 내리셨습니다. 황상께서 이렇게 많은 상을 내리시는 건 처음입니다."

"쑥스럽구만! 이런 작은 공로에 과분한 상을 내리시는군요. 황상께서는 참으로 영명하신 분이오."

은평에서 이 소식을 들은 사마소가 침통한 표정으로 사마의에게 보고합니다.

"아버님, 조진이 진창을 회복하였고, 황제께서 큰 상을 내리셨다 합니다."

"아들아, 공명이 왜 진창을 포기했는지 아느냐?"

"건강이 좋지 않고 군량이 부족해서 회군했다 들었습니다."

"어리석구나! 잘 생각해보아라. 정복하고 있던 모든 성은 불을 질러 태웠는데 왜 진창성만 남겨 두었겠느냐?"

"이제야 공명의 계략을 알 듯합니다, 아버지. 며칠 후면 가을장마가 시작됩니다. 진창성은 지대가 낮아 비만 오면 엉망진창이 되죠. 활은 아교가 녹아 부러지고, 무기는 녹이 슬고요. 땅이 질퍽거려 군사들 거동도 어렵고, 식량 운반도 어렵게 됩니다."

"맞다, 너는 지금부터 진창을 잘 주시하거라."

한편, 진창에서는 황제에게 큰 상을 받은 조진이 연일 잔치를 벌이고, 축제 분위기입니다.

"자, 자아! 한 잔씩 더합시다. 밴드도 더 부르고, 무희들도 더 많이 부르고! 아, 세상 살 만하다. 하하하!"

비가 내리기 시작하자 조진은 마음이 풀어져 매일 여자들을 끼고 술만 마셔 댑니다.

그러나 공명은 장마가 시작되자 다시 장수들을 불러 모으죠.

"올해는 장마가 예년에 비해 닷새나 늦게 시작되었소. 늦게 시작한 만큼 비는 더 많이 내릴 것이오. 이젠 조진에게 맡겨 둔 진창을 찾으러 가죠. 위연은 지금 즉시 군사를 이끌고 가서 진창을 공격하시오. 비가 그치기 전에 성을 되찾아야 하오."

"승상, 그런 뜻도 모르고 예전의 무례를 용서하십시오."

"그대는 아직 날 따라오려면 멀었소. 적을 속이기 위해서는 아군을 먼저 속여야 하는 법이오, 허허허!"

위연이 군마를 몰아 진창으로 달려갑니다.

"행군을 늦추지 마라. 장마가 그치기 전에 도착해야 한다."

아무것도 모르는 조진은 오늘도 기분이 좋아 무희들과 춤추며 술을 마셔 대고 있습니다.

"비가 내리니 운치가 있구나! 이런 장마에 군사를 이동하는 바보들은 없을 것이다. 그러니 마음 놓고 술 마시고 진탕 취합시다, 하하하!"

술잔치가 한창 무르익는데, 이때 조진의 아들 조상이 뛰어듭니다.

"아버님, 촉의 대군이 몰려오고 있습니다!"

"뭐라고? 제갈공명은 중병에 걸렸다던데?"

"그게 모두 술책이었습니다. 술 먹고 노는 동안 적은 벌써 성을 둘러싸고 있습니다."

"파수병들은 도대체 무얼 했길래 이제 보고를 하느냐?"

"최고 사령관인 아버님께서 매일 술만 드시고 계시니 파수꾼인들 제대로 근무했을 리 없지요."

"시끄럽다! 공명이 한번 버리고 간 성을 다시 공결할 줄 짐작이나 했겠느냐? 취한 상태에서라도 싸워야지 어찌하겠느냐. 전투 준비!"

"대도독! 전투 준비는 했지만 아교가 모두 녹아 활이 부러집니다. 칼도 녹이 슬어 칼집에서 잘 뽑혀지지도 않습니다."

"아! 술 먹고 노는 데 정신이 팔려서 그만……. 평소에 병장기라도 손질해 둘 것을! 빨리 주변에 있는 성에 지원군을 요청해라."

"벌써 보냈지만 소식이 없습니다. 남쪽엔 적이 보이지 않으니 빨리 촉군의 옷으로 갈아입으세요. 일단 36계, 잘 아시죠?"

"36계는 모르겠고 줄행랑은 잘 안다!"

조진이 성을 버리고 남문으로 도망치자 촉의 군사들이 추격합니다.

"조진, 촉의 졸병으로 변장하면 모를 줄 알았더냐? 저 허우대 멀쩡한 놈이 조진이다. 조진을 사로잡아라!"

"이랴! 이랴!"

말고삐를 흔들고 채찍을 세차게 휘둘러도 말이 앞으로 잘 나아가지를 못합니다.

"왜 이리 질퍽거리느냐? 평소에 길 좀 잘 닦아 놓지 못하고!"

겨우 진창을 벗어났으나 급히 달리던 말이 돌에 걸려 넘어지며 조진은 낙마하고 말죠.

"아이코! 허리가 동강났다. 드디어 대장군 조진이 여기에서 죽는구나!"

허리가 부러진 조진은 점차 죽어갑니다. 이때 누군가 말을 타고 달려오죠.

"정신 차리십시오. 저기 지원병이 오고 있습니다."

"지원병이 온다고? 날 데려갈 염라대왕인지도 모른다……."

"사마중달의 깃발입니다!"

사마중달이 병사를 몰고 와 추격하는 촉군을 몰아 낸 후, 허리가 부리진 조진에게 다가갑니다.

"아니 이게 누구신가? 난 멀리서 보고 적군인 줄 알고 목을 베러 달려왔는데, 가까이 와서 보니 대도독이셨구려. 대도독은 장군 복장보다는 촉군의 졸병 복장이 훨씬 잘 어울리십니다. 하하!"

"주…중달, 날 너무 비웃지 말라. 으으윽!"

허리가 부러진 대도독 조진은 중달의 비웃음을 들으며 결국 죽고 맙니다.

"곽회, 그대가 황제에게 상소문을 쓰게."

"뭐라고 쓸까요?"

대도독 조진은 중요한 방어기지인 진창을 잘못 수비하여 촉군의 공격을 받았습니다.

대도독이라는 자가 겁을 먹고 황제께서 하사하신 갑옷을 벗어던지고 적의 옷을 입고 혼자만 살겠다고 도주하다가 돌부리에 걸려 넘어져 사망하였나이다.

지금 병사들은 지휘관이 죽어 사기가 크게 떨어졌고, 군심이 동요하고 있습니다.

이런 내용으로 길게 써서는 장수들의 연명을 받아 황제께 상소합니다. 며칠 후, 황제 조예가 보낸 사신이 도착합니다.

사마의는 황명을 받으라.
그대는 충심이 깊고 지략이 뛰어나다.

이에 짐은 여러 장수들의 연명을 받아들여, 사마의를 거기대장군 (車騎大將軍)으로 임명하니, 대도독의 지위도 함께 겸하도록 하여라.

대도독 조진은 전쟁에 패하여 그 죄를 용서할 수 없으나 이미 죽었으니 더 이상 죄는 묻지 않겠다.

다시 대도독에 복직한 사마중달은 공명에게 선전 포고문을 보냅니다.

공명은 자신 있으면 전군을 이끌고 기산벌판으로 나와라.

나와 깨끗하게 맞짱 뜨자.

사마의의 선전 포고문을 받아본 공명은 어차피 한 번은 싸워야 할 운명이므로 군마를 인솔하고 기산벌판에서 위나라군과 마주 섰습니다.

"공명, 오랜만이오. 그대는 남양의 농부로 태어나 땅이나 파던 무지렁이 농투산이 아니오? 그런 농투산이 어떻게 대세를 제대로 파악하겠소? 우리 위나라는 땅의 크기만 해도 촉보다는 세 배가 더 크오. 군사도 촉의 두 배가 넘으니, 촉이 우리에게 대드는 것은 계란으로 태산을 치는 것과 같은 이치요. 이제 더 이상 하늘의 뜻을 거스르지 말고 남양으로 돌아가 여생을 농사나 잘 짓도록 하시오."

"중달, 참으로 어리석구려! 난 선제(유비)의 명을 받았으니 어찌 역적의 무리를 두고만 보겠소? 그대의 조상들은 대대로 한나라의 녹을 먹었거늘, 그대는 어찌 역적을 도와 한나라를 망하게 하였소? 그대가 죽으면 그대 조상들이 당신을 용서치 않을 것이요. 위나라가 군사 많다고 뽐내지만 내가 부채를 한 번 휘두르니 그 군사들이 연기처럼 사라지더이다!"

"공명, 필부가 말은 잘 하는구려. 우리 그러지 말고 각자 군을 철수하여 돌아갑시다."

"중달, 그댄 내 적수가 못 된다는 것을 알고는 있구려. 어서 나에게 항복하시오. 내게 항복하면 내 사륜거를 내줄 테니 그걸 타고 우리 유선 황제에게 갑시다. 현명하신 우리 황제께서 그대에게 큰 상을 내려 주실 거요."

"공명, 말로만 하지 말고 진법으로 대결해 봅시다."

"좋소이다. 중달이 먼저 진법을 펼쳐 보이시오. 진이 다 펼쳐질 때까지 우리 군사가 공격하지 않겠소."

"좋소. 이 진을 보고 놀라지 마시오."

사마중달이 신호를 하자 위나라 군사들이 어지럽게 움직이며 진을 펼치기 시작합니다.

"공명, 이 진법이 뭔지 아시겠소?"

"떼끼! 이걸 진법이라고 펼치는 거요? 촉군 이등병도 다 알고 있는 진법이오. 혼원일기진(混元一氣陳)은 춤을 추듯 앞으로 나아가면서 공격하는 진인데, 군사들의 몸놀림이 영 서툴러. 사각형 모양을 여러 개 만들어 적진을 향해 진격하면서 앞 열은 왼쪽을 공격하고, 뒤 열은 오른쪽을 공격해야 하는데, 각 진열마다 지그재그 형태로 움직이는 것이…, 공격하는 방식이 영 서툴고 초보적이야."

사마중달은 자신의 진법이 한 번에 들통나자 기분이 몹시 상했습니다. 역시 공명이라는 생각이 들었지만 자존심을 내세워 버럭 소리를 지르죠.

"아는 소리 작작하고 그대도 진을 펼쳐 보이시오! 나도 그대의 진이 완성될 때까지 공격하지 않겠소."

"좋소! 그대의 진법과 어떻게 다른지 한번 보시오."

공명이 백우선을 한 번 휘두르자 촉군들이 진을 펼치기 시작합니다.

"중달, 이 진법이 무언지 알겠소?"

"저건 내가 열두 살 때부터 알고 있던 진법이오. 기문팔괘진(奇門八卦陳) 아니오?"

"그럼 저 진을 깰 수 있겠소?"

"안다는 건 깰 수 있다는 것이지."

"좋소, 그대가 저 기문팔괘진을 깬다면 나는 한중으로 철수하여 다시는 군사를 일으키지 않겠소. 한번 깨보시오."

"공명, 정말이오?"

"하늘이 보고 있고 땅이 듣고 있는데, 내가 거짓말을 하겠소?"

"알겠소. 한 입으로 두 번 말하지 않기요!"

사마중달은 장수들을 불러 모아 팔괘진을 설명합니다.

"이 팔괘진은 여덟 개의 문이 있다. 휴(休)·생(生)·상(傷)·두(杜)·경(景)·사(死)·경(驚)·개(開)가 그것이다. 저 진의 생문으로 들어가 적을 유린한 다음, 개문을 통해 나와라. 알겠는가?"

병사들이 여기저기서 수군거립니다. 아는 것보다는 모르는 게 더 많습니다.

"대도독! 팔괘진은 시간마다 끊임없이 변화하므로 10만의 정병에 견줄 만하다고 하던데, 과연 우리가 깰 수 있을까요?"

"겁먹지 마라. 내가 일러 준 대로 공격하면 충분히 깰 수 있는 진법이다. 전군 돌격! 돌격! 생문을 통하여 진격하라!"

"와아!"

"돌격! 무조건 앞만 보고 달려라!"

위나라 군사들은 주저주저하다가 군령을 어기지 못하고 공격을 시작하죠. 그런데 위나라 군사들이 팔패진의 생문으로 들어서자, 공명은 갑자기 진법을 바꿉니다.

"저 팔패진이 다른 진으로 변하고 있습니다. 저건 무슨 진입니까?"

"모르는 건 자꾸 묻지 마라. 저런 진법은 처음이다!"

'공명은 어디에서 이런 것을 배웠을까?' 하고 감탄하는 사이에…….

"진의 문이 모두 닫혔습니다. 우리 군사들이 빠져나오지 못하고 있습니다!"

"즉시 원군을 보내라!"

팔패진에 갇힌 위나라 군사들은 촉군에게 갇혀 움츠리지도, 뛰지도 못하고 가을바람의 낙엽처럼 쓰러져 갑니다.

"퇴로가 없다. 촉군한테 우리 군사들이 전멸한다!"

"당황하지 말고 활로를 찾아라! 여기에서 빠져나가야 한다."

"저기 원군이 온다. 그때까지 버티자!"

그러나 원군까지도 진속에 갇혀서 허둥대다가 그만 몰살당하고 맙니다.

"대패입니다! 어서 도망쳐야 합니다."

"공명에게 또 속았다. 살아 있는 군사들은 후퇴한다. 전군 후퇴!"

패잔병을 데리고 겨우 도망치는데, 얼마 후 촉의 추격병들이 집요하게 따라옵니다. 장수들이 달려 나가 추격병을 막는 사이에 사마중달은 멀리 도망치죠.

"아버님, 이제 적이 추격하지 않습니다."

"아니다. 어서 더 멀리 도망가자. 공명의 진법이 뭔지 도대체 모르겠구나."

"저기 우리 장수들 세 사람이 벌거벗은 채로 말 타고 오고 있습니다."

자세히 보니 장호, 대능, 악침 세 사람입니다.

"너희들은 웬일이냐? 왜 옷은 벌거벗고 왔느냐?"

"저희는 공명에게 사로잡혔습니다. 공명이 저희 옷을 발가벗긴 채 풀어 주며 이 말을 꼭 전하라 했습니다."

"공명이 뭐라고 하더냐?"

"대도독께서는 병법과 진법을 더 공부하시고 3년 이내에는 전쟁터에 나오지 말랍니다."

"부끄럽구나!"

'두고 보자. 내가 어떤 수단과 방법을 써서라도 널 꼭 이기겠다!'

기산의 싸움에서 사마중달은 공명에게 대패하고 말죠. 하지만 사마의를 크게 이기고 영채로 돌아온 공명에게도 새로운 문제가 생깁니다.

"승상, 군량미가 아직도 도착하지 않고 있습니다. 벌써 보름이나 늦고 있습니다."

이때 전령이 뛰어와 보고합니다.

"승상, 군량미가 지금 막 도착했습니다."

공명이 화가 나서 지시합니다.

"군량미 운송 책임자 도위(都尉)를 데려와라!"

잠시 후 도위 구안(苟安)이라는 자가 불려 옵니다.

"넌 어째서 군량미 수송이 보름이나 늦은 거냐?"

"승상, 용서하십시오. 기산의 산세가 험해서 늦었습니다."

"거짓말 마라. 운송이 늦은 것은 술 때문이 아니냐? 네놈에게서 풍기는 술 냄새가 여기까지 난다. 저자를 끌어내 참수하라!"

"승상, 한 번만 용서해 주십시오. 저는 상서령 이엄의 조카입니다. 제숙부 이엄을 봐서라도 살려 주십시오."

"군량 수송은 사흘만 늦어도 참수감이다. 허나 상서령 이엄의 조카라니 목숨만은 살려 주겠다. 저놈에게 곤장 80대를 쳐라!"

군량 수송의 막중한 책임을 맡았으면서도 나태하게 술만 마시고 수송이 늦은 죄로 곤장 80대를 맞은 구안은 공명에게 앙심을 품고 돌아갑니다.

"공명인지, 맹꽁인지 콱 절벽에서 떨어져 죽어버려라. 엉덩이가 다 짓뭉개졌구나!"

수레에 엎드려 공명에게 욕을 퍼붓고 돌아가던 구안은 그만 위나라 군사에게 붙잡히고 맙니다.

공명을 소환하는 황제 유선

"대도독, 촉나라 군량 수송 책임자를 잡아 왔습니다."

잡혀 온 구안을 한참 내려다보던 사마의가 한마디 합니다.

"음, 넌 어쩌다 그렇게 볼기가 닳도록 맞았느냐?"

"군량 수송이 보름 늦어 그 죄로 곤장 80대를 맞았습니다."

"잘 했구나! 아주 잘 했어. 군량 수송이 늦은 건 아주 잘 한 거야. 나는 너에게 상을 내리겠다. 여봐라, 이놈을 끌고 나가 곤장 100대를 때려라!"

"대도독, 살려 주십시오! 곤장이라니요? 이건 깐 데 또 까는 것 아닙니까?"

"깐 데 또 간다고? 어디서 들어 봤는데? 아무튼 그럼 살고 싶으냐?"

"그럼 살고 싶지 죽고 싶은 사람이 어디 있습니까요? 저는 촉국의 상서령 이엄의 조카입니다."

"이엄의 조카? 그럼 내가 시키는 대로만 하면 너에게 큰 상까지 내리겠다."

"예, 대도독. 무슨 일이든지 시키는 대로 하겠습니다. 상 그딴 것 필요 없고 살려만 주십시오."

며칠 후, 상서령 이엄의 집에 조카 구안이 찾아오죠.

"숙부께 조카 인사 올립니다."

"구안아, 오랜만이구나. 그런데 어째서 그렇게 절룩거리느냐?"

"군량미 수송이 보름 늦었다고 공명 승상에게 맞았습니다. 그런데 오는 도중 제가 우연히 밀서 한 장을 손에 넣었습니다. 숙부께서 읽어 보시죠."

"아들아, 저 구안이 가져온 밀서를 읽어 보거라."

"예, 아버님. 이건 사마의가 황제 조예에게 보내는 편지인데요?"

"무슨 내용이냐?"

"사마의가 제갈공명에게 뇌물을 주어 두 사람이 밀약을 맺었답니다. 그래서 위수를 경계로 군사를 물려 서로 침범하지 않기로 했다 합니다."

"그래? 그 밀서를 이리 다오. 내가 직접 황제에게 가서 보고 드리겠다."

"아버님, 안 됩니다. 이건 필시 사마의의 이간계가 분명합니다. 공명 승상이 이런 이간계로 인해 잘못된다면 우리 촉국이 큰 혼란에 빠지게 됩니다."

"풍아, 그게 무슨 걱정이냐? 공명이 없으면 내가 있지 않느냐? 나 또한 공명 그늘에 가려 빛을 보지 못한 것이 한이었다."

"아버님, 이건 사마의의 이간계가 분명합니다!"

그러나 공을 세우고 싶은 욕심이 강한 이엄은 황제 유선에게 나가 이실직고하죠.

"폐하, 공명이 흑심을 품고 있습니다. 사마의에게 뇌물을 받고 위수를 경계로 서로 침범하지 않기로 약속했다 합니다."

"난 공명이 뇌물을 받을 사람이 아니라고 믿고 있소. 또 군사작전은 승상 판단하에 하는 것인데, 뭐가 그리 잘못된 것이요?"

"그렇지 않습니다. 예로부터 군권을 쥔 자가 딴마음을 먹으면 황제는 그를 제압하지 못합니다."

"그렇다면 어떻게 해야 하겠소?"

"공명 승상을 소환하십시오"

"한참 싸우고 있는 장수를 소환하라니요? 전장을 누비는 장수는 교체하는 게 아니오."

"그가 딴마음을 먹고 군사를 돌리면 아무도 막을 사람이 없습니다. 미리 불러들여 그의 진심을 떠봐야 합니다."

"하긴, 누구를 믿을 수 있겠소. 공명 승상을 불러오시오. 짐이 직접 물어보겠소."

공명이 장안 공격을 위해 군사를 정비하고 막 출병을 준비 중인데, 성도로부터 긴급 연락이 옵니다.

공명 승상은 성도로 와서 폐하를 알현하시오.

"아니 한창 전쟁 중인데 승상을 왜 불러들일까요?"

"뭔가 이상하다. 전쟁 중인 나를 갑자기 불러들인 건 분명히 누군가 나를 모함했을 가능성이 많다."

"승상, 군마를 몰고 성도로 들어가시지요."

"안 된다. 많은 군마를 몰고 간다면 정말로 황제에게 의심 받는다. 50명만 나를 호위하라. 그리고 장수는 강유 한 사람만 함께 가자."

공명은 병사들을 전선에 남겨 두고 군사 50명의 호위를 받으며 황제 알현을 위해 성도로 들어갑니다.

"폐하, 공명이 오고 있습니다."

"군졸들은 몇 명이나 데려왔더냐?"

"강유가 이끄는 50명뿐입니다. 지금 10리 밖에 도착했습니다."

"빨리 가서 승상을 모셔 와라."

이윽고 공명이 황제 앞에 나가 부복합니다.

"폐하, 전쟁에 바쁜 소신을 왜 부르셨는지요? 장안으로 진격하려던 차에 폐하의 부름을 받고 출정을 중단하고 왔나이다."

"그냥 승상이 보고 싶어서 들어오라 한 것이오."

"폐하, 거짓말 마십시오. 전쟁 중에 장수를 불러들인 때에는 그만한 사유가 있었을 것입니다."

"사실은 승상과 사마중달이 내통하고 있다는 보고를 받았소."

"누가 그런 말을 했는지요?"

"저기 상서령 이엄이오."

"이엄, 어째서 그런 말을 한 거요?"

"공명, 여기 증거가 있소. 사마중달이 조예 황제에게 보내는 밀서요."

"사마중달의 필체가 틀림없군요. 이 밀서를 어떻게 구했소?"

"내 조카 구안이 가져왔소."

"밀서를 가진 구안은 지금 어디에 있소? 어떻게 구했는지 당장 물어 봅시다."

"구안이 지금 행방불명이 되었소. 어디로 갔는지 보이지 않소."

"정신 차리시오! 구안은 무술을 전혀 할 줄 모르는 사람이오. 제 한 몸도 건사하기 힘든 사람이 이런 중요한 밀서를 어떻게 뺏어온단 말이요? 구안은 지금쯤 사마중달에게 가 있을 거요."

"승상이 그걸 또 어떻게 아시오? 벌써 연락을 받은 게요? 예로부터 군권을 쥐고 있는 자가 흑심을 품으면 나라가 위태로운 법이오. 과거 조조가 그 대표적인 예요."

"상서령, 말을 삼가시오! 조조는 역적이고, 나는 충신이요. 나는 선제 (유비)의 유지를 받들어 북벌을 감행 중이오. 그런 나를 이런 종이쪽 한 장의 이간계에 속아 불러들인단 말이오?"

"이간계라고 단정 지을 수 없소. 그대가 사마의와 내통하지 않았다는 것을 어떻게 증명한단 말이요?"

이때, 이엄의 아들 이풍(李豊)이 나섭니다.

"폐하, 제 동생 구안이 도망치기 전에 저에게 실토하였습니다. 사마 의에게 붙잡혔는데, 사마중달이 구안에게 목숨을 살려 주고, 이 일을 성 사시키면 큰 상을 주겠다고 감언이설로 꼬드겼다 합니다."

"네 이놈 이풍아, 어디다 대고 함부로 주둥이를 놀리느냐?"

이때 황제가 노하여 이엄을 꾸짖습니다.

"이엄, 무엄하도다! 짐도 처음부터 그대의 말을 의심했다. 난 공명 승 상의 충성심을 믿고 있다. 그런데 함부로 충신을 모함하다니, 용서할 수 없다. 당장 저자를 참수하라!"

"폐하! 신 이엄은 잘못을 인정합니다. 그러나 저는 사실 나라의 경제 가 어려운데, 한사코 전쟁을 하는 공명 승상이 미웠습니다. 소인이 군인 을 모병하고 군량미를 거둬들여 전선으로 보내는 일이 너무 힘듭니다. 현장에서 한번 이 일을 해 보십시오. 그래서 공명이 없어지면 전쟁도 멈 출까 생각하여 그런 말을 한 것입니다."

"폐하! 듣고 보니 이엄의 말도 일리는 있습니다. 전쟁 물자 구하기가 쉽지는 않지요. 이엄을 처형하지 마시고 평민으로 강등시켜 고향으로 돌려보내십시오."

"승상 뜻이 그러하다니 잘 알겠소."

이엄은 겨우 목숨을 부지하고는 벼슬이 떨어져 낙향하죠.

"승상, 비어 있는 상서령엔 누구를 임명하는 게 좋겠소?"

"소신, 목숨을 담보로 한 사람을 추천합니다."

"그게 누구요?"

"이풍을 상서령에 임명하여 그 아비의 뒤를 잇게 하십시오."

"과연 승상다운 발상이오. 땡큐!"

공명은 황제의 오해를 푼 다음 다시 전선으로 떠나죠. 이때 황제 유선이 성문 밖까지 배웅 나와 공명과 작별인사를 합니다.

"승상! 많이 늙었구려. 건강을 잘 챙기시오. 이풍의 말대로 승상이 잘못되면 나라가 위태롭게 되오."

"명심하겠나이다. 폐하도 항상 강령하시옵소서."

공명은 다시 오장원(五丈原)으로 돌아와 전쟁 준비를 합니다.

한편, 공명이 다시 전장에 복귀했다는 소식을 들은 사마의는 농서에 진을 치고 수비에만 전념할 뿐 나오지 않습니다.

"사마중달이 싸울 의욕을 잃은 듯합니다. 아무리 싸움을 걸어도 나오지 않습니다."

"사마의는 수비에 능통한 사람이지. 위연과 마대는 오늘부터 위군 진영 앞에 가서 욕설을 퍼붓고 싸움을 도발하라."

그날부터 위연과 마대가 이끄는 군사들은 위군 진영 앞에 가서 온갖 욕설을 퍼붓습니다.

"사마의, 이 닭대가리 같은 놈! 싸우는 게 그렇게 겁이 나냐? 에라이, 겁쟁아! 쥐구멍에 숨지 말고 빨리 나와서 한판 떠보자!"

"사마의, 여기 소시지 보이지? 자, 가위로 이 소시지를 자를 테니 잘 봐라!"

촉군들이 차마 입에 담지 못할 욕을 해 대자 혈기 왕성한 위나라 장수들이 발끈하고 나섭니다.

"대도독! 더 이상 듣고 있을 수 없습니다. 나가서 싸울 테니 명령을 내리소서!"

"안 된다. 욕먹으면 오래 산다더라. 누구든지 내 명령 없이 출전한 자는 참수한다!"

열흘이 지나도록 욕설을 퍼붓고 온갖 모욕을 줘도 아무 반응이 없자 공명은 양의를 불러 지시합니다.

"양의는 이 편지와 선물을 갖고 사마중달을 찾아가게. 이 선물을 받으면 아마 중달도 더는 참지 못하고 도발해 올 거야."

"알겠습니다."

며칠 후, 공명이 보낸 사신 양의가 사마의를 찾아옵니다.

"공명 승상이 보낸 편지와 선물이 있습니다. 한번 펼쳐 보시죠."

"어디, 그 편지부터 봅시다."

중달, 나 공명이오.

난 그대가 훤훤 대장부로 기개 높고 용기 있는 장수인 줄 알았는데, 이제 보니 겁이 많구려. 크는 애들 기죽이지 말라 했는데, 옛 속담을 깜박 잊고 그대의 기를 너무 죽여 놓은 내 탓이 크오.

그리고 더 큰 나의 실수는 그대가 여자라는 사실을 망각한 일이오. 요즘 여자들이 남자 못지않게 똑똑하고 용기 있길래, 그대도 용기 있는 여자로 착각하였지. 그대가 겁을 먹고 싸우기 싫다면 굳이 나도 싸울 필요 없소.

요즘 여성 상위시대이며, 양성 평등의 시대인데 여자인 그대를 어

403

찌 더 귀찮게 하겠소? 내가 여기 그대에게 몇 가지 선물을 보내니 입어 보시오. 마음에 들지 않으면 돌려보내시오. 그러면 다른 옷을 골라서 보내 드리리다.

한창 갱년기일 테니 건강에도 유의하시오.

편지를 다 읽은 사마의는 공명의 선물 상자를 열어 봅니다.

"촉국의 붉은 비단으로 만든 여자의 치마로구나."

이걸 바라보던 장수들이 발끈하여 칼을 뽑더니 양의의 목을 베려 합니다.

"감히 대도독을 모욕하다니, 용서치 않겠다!"

그러나 막상 사마의는 화를 내기는커녕 빙글빙글 웃더니 붉은색 치마를 걸쳐 입습니다.

"손례, 선물을 가져온 사신을 죽여서는 안 되지. 양의 어떤가? 이 옷이 나에게 잘 어울리는가?"

사마의가 여자 옷을 걸치자 양의가 오히려 부끄러워합니다.

"그렇게 화려한 여자 옷은 저도 처음 보았습니다. 좀 민망하군요."

"민망할 게 뭐 있나? 자, 먼 길 왔으니 나하고 술이나 한잔하세."

장수들은 머리끝까지 화가 나서 탁자를 발로 찬 후 나가버리고, 사마의와 양의 두 사람만이 마주 앉아 술잔을 들죠.

"자, 한잔 쭉 들이킵시다. 요즘 제갈 승상은 건강하신지요?"

"저희 승상께서는 대단히 건강하십니다."

"승상께서 식사도 잘 하시고 잠도 잘 주무시오?"

"식사는 하루 두 끼씩 아주 조금씩만 드시고, 잠은 잘 못 자는 편입니다. 워낙 과중한 업무를 처리하다 보니 늘 피로가 쌓이는 거죠."

"가서 공명 승상께 전하시오. 사람이 과욕을 버려야 편하게 잠들 수 있다고."

"알겠습니다."

사마의를 만나고 온 양의가 공명에게 보고합니다.

"승상! 사마의는 여자 옷을 받고도 조금도 화를 내지 않았습니다. 오히려 주변에 있던 장수들이 더 화를 내고는 식탁을 걷어차고 나가 버렸습니다."

"사마의는 역시 감정을 억제할 줄 아는 자야. 그 밖의 다른 말은 없었소?"

"승상의 건강을 물었습니다."

"뭐라 대답했소?"

"건강하시지만 식사는 소식을 하고, 잠을 잘 못 이룬다고 했죠. 그랬더니 사람이 과욕을 버려야 편하게 잠들 수 있다고 하더군요."

"음! 그자가 의사인 줄 몰랐소. 그것도 맞는 얘기지."

이때 사마의 진영에서는 여러 장수들이 몰려와 전쟁을 독촉합니다.

"대도독을 여자에 비유한 공명을 더 이상 용서할 수 없습니다. 출전하도록 허락해 주십시오. 우리 모두 죽기를 각오하고 나가 싸워서 이 치욕을 갚겠습니다."

"안 된다. 누구든지 내 명을 어기는 자는 항명으로 처단하겠다. 조금만 기다려라. 참고 또 참으면 반드시 우리가 이길 날이 올 것이다."

이렇게 사마중달이 흥분한 장수들을 달래고 있을 때, 공명 진영에서는 새로운 걱정거리가 발생합니다.

목우유마

"승상, 양곡이 얼마 남지 않았는데 군량 수송이 늦어지고 있습니다."

"지금 얼마나 남아 있느냐?"

"닷새 정도만 먹으면 바닥이 납니다. 군량을 수송하는 책임자를 또 문책해야겠군요."

"아니다. 이번 군량 수송관은 책임감이 강한 이풍이야. 그는 내가 천거한 사람이다. 지금처럼 늦는 건 필시 특별한 사정이 있을 거야. 이럴 때 형주만 뺏기지 않았어도 그곳에 양곡을 쌓아두고 손쉽게 전쟁을 치렀을 텐데…, 형주를 뺏긴 게 너무 아쉽구나."

"그렇습니다. 형주를 오나라에 뺏긴 게 너무 아쉽습니다."

한편, 군량미를 수송하는 이풍은 큰 어려움에 봉착합니다.

"장군! 가뜩이나 산세가 험한데 지난번 내린 비로 길까지 무너졌습니다. 도저히 마차로는 양곡을 실어 나를 수 없습니다."

"큰일이다. 우리가 더 늦으면 30만 군사들이 모두 굶는다."

"방법은 우리 병졸들이 양곡을 등에 지고라도 나르는 수밖에는 없습니다."

"그렇지. 이가 없으면 잇몸이라도! 마차가 다닐 수 없으니 모든 병사들은 양곡을 등에 짊어져라."

촉군들은 어깨에 양곡을 짊어지고는 일개미처럼 줄지어서 군량미를 나르느라 바쁩니다.

"승상! 병사들이 가대기로 옮기다 보니 겨우 5천 석밖에는 운반하지 못했습니다."

공명은 심각한 표정으로 양곡 운반할 방법을 한참 생각하더니 한 가지 제안을 하죠.

"신혼 초에 내 아내 월령이 '목우유마(木牛流馬)'라는 기구 만드는 법을 나에게 가르쳐 준 일이 있다. 목우유마 제조법을 그림으로 그려 두었는데, 바로 이것이다. 지금 빨리 솜씨 좋은 목공들을 불러서 이 그림대로 기구를 만들라고 해라."

"참 이상하게 생긴 수레군요. 모양은 마치 소와 말처럼 생겼는데, 바퀴가 하나씩 달려 있네요."

"이 수레에 양곡 포대를 얹고 혼자서 밀면 아무리 험한 산길이라도 힘들이지 않고 식량을 운반할 수 있다."

그날부터 목공들이 몰려와 수레를 만들기 시작합니다.

"승상, 목우유마 500개를 만들었습니다."

"수고들 많았다. 오늘부터는 아직 운반하지 못한 식량을 이 수레에 싣고 운반하여라. 운반할 식량이 얼마나 남았느냐?"

"거의 다 운반하고 약 1천 석 정도가 남았습니다."

"그 양곡을 운반할 때 사마중달의 군사들이 매복하고 있다가 기습할 것이다. 그땐 목우유마와 식량을 모두 버리고 무조건 달아나거라."

"승상, 식량도 아깝지만 그 귀한 목우유마까지 버리라고요? 그러면 왜 힘들게 만들었는지?"

"지금 내 말이 맘에 안 든다고 반말로 대꾸하는 게냐?"

"그럴 리가요, 호호! 분부대로 이행하겠습니다."

한편, 촉군이 험한 산속에서도 쉽게 군량을 운반한다는 소식은 사마중달에게도 보고되었죠.

"촉군들이 이상하게 생긴 수레를 만들어 군량미를 운반하고 있습니다."

"어떻게 생긴 수레더냐?"

"모양은 마치 소와 말처럼 생겼는데, 바퀴가 하나뿐입니다. 거기에 양곡을 가득 싣고 한 사람씩 가볍게 밀면서 험한 산길을 쉽게 넘어갑니다."

"그래? 어떤 수레인지 궁금하구나. 장호는 정병들을 이끌고 촉군의 보급로에 매복하고 있다가 그 목우유마를 몇 대 뺏어 와라."

이튿날 장호는 군사들을 이끌고 촉군의 양곡이 지나가는 길목에 매복합니다. 양곡을 가득 싣고 촉나라 병사들이 콧노래까지 부르며 오죠.

"내가 신호하면 일제히 기습한다. 도망치는 병사들을 추적할 필요는 없다. 오로지 목우유마만 빼앗으면 된다."

"알겠습니다!"

"가까이 왔다. 전원 돌격! 수레만 뺏어라!"

"와아!"

"위나라 군사의 기습이다! 수레를 놓고 빨리 달아나자."

이윽고 촉군들이 버리고 달아난 목우유마를 가져와 사마중달에게 보고합니다.

"직접 보니 참으로 교묘하게 잘 만들었구나. 우리도 목공들을 불러서 이 모양과 똑같은 목우유마를 2천 대 만들라고 하라!"

이윽고 위나라 목공들 100여 명이 똑같은 크기와 넓이로 나무를 깎아 2천 대의 목우유마를 만듭니다.

"음! 위나라 목공기술이 촉나라보다 더 나은 것 같구나. 잘 만들었다. 오늘부터는 우리도 힘들이지 않고 군량미를 운반할 수 있겠구나. 농서에 있는 식량을 이 목우유마에 싣고 운반해 오너라."

"대도독? 어찌 남의 아이디어를 훔치는 게요?"

"훔치다니! 이걸 벤치마킹이라는 거다. 하하!"

한편, 공명의 진영에서는 30만 병사를 먹이다 보니 늘 식량이 부족해 걱정이죠.

"승상! 지난번 가져온 식량으로는 한 달밖에 버틸 수 없습니다. 또 성도에서 식량을 운반해 와야 합니다."

"이번엔 성도에서 식량을 가져오지 말고 이 지역에 살고 있는 부호를 찾아가서 양식을 빌려 오자."

"이런 황량하고 척박한 땅에서 그렇게 많은 식량을 빌려 줄 부호가 어디에 있겠습니까?"

"사마중달이라면 그 정도 식량은 있겠지. 그에게서 식량을 빌려 오자."

"예? 사마중달에게서 식량을 빌린다고요?"

"당근이지!"

"무슨 말씀을 하시는지 전 이해 못 하겠군요."

"며칠 후면 알게 될 것이네."

사마중달의 지시를 받은 위군들이 농서에서 목우유마에 군량을 가득 싣고 운반하는데, 위나라 군사 2천 명이 앞을 가로막습니다.

"멈춰라! 어디에서 오는 병사들이냐?"

"비켜라! 보면 모르냐? 우린 농서에서 군량미를 운반 중이다."

"이곳을 통과하는 모든 물건은 철저히 조사해서 통과시키라는 대도독의 엄명이시다. 저 수레에 실린 식량을 조사해 보아라! 이상한 물품이나 무기 등이 있는지 잘 살펴보아야 한다!"

"옙, 장군!"

2천 명의 군사들이 일제히 달려들어 목우유마를 살펴봅니다.

"장군! 군량미가 맞습니다. 이상한 물품이나 무기는 없습니다."

"굿! 모두 통과, 통과!"

검문을 하던 군사들이 모두 가버리자 군량 호송 책임을 맡은 삼위가 일꾼들을 독촉하죠.

"자, 시간이 너무 지체되었다. 빨리 움직여라. 전원 출발!"

그런데 이상한 일입니다.

"장군, 목우유마가 움직이지 않습니다!"

"뭣이라고? 황진이고개도 아니고, 어젯밤에 누가 부정 타는 짓 한 것 아니냐?"

"부정한 짓은 장군이 한 걸로 알고 있습니다만, 아는 대로 말은 할 수가 없고서리……."

"뭐라고? 짜샤, 엄마 젖꼭지 빨던 힘으로 밀어 봐!"

"그러하면 어젯밤 거시기 하던 힘으로 장군이 직접 밀어 보십시오."

이윽고 장군이 직접 나서서 용을 쓰며 수레를 밉니다.

"오잉? 수레가 안 굴러간다. 아무래도 방금 검문 검색하던 그 병사들이 수상하다. 나는 대도독에게 가서 이 사실을 보고할 테니 너희는 이 군량을 잘 지키고 있어라."

잠위는 일꾼들만 남기고 병사들과 함께 급히 말을 몰아 사마의에게 가서 보고합니다.

"대도독, 지금 군량미를 싣고 오는 도중에 대도독이 보낸 병사들을 만났습니다. 그들이 대도독의 명령이라며 목우유마를 살피고는 떠났는데, 그 이후로 아무리 힘을 써도 2천 대의 목우유마가 꼼짝도 않으니, 대도독께 도움을 청하러 이렇게 달려왔습니다."

"뭐라고? 난 검문을 지시한 적도 없고, 병사를 내보낸 적도 없다. 곽회는 5천 군사를 이끌고 나를 따르라! 일꾼들을 검문한 위나라 군사들이 있었다고 하니 그들을 잡아야 한다. 또 목우유마가 움직이지 않는다고 하니 원인을 살펴보자!"

사마중달과 곽회가 잠위를 따라 군량미 수송 중이라던 장소에 와 보니 목우유마는커녕 군량을 지키던 일꾼들까지 아무것도 보이지 않습니다.

"잠위, 이게 어떻게 된 일이냐? 목우유마가 모두 어디로 갔다는 말이냐? 운반하던 일꾼들은 또 어디로 갔느냐?"

"글쎄요? 참으로 귀신 곡할 노릇입니다!"

"당장 저놈의 목을 베라! 2천 대의 목우유마와 20만 석의 군량이 감쪽같이 없어지다니! 이건 필시 제갈공명의 짓이다. 빨리 황제 폐하에게 이 사실을 보고해야 한다. 우리가 굶어 죽게 생겼다. 공명의 술책은 귀신보다 더 능통하구나!"

며칠 후, 황제 조예의 칙서를 들고 환관이 도착합니다.

사마의는 황명을 받으라!

하늘의 뜻을 받들어 황제가 명하노라.

사마의는 대도독에 임명된 이후, 제갈공명과의 전투에서 한 번도 이긴 적이 없다. 수많은 싸움에서 패배하여 성지와 군마를 잃더니 이젠 짐이 애써 모아 보내 준 양곡 20만 석을 잃었다. 지금 백성들은 춘궁기를 맞아 굶어 죽는 자가 속출하고 있다. 그런 어려운 때를 감안하여 한 달 이내로 군량을 되찾아라. 기일 내 찾지 못할 때는 대도독을 참수하여 일벌백계로 삼겠다. 대도독은 양곡 손실 회복에 만전을 기하라.

황명을 받은 사마중달이 후들후들 떨기 시작합니다. 환관이 떠나자 사마의는 급히 장수들을 불러 모아 회의를 하죠.

"한 달 이내로 군량을 찾지 못하면 나도, 너희들도 모두 죽는다. 이제부터 모든 장수들은 이 주변의 지형을 잘 살펴라. 공명이 훔쳐간 곡식을 어디에 숨겨 두었는지 꼭 찾아내야 한다."

"옙! 우리도 살아야 하니 온 천지를 뒤져서라도 꼭 찾아내겠습니다."

한편, 제갈공명의 진영에서는 잔치가 벌어졌죠. 승상의 지시대로 적의 식량 20만 석을 빼앗은 것을 두고 축제가 벌어진 것입니다.

"승상의 명령대로 우리 군사 2천 명이 위나라 군사 복장을 하고 일꾼들을 검문했지요. 식량을 살펴보는 척하며 목우유마의 '혀'를 모두 왼쪽으로 돌려놓았습니다. 그리고 저희는 신속하게 그곳을 벗어났죠."

목우유마의 혀는 왼쪽으로 돌리면 바퀴가 고정되어 움직이지 않는 일종의 제동장치죠. 그러나 혀를 다시 오른쪽으로 돌리면 제동장치가 풀려 움직이게 설계되어 있습니다.

"목우유마가 움직이지 않자 예상대로 호송 책임자가 군사를 이끌고 사마의에게 달려가더군요. 그래서 저희는 주변에 매복하고 있던 마대의 3천 군사가 합세 기습하여 위나라 일꾼들을 제압했습니다. 그리고 목우유마의 혀를 오른쪽으로 돌린 후 일꾼들을 위협하여 식량을 모조리 빼앗아온 것이죠."

"모두 수고들 많았소. 이제 사마의는 황제로부터 크게 문책을 받게 될 것이오. 사마의가 문책에서 벗어나려면 식량을 되찾으려고 부하 장수들을 풀어 양곡 숨긴 곳을 찾으려 혈안이 될 것이오. 나는 그 양곡을 상방곡(上方谷)에 숨겨 두었소. 상방곡을 '호로곡(葫蘆谷)'이라고 부르는데, 그 지형의 모양이 꼭 호로병처럼 생겼소. 상방곡으로 위나라 군사들이 들어가면 즉시 입구를 막아야 하오. 그렇게 되면 그들은 빠져나올 수가 없소. 지금부터 내가 작전 지시를 하겠소. 위연과 왕평, 두 사람은 군사 5만을 이끌고 가서 상방곡 입구를 단단히 지키도록 하시오."

한편 그 시간, 사마중달은 높은 산 위에서 상방곡을 내려다보고 있습니다.

"정말 천연의 요새구나. 계곡이 마치 호로병 모양으로 되어 있어서 입구를 막아버리면 누구도 빠져나오지 못하겠구나."

"저기를 보십시오. 위연과 왕평의 깃발입니다. 위연과 왕평이 5만여 명의 군사로 상방곡 입구를 막고 있습니다."

"됐다! 손례 그리고 곽회, 너희 두 사람은 내 깃발을 가지고 정병 10만으로 공명의 본진을 맹렬히 공격해야 한다. 공명이 너희의 공격을 받아 위기에 처하면 상방곡을 지키는 왕평과 위연에게 지원 요청을 할 것이다."

"그럼 군량미가 있는 상방곡이 비겠군요."

"그렇다. 손례가 본진을 공격할 때 나는 상방곡을 기습하겠다. 어서 너희는 내 깃발을 들고 10만 군사를 이끌고 출발해라. 어떤 수단과 방법을 써서라도 20만 석의 군량미를 찾아야 한다."

며칠 후, 사마중달의 깃발을 앞세운 위나라 군사들이 공명의 본진을 공격합니다.

"전군 돌격! 공명을 사로잡아라!"

"승상, 위군의 공격이 대단합니다. 그리고 사마중달의 기를 앞세웠습니다."

"사마중달의 기를 앞세웠다는 것은 사마의가 오지 않았다는 뜻이다. 그가 왔으면 오히려 기를 숨겼을 거야. 그는 상방곡으로 갔어. 이곳이 심하게 공격받으면 내가 위기를 모면하기 위해 양곡을 지키고 있는 위연과 왕평에게 원병 요청할 거라고 생각하는 거지."

"그럼 어찌해야 합니까?"

"위나라 군사를 막아라! 동서남북 영채 문을 단단히 걸어 잠그고 필사적으로 막아야 한다. 적들도 아마 목숨을 내걸고 죽기 살기로 공격할 것이다."

"하지만 승상, 제가 세상에 태어나서 수많은 전장을 누볐지만 저렇게 강력한 공세는 처음 봅니다. 어마어마한 힘으로 공격을 퍼붓고 있습니다."

"강유는 즉시 위연에게 사람을 보내 지원 요청을 하여라."

"그렇게 되면 오히려 사마중달의 계략에 빠지는 게 아닙니까? 위연이 이쪽으로 오면 사마중달은 비어 있는 상방곡을 공격할 텐데요?"

"그것이 내가 바라는 바다. 어서 지원 요청을 하여라."

"예, 승상! 위연에게 지원 요청을 하겠습니다."

상방곡에 갇힌 사마중달

상방곡을 내려다보던 사마소가 소리칩니다.

"아버님, 위연이 군마를 이끌고 본진으로 가고 있습니다! 이제 상방곡 입구는 왕평이 지키는 군사 1천여 명만 남아 있습니다. 지금 바로 상방곡 계곡 안으로 들어가시지요."

"아니다. 손례, 곽회와 위연의 전투 결과를 알아야 한다. 조금만 더 기다려라."

사마의와 제갈 승상의 숨 막히는 두뇌 싸움이 시작됐습니다.

한편, 위연은 상방곡을 지키던 주력부대를 빼내어 이끌고 오장원(五丈原)으로 향합니다.

"위나라 군사들이 오장원에 있는 우리 본진을 공격 중이다. 모조리 몰아내라!"

"와아!"

"여기 위연이 왔다. 손례와 곽회는 내 칼을 받아라!"

"손례 장군님, 위연의 군사들이 우리 후미를 공격 중입니다."

"그렇다면 우린 기산으로 후퇴한다. 위연이 우릴 계속 추격하도록 천천히 퇴각해야 한다."

"위연을 상방곡에서 멀리 떼어 놓을 생각이군요."

"위연의 주력부대를 기산까지 유인하라는 것이 사마의 대도독의 지시다."

"후퇴, 후퇴! 전군은 기산까지 후퇴한다. 당황하지 말고 천천히 후퇴
하라!"

"적군이 도망친다. 계속 추격하라!"

"위연 장군, 상방곡을 비워 두고 너무 멀리까지 적을 쫓는 것이 왠지
껄쩍지근합니다."

"걱정 마라! 적을 기산까지 추격하라는 공명 승상의 지시다. 우린 가
능한 상방곡과는 멀리 떨어진 곳까지 적을 추격해야 한다."

"칼싸움보단 두뇌 싸움이군요."

"전군은 들어라. 도망치는 적군을 끝까지 추격하라!"

상방곡에서는 사마중달이 손례와 위연의 전투 소식을 기다리고 있습
니다.

"대도독! 우리 손례와 곽회 장군은 기산 쪽으로 도주 중이고, 기세 오
른 위연이 거세게 추격하고 있습니다."

"됐다, 됐어! 위연이 이끄는 촉의 주력부대가 100리 밖으로 멀어졌으
니 이젠 단시간 내에 상방곡으로 되돌아오지 못한다. 전군은 재빨리 모
두 계곡 안으로 들어간다. 왕평의 졸개들 1천여 명을 쫓아버려라! 우리
가 빼앗긴 군량을 되찾아야만 굶어 죽지 않는다."

그런데 사마의가 이끄는 위나라 군사들이 상방계곡으로 들어가는 모
습을 높은 산봉우리에서 제갈공명이 여유롭게 내려다보고 있습니다.

'사마의, 그대와 나는 수년간 지략을 펼치며 싸워 왔다. 이젠 끝장을
낼 때가 왔구나. 우리의 질긴 인연도 여기에서 끝이다.'

사마의의 대군이 계곡으로 밀고 들어가자 입구를 지키던 왕평의 군
사들이 혼비백산 도주합니다.

계곡으로 들어간 병사들이 양곡을 점검하기 시작하죠.

"식량은 모두 그대로 있습니다!"

"다행이다. 난 이제 황제 폐하의 문책을 면하겠구나. 어서 수레에 싣고 빨리 이곳을 뜨자. 왠지 꺼림칙하다."

병사들이 식량을 옮기기 위해 동분서주하는데, 사마의가 쌀 한 움큼을 쥐어 냄새를 맡습니다.

"이건 기름 냄새 아니냐? 쌀에 기름이 섞여 있다니?"

"여기 쌀독엔 염초가 가득 들어 있고, 이곳엔 유황도 들어 있습니다."

"공명의 계략에 속았구나! 식량을 버리고 어서 이곳을 빠져나가야 한다. 전군, 후퇴하라!"

그러나 이때, 계곡 좌우에서 함성이 울리며 불화살이 날아오죠.

"불화살을 쏘아라!"

펑! 펑!

염초에 불이 붙기 시작하면서 사방에서 폭음과 함께 불길이 치솟습니다.

"아악, 뜨거워! 복병이다. 사방에 불이다. 불을 꺼라!"

불길에 휩싸여 있는 사마의 군사들이 우왕좌왕할 즈음, 갑자기 마대와 왕평이 이끄는 5천의 병사가 나타나 계곡 입구를 막습니다. 숲속에 5천 명의 병사를 숨겨 두고 기다렸던 것이죠.

"불이 점차 거세게 일고 있습니다!"

"큰일이구나! 이걸 어찌한단 말이냐?"

공명이 산꼭대기에서 이 광경을 의미심장한 표정으로 내려다보고 있습니다.

'잘도 타는구나. 오늘로서 사마의의 인생도 마감이로구나! 왜 이곳이

상방곡인 줄 몰랐더냐? 너희들은 어떤 수를 써도 저 불길 속에서 빠져나올 수 없다. 가련한 병사들아, 하지만 이것이 전쟁이니 나를 원망하지 말거라. 지도자를 잘못 만난 탓으로 여겨라.'

상방곡에 갇힌 위나라 사마의 일행은 아수라장입니다.

"뜨거워서 더는 견딜 수 없습니다!"

"아, 나는 공명의 계략을 따라가지 못한다는 걸 이제야 깨달았다! 너희들을 모두 불에 타 죽게 한 다음에야……. 병사들은 들어라. 너흰 자랑스러운 용사들이었다. 너흰 최선을 다했다. 이제 투항을 허용한다. 창칼을 버리고 투항해라. 전쟁도 살기 위해서 하는 것이다. 산 목숨보다 중요한 것은 없다!"

"대도독, 어서 투항하러 갑시다!"

"난 안 간다. 아니 못 간다! 위나라 대도독이 적에게 투항할 순 없지. 난 여기서 깨끗이 자결하겠다."

"저도 아버님을 따라가겠습니다."

"사마소야, 미안하다."

사마의가 죽음 직전에 이르렀을 때, 공명이 하늘을 향해 부르짖습니다.

"유비 폐하! 보십시오. 사마의의 마지막 모습입니다. 주공이시여! 중원이 곧 평정됩니다. 한실이 곧 부흥됩니다. 기뻐하소서!"

그런데 이때 뚝! 공명의 얼굴에 물 한 방울이 떨어집니다.

"승상! 빗방울입니다. 비가 내리기 시작합니다."

"비가 온다고? 하늘이 우리 편이 아니란 말인가!"

사방에는 불길이 치솟는데, 갑자기 하늘에서 폭우가 쏟아지기 시작합니다.

와르릉, 쾅!

골짜기를 환하게 비출 정도로 번개가 치더니 양동이로 퍼붓듯 비가 쏟아집니다.

쏴와!

"대도독, 불이 꺼지고 있습니다!"

"하늘에 있는 119가 우리 편인가 보다! 우린 살았다, 이젠 살았어! 하늘이 사마의를 버리진 않았어, 하하!"

와르릉, 쾅!

쏴아!

공명은 불 꺼지는 계곡을 내려다보며 실망을 감추지 못하죠.

"아아, 하늘이시여! 정령 이 공명을 버리시나이까?"

공명은 사마의를 잡고자 7일간 단식하며 하늘에 기도를 올렸습니다. 하지만 공명도 늙어 기도발이 약했는지 갑자기 폭우가 쏟아져 불바다 상방곡의 불은 꺼지고 연기만 날리고 있죠.

"하늘이시여! 어찌 사마의 편을 드시나이까? 필사의 힘을 다하여 사마의를 사지로 몰아넣었건만…, 하필 이때 비를 내리시다니요? 묘수는 인간이 내지만, 성사는 하늘이 결정하는 법(謀事在人 成事在天), 다 잡았던 먹이를 놓치다니 원통하다, 원통해! 윽!"

너무 열을 받았는지 공명이 하늘을 향해 부르짖다 쓰러집니다.

"승상, 승상! 정신 차리십시오."

이윽고 불이 꺼지자 위군은 입구를 봉쇄하고 있는 왕평과 마대의 군사를 밀어붙이고 도주하기 시작합니다.

"퇴로를 뚫었다!"

"활로가 열렸다!"

"하늘은 위나라 편이다. 모두 나를 따르라! 당황하지 말고 영채로 돌아가자!"

위군들이 모두 도주하자 공명은 혼절한 상태로 양의의 등에 업혀 본
진으로 돌아옵니다.

"승상의 건강은 어떠신지요?"

"너무 과로한 데다 충격을 받아 잠시 기절한 것입니다. 곧 정신을 차
릴 것입니다."

공명이 정신을 차리고 일어난 것은 3일이 지난 후입니다.

"내가 3일간이나 정신을 잃었구나. 비 때문에 정신적 충격이 너무 컸
나 보다."

"승상께서는 작은 일에서부터 큰일까지 모두 직접 챙기시니 과로가
겹치는 것입니다. 될 수 있는 한 자잘한 업무는 아랫사람에게 위임하시
고, 큰 정책 방향만 승상께서 결정하십시오. 세상사 만물에는 모두 자기
역할이 있습니다. 소와 말이 할 일이 있고, 개와 닭이 할 일이 따로 있습
니다. 하물며 승상께서는 이 모든 일을 혼자서 다 도맡아하시니 과로가
겹치는 것입니다."

"잘 알겠소. 나도 쉬어가면서 건강을 돌보도록 하겠소. 모든 군사들
을 오장원으로 집결시키시오. 병사들을 휴식시키고, 당분간 싸움은 하
지 않겠소."

그리고 제갈공명은 강유를 부릅니다.

"강유, 오늘부터 나는 장막 안에서 북두칠성에게 나의 목숨을 빌어보
겠다. 등잔불을 켜고 7일 동안 기도를 올릴 것이다. 7일간 등잔불이 꺼
지지 않는다면 내 목숨은 12년간 연장될 것이로되, 만약 불이 꺼진다면
난 천수를 다한 것이니 죽을 것이다. 그러니 너는 장막을 지키며 누구도
장막 안으로 들어오지 못하게 하여라."

"예, 걱정 말고 기도에 전념하십시오. 제가 장막을 지켜드리겠습니다."

이날부터 공명은 기도를 올리기 시작하죠.

마흔아홉 개의 작은 등불을 켜고 그 둘레에는 일곱 개의 큰 등불을 밝힙니다. 그 한가운데 공명의 목숨을 뜻하는 더 큰 등을 세우죠. 그러고는 7일간 단식하며 기도에 들어갑니다.

제갈량은 어지러운 세상에 태어나 초야에 묻혀 조용히 살고 있는데, 선제(유비)께서 세 번이나 저를 찾아오셨습니다. 삼고초려겠지요!

저는 그 은혜를 갚아야 하는 바, 유비 황제께서는 돌아가시며 저에게 북벌의 무거운 책임을 맡기셨습니다. 저는 그 뜻을 받들어 나라를 훔친 역적을 쳐 없애기로 맹세한 바 있습니다. 그런데 뜻밖에도 저에게 병마가 찾아와 건강을 잃고 말았습니다.

삼가 정성을 다하여 하늘에 비오니 제 수명을 늘려 주십시오. 그러면 선제의 은혜에 보답하고, 백성들의 목숨을 구해 주며, 한나라를 다시 일으켜 세우겠습니다. 제가 비는 건, 천하를 평정할 시간을 저에게 조금만 더 주시길 간곡히 바라는 것입니다. 하늘이여 굽어 살피소서. 아멘! 타불!

이렇게 공명이 기도를 드리고 있을 때, 사마중달은 하늘의 천문을 바라봅니다.

'음! 묘한 일이다. 저기 대장성이 몹시 흔들리는구나. 그렇다면 누군가 큰 인물이 죽는다는 징조인데…, 혹시 공명이 병든 게 아닐까? 군사를 보내서 한번 시험해 보자.'

사마중달은 하후패를 부릅니다.

"넌 군사 1천 명을 데리고 오장원으로 가서 촉진을 맛보기로 살짝 건드려 보고 오너라. 촉군이 응전하지 않는다면 그건 필시 공명이 병이 든 것이다."

중달의 명을 받은 하후패가 오장원으로 군사를 몰고 가서 함성을 크게 지르며 도발합니다. 이때는 공명이 기도를 시작한 지 7일째로, 이제 한 식경만 넘기면 기도가 끝나게 되는 때죠.

'이제 기도 시간이 거의 끝나간다. 난 앞으로 12년간 더 살 수 있다.'

공명이 마지막 기도를 마무리하려는 순간, 위나라 군사들의 함성이 들립니다.

"촉군! 이 등신들아, 나와라. 맞짱 한번 떠보자!"

"공명은 뭐하느냐? 숨지 말고 어서 나와서 싸우자!"

한밤중에 적병이 나타나 갑자기 떠들어 대자 깜짝 놀란 위연이 공명이 기도하고 있는 막사로 뛰어듭니다.

"스…승상! 위군의 기습입니다."

허둥대던 위연이 발을 잘못 딛는 바람에 그때까지 지켜오던 주등이 꺼지고 말죠.

"위연, 위연! 이게 무슨 짓이냐? 생명 같은 촛불을 밟아 꺼버리다니……!"

"아니, 불이 꺼졌으면 다시 켜면 되죠. 왜 그리 화를 내십니까? 지금 위군의 야습입니다. 한가하게 기도하실 때가 아닙니다."

이 말을 듣고 공명이 절규합니다.

"모든 것이 허사로다. 인간이 하늘의 뜻을 거역하고 수명을 연장하려 했던 내가 잘못이다. 위연 장군은 너무 당황하지 말고 적을 물리쳐라.

이는 사마의가 내 병을 알아보려 보낸 염탐꾼에 불과하다."

"알겠습니다. 제가 나가서 적들을 쓸어버릴 테니 승상께서는 불을 다시 켜고 기도를 계속하십시오. 제가 평소에 쓰던 이 라이터를 드리겠습니다."

위연이 구시렁대며 나가자 공명은 피를 토하며 쓰러집니다.

"아아, 아쉽구나! 한 식경만 넘겼어도 12년을 더 살 수 있는데……."

이튿날 정신이 돌아온 공명이 부하 장수들을 차례차례 불러들입니다.

"강유야, 여기 내가 평생을 배운 모든 것을 기록한 책이 있다. 이걸 너에게 물려주마. 이 책에는 병법의 세부 사항이 적혀 있고, 정치·경제·사회·문화의 모든 이치와 원리가 적혀 있다. 결코 가볍게 여기거나 소홀히 다루지 마라. 또 여기 '쇠뇌'라는 걸 만든 설계도다. 아직 실험은 해보지 않았지만 최첨단 무기가 될 것이다."

"'쇠뇌'가 뭡니까?"

"음, 내가 특별히 고안한 최첨단 무기인데 한꺼번에 열 개의 화살을 날릴 수 있는 개량된 활이다. 여기 설계도를 그려 두었으니, 네가 만들어 꼭 써보도록 해라."

강유를 내보내자 양의가 들어옵니다.

"승상께서 돌아가시면 위연이 틀림없이 반란을 일으킬 것입니다."

"자네도 그렇게 생각하는가? 나도 위연이 반란을 일으킬 것이라고 생각하고 있다."

"위연은 촉국 제1의 장수입니다. 그가 모반하면 막기 힘듭니다. 어찌하면 좋을까요?"

"내가 계책을 마련해 두겠으니 너무 걱정 말게."

양의를 내보낸 후 공명은 마대를 부릅니다.

"마대야, 위연이 모반할 가능성이 있다. 위연이 모반하면 성도에 계시는 유선 황제께서 위험해진다. 내가 비책을 알려 줄 테니 네가 막을 수 있겠느냐?"

"승상! 저의 형 마초는 서량 제1의 무사였고, 촉의 5호 대장군이었습니다. 제 형 마초가 죽으면서 모든 마씨의 전통을 저에게 이으라고 당부하셨죠. 제가 기필코 위연의 반란을 막아 내겠습니다."

"고맙구나. 내가 죽은 후 위연의 모반을 막을 방도는 비단주머니에 적어 놓았으니 그대로 실천하라."

"예, 승상! 아무 걱정 마십시오."

오장원에서 떠나는 공명

공명은 요화, 장익, 왕평, 장의 등 모든 장수들을 불러 명을 내립니다.

"내가 죽으면 사마중달이 추격을 시작할 것이다. 너희는 여기 오장원에 있는 30만 병사들을 무사히 성도까지 후퇴시켜야 한다. 군사를 물릴 때는 천천히 물러나야 할 것이며, 급하게 물러나서는 안 된다."

그 후 공명은 여러 가지 일을 세세히 일러 주고 황제 유선에게도 편지를 씁니다.

신 제갈량은 태어남이 미천하고 어리석은데도…, 나라가 어려운 때 군권을 쥐고 군대를 통솔하였습니다.

군사를 일으켜 북쪽의 역적 조예를 치러 나왔으나 대업을 이루기도 전에 몸에 병이 들어 먼저 떠납니다.

바라옵건대 폐하께서는 마음가짐을 바로 해 욕심을 버리시고 몸을 아껴 백성을 사랑하며, 어지심을 온 세상에 베푸십시오. 숨어 있는 인재를 발탁하시고, 간악하고 요사스러운 비선실세들을 가까이하지 마소서.

신의 집에는 뽕나무 800그루와 밭 3천 평이 있어 자식들이 먹고살기에는 부족함이 없습니다. 신이 관직에 있을 때는 이 한 몸에 쓰이는 것이 모두 나라에서 지급되니 따로 재물을 모을 까닭도 없었습니다.

신이 죽더라도 제 집안에는 안으로는 남은 베 조각이 없게 하고, 밖으로는 남은 재물이 없게 하여 폐하의 믿음을 저버리는 일이 없도록 하겠습니다.

공명은 편지를 황제 유선에게 보낸 후, 양의를 불러 이릅니다.

"내가 죽더라도 군사들은 어느 때처럼 흔들림이 없어야 하고, 무슨 일이 있어도 소리 내어 울어서는 안 된다. 내가 죽더라도 혼은 살아 있어 나의 별자리인 대장성을 내가 잡고 있겠다. 사마의는 천문을 보면서도 내 별이 떨어지지 않으면 의심이 일어 군사를 가볍게 움직이지 못할 것이다. 그래도 사마의가 추격하면 내가 타던 수레에 어떤 묘책을 마련해 두었다. 사마의가 오기를 기다렸다가 병사들을 시켜 그 수레를 밀고 나가게 하라."

이렇게 뒷일을 모두 일러 둔 후 건흥 13년 가을, 서기 234년 공명은 혼자서 먼 길, 다시는 돌아올 수 없는 길을 떠나게 됩니다. 이때 공명의 나이 쉰넷입니다.

여기에서 우린 공명의 생애를 다시 한 번 되돌아보고 나머지 얘기를 계속하죠.

제갈공명, 자는 공명이고 이름은 량입니다. 중국 산둥성에서 태어났죠. 당시 지명으로는 낭야군 양도현입니다. 어릴 때 아버지를 여의고 숙부 제갈현의 손에서 자랐지요. 어려서부터 명성이 높아 와룡 선생이라 불렸고, 명문가의 딸 황월령과 결혼하였습니다. 서기 207년, 유비가 세 번 찾아와서 모시자(삼고초려(三顧草廬)) 유비에게 '천하삼분지계(天下三分之計)'를 진언하였습니다. 유비는 제갈량을 얻은 것을 물고기가 물을 만난 것에 비유했죠(수어지교(水魚之交)). 이듬해 오나라의 손권과 유비가 연합하게 하여(손유동맹) 적벽의 싸움에서 조조의 100만 대군을 물리칩니다. 유비를 도와 형주와 익주 등 강남을 손에 넣게 하였고, 영릉·계양·장사 등 3군을 정복합니다. 서기 214년, 유비는 서촉의 성도를 평정하고 황제에 오른 후 제갈량을 승상으로 삼았습니다. 유비는 천하통일이라는 대업을 이루지 못하고 죽었으며, 죽음을 앞두고는 자신이 이루지 못한 대업을 제갈공명이 이루도록 당부했죠. 유비는 제갈량에게 자신의 아들 유선을 보좌하되 "아들이 무능하면 몰아내고 황제의 자리를 취하여도 좋다."고 유언하였으나 제갈량은 끝까지 후주 유선을 보필하고 충성을 바칩니다. 황제 유선에게 출사표를 내고 위나라를 치기 위해 북벌을 감행하였으나 당시 위나라는 국력이 상승할 때이고, 촉은 물자와 인구가 부족하여 무리한 전쟁을 계속하다가 오장원에서 위나라의 사마의와 대치하던 중 병이 들어 사망합니다.

뒷날 두보는 공명의 사당을 지나다가 다음과 같은 시를 짓습니다.

승상사당하처심(丞相祠堂何處尋)
금관성외백삼삼(錦官城外栢森森)
영계벽초자춘색(映堦碧草自春色)
격엽황려공호음(隔葉黃鸝空好音)
삼고빈번천하계(三顧頻煩天下計)
양조개제노신심(兩朝開濟老臣心)
출사미첩신선사(出師未捷身先死)
장사영웅누만금(長使英雄淚滿襟).

승상의 사당을 어디에서 찾으리오.

금관성 밖의 잣나무 우거진 숲이로구나.
섬돌에 비친 풀빛은 봄기운을 띠고 있고,
나뭇잎 사이 꾀꼬리 울음소리만 부질없이 곱구나.
세 번 번거롭게 찾은 것은 천하를 위한 계책이요,
2대를 이어 힘을 다함은 늙은 신하의 마음이었네.
군사를 내어 이기지 못하고 몸이 먼저 죽으니,
길이 영웅들의 옷깃을 눈물로 적시네.

공명이 죽던 그날 밤, 사마의가 하늘을 보고 있는데 대장성이 몹시 흔들리며 빛을 잃어가고 있습니다.

"공명이 죽었는지 탐문해 보아라."

사마의의 명을 받은 염탐꾼이 오장원으로 달려갔다가 바로 와서는 보고합니다.

"대도독! 오장원의 영채는 텅 비어 있습니다. 촉군들이 모두 철수하였습니다."

"뭐라고? 촉군이 철수했다면 공명이 죽은 게 틀림없다. 기회는 이때다. 지체 없이 쳐들어가야 한다."

사마의가 필사의 힘으로 추격하여 산모퉁이를 돌아서자 멀리서 도주하는 촉병이 보입니다.

"저기 촉병이 보인다. 한 놈도 살려 보내지 마라!"

사마의가 더욱 힘을 내어 쫓는데, 갑자기 "쿵!" 하는 방포소리가 나더니 산 뒤에서 촉병들이 쏟아져 나옵니다. 그런데 새까맣게 밀어닥치는 촉진 한가운데에 길이 열리더니 수레 한 대가 천천히 모습을 드러냅니다. 큰 깃발에는 글씨가 쓰여 있죠. "한나라 승상 무향 후 제갈량"

"고…공명이 살아 있습니다."

"아! 정말로 공명이 살아 있구나!"

수레에 높이 앉아 백우선을 들고 있는 공명 주변에 마대, 왕평, 강유 등 기라성 같은 촉의 맹장들이 호위하고 있습니다.

"죽은 공명이 살아 있다니, 예수처럼 3일 만에 부활했나?"

사마중달은 후들후들 다리를 떱니다,

"오매오매, 공명이 살아 있다!"

사마중달이 갑자기 말머리를 돌리더니 도주하기 시작하죠.

"후퇴! 후퇴! 후퇴!"

혼이 나간 사마중달은 쉬지 않고 무려 50리를 도주합니다. 사마의는 쫓겨 군대를 철수한 며칠 후, 또 공명의 술책에 속았다는 사실을 알고는 땅을 치고 후회하죠.

"공명은 이미 죽었고, 그날 사륜거에 탄 것은 나무로 깎아 만든 목각 인형이었답니다."

"목각인형? 으아! 부끄럽구나. '죽은 공명이 산 사마중달을 쫓았다.' 이 말이 100년, 아니 1800년 후에도 전해질 텐데 부끄러워 어찌할꼬?"

한편, 강유는 행군의 후미에서 뒤쫓는 적을 막으며 천천히 물러나고 있습니다. 그런데 행군하는 군사를 가로막으며 한 떼의 군마가 나타나죠. 바로 위연입니다.

"행군을 멈춰라! 공명이 죽었으니 병권을 나에게 넘겨라. 오늘부터 모든 군사를 내가 지휘하겠다."

"위연! 승상께서는 양의에게 병권을 넘기셨다. 그런데 왜 병권을 넘기라는 것이냐?"

"제갈공명은 이미 죽었다. 이젠 나를 방어할 장수는 아무도 없다. 병권을 넘기지 않으면 너희 모두를 몰살시키겠다!"

왕평이 놀라서 양의에게 묻습니다.

"양 장군, 위연은 촉국 제1의 장수일 뿐 아니라 곁에서 마대 장군이 돕고 있는데, 우리가 위연을 제압할 수 있을까요?"

"공명 승상께서 위연의 반란을 미리 예측하시고 진압 방법을 알려 주셨소."

양의가 군사들 앞에 나가 위연에게 말합니다.

"위연, 대단하시구려. 만약 그대가 큰 소리로 '누가 감히 나를 죽이겠는가?' 하고 세 번 외칠 자신이 있으면 한중에 있는 모든 성을 그대에게 바치고 항복하겠소."

"양의! 이 팔푼이 같은 겁쟁이야, 잘 들어라. 나는 공명이 살아 있을 때도 두려워하지 않았는데 공명이 죽은 지금 누가 나와 맞서겠느냐? 세 번이 아니라 3천 번이라도 소리칠 수 있다. '누가 감히 나를 죽이겠는가?', '누가 감히 나를 죽이겠는가?'······."

하지만 두 마디가 채 끝나기도 전에 위연의 등 뒤에 있던 마대가 소리칩니다.

"내가 너를 죽이겠다!"

마대는 순식간에 칼을 뽑아 위연의 목을 베어 버립니다.

"마대인지 푸대인지···, 네놈이 감히 내 목을 치다니······!"

위연은 믿었던 마대에게 목이 달아나 처참하게 죽음을 맞이하죠.

"승상! 이 마대가 반역자 위연을 제압했습니다. 승상께서는 모든 근심 걱정 잊고 편히 눈감으시고 극락으로 가소서!"

마대는 공명이 죽기 전에 준 비단주머니를 열어 보고는 위연의 반란에 대비하여 치밀하게 준비했던 것이죠.

한편, 촉군이 모두 성도로 물러나자 사마의는 모처럼 군사들과 휴식을 취하고 있습니다.

"공명은 물러났다. 이젠 두 발을 쭉 뻗고 편히 잘 수 있겠구나."

그런데 전쟁의 피로가 가시기도 전에 황제의 칙사가 당도합니다.

사마의는 성지를 받으라.
하늘의 뜻을 받아 황제가 명하노라.
사마의는 오랜 전쟁에 수고 많았다.
이젠 대도독의 직위을 해제하니 장안으로 들어와서 짐을 알현하라.
모든 병권을 하후패(夏候覇)에게 인계한다.

황제 조예는 사마의를 직위해제하고 병권을 회수한 것이죠.

사마의는 부하 장수들과 작별인사도 하지 않고 군영을 떠납니다. 사마의가 30여 리를 왔을 때, 뒤에서 뿌연 먼지를 일으키며 장수들이 쫓아옵니다.

"대도독! 왜 작별인사도 없이 떠나십니까? 저희 장수들이 생사고락을 함께한 세월이 벌써 몇 년입니까? 이렇게 섭섭하게 보낼 수는 없습니다."

"여러 장수들이여, 마음은 고맙네. 그러나 새로 대도독에 임명된 하후패가 계속 나를 주시하면서 빨리 떠나기를 바라는 눈치야. 새 사냥이 끝나면 사냥에 쓰이던 활은 창고 속으로 들어가고, 토끼 사냥이 끝나면 사냥개는 끓는 물속으로 들어가는 법. 이젠 제갈공명이라는 맹수의 사냥이 끝났으니 나도 조용한 곳에서 숨을 죽이고 살아야지. 사람은 한 번 만나면 반드시 헤어지는 법, 바람이 차가우니 여러 장수들은 어서 본영으로 돌아가게."

"대도독! 저희가 장안까지 모시고 가겠습니다."

"고맙네. 그러나 그 마음만 받겠네. 조정에선 나를 주시하는 눈이 많으니 어서들 돌아가게."

"대도독만이 진정 저희가 존경하는 영웅입니다. 앞으로 대도독께서 부르신다면 천리라도 만리라도 가리지 않고 뛰어가겠습니다."

"곽회, 손례 그리고 여러 장수들 고맙네. 자네들과 전장을 누비던 기억을 마음 깊이 간직하겠네."

사마의는 마음속의 허전함을 달래며 장안으로 돌아가고, 당분간 전쟁 없는 평화가 찾아옵니다.

황제 조예의 방탕

외부로부터 위험이 없어지자 황제 조예는 차츰 향락에 젖어들기 시작합니다.

"모두들 들으시오. 황제가 권위를 잃지 않으려면 궁궐과 전각이 크고 화려해야 하오. 그래서 난 지금부터 새로운 건축 양식의 큰 궁궐을 지으려 하오."

그러자 신하 조무가 간언합니다.

"폐하! 아직 나라의 경제가 어려운데 대규모 건축공사를 시작하시면 백성들이 도탄에 빠지고 말 것입니다. 재고하여 주십시오."

그러자 황제가 벌컥 화를 냅니다.

"저런 꼬질꼬질한 소리를 하는 멍청한 놈은 당장 끌어내 목을 베어라!"

황제에게 바른 소리를 하던 조무의 목이 달아나자, 신하들이 겁을 먹어 다시는 만류하는 사람이 없습니다.

"구리를 녹여 커다란 사람·용·봉황새를 만들도록 하고, 전국 방방곡곡에 널려 있는 아름다운 꽃과 나무를 옮겨 심어 정원을 꾸미도록 해라. 그 정원 이름을 '방림원(芳林苑)'이라 하겠다. 전국에서 15세 이상 18세 미만의 젊고 아름다운 여자 3천 명을 뽑아 방림원에 채워라. 방림원엔 여자들의 웃음소리가 끊이지 말아야 하며, 궁녀들의 분 냄새가 차고 넘쳐나야 한다. 알겠느냐?"

"예, 폐하! 분부 거행하겠습니다. 그러나 한 가지 애로사항은 지금 농번기라서 공사를 진행할 일손이 매우 부족합니다."

"그렇다면 모든 신하들과 장군들은 내일부터 작업복 차림으로 출근하라. 짐이 몸소 공사를 감독할 터이니 장군들은 삽과 곡괭이로 땅을 파고, 문관들은 흙을 져다 날라라."

조예는 국고를 탕진하여 거대한 궁궐을 짓더니 밤낮으로 술을 마시며 여자들과 환락을 즐깁니다.

"넌 얼굴도 예쁘지만 춤·가무·노래까지 못 하는 것이 없구나. 네 성이 무엇이냐?"

"소녀는 곽가이옵니다, 폐하!"

"그래, 넌 오늘부터 귀인이다. 곽귀인(郭貴人)아, 우리 함께 춤을 춰보자."

조예는 곽귀인과 한바탕 흥에 겨워 춤을 춥니다.

"어허! 흥겹고 땀이 나는구나. 여기 술, 술을 가득 부어라!"

황제 조예는 술에 취해 궁녀들과 하루 종일 춤을 추며 일과를 보내죠. 그러자 보다 못한 조강지처 모 황후(毛皇后)가 나서서 만류합니다.

"폐하! 건강을 생각하셔야죠. 그리고 체통을 지키십시오. 벌건 대낮부터 궁녀들과 어울려 술을 마시고 춤만 추고 있으니, 나랏일은 언제 돌보시려고 그러십니까?"

그러자 황제 조예가 벌컥 화를 냅니다.

"저런 싸가지 없는 여편네! 감히 하늘 같은 남편에게 바가지를 긁다니. 더구나 황제에게? 여봐라, 저 버르장머리 없는 황후에게 사약을 내려라!"

조예는 자기 어머니 견 황후가 아비에게 사약을 받고 죽었다는 사실 조차 망각한 것일까요?

질투가 많다는 이유로 조강지처 모 황후에게 극약을 내려 죽이고 말죠.

모 황후는 극약을 받으며 개탄합니다.

"위나라도 망할 날이 머지않았구나. 조상들이 어렵게 세운 나라를 이렇게 망쳐 놓다니…, 꼴까닥!"

조예는 모 황후가 죽자 곽귀인을 황후의 자리에 앉힙니다.

황제한테 유일하게 바른 소리 하던 황후가 죽으니 조예의 방탕은 날이 갈수록 심해지죠. 조예는 방림원 미녀 3천 명을 상대로 밤낮없이 여색을 즐깁니다.

"오늘은 살집이 있고 통통한 여자를 침소에 들여라."

"예, 폐하!"

"오늘은 늘씬하고 마른 여자를 침소에 들여라."

조예가 밤낮 없이 애교 있는 영계, 경험 많은 여자, 얌전한 여자, 표독하게 생긴 여자 등등 여색에만 빠져 있으니, 충신들이 간언합니다.

"폐하! 여색을 너무 좋아하지 마시고 옥체를 돌보소서."

"시끄럽다. 태평세월에 내가 가진 것은 정력과 힘뿐이다. 한 번만 더 그런 소리하면 목을 베겠다!"

이렇게 호통을 치니 목이 달아날 까봐 황제에게 간언하는 충신들도 점점 자취를 감추죠.

그러던 어느 날, 황제 조예는 대낮부터 궁녀를 불러 그짓을 한 후 심한 기침과 함께 피를 토하더니 갑자기 쓰러져 정신을 잃습니다.

"황제께서 혼절하셨다. 빨리 어의를 불러라!"

급히 달려온 어의가 황제를 진찰하더니 고개를 갸우뚱합니다.

"과도하게 색을 밝혀서 콩팥이 허약한 신허(腎虛)입니다. 게다가 폐병까지 겹치셨습니다."

피를 토한 조예는 끝내 깨어나지 못하고 모 황후가 먼저 간 황천길로 떠나고 맙니다. 그때 조예의 나이 불과 서른여섯, 젊은 나이에 요절하고 말죠.

여기에서 잠깐! 왜 옛날 황제나 임금들은 요절하였을까요? 그 이유는 세 가지로 압축됩니다. 운동 부족, 약불 중독, 과다한 섹스입니다. 황제는 세 걸음 이상 이동할 때는 가마를 탈 정도로 운동을 전혀 하지 않았죠. 맨손체조라도 할라 싶으면 "폐하! 체통을 지키시옵소서." 이러고 잔소리를 해 대니 운동을 할 리가 없죠. 또한 황제들은 주기적으로 보약을 먹는데, 사실 그 보약이 거의 정력제 위주의 약입니다. 그런 약을 쉴 새 없이 들이키다 보니 약물 중독이 되는 것이죠. 세 번째 이유야 설명이 필요 없죠. 주변에 널려 있는 게 미인들이니 주야를 가리지 않고 그짓을 해 대는 거죠. 그런 환경이니 황제가 요절하는 건 당연합니다. 정확한 통계는 모르겠지만 아마 황제들의 평균 나이가 40세 미만이었을 것입니다.

아무튼 황제 조예가 죽자 법도에 따라 여덟 살 난 아들 조방(曹芳)이 황제의 자리에 오르고, 곽 태후가 수렴청정하게 됩니다. 조방은 죽은 모 황후의 아들이지요. 곽 태후는 아들을 낳지 못했습니다. 어린 황제가 등극하고, 일자무식 곽 태후가 수렴청정하게 되자 제 세상 만난 사람들은 조씨 일가친척, 즉 조씨 떨거지들입니다. 조방의 숙부 조상(曹爽)이 대장군에 올라 실권을 장악하게 되죠. 조상은 다 기억하시죠? 조상은 진창을 지키다 가을장마 때 제갈공명에게 기습당하여 촉군 졸병 옷으로 갈아입고 도주하다 말에서 낙마하여 허리가 부러져 죽은 조진의 아들입니다. 조상이 실권을 장악하자 조희, 조훈, 조언 등 조씨들이 모조리 요직을 차지합니다.

"모두 명심해라! 믿을 건 일가친척밖에 없다 카더라. 우리가 세상을 마음껏 주물러 보자. 황제 나이 겨우 여덟이니 있으나마나한 존재고, 모든 권력은 내 차지다."

조상은 그날부터 권력을 틀어쥐고 사치와 향락에 빠집니다. 그리고 늘 그랬듯이 첫 번째 계획으로 주변의 위험 인물 제거에 돌입합니다.

"사마중달은 황실의 안녕에 위험한 인물이다. 벼슬을 빼앗고 조정에서 쫓아내라."

결국 사마중달은 벼슬을 빼앗기고 집안에 틀어박혀 칩거합니다.

"사마의, 그자가 안 보이니 속이 다 시원하군. 지금부터는 나라에 바치는 공물 중 좋은 물건은 우리 집으로 먼저 가져와라. 또 한 가지, 선제 조예가 데리고 놀던 궁녀들도 조상인 내가 다 차지한다."

조상은 선제의 시첩까지 모두 차지하고, 막대한 권력과 부를 가지게 된 그 역시 선제 조예처럼 밤낮으로 여색을 즐기기 시작하죠.

"음, 세상 권력은 참 좋군, 좋아! 이러쿵저러쿵, 다 좋아!"

세상 권력을 명실공히 다 자신의 차지라며 호들갑 떨던 조상, 이렇게 매일 사치와 향락을 즐기던 조상이 어느 날 문득 사마의를 생각하게 됩니다.

'딱 한 사람 마음에 걸리는 이가 있다. 바로 사마중달이야. 중달이 요즘 무얼 하는지 알아봐야겠어. 궁금해서 미칠 지경이야!'

조상은 형주자사로 발령 받은 이승(李勝)을 부릅니다.

"이승인지 저승인지 아무튼 자네가 형주자사로 가기 전에 인사차 사마의 집을 직접 찾아가 보아라. 그가 어떻게 지내는지 관찰하여 나에게 소상히 보고해라."

이승이 조상의 명을 받고 사마중달의 집을 찾아갑니다.

"사마소, 아버님은 집에 계시는가? 요즘 건강 상태는 어떠신가?"

"이번 형주자사로 금의환향하심을 축하드립니다. 아버님께서는 풍을 맞은 후 치매에 걸리셨습니다. 집에 누워만 계시는데, 사람을 알아보지 못합니다."

"여기까지 왔으니 직접 병문안을 드리겠소이다."

이승이 사마중달의 방으로 들어서자 방에서 똥냄새가 진동하죠.

"저런, 아버님이 또 옷에 똥 싸셨다. 빨리 치워드려라."

하인들이 사마중달의 바지를 벗기고 변을 닦아 낸 다음 옷을 입힙니다. 중달은 입가에 침을 질질 흘리며 눈을 감고 있을 뿐입니다.

"사마 대인, 소생 이승이 문안드립니다."

사마의가 눈을 뜨고 초점 없는 눈동자로 천정을 응시하더니 심하게 기침을 합니다.

"쿨럭쿨럭! 으허허헉, 학학학!"

"병환이 매우 심하시군요."

"예, 아버님이 아무래도 며칠 살지 못하실 듯합니다. 지금 목공들을 불러 오동나무 관을 짜고 있습니다."

"그렇군요. 풍이 아주 심하시군요. 그럼, 저는 이만 가보겠습니다."

"쿨럭! 쿨럭! 쿨럭!"

이승이 방문을 나서는데 사마의의 기침소리가 요란합니다. 또, 마당 뒤편에서는 목공들이 부지런히 못질하며 관을 짜고 있습니다.

"에잇, 더러운 영감탱이! 병도 아주 추하게 들었구나. 곧 초상을 치르겠군."

"카악 퉤!"

이승이 돌아가자 사마의가 멀쩡한 얼굴로 일어나서 아들을 부릅니다.

"사마소야, 손님은 갔느냐?"

"예, 갔습니다. 손님이 나갈 때 관 짜는 모습까지 확실히 보여 줬습니다. 아버님도 연극이 많이 느셨네요."

"이제, 내가 곧 죽는다고 믿는 조상은 나에 대한 경계심을 풀 것이다. 지금부터 집에서 길러 온 사병들을 잘 점검하고 과거 나와 함께 공명과 맞서 싸우던 손례, 곽회 등 여러 장수들과 긴밀히 연락해라."

"예, 아버님! 명심하겠습니다."

조상은 사마중달이 중풍과 치매로 곧 죽게 생겼다는 보고를 받죠.

"거 잘됐군. 10년 앓던 썩은 이가 빠진 기분이다. 그 늙은이만 죽고 나면 내 행보를 가로막을 자는 아무도 없다. 열흘 후에 천자를 모시고 고평릉(高平陵)으로 사냥을 나가자. 모든 대소신료들은 한 사람도 빠지지 말고 사냥에 동참하라."

조상이 천자를 모시고 모든 신하들과 함께 사냥을 떠난다는 정보를 입수하고, 이 상황을 몰래 염탐하고 있던 사마중달은 무릎을 탁 칩니다.

"됐다! 드디어 때가 왔다."

최후의 승자 사마의

"사마소야, 지난번 기산과 농서에서 함께 싸우던 장수들을 모두 불러 모아라. 늦어도 7일 이내에 도착해야 한다. 그리고 집안에서 길러 둔 사 병들을 모두 동원시켜라. 열흘 후 궁궐을 기습한다."

열흘 후, 천자와 조상이 고평릉으로 사냥을 떠나자 사마의가 이끄는 반군들이 궁궐을 덮칩니다.

"먼저 어림군(御臨軍)을 장악하고, 다음은 태후 궁을 에워싸라. 그리 고 무기고에 보관 중인 모든 무기를 확보해야 한다. 이번 거사의 성패는 수렴청정하는 곽 태후의 표문(表文)을 받아 내는 데 달려 있다. 모두 맡 은 바 임무를 다하라!"

"돌격!"

"와아!"

사마의는 사졸들을 이끌고 태후 궁을 점령한 후, 덜덜 떨고 있는 곽 태후 앞에 섭니다.

"태후마마, 소신 사마중달입니다."

"사…사마 대인이 무슨 일이오?"

곽 태후가 겁을 먹고는 달달 떱니다.

"태후마마! 소신이 이미 궁궐의 모든 군은 장악하였습니다. 태후마 마, 조상은 역적입니다. 조상이 어린 황제를 무시하고 국정을 농단하고 있으며, 조만간 황제를 몰아내고 황위를 찬탈하려 합니다.”

“그…그게 사실이오?”

“그렇습니다. 조상은 현재 위나라의 병권을 쥐고 있습니다. 그는 병권을 휘둘러 조카인 조방 황제를 시해하려 합니다. 이 역적을 제거할 수 있도록 표문을 내려 주십시오.”

“조상은 죽여도 좋소. 그러나 천자는 해치지 마시오.”

“태후마마, 분부대로 하겠습니다! 여기 태후마마의 표문을 미리 써왔으니 수결하시지요.”

“보나마나요. 어련히 알아서 하셨겠소. 대인 뜻대로, 그대로 시행하시오.”

“감사합니다. 그리고 장제(蔣濟), 자네가 태후마마의 조서를 가지고 고평릉으로 가라. 조상을 만나거든 부드러운 말로 그를 달래야 한다. 조상은 국가의 원로대신이니 귀족의 신분은 그대로 유지하고 병권만 회수하겠다고 하여라.”

사마중달의 명을 받은 태위 장제가 황제의 사냥터 고평릉으로 군사를 몰아갑니다.

“황제와 대장군 조상은 태후마마의 성지를 받으시오!”

어린 황제가 먼저 수레에서 내려 무릎을 꿇고 어머니인 곽 태후의 조서를 받자, 조상과 여타 모든 신하들이 무릎을 꿇습니다.

태후가 보낸 표문을 읽어 내려가자 조상의 표정이 점점 굳어집니다.

“이…이럴 수가! 사마의는 사경을 헤맨다고 들었는데 어찌된 일인가?”

장제가 조용한 말로 타이릅니다.

“태부, 사마의께서는 결코 대장군을 해칠 마음이 없다고 하셨습니다.

다만 병권만 회수한다고 했으니 순순히 궁궐로 돌아오시기 바랍니다.”

“그래요? 하지만 저에게 조금만 생각할 시간을 주십시오.”

장제를 보낸 후, 조상은 참모인 사농(司農) 환범(桓範)을 불러 의견을 묻습니다.

“중달이 내 병권만 회수하겠다고 하오. 어찌하면 좋겠소?”

“대장군, 미쳤소? 지금 궁으로 들어가면 대장군은 중달에게 죽습니다. 다행히 우리가 폐하를 모시고 있으니 즉시 허도로 갑시다. 그곳에서 황제 폐하의 명의로 격문을 보내 군사를 모아서 낙양을 들이쳐야 합니다. 그 길만이 살 길입니다.”

“그러나 내 이쁜 첩들과 재물이 모두 낙양에 있습니다. 만일 내가 중달에게 맞서면 재물과 첩들을 모두 잃게 될 텐데 선뜻 용기가 나지 않습니다.”

“대장군! 그까짓 재물과 첩들이 아까워서 호랑이 아가리 속으로 들어간단 말이요? 제발 정신 차리시오. 자칫하면 멸문지화를 당합니다.”

“아니요. 난 결심했소. 병권을 내려놓고 난 그냥 부자로 떵떵거리며 살겠소.”

어리석은 조상은 환범의 충고를 무시하고 제 발로 걸어서 낙양으로 들어갑니다. 조상이 돌아오자 사마중달은 즉시 그를 가택 연금시킨 후 환관 장당(張當)을 잡아들입니다. 장당은 황제를 모시는 내시로, 조진에게 예쁜 궁녀들을 뽑아 바치고 궁궐의 창고 문을 열어 귀한 보물을 모두 내어 준 간신입니다.

“종회! 네가 저놈을 문초해라. 조상과 그 일당이 역모를 꾀했다는 사실을 밝혀내야 한다.”

종회에게 끌려간 환관 장당은 모진 고문과 매를 견디지 못하고 허위

자백을 하고 말죠.

"살려 주십시오. 역모를 꾸몄습니다."

조상이 환범, 하안(何晏), 등양, 이승, 필범, 정밀 등과 함께 역모를 꾸 몄다는 자백을 받아 낸 사마의는 그들 모두를 저잣거리에 끌어내 목을 벱니다. 그리고 그들의 3족을 잡아들여 멸문지화를 시키죠.

조상은 죽음 직전에 울부짖습니다.

"사마의, 3대에 걸쳐 이룬 왕업을 하루아침에 너에게 뺏기다니 분하 고 원통하다. 환범! 환범! 미안하고 원통하오. 내가 그대의 말을 듣지 않 아 이렇게 죽는구려!"

"조상, 눈물은 저승에 가서 실컷 흘려라!"

이때가 서기 249년입니다. 이로써 과거 조조가 한나라 황제를 손에 쥐고 마음껏 권세를 휘두르다 결국 위나라를 세웠는데, 이젠 사마의와 그 아들 사마사와 사마소가 위나라의 황제를 손에 쥐고 마음껏 권세를 휘두르는 세상이 온 겁니다.

사마의에게 조상의 3족이 죽임을 당하고, 권세를 휘두르던 조씨 종친 대부분이 멸족당하자 황제 조방을 지켜 줄 울타리는 사라지게 됩니다. 조씨 종친들을 멸문시킨 후 조정의 실권을 장악한 사마중달은 구석의 지위에 오르죠. 그리고 권력은 중달의 두 아들 사마사와 사마소가 틀어 쥐게 됩니다. 그렇게 기반을 튼튼히 다져 놓은 사마중달은 두 아들에게 병권을 물려준 후 늙어서 죽게 됩니다.

사마중달은 천수를 다 누리고 세상을 하직하죠. 따라서 사마중달이 『삼국지』 소설의 최후의 승자입니다. 중달의 나이 72세, 서기 251년의 일입니다. 애비가 죽자 맏아들 사마사는 대장군이 되고, 둘째 아들 사마 소는 표기상장군에 오르게 됩니다. 사마의가 죽은 바로 다음 해, 즉 서기 252년 오나라 황제 손권도 죽습니다. 나이 71세, 임금 자리에 오른 지 24년 만의 일이죠. 손권이 죽자 그의 아들 손량(孫亮)이 뒤를 이어 오나라 제2대 황제가 됩니다.

이로써 3국을 일으킨 첫 세대는 모두 사라지고, 다음 세대는 그 능력이 검증되지 않은 올망졸망한 2세들에게 넘어갑니다. 창업이 어려울까요, 아니면 수성(守成)이 더 어려울까요? 즉, 나라 또는 기업을 일으키는 게 어려운 일일까, 아니면 선대에게 물려받은 나라 또는 기업을 지키는 게 더 어려운 일일까요? 지금도 학자들 사이에서는 논란이 되고 있습니다.

어린 황제 조방은 사마사가 궁궐로 들어오는 것만 보아도 무서워서 몸을 벌벌 떱니다.

'허걱! 대장군이 또 칼을 차고 들어오는구나. 일어나서 공손하게 맞아 들여야겠지?'

황제는 사마사를 보더니 엉거주춤 일어나 허리를 숙여 인사합니다.

"대장님, 아니 대장군, 어서 오세요."

"어험! 새파랗게 어린 것이 어쩌자고 감히……. 황제는 눈을 내리까시오."

"에이! 대장군, 나도 이제 어린애 아닙니다. 나이가 스물셋입니다."

사마사가 신하들 앞에서도 예의를 지키지 않고 대놓고 무시하자, 조방의 마음속엔 그를 제거할 마음이 꿈틀대기 시작하죠.

'저자를 죽이지 않고는 내가 제대로 황제 노릇을 할 수 없다.'

황제는 장인인 장집(張緝)을 비밀리에 밀실로 불러들입니다.

"장인어른, 사마사를 제거할 방법이 없을까요? 그자는 짐을 어린애 취급하며 모든 벼슬아치들을 발바닥에 묻은 때만큼도 여기지 않습니다. 그를 죽이지 않으면 황실이 위태로워집니다."

말을 마치고 황제가 꺼이꺼이 울어 대자 장집도 따라 웁니다. 그리고 울음을 그친 장집이 한마디 합니다.

"황제 폐하! 아무 걱정 마십시오. 제가 반드시 그 역적을 쳐 죽이고 황실의 안녕을 재건하겠습니다."

"지금 모든 병권은 사마사가 쥐고 있는데, 어떤 방법으로 그를 제거한단 말씀입니까?"

"방법이 있습니다. 폐하께서 밀서를 한 장 써주시면 제가 사방의 영웅호걸들을 불러 모아 그 역적을 죽이겠습니다."

"저놈의 사마씨 집안 놈들만 알짱거리지 않으면 무슨 일인들 못 하겠습니까? 제가 밀서를 한 장 써드리겠습니다."

조방이 밀서를 써 주자 장집이 품속에 감추고 밀실을 빠져나옵니다. 장집이 궁궐을 벗어나기 위해 총총걸음으로 걷고 있는데, 누군가 뒤에서 부릅니다.

"장집, 거기 서라! 왜 이렇게 퇴청이 늦었느냐?"

"장인이 사위하고 노닥거리지도 못한단 말이오? 나는 명색이 황제의 장인인 국구요. 함부로 서라, 가라 하지 마시오. 그러니 당장 예를 갖추시오!"

"예? 애야, 이리 오너라. 하하! 넌 무슨 일로 밀실에 앉아 황제와 그렇게 서럽게 울었느냐?"

"내가 울다니 무슨 말씀이오?"

"네놈과 황제가 울면서 무슨 수작을 꾸미고 있다는 밀고가 들어왔다. 벽에도 귀가 있는 줄 몰랐느냐? 여봐라, 저놈의 몸을 수색해라!"

"이놈들아, 어디에다 함부로 손을 대느냐? 난 황제의 장인이다!"

사마사가 장집을 발로 걷어차자 수하들이 달려들어 몸수색을 합니다.

"대장군, 국구의 품속에서 이런 편지가 나왔습니다!"

뜻있는 영웅호걸들은 들으라!
사마사 형제가 함께 대권을 쥐고 역적질을 하려 한다.
모든 신하와 장졸들은 총궐기하라.
두 역적을 쳐 없애고 기우는 나라를 바로 세우라.
공을 세우는 자에게는 큰 벼슬과 상을 내리겠다.

"내 이럴 줄 알았다. 하룻강아지 범 무서운 줄 모른다더니, 황제 장인이면 대수더냐? 당장 역적 집안의 가솔들을 모조리 잡아 몰살시켜라! 그리고 나머지 병사들은 나를 따라와라."

성난 사마사가 군졸들을 이끌고 황제의 방으로 거침없이 뛰어들어가 칼을 뽑아 들고 소리 지릅니다.

"황제는 무슨 일로 나를 죽이려고 하시오? 내 아버지가 당신을 황제로 세워 준 은혜를 벌써 잊었소?"

황후와 함께 내실에 앉아 장인을 걱정하던 황제는 얼굴이 새파랗게 질려 벌벌 떱니다.

"그건 오해요, 오해! 짐이 왜 충신을 죽이려 하겠소? 제발 그 칼부터 치우고 말로 하세요. 무서워요!"

"여기 이렇게 황제의 밀서가 있는데 발뺌을 할 작정이오?"

사마사가 밀서를 황제의 얼굴에 집어던지자 황제는 더욱 벌벌 떨죠.

"용서하시오. 그건 내 진심이 아니오!"

"진심이 아니라고? 마침 저기 황후가 있군요. 저 황후의 아버지가 일을 꾸몄으니 당연히 황후도 책임을 져야지. 여봐라, 황후를 끌어내어 목을 졸라 죽여라! 역적 애비를 둔 죗값이다."

"대장군, 한 번만 용서해 주시오! 내가 이렇게 무릎을 꿇고 빌겠소!"

"듣기 싫소! 여봐라 무엇들 하느냐? 저 장 황후를 끌어내 죽여라!"

황후가 군사들에게 질질 끌려 나가며 황제에게 울부짖습니다.

"폐하! 폐하는 만승천자(萬乘天子)의 몸으로 제 아낙 하나 못 지키십니까? 못났어 증말, 못났다고!"

"황후! 용서하시오, 엉엉엉! 내 목숨도 언제까지 붙어 있을지 나도 모르겠소."

울부짖는 황제 바짓가랑이 사이로 오줌이 줄줄 흘러내립니다.

여러분! 이 장면 어디에서 많이 본 것 같지요? 그렇습니다. 바로 조방의 할아버지 조조가 한나라 헌제의 복 황후를 끌어내 죽이던 모습과 똑같습니다. 조조의 극악한 죗값을 그 손자가 받고 있는 것이죠. 그래서 '인과응보(因果應報)'가 있는 게 아니겠어요? 장 황후를 질질 끌고나간 병사들이 하얀 천으로 목을 감아 양쪽에서 잡아당기자 황후는 혀를 길게 빼고는 죽고 맙니다. 후세 사람이 그 일을 두고 시를 지었죠.

당년복후출궁문(當年伏后出宮門)
선족애호별지존(跣足哀號別至尊)
사마금조의차례(司馬今朝依此例)
천교환보재아손(天教還報在兒孫)

지난날 복 황후 궁문을 나설 때
맨발로 슬피 울며 천자께 하직하더니
사마 씨 이번에는 그걸 본떴네

447

하늘이 그 업보를 손자에게 돌렸구나.

사마사는 그길로 곽 태후를 찾아갑니다. 곽 태후는 선제 조예의 정실 부인이었죠. 그러나 아들을 생산 못한 조예와 곽 태후는 조카인 조방을 양자로 삼아 황제 자리를 물려준 것입니다. 그런즉, 곽 태후와 황제 조방은 모자지간이긴 하지만 피 한 방울 섞이지 않은 남남이죠.

"현재의 황제는 과거 한나라 창읍왕(昌邑王)처럼 음란하고 음탕합니다. 태후께서 조서를 내려 황제를 폐위하십시오."

아무 힘없는 늙은 곽 태후가 사마사의 말을 듣더니 벌벌 떨죠.

"잘 알겠습니다. 내일 신하들을 불러 주시면 조서를 내리겠습니다."

이튿날 사마사는 조정의 대소신료들을 모두 불러 모았습니다. 우거지상이 된 황제가 용상에 착석하자 곽 태후가 나오더니 사마사가 써준 조서를 읽기 시작합니다.

"황제, 너는 음란하고 절제가 없으며 창기들을 가까이하니 천하를 다스릴 수 없다. 옥새를 내놓고 당장 나가라."

곽 태후가 조서를 읽고 황제에게 폭언을 퍼붓자 군졸들이 황제를 옥좌에서 끌어내립니다. 힘없는 황제 조방은 눈물을 뚝뚝 흘리며 궁궐을 떠나가죠. 황제가 강등되면 왕이 되는군요. 위나라 3대 황제 조방은 15년간 재위했지만 사마사에 의해 제왕으로 강등되어 개 쫓기듯 쫓겨납니다. 그때 그의 나이 23세입니다.

사마사는 제 손으로 조방을 쫓지 않고 곽 태후의 손을 빌렸고, 신하들은 감히 숨도 크게 쉬지 못하고 지켜 볼 뿐입니다. 그리고 조비의 손자인 조모(曹髦)가 위나라 제4대 황제에 오릅니다.

조모는 태극전에 오를 때는 사마사에게 먼저 절을 하고 오를 만큼 허수아비나 다름없으니, 위나라는 이미 망한 것이나 다름없죠. 이때가 서기 254년의 일입니다.

황제 조방이 폐위됐다는 소식을 들은 관구검(毌丘儉)이 사마사에게 반기를 듭니다. 관구검, 그는 누구이며 그의 반기는 성공할까요?

그는 서기 246년 무렵 고구려를 두 차례나 침공하여 위기에 몰아넣은 위나라 장수입니다. 당시 고구려는 동천왕(고구려 제11대왕, 209~248) 시절이었죠. 동천왕은 관구검에게 쫓겨 남쪽 낙랑지역까지 도망하다가 다시 반격을 가하여 승리를 거둡니다. 결국 관구검은 동천왕의 공격을 감당하지 못하고 다시 위나라로 돌아가죠. 그자가 이번에는 사마사에게 반기를 든 것입니다. 관구검이 6만의 군사를 이끌고 항성(項城)에 자리 잡고 사마사와 맞서 전쟁 준비를 합니다.

"관구검은 고구려 동천왕에게 실컷 두들겨 맞고 왔으면서 아직도 정신을 못 차렸구나. 내가 이제 그자의 목을 베겠다."

사마사는 몸소 10만 대군을 이끌고 관구검을 치러 나갑니다.

"공격하라. 역적 관구검을 생포하라!"

사마사가 10만 대군으로 거친 공격을 퍼붓는 도중에 화살이 날아와 사마사의 왼쪽 눈에 적중합니다.

"아악!"

외마디 비명 소리와 함께 사마사가 낙마하자 부하들이 몰려들어 그를 부축하여 본진으로 돌아가죠. 화가 머리끝까지 오른 사마사는 다친 눈을 싸매고는 부하들에게 일장 연설을 시작합니다.

"내 눈을 잃게 한 관구검의 목을 베라!"

10만 대군이 물밀듯 공격을 퍼붓자 관구검은 혼비백산하여 성을 버리고 도주합니다.

"장군, 차라리 사마사에게 투항합시다!"

부하 송백(朱白)이 수차례 건의하였으나 관구검은 듣지 않습니다.

"시끄럽다. 지금 우리가 투항하면 사마사가 우리를 살려 둘 성 싶으냐? 우린 끝까지 항전해야 한다."

결국 송백은 자신이 살기 위해 관구검을 죽이려고 하죠. 송백은 관구검에게 술을 권합니다. 관구검은 벌렁거리는 심장을 달래기 위해 술을 몇 잔 들이키더니 이내 잠이 듭니다.

'미안하오! 나 살기 위해 장군의 목을 가져가겠소.'

송백은 술에 취해 자고 있는 관구검의 목을 베어 들고 사마사에게 투항하여 반란은 진압됩니다. 그러나 왼쪽 눈을 잃은 사마사는 그 상처가 덧나서 고열과 고통에 시달리다 죽고 말죠. 그때 사마사(208~255)의 나이 48세이며, 서기 255년의 일입니다.

형이 죽고 나자 권력이 하나로 개편되어 동생 사마소가 모든 실권을 쥐게 됩니다. 당시 오나라의 황제는 손권의 아들 손량(孫亮)인데, 나이는 겨우 열일곱이며 모든 실권은 손침이 장악하고 있죠. 손침은 손씨 일가를 대표하는 종친으로, 성질이 몹시 포악하고 황제를 업신여기는 사람입니다.

'저 손침이 존재하는 한 짐이 황제 노릇하기가 어렵겠구나. 저자를 제거해야 한다.'

황제 손량은 장인인 전기(全杞)를 불러들입니다. 또 장인이 등장하는군요!

"장인어른! 손침을 소리 없이 제거해 주십시오. 그자가 살아 있는 한 제가 황제 노릇을 할 수 없습니다."

"나도 꼴 보기 싫습니다. 소신이 저 안하무인의 역적 손침을 제거하겠습니다.”

전기가 손침을 제거하기 위해 심복들을 비밀리에 불러 모았는데, 그 만 그 모의가 손침의 귀에 들어가고 말죠.

“황제가 제 분수를 모르고 나를 죽이려 하다니 용서할 수 없다. 먼저 전기와 그 일족들을 모조리 잡아들여라.”

손침은 전기 집안의 노소를 가리지 않고 모조리 죽여 몰살시킨 후 손 량을 황제의 자리에서 내쫓습니다.

“요즘 힘 있는 신하가 황제를 폐위시키는 것이 대세인 걸 몰랐나? 위 나라 사마사가 황제 조방을 쫓아낸 사실을 똑바로 기억해 둬라.”

황제를 폐위시킨 손침은 손권의 여섯째 아들 손휴(孫休)를 새 황제로 옹립합니다. 그때 손휴 나이 24세이며, 서기 259년의 일입니다.

황제를 제멋대로 폐위시키고 새 황제를 들어앉힌 손침의 권세는 날 로 커져만 갑니다.

‘황제든 누구든 내 손침, 일명 똥침 한 방이면 무사하지 못하다. 나도 똥침 놓기 바쁘다. 이럴 바엔 저 어리바리한 황제를 내쫓고 내가 용상에 앉아 볼까? 저나 나나 우리 할아버지 손견의 자손들이니 역성혁명(易姓 革命)이라고 볼 수도 없지. 나처럼 능력 있는 종친이 황제가 되어야 하는 거 아냐?’

이렇게 마음먹은 손침은 좌장군 장포(張布)를 찾아가 찬역의 뜻을 비 춥니다.

“장 장군, 지금 황제가 어리바리한데 다시 갈아치우는 게 어떻습니 까? 장군께서 도와주신다면 대장군 자리를 드리겠습니다.”

“황제를 또 폐위시키자고요? 그…글쎄요. 백성 여론도 있고 하니 조 금 생각할 여유를 주십시오.”

사마소, 황제를 시해하다

충성심 강한 장포는 즉시 황제에게 이런 사실을 밀고합니다.

"승상, 손침이 황위를 찬탈하려 합니다. 빨리 대책을 세우시기 바랍니다."

"큰일이군요. 어떻게 하면 좋겠습니까?"

"노장군 정봉(丁奉)을 불러 상의하십시오. 정봉은 창업주인 손견부터 그 아들 손책, 손권, 손량까지 4대를 모신 충신 중 충신입니다."

황제는 노장 정봉을 비밀리에 불러들입니다.

"손침이 황제의 자리를 찬탈하려 합니다. 노장께서 도와주시기 바랍니다."

"황제 폐하! 심려 마십시오. 소장에게 한 가지 계책이 있습니다. 동짓날 종묘에 제사를 지내고 나면 손침이 입궐할 것입니다. 그는 금군(禁軍)을 자기 형제가 장악하고 있어 별 경계심 없이 궁에 들어올 것이니, 그때 제가 매복해 있다 달려들어 손침의 목을 베겠습니다."

"참 쉽네요! 나는 그저 장군만 믿습니다."

며칠 후, 동짓날 종묘에 제사를 지내고 나자 정봉의 예상대로 손침이 입궐하기 위해 대궐문에 들어섭니다. 이때 대궐문 뒤에 숨어 있던 정봉이 갑자기 달려들어 단칼에 손침의 목을 베어 버리죠. 손침의 목에서 피가 솟구치며 머리가 날아가자 정봉이 명합니다.

"역적 손침의 삼족을 모두 잡아들여 멸족시켜라!"

순식간에 손침의 일가붙이를 몰살시킨 오나라 황제 손휴는 그동안 손침에 의해 잘못된 제도와 인사 등을 모두 바로잡습니다.

촉국에서는 황제 유선이 축하 사절단을 손휴에게 보냅니다.

귀국에서 역적을 사전에 제거하였다니 감축드립니다.

사마소는 야망이 큰 자이니 언젠가는 위나라를 찬탈하고 오와 촉을 침범할 것입니다. 서로 간에 정보를 주고받으며 경계를 게을리하지 맙시다.

사마소는 조조를 본받아 위 황제 조모에게 구석의 지위를 요청합니다. 싫은 내색 한 번 못 하고 사마소에게 구석의 지위를 허락한 황제는 손수 칼을 빼어 듭니다.

"내 손으로 사마소의 목을 베겠다!"

결기에 찬 황제 조모는 조조의 증손자죠. 그는 서기 254년, 조방이 폐위되자 위나라 황제에 즉위합니다. 총명하고 재능이 빼어나 많은 사람들의 기대를 모았으나 사마사에 이어 사마소가 정권을 장악하여 정치 전면에는 나서지 못합니다. "내 증조할아버지 조조 폐하는 어떤 분이었습니까?" 대신들에게 늘 이렇게 물어보고는 조조를 존경하면서 자신을 부끄러워했죠.

조모는 잠룡시(潛龍詩)를 쓰며 사마 씨의 권력을 비판합니다.

상재용수곤(傷哉龍受困)

불능약심연(不能躍深淵)

상불비천한(上不飛天漢)

하불견어전(下不見於田)

반거어정저(蟠居於井底)

추선무기전(鰍鱔舞其前)

장아복조갑(藏牙伏爪甲)

차아역동연(嗟我亦同然)

가련한 용이 외롭고 찬 곳에 처박혀 있구나.

깊은 물속을 뛰쳐나오지 못하여

위로 구천(九天)까지 날 수 없고

아래로 떨어져 내려와 농사짓는 밭에도 있을 수 없구나.

가련한 용이 우물 밑 깊은 곳에 떨어져 있으니,

흙 속의 미꾸라지가 눈앞에서 춤을 추는구나.

용이 이빨과 손톱을 숨기고 탄식하고 있으니,

나도 이렇게 고생하는 것이로다.

어느 날, 잠룡시를 쓴 후 황제가 선언합니다.

"내 손으로 직접 사마소를 죽이겠다. 뜻있는 자들은 모두 내게 모여라!"

이에 황제의 격문을 보고 왕침, 상서, 왕업 등 300명이 모여들어 사마소를 치러 갑니다.

"뭐? 황제가 직접 칼을 빼들고 나를 죽이러 온다고? 개가 웃을 일이구나. 제 몸 하나 건사하지 못하는 황제가 칼을 들고 나서다니! 성제(成濟), 네가 운룡문 앞에 나가 황제를 보거든 무조건 베어 버려라!"

황제 조모는 궁궐을 나서기도 전에 성제가 거느린 군사들과 조우하죠.

"네 이놈! 나는 황제다. 길을 비켜라! 나는 역적 사마소를 치러 나가는 길이다."

"황제 폐하, 19세 미성년자가 칼을 들고 다니면 위험합니다. 평소 검도라도 배우셨는지요?"

"네 이놈! 황제에게 그 무슨 말 버릇이냐? 당장 칼을 치우지 못하겠느냐?"

"요즘 황제의 몸값이 이등병보다 더 값싼 줄 모르시오?"

성제가 창으로 황제를 찌르자, 황제는 외마디 비명과 함께 마차에서 굴러떨어져 즉사하고 맙니다.

"아무리 난세라지만 신하가 황제를 찔러 죽이다니! 성제, 이 천벌을 받을 놈!"

신하들이 몰려나와 황제 조모의 시신을 붙들고 통곡합니다.

"황제 폐하! 이 어인 일이십니까?"

막상 황제가 시해당했다는 보고를 받은 사마소는 슬그머니 뒤가 켕기기 시작하죠.

'내 지시로 황제가 시해당했다는 사실을 백성들이 알면 인심이 크게 이반될 것이다. 이 책임을 모두 성제에게 돌리는 것이 상책이다.'

사마소는 황제의 시신이 안치된 장례식장에 나타나 관을 붙들고 거짓으로 대성통곡합니다.

"폐하! 이 어인 일이십니까? 인생 참 허무하네요. 망극합니다! 역모를 막지 못한 소신들의 불찰을 용서하시옵소서!"

한바탕 대성통곡을 마친 사마소는 분하다는 듯 부하들에게 하명합니다.

"폐하를 시해한 천하의 역적 성제를 잡아 능지처참하라! 그리고 그 일족들을 모조리 잡아 처형하라!"

군졸들에게 끌려온 성제가 악을 쓰며 발악합니다.

"사마소, 네 이놈! 천벌을 받을 놈, 하늘이 무섭지 않느냐? 네놈이 황제를 죽이라고 지시했으면서 이제 와서 책임을 내게 돌리다니! 넌 죽어서 지옥에 갈 게 뻔하다!"

그러자 사마소가 비웃음 가득한 얼굴로 한마디 합니다.

"저놈 혀부터 뽑아 주둥이를 닥치게 만들어라!"

불쌍한 성제는 황제를 죽인 모든 책임을 혼자 뒤집어쓰고 수레에 손발이 묶여 사지가 찢겨 죽는 거열을 당하죠. 이른바 능지처참을 당합니다. 아무 영문도 모르는 그의 일족들은 졸지에 잡혀와 9족이 멸족당하고 맙니다.

성제를 멸문지화시킨 사마소는 혼자서 빙그레 웃으며 중얼거립니다.

'성제, 미안하다! 큰일을 하기 위해서는 희생타가 필요한 법, 너도 권력 맛을 알면 이해할 거다. 억울하게 생각하지 말고 극락에나 가거라!'

사마소는 조모를 대신해 조조의 손자요, 조우(曹宇)의 아들 조환(曹奐)을 황제로 옹립합니다. 그가 위나라 마지막 황제 원제(元帝)죠.

다음은 삼국 중 촉나라를 살펴볼까요?

촉나라는 유비의 아들 유선, 2프로 부족한 유선이 여전히 황제 자리에 있습니다. 그런데 불행히도 충신들이 늙어서 하나, 둘 세상을 떠납니다. 인생 다 그런 거죠. 그리고 마지막 버팀목이었던 장완과 비위가 세상을 뜨죠. 충신들이 죽고 나자 머리가 약간 모자란 황제 유선을 통제할 사람이 아무도 없습니다. 황제 곁에서 수발을 드는 환관 황호의 전횡과 적폐가 기승을 부립니다. 이른바 촉국의 문고리 권력인데, 그 위세가 대단합니다.

"폐하! 오늘도 이쁜 궁녀를 대기시켜 놓았습니다. 한잔 쭉 드시고 궁녀를 품에 안아 보심이 어떨지, 헤헤헤!"

"오, 뗑호야! 그대야말로 간신나라 충신이로다. 그럼 오늘밤도 좀 센 걸로 준비해 둬라!"

"예, 폐하! 시중에 나와 있는 정력에 좋은 약은 모두 준비해 두었습니다."

이때, 강유는 제갈공명의 유지를 받들어 여러 차례 북벌을 감행합니다. 그때마다 바보 유선은 황호의 꼬임에 넘어가 승리를 눈앞에 둔 강유를 불러들이죠. 강유는 눈물을 머금고 돌아와 화가 나서 황호를 죽이려 하지만, 황제 유선이 그를 감싸서 죽일 수가 없게 됩니다.

"강유, 거시기도 없이 사는 것도 불쌍한 환관을 왜 죽이려 하시오. 살려 두시오."

목숨을 건진 황호는 강유를 모함하여 변두리로 쫓아냅니다. 이런 촉국의 사정을 간파한 사마소는 서기 263년, 등애(鄧艾)·종회(鐘會)·제갈서(諸葛緖) 세 장수를 불러 촉을 정벌할 것을 명하죠. 사마소의 명을 받아 종회는 검각(劍閣)을 공격하고, 등애는 음평 산길을 따라 전진하여 성도를 공격합니다.

등애는 지금의 중국 허난(河南)성 남양에서 태어났으며, 자는 사재(士載)입니다. 원래 농사짓던 농민 출신이었죠. 젊어서는 말을 몹시도 더듬었답니다. 등애는 관리를 뽑는 공채에 합격하여 말단 관리로 벼슬을 시작합니다. 그의 학식을 눈여겨보던 사마중달은 그를 발탁하여 제자로 삼죠. 이른바 심복으로 인정한 겁니다. 등애는 사마중달에게 열심히 배워 문무를 겸비하고 병법에 능하게 됩니다. 젊어서는 종회와 함께 사마중달의 정치노선을 추종하던 친구 사이입니다.

서기 263년 9월, 사마소는 등애와 종회 그리고 제갈서 등 세 사람이 촉을 정벌하라는 명령을 하죠. 먼저 종회가 10만 대군을 이끌고 정면으로 한중을 공격해 들어갑니다.

"돌격하라!"

진서장군 종회가 검각을 공격합니다. 종회는 검각을 뺏은 후 성도로 밀고 들어가려는 계획이었죠. 그런데 촉의 장수 강유가 격렬하게 저항합니다. 이 때문에 종회의 군대는 더 이상 앞으로 나가지 못하고는 쌍방이 대치하게 됩니다. 전쟁이 소강상태에 이르자 종회는 등애에게 도움을 요청하게 되고, 등애는 종회의 부탁을 흔쾌히 수락합니다.

"내가 군사 3만으로 음평 샛길을 따라 부성을 공격하고, 그 다음 성도를 치겠네. 그럼 강유가 놀라서 검각을 비워 두고 부성을 구하러 달려올 거야. 그때 자네가 재빨리 검각을 점령하게."

"정말 신묘하고 좋은 작전이네. 공명이 써먹던 방법인 줄 내 일찍 알고는 있네만, 어찌되었든 감사하는 마음으로 술을 한잔 올리겠네."

작전 논의를 끝내고 등애가 돌아가자, 뒤에서 종회가 비웃습니다.

'멍청한 놈! 음평은 산이 험하고 길이 없는 곳이다. 또 성도로 들어가기 위해서는 깎아지른 절벽을 내려가야 하는데, 아마 불가능할 것이다. 미련하고 바보 같은 놈!'

등애는 군사 3만을 이끌고 음평 샛길로 들어섭니다. 등애와 군사들은 벼랑과 험한 골짜기 사이를 20일에 걸쳐 700리를 행군하죠. 그런데 점점 길이 좁아지더니 샛길마저 끊기고 맙니다. 그러자 부하들이 난감한 듯 길이 끊겼다고 보고하죠.

"장군! 깎아 세운 듯한 절벽이 길을 막고 있습니다. 절벽 때문에 더 이상 진군은 불가능합니다."

그러자 등애가 부하들을 다그칩니다.

"여러 장수들은 들어라. 내 사전에 불가능이란 없다. 호랑이 굴에 들어가지 않고 어떻게 호랑이를 잡을 수 있겠는가? 우리가 천신만고 끝에 여기까지 왔는데, 지금 멈추면 아니 온 것만 못하다. 오로지 전진만이 살 길이니 후퇴는 절대 안 된다. 우선 무기와 장비들을 절벽 아래로 모두 던져라. 그 다음 병사들 서로가 밧줄로 몸을 묶고 나무줄기를 잡고 한 사람, 한 사람씩 내려가거라."

등애가 먼저 나무줄기를 타고 절벽 아래로 내려가기 시작하자 모든 군사들이 나무줄기에 매달려 내려가기 시작합니다. 그러나 나무줄기를 잡고 깎아지른 절벽을 내려오는 사이 많은 군졸들이 손이 미끄러져 바닥으로 떨어져 죽죠.

"으아아악!"

"모두 조금만 더 힘을 내라! 나무줄기를 놓치면 죽음뿐이다. 젖 먹던 힘까지 다해야 한다!"

등애가 맨 먼저 절벽 아래로 내려왔고, 뒤따라서 부하들이 내려옵니다.

"장군! 성공입니다. 우리 군사들이 모두 절벽 아래로 내려왔습니다."

"떨어져 죽은 병사들이 몇이나 되느냐?"

"부지기수여서 세어 보진 않았습니다."

"살아남은 장병들이여, 장하다! 전우의 시체를 넘고 넘어 우리에게는 앞으로 나아갈 길은 있어도 물러날 길은 없다. 전진하면 살 것이요, 후퇴하면 죽음뿐이다! 모두들 분발하여 부성을 함락하자!"

사기 오른 등애와 군사들은 부성을 공격하기 시작하죠. 천연요새의 절벽만 믿고 느긋하게 부성을 지키던 태수 마막(馬邈)은 갑자기 적의 공격을 받자 당황하여 어쩔 줄 모릅니다.

"마막 장군, 항복합시다!"

"그러자! 하늘에서 내려온 저자들은 우리가 도저히 이길 수 없다."

지레 겁먹은 마막은 싸워 보지도 않고 위군에게 항복합니다.

부성은 촉의 수도 성도에서 300여 리 떨어진 곳으로, 군사적 요충지죠. 결국 검각을 지키던 강유가 부성을 지키러 나올 수밖에 없었고, 이에 종회는 싸우지 않고도 검각으로 입성할 수 있었습니다.

촉국의 멸망

종회가 검각에 머무는 동안 등애는 승기를 몰아 성도로 밀고 들어갑니다.

"자, 촉의 수도 성도가 코앞이다. 전군, 쉬지 말고 행군하라!"

이때가 서기 263년 10월 중순의 일입니다. 그런데 등애가 촉의 수도 성도로 밀고 들어가던 그 시간에 촉의 황제는 유명하다는 점쟁이를 데려다 놓고 점을 치고 있습니다.

"그래, 점괘는 어떻게 나왔느냐? 나라가 망하지는 않겠느냐?"

"촉국은 앞으로도 500년은 끄떡없이 지속될 것이라는 점괘가 나왔습니다."

"오, 다행이구나! 넌 정말 신기에 가까운 점술을 가지고 있구나!"

일국의 황제라는 자가 나라의 운명을 점쟁이에게 물어보는 한심한 작태죠. 이 정도면 곧 망하는 건 식은 죽 먹기죠.

등애는 파죽지세로 군대를 몰아 성도까지 진격합니다. 그리고 촉 황제 유선에게 항복할 것을 권유하죠.

"촉 황제는 순순히 항복하면 목숨은 살려 주겠다. 그러나 반항하면 살아 있는 생명체는 모두 죽이겠다. 속히 항복하라!"

이 소식을 들은 유선은 쩔쩔매며 중신들을 불러 모읍니다.

"큰일 났소. 등애가 군사를 몰고 성도까지 치고 들어왔소. 우린 어떻게 해야 하겠소?"

황제가 당황하자 신하들은 중구난방으로 정신들을 못 차립니다.

"동맹국인 오에 구원을 요청합시다."

"아닙니다. 이미 늦었습니다. 빨리 항복하여 죽음이나 면합시다."

신하들이 우왕좌왕하며 어쩔 줄 몰라 하는데, 이때 황제의 다섯째 아들인 유심이 항복을 반대하고 나섭니다.

"부황! 먼저 저 요사한 점쟁이부터 목을 베십시오. 이 나라를 세우고 천하를 통일하려 했던 할아버지(유비)께서 하늘에서 지켜보고 계십니다. 함께 싸운 제갈 승상과 관우, 장비, 자룡 등 수많은 인물들이 피땀으로 건설한 이 나라를 싸우지도 않고 내주다니요? 절대 안 됩니다. 끝까지 싸웁시다!"

그러자 황제는 아들에게 나가라고 고함을 지릅니다.

"어린 녀석이 뭘 안다고 함부로 떠드느냐? 시끄럽게 하지 말고 빨리 물러가라!"

유심은 상심하여 집으로 돌아와 아내와 아들 셋을 부릅니다.

"이제 나라는 망조가 들었다. 나는 이제 세상을 떠나려 한다. 너희 생각을 듣고 싶구나."

"아버님, 증조할아버지께서 피땀으로 세운 이 나라가 망하는데 더 이상 살아서 무엇 하겠습니까? 저희도 아버지의 뒤를 따르겠습니다."

그렇게 유심의 가족들은 세상을 떠나고, 촉은 역사 속으로 사라지게 됩니다. 이때가 서기 263년이며, 유비가 촉한을 세운 지 43년 만의 일입니다.

나라가 망한 줄도 모르고 강유는 종회와 치열한 전투를 벌이고 있죠. 열심히 싸우고 있는 강유에게 황제 유선의 사자가 도착합니다.

짐은 위나라에 항복하였다.

강 장군도 그만 싸우고 위에 항복하라!

"폐…폐하! 항복이라니요? 이 어인 일이십니까?"

강유는 칼을 뽑아 바위를 내리치며 통곡합니다.

"으아아아! 이건 아닌데? 이건 정말 아니야!"

강유가 울부짖자 함께 싸우던 군사들도 치를 떨며 울부짖습니다.

"나라가 망했는데 우리가 누구를 위해 싸운단 말이냐!"

검각에서 마지막까지 나라를 지키던 강유는 백기를 들고 종회에게 투항합니다. 그러면서 부하들에게 다음과 같이 맹세하죠.

"우린 비겁하게 목숨을 부지하기 위해 투항하는 것이 아니다. 우린 계책을 써서 등애와 종회를 모두 제거해야 한다. 내 뜻을 알겠느냐?"

"예, 장군의 뜻을 잘 알겠습니다!"

강유는 깊은 뜻을 가지고 종회에게 투항하죠.

종회, 그는 누구일까요? 위나라 대신 종요(鍾繇)의 막내아들이며, 자는 사계(士季)입니다. 종회는 머리가 좋고 박학다식하여 스무 살에 벌써 조정에 출사하였으며, 친구인 등애와 함께 사마의를 스승으로 모시고 많은 것을 배웠습니다. 서기 255년, 관구검이 반란을 일으키자 사마사가 그들을 토벌합니다. 그때 종회는 참모로 참가하여 함께 전쟁을 치렀고, 사마사가 죽은 후에는 사마소를 섬기며 오른팔 역할을 하죠. 사마소는 평소에 말하기를 "종회는 나의 장자방이다."라고 칭찬했습니다.

종회는 서기 263년 가을, 검각도를 점령한 후 수도 성도를 밀고 들어가려는데, 아뿔싸! 등애가 먼저 성도에 입성했군요. 종회는 시기심에 불타 어쩔 줄 모릅니다.

"그 소똥이나 치던 천박한 것이 먼저 공을 세우다니, 이건 용납할 수 없는 일이다."

종회가 이를 갈며 기회를 엿보고 있는데, 등애가 기고만장하죠. 사람이 잘나갈 때 조심해야 하는 법입니다.

아무튼 사로잡은 황제 유선을 낙양으로 압송하지 않고 제멋대로 부풍왕(夫風王)으로 봉합니다.

"황제의 윤허를 받을 시간이 없다. 유선을 부풍왕에 봉한다!"

이 소식을 들은 종회가 발끈합니다.

"뭐? 등애가 제 마음대로 유선을 부풍왕에 봉했다고? 황제를 제쳐 두고서?"

이대로 가다가는 종회가 촉에 눌러앉아 반란을 일으킬지도 모른다는 생각에 일찌감치 그를 제거하려고 합니다. 종회는 투항한 강유를 불러 의논하죠.

"등애가 제 분수를 모르고 날뛰고 있소. 촉을 점령했다는 공을 앞세워 건방이 하늘을 찌르오. 눈꼴사나워서 못 보겠소!"

거짓 투항한 강유는 기다리던 때가 왔다는 듯 등애와 종회 두 사람을 이간질하기 시작합니다.

"등애는 어려서 농가에서 소똥이나 치던 미천한 자입니다. 그가 어쩌다가 음평의 샛길을 찾아내 나뭇가지를 잡고 벼랑에 매달려 이번의 큰 공을 세운 것이죠. 촉의 황제 유선을 부풍왕으로 세우고 촉국인들의 마음을 끌어 모으는 것은 반드시 반역할 마음이 있기 때문입니다. 빨리 없애는 게 상책입니다."

"그럼 어떤 방법으로 그를 제거해야 하오?"

"등애를 잡으려면 먼저 황제의 조서를 받아 내야 합니다. 조서는 실권을 쥐고 있는 사마소를 통하면 쉽게 받아 낼 수 있습니다. 조서가 내려오면 감군 위관을 보내 조사할 일이 있다는 핑계를 대고 그를 잡아 오십시오. 그러고는 즉시 죽여 없애십시오."

"알겠소. 좋은 생각이오."

등애의 공로에 시기 질투를 느낀 종회가 그를 무고하기 시작합니다.

'앞으로 큰일을 하려면 이쯤에서 경쟁자를 제거해야지.'

이렇게 생각하고 사마소에게 허위로 보고합니다.

"등애는 창을 거꾸로 잡고 주공을 제거하려 합니다. 촉의 황제 유선을 부풍왕으로 세우고 촉의 민심을 모으고 있으며, 그는 촉을 거점으로 군사를 모아 주공을 제거한 후 황제 자리마저 찬탈하려 합니다. 지금 그를 없애지 않으면 나중엔 막기가 어려워집니다. 조속히 황제의 조서를 받아 등애를 제거하십시오."

이런 보고를 받은 사마소는 허수아비 황제에게 등애를 죽이라는 조서를 받아 낸 다음, 종회에게 밀명을 내립니다.

역심을 품은 등애를 처단하라

조서를 받아 든 종회는 감군 위관에게 명하여 등애를 압송토록 합니다. 아무것도 모르고 침상에 누워 잠자고 있던 등애는 갑자기 위관이 들이닥치자 깜짝 놀라죠.

"역적 등애는 오라를 받으라!"

"뭐라고? 촉을 멸망시킨 일등 공신에게 역적이라니! 누구의 장난이냐?"

"황명이니 속히 오라를 받으시오!"

감군 위관은 등애와 그 아들 등충(鄧忠)을 함께 사로잡아 종회에게 끌고 갑니다.

"종회! 넌 나와 사마중달 스승님을 함께 모신 친구 사이가 아니냐? 그런데 네가 감히 나에게 이럴 수가 있느냐?"

그러자 종회가 비웃으며 등애의 머리를 주먹으로 쥐어박습니다.

"똥장군이나 지던 천한 것이 누구에게 벗질하려 하느냐? 하찮은 것이 험한 절벽에 매달려 간신히 큰 공을 세우더니 결국 이 꼴이 되었구나. 나를 원망 말고 어서 황천길로 가거라."

종회는 등애에게 갖은 욕설을 퍼붓고 조롱하더니 그 아들 등충의 목을 먼저 베어 버립니다.

"내 아들! 내 아들 등충아! 종회 이놈, 인간의 탈을 쓰고 이럴 수가 있느냐! 네놈도 반드시 하늘에서 천벌을 내릴 것이다. 인과응보라는 말은 들어는 봤느냐?"

"소나 키우던 놈이 말이 많구나. 분수를 모르는 이놈 꼴도 보기 싫으니 목을 베라!"

참으로 억울하고 어처구니없는 등애의 죽음입니다. 등애가 죽고 나자 강유가 슬슬 종회를 꼬득이기 시작하죠.

"장군! 옛날 한신은 유방을 도와 한나라를 건국하였지만 그에게 돌아온 것은 결국 죽음뿐이었습니다. 세력이 있을 때 한신이 유방에게 반기를 들었다면 천하는 그의 차지가 되었을 것입니다. 그러나 우물쭈물하다 기회를 놓치고, 결국은 유방에게 비참하게 죽게 된 것이지요. 장군도 그런 전철을 밟을까 걱정됩니다."

"강 장군의 말을 들으니 일리가 있는 말이오. 그럼 어찌하면 좋겠소?"

"촉국에서 군사를 길러 낙양을 들이치고 황제 자리를 찬탈합시다."

"그…글쎄? 그건 너무 엄청난 일이라 조금 더 생각해봅시다."

종회가 조금 주저하는 빛을 보이자 강유는 사람을 시켜 사마소에게 종회를 모함합니다.

"종회가 등애를 죽이더니 이젠 반역하려 합니다."

보고를 받은 사마소가 빙그레 웃습니다.

"내 그럴 줄 알고 있었다. 이젠 내가 종회를 제거할 차례다. 그가 더 힘을 갖게 되면 내 큰 꿈에 차질이 생긴다. 더 자라기 전에 이쯤에서 제거해야지."

사마소는 편지를 써서 종회에게 보냅니다.

나는 그대가 등애를 쉽게 잡지 못할까 걱정이 되어 손수 군사를 몰고 도우려 왔소.

　내가 가까운 곳까지 왔으니 속히 와서 나와 대책을 논의합시다.

“뭐시라? 대책을 논의해? 내가 이미 등애를 죽였는데 무슨 말이냐? 이건 좀 이상하구나.”

등애는 강유를 불러 사마소의 편지를 보여 주며 의견을 묻습니다.

“장군은 어떻게 생각하시오?”

“예로부터 주군에게 의심을 받은 신하는 살아난 적이 없습니다. 이건 필시 사마소가 장군을 제거하기 위한 간계입니다. 절대 가시면 안 됩니다.”

“그럼, 어떻게 해야 하겠소?”

“지금 곽 태후께서 돌아가셨습니다. 따라서 곽 태후의 조서를 위조하십시오. ‘사마소는 황제 조모를 시해한 역적이다. 모든 장수들은 군사를 일으켜 사마소의 죄를 물어 그를 죽여라.’ 이렇게 위조하여 장군들을 끌어들이십시오.”

“내 휘하의 장수들이 사마소를 죽이자는 말을 따라 줄까?”

“내일 모든 장수들을 불러 모으십시오. 그리고 곽 태후의 가짜 조서를 보여 주며 사마소를 치자고 의견을 내십시오. 그리고 반응을 보아 반대하는 장수는 즉시 목을 베십시오.”

“알겠소!”

종회는 땅을 파 커다란 구덩이를 만듭니다. 그러고는 곤봉 수백 개를 감추어 두고 부하 장수들을 소집하죠. 만약 사마소를 제거하는 데 동참하지 않는 장수들은 곤봉으로 때려죽여 구덩이에 던져 넣으려는 것입니다.

이튿날, 종회는 장수들을 불러 잔치를 베풀기 시작합니다.

"자! 여러 장수들은 쭈욱 한잔씩 드시오."

술이 몇 순배 돌고 분위기가 무르익자 종회가 술잔을 잡은 채 갑자기 울기 시작합니다.

"아니, 장군께서는 왜 갑자기 슬피 우십니까?"

"곽 태후께서 돌아가시기 직전에 나에게 밀지를 보내셨소. 내가 읽을 테니 잘 들어보시오."

사마소는 황제를 죽인 대역무도한 자입니다.

장차 쿠데타로 나라를 뒤엎고 황제 자리를 찬탈하려 하니 모든 장수들은 분연히 일어나 역적 사마소를 없애시오.

"곽 태후의 이런 격문이 있으니 우리 모두 동참하여 사마소를 죽입시다. 만약 불응하는 자가 있으면 이 자리에서 목을 베겠소."

그러자 장수들은 서로 얼굴만 처다볼 뿐 가타부타 대답이 없습니다. 종회는 다시 연판장을 꺼내더니 거기에 장수들의 이름을 적으라고 강요합니다.

"나와 뜻을 함께하는 사람들은 여기에 이름을 적으시오. 저기 큰 구덩이가 보이지요? 불응하는 자는 몽둥이로 때려죽여 저 구덩이에 던져 넣겠소."

장수들이 서로 수군거립니다.

"곽 태후가 썼다는 저 조서는 가짜가 틀림없소. 어찌하면 좋겠소?"

"일단 이름을 적읍시다. 그리고 기회를 보아 저자를 전격적으로 제거합시다."

"알겠소. 그렇게 합시다!"

장수들이 어쩔 수 없이 연판장에 이름을 적는데, 서명이 끝나자 장수들의 마음을 믿지 못하고 모두 옥에 가두죠.

이때 호열(胡烈)이라는 한 장군이 옥문을 지키는 장졸을 회유합니다.

"자넨 나와 한 고향 사람이 아닌가? 영채 밖에 내 아들이 있으니 급히 밖으로 나가 이 편지를 전해 주게. 일이 성공하면 평생 자네 은혜를 잊지 않겠네."

"염려 마십시오. 제가 아드님께 이 편지를 전달해 드리겠습니다."

옥졸은 호열의 편지를 품에 감추고 슬그머니 밖으로 빠져나가 영채 밖에 있는 호연(胡淵)에게 전달합니다.

　　종회가 곽 태후의 가짜 조서를 만들었다.

　　그 조서로 장군들을 회유하여 사마소를 치려 한다.

　　넌 급히 군사들을 모아 영채를 기습하라.

　　먼저 애비가 갇혀 있는 옥문을 부수고 여러 장수들을 구해야 한다.

　　그리고 종회의 막사를 습격하여 그를 사로잡아야 한다.

아버지의 편지를 받아 본 호연은 급히 군졸들을 불러 모았습니다.

"여러 장수들이 옥에 갇혀 있다. 그들을 구해야 한다!"

호연은 군사들을 모아 영채로 치고 들어옵니다.

한편, 종회는 한창 깊은 잠에 빠져 있죠. 꿈속에서는 수백 마리의 뱀들이 나타나 온몸을 칭칭 감더니 마구 물어뜯기 시작합니다.

"아아악! 그만 물어라. 으악, 징그러워!"

비명을 지르며 일어나 보니 다행히도 꿈입니다. 종회는 강유를 부릅니다.

"강 장군, 방금 꿈속에서 수백 마리의 뱀들이 내 몸을 감고는 마구 물어뜯었소. 이거 불길한 징조 아닌가요?"

"장군님! 그건 정말 길몽 중 길몽입니다. 사람이 크게 되려면 꿈속에서 용이나 뱀이 나타나는 법인데, 뱀이 한두 마리도 아니고 수백 마리가 나타났다니 좋은 꿈이지요."

"역시 꿈보다 해몽이오, 하하!"

종회와 강유가 한참 이야기를 나누고 있는데, 갑자기 함성이 들리더니 수많은 군사들이 쏟아져 들어옵니다.

"역적 종회를 죽여라, 와~아!"

"이…이게 무슨 소리냐? 종회를 죽이라니!"

"장군! 큰일 났습니다. 호연이 군사들을 이끌고 들어와서 장군들 가두어 둔 옥문을 부수고 이리로 쳐들어오고 있습니다."

"저기 종회가 있다! 사로잡을 수 없으면 베어도 좋다. 종회를 죽여라!"

"네 이놈들! 여기가 어디라고 함부로 난입하느냐?"

종회가 칼을 빼어 들고 군졸 대여섯 명을 베어 넘겼으나 역부족입니다.

"모두 활을 쏘아라!"

군사들이 일제히 활을 쏘자 종회의 몸에 수십 개의 화살이 박힙니다. 종회는 고슴도치가 되어 숨을 거둡니다.

"인과응보라, 호오! 이것이 등애를 죽인 내 죗값이구나……."

종회가 죽자 강유가 칼을 빼어 들고 군졸들을 베어 넘기는데, 재수가 없으려니까 하필 이때 가슴에 통증이 옵니다.

"으윽! 가슴이…, 하필 이때 협심증이 발작하다니……."

강유가 가슴을 움켜쥐고 쓰러지자 성난 군졸들이 난도질을 합니다.

"종회를 꼬드긴 놈이 바로 저 강유다. 죽여라!"

종회와 강유가 죽자 피를 본 군졸들이 더욱 날뛰기 시작합니다. 두 사람의 죽음으로 시작된 소동은 보름이나 계속되었죠. 성난 위나라 군사들에게 촉의 백성들은 이리저리 쫓겨 다니며 죽은 사람의 머릿수는 헤아릴 수 없을 정도였습니다. 나라가 망하니 결국 돌아오는 것은 죽음뿐이죠. 보름 후에야 가충(賈充)이 근위병을 동원하여 겨우 난동을 진압합니다.

"무고한 백성들을 더 이상 죽이지 마라. 황제 유선은 낙양으로 압송한다."

촉의 2대 황제 유선은 몇몇 신하들과 함께 낙양으로 압송됩니다. 사마소는 끌려온 유선을 준엄하게 꾸짖죠.

"너는 여자라면 환장하고, 밤낮으로 술과 향락을 즐기고, 충신들은 내치고, 간신들만 가까이했으니 마땅히 능지처참을 당해야 한다!"

그러자 유선이 사마소를 붙잡고 울기 시작합니다.

"아이고, 대장군! 뭔 말이래유? 제가 더 이상 저항하지 않고 일찍 항복한 것도 다 살고자 한 짓인데, 희망을 꺾지 마시오. 제발!"

"그리도 살고 싶으냐? 좋다. 지금 당장 죽이지는 않겠지만 두고 보자."

항복한 유선은 위나라 황제 조환 앞에 끌려가 무릎을 꿇습니다. 체면도 잊은 채 위나라 황제를 위해 만세를 부르죠.

"만세! 만세! 만만세! 황제 폐하, 만만세! 저는 지금부터 폐하에게 신칭(臣稱)을 하겠습니다. 헤헤헤."

"그대가 촉의 황제구려. 뚱뚱한 자가 들어오길래 눈사람이 걸어 들어오는 줄 착각하였소. 턱이 두 개며, 배는 마치 고무풍선처럼 부풀었구려. 그대를 안락공에 봉하겠소. 예전처럼 호위호식하며 살 수가 있소. 그러면 되겠소?"

"감격! 감격! 히히, 헤헤……!"

위나라에 잡혀 가서도 유선은 조금도 슬퍼하거나 분노하지 않고, 하루 다섯 끼씩 먹으며 돼지처럼 잘 살아갑니다. 보다 못한 사마소가 묻죠.

"그대는 고향 촉국이 그립지도 않소?"

"그립다니요? 이젠 이곳이 제 집인데 왜 촉국이 생각나겠습니까? 자, 장군도 잠깐 이리 와서 이 음식을 먹어 보시오. 기가 막히게 맛있는 음식입니다!"

이런 유선을 보고 사마소는 생각합니다.

'저자는 죽일 가치도 없는 인간이다!'

여전히 간신나라 충신 황호가 유선 옆에서 시중듭니다.

"전하! 오늘도 예쁜 여자들을 대기시키겠습니다."

"역시 충신은 황호 자네뿐이네. 이왕이면 다홍치마라고, 다 아시겠지?"

"전하 취향을 잘 아니 그리 준비하겠나이다!"

이걸 지켜보던 사마소가 명령합니다.

"바보 유선은 죽일 가치도 없는 놈이다. 다만 나라를 망하게 만든 저 내시 황호의 사지를 찢어 죽여라. 어디 나라가 망한 주제에 주군의 눈을 멀게 하며 예쁜 여자 타령이냐? 주제를 모르는 놈들은 죽음뿐이다!"

간신 황호는 수레바퀴에 매달려 사지가 찢겨 죽는 고통을 당하고는 생을 마감합니다.

사마염의 황위 찬탈

구석의 지위에 있던 사마소는 스스로 진왕(晋王)의 지위에 오릅니다. 진왕에 오른 사마소는 황제를 폐위시키고 자기 스스로가 황제가 되려고 마음먹죠.

'음, 이제 본색을 드러낼 때가 되었군! 슬슬 황제의 자리에 올라 볼까?'

"수랏상을 가져와라!"

사마소가 황제가 된 듯 흉내를 내며 저녁을 먹으려고 막 수저를 듭니다. 그런데 갑자기 비명을 지르며 머리를 감싸고 쓰러지죠.

"전하! 왜 그러십니까? 정신 차리십시오. 곧 황제가 되어야 할 판국인데!"

그러나 사마소의 눈동자가 허옇게 돌아가고 게거품을 흘리더니 급사하고 말죠. 뇌출혈, 즉 중풍을 맞은 겁니다. 황제 자리를 노리는 불량한 마음을 괘씸히 여겨 하늘이 벌을 내렸는지도 모르죠. 이때가 서기 265년의 일입니다.

아버지 사마소가 죽자 그 아들 사마염(司馬炎)이 진왕에 오릅니다. 왕위에 오른 사마염도 그 아비처럼 본격적으로 황제의 자리를 넘보기 시작하죠. 가충과 배수(裵秀)를 불러 은근한 말로 묻습니다.

"지금의 황제는 너무 무능하지 않소?"

그러자 가충이 기다렸다는 듯이 듣기 좋은 말을 시작합니다.

"조조는 사람의 인성이 포악하고 잔인하여 백성들이 어쩔 수 없이 복종한 것뿐입니다. 거기에 비하면 전하의 할아버지 선왕(宣王, 사마의)께서는 덕이 있어 천하의 인심이 모였던 것이지요. 이제 전하께서는 저 껍데기만 남아 있는 황제를 폐위시키고 새로운 왕조를 열어 보심이 가할 줄 압니다."

그러자 곁에 있던 배수가 또 맞장구를 칩니다.

"전하, 조비가 한나라 헌제에게서 왕통을 이어 받던 옛일을 본받으십시오. 수선대(受禪臺)를 쌓아 천하에 알리고 황제의 자리에 오르십시오."

"그리 해도 되겠소? 백성들 눈도 있고 해서 몇 번 거절도 하고 그러면 좋갔는디…, 쇠뿔도 단숨에 빼랬다고 그냥 거사를 치릅시다."

사마염은 사양하는 기색도 없이 얼굴에 환한 미소를 짓더니, 그 이튿날 칼을 찬 채 궁궐로 들어갑니다. 사마염이 들어오자 황제 조환은 쩔쩔매며 용상에서 내려와 맞이하죠.

"진왕, 어서 오시오."

"폐하는 거 언제 보아도 애송이 티를 못 벗는구려. 한 가지만 황제에게 묻겠소. 이 나라는 도대체 누구의 힘으로 이루어진 것이오?"

"진왕 전하! 그거야 당연히 전하의 할아버지 사마의의 힘으로 이루어진 것이죠."

"거 알고는 있구만. 내가 천자를 보아하니 그대는 아는 것도 없고 덕도 없고 나라를 경영할 능력도 시원찮은데, 어째서 유능하고 덕 있는 사람에게 나라를 양위하지 않소?"

"예? 제가 무능하다고요? 그런 말은 처음 듣습니다만……."

이때 곁에서 이 말을 듣고 있던 황문시랑(黃門侍郎) 장절이 큰 소리로 사마염을 꾸짖습니다.

"진왕, 말을 삼가시오! 우리 천자께서는 덕이 넘치고 나라를 다스리는 능력도 뛰어난데, 자리를 남에게 물려주라니요? 어디서 낮술 한잔 드셨소?"

그러자 사마염이 화를 벌컥 내고는 씩씩거립니다.

"당장 이놈을 끌고 나가 혀를 뽑고 입을 찢어라! 왕과 황제가 토크하는데 어디에서 함부로 끼어드는 거냐!"

장절이 끌려 나가 무사들에게 맞아 죽자, 황제 조환이 무릎을 꿇고 사마염에게 빌기 시작합니다.

"진왕, 오해 마시오! 능력 있는 자가 당연히 황제의 자리를 물려받아야지요. 내 이 일을 신하들과 의논해 보겠소."

"그깐 일을 여러 신하들과 의논할 게 무어 있소? 여기 있는 가충, 배수와 함께 의논해 보시구려."

사마염이 의미심장한 말을 남기고 나가 버리자, 황제가 가충과 배수를 잡고 묻습니다.

"어찌하면 좋겠소?"

"과거 당신의 할아버지가 헌제에게서 양위 받았던 절차대로 수선대를 고치고, 그곳에서 진왕에게 양위하시오."

서기 265년, 위나라 마지막 황제 조환은 수선대를 높이 쌓고 만조백관들이 보는 앞에서 사마염에게 황제의 자리를 넘겨줍니다.

"먼저, 진왕 사마염은 현 황제에게 절을 올리시오."

사마염이 먼저 조환에게 절을 올립니다.

"다음, 진왕께서는 황제의 용상에 앉으시고, 조환은 내려와 새 황제에게 절을 올리시오.”

조환이 단 아래로 내려와 사마염에게 절을 올립니다.

“황제 폐하, 만수무강하시옵소서!”

“너를 진류왕(陳留王)에 봉하니 그리 알라!”

“황은이 망극하옵니다!”

조환이 엎드려 울며 절하고 물러나자 문무백관들이 사마염에게 두 번 절하고, 세 번 만세를 불러 충성을 맹세합니다. 이로써 조조와 그 아들 조비가 세운 위나라는 45년 만에 망하고, 새로운 진(晉)나라가 탄생합니다.

사마염이 위나라의 황위를 찬탈하자 후세 사람이 다음과 같은 시를 지어 노래하죠.

진국규모여위왕(晋國規模如魏王)

진류종적사산양(陳留蹤迹似山陽)

중행수선대전사(重行受禪臺前事)

회수당년지자상(回首當年止自傷)

진이 하는 짓이 위와 같아

진류왕의 자취 산양공을 닮았구나

수선대 앞의 일 두 번 거듭되니

돌아보며 그때의 쓸쓸함을 거두네.

‘산양공’은 조비에게 쫓겨난 한나라 마지막 황제 헌제의 작위죠. 그 조비의 손자인 조환이 천자의 자리에서 쫓겨나 진류왕으로 강등되었으니, 이 또한 인과응보라 하겠지요. 사마염이 위나라를 멸망시키고 진나라를 세웠다는 소문은 오국 황제 손휴에게도 보고됩니다.

"큰일 났구나. 새 황제로 등극한 사마염이 조만간 오를 침략해 올 텐데 어찌하면 좋을꼬?"

결국 일어나지도 않은 전쟁을 지나치게 걱정한 손휴는 병이 들어 죽고 맙니다. 그리하여 손휴의 뒤를 이어 손호(孫皓)가 황제의 자리에 오르죠.

손호는 손권의 손자이며, 오국 제4대 황제입니다. 황제에 오른 손호는 기대하는 명군은 되지 못합니다. 사람의 성정이 매우 흉폭하고, 술과 여자를 지나치게 좋아하는가 하면, 환관인 잠혼(岑昏)의 말에만 귀를 기울이죠. 그런 황제에게 바른 말을 하는 신하는 가차 없이 목을 베고, 일족까지 죽여 없앱니다.

오나라 군주의 횡포가 점점 심해지자 민심이 이반되고, 신하들이 동요하기 시작하죠. 이 소식을 들은 진나라 황제 사마염은 두예(杜預)를 진남대장군(鎮南大將軍)에 임명하고, 오나라를 칠 계획을 세웁니다.

진 황제의 명을 받은 두예는 양양으로 내려가 진을 치고 전쟁 준비를 합니다. 그때 오나라는 정봉·육황 같은 믿을 만한 인물들이 모두 죽은 후였는데, 황제 손호는 매일 잔치를 열어 술에 거나하게 취해 나날을 보내죠. 신하들이 조금이라도 바른 말을 하면 얼굴 가죽을 벗기거나 눈알을 뽑아 죽입니다.

"쉿! 자칫하면 황제 손에 죽는다. 숨도 크게 쉬지 마라!"

신하들은 몸을 사리고, 바른 말 하는 사람은 자취를 감추게 되죠.

한편, 기회만 보고 있던 진나라는 행동개시를 합니다.

"드디어 때가 왔다. 진남대장군 두예는 20만 대군과 전투함 1만 척을 이끌고 동오를 쳐라!"

황제의 명을 받은 진나라 대군이 남하하자, 술에 취해 있던 오나라 군주 손호는 그때서야 정신이 번쩍 듭니다.

"뭐라고? 진나라의 20만 대군이 남하하고 있다고? 이를 어찌해야 하느냐?"

승상 장제(張俤)가 나서서 말합니다.

"제가 오흠, 손흠, 심영 등과 함께 군사를 몰고 나가 방어하겠습니다."

"짐은 승상만 믿겠소!"

승상 장제가 10만 대군을 몰아 진나라 군사들을 막으러 나가자, 환관 잠흔이 나섭니다.

"폐하! 제가 적의 배를 콩가루로 만들어 버릴 묘책이 있습니다."

"아니 너는 남자에게 중요한 그 물건도 없고, 싸움터에 한 번도 나가 본 적이 없는데 무슨 지혜로 적의 배를 콩가루로 만든단 말이냐?"

"쇠붙이를 모아서 거대한 고리를 만드십시오. 그 고리에 쇠말뚝을 박아서 강물 속 요소요소에 박아 두면 적의 배가 내려오다 모조리 그 쇠사슬에 걸려 부서질 것입니다."

"옳다, 옳다! 네가 과연 천재로구나. 그렇게 하면 우린 힘 들이지 않고 적의 배를 침몰시킬 수 있겠구나!"

황제에게 엉뚱한 지시를 받은 신하들이 어안이 벙벙해 벌어진 입을 다물지 못합니다.

"뭐라고? 쇠고리로 적선을 침몰시켜? 이건 무슨 미친 개 풀 뜯어 먹는 소리냐?"

"쉿! 황제가 시키는 대로 하게. 그렇지 않으면 자네도 얼굴 가죽이 벗겨지고 눈알이 뽑히게 되네.”

“망했구나! 나라가 완전히 망했어. 저런 환관의 말을 듣고 황제라는 사람이 이런 미친 지시를 하다니!”

그날부터 전국의 대장장이들이 모두 모여 수많은 쇠붙이를 두들겨 쇠사슬과 쇠말뚝을 만들어 물속에 설치하기 시작합니다.

“쇠말뚝은 물속에 박고, 쇠사슬은 양옆으로 당겨서 물 위로 나오도록 장치해라.”

한편, 강릉에 이른 진의 총사령관 두예는 주지(周旨)를 선봉장으로 삼아 총공격을 시작합니다. 그 기세에 놀란 오나라 장수들은 싸워 보지도 않고 성을 버리고 도망치죠.

“장군! 적들이 싸우지도 않고 도망치기에 바쁩니다.”

“도망치는 적은 뒤쫓지 말고 다음 목표를 향해 공격하라!”

두예가 한 번 공격으로 강릉을 집어삼키자, 다른 성을 지키던 태수들은 모두 백기를 들고 투항합니다.

“백성들을 약탈하지 말라. 그리고 함부로 사람을 죽여서도 안 된다!”

천하는 다시 통일되다

두예는 사람을 보내 항복한 성의 백성들을 안심시키고, 계속 오의 수도 건업으로 밀고 들어갑니다. 전투함을 지휘하며 남하하던 수군 도독 왕준에게 척후병이 숨 가쁘게 보고합니다.

"장군, 저 강 위에 거대한 쇠사슬이 떠 있습니다. 아마 우리 배가 걸려서 좌초하도록 계략을 꾸민 듯합니다."

"적장이 누군지는 몰라도 한심한 짓을 했구나. 이런 쇠사슬에 걸려 난파될 전투함이 어디 있단 말이냐? 선발대는 전진하여 쇠사슬의 연결고리를 모두 뽑아라!"

고리가 뽑힌 쇠사슬은 그대로 물 밑으로 가라앉고, 왕준의 전투함은 건업 가까운 육지에 정박해 장졸들은 쉽게 상륙합니다.

왕준이 수도 가까운 곳에 진을 치자, 오나라 황제 손호는 벌벌 떨며 신하들의 의견을 묻죠.

"진의 장수 왕준이 뭍에 상륙하여 석두성(石頭城)을 공격하기 시작했다 하오. 석두성이 무너지면 바로 건업으로 밀려들어 올 텐데 이 일을 어찌하면 좋겠소? 좋은 의견이 있으면 말해 보시오."

"폐하! 나라가 이 지경이 된 것은 저 간신 잠혼의 죄입니다. 저자를 능지처참하소서!"

"에이, 거시기도 없는 잠혼이 무슨 죄가 있겠소?"

"폐하 아직도 정신이 안 드십니까? 나라가 이 지경으로 절단 난 것은 폐하께서 충신들의 말에 귀 기울이지 않고 저런 환관의 말만 들었기 때문입니다."

"알겠소. 잠혼, 저자를 끌어내 죽이시오!"

황제의 명이 채 끝나기도 전에 신하들이 우르르 달려들어 잠혼을 끌고 나가더니 칼로 난도질을 합니다.

"이놈은 나라를 망하게 만든 놈이다, 죽여라!"

신하들은 잠혼을 토막토막 칼로 난도질하더니 아예 살과 뼈를 바닥에 발로 비벼 흔적도 없이 만들죠.

잠혼이 죽고 나자 오나라 황제 손호는 칼로 목을 찔러 자결하려 합니다.

"적의 포로가 되어 치욕을 당하느니 차라리 자결하겠다."

그러자 여러 신하들이 만류합니다.

"폐하, 목숨을 보존하십시오. 망해 버린 촉의 황제 안락공을 보십시오. 그는 20년 전에 나라를 망해먹었지만 지금도 위나라에 살면서 하루 다섯 끼씩 먹으며 잘 살고 있지 않습니까? 그런데 황제께서는 왜 죽으려고 하십니까? 개똥밭에 굴러다녀도 살아 있는 것이 낫다고 하지 않습니까!"

"과연 그대는 충신이요. 내 듣기 좋은 말만 하는구려! 그럼 일찌감치 성문을 열고 나가 항복합시다."

술과 여자로 세월을 보내고, 바른 말 하던 신하는 가차 없이 죽이던 오국의 황제 손호는 스스로 몸을 결박하고 관을 메고 나가 왕준에게 항복합니다.

"오국 황제 손호, 나라를 들어 진나라에 바칩니다."

"황제는 결박을 푸시오. 그리고 그 관은 제가 태우겠습니다."

왕준은 항복한 오국 황제를 낙양으로 압송합니다.

진의 황제 사마염은 손호를 귀명후(歸命候)에 봉하고, 오국의 신하들에게도 골고루 벼슬을 나누어 주죠. 이때가 서기 280년의 일입니다.

서기 229년 손견에 의해 창업된 오는 그 아들 손책과 손권의 맹활약으로 강동에 기반을 잡은 나라입니다. 오국은 비옥한 땅과 풍부한 인재를 바탕으로 번창한 나라죠. 외부의 침공이 있으면 천혜의 지형을 이용해 성공적인 방어전을 펼쳤고, 또 상황에 따라 촉국 또는 위국과 화평을 맺는 유연한 외교로 위·촉·오 3국 가운데 가장 오래 살아남은 나라입니다. 하지만 오는 손권이 죽은 후, 계속되는 권력 다툼과 내분으로 힘이 약화되어 서기 280년 마지막 황제인 손호가 진나라 사마염에게 항복함으로써 52년 만에 막을 내리게 되죠.

세 개의 나라로 갈렸던 중국 대륙은 다시 하나로 통일되었습니다. 『삼국지』 최후의 승자는 유비, 조조, 손권도 아닌 사마중달입니다. 사마중달은 싸울 때마다 공명에게 패했는데, 불행하게도 공명은 건강을 잃고 일찍 죽습니다. 죽은 공명에게까지 쫓겨 도망 다니던 사마중달, 그러나 그는 끈질긴 인내심과 권모술수로 난국을 돌파하여 정국의 주도권을 잡습니다. 그리고는 결국 그의 손자 사마염이 천하를 통일하게 되죠.

삼국의 흥망을 살펴보면, 창업주인 유비·조조·손권은 걸출한 인재임이 틀림없습니다. 그러나 그들의 정치적 욕망 때문에 천하는 분열되었고, 분열된 세 나라가 치열하게 싸우는 동안 수 천만 명의 애꿎은 백성들이 죽었습니다. 비공식 통계에 의하면, 세 개의 나라로 분열된 대륙에서 약 70여 년간 전쟁이 계속되었고, 이때 약 4천만 명의 사람이 죽었다고 합니다.

따라서 『삼국지』가 우리에게 주는 가장 큰 교훈은 '전쟁은 절대 일어나서는 안 된다.'는 것입니다. 전쟁은 모든 문명을 파괴하고, 죽음과 질병과 고통 속으로 백성들을 밀어 넣는 행위입니다.

전쟁 없는 세상! 우리가 후손들에게 물려줘야 할 가장 큰 유산입니다. 명심하십시오! 전쟁은 절대 일어나서는 안 됩니다.

(끝)